Galsan Tschinag **Mein Altai**

Galsan Tschinag

Mein Altai

A1 Verlag

Kantate auf den Altai

Hat nicht jedes Reh seine Mulde? Hat nicht jeder Ziesel sein Loch? Der Tuwiner hat den Altai.
Im Gebirge taugen große Worte nichts.
Man sagt »Altai« wie anderswo »Gott, Himmel, Mutter«, so viel Glauben und Hingabe entlockt dieser Name, so viel Trost und Hoffnung birgt er.
Altai – das sind die Himmel stützenden, Wolken wehrenden Berge mit den wilden weißen Gipfeln, den welken weißen Winden, den windungsreichen weißen Flüssen. Das sind die sturzsteilen, schwindeltiefen Schluchten mit den stillen schwarzen Wäldern, den starren schwarzen Felsen, den stummen schwarzen Schatten. Das sind die dahingeworfenen, ruhenden Täler mit den geborgenen grünen Gründen, den glatten grünen Hügeln, den großen grünen Ebenen. Das ist das blaue Ineinanderfließen von Himmel-Wasser-Himmel: Seen; das ist das goldene Ineinanderschwimmen von Sonne-Gras-Sonne: Steppen. Altai – das ist ein tönendes Farbenspiel zwischen Himmel und Erde. Das ist der Reichtum unzähliger Generationen: Wald, Wild, Weide. Altai – das ist das Schicksal der Tuwiner.

Ein Mensch ist geboren. Sein erster Schrei gibt Kunde von seiner Ankunft. Die Berge erwachen, nehmen ihn auf, halten einen Augenblick freudebenommen den Atem an und geben den Schrei weiter, den Wäldern, den Tälern, den Steppen, um wieder in Schlummer zurückzufallen.

Zwischen Geburt und Tod hat ein Herd gestanden. Einem Blütenkelch glich er, dem acht zarte Blättchen entsprossen. Als die Prise Sand verronnen war, fiel ein Wind ein und knickte die Blüte. Hilflos traurig hingen die acht zarten Blütenblätter über dem Stengel. Am erloschenen Herd steht der Vater wie ein angeschlagener Pfahl, und die acht Waisen fallen über ihn her wie acht graue Zieseljunge, die sich vor dem heranstürzenden Hochwasser dem alten Ziesel an den Hals werfen.
Die Gitterwände der kalten *Jurte* starren das verlassene Häuflein aus hundert trostlosen grauen Augen an.

Die tuwinische Jurte ist kein Repräsentationspalast, wie er in mancher Stadt steht, kein Puppenzelt, wie es der Fälscherpinsel von so manchem Farbenkleckser hervorzaubert. Sie ist nicht mit Gold und Silber gespickt, mit Samt und Seide behängt, mit Glas und Gips beladen.
Sie ist das nützliche Miteinander von Holz und Filz: sechzig dünne Dachstangen strahlen sich von der Lichtöffnung zum Gitterrund hinab, das das Türgestell umfasst. Sieben Filzstücke beschirmen das Jurtenvolk vor dem offenen Himmel, der Regen und Schnee, Hitze und Kälte gebiert. Die zwei Holzkisten im *Dör* sind keine Zaubertruhen voller Geld und Gold, Zimt und Zucker. Sie bewahren die paar Wechselkleider und Spielknöchelchen der Kinder, die paar Fangstricke und das Jagdgerät des Vaters, die paar Felle und das Nähzeug der Mutter.
Der einzige Reichtum in der tuwinischen Hütte sind die Kinder. Ihnen das Glück zu bewahren, sie vor der Not zu beschützen, das ist Erfüllung des Lebens. Jetzt sind sie in Not wie acht graue Zieseljunge im heranstürzenden Hochwasser. Doch selbst dem alten Ziesel, dem sie sich an den Hals geworfen haben, ist die Not zu groß.

Ein Rind bekommt einen Schlag ans Horn, hundert Rinder spüren es bis ins Mark. Das dünnhäutige Bergvolk eilt herbei – mit einer Handvoll Trockenquark für die Kinder, einem Schluck Branntwein für den Vater, einem Korb Trockenmist für den Herd.

Es war geschehen, als die ersten Espenknospen aufsprangen wie erwachende graue Sperlinge im Frühdämmer und als der große Fluss sich unter seinem Eisschild reckte wie der tolle graue Wolf in der Falle.
Nun ist es Sommer. Die Welt schwimmt in Pracht und Fülle. Es ist die Zeit der großen Regen, die der Erde und all ihren Bewohnern die Härte des Winters und Frühjahrs vom Leib waschen. Es ist die Zeit des Branntweins, der Feste und der Lieder, die den Herzen alle Nähte und Falten umstülpen.
Kaum einen halben Tag allein gelassen, überfallen die Kinder den heimkehrenden Vater wie acht graue Zieseljunge den plötzlich auftauchenden alten Ziesel.
»Altai!«, seufzt der Mann inmitten des grauen Häufleins, als könnte er die Berge ringsum zu einer Antwort bewegen. »Warum hast du das getan, mein Altai?«
Nichts regt sich, alles ist in Schlummer versunken, selbst der Fluss scheint fließend weiterzuschlummern.
»Tauber, gefühlloser Altai«, flüstert der Mann. Schwere Tränen rollen ihm über das wetterbraune Gesicht. Und dem Mann wird leichter ums Herz.
Aber du fühlst doch mit uns, Altai! Denn wir brauchen dich in Glück und Unglück, vor allem im Unglück. Du bist kein Festkleid, das wir nur an Sonntagen anlegen.
Was hast du nicht alles mit ansehen müssen? Wie oft bist du Zeuge von Geburt und Tod, von Treue und Verrat, von Sieg und Niederlage geworden. Und was musst du jetzt erleben, immer grauer, ewig junger Altai?

Sie ziehen fort, verlassen dich. Weil irgendwo in der Fremde gemahlener Weizen gegessen wird statt getrockneten Quarks, weil das Fleisch dort aus dem Teller einer Waage geholt wird statt von der Herde am Bergkamm, weil man dort die Hosen über Brettern herunterlässt, Bretter vor dem Gesicht, statt über Stein und Gräsern, den Sternenhimmel vor Augen. Deine Berge sind für sie nur noch Haufen aus Stein und Erde, deine Flüsse nichts als rinnendes Wasser, das Durst stillt und Schmutz abwäscht, deine Wälder nur Holz zum Behauen und Verbrennen und deine Steppen öde, staubige Weiten, beschwerliche Entfernungen ...
Auch er will gehen, der Mann mit den acht Waisenkindern wie acht graue Zieseljunge, er will dich verlassen. Aber er ist nicht wie jene, die in fremde Wiegen steigen, weil sie dort mehr erhoffen. Er hat dich taub genannt, gefühllos, doch nicht aus Bosheit, nicht aus Undankbarkeit, nur aus verletzter Liebe. Weil er dich überschätzt hat, hadert er nun mit dir, als wärest du imstande gewesen, das Unglück von ihm abzuwenden. Vor Schmerz unfähig, deine Gegenwart zu spüren, der du ihn in den Armen hältst, seit er atmet, glaubt er nun, du versagst ihm die Teilnahme an seinem Geschick. Nur darum will er dich verlassen und weil er, der nach strengen Bergsitten zum Mann erzogen wurde, es nicht länger ertragen kann, an den Herd gefesselt, auf anderer Mitleid angewiesen, von nachbarlichen Gaben sein Leben zu fristen.

Der Herbst befällt die Welt. Er fällt mit Laubregen, Nachttau und dem Röhren der Hirsche, dringt in alle Falten und Spalten. Er raschelt und tuschelt wie eine verlorene Seele und schleicht Hauch um Hauch in das wirre Herz des Bruders.
Ehe der Steinadler seinen Horst verlässt, nimmt er ein letztes Mal Höhe, kreist mal in jagender Hast, mal in wiegender Ruhe über dem vertrauten Gipfel, lässt sich wie erschöpft

nieder und hockt so lange auf einem Fleck, als könnte er sich nie mehr von dem abschiedsschweren Felsen lösen. Aber irgendwann spannt er plötzlich die Flügel, gewinnt augenblicklich Höhe und entschwindet wie ein davongeschleuderter schwarzer Stein.

Der Mann steigt zum bunten Gipfel hinauf. Abschiedsgedanken liegen ihm schwer wie Steine im Magen. Er reitet ziellos, hält an, springt ab, geht ein Stück, bleibt stehen, lässt sich nieder, kaut einen welken Grashalm, riecht an der Erde, befühlt die Steine. Mit Sonnenuntergang kommt er zum Odag, dem Jägerlager. Drei kräftige Pferde stehen am Quellbach, drei stramme Burschen hocken am Feuer. Die Pferde begrüßen einander mit einem Brummeln, die Burschen entbieten den Gruß der Jäger: »*Aga* schoralga? – Hast du reiche Beute gemacht, Bruder?« – »Dolup dshydry. Schoralga, ooldar? – Ich habe viel. Habt ihr reiche Beute, Jungen?«, erwidert der Mann.

Im Jägerkessel brodelt duftfrisches Murmeltierfleisch. Unter dem Odag, über der windgeschützten Seitenschlucht hängen die Rauchfetzen wie niedrige graue Wolken.

O mein Altai, mein reicher, großer Altai! Ist es deine Schuld, dass der Tod diesem Mann die Frau und seinen Kindern die Mutter entrissen hat?

Der Nachthimmel wacht wie ein großes, fragendes, schwarzes Auge, kühl und klar. Grünlich blinken die schweigenden Sterne hinab. Der abnehmende Mond ist plötzlich da und wirft seinen matten Schein auf das Lager. Tau glänzt schon im Gras. Am Horizont hinter den Steppen wetterleuchtet es. Tief in der Schlucht heult lang gezogen ein Wolf, und es dauert eine ganze Weile, bis vom Berg gegenüber das Antwortgeheul kommt. Die Pferde am Quellbach stellen die Ohren auf und schnauben unruhig. Aus großen dunklen Holzschalen schlürfen die Männer heiße Murmeltierbrühe. Die Knochen liegen um die Feuerstelle verstreut, und aus den Fleischresten auf der großen Steinplatte neben dem Herd steigt schwacher Dampf in die Nachtkühle.

»Das Vieh ist schon weg. Nur die Jurte ist noch da. Es gibt Leute, die sie haben wollen.« Der Mann redet mit leiser, brüchiger Stimme und starrt in das verlöschende Feuer. Einmal hebt er kurz den Blick zum fernen Horizont, von wo das Wetterleuchten herüberzuckt. Die Burschen hören schweigend zu und schlürfen ohne Hast ihre Suppe.

»Ich weiß nicht recht«, fährt der Mann fort. Er starrt auf die schwache blaue Flamme, die allein noch am Rest eines halben Pferdeapfels klebt. Gleich hinter dem großen Felsen, der sich wie ein freundlicher Vater der Lagerbewohner gegen den schneidenden gelben Westwind aufgereckt hat, heult wieder ein Wolf. Aus verschiedenen Richtungen kommt die Antwort. Die Pferde in den straffen Fesseln trappeln mühsam auf den Hufspitzen herbei und schnauben aufgeregt, die Augen im Mondschein voll Todesangst. Einer der Burschen greift im Sitzen nach seinem Gewehr, doch der neben ihm winkt gelassen ab: »Lass sie nur heulen.«

Die letzte schwache blaue Flamme an dem halben Pferdeapfel nimmt jetzt die Gestalt eines Ai-Blattes an, leuchtet auf, flackert und erlischt.

Der Mann sagt trotzig: »Was die anderen auch reden mögen – ich bleibe!« Dabei glaubt er zu sehen, wie der winzige Rauchfaden, in den das Flämmchen aufgegangen ist, seinen Weg zu den Schwaden nimmt, die noch immer über der windgeschützten Seitenschlucht hängen müssten wie niedrige blaue Wolken unter dem klaren, hohen Nachthimmel.

Am Horizont hinter den weiten Steppen wetterleuchtet es an drei Stellen zugleich, aber der Schein ist im Mondlicht so schwach, dass man ihn nur bemerkt, wenn man darauf gewartet hat.

O Altai, lieber großer Altai!
Du bist unser Erzeuger, unsere Nahrung, unser Obdach, du bist unser Gefährte in Freud und Leid, unsere Ruhestatt im Leben und im Tod.
Wie viele Generationen ruhen in dir. Wie viele Wünsche, Freuden, Tränen, wie viel Liebe und wie viel Willenskraft. Und wie viele Vermächtnisse. Sind wir nicht verloren ohne dich? Und du ohne uns, denn wer kann dich so ehren und lieben wie wir? Wer weiß so gut wie wir um die Freuden, die Tränen und die Vermächtnisse, die du birgst?
Die Not mag den Ziesel aus seinem Loch vertreiben und den Steinadler von seinem Horst – wir aber dürfen dich nicht verlassen.
Und wenn ich es auch getan habe, er darf und wird es nicht, denn sonst wären wir allesamt verloren, du, unser Altai, und wir, deine Tuwiner.

Stimmen der Verwandelten

Wir sind nicht vergangen, wir sind verwandelt. Wir sind Licht und Schatten, Luft und Gras, Erde und Stein.
Vermisst ihr uns, so geht in den Tag und die Nacht hinein und befühlt und beriecht und belauscht die Erde und das Gras und den Wind.
Wir sind auch Erinnerungen und Geschichten.
Bewahrt sie, denn sie sind da für euch und alle, die nach euch kommen werden.
Wir sind Gleiche, kennen keinen Reichtum und keine Armut. Aber wir haben nicht vergessen, was sie bedeuten. Der Reichtum erhebt den schmutzigsten Sünder zum Erdengott und entzweit die Kinder einer Mutter. Die Armut zwingt den Ehrlichsten, zu lügen und zu stehlen.
Es ist gut, dass die fremde Sitte, auf Gräbern Reichtümer zu häufen, nicht über uns gekommen ist. Beneidet auch künftig die Fremden nicht um ihre Sitten und tut uns und euch nicht solches letzte Unrecht an, denn jeder Reichtum, der unser Grab belastet, ist im Reich der Gleichen unauslöschliches Schandwerk. Das beste Gold ist für uns wertlos. Behaltet es, und behaltet auch die Ziegel für kleine und große Denkmäler. Lasst die Menschen so gehen, wie sie gekommen wind: frei von Bürde.
Nicht Hitze und nicht Kälte gibt es für uns. Und nicht Lüge und nicht Schmerz. Wir sehen keinen Edlen stürzen und keinen Halunken sich erheben. Wir kennen nicht Kummer und nicht Ärger.

Aber wir kennen auch keine Freuden mehr. Für uns gibt es kein Frühlingserwachen und kein Wiedersehen mehr. Wir hören keine Vögel zwitschern und sehen keine Knospe aufspringen.
Und wir sind machtlos. Wir haben keinen Einfluss auf das, was mit uns und mit euch geschieht, wir können uns und euch nicht helfen. Hofft nicht auf uns, doch vergesst uns auch nicht, denn wir sind da.
Wir sind nicht vergangen, wir sind verwandelt. Wir sind Licht und Schatten, Luft und Gras, Erde und Stein.
Vermisst ihr uns, so geht in den Tag und die Nacht hinein und befühlt und beriecht und belauscht die Erde und das Gras und den Wind.
Wir sind auch Erinnerungen und Geschichten.
Bewahrt sie rein und lernt daraus, denn sie sind da für euch und alle, die nach euch kommern werden.
Tut es, ihr Ungleichen und Unzulänglichen, aber Hoffnungsvollen und Mächtigen, tut es nicht um des Todes, sondern um des Lebens willen.

Abschied

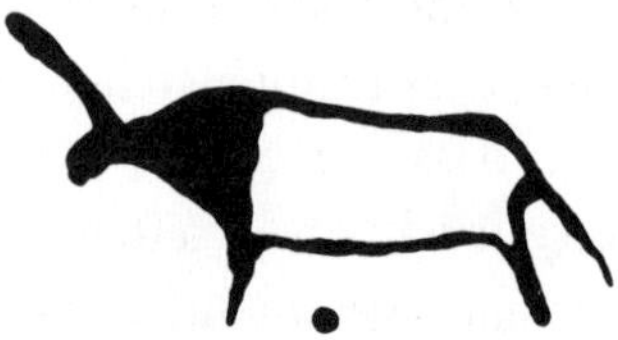

*Jurten*feuer und Sterne flackern müde, das Fest ist verstummt, ein großer Tag ist vergangen.
Wir gehen.
Es war gut, dass wir gekommen sind, denn wir haben gespürt, dass ihr da seid, ihr Verwandelten.
Großvater, du bist kein Erdengott mehr, bist Gleicher unter Gleichen, Mulde unter Mulden, Stein, Luft.
Amyi, du bist keine Erdenlaus mehr, bist Gleicher unter Gleichen, Hügel unter Hügeln, Gras, Erde.
Gök-Anaj und ihr tausend, hunderttausend anderen den Erdenpflichten Entrückten, ihr seid nicht mehr, was ihr zu euren Erdenzeiten gewesen seid: Reiche und Arme, Glückliche und Bekümmerte, ihr seid Mulden unter Mulden, Hügel unter Hügeln, Gras, Erde, Stein, Luft.
Wir vergeben euch eure Unzulänglichkeiten, wir rühmen eure Verdienste, denn ihr seid unzerstörbare Teile eines Ganzen, das Heimat heißt: verwandelte Sterne, verwandelte Blumen.
Wir gehen.
Vielleicht kommen wir nicht so bald zurück. Denn wir ziehen wieder in die Fremde. Seid nicht erstaunt.
Sterne ruhen nicht. Tuwas Kinder warten nicht mehr, sie fahren aus zu den Zielen.
Kraft gabt ihr unseren Gliedern und Kühle unserer Brust, Heimaterde, Heimatwind. Heimat, du bist nicht nur Luft, Erde und Wasser, du bist alles, was in dieser Luft und Erde und in diesem Wasser wird und stirbt: Tiere und Menschen,

unfertige und anfällige Menschen und ihre Werke und Wünsche, die mit viel Freude und viel Kummer verbunden sind. Darum bist du so stark, dass du uns ewig anziehst, und darum sind wir so stark, dass wir unsere Sternenbahn nicht verlassen – wir kehren zurück.

Eine tuwinische Geschichte

Der Fluss und das Weidengebüsch blieben zurück, und die Steppe begann. An den nassen Leibern der Pferde, die durch den Fluss geschwommen waren, klebten Mückenschwärme wie fahle löchrige Decken. Die Pferde schlugen mit den Schwänzen, und wir Reiter fuchtelten mit den Armen. Aber alle Mühe war umsonst, die Räuberschar schien lieber satt sterben als hungrig leben zu wollen.
Der Tag versprach heiß zu werden. Die aufgehende Sonne brannte wie Feuer im Rücken, und bald trockneten auch die Pferde. Die überlebenden Reste des Mückenschwarms aber verfolgten uns und sahen nun fast violett aus.
»Heiß wird's heute«, sagte ich.
»Ach was!«, murmelte mein Jagdgefährte, der alte Dshaniwek. »Gewitter und Schnee wird's geben!«
Verwundert drehte ich mich um und entdeckte eine blasse Wolkenblase zwischen Sonne und Horizont. Der übrige Himmel strahlte in tiefer, kühler Bläue. Gegen Mittag könnte es Regen geben, dachte ich und beobachtete meinen Begleiter, den alten Hirten, der anscheinend von aller Welt gemieden wurde.
»Mit diesem Dshaniwek lass ich dich nicht ziehen!«, hatte Mutter gedroht, als sie von meinem Vorhaben hörte, mit ihm auf Wolfsjagd zu gehen. Und sie hatte mir ihre Zustimmung erst gegeben, als ich versprach, einen Dritten zu finden, der mit uns reiten würde. Aber es war erst Juni, und keiner war zur Jagd zu bewegen, denn um diese Zeit durften nur Wölfe

geschossen werden, und man glaubte mir nicht, dass der alte Dshaniwek Wölfe auftreiben würde, wie er beteuert hatte.
Es wurde gemunkelt, dass er einen Flüchtling erschossen habe, der keinem etwas getan hatte. Die Gegenpartei wiederum erzählte, der Flüchtling sei ein bewaffneter Deserteur gewesen und Dshaniwek habe lediglich den Auftrag gehabt, ihn festzunehmen. Es war zu einer Schießerei gekommen, wobei der Deserteur getötet wurde. Es war nicht festzustellen, wessen Kugel getroffen hatte, denn Dshaniwek war nicht allein gewesen. Außer ihm hatten noch andere Männer geschossen, und der Vorfall hatte sich im Morgengrauen abgespielt.
Ferner wurde erzählt, dass Dshaniwek zuerst Volkslehrer, dann Kreisvorsitzender und später Parteisekretär gewesen sei. Manche redeten ihn noch mit »Genosse Lehrer« oder »Genosse Chef« an, und in dem Ton, in dem sie das sagten, lag Spott und manchmal sogar Feindseligkeit.
Ich kannte ihn nur durch seine Arbeit und erklärte mir damit auch seine Lebensweise. Als Kamelzüchter der Genossenschaft hatte er keine *Jurte*, sondern nur ein Zelt, das an einem Ort stand, zu dem andere selten hinkamen, denn das Kamel ist ein sehr anspruchsvolles Tier, dem das spärliche Berg- und Wiesengras nicht genügt.
Dass er allein lebte, war nichts Besonderes, denn die Welt war eben so beschaffen, dass der eine zehn Söhne und hundert Verwandte hatte, während der andere allein mit seinem Schatten herumlief.
Im Stillen nahm ich für ihn Partei und hielt die feindselige Einstellung der Mitmenschen ihm gegenüber für jene Art von Ungerechtigkeit, wie sie oft Leuten widerfährt, die die Interessen der Gesellschaft und des Fortschritts verfechten und sich dadurch eine Menge Feinde schaffen. Denn in den Jahren der revolutionären Umordnung und der konterrevolutionären Unordnung, in den Jahren des Krieges und des

Mangels an Kräften und Mitteln mussten die Interessen der neuen Gesellschaft mit Härte verteidigt werden.
Und was den Mord betraf, so war das nichts weiter als ein unklarer Verdacht. Selbst wenn er es gewesen war, aus dessen Gewehr die tödliche Kugel stammte, ja wenn er ihn am helllichten Tag niedergeschossen hätte, so wäre es eine notwendige Handlung, wäre es reine Pflichterfüllung gewesen, denn jener war bewaffnet, war Deserteur, und er war es geworden zu einer Zeit, in der die Volksmacht vor Sorgen nicht aus noch ein wusste.
Allein Dshaniwek schien sich um den Klatsch nicht zu kümmern. Er machte nie als Erster den Mund auf, hatte er aber einmal angefangen zu erzählen, dann konnte er so leicht nicht wieder aufhören. Er war freundlich und sorgte gut für das Genossenschaftsvieh. Das hatte ich wenige Tage zuvor erfahren, als ich durch Zufall auf sein einsames Zelt inmitten der Berge stieß, nachdem ich die halbe Nacht umhergeirrt war und mich bis zum Fiebern vor den ringsum heulenden Schakalen gefürchtet hatte. Da er mir in dieser Nacht so viel von Schakalen, Wölfen und anderem erzählte, bat ich ihn am Morgen, mich einmal zur Wolfsjagd mitzunehmen.
Die Pferde schritten zügig aus, ihre breiten Hufe warfen den trockenen Sand zurück, und der im Laufe vieler Jahre zermahlene weiße Staub stand einen Augenblick in der Luft, ehe er höher stieg und ohne Eile davonzog. Es war, als ob unter den Beinen der Tiere eine Rolle voranschnellte und einen zitternden weißen Faden abspulte, der bis zum Horizont reichte. Der Jägerkessel im Hirschfellsack schlug im Takt des Pferdeschritts gegen den Sattelknauf und gab dabei den immer gleichen dumpfen, einschläfernden Ton von sich, der an die Weite der Steppe erinnerte.
Mit dem aufsteigenden Licht schwoll die Wolkenblase und färbte sich dunkel, aber noch strahlte die Sonne unverhüllt

und immer heißer. Das spärliche Steppengras stand bewegungslos, hier und da hüpften dicke graue Heuschrecken an den Wegrand, verharrten am Boden und starrten die Pferdebeine aus erschrockenen dunklen Augen an.
Es schien wirklich ein Gewitter heraufzuziehen. Wir ritten schweigend wie alle Steppenreiter, solange nichts Unerwartetes geschieht. Dshaniwek saß zusammengesunken im Sattel, als würde er schlafen. Sein zerfurchtes Gesicht glich einer schroffen Gebirgslandschaft, die in grauer Vergangenheit von herabstürzenden Felsen verwundet worden war und an der seit der ersten Stunde ihres Bestehens Wasser, Wind und Sonne gefressen hatten. Den Mund hielt er fest geschlossen, als hüte er ein Geheimnis. Zwei tiefe, glänzende Narben kreuzten sich auf der Stirn. Die Lammfellmütze mit den lang herabhängenden Ohrenklappen war abgetragen, unter der Wattejacke lugte der zerfranste *Lawschak*saum hervor, die Stiefel waren fast neu. Sein Karabiner wirkte altmodisch, um das Schloss war ein dicker Verband gelegt, als würde dieses mächtige Werkzeug des Todes in Fesseln gehalten. Hinter der flimmernden blauen Ferne ragten die Besch-Bogda wie eine unüberwindliche Wand auf, und ihre Schneegipfel strahlten in der Sonne so weiß, dass einem die Augen schmerzten.
Ich dachte an Island, jenen Erdfleck, den ich zwar nie gesehen und doch so lieb gewonnen hatte, an jene großen Naturkinder, die sich durch eine vieltausendjährige Geschichte behauptet hatten. Ich dachte an jenen Genius, der mir, dem Bergsohn am anderen Ende unserer Erde, seine Heimat und sein Volk ans Herz gelegt hatte, dachte an ihn wie an einen fernen Bruder, und mir traten Tränen in die Augen. Ich sah meinen Reisegefährten, diesen alten Tuwiner mit dem zerfurchten Gesicht und dem Geheimnisse hütenden Mund, sah das reitende Denkmal aus einer Zeitenwende und einem Weltenende. Ich sah ihn und weinte Tränen, die sich mit der

Zeit in mir aufgestaut hatten. Es waren die Früchte einer großen Trauer, die mit der Kaffeehaustrauer zivilisierter Leute nichts zu tun hatte. Diese Trauer bedrückte nicht, sie erinnerte an etwas Großes, das dagewesen war und nicht vergehen durfte, sie mahnte, rüttelte und ließ ahnen, dass Großes im Werden war. Ich weinte und dachte an den glücklichen Geist, der eines Tages fernen Brüdern das Geschick auch unseres Volkes ans Herz legen und so die ewigen Freuden und Leiden der Menschheit um einen Tropfen reicher machen würde.
Es donnerte. Die Pferde spitzten die Ohren, wurden unruhig. Dshaniwek öffnete die Augen nur so weit, dass man zwei dunkle Striche sah, und versuchte die Richtung auszumachen, woher das Geräusch kam. Ich wischte mir die Augen mit dem Handrücken, folgte seinem Beispiel und entdeckte nach einer ganzen Weile einen hellen Punkt, der sich hoch am Himmel nach Osten bewegte.
Die Luft war auf einmal voller Vögel. Milane, Krähen, Feldlerchen, Tauben und Möwen, jene bedauernswerten Meeresanwohner, die sich noch immer hierher verirrten auf den weiten blauen Straßen, die ihre Urahnen geflogen waren. Aber das war damals, weit, weit in der Vergangenheit, vor Millionen Jahren, und von dem Meer war nur noch der ausgetrocknete Grund geblieben: die Steppe mit hundert Millionen abgeschliffener Steine und Muscheln.
Die Vögel flogen in einem Wirrwarr, dass einem beim Hinsehen fast schwindlig wurde, und sie kreischten, krähten, pfiffen, girrten und schrien, schrien wie gequälte, dem Untergang geweihte Wesen. Ihre Flügel peitschten die Luft so heftig, dass man den Flügelschlag trotz Donnerbrausen und Alarmruf hören konnte und sich dabei vorkam, als ginge man durch eine tosende Brandung.
Das graue Flugzeug überflog die weite Steppe und verschwand hinter den Wolken, die nun keine leicht schwellen-

den Blasen mehr waren, sondern ein wogendes Meer, das die Sonne überschwemmt hatte.
Wir sprachen kein Wort, zogen die Zügel straff, richteten uns im Sattel auf und trieben die Pferde gleichauf in gestrecktem Galopp an. Wind kam auf und machte aus dem Staubfaden einen Staubschweif. Unter den Pferdehufen dröhnte die Steppe, nur die Schneeberge in der Ferne ragten ruhig in den Himmel, ihre Gletscher funkelten, und ich dachte, als ich sie so sah, an die bevorstehende Jagd, dachte, dass Dshaniwek bestimmt Wölfe auftreiben würde, und wünschte mir, dass es schneien möge, ich wünschte es mir so sehnlich wie ein Kind.
Gegen Mittag hatte sich der ganze Himmel bedeckt, und mit einem Mal brach von Nordwesten her ein Sturm los. Sand erfüllte die Luft, und der Kies, den die Hufe der Pferde aufwirbelten, wurde vom Wind aufgefangen und gegen Pferde und Reiter geschleudert. Kraniche schwankten in der Luft, mühten sich vergebens, gegen den Sturm anzufliegen, bis sie sich schließlich schreiend seiner Gewalt überließen und schicksalergeben davonsegelten.
Dshaniwek schrie mir etwas zu. Da ich ihn aber nicht verstehen konnte, gab er mir ein Zeichen anzuhalten. Der Alte näherte seinen Mund meinem Ohr und rief: »Wir biegen in ein Seitental und warten dort das Gewitter ab!« Die Schneeberge waren nicht mehr zu sehen, auch die Steppe und der Himmel nicht, man sah nichts als das tobende weiße Brausen.
Wir machten eine Wendung nach links und ließen die Pferde laufen, so schnell sie konnten. Jetzt traf uns der Wind von der Seite, er prallte gegen uns wie eine feste Masse, schlug uns ins Gesicht und nahm uns den Atem. Der Sturm kam nicht zum Erliegen, das Gewitter brach herein. Der Regen, den wir durch das Heulen des Windes und das Trommeln der Hufe zunächst als Summen, dann als immer heftigeres Rauschen vernommen hatten, überfiel uns prasselnd wie ein ver-

heerender nasser Brand. Wir ritten wieder langsam. Dicke, helle Tropfen schlugen schräg auf den Kiesboden, prallten zurück, und es sah aus, als hüpften Millionen glitzernder runder Käfer über die Steppe. Das Feuer, das aus allen Himmelsrichtungen zugleich aufflammte, beleuchtete sie grell, und die Donnerschläge, die den Blitzen folgten, ließen sie erzittern und erbeben. Über den Pferdemähnen zuckten knisternde, blaue Flammen, es roch nach versengtem Haar. Die Tiere schnaubten und schüttelten die Mähnen, wir zogen am Zügel, um sie zu beruhigen, aber der Brandgeruch hatte sie scheu gemacht, und sie bäumten sich auf. So ließen wir ihnen freien Lauf.

Ich war bis auf die Haut durchnässt, doch das kümmerte mich nicht mehr. Ich wartete darauf, jeden Augenblick vom Blitz erwischt zu werden, und fürchtete, als lebloser Körper vom Sattel zu gleiten.

Dshaniwek rief etwas, was ich nicht verstehen konnte. Doch dann erriet ich den Sinn seiner Worte, denn ich sah, dass wir das Tal erreicht hatten. Ein Fels tauchte auf und an seiner Südseite ein Steinwall. Ich freute mich, als ob ich vor meiner Vaterjurte stünde, hier glaubte ich für den Tod unerreichbar zu sein.

Wir ritten in den Wall, unter einen überhängenden Felsen, der uns vor dem Regen Schutz bot, und stiegen vom Pferd. Ich keuchte und zitterte, war erschöpft und fror. Hier im Trockenen empfand ich die auf der Haut klebenden Kleider als unangenehm, konnte mich weder hinsetzen noch frei bewegen und kam mir wie eine Wolfsscheuche vor.

Der alte Dshaniwek wollte sich hinhocken, tat es aber nicht, als er mich so dastehen sah. Er bückte sich und befühlte den platt gedrückten Kamelmist vom Vorjahr, der zu Haufen aufgetürmt und trocken dalag. Er ging daran, ein Feuer zu machen, schichtete den Mist kreisförmig auf, rieb ein Stück zwischen den Handflächen zu Pulver und häufte es locker in der Kreismitte. Dann holte er eine Schachtel Streichhölzer aus dem Brustlatz. Mit den Händen schirmte er das brennende Streichholz gegen den Wind ab und hielt es an das Pulverhäufchen. Ein winziger blauer Rauchfaden stieg auf. Dshaniwek erhob sich und begann, den rauchenden Haufen mit seinem Lawschaksaum zu fächeln. Eine weiße Flamme zeigte sich, fraß sich weiter und wurde bald zu einem lodernden Brand.

Schon war ich beim Feuer, meine Hände berührten fast die Flamme, und ich zitterte noch mehr. Dshaniwek hörte auf zu fächeln, warf mir einen Blick zu, der ebenso liebevoll wie enttäuscht wirkte, und lächelte. Ich sah ihn zum ersten Mal lächeln, und dabei schaute er bedauernswert aus. Ihm stand das Lächeln nicht, sein Gesicht, das sonst an eine uralte Gebirgslandschaft erinnerte, glich jetzt einer schaurigen Maske, die gekreuzten Narben auf der Stirn schienen ihn zu ewigem Ernst zu verdammen. Doch das Lächeln erstarb bald, und sein Gesicht nahm wieder die vertrauten Züge an. Der alte Dshaniwek musterte mich über die Flamme hinweg. »Wie alt bist du?«, fragte er. »Fünfundzwanzig«, sagte ich. Er murmelte etwas vor sich hin, und ich verstand nur: »... der dumme Kerl ...«

Es regnete noch immer, aber die Blitze kamen jetzt in größeren Abständen. Dafür war der Donner umso lauter, denn hier stand der Fels. Die Pferde konnten nicht einschlafen.

Der Fels hing so weit über, dass er einer ganzen Schafherde Schutz hätte bieten können. Hier war offenbar ein seit Jahren verlassenes Winterlager gewesen. Der Wall war beschädigt, und der Schafmist, zu Staub zerfallen, hatte mit dem angewehten Sand feine hellbraune Erde gebildet. Die Senke, in der die Jurte gestanden hatte, war von herabgerutschtem Kies zugeschüttet. Die einzigen Lebewesen, die hier noch Schutz

suchten und fanden, schienen die Kamele zu sein. Während ich es genauer betrachtete, wurde mir dieses verlassene Lager, das mir zuerst so vertraut vorgekommen war, unheimlich.
Ich fragte den Alten, wann hier das letzte Mal eine Jurte überwintert haben könnte. Er zuckte zusammen, wandte schnell den Blick und sagte leise: »Vor fünfundzwanzig Jahren.«
Es wunderte mich, es erschreckte mich fast, dass er es so genau wusste. Und ich fragte hastig: »Und warum ist nie wieder jemand hergekommen?« Dabei pochte mir das Herz wie bei einer dunklen Vorahnung. Der alte Dshaniwek schwieg.
Ein Blitz beleuchtete grell die Narben auf seiner Stirn. Ich wartete auf den Donnerschlag, und das Warten wurde mir zur Qual. Es krachte im Felsen, als wollte er zerbersten. Ich erschrak, obwohl ich darauf gewartet hatte. Dshaniwek seufzte.
Das Feuer brannte nieder. Ich legte nach, und es flammte wieder auf, ich legte weiter nach, schichtete eine ganze Mauer um den Brandherd, ich wollte ein großes Feuer haben. Der alte Dshaniwek starrte in die Flammen und sagte: »Niemand ist übrig geblieben.«
Ich wünschte mir, dass es blitzte. Aber das Gewitter war vorbei, es hatte nur Sprühregen hinterlassen, und es regnete in hellen feinen Spritzern, flüsternd, eintönig, einschläfernd. Der Regen nässte die Steppe, die Berge und die hellbraune Erde, auf der vor vielen Jahren eine warme Hürde voller dampfender schwarzer Perlen gelegen hatte.
»Hier endete Bajnak, von dem du bestimmt gehört hast«, begann der alte Dshaniwek zu sprechen, »aber an dem, was so herumerzählt wird, ist vieles unwahr und vieles fehlt. Vielleicht bin ich der einzige Mensch auf der Welt, der Bajnaks Geschichte noch so wiedergeben kann, wie sie wirklich war. Vielleicht ist auch mein Ende nah, deshalb will ich dir die Geschichte erzählen.

Bajnak war nicht Zewegs Sohn, wie du es wahrscheinlich gehört hast. Er war mein Sohn, mein einziger. Jener hat ihn mir im Mutterleib weggenommen. Das Mädchen war schön, und ihr langes schwarzes Haar, das ihr über die Schultern fiel, war eine Pracht. Und Augen hatte sie wie ein Kamelfohlen. Aber ich war ein Waisenjunge, der sich mit seinem Wanderstock und seiner jugendlichen Kühnheit von Jurtengehöft zu Jurtengehöft durchschlug. Die Reichen mochten mich nicht, und ich war auch vielen ein Dorn im Auge, die keine Reichtümer besaßen.

Zeweg gehörte zu den Menschen, die gerade anfingen, etwas zu werden. Er verkehrte mit russischen Händlern, häufig verschwand er für lange Zeit und kam dann mit einer Menge Zeug zurück, das er verkaufte. Er war ein listiger Hund, und noch größer war seine Rücksichtslosigkeit, denn er wusste, dass das Mädchen schwanger war, als er es mir raubte. Was ihn so sehr zu ihr zog, war nicht nur ihre Schönheit, es war vor allem das Vieh ihrer Mutter, die außer ihr keine Kinder hatte und sehr krank war. Sie starb bald nach der erzwungenen Hochzeit ihrer Tochter.

Das war im Jahr zwanzig, und dann kam das Jahr einundzwanzig. Es kam in unseren verlassenen Winkel nicht als Sturm, es kam wie eine Dämmerung. Zwar wurde geschossen, aber die Schüsse richteten sich gegen Weißrussen und heimatlose kasachische Räuber. Die Einheimischen taten einander nichts, obwohl sich nun bei Tagesanbruch die Erzfeinde, Begüterte und Mittellose, noch besser erkannten. Es wurde nur deshalb nicht geschossen, weil die Wohlhabenden einsehen mussten, dass es bereits zu spät war.

Aber das entmachtete Pack wollte nicht zurücktreten, es versuchte sein wahres Gesicht hinter Schmeichelei zu verstecken. Ein Dutzend *Kulaken* eilte dem ersten Abgesandten der Volksmacht entgegen und beteuerte seine Bereitschaft, ihr

zu dienen. Auch Zeweg und Leute seines Schlages tauchten auf, Händler, heruntergekommene Verbrecher, hergelaufene Abenteurer, eine Meute von Mitläufern und Schmarotzern. Und selbst wir Habenichtse kamen.
Die Herren der neuen Zeit wurden bestimmt. Wir hatten unsere Leute unter ihnen, lauter arme Schlucker, mittellos und ungebildet, keiner, der lesen und schreiben konnte und die Amtssprache beherrschte.
Die Kulaken und die Zewegs hatten teil an der neuen Macht, und sie waren besser dran als wir, denn einige von ihnen waren schrift- und sprachkundig.
Bald kam der erste Volkslehrer, und ich besuchte einen Lernzirkel. Dort lernte ich mit anderen Lesen und Schreiben und hörte vom roten Proletariat, von der Oktoberrevolution, von Lenin und anderen Dingen. Und ich lernte, dass es eine besitzende Klasse gab und dass sie von der Klasse der Besitzlosen geschlagen werden musste.
Ich wurde Volkslehrer, gab an andere weiter, was ich gelernt hatte, war eifrig, und jeder, der eine weiße Jurte oder mehr als hundert Stück Vieh hatte, auch wenn seine Jurte nicht weiß war, zählte für mich zu den Kulaken und damit zu meinen Feinden, und ich hatte viele, viele Feinde.
Zu dieser Zeit konnte Bajnak, unser Sohn, bereits laufen. Sujasch, seine Mutter, gebar kein weiteres Kind. Dafür war ich ihr dankbar, und ich bin es noch heute, wo keiner von ihnen mehr am Leben ist.
Manchmal, wenn Zeweg nicht zu Hause war, ging ich zu seiner Jurte, drückte meinen Bajnak an die Brust, und mir wurde schwindlig vom Kindergeruch. Sujasch saß still dabei und sah uns zu. Einmal weinte sie lange und sagte, noch schluchzend, aber gleichzeitig lächelnd: ›Siehst du, dass er dir immer ähnlicher wird?‹ Ich fand tatsächlich Ähnlichkeiten, die Augen hatte er jedoch von ihr.

Später lief mir das Kind oft entgegen und rief: ›*Agaj,* agaj!‹ Ich nahm es aufs Pferd, und es lachte und schrie vor Freude. Sujasch erzählte mir, dass sich der Junge vor Zeweg fürchtete, obwohl dieser ihn nicht schlecht behandelte.

Ihre Jurte stand einsam, in einem abgelegenen Tal. Damals hielt ich das für mein Glück, aber heute weiß ich, dass es ein Unglück war, denn der Junge wuchs dort wild auf, wild wie ein Rehkitz.

Nun wirst du mich fragen, warum ich die beiden nicht zu mir genommen habe. Das frage ich mich selbst, seit dreißig Jahren schon. Damals gab es das Familiengesetz noch nicht, eine Frau konnte ihren Mann jederzeit verlassen, wenn sie keine Angst vor der Prügelei hinterher hatte. Ich wäre ja der Stärkere gewesen, wenn es zu einer Schlägerei gekommen wäre, denn Zeweg war ein dünnes Männchen mit Fistelstimme, und du kannst dir vielleicht vorstellen, wie ich als fünfundzwanzigjähriger Bursche gebaut war.

Ich glaube, es war die Angst um meinen guten Ruf, die mich zurückhielt. Ein Volkslehrer galt damals etwas, er musste tadellos sein. Ich bildete mir ein, dass ich tadellos sei, und wollte es bleiben. Dazu gesellte sich ein gewisser Hochmut, der sich aber mit seiner ganzen Macht und Wucht erst mit meiner neuen Funktion zeigte.

Ich hielt mich für etwas Besonderes: ein Habenichts seit sieben Generationen, so nannte man mich früher, und so nannte ich mich später: gebildet, stark und schön, ja, schön! Das wirst du mir vielleicht nicht glauben wollen, die Narben bekam ich erst später, obwohl ich sie viel früher verdient hätte. Heute denke ich, ich hätte auf einem Auge blind und auf einem Bein lahm werden sollen, spätestens an jenem Tag, an dem ich wiederum befördert wurde.

Ich liebte meinen Bajnak und meine Sujasch, ich liebte sie so, dass es zuweilen schmerzte, aber der Hochmut war stärker, denn ich bildete mir ein, ich dürfe mir die Frau eines anderen nicht nehmen, noch dazu mit einem Kind, von dem keiner wusste, dass es meines war. Für mich war entscheidend, was die anderen von mir sagen und denken würden. In Wirklichkeit war ich feige. Ich lebte in schrecklicher Armut, hungerte und fror, war der arme Schlucker geblieben, der nun freilich lesen und schreiben konnte und sich in den Kopf gesetzt hatte, als Teil des roten Weltproletariats, als Schüler Lenins und als Revolutionär mit starkem Willen und fester Moral das alte Tuwa zu zerschlagen und ein neues zu erschaffen. Dann kamen die dreißiger Jahre. Es galt, die Kulaken zu schlagen. Um diese Zeit wurde ich zum Kreisvorsitzenden ernannt. Die Partei, so dachte ich, hatte erkannt, dass mein Herz rein war. Und mein Herz war rein, es wollte das Beste für die Volksmacht, aber mein Kopf war leer. Ich wollte immer den kürzesten Weg nehmen, und wäre es nach mir gegangen, ich hätte alle Tempel samt Buddhas und Lamas in Brand gesteckt, allen Kulaken mit der Faust die Nase eingeschlagen und im Handumdrehen auch aus Tuwa eine Kommune gemacht. Aber es gab andere Genossen, die mich zur Geduld anhielten. Sie waren für mich jedoch nur schwächliche Versöhnler.

Auch im Jahre zweiunddreißig kam es in Tuwa nicht zu Schüssen, aber es kam zu heimlichen Brandstiftungen, zu giftiger Hetze und Landflucht. Genosse und Genosse war nicht dasselbe, manche meinten, Tuwa müsse alle Verbindungen zur Mongolei abbrechen und bei China Hilfe suchen. Wir Armen trafen uns zu einer Geheimversammlung und besprachen, was zu tun sei. ›Seht ihr, Genossen‹, sagte ich, ›ihr predigt mir Geduld, und was haben wir davon?‹ Ich glaubte, der einzige weitsichtige Genosse in ganz Tuwa zu sein. Und wir schlugen zu, wir jagten die Kulaken und ihre Spitzel zum Teufel, wir siegten.«

Der alte Dshaniwek starrte ins Feuer, und mir war, als erzählte er seine Geschichte nicht aus der Erinnerung, sondern sähe sie in der Flamme vor sich. Der flüsternde weiße Regen stand noch immer über Steppe und Berghängen, aber die Wolken hatten sich auf den Gipfeln als Nebel niedergeschlagen und gaben einem die Gewissheit, dass bald wieder die Sonne scheinen, Steppe und Berge dampfen und die Heuschrecken zirpen würden.

»Aber die Zewegs blieben, und sie sind bis heute geblieben. Zeweg wurde Vorsitzender der Kooperative, er benahm sich gemäßigt, spielte gern den Verständnisvollen, seufzte, versprach, verteilte und wirtschaftete dabei in die eigene Tasche. Er war mir zuwider, aber ich hasste ihn nicht. Ich entdeckte gute Eigenschaften an mir, war nicht nachtragend, sondern großmütig, unterhielt mich oft mit ihm und freundete mich mit ihm an. Ich tat es zwar mit einer gewissen Selbstüberwindung, aber ich tat es der Gesellschaft zuliebe.

Obwohl ich jetzt ein gutes Einkommen hatte, führte ich noch immer ein trostloses Leben, und ich führte es mit einer stillen inneren Genugtuung, denn Wohlstand war für mich eine Sache der Feudalen und der Kleinbürger. Dieses Wort hatte ich aus der Zeitung gelernt, es war eines meiner Lieblingswörter, und nachdem wir keine Kulaken mehr hatten, wurden mir alle zu Kleinbürgern, die ich vorher zu den Kulaken gezählt hatte. Ich wohnte ganz allein in einer kleinen Holzhütte, die früher dem Oberlama als Gebetsraum gedient hatte. Diese Hütte steht heute nicht mehr.

Mit den Jahren besuchte ich Sujasch seltener. Sie wurde auch immer stiller und sprach kein Wort über Bajnak, wenn ich sie nicht gerade nach ihm fragte. Aber jedes Mal hatte sie ein paar Unterhemden und Hosen für mich. Sie holte sie aus dem Kopfkissen, gab sie mir und sagte: ›Es ist schon bald ein Jahr, dass ich sie unter dem Kopf fühle und denke, du bist schmutzig und hast Läuse. Andere Sachen kann ich dir leider nicht nähen, lass sie dir von Tante Chendshe machen.‹ Tante Chendshe war eine arme Frau, die sich um die Verlassenen kümmerte. Taubstumme, Blinde, Geistesgestörte und Waisenkinder, die keine Verwandten hatten oder von ihnen vernachlässigt wurden, fanden bei ihr Unterkunft. Sie sorgte auch für mich, solange sie lebte.

Ans Heiraten dachte ich nur selten. Es kam schon vor, dass ich mich zu dieser oder jener Frau hingezogen fühlte, vor einer Ehe jedoch schreckte ich zurück. Die eine war nicht in der Partei, die andere war mir auf die Dauer nicht hübsch genug und so weiter, aber der Hauptgrund war, ich war ein mächtiger Genosse mit Bildung und Willensstärke und mir daher zu schade für die rückständigen Frauen.

Was Sujasch anging, so empfand ich längst nicht mehr die einstige Leidenschaft. Ich hatte sie in mir abgetötet, hatte Sujasch der Freundschaft unter Genossen geopfert und dabei noch meinen eigenen Großmut bewundert.

Mein Bajnak war ein schöner Bursche geworden, eigentlich ein wilder Kerl. Mit dreizehn schoss er bereits Wölfe und ritt selbst die gefürchtetsten wilden Pferde zu. Aber er war als faul verschrien, denn er verbrachte das ganze Jahr auf dem Pferderücken und kümmerte sich nicht um Zewegs Vieh. Er sollte die Schule im Kreiszentrum besuchen, doch daraus wurde nichts, denn er lief immer wieder weg.

Einmal sprach ich Zeweg darauf an: ›Hör mal, Genosse, wie kannst du es zulassen, dass dein Sohn ein rückständiger Mensch bleibt? Wir brauchen eine gebildete Jugend.‹ Alle, die nicht lesen und schreiben konnten, waren für mich rückständig. Zeweg seufzte: ›Recht hast du, aber der Junge ist stinkfaul und will nicht lernen. Woher er bloß diese Faulheit hat? Von mir jedenfalls nicht.‹ Mir wurde ganz heiß, und ich ging. Ich hatte nicht den Mut, Bajnak zu mir zu nehmen, und sah halb traurig, halb bewundernd, wie er verwilderte. Nein, ich konnte meinen einzigen Sohn nicht zu mir nehmen. Ich hatte sogar Angst, es könnte an den Tag kommen, dass er nicht der Sohn von Zeweg, sondern von mir war. Ich wollte als Genosse moralisch sauber sein, und was wäre gewesen, wenn man mich, den Kreisvorsitzenden, als Ehedieb ertappt hätte? Dass der Dieb, der Eheräuber, nicht ich, sondern Zeweg war, hatte ich längst vergessen.

Ja, mein Junge, die Macht kann zur Sucht werden, und bist du erst machtsüchtig geworden, dann kommt alles andere von selbst, und es geht so weiter, bis du einen Schlag bekommst, der dich umwirft. Dann kommst du zur Besinnung und wunderst dich, was für ein bedauernswerter Krüppel du geworden bist, ein Krüppel, dem die fünf Sinne nicht mehr gehorchen!

Aber die Revolution hatte bei den Tuwinern Wurzeln geschlagen. Sie stand fest, denn sie war eine große Sache, ein großes Werden, das sich von der selbstherrlichen Links-Rechts-Tänzelei eines Wirrkopfes oder einiger Dummköpfe nicht aufhalten ließ.

Im Jahr neununddreißig starb Sujasch. Ich hatte sie fast zwei Jahre nicht besucht. Ich sah den raureifbedeckten Grabhügel, es war Spätherbst, mir fiel eine Träne aus dem Auge. Zum ersten Mal seit langem war mir zum Weinen zumute, aber ich schämte mich. Sie war siebenunddreißig Jahre alt geworden. Schon im darauffolgenden Winter heiratete Zeweg wieder, diesmal die Witwe eines Kulaken, der abgeholt worden war. Die Frau hatte sich früher den Mann nicht aussuchen können, doch nun begünstigten die Gesetze ihre freie Eheentscheidung.

Bajnak hatte Zewegs Jurte oder vielmehr die der Kulakenfrau so gut wie verlassen. Eines Nachts kam ich von einer langen Versammlung nach Hause und sah einen großen jungen

Menschen vor der Hüttentür stehen. Ich erkannte ihn nicht, aber er kam auf mich zu und sagte leise: ›Vater.‹ Es war mein Bajnak! Sujasch hatte ihm also die Wahrheit gesagt.«

Der alte Dshaniwek verstummte. Es hatte aufgehört zu regnen. Das Feuer glühte noch schwach. Ich legte nach, machte wieder eine Mauer um den Brandherd und blies in die Glut, bis mir die Kehle brannte und der Schädel brummte. Bald flackerte das Feuer erneut auf. Der flüsternde weiße Regen war vorüber, gezackte weiße Wolken kamen über die Berge und über die Steppe. Schnee kündigte sich an.

Dshaniwek fuhr fort: »Ich freute mich, drückte den prächtigen jungen Mann an die Brust und dachte voller Glück, dieser ist dein Sohn! Aber ich fürchtete auch, dass nun die ganze Welt erfahren würde, was für ein unmoralischer Bock in dem Kreisvorsitzenden gesteckt hatte. Die Angst um den guten Ruf war stärker als mein Vaterstolz, und so brachte ich es fertig zu sagen: ›Du musst zurück zu deinem Vater!‹ Ich siebenmal elender Hund! Bajnak machte sich aus meiner Umarmung los und ging. Ich sah ihn im Dunkel verschwinden, und plötzlich zerriss etwas in mir. Ich legte den Kopf an das kalte Türschloss und schluchzte, aber ich rief meinen Sohn nicht zurück, lief ihm nicht nach.

Im Herbst darauf ging mein Bajnak zur Armee. Die Zeit war unruhig. Am Ortseingang saß ein Dutzend Burschen in gerader Linie zu Pferd, die rote Fahne flatterte an der Spitze des Zuges, es war ein kühler windiger Tag. Die Begleiter standen im Halbkreis vor ihnen, fünfzig oder sechzig Menschen, Greise am Stock oder im Sattel, Frauen mit Kindern an der Brust. Es waren Halbwüchsige dabei, die in wenigen Jahren selbst ihre erste gerade Linie zu Pferd bilden würden. Die Mädchen hatten ihre Tränen schon bei der Herde oder über dem Melkeimer geweint und konnten durchhalten, solange sich der singende Zug nicht in Bewegung setzte. Die Mütter hielten sich streng an die Sitte, dass beim Abschied keine Träne fallen durfte.

Als Kreisvorsitzender hielt ich eine kurze Rede, legte den Burschen ans Herz, das sozialistische Vaterland gut zu verteidigen, und, wenn es verlangt wurde, ihr Leben dafür einzusetzen.

Eine der Frauen begann wider alle Sitte zu schluchzen. Unter den Begleitern entstand ein dumpfes Raunen, den Burschen wurden die Augen feucht. Ich sagte: ›Die fünf Jahre werden euch wie fünf Tage vorkommen, wenn sie um sind. Auf Wiedersehen, Krieger!‹ Damit ging ich auf die Burschen zu, und das Volk kam mir nach. Ich wollte ihnen lächelnd die Hand drücken, aber als ich meinem Bajnak in die Augen sah, wurde mir schwindlig. Ich hatte den Burschen seit jener Nacht nicht mehr gesehen, und er kam mir abgemagert, verhärmt vor. Er wirkte noch männlicher und stand an der Spitze des Zuges. Ich berührte sein Knie, fasste ihn um die Taille, zog ihn an mich und umarmte ihn. Wie von Sinnen küsste ich ihn auf die Wangen und flüsterte: ›Mein Junge! Mein Junge!‹ Als ich ihn wieder losließ, sah ich seine wachen schwarzen Augen voller Tränen. So hatte mich auch meine Sujasch angesehen, und in diesen Augen stand die Frage: ›Hast du mich doch nicht verstoßen, Vater?‹

Da merkte ich, dass auch ich geweint hatte, schämte mich und trat zu dem nächsten Burschen, um mit ihm die gleiche Szene zu spielen. Ich umarmte und küsste der Reihe nach alle Burschen, doch bei keinem verharrte ich so lange wie bei meinem Bajnak. Nachdem sich alle Anwesenden von den Reitern verabschiedet hatten, reichte ihnen eine weißhaarige Alte eine Schüssel Milch zum Kosten und schüttete den Rest über die Köpfe der Pferde. Dann kam der Befehl zum Aufbruch. Ein Marschlied wurde angestimmt, und der Zug setzte sich singend in Bewegung. Die Begleiter blieben zusammen, bis die Burschen im Steppendunst verschwunden waren und sich die Staubfahne in der Luft aufgelöst hatte. Ich war aufgeregt, wünschte allen Wegreitenden viel, viel Glück und war selbst glücklich, was ich aber vor der Welt zu verbergen suchte.

Über die Kriegszeit brauche ich dir nicht ausführlich zu erzählen, es wird genug davon berichtet. Wir arbeiteten bis zum Umfallen, schliefen nie genug, hungerten, froren, kratzten zusammen, was wir finden konnten, und gaben es an die Front. Ich wäre ein guter Genosse gewesen, hätte ich mich nicht so sehr für die Stütze der Erdkugel gehalten.

Von unseren Soldaten war selten etwas zu hören, denn viele konnten nicht schreiben. Im zweiten Jahr kam ein selbst verfasster Brief von meinem Bajnak. Er hatte also etwas gelernt! Aber das war nicht alles: Er war in seiner Einheit der beste Schütze und zum Unteroffizier befördert worden. Ja, der Junge war begabt, das hatte man schon immer gesehen, denn wer mit zehn Jahren wilde Hengste zuritt und mit dreizehn Wölfe erlegte, der musste begabt sein! Diese Nachrichten feuerten mich an, und ich zählte schon die Tage. Als noch genau tausend Tage übrig waren, nahm ich ein sauberes Brett, machte zehnmal hundert Bleistiftstriche darauf, stellte das Brett neben mein Bett und radierte jede Nacht vor dem Einschlafen einen Strich aus. Dabei stellte ich mir vor, wie ich mit meinem Sohn leben würde, wenn der Krieg zu Ende war. Seltsamerweise wünschte ich ihm, was ich mir selbst versagt hatte. Heiraten sollte er und in einer großen weißen Jurte wohnen. Vielleicht hatte die Härte des Krieges meine in mir zur Krankheit erstarrte Dummheit zerschlagen, und große Stücke fielen heraus. Vielleicht war ich auf dem Weg der Genesung. Doch noch immer hegte ich die unsinnige Angst vor dem Gerede der Leute. Aber mein Vaterstolz wuchs mit jedem ausradierten Strich.

Im Oktober dreiundvierzig starb unser Parteisekretär an Lungenentzündung. In der Kreisleitung kam es zu einigen Veränderungen, ich wurde Parteisekretär. Kreisvorsitzender wurde ein neuer Genosse, den die Bezirksleitung geschickt hatte. Dieser Genosse war jung, bescheiden, konnte aber eiserne Härte zeigen, wenn es darauf ankam. Zu seinem Stellvertreter ernannte man Zeweg, und der bisherige Stellvertreter wurde versetzt. Im ersten Augenblick war ich gekränkt, als ich erfuhr, dass ich meinen Posten aufgeben musste. Vorher hatte ich nie daran gedacht, dass ich einmal kein Kreisvorsitzender mehr sein könnte. Aber dann dachte ich: Die Partei ist alles, und wen hätten die Genossen von der Bezirksleitung zum Kreissekretär machen sollen, wenn nicht mich? Ich sah das ein.
Den neuen Genossen verehrte ich insgeheim und versuchte ihm nachzueifern, aber ich ließ mir nichts anmerken und spielte nach außen den Erfahrenen, kritisierte ihn wegen einiger Kleinigkeiten, belehrte ihn und gab ihm einen Ratschlag nach dem anderen, so wie es Dummköpfe eben tun.
Am 23. August 1945 war ich unterwegs zu einer *Yak*herde, in der eine Seuche ausgebrochen sein sollte, als ich vom Kreisvorsitzenden zurückgerufen wurde. Ich fand alle leitenden Genossen im Zimmer des Vorsitzenden versammelt. Der Kreisvorsitzende kam mir mit einem Blatt Papier in der Hand entgegen, gab es mir und sagte: ›Die anderen wissen schon Bescheid.‹ Ich nahm das Blatt, las die erste Zeile und erschrak, ich las noch einmal und noch einmal und begriff nichts. Was ich danach getan und gesagt habe, weiß ich nicht mehr. Wahrscheinlich habe ich dem Kreisvorsitzenden das Blatt zurückgegeben, vielleicht habe ich mich hingesetzt. Vor meinen Augen drehten sich rote und grüne Kreise, und in diesem rotgrünen Durcheinander standen unbeweglich die schwarzen Buchstaben, die sich zu diesem Sinn zusammen-

fügten: ... Bajnak entflohen ... auf dem Heimweg ... festnehmen ... notfalls erschießen ... Und dahinter hörte ich deutlich Zeweg. Er fluchte: ›Alle anderen liegen im Feuer, vergießen ihr Blut! Und der Kerl flüchtet! Was für eine Schande! Ich werde den Hundesohn eigenhändig umbringen!‹«

Dshaniwek verstummte, beide Hände gegen den Kopf gepresst. Unter der Lammfellmütze lugte ziegenweißes Haar hervor, seine Finger krallten sich hinein, sie kneteten Schläfen und Stirn, als sollte die alte Haut noch einmal durchgegerbt werden.

Es begann zu schneien. Der alte Dshaniwek fuhr flüsternd fort: »Es wurde eine Gruppe gebildet, die unter meiner Führung arbeiten sollte und zu der außer Zeweg weitere vier gehörten. Jeder bekam aus dem Lager des Kreises einen neuen Karabiner mit dreißig Patronen. Dann wurden Zielübungen veranstaltet. Als Erster feuerte Zeweg fünf Patronen auf einen alten Ofen, der den Uferhang herabgerollt wurde und die Brust des flüchtenden Bajnak darstellen sollte. Im Handumdrehen war der Ofen durchlöchert wie ein Sieb. Wir anderen schossen nicht, wir waren von der Treffsicherheit der Gewehre überzeugt.

Der Sommer war lang in jenem Jahr, und Anfang September war die Steppe vor dem Kreiszentrum noch grün. Die Zugvögel verspäteten sich um einen ganzen Monat. Erst Ende September übersiedelten die ersten Jurten in die Ebene des Ag-Chem.

Der Krieg war zu Ende, die Soldaten wurden zurückerwartet. Ihre Reitpferde standen schon seit Wochen am Pflock. Sie wurden selbst während des Umzugs nicht geritten, sondern vom Vater oder Bruder des Reiters am Strick geführt. Jeden Augenblick konnte es heißen: ›Sie sind da!‹

Auf Bajnak wartete kein Pferd. Auf ihn warteten sechs bewaffnete Männer, sie warteten Tag und Nacht, sie lauerten

mit Fernglas und geladenem Gewehr. Auf ihn wartete seine gerechte Strafe, vielleicht sogar der Tod. Man wusste noch nichts über den Hintergrund seiner Flucht.
Ich konnte nachts nicht schlafen, starrte in die Finsternis und sah Bajnaks große Augen voller Tränen. Jener Abschiedstag war mir in Erinnerung geblieben. Die fünf Jahre waren um, und sie waren wie fünf Tage gewesen. Ich sah die Augen voller Tränen und fragte in Gedanken: Warum hast du mir das angetan, mein Junge, warum? Manchmal flüsterte ich es, und wenn ich meine eigene Stimme hörte, weinte ich.
In einer solch schlaflosen Nacht, es war die vom 29. auf den 30. September, glaubte ich ein Geräusch vor der Tür zu hören. Ich lauschte angestrengt und sagte mir, wenn es ein Hund ist, wird er sich trollen, denn vor der Tür war nichts zum Fressen. Da es still blieb, glaubte ich, ich hätte mich getäuscht. Trotzdem stand ich auf und horchte an der Tür. Nichts. Ich brachte es nicht fertig, mich wieder hinzulegen, ich öffnete die Tür, trat hinaus und schrie vor Schreck leise auf. Ein hochgewachsener, breitschultriger Mann lehnte an der Wand. Es war eine schwarze Nacht, aber mein Herz erkannte ihn wieder, es konnte nur Bajnak sein. Statt in die Hütte zu laufen und die Mordwaffe zu holen, stürzte ich auf ihn zu, drückte ihn an mich und küsste ihm schluchzend Hals, Gesicht und Stirn. Ich weinte vor Freude, weil ich in dieser feuchten schwarzen Nacht nicht mehr allein war, weil dieser große, breitschultrige Mann mein Sohn war und weil er die tausend Berge und hundert Flüsse und den Tod, der ihn auf jedem Schritt seines Weges erwartete, besiegt und sich bis zu seinem Altai durchgeschlagen hatte.
Als ich mich von ihm losmachte, blieb er mutlos stehen und fragte leise: ›Weiß man hier Bescheid?‹ Statt ihm zu antworten, zog ich ihn hinter mir in die Hütte, schloss die Tür ab, zündete die Öllampe an und holte die Fleischschüssel herbei.

Welcher gute Geist mich dazu veranlasst hatte, weiß ich nicht, aber ich hatte am Vorabend eine Menge Fleisch gekocht. Dazu schenkte ich ihm kalten Tee in eine Schale. Dies alles geschah in großer Eile.

Das Fenster hatte keine Glasscheiben, sondern war mit rasiertem Kalbfell bezogen. Ich stand am Herd und überlegte, was zu tun sei. Bajnak hockte schon über der Fleischschüssel, stopfte sich große Bissen in den Mund und kaute wie ein junges Kamel, das Kharaganadisteln zermahlt. Er steckte in einem zerlumpten Lawschak, der ihm viel zu klein war. Wo wird er ihn gestohlen haben, dachte ich, und das Herz tat mir weh. Sein Gürtel war ein Stück altes Leder, das er vermutlich irgendwo von den Fesseln eines Pferdes gelöst hatte. Die Stiefelsohlen waren durchgelaufen und mit Draht zusammengehalten, aber die Schäfte waren fast neu. Um den Kopf trug er ein Tuch, das die lang gewachsenen Haare nicht ganz verdecken konnte, sie fielen ihm ins Gesicht und über den Lawschakkragen. Sein Gesicht war mager und sonnengebräunt, aber mit einem bleichen Schimmer. Die rissigen Lippen bluteten beim Essen.

Je langsamer Bajnak kaute, desto unruhiger wurde ich. Die Freude war verflogen. Über dem Bett hing der Karabiner, in seinem Lauf saß der Tod, vier Kugeln im Magazin. Ich hatte bis zum Tagesanbruch zu entscheiden, was mit diesem Menschen geschehen sollte, der ein Verbrecher war und doch eher einem ausgehungerten Heimkehrer glich, der wie ein Pferd nach seiner Heimat gesucht und sie nun endlich wiedergefunden hatte.

Bajnak war satt. Ich stand noch immer und sagte: ›Also!‹ Er ließ den Kopf sinken. Im Kasten fand ich eine Schachtel Papirossy und gab sie ihm. Bajnak hielt sie unschlüssig in der Hand, die sichtbar zitterte. ›Das letzte Mal habe ich vor neunundvierzig Tagen geraucht. Ich hatte nur eine Schachtel bei mir.‹ Damit öffnete er die Packung, zündete sich eine Papirossa am Feuer der Öllampe an und rauchte hastig. Er hustete, und große Schweißtropfen rannen ihm über die Schläfe.

›Im März vierundvierzig wurde unser Offizier an die Südgrenze versetzt‹, begann er leise. ›Ein neuer kam, und der hatte ein Mädchen bei sich. Erst hielten wir sie für seine Tochter, aber sie war seine Frau. Nur glich sie nicht jenen aufgeputzten Offiziersdamen, die an der Seite ihrer Männer durch das Lager stolzierten und den Soldaten Befehle erteilten. Sie war zu jedem freundlich und hatte im Nu das Herz der Truppe gewonnen.‹

Tag und Nacht, berichtete Bajnak weiter, wurde Gefecht geübt, und die Soldaten waren so erschöpft, dass sie in den kurzen Pausen einfach umfielen und auf der Stelle einschliefen. Aber wer nach einer solchen Übung das Mädchen sehen oder gar ein paar Worte mit ihr wechseln konnte, fühlte sich erleichtert. Das kann vielleicht nur der verstehen, der weiß, was es bedeutet, wenn Männer tausend Tage und tausend Nächte in der Steppe verbringen und plötzlich eine Frau in ihrer Nähe wissen.

Das Lager war auf einmal wie ein Zuhause, es hielt alle zusammen. Es wurde genau berichtet, worüber man sich mit ihr unterhalten, was sie gesagt und sogar welche Gesten sie dabei gemacht hatte. Jeder wollte den anderen beweisen, dass das Mädchen gerade zu ihm das größte Vertrauen hatte. Viele logen. Aber selbst die Lügen wurden mit Spannung gehört, wenn nur ihr Name fiel. Der Frühling dort war nicht wie bei uns, es gab Sandstürme, und oft war der Himmel tage- und nächtelang nicht zu sehen. Im Sommer glühten Sand und Steppe, und der Regen verdunstete schon in der Luft. Da bekam man noch mehr Heimweh und Lust, von Zuhause, von den Bergen und den großen weißen Wintern zu erzählen.

Das Mädchen stammte aus der Taiga, und wenn sie von den großen blauen Seen, den grünen Sommern und den Rentieren erzählte, kamen ihr die Tränen. Als Waisenkind lebte sie bei reichen Verwandten, wo der Offizier sie kennen gelernt und gleich mitgenommen hatte. Nun wollte sie nach Hause zurück, hatte aber Angst, es ihrem Mann zu sagen, denn er war verschlossen und finster. Glich sie einem Stück der Sonne, so erschien er wie eine Wolke, die, wo sie auftauchte, Schatten und Schweigen verbreitete. Selbst den mutigsten Querköpfen floss der Angstschweiß, wenn sie vor ihn traten. Er schlug das Mädchen, und obwohl sie nicht darüber sprach, bekamen es die Soldaten irgendwie heraus. Er war eifersüchtig auf alle, am meisten aber auf Bajnak, vielleicht weil dieser als sein Stellvertreter am häufigsten in seiner Jurte verkehrte.

Bajnak verachtete ihn deshalb, verehrte und fürchtete ihn aber gleichzeitig wegen seiner übermenschlichen Ausdauer und seiner Fähigkeit, den Feind zu hassen. Er trug weder Orden, noch prahlte er mit seiner Vergangenheit, aber die Soldaten wussten, dass er viele Feinde getötet hatte und viermal verwundet worden war.

Entscheidende Tage standen bevor. Am 3. August wurde der Offizier in den Stab gerufen, von wo er am Abend zurückkam. In derselben Nacht brach die Einheit eilig nach Osten auf. Beim Morgengrauen waren viele Kilometer zurückgelegt. Die Steppe wimmelte von Reitern, Panzern und Autos, die alle gen Osten zogen. Dann kam der Befehl, anzuhalten und die Nacht abzuwarten. Tunsag, so hieß das Mädchen, flüsterte Bajnak im Vorbeigehen zu, dass ihr Mann allein an die Front gehen und sie unterwegs bei seinen Verwandten zurücklassen wolle. Sie aber wolle lieber in die Stadt und von dort nach Hause. Sie bat Bajnak, ihr bei diesem Vorhaben zu helfen. Ehe er ein Wort erwidern konnte, war sie gegangen.

Der Abend kam, und die Kolonne wartete abmarschbereit. Die Steppe dröhnte, der Mond stand am Himmelsrand. Der Offizier, Tunsag und Bajnak saßen im selben Wagen. Im letzten Augenblick vor der Abfahrt bat Tunsag, austreten zu dürfen. Voller Angst beobachtete Bajnak, wie sie ausstieg und auf die nahen Kharaganasträucher zulief. Er tastete seine Taschen ab, tat so, als hätte er etwas vergessen, und sprang ebenfalls vom Wagen.

Bajnak wollte Tunsag zurückholen, denn was sie vorhatte, war sinnlos. Als er sie jedoch hinter einem Strauch hockend fand, winzig wie ein Jungvogel, und ihr in die Augen sah, wusste er, dass er ihr helfen musste. Er drückte ihr seinen Revolver in die Hand und riet ihr, immer dem Polarstern nachzugehen. Bei Sonnenaufgang solle sie die Waffe wegwerfen. Bis zum Abend würde sie Menschen und Herden erreicht haben. Sie umarmte ihn schluchzend und sagte, sie würde ihn nie vergessen.

Als er sich umwandte, stand ihm der Offizier gegenüber. Mit einem Dolch in der Hand stürzte sich dieser auf ihn, und Bajnak hörte im Fallen, wie Tunsag aufschrie. Gleichzeitig fiel sein Blick auf dessen Revolver, den er mit der freien Linken aus dem Halfter riss und den Hahn abdrückte. Der Schuss hallte dumpf, doch dauerte es noch eine Weile, bis der Mann zur Seite rutschte.

Bajnak stand auf und bat Tunsag, die anderen zu holen. Sie gab ihm stattdessen seinen Revolver zurück und sagte, er solle weglaufen, da man ihn sonst mit Sicherheit erschießen werde. Bajnak zögerte. Der Offizier richtete sich mühsam auf und drohte ächzend, er würde ihn eigenhändig umbringen, sobald er wieder auf den Beinen sei.

›Da begann ich zu laufen‹, schloss Bajnak. ›Der Mond war untergegangen. Ich richtete mich nach dem Polarstern und rannte weiter, bis der Morgen graute. Dann grub ich mich er-

schöpft unter einem Strauch in den Sand ein.‹ Er verstummte und zündete sich eine neue Papirossa an.
So war das also, dachte ich, beruhigt, weil er ja keinen Menschen umgebracht hatte. Aber sogleich fiel mir ein, dass er zu Kriegszeiten aus der Armee desertiert war. Dafür konnte er erschossen werden. ›Der Offizier war ein Schwein‹, sagte ich. ›Er wollte dir nur Angst machen, und du hättest dich beherrschen müssen. Jetzt kommst du nicht so leicht davon.‹
›Ja, ich darf ihnen nicht in die Hände fallen‹, seufzte Bajnak.
›Nein!‹, sagte ich streng, ›du bleibst hier. Ich habe den Parteiauftrag, dich festzunehmen.‹ Bajnak war schon aufgestanden, er ging zur Tür. Ich riss das Gewehr von der Wand, zielte auf seine Brust und schrie: ›Und notfalls zu schießen!‹«
Der alte Dshaniwek hatte die letzten Worte tatsächlich geschrien, und nun versagte ihm die Stimme. Er starrte ins Feuer, und in seinem Auge war eine winzige helle Träne. Dann hat er abgedrückt, dachte ich und wünschte mir, er würde nicht weitererzählen. »Es schneit«, sagte ich.
Aber Dshaniwek hörte mich nicht, er fuhr fort: »Plötzlich sah ich den durchlöcherten Ofen vor mir, und ich konnte nicht abdrücken. Bajnak stand da, ganz bleich im Gesicht. ›Vater‹, sagte er über den Gewehrlauf hinweg, ›weißt du, dass die Reise schrecklich war? Tagsüber habe ich mich versteckt, nachts bin ich gegangen. Zweiundsiebzig Tage und zweiundsiebzig Nächte. Und die Tage waren so lang. Manchmal habe ich in einer Felsenritze gehockt, der Stein war so hart, manchmal habe ich in einer Sandmulde gelegen, die Erde war so heiß. Wenn sich nachts die Sterne hinter Wolken verbargen oder die Berge den Nordwind aufhielten, dachte ich, ich schaffe es nicht. Weißt du, wie ich mich gefreut habe, als ich meinen Himmel, meine Berge und meine Steppe wiedersah und dir gegenüberstand? Obwohl ich glaubte, dass du mich verfluchen und schlagen und ausliefern könntest, bin

ich zu dir gekommen, weil du der einzige Mensch bist, den ich auf der Welt habe. Und ich möchte das Grab meiner Mutter wiedersehen, mich danebensetzen und nach dem Muttergeruch suchen. Ich möchte meine Berge durchwandern, vom Gipfel über die Steppe schauen, den Steinziegen nachklettern, die Murmeltiere pfeifen hören und mich noch einmal an ihrem Fleisch satt essen. Ich möchte nachts im Gras liegen, den Tau kosten und die Sterne lesen, möchte beim Erwachen dem Vogelgesang lauschen, mich im Gras wälzen, aufspringen und mit dem Kochkessel zum Bach gehen. Ich möchte im Sommer vom Regen durchnässt werden und dann mit der dampfenden Erde in der Sonne trocknen, ich möchte winters im Schneesturm stecken und mich auf das Frühlingserwachen freuen. Ich habe niemanden umgebracht, ich bin kein Verräter, ich habe nur versagt, als ich einem anderen Menschen Gutes zu tun glaubte. Ich bin geflohen, weil ich leben wollte.‹ Er konnte nicht weitersprechen, er weinte.

Zwei Gewalten rissen an mir, die Pflicht und der Sohn. Und der Sohn siegte. Ich stellte das Gewehr beiseite, umarmte Bajnak und flüsterte: ›Geh und lebe. Doch du wirst nicht entkommen, mein grauer Hase.‹ Und er ging fort.

Die Soldaten kehrten heim, es gab große Feste. Lange fiel kein Schnee. Nur morgens war die Erde weiß vom Raureif. Tagsüber blies ein warmer gelber Wind aus Nordwesten, und man konnte weit in die Ferne sehen.

Jeder Bote, der kam, brachte ein Schreiben vom Bezirkszentrum. Man wurde ungeduldig. Bajnak sollte an vielen Stellen gesehen worden sein, aber es war immer ein Irrtum. Manche meinten, er wäre umgekommen, denn kein Mensch könnte zu Fuß eine solche Strecke zurücklegen, für die man mit Dutzenden von Pferden mindestens einen Monat brauchte. Andere wieder glaubten nicht, dass er sich auf dem Heimweg

befand, sondern dass er Orte aufsuchen würde, wo ihn niemand kannte. Ich sagte nichts, ging nur mit einem schlechten Gewissen umher, weil ich meine Partei zum ersten Mal betrogen hatte.
Ich sah die gelben Berge mit den Eiskappen und versuchte mir vorzustellen, wo mein Bajnak wohl sein könnte. Ich dachte mit erlösender, warmer Liebe an ihn, manchmal aber auch mit Hass, weil er mich zur Lüge gezwungen hatte. Doch dieser Hass war nicht so groß, dass ich ihn deshalb hätte töten können.
Mitte November wurde ich ins Bezirkszentrum gerufen. Ich ritt nicht mehr im Höllentempo so mancher Staatsangestellter und beschimpfte auch nicht die Stationsköche und Pferdehalter, damit sie mich respektierten. Mir war nicht danach, und ich merkte, dass ich ein anderer Mensch geworden war. Ich bereute die Vergangenheit und fürchtete die Zukunft.
Im Bezirkszentrum fragte man mich, warum wir Bajnak bis jetzt nicht gefangen hätten. ›Da er nicht hier ist, können wir ihn ja nicht fangen‹, sagte ich und schämte mich dabei. Der Genosse antwortete, sie wüssten aus zuverlässiger Quelle, dass er da sei. Der Bericht sei aus unserem Kreis gekommen. Er gab mir drei Wochen Zeit und entließ mich mit den Worten: ›Wenn die Gruppe nicht unter Ihrer Leitung arbeitete, Genosse, so würden wir glauben, dass ihr ihn nicht ausliefern wollt.‹ Sie verließen sich fest auf mich, und das beschämte mich noch mehr.
Ich sah die großen Steingebäude mit den rauchenden Schornsteinen und kam mir selber alt und müde vor. Traurig dachte ich: Könnte diese Zeit nicht für dich sein, mein Sohn?
Als ich zurückkam, fand ich Berg und Steppe verschneit. Beim Anblick der weißen Berge fürchtete ich, dass er in seinem dünnen Lawschak vielleicht schon erfroren war, und

mir kamen die Tränen. Wenn du auch die Kälte überstehst, du wirst doch nicht entkommen.
Am nächsten Morgen brach eine sechsköpfige Gruppe vom Kreiszentrum auf, um Bajnak zu jagen. Die Berge sollten von Norden nach Süden durchkämmt werden. Es hatte heftig geschneit, und der Wind war ausgeblieben, so dass alle Spuren gut zu lesen waren. Der Himmel stand hoch und blau. Es war kalt, die Luft war durchsichtig. Mit dem Fernglas konnte man Füchse auf die Entfernung einer halben Tagesreise ausmachen.
An die Aussage aus ›zuverlässiger Quelle‹ glaubte außer mir keiner, am allerwenigsten Zeweg, der murrte: ›Das ist nichts weiter als eine Spielerei! Der Hundesohn wird längst irgendwo verreckt sein!‹ Er hatte Sorgen um sein Vieh zu Hause. Seine Kulakenfrau war allein.
Es war nicht erlaubt, auf etwas anderes zu schießen, und das ärgerte die meisten. Sie sprachen wenig und starrten gelangweilt auf die weißen Berge. Ich war der Einzige, der suchte und glaubte, dass wir Bajnak finden würden.
Am Abend kamen wir zum Lager eines alten taubstummen Einsiedlers, der seit vierzig Jahren in einer Höhle hauste. Die Volksmacht hatte ihm etwas Geld und eine Hütte im Kreiszentrum angeboten. Er hatte zwar das Geld genommen, von der Hütte aber nichts wissen wollen. Er zog es vor, in der Höhle zu bleiben und von der Jagd zu leben. Zeweg wies mit dem Daumen zuerst auf sich, streckte dann den kleinen Finger vor, fuhr mit dem Zeigefinger über seine Oberlippe, führte ihn zum Auge und machte eine fragende Geste. Das sollte heißen: Hast du meinen Sohn gesehen? Der Taubstumme schüttelte den Kopf.
Drei von uns schliefen in seiner Höhle. Ich legte mich mit zwei jüngeren Genossen ins Freie, und der Taubstumme gesellte sich zu uns. Er wollte es unbedingt, da er warme Sachen

trug. Es war eine schimmernde, kalte Nacht. Es knackte und krachte unter den Felsen. Ich schlief nicht. Auch die beiden anderen schliefen schlecht, es war zu kalt, eine Novembernacht zwischen Schnee und Sternen. Die Tränen gefroren auf dem Kopfkissen zu Eiskugeln. Nur der Taubstumme schlief fest. Gegen Morgen setzte ein schneidend kalter Westwind ein.

Die nächste Nacht verbrachten wir im Zelt eines Pferdehirten. Auch er hatte keinen Bajnak und keine Spur gesehen. In der Nacht stand jemand auf und machte Feuer. Wir hatten die Schwarzen Berge, die Espenschlucht, Bajan, Taldag und Bulutug durchkämmt und keine Spur entdeckt. Das Murren wurde immer lauter, einige drängten sogar schon zum Heimritt, aber ich sagte: ›Solange wir die Berge nicht bis zum südlichsten Zipfel durchsucht haben, reiten wir nicht zurück.‹ ›Da brauchen wir mindestens zehn Tage!‹, rief einer entsetzt. ›Wir haben zwanzig Tage Zeit!‹, schrie ich. Der Gedanke, Bajnak könnte schon erfroren sein, war mir unerträglich. Ich suchte ihn wirklich und wollte ihn in Sicherheit bringen, bevor die richtige Winterkälte einbrach. Vielleicht wurde er doch nicht erschossen.

Ich forderte viel von der Gruppe. In gleichen Abständen über den Berghang verteilt, ritten wir im Schneckentempo und sichteten nach links und rechts. Kein Hase hätte uns entschlüpfen können. Ohne ausdrücklichen Befehl zu schießen war untersagt, und auf Befehl durfte nur geschossen werden, wenn Bajnak zur Waffe greifen sollte. Die Gruppe war ruhig, keiner wagte mehr zu widersprechen, aber ihre Mienen sagten deutlich, dass sie nicht an einen Erfolg glaubten.

Wir rückten in Richtung der Besch-Bogda vor. Der Wind drang uns bis ins Mark. Ich war wie von Sinnen und hasste die Männer, nicht weil sie meinen Sohn erschießen wollten, sondern weil sie ihn nicht finden konnten. Ich hasste auch

Bajnak, weil er mir unentdeckt erfrieren wollte. Selbst die Todesstrafe kam mir nicht so schlimm vor wie die Kälte. Ich bereute, dass ich ihn damals hatte gehen lassen, ohne ihm wenigstens warme Sachen mitzugeben.

Gegen Mittag des vierten Tages rief der Mann, der ganz unten ritt: ›Hierher!‹ Ich war der Zweite von oben, aber als Erster bei ihm. Mein Pferd war den vereisten Steilhang hinuntergesaust wie auf Schlittenkufen. Ich sah die Spuren der zusammengeschnürten Stiefelsohlen, und mir wollte das Herz aus dem Leib springen. Er lebt, dachte ich voller Freude, aber gleich kam er mir vor wie der graue Märchenhase, der bis zu den steilen Felsen gehetzt wird, und er tat mir Leid. Vergebens hast du dich auf dein Frühlingserwachen gefreut, mein grauer Hase, dachte ich.

Die Spuren waren frisch und wahrscheinlich vom Vortag. Sie führten vom Berg in die Steppe und waren weithin sichtbar. Die Männer standen verblüfft herum, und so kurz vor dem Ziel lag auf ihren Gesichtern Angst und Freude.

Wir ritten in gestrecktem Galopp, und im Nu waren die Pferde weiß. Sie waren von Eis bedeckt, das raschelte und klirrte. Solche Ritte unternahm man winters nicht. Dieser oder jener mochte glauben, ich ritte aus Mordsucht so rasend, deswegen wohl auch das spätere Gerede.

Die Fährte führte über Ak-Chem, Chara-Chöl und Orugtug. In Orugtug war der Weg schlecht, wir ritten hintereinander und in holprigem Trab. Ich zerbrach mir den Kopf, warum Bajnak diesen weiten Weg eingeschlagen hatte. Die zunehmende Kälte konnte nicht der Grund gewesen sein, denn nirgends fand man so viel Schutz wie in den nördlichen Bergen. Vielleicht war ihm die Nahrung ausgegangen, aber da hätte er Menschen und Tiere suchen müssen. Seine Fußabdrücke jedoch gingen in eine entlegene Gegend, wo nur Pferdehirten mit ihren Herden den Frühwinter verbrachten.

Plötzlich fiel es mir ein, Bajnak hatte uns gesehen. Der Himmel war mit jedem Tag blauer geworden, und sechs Mann zu Pferd waren auf dem Schneeweiß einen Tag weit zu sehen. Am Vortag hatte er uns entdeckt und war in der Nacht über die Steppe geflüchtet. Das war ein verzweifelter Schritt.

Hinter Orugtug führten die Spuren steil aufwärts in Richtung Chara-Adar. Gipfel und Hänge von Chara-Adar waren wie mit flüssigem weißem Porzellan übergossen. Aber die Schlucht zeigte Hunderte kleiner und großer schwarzer Stellen. Pferdeherden hatten dort gegrast. Sie lag leer und verlassen da. Die Herden waren einige Tage nach dem Schnee weitergezogen, die Pferde jedoch hatten den größten Teil der Erde vom Schnee freigeschlagen und den liegen gebliebenen Schnee zu Eis festgetreten. Die Spuren waren nicht mehr zu erkennen, aber wir brauchten sie schon nicht mehr.

Das Tal wurde immer enger und steiler. Die Seitenhänge waren wie zwei dicke Eiswände und der Himmel darüber nur ein schmaler blauer Streifen. Da entdeckten wir Bajnak am Ende der Schlucht. Er lief jedoch weiter, ohne sich um unsere Rufe zu kümmern, und verschwand hinter einem kleinen Felsen. Wir konnten nicht schneller reiten. Die Gesichter waren bleich, Zeweg begann über Bauchschmerzen zu klagen und blieb etwas zurück. Der Ausgang lag vor uns, dahinter ragten Felsen senkrecht in den Himmel. Sie waren mit gefrorenem Schnee bedeckt. Nur einige Spitzen stachen dunkel aus dem Weiß hervor.

Bajnak blieb nicht stehen, er sprang auf die vereiste Schneekruste und lief auf allen Vieren weiter. Er lief und kletterte, fiel auf den Bauch, rutschte zurück, krallte sich fest, kletterte und kam weiter vorwärts. Ich schrie: ›Bajnak, lass den Unsinn! Du stürzt dich noch zu Tode!‹ Aber er gab nicht auf, kletterte weiter. Da befahl ich Feuer, um ihm den Weg abzuschneiden. Der enge Raum zwischen den Felswänden füllte sich mit Donnergetöse und schien bis in Schnee und Stein zu erzittern. Bajnak verharrte mit eingezogenem Kopf auf der vereisten Fläche und kroch weiter, als die Schüsse verhallt waren. Ich schrie wieder: ›Kehr doch um, Bajnak! Du wirst nicht erschossen! Wir bürgen für dich!‹ Mir schnappte die Stimme über, und ich dachte nicht daran, dass mein Schreien sinnlos war.

Es war eine Qual, zuzusehen, wie Bajnak weiterkroch. Er konnte jeden Augenblick abstürzen, und dann hätten kein Gott und kein Doktor seine Reste jemals wieder zusammenflicken können. Endlich erreichte er eine der dunkel aufragenden Felsspitzen und verschwand dahinter. Die Schlucht lag längst im Schatten.

Der Wind legte sich, und der Abend kam. Pferde und Reiter zitterten vor Kälte. Wir beschlossen, Feuer zu machen, aber die Pferdeäpfel waren zu Stein gefroren und saßen fest im Schnee. Ich schickte drei der Männer zurück, um nach dem Lagerplatz des Pferdehirten zu suchen.

Indessen begann Bajnak in seinem Versteck zu arbeiten. Er klopfte mit Stein an den Felsen, bröckelndes Eis fiel herab. Wir glaubten, er wolle sich so vor dem Erfrieren retten.

Die drei Männer kamen erst in der Nacht wieder. Sie hatten im verlassenen Hirtenlager nur einen Pflock gefunden. Den spalteten wir zu Spänen und machten Feuer. Es wurde Mitternacht, bis die gefrorenen Pferdeäpfel so trocken waren, dass sie brannten. Einer musste dem Feuer ständig Luft zufächeln, und wenn ihm die Arme schmerzten, löste ihn der Nächste ab.

Die Nacht war kalt und lang. Wir hatten die Pferde nicht gefesselt, damit sie sich frei bewegen konnten. Aber sie standen und zitterten. Einer nahm sie an den Zügeln und führte sie auf und ab, damit sie nicht erfroren. Inzwischen war der Schnee im Topf geschmolzen, und das Wasser begann zu sie-

den. Wir hatten unsere letzte Hammelkeule in dünne Scheiben geschnitten.
Es war nicht wie sonst am Lagerfeuer. Alle schwiegen und lauschten, nur selten sprach einer ein Wort. Die Schlucht war dunkel und über ihr ein Streifen Helligkeit. Das kam vom wolkenlosen Sternenhimmel und dem Schneeschimmer. Der Mond ging erst spät auf.
Bajnak arbeitete ununterbrochen weiter. Es war unheimlich, und ich musste an das Murmeltier denken, das weitergräbt, bis ihm nur die blutenden Krallenstümpfe bleiben.
Irgendwann machten wir uns ans Essen. Wir ließen den Topf auf dem Feuer stehen, fischten mit den bloßen Händen die Fleischscheiben heraus. Die Finger spürten die Hitze nicht mehr. Einer der Männer rief: ›Bajnak, willst du ein Stück Fleisch?‹ Fleisch macht den Wolf, sagt man. Bajnak hörte auf zu arbeiten. Der Mann fuhr fort: ›Du musst etwas näher kommen, wir können nicht so weit werfen.‹ Nach einer Weile antwortete Bajnak: ›Ein fettes Stück könnt ihr schon am Herd liegenlassen, wenn ihr am Morgen weggeht.‹ Seine Stimme klang bittend. Da meldete sich Zeweg: ›Wir gehen von hier nicht weg! Du hast Zeit bis Sonnenaufgang, Genosse Bajnak!‹ Bajnak rief zurück: ›Dasselbe sage ich euch, Genosse Vater! Stellt euch schon darauf ein, dass ihr von hier verschwindet!‹ Wir sahen einander schweigend an, im Mondschein wirkten die Gesichter bleich.
Bajnak arbeitete noch hastiger, als wollte er Versäumtes nachholen. Das wenige Fleisch und die Brühe hatten uns nicht erwärmt, aber der Morgen war nicht mehr fern.
Als es hell wurde, sahen wir, dass Bajnak die ganze Felsspitze abgebrochen hatte. Die Brocken waren zu einem Mauerbogen geschichtet. Dahinter lag ein Hügel aus Eisklumpen. Ich fragte die Männer, was wir ihrer Meinung nach nun machen sollten. Zeweg sagte, die Hälfte der Gruppe solle als

Wache hierbleiben, während die andere ins Kreiszentrum reiten, das Bezirkszentrum benachrichtigen und warme Sachen, Nahrung, Brennholz und ein Zelt mitbringen sollte. Der Jüngste unter uns hielt das für einen Umweg. Er schlug vor, dass einer unter dem Feuerschutz der anderen Bajnak nachstieg. Die Meinungen waren geteilt, und man wartete auf meine Entscheidung, Angriff oder Rückzug. Ich überlegte und war mir nicht sicher, ob er schießen würde. Noch weniger mochte ich glauben, dass er auf seinen Vater oder einen anderen Landsmann schießen könnte.
Da rief Bajnak: ›Die Sonne ist aufgegangen. Das ist meine letzte Warnung. Ich zähle bis zehn. Eins, zwei ...‹ Wir sahen uns an, und ich dachte: Er ist am Ende, diese Drohung ist ein letzter verzweifelter Versuch. Er musste Hunger haben, und mir fiel das fette Stück Fleisch ein, das er sich gewünscht hatte. Ich sah zum Himmel hinauf, er war so unsagbar weit. ›... sieben, acht, neun, zehn.‹ Der oberste Felsen schwankte, stürzte von der Mauer und sauste auf uns zu. Jetzt endlich begriff ich, was er vorhatte. Ich war wütend und schrie: ›Lass diese Dummheiten, Bajnak! Du bringst eine Menge Menschen um!‹ Der Fels verfehlte sein Ziel nur um ein Haar. Menschen und Tiere stoben schreiend und wiehernd auseinander, der Fels hüpfte weiter die Schlucht entlang und schlug zehn oder zwanzig weitere Steine los, es war ein Getöse, als wollten Himmel und Erde zerbersten. Ich befahl: ›Feuer!‹ Hier und da krachte ein Schuss, schon kamen die nächsten Felsbrocken herunter, und uns blieb nur noch die Flucht. Ich heulte vor Wut, stürzte mehrere Male, und bei jedem Sturz dachte ich, es hätte mich erwischt. Ein Pferd wurde von einem kesselgroßen Stein getroffen, es brach zusammen, und der Schnee um den Körper färbte sich rot.
Ich verabscheute Bajnak, ich hätte ihn umbringen können. Aber ich floh, und vor mir flohen die anderen Männer, und

vor uns flohen in Panik die Pferde. Fels- und Eisbrocken flogen uns nach, holten uns ein, überholten uns, es war, als flutete eine gewaltige Lawine auf uns herab.
Am Ausgang der Felsenschlucht wandten wir uns nach links und blieben keuchend stehen. Es verging geraume Zeit, bis der Erste die Sprache wiederfand und sagte: ›So etwas!‹ Alle wunderten sich, dass sie mit dem Leben davongekommen waren. Außer dem einen Pferd waren wir alle unversehrt, aber wir waren geschlagen. Ich kochte vor Wut und rief: ›Zu den Pferden!‹ Diese standen etwas abseits, immer noch unruhig und voller Todesangst. ›Wohin?‹, fragten die anderen. Ärgerlich schrie ich: ›Wohin wohl, nach Hause etwa, zu den Weibern?‹ Wortlos gehorchten sie mir. Der Reiter des erschlagenen Pferdes war ein dürres Alterchen, Borwa geheißen, der saß nun hinter einem jüngeren Genossen auf.
Dir elendem Schuft, schwor ich mir, werde ich nachklettern, und wenn ich mich zum Krüppel stürzen sollte. Eigenhändig werde ich dich festnehmen oder erschießen! Ich hasste ihn, wie ich noch keinen Menschen gehasst hatte. Er war meines Vertrauens nicht mehr würdig.
Als wir wieder in die Schlucht ritten und den steilen Gipfel über uns sahen, sagte Zeweg: ›Wäre es nicht besser, doch den Umweg zu nehmen, wie ich vorgeschlagen habe?‹ Die anderen Männer schwiegen. Ich sagte bissig: ›Ich werde ihm nachklettern. Ihr könnt meinetwegen unten bleiben und euch absetzen, wenn er wieder etwas finden sollte, um euch zu bombardieren.‹ Ich nahm jedoch an, dass er nichts mehr haben würde, womit er uns in die Flucht schlagen konnte.
Schweigend ritten wir den Weg hinauf. Zeweg klagte nicht mehr über Bauchschmerzen, ritt aber als Letzter, er war mir zuwider. Umso mehr Entschlossenheit wollte ich zeigen. Viel Mut würde dazugehören, einem Bewaffneten über dieses Eis nachzuklettern und ihn herunterzuholen. Ich war besessen,

und mich schauderte, als mir der König einfiel, der seine eigene Brut abschlachtete. Ich wurde unsicher. Vielleicht hatte Bajnak noch Fels- und Eisbrocken, die er auf uns herabjagen konnte. Ich wünschte es mir fast, denn dann wäre es besser, ihm nicht nachzusteigen.

Da wurde der Fels sichtbar, hinter dem Bajnak sein Versteck hatte. Der Stein- und Eishaufen war nicht mehr da. ›Er hat seinen ganzen Vorrat abgefeuert‹, rief einer erleichtert. Kaum waren diese Worte ausgesprochen, erblickten wir Bajnak in fünf Schritt Entfernung, die Pistole in der Hand. Erschrocken blieben wir stehen. Jetzt ist es aus mit mir und dir, mein Sohn, dachte ich. Die Wut war weg, der Mut war verflogen. Nur Mitleid war geblieben, in das sich etwas wie Stolz mischte. Bajnak sah wild aus, er glich keinem Sterblichen. Sein Gesicht war bleich, die Züge noch schärfer, das wirre schwarze Haar flutete glänzend über die Schulter herab, der Mund war blutverschmiert, seine Brust schien noch breiter geworden. Die mit Draht zusammengeschnürten Stiefel und der an siebenundsiebzig Stellen geflickte alte *Ton* standen ihm wie die ausgesuchteste Festkleidung. Wie ein seltener Schmuck hing an seinem Gürtel ein Schneehuhn, zwei gefrorene Blutstropfen klebten am Hals des Vogels gleich roten Perlen.

›Bleibt still im Sattel sitzen und hört gut zu, Brüder!‹, begann Bajnak. Die Pistole in seiner Hand zielte auf uns. Wir hatten die Karabiner geschultert. ›Ich zähle jetzt bis drei‹, fuhr er fort, ›und ihr lasst die Waffen fallen. Die linke Hand bleibt dabei am Zügel. Und keine Tricks, ich schieße nicht vorbei. Also: eins!‹ Er wartete. Die Männer saßen blass und starr im Sattel, ihre Blicke waren auf mich gerichtet. ›Zwei!‹ Zeweg entledigte sich seiner Waffe, die anderen folgten ihm, ich als Letzter. ›Nun die Patronengürtel!‹, befahl Bajnak. Er ließ die Hand mit der Pistole sinken und sagte leise: ›Reitet ein Stück zurück.‹ Wir gehorchten.

Er nahm die Patronen aus den Gewehren und legte Waffen und Munition auf einen Haufen. Dann packte er eines der Gewehre mit beiden Händen am Lauf, blieb vorgebeugt stehen und sagte: ›Ich bin nicht verrückt, ich habe nur Hunger. Seit drei Tagen habe ich nichts gegessen. Ihr habt mich grausamer verfolgt als der Wolf sein Opfer. Keinen Bissen Fleisch habt ihr mir zurückgelassen. Auf diesen faustgroßen Vogel habe ich so fieberhaft gezielt wie noch auf keinen Bären. Aus der Luft habe ich ihn aufgefangen und ihm das Blut ausgesaugt. Und ich hätte ihn so gegessen, wärt ihr nicht zurückgekommen. Wisst ihr, wie das ist, wenn einem der Hunger Hirn und Eingeweide verbrennt?‹ Die letzten Worte schrie er, seine Augen rollten, sein Gesicht verzerrte sich.
Dann ging er, das Gewehr am Lauf gepackt, auf einen spitzen Felsen zu und schlug den Kolben dagegen, dass die Splitter flogen. Er sammelte sie zu einem Haufen, zerbiss eine Patrone, schüttete das Pulver über die Späne und entfachte ein loderndes Feuer. Hastig rupfte er das Schneehuhn und hielt es in die Flamme. Schon lange sah er nicht mehr zu uns herüber, und er hätte nicht bemerkt, wenn sich ihm einer genähert hätte, so vertieft war er in die Arbeit. Aber in diesem Augenblick dachte keiner von uns daran, Hand an ihn zu legen, wir sahen ihm nur erstaunt zu. Die Angst war verflogen, und die Furcht vor dem Gesetz war noch nicht erwacht.
Bajnak hielt den winzigen Vogelleib in beiden Händen, blies darauf und biss hinein. Er kaute hastig und spie die Knochen aus. Im Nu war der Vogel verzehrt. Zum Schluss stopfte er sich eine Handvoll Schnee in den Mund. Dann sah er zu uns auf und sagte: ›Verzeiht mir, dass ich euer Leben in Gefahr gebracht habe. Ich will keinem etwas tun, aber ich will leben, solange ich kann. Es ist die Not, die einen zum Dieb, vielleicht auch zum Mörder macht. Diesen alten Ton habe ich gestohlen, um nicht zu erfrieren. Später habe ich dem Be-

sitzer, einem armen alten Mann, dafür zwei Fuchsfelle vor die Jurte gelegt. Ich würde ihm noch manches bringen, denn der Ton ist mir mehr wert als großer Reichtum. Aber ich muss mich hinschleichen wie ein Dieb, und es ist möglich, dass ich dabei wieder etwas stehle, zum Beispiel ein paar tuwinische Stiefel, denn meine Soldatenstiefel werden den Altaiwinter nicht überstehen. Verzeih mir, du weißhaariger Bruder Borwa, weil ich dir das Pferd erschlagen habe. Mein Leben lang werde ich nicht vergessen, dass ich in deiner Schuld bin. Verzeih mir, du Bruder, dem das zerschlagene Gewehr gehört. Allein du weißt nicht, was ein Bissen brandheißes Fleisch bedeuten kann. Verzeiht mir, Brüder, Vater, alle, dass ich euch die Patronen wegnehmen werde. Damit werde ich versuchen, zu leben und meine Schulden zurückzuzahlen, so gut ich kann. Jeder Wolf wird sterben, dem ich auf die Spur gerate. Verzeihen möge mir mein Volk, weil ich ihm meine Kräfte entziehe und nur Unruhe stifte. Doch ich will versuchen, ihm Härten abzunehmen. Ich säubere jeden Weg und Pfad, auf dem ich wandere, bessere verlassene Hütten und Ställe aus, erneuere alte Brunnen und helfe den Hirten und ihren Herden bei der Suche nach guten Weideplätzen.‹

Zuerst hatte er ruhig gesprochen, dann verlor er sich in Leidenschaft, und Tränen traten ihm in die Augen. Auch ich weinte, ich hatte alle Gefahr vergessen, war stolz auf den schönen jungen Mann, der um jeden Preis leben wollte, und ich wünschte, dass er lange, lange leben würde.

Es war ein schöner Morgen, hoch über der Schlucht spannte sich der Himmel wie dunkelblaue Seide, und trotz der Kälte spürte man einen Hauch Sonne auf der Haut wie eine Verheißung des kommenden Frühlings.

Bajnak suchte sich ein Gewehr aus dem Haufen, schulterte es und schnallte sich zwei gefüllte Patronengurte um den Leib. Dann sagte er: ›Vielleicht ist es eines dieser Gewehre, aus dem mich eines Tages der Tod trifft, aber ich gebe sie euch zurück.‹ Damit brachte er uns die leeren Gewehre und Patronengürtel. Wir blieben stumm, so wie wir die ganze Zeit dagestanden hatten. Das zerschlagene Gewehr gehörte Zeweg, er stand ganz hinten, und seine Hand zitterte, als er den nackten Gewehrlauf entgegennahm.

Bajnak stand wie ein Denkmal und sah uns nach. Als wir uns ein Stück entfernt hatten, rief er: ›Verzeiht, Brüder, verzeih, Vater, ich kann nicht mehr zurück!‹ Der alte Borwa seufzte: ›Der Junge ist verloren.‹ Zeweg fügte hinzu: ›Auch wir sind verloren.‹ Ich weiß nicht, ob auf dem Heimweg noch ein Wort gesprochen wurde.

Nach Mitternacht kamen wir im Zentrum an. Bereits am nächsten Morgen wurde ich ins Krankenhaus gebracht. Ich hatte Lungenentzündung bekommen. Fünf, sechs Tage war ich nicht richtig bei Bewusstsein. Später hörte ich von meinem Bettnachbarn, dass ich tage- und nächtelang von Bajnak als von meinem Sohn geredet hätte.

Die Lungenentzündung hatte ich bald überstanden, aber mit dem Herzen war etwas nicht in Ordnung. Ich sollte versuchen, an nichts zu denken, riet mir der Arzt. Doch werden die Ärzte jemals ein Mittel gegen die Gedanken erfinden?

Es wurde ein langer Winter. Das Krankenhaus hatte nur ein Zimmer mit acht Betten und nur zwei Angestellte, den Unterarzt und die Schwester. Die Leute waren damals mit dem Krankenhaus noch nicht so vertraut. Wir lagen meistens zu dritt und zu viert im Zimmer. Nur Schwerkranke wurden eingeliefert. Sie starben oder genasen, keiner jedoch blieb so lange wie ich. Acht Menschen starben in jenem Winter in diesem Krankenhaus, darunter vier junge Mütter und zwei kleine Jungen.

Einer von ihnen ist mir unvergesslich geblieben. Er war sieben Jahre alt und wollte ein so vortrefflicher Jäger werden

wie sein großer schöner Bruder vom Berg. ›Wer ist dein großer schöner Bruder vom Berg?‹, fragte man ihn. Das dürfe er niemandem verraten, sagte der Junge. Aber er kam immer wieder auf seinen großen schönen Bruder zu sprechen. Es ging ihm immer schlechter, und an einem Schneemorgen starb er. Die ganze Nacht hatte er mit dem Tod gerungen. Er wollte wissen, ob es auch im Gebirge schneite. Ich ging hinaus, damit er nicht sah, dass ich weinte. Im Gebirge schneite es tatsächlich. Als der Junge das hörte, sagte er: ›Dann muss mein schöner großer Bruder vom Berg ...‹ und verstummte. Erst gegen Mittag entdeckten wir, dass er tot war.
Die Kranken erzählten von ihren Eltern, ihren Männern, ihren Frauen, von den Tieren, die bald jungen mussten, und von bösen und guten Mitmenschen. Sie machten sich Sorgen um ihre Familien, freuten sich auf ihr Zuhause. Ich hatte kein Zuhause, auf das ich mich hätte freuen können, auch auf die Arbeit freute ich mich nicht. Und von meinen Sorgen durfte ich keinem etwas sagen. Auch über Bajnak wurde gesprochen, aber nur wenn ich schlief oder nicht im Zimmer war. Manchmal stellte ich mich stundenlang schlafend, um die wichtigsten Neuigkeiten mitzubekommen.
Einen Tag nach unserer erfolglosen Aktion war eine Gruppe von der Staatssicherheit eingetroffen. Sie hatte die Berge nach China hin durchsucht, war jedoch nach zwei Wochen ins Bezirkszentrum zurückgekehrt, ohne eine Spur von Bajnak entdeckt zu haben.
Bajnak wurde bewundert und bemitleidet. Schinak, ein Mann in meinem Alter mit dem Spitznamen Blau, weil er ein Leberleiden hatte, erzählte, dass er Bajnak regelmäßig Tabak, Salz, Tee und getrockneten Quark gebracht habe. Gegen Ende des Winters hieß es, er sei abgeholt worden.
Manchmal bekam ich Besuch von der Kreisleitung. Mir fiel auf, dass sie mich mit ›Genosse Dshaniwek‹ anredeten, nicht

mit ›Genosse Chef‹ oder ›Genosse Parteisekretär‹ wie früher. Das kränkte mich nicht, es fiel mir nur auf. Einmal besuchte mich der Kreisvorsitzende. Er sagte, dass allerhand Arbeit auf mich warte, und wünschte mir schnelle Genesung.
Am 12. April wurde ich aus dem Krankenhaus entlassen. Ich verbrachte einen langen Tag und eine lange Nacht in meiner Hütte. Tags darauf ging ich zur Arbeit, und am Nachmittag war eine Versammlung des Parteivorstands. Auch ein Vertreter der Bezirksleitung war anwesend. Behandelt wurde der Fall Dshaniwek. Sie wussten, was ich im Fieber geredet hatte. Obendrein beschuldigte mich Zeweg, die Gruppe absichtlich zu Bajnak geführt und ihm die Waffe in die Hand gespielt zu haben. Ich berichtete, wie alles gewesen war, erzählte auch von Bajnaks nächtlichem Besuch, wies aber Zewegs Anklage zurück. Mitten in die Versammlung kam der Bleiche Galsan hereingestürzt und rief: ›Ich habe Bajnak gesehen! Er übernachtet in Chara-Choow in der Jurte der alten Dowaj!‹
Die Verhandlung wurde unterbrochen. Der Kreisvorsitzende sah mir scharf in die Augen und sagte: ›Genosse Dshaniwek! Sie haben die Partei einmal belogen. Ob Sie die Genossen absichtlich in Gefahr gebracht haben, wird noch überprüft. Aber wir geben Ihnen jetzt Gelegenheit, sich zu bewähren. Sie werden die Gruppe wieder leiten. Das ist auch für uns von Vorteil, denn Bajnak hat zu Ihnen das größte Vertrauen. Das nutzen Sie aus, um ihn festzunehmen. Geschossen wird nur im Falle ernsten Widerstands.‹
Kurz vor Morgengrauen trafen wir in Chara-Choow ein. Ein lauer Wind wehte den Geruch von frischem Grün und warmen Hürden ins Tal. Vor der Biegung in der Talmitte ließen wir die Pferde mit dem Kurier zurück und näherten uns dem Lager auf fünf bis sechs Stricklängen.
Jurte und Hürde schliefen. Ein Hund war nicht zu sehen, an der östlichen Ecke des Walls stand eine Wolfsscheuche. Ich

zeigte den Männern, wo sie Posten beziehen sollten, Buraj in der Mulde vor dem großen Murmeltierbau, Zeweg hinter der Wolfsscheuche, Pagwa und Daka hinter dem Felsen im Westen. Für mich und den Kreisvorsitzenden sowie den Mann aus der Bezirksleitung wählte ich diesen Felsen hier.

Wir setzten uns in die Felsritze dort oben. Die Jurte stand so nah, dass man mit einem Steinwurf jede herauslaufende Maus erwischt hätte. Wir schwiegen, die geladenen Gewehre in den Händen.

Ich sah die letzten Sterne, die schwach herunterblinkten, sah die Jurte, die friedlich schlummerte und nicht ahnte, dass hundertfach der Tod um sie lauerte, und ich stellte mir vor, wie es dort drinnen wohl aussehen mochte. Die alte Dowaj kannte ich. Vor reichlich zehn Jahren war ihr Mann gestorben, und seitdem lebte sie mit ihrer einzigen Tochter Gumaj hier in dieser verlassenen Gegend. Sie sollte etwas starrköpfig sein, und Ähnliches wurde auch von der Tochter erzählt. Eine Berg- und Flussjungfer nannte man Gumaj. Aber sie war eine junge Frau, und eine Menge Burschen hatte sich um sie beworben, sie hatte jedoch keinen erhört.

Ich dachte, dass Bajnak jetzt glücklich war, und wünschte mir, dass die Nacht noch lange dauerte. Doch es wurde bald Tag, die erwachenden Tiere meckerten und blökten, die Vögel zwitscherten. Die Jurtentür öffnete sich, und unter dem letzten gelben Schein der frühen Dämmerung trat die Tochter heraus. Sie blickte in alle Himmelsrichtungen, zog die Rauchöffnungsdecke zurück und ging austreten. Bevor sie wieder in die Jurte ging, sah sie sich noch einmal vorsichtig um. Uns konnte sie nicht entdecken, weil die Felsritze noch im tiefen Schatten lag.

In der Jurte ging Licht an, Rauch stieg aus der Öffnung, und Kessel und Kelle klapperten. Die Jurtentür öffnete sich wieder, und ein hoch gewachsener Mann kam heraus. Es war

Bajnak. Er hob die Hand über die Augen und schaute den Weg entlang, der talaufwärts führte. Die Männer duckten sich und sahen mich fragend an. Ich musste die Zeit nutzen, solange mir Bajnak den Rücken zuwandte. Ich verließ die Felsspalte und stieg lautlos hinunter. Zwischen uns lagen kaum zehn Schritte.

Ich war sicher, dass er sich friedlich ergeben würde, und wollte ihn gar nicht erst erschrecken. Darum rief ich nur halblaut: ›Ergib dich Bajnak, du bist umzingelt!‹ Bajnak drehte sich so heftig um, dass ihm die Fuchsmütze vom Kopf fiel. Statt die Hände zu heben, fuhr seine Hand in den Brustlatz! Ich riss das Gewehr hoch und schrie: ›Lass das sein, Bajnak!‹ Er warf seine wilde schwarze Mähne zurück wie ein kampflustiger, übermütiger junger Hengst, packte die Pistole und streckte den Arm aus. Was sollte ich tun? Hätte ich ihm nur einen Augenblick Zeit gelassen, er hätte uns nacheinander abgeknallt. Ich drückte ab.«

Obwohl ich darauf gewartet hatte, zuckte ich zusammen. Der alte Dshaniwek schwieg. Es schneite in großen Flocken, der Himmel schien sich in Weiß aufzulösen. Das Feuer war heruntergebrannt. Nur ein paar halb verkohlte Dungreste qualmten noch.

Die Stille war quälend. Aber ich hatte nicht die Kraft, aufzustehen und Dung zu holen. Dshaniwek starrte mit trockenen Augen in den Rauch.

Endlich fuhr er flüsternd fort: »Hast du schon einmal eine junge Lärche gefällt? Hast du zugesehen, wie sie umstürzte, gehört, wie es krachte, im Wald widerhallte und dann langsam still wurde? Das Echo des Schusses wurde von den Felsen zurückgeworfen, es klang, als würde aus mehreren kleinen und großen Gewehren geschossen. Bajnak war gefallen wie eine junge Lärche. Er lag im Blut wie ein junger roter Altaihirsch.

Aus der Jurte kam die Tochter gestürzt, schrie gellend auf und brach bewusstlos zusammen. Die Mutter lief zu ihr, warf sich über sie und stieß Verwünschungen aus. Die Männer standen keuchend und betreten um das Opfer herum, die Waffe noch in der Hand, so wie der Jäger vor dem toten Wild, der Flößer vor dem toten Baum steht.
Die Erde war noch steinhart gefroren. In der Jurte fanden wir nur einen alten gekrümmten Spaten. Damit gruben wir mühsam einen seichten Graben, in dem der Tote kaum Platz fand.
Als wir ihn trugen, fasste ich ihn unter den Armen, und mir wurde übel vom Blutgeruch. Ich drückte seinen Kopf an meine Brust, krallte Halt suchend meine Finger in seinen Ton. Wir legten ihn ins Grab, so wie er war, die Fuchsmütze bedeckte sein Gesicht. Vereiste Erdklumpen fielen darüber. Was dann geschah, weiß ich nicht mehr.
Am nächsten Tag kam ich im Krankenhaus wieder zu mir. Man hatte mich auf einem Kamel im Dachfilz der alten Dowaj hingebracht. Die Jurte und das Vieh der Alten wurden in das *Chomdu*-Tal geschafft. Ich dachte, ich müsste sterben. Aber ich wurde nach zwölf Tagen entlassen und ging sofort zur Kreisleitung.
Die Verhandlung über meinen Fall ging weiter, sie war schnell zu Ende. Sie sagten, dass ich meinen Auftrag diesmal gewissenhaft erfüllt hätte, und bedauerten, dass es so gekommen war. Wegen meiner geschwächten Gesundheit boten sie mir an, Vorsteher der Kooperative zu werden. Das lehnte ich ab, aber nicht aus gekränktem Stolz, weil ich nun nicht mehr Parteisekretär sein sollte. Die letzten Monate hatten mich zu einem anderen Menschen gemacht.
Bajnaks Tod war für mich der Schlag, den jeder Betrunkene bekommen muss, um wieder ganz nüchtern zu werden. Ich hätte im Staatsdienst bleiben können, aber ich dachte: Wa-

rum unbedingt ich? Es gibt Jüngere, die nicht nur Willen, sondern auch Wissen besitzen. Ich halte das für eine Krankheit der Menschen, wenn sie nicht zugeben wollen, dass sie allmählich alt, gebrechlich und für ihre Arbeit untauglich werden und so der fähigeren Nachkommenschaft im Weg stehen. Nein, dachte ich, du wirst das machen, wozu du gerade noch gut bist.

In jenem Jahr hatten wir einen bösen Frühling. Mitte Mai fiel dicker Schnee auf Berg und Steppe, dann kam ein Schneesturm, der tagelang anhielt. Der Schnee lag bis zur Mitte des nächsten Monats. Eine Viehseuche brach aus, und ganze Herden gingen ein. In der Morgenkühle, in den Wolken, auf den Gesichtern der Menschen, überall lag etwas Bedrückendes. Der Sommer ließ auf sich warten.

Ich war noch immer ein rechter Habenichts, nicht einmal ein Pferd besaß ich. Was ich heute besitze, ein paar Pferde, das Sattelzeug, das Gewehr und das Zelt, das habe ich mir vom Einkommen meiner neuen Arbeit angeschafft. Ich wurde Kamelzüchter. Ich wurde es, weil sich kein anderer Hirte für ein paar Kamele der eben erst gegründeten Genossenschaft fand. Von meiner neuen Arbeit will ich nur so viel sagen, dass sie schwerer ist als die vorherige.

Am 23. Mai trieb ich meine Kamele von Sar-Chöl nach Borgasun. Pferd und Zelt hatte mir die Genossenschaft gegeben. Hinter Ala-But begegnete ich einer Gruppe mit Zeweg und zwei anderen von der Kreisleitung. Sie waren auf der Suche nach Gumaj, die seit vier Tagen verschwunden war.

Ich machte einen Abstecher nach Chara-Choow. Ich wollte meinem Sohn wieder einmal nahe sein.

Das Tal lag schneebedeckt und verlassen da. Von den winzigen Stellen mit kümmerlichem Grün und dünnen Schneeglöckchenbüscheln flüchteten ein paar magere Murmeltiere zu ihren Löchern. Als ich mit meiner Herde die Talbiegung erreichte, wo wir in jener Nacht die Pferde mit dem Bleichen Galsan zurückgelassen hatten, hörte ich eine Frauenstimme singen:

Tu dich auf, mein steiler Fels!
Dir möcht ich meinen Einzigen anvertrauen!

Ich bin nie gläubig gewesen, aber da wurde mir unheimlich. Und als ich mich dem Lager näherte, die Herde hinter mir ließ und auf die verschneite Hürde zuritt, hörte ich wieder die Stimme, diesmal ganz nah:

Komm schnell, du lieber Altaigeist!
Erwecke mir meinen Recken zum Leben!

Ich blieb stehen und glaubte *Bugtu-Girisch* mit ihrem *Buga-Dsharin* in der Felsritze zu sehen. Aber da hockte Gumaj in gürtellosem Ton und mit zerzausten Haaren. Was dort vor ihr lag, in Ton und Stiefeln, das konnte nur der tote Bajnak sein! Ich schrie auf und ritt ein Stück zurück. Die Kamele standen dicht gedrängt. Beim Wall stieg ich ab, machte den Zügel an einem Stein fest und ging auf die Irre und den Toten zu. Das Mädchen hielt die zusammengerollte Pelzmütze im Schoß, wiegte sie und sang:

Bist du heute auch nur daumengroß,
morgen wirst du König sein, mein Sohn!

Sie streckte mir lächelnd die Hand entgegen und sang weiter:

Er ist gekommen, der liebe Altaigeist,
er wird dir den Vater wiedererwecken!

Dann verstummte sie, und ihr Gesicht verfinsterte sich. Sie starrte mich an. Sie nahm aus der Fuchsmütze einen schmalen blauen Stein, schrie ›Mörder!‹ und sprang auf mich los. Ich spürte einen Schlag an der Stirn, stürzte mich auf sie. Wir fielen in den Schnee. Ich lag über ihr, hielt sie fest, band ihr mit meinem Gürtel die Hände auf dem Rücken zusammen. Mir dröhnte der Kopf, die blutende Wunde auf der Stirn brannte. Aber ich konnte Gumaj nicht loslassen, um mir die Wunde zu verbinden, sie biss und kratzte und trat nach mir. Und sie verfluchte mich.

Ich zerrte sie zum Pferd, wollte sie auf den Sattel heben, doch sie wehrte sich, sie war stark. Da knotete ich den Zügelriemen um ihre Brust, saß auf und zog sie neben mir her. Das Pferd war zahm. So gingen wir bis Sonnenuntergang und bis Mitternacht. Nach einer Weile beruhigte sie sich und begann nun besinnungslos zu weinen. Als ihr die Beine nicht mehr gehorchten, nahm ich sie hoch und hielt sie vor mir im Sattel fest. Sie zappelte und schluchzte tonlos. Einmal verlor ich sie aus dem Sattel, weil sie mich in den Oberarm gebissen hatte. Da band ich ihr mit dem Gürtelende den Mund zu. Gegen Mitternacht erreichte ich die Jurten diesseits des Flusses und weckte die Leute. Sie wuschen und verbanden mir die Wunde, gaben der Armen zu trinken und zu essen. Am frühen Morgen ritt ich nach Chara-Choow zurück. Gumaj blieb zurück, man wollte sie auf einem Floß über den Fluss setzen und ins Krankenhaus bringen.

Die Kamele hatten in der Hürde übernachtet. Der Tag war blass und windig, der Boden war hart. Mit einem spitzen Stein versuchte ich, das Grab zu vertiefen. Ich schlug mir die Hände wund. Bajnak war schwer. Es war mir unbegreiflich, wie ihn das arme Mädchen auf den Felsen geschleppt hatte. Er war wie ein Stück Stein, roch nach Erde und gefrorenem Kadaver. Ich bedeckte den Leichnam mit Erde und ging.

Das Frühjahr und den Frühsommer verbrachte ich in Borgasun bei der Herde. Erst zwei Tage vor dem Staatsfeiertag kam ich zurück. Mir waren Tee und Salz ausgegangen. Von meiner Wunde war eine üble Narbe geblieben. Ich muss schrecklich ausgesehen haben, denn die Leute mieden mich, und so ging auch ich ihnen aus dem Weg. Am Staatsfeiertag war ich schließlich wieder in meinem Zelt, das mir Zuhause war, und bei meiner Herde, die mir die Zeit nicht lang werden ließ.

Das ist so lange her, dass du, der du damals noch im Mutterleib gingst, nun so alt bist wie mein Bajnak, als er starb. Es wird dich interessieren, was aus Gumaj geworden ist und woher ich die zweite Narbe habe.

Gumaj wurde bis zum frühen Winter siebenundvierzig im Krankenhaus festgehalten, dann verschwand sie spurlos. Die alte Dowaj war schon vorher gestorben und von den Nachbarn ordentlich begraben worden.

Die linke Narbe auf der Stirn bekam ich erst Jahre später. Auf einem Hochzeitsfest packte mich ein junger Mann namens Schimej am Hals und schlug mir eine Flasche ins Gesicht. ›Damit du zwei Narben hast als Erinnerung an Bajnak und Gumaj!‹, sagte er. ›Vielleicht bringt Tuwa einen Sohn hervor, der dir eines Tages eine dritte Narbe ins Gesicht setzt als Erinnerung an ihr ungeborenes Kind!‹ Man riet mir, Anklage gegen ihn zu erheben, aber ich unterließ es.

Nun, ich wollte dir Bajnaks Geschichte erzählen, und daraus ist die Geschichte meines Lebens geworden. Darum will ich dir noch sagen, dass die Herde, als ich sie übernahm, nicht ganz dreißig Kamele zählte und nun auf mehr als sechshundert angewachsen ist. Ich freue mich, wenn ich sehe, wie die rötlichgelben Tiere Tal und Steppe bedecken. Und ich will der Genossenschaft noch mehr Kamele heranzüchten. Aber das ist nicht alles, warum ich leben will. Ich möchte auch sehen, was weiter wird. Solange es geht. Und nur unter diesem Stück Himmel.«

Der alte Dshaniwek hatte sich ausgesprochen. Er stand auf und ging Dung sammeln. Es schneite noch immer. Die Pferde schliefen. Wir machten Feuer und schichteten den Dungrest zu einem spitzen Haufen für den nächsten Vorbeireisenden. Dann weckten wir die Pferde und saßen auf.

Nach einer Weile blieb Dshaniwek stehen und sagte: »Hier!« Es war eine Stricklänge südwestlich von dem Jurtenplatz. Dass dort ein Grab liegen sollte, war nicht mehr zu erkennen. Die Erde war zusammengewachsen.

Wir ritten zurück. Ich musste mich immer wieder umdrehen und zurückblicken. Mir war, als ließe ich jemanden zurück, der mir wie ein Bruder war, vielleicht noch mehr. Das Land lag wie tot, kein Murmeltier zeigte sich, kein Vogel flog. Allein das Feuer brannte und warf warmen, blauen Rauch gegen den Schneehimmel. Das gab dem Lager ein wenig Leben. Erst bei Sonnenuntergang hörte es auf zu schneien. Den Gipfel erreichten wir spät nachts. Es war kalt. Am Morgen trafen wir auf einen *Owoo.* Das war der Bajnak-Owoo, ein Tagesziel für die Jäger. Bajnak hatte ihn in seiner Todesangst als Opfer für den Ortsgeist errichtet. Und in den Jahren hatten Jäger und Hirten, die auf der Suche nach vermissten Tieren waren, viele Steine dazugelegt. Kein loser Stein war mehr in der Nähe. Wir mussten ein ganzes Stück den Berghang hinunterlaufen, um einige zu finden. Ich trug zwei Steine zum Owoo, einen für Bajnak.

Zwei Tage später kehrten wir mit reicher Jagdbeute heim. Wir waren einem Wolfsrudel auf die Spur geraten.

Bald darauf verließ ich den Altai. Es war ungewiss, wann und ob ich je wiederkommen würde.

Bisen

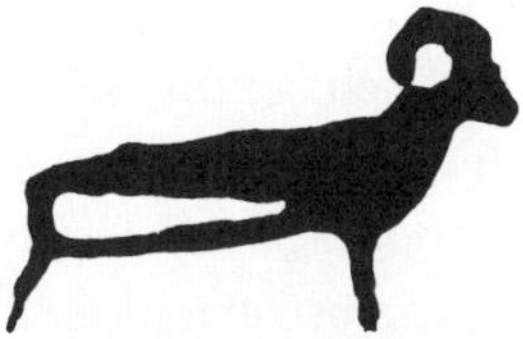

Bedrückende Stille. Der offene Steinstall atmete aus seinen hundert Mäulern nicht einen leisen Hauch, so als hätte das Leben sich hinter ihnen in diesen Morgenstunden ängstlich zurückgezogen. Mit fragendem Blick streifte Bisen, der kleine Hirtenjunge, den schwammigen Morgenhimmel. Er war traurig, denn seine Mutter war in der letzten Zeit häufig krank gewesen. Aber ihr *Uwaa* würde endlich zurückkommen, hatte der Vater zu Bisen gesagt, und er freute sich.

Damals war Bisen so glücklich gewesen, als sein Bruder, ein kleiner quecksilbriger Junge, zur Welt kam. Als er jedoch gerade laufen und mit Bisen spielen konnte, hatte man ihn *ins Salz* geschickt. Der Salzsee lag weit entfernt von hier, und die Reise würde ein bis zwei Winter dauern. Anfangs war Bisen empört: Warum musste man gerade seinen Bruder nach Salz schicken? Die anderen hatten zwar alle viel zu tun, aber es gab auch Menschen, die nichts zu tun hatten. Er kannte sie, denn einmal war er im *Sumun*zentrum gewesen, wohin er sich nie wieder wagen würde, denn dort gab es stinkende Ungeheuer, die brummend herumtobten. Bisen verdankte damals die Rettung seinem Pferd Windbraun, wie *Paavyldaj* die seine dem Leopardenscheckigen. Auf seinem Rücken hatte Windbraun ihn den Ungeheuern entrissen.

Warum musste gerade der kleine Uwaa Salz für Leute holen, die in dunklen feuchten Lehmhäusern saßen und gähnend darauf warteten, dass es Abend wurde, damit sie sich wieder schlafen legen konnten.

Dass Uwaa fortgegangen war, hatte Bisen erst am nächsten Morgen erfahren, als dieser wahrscheinlich schon eine weite Strecke zurückgelegt hatte. Nicht einmal der Vater mit seinem Falkengrauen hätte ihn einholen können, selbst wenn er ihm gleich nachgeritten wäre, nachdem Bisen ihm und der Mutter klar gemacht hatte, wie ungerecht es war, ausgerechnet seinen Uwaa fortzuschicken.
Zwei Jahre waren inzwischen vergangen, doch die Eltern meinten, es wäre besser, später anzukommen als zu früh. Aber das zählte nicht für Bisen. Er wurde ungeduldig und dachte manchmal, dass die Menschen nicht ganz gescheit wären, denn wozu brauchte man unbedingt Salz? Früher waren sie einen ganzen Winter ohne Salz ausgekommen, nichts war einfacher als das, man gewöhnte sich daran.
Zuweilen kamen ihm Zweifel, ob sich ihr Uwaa nicht auch verlaufen haben könnte, denn er war fast zu klein, um allein zu reisen. Außerdem könnte er sich so beeilt haben, dass er die gefahrvolle Reise auch nachts nicht unterbrach. Dann streichelte ihm der Vater den Kopf und sagte: »Aber Bisen, Mutter und ich wissen, dass unser Uwaa schon auf dem richtigen Wege zu uns ist. Du siehst es doch an der Mutter.«
Bisen beruhigte sich, dachte dann aber: Wieso muss Mutter krank sein, wenn unser Uwaa endlich vom Salz heimkommt? Misstrauisch wandte er sich wieder an den Vater. Der küsste ihm die Augen und sagte nur: »Ach Bisen, du bist noch viel zu klein, um das zu verstehen.«
Bisen war darüber nicht beleidigt, er war nur traurig, denn er wusste, dass er vieles nicht verstand. Da nahm ihn der Vater bei den Schultern und sagte scherzend zu ihm: »Übrigens, Neugierde ist eine Eigenschaft der Weiber. Du bist, oder besser, du wirst ein Mann, und dann wirst du alles verstehen.«
Bisen wollte kein Weib sein. Auch ein Mann war er noch nicht, das wusste er, aber eines Tages würde er einer sein, das

wusste er auch. Damit gab er sich vorerst zufrieden. Hauptsache, dass Uwaa auf dem richtigen Weg nach Hause war. Er würde ihn mitnehmen, wenn er morgens der Herde nachging, und sein Bruder würde ihm die erlegten Zieselmäuse tragen.

Bisen hütete eine kleine Herde von meist spät geborenen Schafen und Zicklein vom vergangenen Jahr und von mageren, kränklichen und alten Tieren, die nicht mit der großen Herde auf die entfernte Weide gehen konnten. Den ganzen Tag unterhielt er sich mit Mänkir, dem großen zottigen Hirtenhund, über Uwaa. Er war dann so in das Gespräch versunken, dass er oft erst bemerkte, dass der Tag vergangen war, wenn seine unruhige Herde plötzlich mit lautem Geblök und Gemecker heimwärts zog, nachdem sie vergeblich auf einen Wink von ihm gewartet hatte.

Jeden Abend vor dem Einschlafen dachte er darüber nach, welches von seinen Schäfchen und Zicklein, welche Spielsteine und Knöchelchen er Uwaa schenken sollte. Nachts träumte er von ihm. Ja, er hatte ihn sehr lieb, und jeden Morgen, wenn ihn die kalten Hände des Vaters dem Traum entrissen, suchte er mit schläfrigen Augen in der *Jurte* herum, ob sein Uwaa nun endlich vom Salz zurück sei.

Jetzt war er traurig, denn die Mutter war kränker als sonst. In der Nacht hatte er sie laut weinen hören und sie dann im Kerzenlicht, vom Vater gehalten, mit großen Schweißtropfen auf der Stirn am ganzen Körper zittern sehen. Niemand weckte an diesem Morgen Bisen. Er wurde von selbst wach.

Der Vater hatte bereits Tee gekocht. Die Mutter lag noch im Bett. Hastig schlürften Vater und Bisen den heißen Milchtee aus den Schälchen.

»Iss dich satt, mein Junge.« Mutters Stimme war schwach. Bisen nahm aus der Holzschüssel ein Stück fettes Hammelfleisch, tauchte es in den dampfheißen Tee, biss, ohne zu warten, dass es warm wurde, ordentliche Stücke davon ab und kaute mit vollem Mund. Dann sagte der Vater fast beiläufig: »Ich muss den Arzt holen. Mutter ist krank. Du wirst die Herde auf deiner Weide halten, bis ich wiederkomme. Wenn es anfängt zu schneien, treibst du sie sofort nach Hause in die Hürde. Bis dahin wird sich das Vieh auch satt gefressen haben.« Bisen hörte ihm ruhig wie ein Erwachsener zu und kaute, bis sich auf seiner Nase kleine Tröpfchen sammelten.

Das Hürdengatter krachte zurück. Die winterschwachen Tieren standen müde auf und schüttelten sich, als wollten sie die Scheu, das mit Mühe erwärmte Stück Erde zu verlassen, von sich abstreifen. Bisen stand klein und aufrecht in der Flut von Geblök und Gemecker. Er ließ die Tiere vorbei, während er vielen ihre Namen zurief und ihnen dabei liebevoll übers Maul strich. Jedes Tier hatte einen Namen und ein Gesicht, und Bisen unterhielt sich mit ihnen wie mit Menschen.

Die helle Kinderstimme durchschnitt die wolkenträge Luft: »Mänkir, Mänkir! Lenk die Herde nach unten! Heute geht's nicht das Tal hinauf!« Mänkir rannte bellend den Tieren in den Weg und trieb sie in die andere Richtung. Ein weißer Ziegenbock gehorchte dem Hund nicht und ging ungestört weiter. »Hey, du, Großvater, bist wohl nicht gescheit mit deinem langen Bart!« Der Ziegenbock hob müde den Kopf und lauschte. »Kehr sofort zurück, du Zottelbart!« Langsam trottete er den anderen hinterher.

Bisen musste diesmal die Herde zu Fuß hüten, was er sonst nie tat, wenn ihm die ganze Herde anvertraut war, denn der Vater nahm seinen Windbraun gesattelt mit, weil jeder, der den Arzt holen wollte, ein Pferd mitbringen musste.

Mänkir war Bisens treuer Helfer und Ratgeber, denn er war bald doppelt so alt wie er. Der Vater sagte, der Hund wäre betagt, und deshalb sei es an der Zeit, ihm Ruhe zu gönnen.

Damit meinte man, den alt gewordenen Hund nach einem reichlichen Mahl zu erdrosseln, ihm den Schwanz mit einem großen Stück Hammelfett ins Maul zu stopfen und ihn ehrenvoll zu begraben.

Bisen aber wollte sich von seinem Freund nicht trennen. Mänkir war der treueste und schönste Hund der Welt, und Wölfe zeigten sich ihm nur deshalb nicht, weil sie feige waren, denn er würde auch mit dem größten Wolf fertig werden.

Bisen kannte seinen eigenen Geburtstag nicht, es war auch nicht weiter wichtig, denn eines wusste er ganz sicher, dass er sieben Jahre alt wurde, wenn die Täler wieder grün lagen. Und nach einem Jahr würde er acht und nach wieder einem Jahr neun ... »Ach Mänkir, guter alter Mänkir, wenn ich doch nur schon so groß wäre wie du!«

Keinen Strauch, nicht einmal eine Quelle gab es hier. Die Berge waren kahl und sauber. Sie hießen die Schwarzen Berge, weil Felsen und Hügel, Sand und Steine schwarz erschienen. Früher gehörten sie Bisens Urgroßvater, der sehr reich gewesen war und keinem Fremden erlaubte, sie zu bewohnen. Jetzt gehörten sie zwar Bisens Vater nicht mehr, dennoch wagte sich kein Fremder hierher, denn in dieser unwirtlichen Gegend waren die Winter lang und hart. Es fiel dort wenig Schnee, in jenem Jahr nicht einmal so viel, dass es für Trinkwasser reichte. Der Vater brachte den Schnee jeden Tag vom Kamm in einem Sack fest gestopft, wenn er abends mit der Herde heimkehrte.

Jeder Hügel, jeder Sattel hatte seinen eigenen Namen. Viele davon waren Bisens Erfindung. Am »Rastort der hundert Ritter« fand er einen feuerroten Stein. Der alte Mänkir sah den Stein an und rannte los. Kurz darauf blieb er stehen und bellte. Er hatte auch einen feuerroten Stein gefunden und legte die Pfote darauf. »Ach Mänkir, kluger Mänkir, käme

doch nur unser Uwaa bald zurück. Wir haben schon so viel für ihn gesammelt.« Bisen machte seinen Schäferrucksack auf und steckte die Steine hinein.
Die Herde wurde unruhig, der Schnee würde bald kommen. Bisen und Mänkir begaben sich zu den Flügeln der Herde. Wenig später begann es zu schneien. »Es ist viel zu früh, die Tiere in die Hürde zu treiben. Vorher sollen sie sich satt fressen. Es ist ja auch nicht windig«, überlegte Bisen.
Mänkir kam und rannte bellend wieder zurück. Ein zweijähriges Schaf mit dem Kosenamen Schumaschdaj-ak hatte geworfen. Das nasse Tierkind lag da, zappelnd, und versuchte schon auf die Beine zu kommen, aber seine zarten Stäbchenbeine trugen es noch nicht. Bisen wischte ihm das Maul ab, löste vorsichtig die raureifüberzogenen Steine von dem nassen Körper und schob es behutsam in den Hirtensack. »Ich nenne dich Schneemäulchen, weil du mit dem ersten Schnee gekommen und außerdem so weiß bist ...«
Schon war die Erde von den lautlos schwebenden Schneeflocken bedeckt. Der Himmel schien besinnend innezuhalten und vor sich hin zu dösen. »Es ist so wunderschön, windstill und fast warm. Die Herde soll ruhig noch ein bisschen weiden ...«, entschied Bisen.
Auf einmal erhob sich der Nordwind, als hätte ein Ungeheuer den schlummernden Himmel angegriffen, und im Nu kam ein Schneesturm auf. Der Wind heulte, der Schnee peitschte, die Kälte biss, die Tiere blökten und meckerten. Himmel und Erde verwandelten sich in ein einziges weißes Brausen. Die Herde begann, vom Schneesturm getrieben, nach Süden vorzurücken. Bisen rannte den Tieren in den Weg und schrie: »Mänkir, nicht vorbeilassen! Nach Hause!« Doch der Sturm zerpeitschte ihm jede Silbe im Mund. Der alte Mänkir rannte bereits bellend vor den Tieren hin und her und versuchte vergebens, sie aufzuhalten.

Von den Schwarzen Bergen bis zum Sumunzentrum war es ein Halbtagesritt. Als oben der Schneesturm losbrach, war der Vater noch nicht am Ziel. Er konnte nicht zurück, so sehr ihn der plötzlich aufkommende Schneesturm auch beunruhigte. Heute trug ihn sein Falkengrauer nicht schnell genug, und als er endlich im Sumunzentrum ankam, war der Arzt gerade in entgegengesetzter Richtung zu einem Kranken aufgebrochen. Er ließ sein Handpferd zurück und ritt sofort nach Hause.

Der Schneesturm wurde unterdessen immer heftiger. Bisen steckte bis zum Knie im Schnee und watete, so schnell er konnte, vor der Herde, die beharrlich nach Süden rückte, hin und her. »Uaaak, huhu, uaaak, huhuuu!« Unweit von ihm kämpfte der alte Mänkir ebenfalls vergeblich.

Als der Schneesturm einsetzte, fieberte die Mutter. Anfangs glaubte sie, dass ihr alles schlimmer vorkäme, aber dann wurde ihr die Gefahr bewusst, und sie wollte aufstehen. Doch ihre Beine trugen sie nicht. Sie versuchte es wieder und wieder. Bald ließ sie erschöpft den Oberkörper zurückfallen und mühte sich, der Naturgewalt draußen ein menschliches Lebenszeichen abzulauschen.

Bisen spürte, wie seine Beine schwächer wurden. Aber er kämpfte, kämpfte weiter mit der unaufhaltsam vorrückenden Herde. Der Wind entriss ihm seine Mütze, mit der er die Tiere zurückzuscheuchen suchte. Die Herde hatte eine kleine Mulde erreicht. Erschrocken wurde ihm bewusst, dass bald das schutzlose nackte Talende kommen würde.

Er setzte den Hirtensack an einem großen Stein ab und zog seinen *Deel* aus, um damit die Tiere zu scheuchen. »Uaak!« Doch sobald er den Deel hochhob, riss ihn der Sturm aus seinen Kinderhänden. Jetzt fing er an, laut zu heulen. Der kalte nasse Wind fuhr ihm unter das bloße Hemd. Der Schneestaub drang in die erschrockenen Augen, in den Mund, taute an dem erhitzten kleinen Körper, und die Tropfen formten sich zu Eisnadeln, kaum dass sie den unteren Hemdsaum erreichten.

»Uaak, huuhu ... u ... a ...« Der erschöpfte Kinderfuß trat in ein Loch, der kleine Körper stolperte, Bisen schrie. Die Wucht der von der ungeheuren Gewalt getriebenen vielen hundert Tiere stürzte ihn um, trampelte ihn nieder, ebnete ihn ein in den kalten weißen Schnee. Der Schneesturm jagte und tobte.

Mänkir entdeckte plötzlich, dass Bisen nicht mehr da war. Er rannte zurück und spürte ihn auf. Er scharrte den verwehten Schnee auf und fand seinen kleinen Freund bewusstlos. Der Hund rannte heulend zur Jurte. Doch in der Jurte gab niemand ein Lebenszeichen. Dann eilte er durch den Schnee zurück zu Bisen, scharrte sich an ihn heran und legte sich über den bereits erstarrten Körper.

Der Vater kam erst nach Sonnenuntergang und fand die Mutter, allein und phantasierend. Nachdem er sich umsonst bemüht hatte, von ihr eine Antwort zu bekommen, deckte er sie zu und ritt wieder in das weiße Getöse hinaus. Kurz darauf kam die Mutter zu sich, und die Wehen setzten ein.

Um Mitternacht hörte es auf zu schneien. Der Wind legte sich, der Himmel stand wieder sternenklar, und die Nacht grinste milchhell.

Als der Morgen heraufzog, hatte der Vater den Rest der Herde gefunden. Verwehungen über den toten Tieren wiesen ihm die Spur, bis er unter einem Schneehügel den Hund und sein Kind fand.

Das Pferd stapfte durch ein Schneemeer, sein Reiter saß im Sattel wie erstarrt. Plötzlich blieb das Pferd stehen und seufzte schwer. Der Mann versuchte den gesenkten Kopf zu heben und glaubte, durch den Wasserschleier seiner Augen etwas wahrzunehmen. Müde ließ er die Augen zufallen. Als er sie wieder aufschlug, erkannte er deutlich einen winzigen Hauch, der aus dem Schnee aufstieg. Mit dem Fuß gab er dem Pferd das Zeichen weiterzugehen, als wollte er es fragen: »Wozu jetzt?« Doch als er sich einige Schritte entfernt hatte, lenkte er sein Pferd zurück, kam auf das Häuflein zu und sprang herunter. Die zitternden Hände des Mannes stießen auf den Hirtensack. Das unschuldige zarte Leben meldete sich.

Die kleinen müden Augen des Mannes starrten auf die von Norden her völlig zugewehte Jurte. Er saß steif im Sattel, als hätte er vergessen abzusteigen, als wäre er schon gestorben. Nur die fein geschnittenen Lippen zitterten unmerklich und ließen erkennen, dass noch Leben in ihm war.

Ein Kinderschrei ging in der Jurte auf, und es fuhr dem Manne wie ein Blitz durch die Glieder. Den Hirtensack ließ er von der Schulter heruntergleiten. Er erreichte den Schnee nicht, denn mit dem Trägergurt blieb er am Steigbügel hängen. Das junge Leben glitt heraus in den kalten Schnee. Einen Augenblick blieb es liegen, dann rappelte es sich auf, und ein helles Mähen schlug an die Morgenkälte. Es war, als ob das Tierkind dem Menschenkinde, mit dem es schon jetzt etwas Unauslöschliches verband, den ersten Gruß erwidere.

Die Sonne stand hoch am Himmel, als wollte sie nie wieder untergehen. Alles strahlte und flimmerte, selbst die Schatten. Nur einige vom Wind bloßgelegte Felsspitzen ragten aus dem Weiß heraus, schwarz und kalt wie Riesenrachen, die noch immer ungesättigt alles Lebende zu sich herbeigähnten.

Dort unten im Tal stand die Hirtenjurte, die sich vor wenigen Augenblicken kaum von ihrer Umgebung abgehoben hatte. Nun blies sie aus ihrem winzigen Herd, an dem zwei schwache Stimmen miteinander wetteiferten, die gestern die Welt noch nicht kannte, einen Rauchfaden in den blauen, lügenblauen Himmel.

Jaskan

Mitten im Winter kam eines Tages eine kasachische Familie zu uns gewandert. Es hieß, dort, wo sie ihre Weide hatten, sei viel Schnee gefallen.

Den Vater kannten wir schon, er war öfter bei uns gewesen und hatte Geschirr aus Holz, Pfriemmatten, Hufeisen und Ähnliches mitgebracht. Dafür hatten wir ihm Schafe gegeben, das damalige Zahlungsmittel für unsere Ausgaben.

Der Mann war unser Tamyr. So nannte man Kasachen, die mit Tuwinern Freundschaft knüpften. Unser Tamyr Togtalbaj war einer der alteingesessenen Kasachen und hatte einiges Vieh. Nun war er mit seiner Herde in Not geraten.

Vater erklärte uns, ein Tamyr gelte bei den Kasachen mehr als ein leiblicher Bruder. Das gefiel uns, und so nahmen wir die Ankömmlinge freudig auf. Es dauerte auch nicht lange, bis unsere beiden Familien eng zusammenrückten wie die zweier Brüder. Jeder hatte seinen eigenen Tamyr. Der meine war der jüngste Sohn Jaskan.

Jaskan war ein oder zwei Jahre älter als ich, hochgewachsen und kräftig für sein Alter, war jedoch ein durch und durch friedlicher Junge. Nie machte er Gebrauch von seiner körperlichen Überlegenheit mir gegenüber, sooft wir auch miteinander spielten und kleinen Alltagspflichten gemeinsam nachgingen. So wurde er in unserer *Jurte* wie ein eigenes Kind behandelt, und ähnlich erging es mir in seiner Jurte.

Die *Bajbische* war, wie die meisten kasachischen Ehefrauen zu der damaligen Zeit, noch eine ihrem Mann untergeordnete Person, aber das hinderte sie nicht daran, mich, das fremde tuwinische Kind, immer wieder mit kleinen Geschenken zu bedenken. Bald war es ein Schälchen mit *Kurdak* aus Pferdefleisch, bald eine Handvoll *Kespel,* hin und wieder mit einem Stück Würfelzucker darauf, und einmal war es sogar ein buntes Tüchlein, wie es die feinen Leute in der Stadt benutzten. Es war mein erstes Taschentuch, und ich war mächtig stolz darauf. Auch der Tamyr war freigebig, mal schenkte er mir ein Gurtschloss, mal ein Messer, und immer waren es Sachen aus Eisen, denn er konnte, wie viele andere Kasachen zur damaligen Zeit, auch schmieden.

Das Wertvollste jedoch, was sie mir gaben, war ihre Sprache und der Einblick, den ich in ihr Leben bekam. Das alles konnte ich damals natürlich nicht wissen. Ich lernte Kasachisch leicht und gut, wie Kinder eben eine Sprache erlernen, und bald machte ich mich über das Kasachisch meiner Mutter lustig. Sie war erst spät in ihrem Leben mit dem Kasachischen in Berührung gekommen, und so klebte an ihrer Fremdsprache noch vieles von der Muttersprache.

Vater dagegen sprach Kasachisch wie einer, der in der Sprache aufgewachsen war. Durch seinen reichen Vater, den häufig Einwanderer aufsuchten, war er frühzeitig mit den Kasachen zusammengekommen. Nun unterhielt er sich mit mir auf Kasachisch, um meine Fremdsprachenkenntnisse zu prüfen. Mutter hörte uns dabei, wie mir schien, mit Neid zu. Gewöhnlich erntete ich nach einer solchen Konversation Lob. Um davon wohl noch mehr zu bekommen, begann ich einmal, wie ich damals glaubte, auf Kasachisch und, wie ich später erfuhr, auf Arabisch zu beten. Da unterbrach mich Vater barsch und verbot mir, die Worte künftig in den Mund zu nehmen. »Es gibt eben Dinge bei anderen Leuten, an die man lieber nicht herangeht!«, belehrte er mich. Damals konnte ich den tieferen Sinn dieser Worte nicht begreifen.

Eines Tages erschien Besuch bei den Nachbarn. Der Tamyr und die Bajbische empfingen ihn mit großer Ehrfurcht. Es war ein älterer Mann, der mir schon auf den ersten Blick etwas seltsam vorkam, nur konnte ich mir nicht erklären, warum. Vielleicht waren es die Wörter, die er während des Grußwechsels sprach und die ich nicht verstehen konnte. Vielleicht aber waren es auch die seltsamen Bewegungen seiner Hände.

Beim Einschlafen hörte ich den Vater zur Mutter sagen: »Der scheint ein Molda zu sein.« Am Morgen hörte ich dann, dass ich nicht zu Tamyrs Jurte gehen solle. Aber auch Jaskan ließ sich nicht sehen. Ich wartete auf ihn in der Hürde so lange, bis mir der Geduldsfaden riss. Kurzentschlossen sprang ich hinüber. In der Tür kam mir die Bajbische entgegen und sagte, Jaskan hätte Husten und könne nicht aufstehen. Doch als ich gehen wollte, sagte sie, ich solle warten. Sie brachte mir eine Handvoll Kespel und ein Bonbon darauf. Es war eines der ersten Bonbons in meinem Leben.

Deshalb witterte ich wohl ein kleines Fest hinter der gesteppten Filztür und spürte neben der Freude über das Bonbon auch eine kleine Kränkung. Ich beschloss, die Schwelle so lange nicht zu betreten, bis ich darum gebeten würde.

An diesem Tag hörte ich Vater zu Mutter sagen: »Sicher ist der Kleine beschnitten worden!« Das erschreckte mich, und mit einem Mal empfand ich Angst vor den Leuten, die ich mir bisher so nah geglaubt hatte wie Verwandte. Nur gut, dass mich die Bajbische nicht in die Jurte hereingelassen hatte, denn wer konnte wissen, was der schreckliche Mensch dann auch mit mir angestellt hätte!

Im Mittsommer wurden die Lämmer und Zicklein kastriert. Dieser Tag war mit einem Fest verbunden, und es war das erste der vielen Feste, die man feierte, solange es warm war, die Jurten nahe beieinander standen und es genug Milch und damit auch *Aragy* gab. Auf diesen Tag warteten alle, die Erwachsenen wegen des Aragy und wegen des Gesanges, die Kinder wegen der Hoden, die, mit Hirse oder Reis gekocht, gegessen wurden.

Allein das Kastrieren der Böckchen unter den Lämmern und den Zicklein war eine aufregende Sache. Auf einer Filzmatte knieten zwei Männer sich gegenüber, und die Kinder brachten die Böckchen eines nach dem anderen zu ihnen und legten es auf den Rücken zwischen die gespreizten Knie. Einer der Männer hielt ihm die Beine zusammen, der andere schlitzte ihm mit einem umwickelten Messer, von dem nur die scharfe Spitze herauslugte, den Hodensack auf und zog die Hoden heraus. Das Lamm zitterte, knirschte mit den Zähnen und verdrehte die Augen. Die Hoden wurden in einen Holzeimer geworfen.

Die Kinder, gewöhnlich waren es nur Jungen, sahen dem mit Lust, aber auch mit Entsetzen zu. Und dieses Letztere nicht ohne Grund. Man hörte von den Erwachsenen, sie würden einen kastrieren, wenn man etwas Schlimmes angestellt hatte. Das jagte einem Furcht ein! Das zitternde Lamm mit den knirschenden Zähnen, den verdrehten Augen und der Mann mit den blutverschmierten Händen verursachten Übelkeit.

Dazu kam noch die Sitte mit dem weißen Tuch, das dem Kastrierer heimlich unter den Gürtel gesteckt werden musste. Würde man dabei bemerkt, so würde man zur Strafe selbst auch kastriert werden. In der Regel wurde der ungezogenste unter den *Ail*jungen dazu auserkoren, das weiße Tuch anzubringen. Die Kastrierer waren meist ehrwürdige Männer, doch gab es unter ihnen hin und wieder einen bösen Spaßvogel, der es bemerkte, wenn die zitternden Finger des Jungen seinen Gürtel berührten, der dann nach ihm zu greifen versuchte und brüllte: »Haltet ihn und bringt ihn her, ich will ihn auf der Stelle auch kastrieren!« Die Jungen, die erlebnishungrig waren, stürzten dem Flüchtenden nach, und eine wilde Jagd begann, die fast immer mit Tränen endete.

Und jetzt diese merkwürdige Geschichte mit Jaskan! Mit Schrecken sah ich die kasachische Jurte mit dem spitzen Dach vor mir und vernahm die harten Rachenlaute, die aus dieser herüberdrangen. Dabei empfand ich bitteres Mitleid mit meinem Tamyr, konnte jedoch nicht begreifen, warum er nicht zu uns herübergeflüchtet war, warum er nicht wenigstens geschrien und um Hilfe gerufen hatte.

Der schreckliche Mensch reiste bald ab. Doch Jaskan zeigte sich erst nach einer Weile, und ich fragte, was mit ihm gewesen wäre. Er sagte, er hätte Husten gehabt. Da ich ihn jedoch nicht hatte husten hören, wurde er verlegen und behauptete weiter, er sei tatsächlich stark erkältet gewesen, habe aber nur sehr leise gehustet.

Um diese Zeit kamen meine Geschwister aus der Schule, denn die Siebentageferien begannen. Munsuk, der Sohn unserer Tante Buja, kam mit. Ich erzählte ihm und Bruder Galkagan, was mit meinem Tamyr geschehen war. Vetter Munsuk war gleichaltrig mit Galkagan, im Unterschied zu jenem aber ein Schlaukopf. Sofort hatte er einen Einfall. Wenn wir am nächsten Tag mit der Lämmerherde in die Steppe gingen, sollte ich Jaskan unbedingt mitkommen lassen.

Da brauchte ich nicht viel zu reden, Jaskan wollte schon von selber dabei sein. Denn das Hüten der Lämmer war mehr Vergnügen als Arbeit. Hatten wir sie einmal draußen, konnten wir uns sogar schlafen legen, denn das junge Tiervolk, das das Grasen zu lernen hatte, war ängstlich und klebte an uns. Was sollte Jaskan also allein zu Hause, wenn alle Jungen vom Ail mit der Lämmerherde in die Steppe gingen, um dort einen lustigen Tag zu verbringen. So begleitete er uns.

Wir begannen herumzutollen und zu spielen. Vorher aber wählten wir uns einen Häuptling und schworen ihm Gehor-

sam. Nun nannte er jeweils den Namen eines Spiels. War eines davon für diesen oder jenen neu, dann gab er dazu die Regeln bekannt, die ich gut für Jaskan dolmetschen konnte.
Endlich hieß es Schneelöcher. Das war ein einfaches Spiel. Alle standen auf dem festen Schnee mit dem Gesicht zueinander in einem Kreis, und ein jeder pullerte ein Loch in den Schnee. Bedingung war, dass das Loch rund und tief war. Tropfenspuren daneben durfte es nicht geben. Und bei wem es doch tropfte oder wessen Loch nicht sauber rund war, von dem hieß es dann, er könne nicht einmal pullern, was für einen Jungen, der ohnehin größer sein wollte, als er war, eine schwere Blamage bedeutete. Daher kam wohl auch die herablassende Redewendung von Erwachsenen gegenüber uns Kindern: »Lerne erst einmal richtig pissen!«
Jaskan hatte sich auch in den Kreis gestellt. Als wir den *Ton*saum zurückschlugen und die Hosen aufschnürten, um sofort zur Sache zu kommen, rührte er sich nicht. Auf die strenge Mahnung des Häuptlings sagte er errötend, er habe im Augenblick kein Bedürfnis, da er gerade vorhin gepullert hätte.
»Er lügt!«, schrie der Häuptling wutentbrannt auf Tuwinisch und fügte hinzu: »Dann werden wir es ihm eben zeigen!« Jaskan musste verstanden haben, woher der Wind nun wehte, denn er drehte sich um und rannte in Richtung Ail.
Der Häuptling stürzte ihm hinterher mit dem Ruf: »Mir nach!« Wir folgten ihm, oder besser, wir versuchten es, denn erst musste die dicke lange Hose wieder zugeschnürt werden. Er war einer von denen, die feine Sachen trugen, zum Beispiel ein Gummiband an der Hose statt der *Yak*lederschnur wie wir. Er brauchte deshalb die Hose nur noch hochzuziehen, den Tonsaum fallen zu lassen und konnte dem Ausreißer hinterherjagen. Die Verfolgung dauerte nicht allzu lange, denn Munsuk war um etliche Jahre älter als Jaskan und

hatte längere Beine und mehr Kraft als jener. Aber der Kampf zog sich hin, viel länger jedenfalls, als man es für möglich gehalten hätte, weil Jaskan sich mit allem verteidigte, was ihm zur Verfügung stand, mit Händen, Füßen, Zähnen, Tränen und mit Geschrei. Wären wir dem Häuptling nicht zu Hilfe gekommen, er hätte sich wohl bis zum Schluss verteidigen können. Aber der Häuptling befahl, und wir mussten gehorchen. So wurde Jaskan schließlich doch überwältigt. Wir schnürten ihm die Hose auf und zerrten sie herunter. Dann suchten wir. Beide Hoden waren zu befühlen, das Würmchen war da. Aber seltsam war es doch, dass dieses Letztere nicht wie bei uns dem Kopf zu spitzer und in Hautfalten versteckt war, nein, seines war angeschwollen, vorne bloß und nackt wie eine enthäutete Zwiebel, und um diese herum sah die Haut bläulich und an einer Stelle schorfig aus.

Das war beängstigend interessant, allein mir war schwer und schmerzlich zumute, gegen meinen Tamyr Hand angelegt zu haben. Doch was half es, ich hatte dem Häuptling Gehorsam geschworen und musste mich seinem Willen fügen.

Jaskan rief seinen Himmel herbei und verfluchte ihn dann, samt uns, samt der Steppe, in der er lag, er verfluchte die Berge, die ihn umgaben, und die Menschen, zu denen wir gehörten, die treulosen und schmutzigen Tuwiner. Er schlug mit dem Kopf auf die Erde, schlug mit den Fäusten und schrie und schrie, er war untröstlich.

Es kam zwischen uns zu keiner Versöhnung. Bald gingen unsere Jurten auseinander und kamen nicht wieder zusammen. Nur Jaskan und ich stießen einmal aufeinander. Doch das war gut dreißig Jahre später in der Welt draußen, die weder mir noch ihm gehörte. Wir erkannten einander auf den ersten Blick, aber wir konnten uns nichts sagen. In diesem Moment begriff ich, dass Dinge zwischen Menschen passieren können, die sich nicht wieder gutmachen lassen.

Shanna

Es war die Helligkeit, mit der der Schnee in das kleine Fenster in Lärchenwipfelhöhe hereinlugte, die ihn aufgeweckt hatte. Er kam auf Zehenspitzen ans Fenster, als wollte er niemanden wecken, obwohl er die Dreimalfünfmeterfläche seelenallein bewohnte, wollte man den verfressenen gelben Schabenhaufen nicht mitrechnen.
Die Welt lag tief in Weiß gehüllt, die Nacht döste stumm und schimmerte. Schneeflocken glitten lautlos durch das Grau, und es herrschte träumerische Stille, die nur in solchen Schneenächten vorkommt. In seinem Innern begann er zu seufzen, er unterdrückte es aber und ärgerte sich über sein Aufwachen, über den Schnee und über sich selbst.
Er wusste, dass er nicht wieder einschlafen konnte in dieser weißen Nacht, ging zum Tisch und schaltete die Lampe ein. Der Wecker rückte auf vier Uhr zu. Träumen schafft keine Werte, dachte der junge Wantschik, während er sich an den Tisch setzte, nach dem Stapel Zeitungsausrisse, Cocktailansprachen und Komplimentbriefe, die auf ihre Übersetzung warteten, griff und zu arbeiten begann.
Dem Schnee wird der Wind folgen, sagte er sich, als er zeitig zur Arbeit aufbrach. Sein Vorgesetzter würde mit ihm zufrieden sein, denn heute Nacht hatte er mehr übersetzt als sonst. Der Schnee war locker, knirschte und knisterte noch nicht unter seinen Füßen, und Wantschik kam es vor, als würde er wie in einem Kindertraum über den Wolken schweben, den Unterleib in den Wolkenschaum eingehüllt, lautlos, leicht.

Er ging gemächlich und blickte, abgelöst vom Stadttrubel, der schon längst erwacht war, auf den stummen weißen Schnee. Diese Eintönigkeit stimmte ihn traurig: »Der Mensch lebt nur sieben Tage, sieben Tage voller Pflichten und voller Abschiede«, und in der Nasenspitze schmerzte es ihn. Er dachte an Shanna.

Am vorigen Dienstag hatte sein Vorgesetzter sie ihm vorgestellt mit den Worten: »Das ist die Frau eines Spezialisten, sie ist Fernstudentin und braucht Unterrichtung in deutscher Literatur.«

Der kleine straffe Körper, der slawische Akzent, die diesem entsprechende offene Haltung, die langen nussbraunen Locken, die klaren geraden Linien der Lippen und die vollen, wachen Kamelaugen kamen Wantschik bekannt vor, doch er konnte sich nicht entsinnen, wo er sie gesehen haben mochte. Er redete mit ihr und merkte bald, dass sie zu dem Typ jener Menschen gehörte, die erst dann lebendig werden, wenn sie am Tage mindestens fünf Minuten von Herzen erzählen und zwanzig Mal lachen konnten. Sie gefiel ihm, gleichzeitig bedrückte es ihn, denn wenn sie mit ihrer Zickleinstimme ins Lachen geriet, spürte er im Innern Schmerzen und dachte: Irgendwie kommt mir diese Stimme bekannt vor! Aber es blieb ihm rätselhaft, woher.

Nach der Unterrichtsstunde hatte er ihr einige Bücher gegeben. »Wenn Ihnen ein Buch besonders gut gefällt, so behalten Sie es ruhig«, sagte er. »Zur Erinnerung«, hatte er noch hinzufügen wollen, aber es wollte ihm nicht über die Lippen kommen. So schwieg er und senkte den Blick.

Sie war gegangen. Er merkte es erst, als die Tür offen blieb, und eilte ihr nach. Er hätte sich überwinden, sie verabschieden, ihr die Hand geben müssen. Aber er blieb stehen und fühlte in der Brust einen spitzen Stich, als er sie hinter der Tür stumm und klein dastehen sah, den straffen weißen Hals inmitten der langen nussbraunen Seidensträhnen, die ihre runden schmalen Schultern bedeckten. Sein Vorgesetzter kam den Gang entlang.

Wer dieser war, wusste auch Shanna, aber wie er war, das wusste allein Wantschik. Er hatte den Titel des Kandidaten der Wissenschaften und nur dünne Kenntnisse in einigen Fremdsprachen, denn die Lehrbücher waren damals dürftig. Manches Lehrbuch hatte er, wie er sagte, dreimal gelesen. Dennoch war er auch in der Sprache das, was die Hirten »Zickleinböckel« nennen. Die Zickleinböckel bringen nämlich im Herbst den Menschen um den Schlaf, weil sie zwar die ganze Nacht liebestoll schreien und hüpfen, dabei aber keine Zicklein zeugen. Andererseits war er ein ausgezeichneter Herausgeber. Er hatte schon ein halbes Dutzend Lehr- und Wörterbücher zusammengestellt. »Die Pflicht vor der Heimat«, pflegte er zu sagen, »ist mehr, als nur zu unterrichten.« Damit verteilte er an die jungen Fremdsprachenlehrer allerlei Briefe, Telegrammtexte, Cocktailansprachen, Zeitungsartikel und Gebrauchsanweisungen zur Übersetzung. Woher er sie hatte, wussten allein er und der liebe Gott. So viel aber stand fest, sie ebneten seinen Weg nicht nur nach den vier Himmelsrichtungen, sondern auch nach oben. Es wurde berichtet, er versorge die ganze Stadt mit Übersetzungen. Und er war ein goldechter und wasserdichter Materialist. Er verlangte greifbare Werte und trug interessante Zahlen im Kopf, die besagten, was eine Sekunde wert sei. »Die Menschheit wird nicht nur das Eis des Nordpols schmelzen und die Erde mit den fernen Sternen verbinden, sie wird auch Lehr- und Wörterbücher verschiedener Tiersprachen schaffen. Aber Zeit, auch nur eine einzige Sekunde zu schaffen, dazu wird sie niemals imstande sein«, sagte er.

Shanna brach das bedrückende Schweigen. Sie sprach in unbekümmertem Umgangston: »Sie hätten Ihre Zeit sicherlich besser verwenden können, ich bin Ihnen zu großem Dank verpflichtet.«

Du kannst mich mit innigem und allerschönstem Dank überladen, wirst mich aber bereits heute Nachmittag vergessen haben, dachte Wantschik. Er sagte keine Silbe. Obwohl sie in diesem Augenblick der Vorgesetzte erreicht hatte und es sich geziemt hätte, zur Seite zu treten, dem Vorgesetzten den Weg freizugeben und ihm mitzuteilen, dass er gleich kommen würde, rührte er sich nicht. Er fühlte sich gekränkt, denn er hatte seine zwei Stunden nicht versessen, um Dankesklischees zu ernten. Auch die Bücher hatte er ihr nicht aus diesem Grund gegeben.

Der Vorgesetzte drängte sich zwischen beiden hindurch ins Zimmer. Wantschik fragte leise: »Haben Sie Wolfgang Borchert gelesen?« Sie schüttelte den Kopf. Eilig trat er ins Zimmer und kam mit einem kleinen weißen Buch zurück.

Er gab es Shanna und sagte: »Man braucht nicht immer einen von Mensch und Schicksal geliebten Gott, manchmal, öfter vielleicht, ist einem ein von Mensch und Schicksal verlassener Bruder lieber.« Sie hielt das Buch einige Augenblicke unschlüssig in der Hand, drehte sich um und eilte hastig die Treppe hinunter. Als sie zurückschaute, glaubte er in ihren Augen winzige Tränen zu sehen. Wantschik blieb am Straßenrand stehen und blickte auf die schon dunkel gefahrenen Straßen, die erstarrten Totenadern glichen. Schräg gegenüber stand das Haus, in dem er arbeitete. Es galt, das Traumgewand abzulegen. Wantschik klopfte den Schneestaub von seinem Mantel, als wollte er die produktionshemmenden Gedanken von sich abschütteln. Dann ging er schnell über die Straße und verschwand hinter dem großen Tor.

Heute war wieder ein Dienstag, und Shanna kam auf die Minute genau um dreizehn Uhr. Sie setzte sich, ohne aufgefordert zu werden, und legte leicht aufgeregt den neuen Fragebogen auf den Tisch. Unvermittelt sagte sie: »Ich habe sehr auf diesen Dienstag gewartet.«

Wantschik warf einen Seitenblick auf seine Kollegen, obwohl niemand unter ihnen Ohren für die Sprache besaß, in der Shanna mit ihm sprach. Als er das letzte Wort auf dem Fragebogen erklärt hatte, gab sie ihm einen Zettel, den sie schon in der Hand bereithielt: »Könnten Sie mit mir für die übrige Zeit in ein Museum gehen?«

Wantschik blickte wieder auf seine Kollegen. Eben war die Pause zu Ende gegangen, und sie hatten sich mit ihren gefüllten Taschen und neugierigen Augen zurückgezogen. Nur zwei ältere Lehrer, gewiss zu alt für Neugier solcher Art, saßen hinter den Schreibmaschinen und tippten ihre Texte, die sie im Unterricht benutzten.

»Welches Museum wollen Sie besichtigen?«, fragte Wantschik Shanna, als sie bereits auf der Straße waren.

»Irgendeines«, sagte sie ohne Betonung und nach einer Weile: »In Ihrem Zimmer ist, so sagt man doch auf Deutsch, dicke Luft.«

Wantschik dachte: Tabakrauch und Schreibmaschinenlärm, Büroleben und Pflichteifer. Aber er sagte nichts.

Sie kamen an eine Straßenkreuzung. »Links, rechts, geradeaus?«, fragte er.

»Ich weiß es doch nicht! Ich kenne doch Ihre Stadt gar nicht!«, rief sie halb belustigt und halb begeistert aus. Und sie lachte mit ihrer nahen, hellen Stimme.

Wantschik schwieg und beschleunigte seinen Schritt. Zum Zentralmuseum ging man geradeaus.

»Wir sind nun da«, sagte Wantschik, ohne Shanna anzusehen.

»Ach, gehen wir noch etwas spazieren, bitte«, erwiderte sie.

Sie gingen die Straße weiter. Der Schnee war bereits hart und zertreten. Er knirschte trotz des Stadtlärms hörbar unter den

Füßen. Sie gingen vorbei am Kinderkrankenhaus, am Handwerkergeschäft, an Gebäck- und Bücherkiosken, am großen Lebensmittelgeschäft. Dem Feuerwehrhaus schloss sich das Kindergartenhaus an, und bald erreichten sie die kleinen Lehmhütten, in denen nur Chinesen mit ihren Familien und Verwandten wohnten. Hier war der Altstadtrand.

Vor ihnen fuhr der kleine Mischlingsjunge, den Wantschik und die halbe Stadt kannten. Auf seinem von einem Schimmel gezogenen Fuhrwerk war ein dickes rundes Fass befestigt, oben mit einer tellergroßen Öffnung und unten mit einem klafterlangen Schlauch. Auch das Pferd war ein Mischling. Das halbe Blut hatte es von der eurasischen Pferderasse Charabajir, deren buchgültige Bezeichnung Wantschik nicht kannte. Es war um ein ganzes Schulterblatt höher als das Steppenpony, schmal und gestreckt in der Gestalt, klug und gehorsam. Oft sah man das Tier allein gehen. Sein Herr, der kleine Mischlingsjunge, langweilte sich dann wohl, saß bei einem anderen Fuhrmann auf und unterhielt sich mit ihm in der Art eines Erwachsenen. In erheblicher Entfernung vor ihm schritt der Schimmel und wartete an den Straßenkreuzungen, bis der Pfiff weiterzugehen von hinten kam.

Der kleine Mischlingsjunge sang gern. Er hatte eine helle zarte Stimme, und seine Lieder waren, da er meistens ohne Text sang, keiner bestimmten Sprache zuzuordnen.

Sie kamen an das Brunnenhäuschen, dessen Straßenseite vereist war. Die Fassöffnung hielt unter dem großen heruntergähnenden Hahnmaul. Der kleine Mischlingsjunge sprang vom Fuhrwerk, schneuzte sich ins Freie, indem er zuerst mit dem linken Zeigefinger sein linkes Nasenloch zudrückte und die Luft durch das andere herauspustete und dann den Trick rechts wiederholte, was insgesamt nur zwei Sekunden benötigte. Als er etwas Unverständliches, wohl auf Chinesisch, rief, fiel in kräftigen hellen Strähnen Wasser aus dem Hahn.

»Oh, habe ich Ihnen wehgetan?«, murmelte Wantschik verlegen. »Nein«, erwiderte sie einsilbig. Shanna war gerutscht, er hatte sie festgehalten und dabei ihre Brust berührt. Sie war klein und fest.

Die Lehmhütten, die alten krummen Männer in wattierten Hosen, die Mischlingskinder mit den kohlschwarzen Mähnen, die vor Schwärze bläulich schimmerten, die alten dürren Frauen, die auf ihren kleinen Spitzbeinen unsicher davontrippelten, das Brunnenhäuschen, der kleine Mischlingsjunge mit dem schönen großen Schimmel und der zarten hellen Stimme blieben zurück. Nur der Stadtlärm ließ sich nicht so leicht abschütteln. Der Schnee war auch hier bereits hart, aber er lag noch unberührt und weiß da. Den steilen Abhang waren sie hinabgeklettert, und die ersten seichten Mulden, die die stumme weiße Steppe vom Lärm und Getöse der Stadt abschirmten, lagen schon hinter ihnen. Sie waren stehen geblieben und blickten mit zusammengekniffenen Augen auf die Stadt zurück. Der kleine Mischlingsjunge fuhr gerade die Straße entlang, die, einem Bogen gleich, das Lehmhüttenviertel von der neuen hohen Stadt trennte.

»Trotzdem kann man sehr glücklich sein«, sagte Wantschik mit sehnsüchtigem Blick auf den kleinen Mischlingsjungen.

»Wie meinen Sie das?«, fragte Shanna ungeduldig.

»Man kann nur Wasser fahren und Wasser verkaufen«, erwiderte Wantschik, »und trotzdem kann man glücklich sein.« Shanna hielt ihn am Ärmel fest, als ob sie Angst hätte, er würde ihr weglaufen, und ihre Augen waren nun dunkler und spitzer geworden. »Sind Sie sehr unglücklich?«

Wantschik griff nach ihrer Hand, anstatt ihr zu antworten.

»Ich habe Ihre Bücher gelesen«, sagte Shanna, »den Borchert gleich in der ersten Nacht. Ich hätte heulen können darüber, dass er so krank und unglücklich war, und auch darüber, dass es noch Menschen gibt, die ihn nicht kennen, darunter ich.«

Wantschik sah ihr fragend in die Augen. »Und warum haben Sie nicht geheult?«
»Mein Mann«, fuhr sie fort, »war dabei. Er machte schon Bemerkungen über meinen plötzlichen Lesefleiß. Einmal fragte er, als er aufwachte und mich noch lesen sah: ›Wie alt ist denn dein Professor?‹ ›An die fünfzig‹, log ich, und Sie taten mir Leid. Ich bin unglücklich, dass ich einen Offizier geheiratet habe. Man kann sich mit ihm nur über den Einkauf, über die Wäsche, die schlechte Disziplin der Soldaten, über einen tropfenden Wasserhahn und bestenfalls über eine Parteiversammlung und einen Fußballwettkampf unterhalten. Beethoven ist für ihn ein alter tauber Mann, der hartnäckig versucht hat, sich unbedingt durch Musizieren zu ernähren, Lermontow ein streitsüchtiger Unteroffizier, der gehässige Verse machte und deshalb totgeschossen wurde. Borchert kennt er nicht, aber selbst wenn er ihn kennen würde, würde er mit einem spöttischen Lächeln auf den Lippen sagen: ›Ein gescheiter todkranker Mann, der aus Verzweiflung Klagegeschichten hinausschrie.‹«
»Sie sind es auch«, flüsterte Wantschik kaum hörbar. Er sagte es, weil Shanna nicht weiterredete.
Sie gingen weiter, ihre Hände hatten sich nicht gelöst. Die Landschaft ging allmählich in ein seichtes Tal über. Der Schnee wurde tiefer und stummer. Die dünne weiße Novembersonne gab ihr Bestes, selbstlos schien sie sich anzustrengen. Der Horizont hob sich kaum von den Wolken am blassen Novemberhimmel ab. Für diejenigen, die die zweite Hälfte ihres Lebens über Büchern versessen hatten, wäre ohnehin nicht zu sehen gewesen, wo der Horizont verlief.
»Woran denken Sie?«, fragte sie plötzlich.
»An die weiten Höhen, die nie aufhören«, sagte Wantschik verträumt. »An eine neue Welt, neues Leben ... neu, doch bekannt ... in Wolken, auf Wolken fangenden Felsen ... in

gürtelhohen Gräsern, im Herdenstaub, im Schwertlilienduft ... unter Lärchen, riesigen Lärchen, Weidenzweigen, raureifüberzogen, unterm Rausch der Flüsse, die Lärchen und Klippen reißen ... unter Menschen, vor denen man keine Angst zu haben braucht ... zu Hause.«

Indessen gingen sie immer weiter, ihre Hände hatten sich nicht gelöst. Sie gingen versunken, als ob der eine von ihnen nichts erzählte und der andere nichts hörte. Doch er erzählte von seinem Zuhause, zu dem er eilte, und sie hörte ihm zu und sah es vor sich, weil sie es auch einmal besessen hatte.

»Und woran denken Sie?«, fragte er dann.

»An Sie und an das, was Sie erzählen. Seit Dienstag habe ich daran gedacht. Borchert habe ich immer wieder gelesen, vor allem die Stellen, die Sie angestrichen oder mit Zeichen versehen haben, immer und immer wieder. Wissen Sie noch, was Sie auf die Seite dreiundsiebzig an den Rand geschrieben haben? ›Jeder Tag dieses Jahrhunderts ist von Ereignissen ruhelos wie ein Hurenbett und voll wie eine Diebestasche. Doch für ein suchendes und fühlendes Herz hat er genauso wenig anzubieten wie eben Hurenbetten und Diebestaschen. Welches Gefühl, dass ich dich habe, Bruder!‹ Gleich in der ersten Nacht, als ich dies las, habe ich gedacht, dass ich mit Ihnen reden muss. Ich habe sehr auf diesen Tag gewartet.«

»Gut, Shanna, gut, dass du gekommen bist«, sagte Wantschik verträumt. »Nun werden wir nicht wieder auseinander gehen, und keiner wird sich wieder unglücklich fühlen.«

Shanna fiel ihm ins Wort. Erschrocken und eindringlich flüsterte sie: »Aber ich muss doch wieder nach Hause, ich bin doch verheiratet.«

Wantschik ließ ihre Hand los, blieb stehen und musterte sie mit zornigem Blick, als hätte es das rauch- und lärmerfüllte Zimmer, die lange Geschäftsstraße, das niedrige Lehmhüttenviertel, den kleinen Mischlingsjungen mit dem schönen großen Schimmel, den steilen Abhang, die seichten Mulden, den Schnee, den weißen, unzertretenen Schnee, in dem sie ihre Spuren hinterließen, als hätte es diesen Dienstagnachmittag nicht gegeben.

»Verheiratet?!«, pustete er verächtlich heraus, indem er zwei Schritte zurücktrat. »Ist es ein abgeschlossenes Geschäft? Oder ein unterzeichnetes Gesetz? Geschäfte sind immer schmutzig und Gesetze ungerecht! Warum heiratet man? Aus Langeweile, als ob diese Muss-Welt von Pflichten nicht überladen wäre? Aus Sexualfieber, als ob die Noch-und-Noch-Huren ihren Hurenböcken nicht ausreichten? Eher wohl aus dem Wunsch, nicht wie eine Giraffe einsam und kalt durch Tage und Nächte und Nächte und Tage zu irren! Aber ist damit bereits das Recht des Menschen auf ein größeres Glück abgeschnürt?!«

Shanna stand steinsteif und sah ihm erschrocken zu. Dieser Wantschik quälte sich wie ein Tier in der Falle. Wie ein Wolf, der versucht, das dicke breite Stahlband zu zerbeißen. Wie ein Wolf, erbittert und mächtig. Doch es gibt keinen Wolf, der das Fallenband zerbeißt. Er zerbeißt sich lediglich die Zähne zu Krümeln, und der Jäger kommt.

»Mann und Frau heiraten, weil für ihn diese Frau die passendste und für sie dieser Mann der passendste ist. Das ist schon der Idealfall. Aber kennt er alle Frauen dieser Welt, die für ihn in Frage kämen? Ein Zehntel, ein Hundertstel, ein Tausendstel, ja ein Millionstel dieser Frauen? Und sie die Männer? Nein! Am nächsten Morgen oder zehn Jahre nach der Hochzeit begegnet er einer der Hunderttausenden, der Millionen, die ihm bis jetzt unbekannt waren. Gleich weiß er, dass ihn diese Frau doppelt, zehnmal, hundertmal so glücklich machen wird wie die, mit der er Hochzeit gefeiert hat. Und auch die Frau kann einem besseren, viel besseren Mann begegnen.«

Schrecklicher, wilder Wolf, dachte Shanna, wilder als alle Wölfe, die man je gesehen. Aber es gibt keinen Wolf, der das Fallenband zerbeißt.

»Was nun? Was tun? Nichts Besseres wissen als den Zufall, dass eine Hochzeit gefeiert worden ist, zu verfluchen? Das Leben, das einmalig und so kurz ist, mit einem Menschen verbringen, der nur dazu da ist, um einen an die vielen anderen zu erinnern? Oder nach einem schmerzlosen Selbstmord suchen?«

Armer, schrecklicher Wolf, dachte Shanna, du quälst dich nur ab. Sie wollte ihm helfen. »Man soll versuchen zu vergessen. Und man muss leben.«

»Leben? Wofür?!«, schrie der Wolf. »Um recht alt zu werden, damit man den Würmern nicht so gut schmeckt? Ja, damit man wenigstens den Würmern nicht diesen Gefallen tut?!«

»Man muss leben für seine Pflichten.«

»Pflichten?!«, zischte der Wolf mit brechender Stimme. Dabei zog er sich zusammen, als wolle er auf dieses Biest gleich losspringen und ihm, diesem Elendsbiest, den Hals durchbeißen. »Pflichten?!«, wiederholte er dann. »Warum wird man auf die Welt gesetzt? Um nach einem kurzen Kindheitstraum mit einer unbestimmten Erwartung die Lehrerstockspitze zu verfolgen, vielhundertmal sieben Tage mit Drohungen und Versprechungen, bis einem das Barthaar das Gesicht bedeckt, um dann wieder vieltausendmal sieben Tage mit eckigen und zackigen Pflichten zu fristen?!«

Dummer, borstiger Wolf, dachte Shanna, du tollst und tobst dich kaputt. Sie wollte ihn retten. »Du schimpfst auf Lernen und Arbeiten, Wantschik!«

Der Wolf hielt inne, er wollte aber nicht zurück, er konnte es nicht. Er wollte Anlauf zu neuen Kräften nehmen und fuhr dann fort: »Lernen und arbeiten? Ja! Man muss es sogar! Aber es darf für den, der es macht, kein kugelrunder und eisglatter Stein sein, den er jeden Tag in eine bestimmte Richtung, um eine bestimmte Strecke fortwälzen muss, und um ihn fortzuwälzen, isst, trinkt, schläft, lebt er! Der Stein muss Falten und Ritzen haben, aus denen auf den Schoß desjenigen, der ihn bewegt, Brot, Wasser, Lächeln, Leben tropft. Sobald einer lernt, nur um zu lernen, hört er auf, ein Mensch zu sein, aus ihm wird eine Bücherkiste. Sobald einer arbeitet, nur um zu arbeiten, hört auch er auf, ein Mensch zu sein, aus ihm wird ein Schleppochse. Dann werden Lernen und Arbeiten zu nackten Pflichten. Wer nur Pflichten nachgeht, vergisst und verleugnet sich und seine Natur. Er muss nicht lieben, muss nicht da sein. Wer aber leben, wer da sein will, braucht die Liebe, und zwar die Liebe, die ihn am meisten beglückt. Liebe ist ein Recht. Wer darauf verzichtet, verzichtet auf Leben. Er wird seeleneinsam, einsam wie der Mond, wie ein Stern hinter allen Unendlichkeiten, wie ein Meteorstein auf dem Meeresgrund.«

Schrecklicher einsamer Wolf, dachte Shanna. Sie ging auf ihn zu und drückte ihr Gesicht sanft an seine Brust.

Der Schnee, der seelenweiße Schnee blinzelte ihnen aus tausend kleinen Augen zu. Die Sonne, obwohl dünn und bleich, im Abgang begriffen, schien angestrengt. Der Wind, der läufige weiße Steppenwind, hatte hergefunden und wusch mit dem Nussbraun ihres Haares sein Gesicht.

»Shanna, meine wunderbare Shanna.« Er streichelte ihren Kopf, ihr Haar, ihre Schultern und küsste sie. Er küsste das nussbraune Haar, das den herben Duft der Ganga-, und Dshoiganwurzeln hatte, die Stirn, die Augen, die geschlossen waren und an deren Wimpern kleine helle Tränen hingen. Er küsste ihre Backe und ihren Hals und wollte sie auf den Mund küssen, aber sie vergrub ihr Gesicht in seinen Brustlatz und flüsterte atemlos: »Bitte, nicht, bitte nicht jetzt, bitte nicht so, wir haben doch Zeit, bitte ...«

Er ließ es. »Komm, lass uns weitergehen, kleine Shanna.«
Sie hob den Kopf und sah ihn mit trunkenem nassem Blick an, umhalste ihn und flüsterte wie für sich, wie ein Gebet oder ein Schwur: »Ach, nichts und niemand wird meinen Wantschik dieser Brust berauben.« Dann ließ sie ihn los und gab ihm ihre Hand.
In diesem Augenblick ging ein greller Schrei durch die Steppe. Er fuhr über die weiche weiße Landschaft und hallte lange wider, spitz und schneidig, als müsste er die Welt bis in all ihre Ecken und Enden wecken. Bald darauf stiegen hinter dem sanften Hügel vor ihnen dichte schwarze Rauchschwaden über das Steppenweiß wie Riesenfäuste gegen das bleiche Himmelsgesicht, und Augenblicke darauf schoss aus dem leeren Weiß die große schwarze Lokomotive paffend und ächzend heraus wie ein Märchenheld, der alles auf seinem Weg zertrümmert. Und wie die Krieger, die dem Helden nachreiten, eilten die Güterwagen der Lokomotive hinterher.
Wir wollen gehen, dachte er, aber er sagte: »Der Zug fährt in die Stadt.«
»Ja, der Zug fährt in die Stadt«, sagte sie ihm nach, aber sie dachte: Schrecklicher wilder Wolf, auch wir müssen dorthin zurück, du und ich.
»Warum sagst du mir nur nach und nichts anderes?«, flüsterte er nun flehend, gequält, erschrocken, packte sie an den Schultern und schüttelte sie.
»Der Zug ist in die Stadt gefahren, auch der Zug, der aus Stahl und Holz ist, der nichts fürchtet. Alle müssen zurück, du wie ich, vor allem aber ich. Und weiterfahren. Mit dem Bus. Um fünf Uhr. Und um sieben Uhr zu Hause sein!«, schrie sie in einem Atemzug, ohne ihn anzusehen. Dann vergrub sie wieder ihr Gesicht in seinem Brustlatz und weinte.
Der Wind, dachte er, wird stärker. Den Schnee wird er aufwirbeln und unsere Spuren verwehen, als sei hier an diesem

Tage nichts geschehen. Aber die Spuren zurück in die Stadt, die wird er wenigstens auch löschen.
Dann drückte er ihren Kopf an seine Brust. »Komm, Shanna, lass uns gehen.« Es knirschte dumpf, und sie wusste nicht, ob es der Schnee oder seine Zähne waren. Aber sie dachte: Es gibt keinen Wolf, der das Fallenband zerbeißt. Er zerbeißt sich lediglich die Zähne zu Krümeln.
Der Wind fuhr die weiße Steppe immer derber an. Immer höher und weiter tanzte der feine Schneestaub gen Osten. Im Osten, da lag auch die Stadt. Sie gingen dorthin, wo die Stadt lag, wo jeder abends seine Kartoffeln für sich schälte und morgens seinen Teeziegel für sich klopfte, und zwischen Abend und Morgen, Morgen und Abend seinen Schatten und sein Schicksal für sich hatte, sie gingen dorthin, wo sie sich trennen würden. Sie gingen Hand in Hand, aber sie gingen langsam und mutlos wie Menschen, die in den Tod gehen. Inmitten des traurigen eintönigen Knirschens unter den Füßen und des heulenden Windes blieb Shanna plötzlich stehen. »Du«, sagte sie, ihn an der Mantelborte mit beiden Händen fassend, »ich hab's.«
»Was denn?«, fragte er müde.
»Ich mache Ordnung zu Hause und dann komme ich zu dir.«
»Wie?«, fragte er erschrocken. »Du weißt doch, dass du mich wie keine andere liebst. Mich, so wie ich bin.«
Ihr Gesicht glühte, Augen und Wangen wurden nass. Feiner Schneestaub ließ sich von den Tränen fangen und taute.
Sie hüpften die hauchfeuchten Straßen entlang, die hingeworfen dalagen, wellig und glänzend, wie dunkelblaue Seidenstreifen mit weißem Mullschimmer darüber. Sie hüpften leicht wie Schneestaub, der aus der weiten Steppe herantanzte, Hand in Hand durch das Gewirr der Häuser. Eines wie das andere blickte grau und schien doch erträglich und liebenswert, weil der Weg sie gerade durch diese Straßen führte

und weil vielleicht alle Häuser und Menschen doch etwas Großes und Träumerisches, etwas Festes, das ihnen niemand wegnehmen konnte, an sich hatten.
An einer Straßenecke saß ein etwa zweijähriger Junge mit verschmiertem Gesicht und weinte. Shanna beugte sich über ihn, streichelte und liebkoste ihn. »Auch ein kleiner dummer Edik.«
Als sie weitergingen, fragte er: »Wer ist Edik?«
»Mein Junge.«
»Wo ist er jetzt?«
»Bei seinem Vater.«
»Liebt er ihn?«
»Natürlich.«
Sie hüpften dann nicht mehr so schneeleicht, sie gingen überlegt und langsam, aber traurig waren sie nicht. Der Bus stand schon abfahrbereit an der Haltestelle. Für Shanna war alles entschieden. Für Wantschik eigentlich auch. Er würde längst auf sie warten, wenn sie zu Hause ankam. Wantschik hatte sein Gleichgewicht wiedergewonnen. Er würde jetzt wieder leben, arbeiten, ja, seinen Pflichten nachgehen können, nicht dem kleinen Alltäglichen, mit dem die braven Spießer ihre Tage verbringen, sondern dem Großen. Er hatte immer gefühlt, dass es ihm an Talent nicht mangelte, es kam bei ihm nur auf den Mut an, Mut, zu schaffen und zu leben.
»Es ist schön zu wissen, irgendwo auf der Welt ist eine Menschenseele, die dein Schicksal berührt«, sagte er, ihre kleine kühle Hand in der seinen.
»Ich werde ganz bestimmt wiederkommen, Wantschik«, erwiderte sie, die Hand am Türgriff, »spätestens an unserem Dienstag.«
Der Bus fuhr ab. Hinter der raureifblinden Glasscheibe winkte sie. Wantschik winkte nicht zurück. Er hielt sie an der Hand, umarmte, küsste und behielt sie für eine Ewigkeit.

Verspätetes Jagdglück

Vor einiger Zeit erreichte mich ein Brief aus der Heimat. Er hatte folgenden Wortlaut:

»Sohn! Ein Mann, der noch deinen Vater Schynykbaj als Baby auf dem Rücken getragen hat, lässt dich grüßen. Es ist schön in der Heimat. Der Frühling steht über der Schwelle des Altai, der Schnee an der Sonnenseite der Berge taut auf, die Täler und Mulden grünen, die Schafe und Ziegen sind dabei zu jungen, das Jungvieh gedeiht gut, die Menschen sind wohlauf, sie leben satt, es geht ihnen gut. Das Gleiche hoffen wir auch von euch Menschen in der Hauptstadt zu hören.

Man erzählt hierzulande, du arbeitest bei einer Zeitung und schreibst darin so verschiedene Sachen. Einige davon habe ich mir auch vorlesen lassen. Es war gut zu erfahren, wie es in anderen Ländern und *Aimaks* ist. Schreib weiter, tu es nur, es ist eine gute Sache damit. Dabei aber musst du dich einmal der eigenen Heimat zuwenden, denn auch hier gibt es Sachen, welche für uns durchaus mitteilens- und für andere hörenswert wären. Eine solche ist, wie ich, ein wenngleich ungebildeter, aber vom Leben lang genug belehrter Mensch glaube, die folgende:

Vergangenen Winter starb Belek, Sohn des Ürükej, an den du dich sicherlich noch erinnern wirst. Er hat sein Leben gelebt, mehr ist dazu nicht zu sagen. Aber kurz vor seinem Tod hat er einen Wolf erlegt, der in die Scheune der Genossenschaftskälber eingebrochen war. Der 77-jährige Greis ist mit einer Rute und einem Beil in der Hand auf das Raubtier losgegan-

gen und hat es in einem Zweikampf erschlagen. Es war ein Rüde mit einer fast wasserschwarzen Mähne, und seine Haut betrug, als sie abgezogen und ausgespannt war, einen Klafter und drei Spannen in der Länge und dreieinhalb Spannen in der Breite.
Es wünscht dir viel Erfolg bei deiner Arbeit für Partei und Staat. – Dagwa, Sohn des Schöödükej.
Fünf Generationen früher waren deine Mutter Balsyng und ich in einem Menschen. Also wisse, dass ich dir *Daaj* bin.«
Auf der Rückseite des Briefumschlages stand: »Wir werden auf die Zeitung warten, es ist sehr wichtig!!!« Diese Eintragung war von einer anderen Hand, um den Satz herum war ein dicker Rand gezogen.
Ich kramte in meinem Archiv, das ich im Kopf trug, blätterte es durch, rief Erinnerungen wach und hatte es schließlich zusammen:
Belek war mir als ein ruhiger und durch und durch gütiger Mensch bekannt. Seine *Jurte* war klein und auch seine Herde nicht groß. Er hatte einen Schimmel, der weiß war wie ein Schneehase. Wenn dieser so weiß war, musste er uralt gewesen sein. Ich kannte ihn nur mit diesem einen Pferd.
Der Mann hatte einen steifen Zeigefinger. Das ging auf eine Wolfsgeschichte zurück. Ich glaube, er ist vom Wolf gebissen worden.
Ein Belek-Sohn hieß Anaj, war in einer Schulklasse mit meinem älteren Bruder Galkaan zusammen, und in dem Frühjahr, als sie die Grundschule beendeten, starb er. Es hieß, er sei vom Blitzdonner zu Tode erschreckt worden. Belek hatte noch drei Töchter und einen Sohn. Ich kannte sie alle beim Namen. Die älteste Tochter, Dyrdygasch, war mit dem Ringer Arwygyr verheiratet, sie starb, wohl noch nicht zwanzig, bei einer Geburt. Von der mittleren, Sardychan, war ein Kind zurückgeblieben, das inzwischen erwachsen sein muss. Ich weiß

nicht mehr, wann und woran diese gestorben ist, ich weiß nur, dass sie schon lange tot ist. Die Jüngste, Urtunasyn, war über zehn Jahre verheiratet, sie blieb kinderlos und starb vor drei Jahren. Sie wird die Dreißig überschritten haben.
Und der Sohn, Sapkin mit Namen, lebte als Oberhaupt einer großen guten Familie. Er war ein oder zwei Jahre älter als ich, wir haben in der Kindheit öfter zusammen gespielt, haben in Eimern und Krügen aus unserem Muttersee Chara-Chöl Wasser geholt und damit Zieselmäuse ersäuft. Einmal haben wir lauter junge Dinger gefangen und sind dabei von den Erwachsenen erwischt worden. Für jedes tote Zieselkind haben wir mit einer Ohrfeige und einigen Tropfen Tränen bezahlen müssen. Das letzte Mal kam ich mit Sapkin vor vier Jahren zusammen, es war bei einem Kastrierfest, und wir sangen die ganze Nacht.
Der alte Dagwa musste sich im Alter Beleks geirrt haben, denn dieser war ein Jahr älter als meine Mutter. Demnach musste er 1906, im Jahre des Roten Pferdes geboren und zum Zeitpunkt seines Todes nicht sieben- oder vielleicht auch achtundsiebzig, wie es im Brief stand, sondern erst sechsundsiebzig Jahre alt gewesen sein.
Das war alles, was mir mein Archiv lieferte. Aber vielmehr brauchte es auch nicht für einen kleinen Zeitungsartikel, der beinhaltete: Ein 76-jähriger Greis hat einen Wolf im Zweikampf erlegt.
Ich war entschlossen, sobald mir wieder einmal eine Atempause vergönnt würde, mich hinzusetzen und den Artikel zu schreiben und so dem Heimgegangenen und damit auch meiner eigenen Heimat ein bescheidenes Denkmal zu setzen. Aber die Atempause ließ so lange auf sich warten, bis eine Reise kam, die in die Heimat führte. Dort begegnete ich auch einigen Berichten, die Belek betrafen. Das machte mich neugierig, machte den in mir wach, der den Dingen auf den

Grund, auch den Hintergrund schauen will. So begann eine Forschung.
Belek war der zweitälteste Sohn des Ürükej aus dem Stamm Chara-Chöjük, die zwar in der Zahl, aber nicht im Geist stark sind. Er war bekannt als Bitsche-Belek, Belek der Jüngere, denn es gab unter den Tuwinern unserer Zeit auch einen anderen Belek, Ulug-Belek, Belek den Älteren. Dieser war der Sohn des Nogaj, stammte aus dem Stamm Chaa-Chöjük. Er war ein durchtriebener Kerl, ein vorzüglicher Jäger, erreichte auch ein gutes Alter und starb zu einem guten Zeitpunkt. Bei seinem Tod, wird berichtet, stand der *Dashyyr* mit *Aragy* neben seinem Lager, und im Kessel kochte frisches Hammelfleisch. Von seinen acht Kindern leben heute noch sechs. Und das bedeutet, dass in so manchen Jurten die Opferhappen und Spritzer dem Altai und ihm in einem Atemzug gewidmet werden.
Beide Beleks schienen unter verschiedenen Sternen, aus zwei verschiedenen Absichten geboren zu sein, denn sie waren zu unterschiedliche Menschen; selbst ihr Aussehen war wie aus zwei entgegengesetzten Ecken des Lebens genommen, soweit sich das Aussehen von Leuten einer Rasse unterscheidet.
Vielleicht geschah es aus Absicht, dass die Eltern des gut um zwanzig Jahre später Geborenen ihrem Sprössling den Namen eines unter den bescheidenen tuwinischen Verhältnissen um die Jahrhundertwende geradezu ruhmreichen jungen Mannes gaben. Wenn das der Fall gewesen ist, dann muss den armen Eltern so manches Mal bewusst geworden sein, dass aus der Absicht nichts geworden ist. Vielleicht aber lag keine Absicht vor, es war nur ein Spiel des Zufalls.
Wie dem auch sei, gleiche Namen, gleiche Ohren, wie das Sprichwort besagt, und bei allen Unterschieden wurden die beiden Beleks ständig und dies wider ihr Wollen in Verbindung gebracht. Ohne den anderen mitzuerwähnen, wurde

über den einen nicht geredet, und dieser Gewohnheit sei auch hier, vielleicht ein letztes Mal, Treue gehalten.
Der Spätgeborene, der Sohn des Ürükej, war ein Mensch von mittlerem Wuchs, war mager und hatte einen kleinen runden Kopf, dem ein winzig kleines, kugelrundes Augen- und ein noch winzigeres, fast unscheinbares Ohrenpaar das Gepräge gaben. Die Arme waren dafür lang, die Hände schwer, und dies wie zum Ausgleich zu den zu klein geratenen Kopfteilen. Belek hütete sein Leben lang Schafe. Das begann schon früh und kam daher, dass seine Eltern arme Leute waren. Sein Vater machte nebenher den Zimmermann, soweit diese Berufsbezeichnung für einen zutrifft, der mit dem Obdach und allem, was darin und darum war, ständig von einem Ort zum anderen zog und dabei aus Holz Melkeimer, Destillierfässer, Fleischtröge, Spaten und dergleichen fertigte. Ja, Ürükej war viele Jahre lang ein anerkannter Zimmermann unter den Tuwinern, denn ein paar Mal, in der Herbstzeit, wenn sich seine Jurte für einige Monate sesshaft gemacht hatte, stellte er ein Galdshyrma auf und stellte dann ein ganzes Jurtengerüst her. Doch Belek erlernte das Handwerk nicht, denn er hatte keine Zeit dafür; er war bei fremden Leuten und hütete ihre Schafherde. Er war ein emsiger, ehrlicher Arbeiter und hörte frühzeitig lobende Worte. Er wurde ein guter Schäfer. Aber er wurde es, da er bei fremden Leuten war, auf Kosten anderer Dinge. So erlernte er weder dem Jagen noch einer anderen Beschäftigung nachzugehen, die für den tuwinischen Mann lebenswichtig sind.
Und hiermit sind wir am Ende der Vorgeschichte.
Es war ein Tag im Frühsommer 1928, im Jahr des Gelben Drachen. Der Himmel strahlte blau, es war ein blendendes, betörendes Blau, und es machte einen unsicher in der Erinnerung. Denn der Winter war lang und schwer gewesen, er hatte über das ganze Frühjahr hinaus, fast in den Sommer

hinein gedauert. Darum war die gute Laune des Himmels schwer begreiflich, darum wohl auch kamen einem die flockigen Kringel, die hin und wieder dem Blau entwichen, wie ein Grinsen auf einem schönen Gesicht vor.
Die Muttererde dagegen, die nah und wintermüde ringsum dalag, wie dampfend, wie leise vor sich hinstöhnend, war einem vertraut und verständlich in ihrem Unternehmen: Sie setzte alles daran, um sich von der Magerkeit zu erholen.
Eine Schafherde weidete am oberen Hang des Schyrgaj-Dshürek. Die Tiere steckten noch im Winterhaar, waren mager, und die Art, wie sie von Mulde zu Mulde rannten und beim Herandringen eines jeden Lautes von außen lärmten, verriet, dass der Hunger, der sie ab Mitte des Winters geplagt hatte, noch nicht gestillt war. Ihr Hüter Belek ging vor ihnen. Den langen Gehstock aus Birkenholz schwang er hin und her und schickte der Herde zurechtweisende Rufe.
Viele tausend Tage hatte Belek bei der Herde verbracht. Er kannte ihre Laune, sie die seine. Seltsam: Die Herde erneuerte sich fortlaufend, aber sie blieb ständig dieselbe; er war noch ein Kind, als er zu ihr kam, nun war er ein erwachsener Mensch, der vielleicht schon anfing zu altern, aber auch er blieb für sie ständig derselbe, wie es ihm schien.
Oft kam sich Belek wie ein Vater vor, wenn er, den Gehstock in der Hand, den Tieren Befehle erteilte. Seine ganze Strenge war gespielt, aber die Schafe und Ziegen, die in der Herde zusammenlebten, schienen die verärgerten und nicht selten auch höhnischen Zurufe für bare Münze zu halten, denn sie folgten seinem Willen meistens. Und das machte ihn stolz. Freilich hatte auch er ein paar ungehorsame »Kinder«, wie die meisten Väter, aber was machte das, wenn die Herde als Ganzes unter seinem Willen blieb?
Sollte das heißen, dass der Schäfer eines *Bajs* mit seinem Leben zufrieden war? Vielleicht ja, wenn es nach ihm gegangen

wäre. Denn die Welt bestand ja nicht nur aus Bajs und besonders berühmten mutigen Menschen wie den Roten. Nicht jeder im Lande war schließlich satt wie er, der er sich aus dem Kessel des Bajs ernährte. Nicht jeder lebte so sorglos wie er, denn sein Leben bestand nur aus diesem einen: Schafe hüten. Und da war nichts, was ihm irgendwie schwer gefallen wäre. Aber wie es schien, ging es neuerdings nicht nach ihm. Dshaniwek und Leute seines Schlages redeten von der Revolution. Da dürfte man nicht mehr so leben wie bisher. Man nannte die, die so redeten, die Roten, und man nahm sich in Acht vor ihnen.

Im vergangenen Winter kam der Saryg Sedip, Sedip der Blonde, und warf dem Degeldej, dem Baj, ein kleines, als Viereck zusammengefaltetes Schriftstück hin: »Hier ein Befehl vom *Sumun*!«

Degeldej hob es auf, betrachtete es eine Weile und sagte dann: »Du weißt doch genau, dass ich, ebenso wie du, nicht lesen kann. Darum sag lieber, Sohn des Schyrysch, was darin steht, wenn du es weißt!«

Saryg Sedip schrie, am ganzen Körper zitternd: »Woher willst du wissen, Sohn des Apyshak, dass ich nicht lesen kann? Weißt du vielleicht noch nicht, dass wir die Revolution gemacht haben?!«

Dann riss er dem Hausherrn das Schriftstück aus der Hand, brach es auf und las. Belek hörte seinen eigenen Namen, aber mehr verstand er nicht, denn es war in mongolischer Sprache. Nachdem Saryg Sedip mit dem Lesen fertig war, fragte er in Tuwinisch: »Verstanden?«

Der Hausherr saß und überlegte und sagte schließlich: »Ja. Ich habe es verstanden.« Und nach einer Weile fügte er hinzu: »Wenn die Volksmacht es mir befiehlt, so wird es meine Wenigkeit natürlich befolgen. Aber du, Sohn des Schyrysch, der du ein mächtiger Beamter geworden zu sein scheinst, weil deine Stimme laut ist und dein Atemzug hoch, so frage du den selbst, der da als Knecht bezeichnet wird, ob es ihm tatsächlich so schlecht geht, wie ihr glaubt!«

»Was erlaubst du dir, Sohn des Apyshak, indem du mich Beamter nennst! Ich bin ein Angestellter des Volksstaates, ein Krieger der Revolution, verstanden?!«

Degeldej schlürfte gemächlich seinen Tee aus einer versilberten Schale und sagte, mit einem kleinen Lächeln im rechten Mundwinkel: »Na, dann eben Angestellter des Volksstaates und Krieger der Revolution! Frag doch unseren Belek, wie er sich bei uns fühlt, frag, ob es ihm an irgendetwas mangelt!«

Saryg Sedip, dessen Arbeit daraus bestand, Schriftstücke, das heißt Befehle auszutragen, der aber selbst über kein Entscheidungsrecht verfügte, wollte darauf etwas sagen, weiterschreien, aber ihm fiel nichts ein, oder er schien das, was er sagen wollte, noch eine Weile bei sich behalten zu wollen, und so wandte er sich an ihn, den Knecht, der sich darauf vorbereitete, der Herde nachzugehen: »Im Namen des Volksstaates und der Revolution befehle ich dir, Genosse Belek, die Wahrheit auszusprechen! Nun sag mir, ohne Scheu und Angst vor Degeldej oder sonst wem: Wirst du ausgebeutet?«

Belek griff, überlegend, ein fettes Stück Fleisch aus dem Trog heraus, schnitt davon ein paar dünne Scheiben in seine große Holzschale herunter, immer noch überlegend, und sagte dann, nachdem er mit dem Zeigefinger die Fleischscheiben, welche einen Haufen bildeten, in den Tee getaucht hatte: »Ausgebeutet werden, was ist das?«

»Wirst du dafür, dass du dem Degeldej die Schafe hütest, bezahlt?«, erläuterte ihm Saryg Sedip.

»Sie müssten es noch nicht vergessen haben, dass mein seliger Vater jeden Monat kam und ein Lamm oder ein Zicklein vom Vorjahr mitnahm«, entgegnete ihm Belek und führte seine Schale, die randvoll war, vor den Mund.

»Aber dein Vater ist lange tot!«
»Ja.«
»Und wer kommt seitdem, um das Lamm oder Zicklein vom Vorjahr abzuholen?«
»Keiner.«
»Und wo bleiben die Lämmer und Zicklein vom Vorjahr?«
»Dort, wo sie sind. In der Herde draußen.«
Saryg Sedip zog verschmitzt die Augen zu zwei Strichen zusammen, und dabei zuckten seine Backenmuskeln wie Unheil drohend. Der Hausherr mischte sich in das Gespräch ein: »Ja«, sagte er und rückte sich auf seinem Platz zurecht. »Nicht nur, dass wir ihm kein Zicklein wegnehmen werden, das er verdient hat. Mehr noch, wir werden für ihn eine Jurte zusammenstellen, ihm eine eigene Herde abtreten, werden ihn verheiraten. Das wird im kommenden Herbst geschehen. Und später, wenn wir Alten sterben, wird er unsere Jurte und unser Vieh erben, denn wir haben keine Kinder und auch keine Verwandten, die unser Eigentum erben könnten. Oder passt das eurem Volksstaat wieder nicht, dass ein Armer zu Besitz kommt? Ha, Sohn des Schyrysch, du schweigst?«
Saryg Sedip schwieg nicht lange, er nannte Degeldej einen *Kulaken* und das, was er eben erzählt hatte, einen Betrug. Der Wortwechsel wurde immer heftiger, doch wie dieser endete, erfuhr Belek nicht, er musste gehen. Aber bevor er ging, sagte er zu Saryg Sedip: »Sie können sich, so viel sie wollen, mit Leuten zanken. Aber meinetwegen brauchen sie das nicht zu tun, *Aga.* Denn wenn es einen gibt, der berechtigt und verpflichtet ist, sich um mein Schicksal zu kümmern, so ist dieser jetzt, wo mein Vater Ürükej tot ist, Naemnak, mein älterer Bruder!«
Später war er, Belek, im Sumun. Er musste hinkommen. Es war wieder Saryg Sedip, der kam, und er brachte wieder ein Schriftstück. Aber diesmal gab er es nicht Degeldej, sondern

Belek. Dieser betrachtete es von allen Seiten wie damals Degeldej auch, hielt es eine Weile in der Hand und gab es dann Saryg Sedip zurück: »Lesen Sie es mir vor, Aga.« Jener las es ihm vor, laut und mit Betonung, die er mit der hoch- und niedergehenden Faust begleitete. Belek wartete geduldig auf die Übersetzung. Und dann verstand er auch, worum es ging. Er sollte in den Sumun kommen, dringend, wie es hieß.

»Ich kann es nicht«, sagte Belek nach kurzem Überlegen.

»Wieso nicht?«, fuhr Saryg Sedip hoch.

»Die Herde kann ich doch nicht verlassen inmitten des Winters, sie muss jeden Tag ordentlich gehütet werden.«

»Der sich darum zu kümmern hat, ist ein anderer! Lass die Viecher aus dem Spiel, Genosse Belek! Und Sie haben dem Befehl, der im Namen des Volksstaates und der roten Weltrevolution erlassen worden ist, zu folgen! Im anderen Fall werden Sie für einen gehalten, der mit dem Klassenfeind paktiert! Verstanden, Genosse?!«

Diesen letzten Teil verstand Belek damals nicht. Aber da im Sumunzentrum solches und Ähnliches ihm immer wieder vorgetragen wurde, blieb es an seinem Gehör hängen.

Vorerst aber versuchte sich Belek dem Befehl so lange zu entziehen, bis ihm Degeldej sagte, dass er fahren sollte.

»Stell deinem Knecht ein Pferd zur Verfügung!«, drängte Saryg Sedip, an den Hausherrn gewandt.

Degeldej gab ihm nicht nur ein Pferd, sondern auch seinen *Ton*. Belek fiel es schwer, den neuen und mit großen runden Mustern bearbeiteten Ton anzuziehen, aber er wagte nicht, seinem Herrn, noch dazu in Gegenwart eines wie Saryg Sedip, zu widersprechen.

Unterwegs wusch ihm Saryg Sedip den Kopf, aber da diese Kopfwäsche in der Art geschah, die von vielen der Leute, die sich für die Revolution erklärten, unumgänglich gehalten wurde, erweckte sie in Belek Widerstand, und so verstanden

zwei arme Menschen, die in ein und demselben Flusstal geboren und aufgewachsen waren, einander nicht.
Auch im Sumunzentrum vermochte man den Hausknecht eines Kulaken nicht davon zu überzeugen, dass er unterdrückt wurde und sich darum von Degeldej loszumachen hatte. Reinen Herzens erzählte Belek den *Dargas,* dass er weder Hunger litt noch fror, und auch davon, dass Degeldej ihm bis zum Herbst eine eigene Jurte zusammenstellen und dann eine eigene Herde abtreten würde. Er hätte ihnen beinah auch von der Heirat erzählt, aber da fehlte ihm ein bisschen der Mut, da die Braut, die ihm Degeldej und seine Frau nannten, ihm immer noch viel zu hoch gegriffen vorkam. Und die Leute der Revolution, die sich kurz als Genossen bezeichneten und die es auch nicht ungern hatten, wenn man einen jeden von ihnen mit Darga anredete, waren ungeduldig und nannten ihn einen, der eben mit dem Klassenfeind paktierte. So blieb zwischen Belek und seinesgleichen vorerst eine Wand.
Das alles war im Winter gewesen, als die Kälte wütete, der Himmel einen im Stich gelassen zu haben schien und als alles dem Sterben und Vergehen nah war.
Nun aber war Sommer, wohin man auch griff, fand man das Leben mit der Stirnseite zu sich gewandt, und sein warmer Hauch war imstande, in einem selbst die kühnsten Träume auf die Beine zu bringen.
Ein paar Reiter, die am unteren Herdenrand plötzlich auftauchten, zogen seinen Blick und seine Aufmerksamkeit auf sich. Sie hatten zwar seine Gedanken unterbrochen, aber sie waren ihm willkommen, weil jede Begegnung draußen auf der Weide für jeden Schäfer ein Ereignis und jedes Wort, das ihm von der Außenwelt mitgeteilt wird, ein Reichtum ist. Der Schäfer ist ein Mensch, der dem lieben langen Tag ausgeliefert ist; die Herde ist stumm.

Es waren vier Männer, und Buga-Garak, der Stieräugige, ein alternder, aber immer noch gefürchteter Ringer, schien ihr Führer. Zwei der Männer trugen Flinten, der dritte war mit einer Büchse und der vierte, Buga-Garak, mit einer langstieligen Harke ausgerüstet. Belek stand, auf seinen Gehstock gestützt, und betrachtete sie neugierig, bis sie herankamen, und dann grüßte er sie: »Einen guten Tag wünsche ich euch, Agalar!« Das letzte Wort bedeutete »ältere Brüder«, denn alle vier Männer waren älter als Belek.
Die Männer stiegen vom Pferd, nachdem sie den Gruß erwidert hatten. Die Pferde, schweißig und entkräftet, schüttelten sich nacheinander, dass alles, was am Sattel war, auseinander flog und ein lang andauerndes Geklirr und Gerassel entstand, und dass die Männer mit der Fortsetzung des Grußes erst warten mussten. Denn der Gruß ging weiter, nun kamen die Tabakdosen und -pfeifen zum Vorschein, und dies beschleunigte den Begrüßungsfluss. Das »Guten Tag« war sozusagen nur die Eröffnung, jetzt wurde nach dem persönlichen Wohlergehen, nach dem Wohlergehen der Familienmitglieder, der *Ail*-Leute, der Leute jenseits der Herden, das heißt der ganzen Umgebung, nach der Lage der Weiden, nach dem Wetter und noch nach vielen anderen Dingen gefragt. Der Jüngere war immer der Fragesteller, aber der Ältere hatte nicht nur darauf zu antworten, er hatte dieselbe Frage dem Jüngeren zu stellen, die von diesem wiederum beantwortet werden musste.
Irgendwann war der Begrüßungsdialog dort gelandet, ob die Hunde und Vögel still seien. Mit diesen waren die Wölfe gemeint. Zwar sagten die Gefragten darauf, dass die Hunde und Vögel still seien, und stellten dem Frager die Frage zurück, so wie die Sitte es forderte, aber dann, während der Hausknecht des Bajs Degeldej darauf eine umständlich-ehrfürchtige Antwort zusammenstellte, konnte es einer der

Ankömmlinge nicht mehr aushalten, er sagte: »Ihretwegen sind wir auf dem Weg!«

»Ja!«, brummte Buga-Garak, der, wie sein Name besagte, sehr viel Stierhaftes an sich hatte. Von ihm wurde erzählt, dass er als Kind einen anderen Namen gehabt habe. Aber Belek kannte ihn nur als Buga-Garak, kannte ihn als einen Ringer und empfand vor ihm eine heimliche Furcht wie viele andere wohl auch. Denn der Ringer war, obwohl tölpelhaft und schwachsinnig, unberechenbar im Benehmen, seinem Brummen, das ihn auch in der Sprache von anderen Menschen unterschied, und so konnte alles Mögliche folgen.

»Ja!«, brummte er, holte mit seiner Tatze zum Schlag aus, und da keiner der im Umkreis hockenden Männer ihm nah genug war, ließ er sie auf den Tonschoß fallen, unter dem sein Oberschenkel lag. Es verursachte einen lauten Knall, der eines der Pferde zum Davonspringen brachte. Damit war die Begrüßung, ohne zum Ende zu kommen, unterbrochen, und nun konnte das Gespräch ansetzen.

Die Männer berichteten, wo sie überall gewesen waren, wen sie dabei getroffen und was sie gesehen und gehört hatten. Während dieses Berichts wurde weiter geschnupft und geraucht, und dieser oder jener stand auf, trat einige Schritte zur Seite und verrichtete sein Geschäft.

Nachdem die Jäger ihre Erlebnisse, die bisher nur aus Suchen, aber keinem bisschen Jagen bestanden hatten, so breit geschildert hatten, wandten sie sich an den Schäfer: Ob er etwas wisse von einem Wolf, der an einer Stelle öfters gesehen worden sei. Belek wusste es: Mehrmals am Tag lief ein Wolf von einem Uraalgan-Gebüsch weg, aber er sah ihn nie zurückkommen. Er berichtete, was er wusste. Die Männer waren ganz Ohr. Da brummte Buga-Garak: »Hast du auch nicht gelogen?« Dabei blickte aus seinen Glotzaugen, die sehr an einen Stier erinnerten, geringschätzig auf den Schäfer herab.

Belek spürte die Kränkung, er sagte: »Das ist wahr, so wie ein jeder stirbt.«
Der Ringer, der jetzt den Jäger darstellte, verzog das Gesicht zu einer Grimasse, offensichtlich von dem Gedanken an den Tod unangenehm berührt, und brummte wieder: »Dann zeig ihn uns!«
Belek zeigte mit dem ausgestreckten Arm auf das Gebüsch am gegenüberliegenden Hang: »Da. Auch heute Morgen ist er dort weggelaufen, vom Kamm kommend in Richtung Wald.« Aber das schien den Jägern nicht zu genügen. Buga-Garak brummte weiter: »Du kommst mit!«
Belek konnte mitkommen, denn es war nicht weit bis zu der Stelle, die Herde war inzwischen auch satter und ruhiger geworden. So ließ sich auch die Zeit leichter vertreiben; für die unterbrochenen Gedanken, die Träume hatte er immer noch viel, ja zu viel Zeit. Nur kränkte es ihn ein wenig, dass man ihm misstraute. Aber was hatte das schließlich zu sagen. Die Kränkung war für einen Hausknecht, der nicht einmal wusste, dass er einer war, nichts Neues. Belek kam mit.
Dann nahm die Sache viel zu rasch einen steilen Lauf. Sie fanden unter einem niedrigen Strauchwerk, das wie eine Insel mitten im hohen Gebüsch stand, im dichten Vorjahresgras einen Bau. Die Stelle wirkte unscheinbar inmitten winziger, spitzer Felsen, die von größeren Felsen wie von einer Mauer umschlossen waren. Ja, dass sie so leicht auf den Bau stießen, das konnte gut und gern ein Zufall gewesen sein, doch wenn es tatsächlich einer war, dann war jegliches Glück wie Pech an einen Zufall gebunden, wie Belek viele Jahre später erst als reifer, dann als alternder und schließlich als greiser Mensch glauben musste.
Denn der Bau war eine Wolfshöhle. Das erkannte der Ringer, der schon welche gesehen hatte. Er brummte, nachdem er in den Bau die Nase gesteckt und dann, den Kopf im Nacken, in

den Himmel geschielt hatte, einem Bullen zum Erschrecken ähnlich, der mit Kuhwasser arbeitet: »Ja, Belek, du hast nicht gelogen, und der Altai scheint es uns zu geben!«
Seine Mitjäger gerieten in Bewegung, ihre Gesichter erhellten und verfinsterten sich in einem fort, und der Nichtjäger Belek stand unter ihnen und wusste nicht, was tun und wie sein. Doch war bald auch er von der allgemeinen Aufregung angesteckt: Eine wilde Sache war es mit diesem Jagen!
Als es aber darum ging, in die Höhle hineinzukriechen und die Welpen einen nach dem anderen am Genick zu fassen, in einen *Tulup* zu stecken und herauszuholen, entstand unter den Jägern Uneinigkeit darüber, wer dieser Mutige sein sollte; es war ein stummer Streit, denn keiner meldete sich, auch zwang keiner einen anderen, hineinzukriechen und seinen Kopf hinzuhalten. Stattdessen tauchten Feststellungen auf, die von der Angst zeugten, die sich in einem jeden gemeldet und inzwischen die anfängliche Freude verdrängt hatte.
Was aber, wenn die Wölfin da wäre? Das war die Frage, die jedem auf der Zunge lag. Ja, was wäre dann?
Eine alte Volksweisheit lautet, dass die Wölfin in ihrer Höhle einem auch dann nichts antut, selbst wenn sie erschlagen wird, solange ihre Jungen verschont bleiben. Zwar hat jeder diese Erzählung gehört, aber keiner hat es selbst erlebt, keiner hat von einem mit einem bestimmten Namen gehört, der irgendwann so etwas erlebt hätte. Und das bedeutete kurz und klar: Keiner wollte in die Höhle.
Aber alle wollten, dass die Welpen den Tod fanden, nicht nur das, sie wollten die jungen Wölfe, denen sie durch Schläge und Schüsse den Tod beibringen würden, mit der Hand anfassen, sie blutend und noch zuckend an den Sattel festbinden und davonreiten.
Sie wollten, dass die toten Wölfe an ihrem Jägersattel herabhingen, ihre blutigen Köpfe im Pferdeschritt baumelnd die

Waden berührten, und sie wollten, dass sie so mit ihrer Jagdbeute an Ails vorbeiritten und von Leuten gesehen und bewundert würden. Sie wollten mit den toten Jungwölfen ihren Jägerruhm schmücken.

Keiner wollte ran, aber alle wollten, dass die Wölfe starben!

Obwohl keiner etwas gesagt hatte, spürte der Nichtjäger die Angst, die in jedem der Jäger aufgekommen war und sich nun breit machte, denn die Angst sprang auch auf ihn über. So sprach er: »Die Wölfin ist nicht drin.«

Er hätte das nicht sagen sollen, denn der Ringer Buga-Garak, der ohnehin Groll empfand, wie jeder körperlich Starke, wenn ihn die Angst peinigt, brummte böse: »Woher willst du das wissen?«

Die Kränkung, die schon vorhandene, regte sich in Belek, doch er sagte friedlich: »Das weiß ich doch, Aga. Denn ich habe sie weglaufen, aber nicht zurückkommen sehen.«

Ein anderer, ein Schlauer, fiel ein: »Kriech du doch hinein, wenn du so genau weißt, der große Wolf ist nicht da!« Und die anderen fielen über ihn her: »Ja, tu es doch!«

Das war nicht gut, es war unmöglich, gegen den vereinten Willen von vier Männern, die Jäger und obendrein erfolglose Jäger waren, anzukommen. Belek musste sich diesem Willen fügen. Obwohl er ein schmächtiges Kerlchen war, schien er doch zu groß für die unterirdischen Gänge, es fiel ihm zum Sterben schwer, sich in der finsteren stickig-feuchten Grube vorwärtszubewegen. Doch er wusste, es gab für ihn kein Zurück mehr.

Die Draußengebliebenen waren nicht nur feige, sie waren auch ungeduldig, sie erteilten ihm ununterbrochen Ratschläge, dass er schneller vorwärts gehen sollte; Ewigkeiten schienen für sie zu vergehen, bis von dem dummdreisten Schäfer zuerst der Ober-, dann der Unterkörper und schließlich die letzte Stiefelsohle in der Grube verschwand.

In diesen schwer-langen Augenblicken muss der Schäfer, der gleich einem Pfropfen in den gähnenden Rachen der Gefahr gesteckt worden war, den Jägern wie ein Held vorgekommen sein und wie ein Strahl Licht ihre Gemüter beleuchtet haben. Aber sie waren sich später in ihrer feigen Scham so einig, dass die Wahrheit bis auf den knappen nackten Fakt nicht nach außen zu dringen vermochte. Und der Fakt lautete: Irgendwann hatte Belek zu verstehen gegeben, dass man ihn an den Füßen ziehen sollte, und darauf war einer mit dem Arm in die Grube gefahren und hatte einen Stiefel am Schaft gefasst und gezogen, aber so sehr er sich auch anstrengte, umsonst. Die Männer hatten der Reihe nach versucht, Belek an den Stiefeln herauszuziehen, aber keiner hatte ihn auch nur eine Handspanne fortbewegen können. Dann hatten sie nach einer Beratung beschlossen, eine Schlinge um die Stiefel zu legen und an dem Strick zu ziehen. Gesagt, getan: Ähnlich wie bei dem bekannten russischen Märchen hatten die Männer an dem festen Lassostrick mit einem mehrfach wiederholten Eins-zwei-drei gezogen, und so, wie dort die Riesenrübe entwurzelt wurde, war hier Belek herausgekommen, aber mit einer üblen Überraschung für die Jäger und auch für ihn. Denn der vermeintliche Welpe, den er beidhändig an der Gurgel hielt, war ein ausgewachsener Wolf!
Vorher aber waren alle Männer übereinander gestürzt, und das kam daher, dass sich der Wolf mit seinen letzten Kräften gegen den Grubenausgang gestemmt hatte, aber der Zug draußen an dem wohlgefassten Strick noch ein letztes Mal gezerrt und so den Widerstand gebrochen hatte; über das plötzliche Nachgeben war man Glied über Glied über die Zielrichtung geflogen. So hatte man aufstehend den Wolf entdeckt, der ebenso aufzustehen versuchte, den aber Belek bäuchlings liegend beidhändig festhielt und auf die Erde niederdrückte.

Und was taten die Jäger? Anstatt dem gegen ein Raubtier ringenden Artgenossen zu Hilfe zu eilen und den Wolf am Genick mitanzufassen oder wenigstens zu den Flinten zu laufen, die unweit lagen, fielen sie zurück und purzelten den Abhang hinab. Bestrebt, einander zu überholen, um der Gefahr zu entkommen.

Indes entriss sich der Wolf Beleks Händen und rannte davon. Belek saß keuchend, zerrissen und blutend da, als die Jäger dann den Hang hinaufgeklettert kamen, ebenso keuchend. Sie standen in einen Haufen gedrängt, sprachlos, und starrten mit irrem Blick Belek an. Die erste Frage, die einer von ihnen zustande brachte, lautete: »Hat er dich gebissen?«

»Ich weiß nicht«, war die leise Antwort. Der Wolf hatte den Schäfer nicht gebissen, die Legende sich bewahrheitet. Von dem derben Ziehen durch den schmalen, mit Steinen gespickten Gang waren ihm die Kleidung und die Haut an den Händen und am Gesicht zerrissen. Die Herde war nicht mehr zu sehen. Der Schäfer stand auf und ging, auf einem Bein hinkend, und ohne ein Wort zu sagen.

Die Jäger blieben und erbeuteten die Welpen, es waren ihrer sechs Stück. Doch das ging nicht so leicht vor sich, wie hier erzählt. Der Dünnste und Schwächste kroch in die Höhle hinein, aber das geschah nur unter der drohenden Faust des Buga-Garak. In der Zeit, in der jener unter der Erde schuftete und schwitzte, saßen die Draußengebliebenen mit geladenen Flinten in der Hand und hielten Ausschau in alle Richtungen. Als der Höhlenkriecher endlich wieder herauskam mit den wimmernden und winselnden Welpen im Tulup, war man fest überzeugt davon, dass die Wölfin aus dem Gestrüpp auf sie zugesprungen kommen würde. Sie erschlugen die Welpen in aller Eile und flüchteten wie um die Wette davon. Keine erfolgreichen Jäger, sondern zu Tode erschrockene Diebe waren sie. Sie wussten es, und das war schlimm.

Wohl bekannt ist, dass die Wölfe in der Wurfzeit die nahe Umgebung ihrer Höhlen strikt verschonen, aber dass sie, sobald ihnen, vor allem ihren Jungen, vonseiten der Menschen etwas zustößt, aggressiv, ja bis zur Tollheit blutrünstig werden. Darum gilt es, bevor man in eine Wolfshöhle eindringt und die Welpen erbeutet, zuerst immer die großen Wölfe zu erlegen, aber nie umgekehrt. Diese einfache Regel, dieses Abc der Jagdkunst, war nun verletzt worden von einem Rudel von Stümpern, die sich nach dem auch hierzulande gültigen Grundsatz »Gleich und Gleich gesellt sich gern« zusammengetan hatten und sich Jäger wähnten, weil sie Mordwaffen trugen und auch ein paar wehrlose Welpen ihren davongescheuchten Eltern hatten stehlen und morden können. Und darum war zu erwarten, dass sich die Natur in Gestalt eines Wolfspaares bei den Menschen für die provozierte Verletzung der Ordnung der Dinge rächen würde.
So kam es auch. Gleich in der ersten Nacht wurden die Hürden dreier Ails von Wölfen überfallen, und über vierzig Tiere wurden gerissen. Am schwersten davon war die Hürde des Degeldej-Ails betroffen. Neun tote und vierzehn verletzte Schafe waren das Ergebnis. Obwohl der Ail aus vier Jurten bestand, gehörten drei Viertel der Opfer allein Degeldej.
Es herrschte große Aufregung in den Hürden, die Menschen waren fast genauso erschrocken wie die Schafe und Ziegen, in deren Augen die Angst immer noch flammte wie Feuer. Sie, die Menschen, jammerten und zeterten, schimpften und fluchten, beteten und bettelten aber auch. Sie standen im Umkreis und versuchten zu ergründen, weshalb die Hunde des Himmels mit einem Mal so ungnädig geworden waren.
Da jagte aus dem benachbarten Ail ein Reiter herbei, er kam an der Spitze eines weißen Staubpfades, der Mensch schien über dem Sattel zu schweben, die Schöße seines *Lawschaks* standen im Wind, steif wie zwei Flügel, über dem Menschen

fuchtelte seine Hand, und an dieser schillerte und schimmerte bald wie ein Kreis, bald wie ein Pfeil die Peitsche. Angekommen bei den Menschen, wollte der Reiter sein Pferd halten, aber es kam nicht eher zum Stehen, bis es einen Kreis um den äußeren, sich bräunlich abzeichnenden Hürdenrand gezogen hatte. Dies beunruhigte die ohnehin aufgeschreckten Tiere noch mehr und machte die Menschen auf einen weiteren Schreck gefasst. Der ließ auch nicht lange auf sich warten, denn der Reiter, es war Dambi, der jüngere Bruder des Dagwa, der mir den Brief hatte schreiben lassen, suchte mit einem irren Blick und der erhobenen Peitsche in der Hand nach einem bestimmten Menschen unter den Herumstehenden, und als sein Blick Belek traf, schoss seine Hand mit der Lederpeitsche hoch, und da sprang schon das vor Lust zum Rennen schäumende Pferd vorwärts. Einem knallenden Peitschenschlag folgte ein vielstimmiger Aufschrei der Herumstehenden. Der toll gewordene Reiter war mit seinem ebenso toll gewordenen Ross schon zwei Lassostricklängen weit weg, als der Aufschrei verebbte. Aber da kamen sie, Ross und Reiter, in einem harten Bogen schon wieder auf das Opfer zugeschossen.

Das Opfer, Belek, hatte ebenso aufgeschrien, als er den Schlag auf seiner kahl rasierten Kopfhaut spürte; es war ihm vorgekommen, als hätte ihn mit einer Feuerklinge der Blitz des Himmels mitten auf den Schädel getroffen; nun stand er, die Arme um den Kopf, wimmerte leise und schwankte, und dabei hatte er die Augen so fest geschlossen, dass sein Gesicht mit der verzogenen Haut einer grinsenden Maske glich. Doch diesmal kamen die Menschen dem wilden Reiter zuvor, stellten sich rechtzeitig um das Opfer herum und fuchtelten mit den Händen oder warfen, was sie nur fanden, hoch, so dass das Ross zurückgescheucht in einem Bogen Seitensprünge um die Menge machte. Das schien den Reiter ein wenig zur Besinnung zu bringen. Da löste sich aus der Menschenmenge Degeldej, das selbstbewusste Oberhaupt des Ails, und schritt unnatürlich gerade auf Dambi zu, wohl um das Pferd am Zügel zu fassen, was ihm jedoch nicht gelang. Degeldej blieb stehen und rief mit ausgestreckten Armen dem Davongehenden nach: »Bist du ein chinesischer Beamter, bist du ein kasachischer Räuber geworden, du Sohn des Schöödükej, dass du mir meinen Ail überfällst, meine Leute erschrickst und meinen Schäfer erschlagen willst? Sag, warum du das getan hast, oder ich lass dich, bevor noch die gelbe Sonne des Himmels die Schneeberge im Westen erreicht, in Fesseln legen und in den Sumun schaffen!«

Dambi hörte nicht nur darauf, er stieg auch vom Pferd, trat heran und sprach laut und leidenschaftlich: »Nenn mich einen Hund, Degeldej-aga, nennt mich einen Wahnsinnigen, Brüder und Schwestern, denn die Schuld trifft mich, weil ich euch nicht gegrüßt habe. Aber dass ihr den Hundesohn da« – dabei deutete er mit der Peitsche auf Belek – »in Schutz nehmt, kommt, wie ich annehme, aus Nichtwissenheit. Denn gleich werdet ihr, wenn ich sage, warum ich ihn geschlagen habe, verstehen, dass ich es nicht allein meinetwegen, sondern auch euretwegen getan habe. Ja, denn ich sehe, was auch hier angerichtet ist: Euer Vieh, das Heiligste aller Reichtümer, liegt als Kadaverfetzen herum, und das ist der Grund meines Zorns. Denn man hat die Hunde des Himmels erzürnt, ist in ihre Höhle gekommen, hat ihnen die Jungen geraubt!«

Der Menschenmenge entfuhr ein mehrstimmiges Raunen: »Daher also!?«

»Und der Hundesohn da« – wieder fuchtelte Dambi mit der Peitsche in der Hand in Richtung Belek – »hat den Anfang zu diesem Scheißhaufen gemacht!«

Ein dumpfes »Ah-ah« kam von den Zuhörenden. Darauf schauten sie ungläubig, aber schon mit ansetzendem Hass

auf den Knecht, der im Schmerz des Peitschenschlages immer noch außer sich zu sein schien.
»Was?!«, schrie Degeldej, beide Hände zur Faust geballt und über sich schüttelnd. Dann rannte er unglaublich flink für sein Alter und sein Gewicht zu Belek, fasste ihn von hinten an den Schultern, drehte ihn ruckartig zu sich um und schrie noch lauter und fürchterlicher, diesmal mit rollenden Augen: »Was war, sprich augenblicklich, Elender!«
Seltsam war jetzt, wie schnell sich Belek von den Schmerzen, die ihn so gepackt hatten, befreite: Seine Arme, die immer noch um den Kopf gelegen hatten, fielen wie abgeknöpft herab, und gleichzeitig damit knickten seine Beine; kniend gestand er, was gewesen war, und schloss: »Aber von den Welpen weiß ich nichts, denn dann bin ich gegangen, habe meine Herde weiter gehütet und habe nichts mehr und nichts wieder gesehen. Ja, ich weiß nichts, lieber, lieber Degeldej-aga!«
»Aber du hast den Elenden die Höhle gezeigt, bist da hineingekrochen und hast den großen Wolf herausgezerrt und weggejagt, so dass sie die Welpen rauben konnten!«
»Das alles zu tun war ich gezwungen.«
»Aber ganz am Anfang haben sie dich auch gezwungen auszuplaudern, dass dort die Wölfe ihre Höhle haben?!«
Belek hielt inne, senkte die Augenlider und seufzte schwer. Man sah, die Peitsche Dambis hatte sich auf seinem kahlen Kopf greifbar deutlich abgezeichnet: Die dicke lange Beule glich einer Schlange, die dabei war, seinen Schädel zu umschnüren.
»Warum schweigst du, Hund?!«, drängte ihn Degeldej zu einer Antwort auf seine Frage.
Aus Beleks Mund lugte ein spitzes, rotes Zünglein heraus und beleckte die wetterrissigen Lippen, dann sagte er mit heiserer, zittriger Stimme: »Es ist mir herausgerutscht aus

dem Mund, weil die Leute mir viel erzählt haben und ich ihnen dafür auch was erzählen wollte, aber wohl nichts anderes hatte.«

Eine schallende Ohrfeige folgte auf dieses grundehrliche Geständnis. Belek ging zu Boden. Degeldej stand schnaubend, mit gespreizten, schwarz glänzenden Fingern und wartete. Der Knecht richtete sich schnell wieder auf, er war ein dummer Mensch. Der nächste Schlag kam, jetzt ein Faustschlag.

Die Nacht darauf passierte noch Schlimmeres. Obwohl alle Männer des Ails um die Hürde herum in gleichen Abständen, der eine mit einer Flinte, der andere mit einem Spaten ausgerüstet, Stellung bezogen hatten, konnten sie den Angriff der Wölfe nicht abwehren. Sie kamen vier Mal, und zum Schluss glich es einem Handgemenge zwischen Menschen und Hunden auf der einen und Wölfen auf der anderen Seite. Beim vierten Angriff, der kurz vor dem Morgengrauen stattfand, sah sich ausgerechnet Degeldej einem Wolf gegenüber. Der Baj war in dem Augenblick allein, er stand am unteren Rand der *Chöne,* die in sechzehn Reihen, alles voll mit Lämmern und Zicklein besetzt, viereckig und hell schimmernd einer ausgebreiteten Filzmatte glich; am Abend hatte man alle Chöne ausgespannt und alles mit Jungvieh belegt, damit die Herde Halt hatte, wie es in der Hirtensprache hieß: Waren sie da, die eine feste Insel, einen festen Kern inmitten der Hürden bildeten, konnte die Herde im Falle, dass die Wölfe kamen, nicht so leicht davonlaufen, wie es bei einer glatten Hürde hätte geschehen können.

Nun stand Degeldej dort, und da entdeckte er am oberen Rand der Chöne, die zu wallen und zu schäumen schien, zu zerbersten und zu zerplatzen drohte, ihn, den Hund des Himmels: Er flog schnurstracks auf die Chöne, gleich einem halb voll gestopften, herbeigeschleuderten Sack. Degeldej sah ihn, erkannte ihn, konnte sich aber nicht entschließen, ihm entgegenzurennen und den armdicken Birkenklotz mit dem schweren, dicken Kopf, mit dem er ausgerüstet war, gegen ihn zu erheben. Er konnte daran nicht einmal denken, aber andererseits konnte er nicht, das schutzlose Jungvieh im Stich lassend, das Weite suchen. So stand er da und versuchte zu schreien, die Menschen herbeizurufen, aber ihm blieb die Stimme weg. Seltsam, die ganze Nacht, erst vorhin hatte er so laute Rufe von sich gegeben, ja, eigentlich die Ail-Leute befehligt wie ein Befehlshaber auf dem Schlachtfeld – nun versagte er, in dem Augenblick, wo der Feind vor ihm stand, nicht nur stand, sondern mordete!

Der Wolf schien sich über der Chöne zu wälzen, über den Lämmern, die in ihrer Binde bockten und ein vielhundertstimmiges Geschrei ausstießen, das Letzte, worüber sie in dem Vortodesaugenblick verfügten. Das konnte nur einige wenige Augenblicke gedauert haben, und dann verschwand der Wolf. Nun lief Degeldej zu der Unglücksstelle, nun konnte er es. Und als er dort ankam, entfuhr seiner Brust ein Schreckensschrei – also war seine Stimme wieder da – eine ganze Reihe lag leblos! Das Ailoberhaupt rief seine Leute herbei, doch dauerte es seine Zeit, bis alle versammelt waren, denn die Schlacht tobte noch. Und jeder, der kam und sah, was geschehen war, wurde vom Grauen so gepackt, dass er, wie ins Feuer geraten, ein Jammergeschrei ausstieß.

Von einer ganzen Reihe waren nur noch drei Lämmer heil geblieben, vierundzwanzig waren schon tot oder lagen in Todeskrämpfen, vieren war der Fettschwanz abgebissen, und das war alles, was der Wolf wirklich gefressen hatte. Bei Tageshelle wurden die Opfer zusammengetragen, die Toten von den Krepierenden vorläufig noch getrennt. Dann zählte man sie ab: Es waren an die sechzig! Die Frauen und Kinder standen vor der rotbunten Menge und heulten um die Wette, und die Männer hatten keine Kraft, sie zu trösten oder still zu donnern. Ein jeder im Ail war von Trauer und Wut erfüllt. Den Nachbar-Ails war es, wie man noch im Laufe des Vormittags erfuhr, ähnlich ergangen, was jedoch keinen zu trösten vermochte. Man kam sich, wie nach jedem Unglück, betrogen im Leben vor. Und das Leben wurde mit einem Mal in seinem ganzen Gefüge anders.

Man suchte im Stillen nach der Ursache, dem Grund, nach einem Schuldigen, und man hatte ihn. Es war Belek. Und man ließ es ihn wissen, doch so, dass jeder es auf seine Weise tat. Ging Großmutter Schajnak an ihm wortlos vorbei, statt ihn wie jeden Morgen im Flüsterton zum Tee einzuladen, so packte ihn Degeldej, der mächtigste Mann nicht nur im Ail, sondern, was Belek anging, auf Erden überhaupt, an der Gurgel und schrie, dass alle es hören konnten: »Du hast die Dreckscheiße geschissen, die jetzt allen bis zum Hals steht, Sohn des Ürükej! So höre, was ich dich heiße, Elender: Begib dich auf die Spur der Wölfe und erschieß wenigstens einen von ihnen zur Rache für das Geschehene, oder verkriech dich in ihrer Höhle, verende und verfaule dort! Ich will dich entweder mit einem toten Wolf oder nie wieder sehen!«

Belek ritt zur Stunde davon. Die Flinte, die er trug, hatte er bei Tante Schajnak ausgeliehen. Sie hatte ihrem Mann gehört, der schon seit vielen Jahren tot war. Aber da die Frau einen Sohn hatte – Sambysch war sein Name, und zu der Zeit war er zwölf Jahre alt – hatte sie das schwere Eisenstück nicht nur nicht wegegeben, sondern es bei den Umzügen samt ihrem bisschen Hab und Gut ständig mitgeführt. Belek hatte sich, als ihm nichts weiter übrig blieb, als sich auf eine Wolfsjagd zu begeben, ein Herz gefasst und war zu der Frau gegangen. »Tante, geben Sie mir die Flinte Ihres Sohnes so lange, bis ich damit einen Wolf erlege!«

Die Frau, die Degeldejs Drohung kannte, hatte ihm die Flinte mit allem Zubehör gegeben, aber mit den Worten: »Nimm sie, aber bringen musst du sie mir heil und ganz zurück, Sohn des Ürükej!«

Das Pferd, das ihn auf seinem Rücken trug, gehörte ihm selbst, es war das Ergebnis seiner Arbeit, ja, seines bisherigen Lebens. Er hatte mit dreizehn Jahren angefangen, Degeldejs Schafherde zu hüten, nun war er dreiundzwanzig. Der Baj hatte, als er ihn in der Jurte seiner Eltern abholte, mit Ürükej vereinbart, für den Winter- und Frühjahrsmonat ein Lamm und für den Sommer- und Herbstmonat ein Zicklein vom Vorjahr als festen Lohn auszuzahlen, falls sein Sohn die Herde gut hütete. Diese Vereinbarung war, solange Ürükej lebte, gehalten worden, denn der Vater kam jeden Monat einmal vorbei, um das erhütete Tier seines Sohnes abzuholen. Dabei brachte er Anziehsachen für Belek mit, aber noch wichtiger waren für das Kind, das in den ersten Monaten und Jahren großes Heimweh empfand, die Nachrichten, die der Vater von dem eigenen Ail, von zu Hause, von der Mutter und den Geschwistern brachte. Ürükej starb vor sieben Jahren und kurz darauf auch die Mutter. Belek sah keinen der beiden, erfuhr nichts von ihrer Krankheit; eines Tages hieß es, sie seien gestorben. Seit dem Tod der Eltern nahm man es mit der einst festen Lohnauszahlung nicht mehr so genau.

»Was soll man alle Monate ein Lamm oder ein Zicklein von der Herde hier zu einer anderen tragen, wo deine Eltern nicht mehr da sind? Lass sie hier sein, und du wirst sie später bekommen, wenn du eine eigene Jurte hast«, hatte Degeldej zu ihm gesagt, als er, Belek, einmal seinen älteren Bruder Naemnak kommen lassen wollte, damit er die Löhne einiger Monate abholte. Somit hatte der Baj aufgehört, den vereinbarten Lohn seinem Schäfer auszuzahlen, aber dafür bekam dieser jetzt Bekleidung. Das war gut für beide Seiten, denn der herangewachsene Belek bekam von Degeldej die abgetragenen Anziehsachen, die für den Schäfer immer noch gut

genug, für den reichen, auf Ansehen angewiesenen und dazu kinderlosen Mann aber schon unbrauchbar waren, sie sparten ihm jetzt Ausgaben an lebendigem Vieh ein.
Die Geschichte mit den Schriftstücken, die Saryg Sedip im vergangenen Winter brachte, schaffte zwischen dem Baj und seinem Schäfer ein engeres Verhältnis. Degeldej ließ sich die Geschichte, die Belek im Sumunzentrum mit den Roten zustande gebracht hatte, einige Abende lang erzählen, und jedes Mal, wenn der Schäfer ihm wiederholte, was er jenen auf ihren Aufklärungsversuch erwidert hatte, fiel Degeldej vor Lachen um und sagte dann, wenn er sich davon erholt hatte: »Ach, Belek, du bist mir ein Mordskerl, ein goldener Mensch bist du!«
Und an einem solchen lustigen Abend bekam Belek ein Pferd, einen fünfjährigen Blauschimmel. War er da froh, der arme Mensch! In der Nacht schlief er nicht. Der schöne, eisenblaue Hengst stand vor ihm, er blickte ihm ins Auge und brummte ihm leise zu, was in die menschliche Sprache übersetzt heißen sollte: »Du bist mein Reiter, und ich bin dein Ross!«
Aber das war nicht alles: Die Andeutungen und Versprechungen vonseiten Degeldejs und seiner Frau wuchsen in Beleks Phantasie zu einem Traumschloss. Dieses bestand aus einer eigenen Jurte, einer kleinen Herde daneben und einer Frau drinnen. Das Jurtengerüst sei schon bestellt, hieß es. Filz hatten Degeldejs in jeder Menge, die Ailfrauen würden ihn innerhalb von einem einzigen Tag zurechtschneiden und nähen, wenn es wirklich darum ginge, und die Jurte wäre da. Was ihm Degeldej an Vieh abgeben würde, wusste er nicht, aber er wäre selbst mit fünf Schafen und zehn Ziegen vollkommen zufrieden, denn er wusste, dass er keinem nachstand in der Kunst der Viehzucht; ein paar Jahre würden genügen, dass daraus eine ordentliche Herde würde. Jeder

Gedanke an die Frau, die Feuer im Herd dieser Jurte anzünden und die Herde melken würde, raubte ihm den Atem, denn die Bumbaj, die ihm Degeldej und seine Frau versprachen, war ein bildhübsches junges Ding, dem er von sich aus nicht hätte ins Gesicht schauen können. Sie war mit der ersten, vor vielen Jahren verstorbenen Frau Degeldejs verwandt und hatte sich als das älteste Kind um ihre verwaisten Geschwister zu kümmern. Wenn einer wie Degeldej ihr sagen würde, dass er sie mit seinem Ziehsohn verheiratet sehen wollte, würde sie wahrscheinlich ja sagen müssen.

Also vielleicht doch tatsächlich kein Grund, den bisherigen Lebenslauf irgendwie in eine andere Richtung lenken zu wollen und noch weniger, dem Leben mutlos entgegenzublicken? Nun aber war dieses Unglück dazwischengekommen!

Belek ritt zwar mit einer Flinte ausgerüstet auf die Wolfsjagd, wie man es doch hätte nennen müssen, aber er wusste weder, wie er einen Wolf ausfindig machen, noch, wie er ihn erlegen würde. Die Wahrheit war: Er hatte nie ein Tier ums Leben gebracht, außer ein paar Mäusen und Zieselmäusen, die er irgendwann zufällig erschlagen hatte, und den Schafen und Ziegen natürlich, die er geschlachtet hatte. Er hatte auch nie aus einer Flinte geschossen. Und die Endsumme davon konnte nur eines heißen: Er ging einem sinnlosen Unternehmen entgegen. Das wusste er. Doch hatte er keine Wahl, er musste tun, was ihm geheißen, und musste versuchen, koste es, was es wolle, einen Wolf zu töten.

Belek musste lange überlegen, welche guten Zufälle ihm auf dem Wege hätten begegnen können. Vielleicht fände er ein von den anderen Jägern, die jetzt bestimmt alle den Wölfen auf den Spuren sein würden, angeschossenes und dann irgendwo verendetes Stück.

Vielleicht machte er wieder eine Wolfshöhle ausfindig. Würde das der Fall sein, so würde er auch hineinkriechen. Vielleicht würde da wieder der große Wolf liegen, dann würde er auf alle Fälle versuchen, mit ihm fertigzuwerden. Diese letztere Möglichkeit erschien ihm mit einem Mal als sehr wahrscheinlich, wohl deshalb, weil er schon einmal in einer Wolfshöhle gewesen war und einen quicklebendigen, großen Wolf mit den Händen gepackt hatte.

Da fiel ihm die alte Wolfshöhle, die Quelle allen Unglücks ein. Vielleicht war der Wolf, der ihm damals entwischt war, inzwischen wieder zurück? Belek beschloss, sein Glück zu versuchen.

Er ritt schnell und gerade wie einer, der ein Ziel hatte, und das war inmitten seines jetzigen trüben ziellosen Lebens ein heller Augenblick. Angekommen vor der Wolfshöhle, legte er die lästige Flinte ab, legte seinem Pferd die Dreifußfesseln an und band es mit dem Führstrick an einem Uraalgan-Strauch fest, damit es nicht davongehen könnte, falls er wieder mit dem Wolf in den Händen herauskäme. Dann nahm er sein handspannlanges, horngriffiges Messer, das in der Scheide am Gürtel herabhing, in die Hand. Für alle Fälle, dachte er.

Der Wolf war nicht da, zu Beleks großer Enttäuschung. Wir aber wissen, zu seinem großen Glück.

Das Hineinkriechen war wieder schwer, das Hinauskommen noch schwerer. Wenig fehlte, dass er stecken geblieben wäre. Dann ritt er nach einiger Überlegung in das Gebüsch hinein, das unerbittlich in den großen Wald Schyrgaj-Dshüreks führte, in dem es auch zur Mittagsstunde dämmrig war. Und dort in der kühlen Dämmerung irrte er den ganzen Tag herum, ohne Ziel, ohne Hoffnung.

Als es zu dunkeln begann, verließ er den Wald und ging auf Suche nach einer Jurte, wo er übernachten konnte. Er fand sie und übernachtete dort. Es war die Jurte zweier alter Leute, der Mann war vor Alter fast erblindet. Aber früher war er ein vortrefflicher Mann gewesen; Ringer, Schmied und Jäger, und ein Dieb auch, aber ein klassischer Dieb. Etliche Male war er im chinesischen, aber auch im russischen Altai gewesen. Dieser Mann nun nannte und beschrieb die einfachsten Dinge, die ein jeder Jäger wissen musste. Er führte Belek vor, wie die Flinte zu handhaben war. Er erteilte ihm auch Ratschläge, beschrieb ihm den Weg, der ihn zu den Wölfen führen würde, nannte der Reihe nach die Dinge, die er befolgen musste, um einen Wolf zu erlegen.

Aber Belek musste sich eingestehen, als er am nächsten Morgen wieder auf dem Weg war, dass er von all dem, was ihm der Alte erzählt hatte, nur sehr wenig verstanden hatte. Gut verstanden hatte er lediglich, dass man mit einem Lockvieh mitunter auch Glück haben könnte. Das würde viel Geschick und viel Geduld voraussetzen. Dies hatte der Alte auf seine Art so ausgedrückt: »Verstecken musst du dich da wie ein Teufel. Ein Teufel, eher mehr als weniger, denn Stein vom Fels, Gras von der Wiese, Holz vom Baum, Teil von dem, was dir Versteck bietet, musst du werden. Stein, Gras, Holz oder was du sonst noch bist, soll dort bleiben, wo es ist, und so bleiben, wie es ist. Ein Stein, ein Gras, ein Holz kennt weder das Husten und Niesen, noch das Pissen und Scheißen. Aber damit du nicht etwa denkst, dass dir gestattet sei, einen Tag lang oder zweie einen Toten zu spielen, nein, gar nicht: Aus dem Stein, dem Gras, dem Holz oder aus dem, was noch ist, muss stets der Teufel auf den Wolf zielen, der jeden Augenblick hergesprungen kommen, im Nu das Lockvieh verschlingen und wieder verschwinden wird!«

Belek irrte wieder einen langen Tag umher in der Geröllgegend des Mugur-Bashy. Kein Wolf begegnete ihm, von keinem entdeckte er die Spur, auch hatte er immer noch keine Hoffnung, dass aus seinem Jagen etwas werden könnte. Aber dafür nahm die Möglichkeit mit dem Lockvieh in ihm immer deutlicher Gestalt an. Mit den ersten Sternen kam er in

die Jurte der beiden Alten zurück. Der Alte hörte dem, was Belek erzählte, mit unwillig zuckenden Augenbrauen und auch mit Kopfschütteln zu und warf immer wieder ein: »Nicht doch! Ich hatte dir doch alles gesagt!«
Einmal, als er wieder diese tadelnde Bemerkung machte, sagte Belek: »Ja, Sie haben mir alles gesagt, *Eshej*! Aber ich habe da so wenig im Kopf behalten. Mein Kopf, der ist so schwer. Doch eins habe ich von Ihrer Erzählung gut begriffen. Das ist das mit dem Lockvieh. Geben Sie mir bitte darum, Eshej, und auch Sie, *Enej*, ein Zicklein oder ein Lämmchen. Nach Hause zu reiten, um es dort zu holen, habe ich Angst.«
Der Alte gab ihm nicht nur das Zicklein, er gab ihm auch eine Menge Tips dazu, die zu dieser Jagdmethode gehörten. Belek begab sich ziemlich zuversichtlich auf den Weg. Er hatte ein Ziel, der Alte hatte ihm eine Stelle beschrieben, die am steilen Hang über dem mittleren Tal der Üsch-Chadyr lag. Belek versuchte, alles so zu tun, wie ihm geheißen: band das Zicklein an der Spitze des rechten Vorderbeines an einen Uraalgan-Strauch fest, brachte sein Pferd in Sicherheit, nahm ihm Sattel und Zaum ab, rieb ihm den Rücken mit Gras trocken und pflockte es am linken, oberen Abhang des gegenüberliegenden Tals an beiden Vorderbeinen an. Dann kam er auf einem Umweg zu dem Zicklein zurück, er schlich sich heran und bezog sein Versteck. Es war ein kleiner Fels, der unten von nach Salzerde suchendem Vieh ausgehöhlt und rings mit niedrigem Strauchwerk bewachsen war. Dort liegend konnte er durch das Strauchwerk das Zicklein beobachten, das unterhalb des Verstecks in einer Entfernung von 50 bis 60 Schritten ahnungslos stand und vorläufig ein Gemecker nach dem anderen in die Ferne schickte.
Belek hatte genug Zeit, das Zielen zu üben. Zuerst trat ihm die Träne in das zielende Auge, sobald er das andere schloss und mit diesem durch den Schlitz sehen und nach dem

Zicklein suchen musste. Als er dann diese Kunst einigermaßen beherrschte, hatte er Schwierigkeiten mit dem Korn, das so winzig war, dass er es in der Eile glattweg hätte übersehen können. Und zum Schluss das Herzklopfen, das gleich Faustschlägen den Körper ins Wanken brachte. Sobald er das Zielkorn aufs Zicklein oder einen bestimmten Gegenstand rings um dieses herum brachte und mit dem Zeigefinger den Ablösehahn berührte, war die Aufregung da. Aber je mehr Zeit verging, desto ruhiger wurde sein Herz, vielleicht wurde es auch müde.

Es hat keinen Sinn, die Qualen, die der zum still Liegen verdammte Mensch auszustehen hatte, beschreiben zu wollen. Sie sind unbeschreiblich.

Irgendwann ging die Sonne doch unter, und das Auge vermochte das Zicklein nicht mehr auszumachen. Belek gestattete sich aufzustehen. Er war in den Gliedern, am Kreuz, Rücken und Hals, selbst im Gesicht steif und hatte das Gefühl für den Körper verloren. Bis er es wiedererlangte, verging nicht wenig Zeit. Die Dunkelheit kam schnell. Das Zicklein empfing den Menschen mit einem Meckern, das sich wie ein Schreien, wie ein jauchzendes Jammern anhörte. Belek verbrachte die Nacht neben seinem Pferd. Der Sattel war sein Kopfkissen, die Satteldecke sein Bett. Er lag darauf wie ein Hund, geringelt und wach. Das Zicklein lag neben ihm, er wärmte es und empfing von ihm Wärme. Das Zicklein schlief fest, doch war sein Schlaf immer wieder von Seufzern unterbrochen, wie bei einem Kind, das die Schwernisse des verlebten Tages auch im Schlaf nicht vergessen konnte. Vielleicht aber auch, weil in ihm der tierische Instinkt arbeitete und etwas davon ahnte, was am nächsten Tag geschehen würde.

Belek schlief seicht, es war ihm kalt in dem dünnen Lawschak, den er anhatte. Das Pferd graste nicht, stand still und schien zu schlafen, doch merkte es jedes Mal, wenn sein Herr

die Beine ausstreckte, um sich vom Krampf zu erholen und darauf wieder anzog. Es schnaubte leise dazu.
Belek begann das Tagwerk sehr zeitig. Das weiße Zicklein schimmerte aus dem dunklen Strauchwerk wie ein Stück verstecktes Licht, wie ein Stück verfrühter Tag. Sein einsames Meckern schien in der Trennstunde zwischen Licht und Finsternis, Kälte und Wärme, Schlafen und Erwachen noch lauter, es hatte noch mehr Klägliches in sich. Belek kam sich, das Klagegeschrei des Tierkindes im Ohr, wie ein Herzloser, wie ein Verbrecher vor.
Das Licht siegte, die Sonne erstieg die Höhe, und Wärme kam von oben herunter wie eine Flut, die kein Nachlassen, kein Aufhören kannte. Sie war dem durchfrorenen Schäfer willkommen wie jedem anderen Lebewesen unter dem Himmel wohl auch. Sie löste seinen Körper von dem Krampf, den die nächtliche Kälte, die ebenso wie eine Flut kein Nachlassen, kein Aufhören kannte, verursacht hatte. Gegen Mittag schlug die Wärme in Hitze um, sie lastete schwer wie eine unsichtbare, unentrinnbare Decke auf der Erde und ihren Bewohnern. Dem liegenden Belek wurden die Augenlider immer schwerer, er begann einzunicken. Das machte ihm Angst. Ihm kam es vor, als beobachtete ihn der Alte von seinem Versteck aus, blickte ihn böse aus seinem blinden Auge an. Im Geist hörte er seine mahnende Stimme: »Bleib wach, du Stein!«
Doch es geschah, dass der ausgehungerte und durchquälte Mensch in seiner Angst von der Nachmittagshitze erdrückt wurde, er schlief ein. Erwachend fuhr er zusammen. Die Sonne stand kurz über den westlichen Gipfeln, eine Brise war aufgekommen. Die Welt war wie ausgestorben, das Zicklein meckerte nicht mehr. Wie sehr er auch seine schlafmatten Augen wischte und hinüberblickte, er konnte es nicht sehen. Nach langem Suchen und Überlegen beschloss er sich aufzu-

richten. Auf die Knie kommend, glaubte er dort, wo das Zicklein gestanden hatte, etwas Glänzendes zu entdecken. Dann stand er auf und rannte taumelnd hin: Was da glänzte, das war der Pansen. Er war unversehrt und groß, wie es schien, zu groß, als dass er dem winzigen Zicklein hätte gehören können. Doch, das war der Pansen des Zickleins, denn ein Stück weiter unter dem Strauch lagen die Haut- und Knochenreste. Sie waren frisch, Fliegen saßen darauf.
Belek musste, wie sehr ihn die Angst auch peinigte, zu der Jurte der beiden Alten zurückkehren. Denn dort glaubte er immer noch die kleinere Gefahr vorzufinden als bei Degeldej. »Eshej, Enej!«, rief er mit zittriger Stimme, kaum war sein eines Bein in der Jurte. »Schlagt mich tot, wenn ihr wollt. Ich bin um das Zicklein gekommen!« Und dem fügte er schnell hinzu, bevor noch die Wut der alten Leute ausbrechen konnte, wie er sie schon erwartete: »Aber ich werde es euch, Eshej, Enej, mit einem vom Vorjahr ersetzen!«
Damit fiel er auf die Knie, ohne die Mitte der winzigen Jurte erreicht zu haben, er duckte sich, bereit, jeden Schlag, jedes Geschimpf hinzunehmen. Der Alte nannte ihn zwar einen Dummkopf, einen Hundesohn, und die Alte meinte, alle Vorfahren Beleks seien missratene Menschen gewesen und er, Sohn des Ürükej, sei auch nach ihnen geraten, so wie jedes Miststück nach dem Arsch ausschaute, aus dem es gekommen sei. Aber sie schlugen ihn nicht. Dafür fragten sie ihn aus, verhörten ihn, wie man mit einem Verbrecher zu verfahren pflegt, und als er gestand, dass er eingeschlafen war, nannten sie ihn wie aus einem Mund einen Elenden, einen, der es Zeit seines Lebens nie zu etwas bringen würde.
Belek blieb unter den Schimpf- und Schmähworten stumm, mit geducktem Kopf. Ab und zu lugte aus seinem Mund eine dünne, weiße Zungenspitze, die die zersprungenen und wieder und wieder blutenden, malzschwarzen Lippen sorgfältig

beleckte. Dieses Bild des vollkommenen Elends musste bald das erzürnte Herz der alten tuwinischen Mutter umgestimmt haben: Sie gab ihm zu essen und zu trinken. Was in diesem Augenblick für Belek wichtiger als alles andere in der Welt, selbst als ein toter Wolf, war. Auch der Alte gab nach. Sie hatten nichts dagegen, als sich Belek anschickte, bei ihnen zu übernachten.

Nachts, als jeder auf seinem Lager lag und das schummrige Licht der Öllampe ausging, fragte der Alte: »Ist's nicht besser, Sohn, zurückzukehren und zu sagen, die Wölfe sind nicht zu haben?«

»Nein, Eshej«, antwortete Belek ängstlich, »ohne den Wolf darf ich nicht zurück. Degeldej-aga wird Wort halten und mich totschlagen. Ich muss den Wolf haben, oder ich gehe lieber ins Wasser!«

Am Morgen bat Belek die Alten um ein weiteres Zicklein, indem er ihnen wieder versicherte, er würde ihnen das erste ersetzen, und zwar mit einem vom Vorjahr. Der Alte tadelte ihn: »Die Großprotzerei mag den Reichen stehen, uns Habenichtsen aber nie!«

Die Alte zeigte ihm ein Zicklein: »Fang es dir ein und nimm es dir mit. Aber ich sage dir gleich: Kommst du wieder ohne das Zicklein, werde ich dir die Augen samt der Wasserblase aus deinem Gehirn auskratzen, du Sohn des Ürükej.«

Jetzt bezog Belek eine andere Stelle, wie sie ihm der Alte beschrieben hatte. Sie war im rechten Tal der Üsch-Chadyr, in einer Felsspalte. Sie bot kein so gutes Versteck wie die erste. Hier musste er vorn einen Wall errichten und ihn mit Gras tarnen, und außerdem lag er auf blankem Fels, von dem starke Kälte ausging, die ihn erst am späten Nachmittag verließ. Dafür hatte er heute sein Pferd leichter und besser untergebracht, wie er glaubte. Er hatte es jenseits des Bergrückens in einer tiefen Mulde, die einem Kessel glich, angepflockt.

Belek hatte viel, viel Zeit; er hatte nichts zu verrichten, außer durch den kleinen Schlitz auf das Zicklein zu blicken und sich sein jämmerliches Meckern anzuhören. Aber die Gedanken wollten Beschäftigung, so wie der Körper Bewegung wollte, und so überdachte er die Lage von allen Seiten wieder und wieder. Ihm ging durch den Kopf, er hätte dadurch, dass er sein Pferd gut untergebracht und sich gut versteckt, den ersten Schritt zum Erfolg getan. Damit war der Anfang für eine lange Gedankenkette gegeben, und nun meldeten sich in seiner Phantasie zwangsläufig die nächsten Schritte: der zweite würde sein, dass er wach bliebe, was er schon dank des eisig-kalten Felsens würde schaffen können, der dritte: der Hund des Himmels erscheint, der vierte: man zielt und schießt, der fünfte: der Kerl fliegt hin und liegt, wie man sieht, wenn man mit ein paar Sprüngen hinkommt, leblos in seinem schwarzen Blut, der sechste: der Jäger kommt mit seiner unübersehbaren Beute zum Ail zurück, man vergibt ihm seine Schuld, man bewundert und liebt ihn, der siebte: eine hübsche kleine hellbraune Jurte, die hübsche kleine rotwangige Bumbaj, eine kleine Herde von Schafen und Ziegen – alles ihm, dem Sohn des Ürükej, gehörend, das Glück, das er endlich, endlich errungen hat.
Belek wagte nicht weiterzugehen, nein, er brauchte weder ein Baj noch ein Darga noch etwas anderes zu werden; die kleinste Jurte, die kleinste Herde von Schafen und Ziegen und die kleine Bumbaj waren genug für sein Glück! Ach, war der Gedanke süß! Dem Menschenkind stand das magere dunkle Gesicht im breitesten Lächeln, die Anstrengungen der Tage und Nächte, eines halben Lebens waren davon mit einem Mal wie abgewischt.
Doch auch dieses kleine Glück war schwer zu erreichen, war unmöglich für ihn, den Sohn des Ürükej. Der Wolf kam nicht, die Sonne ging unter. Ernüchtert, aber nicht entmu-

tigt, ja, entschlossen, an seinem bevorstehenden Glück zu arbeiten, stand Belek auf. Er würde morgen noch früher als gestern wieder hierher kommen und sich auf die Lauer legen. Dass der Wolf an den Köder heranging, dafür hatte er schon den Beweis. Darum würde er viele Male, Tag für Tag hierher kommen, er würde es so lange wiederholen, bis er den Wolf erlegt, ihm in die erlöschenden Augen geblickt, seine zuckenden Muskeln befühlt und sein dampfendes, rinnendes Blut gerochen und sich daran berauscht hatte. Er würde das Glück um jeden Preis erzwingen.

Das Zicklein war vom Schreien heiser geworden, es strebte ihm mit vor Sehnsucht brennendem Blick entgegen. Und es schluchzte und zitterte noch lange. Belek drückte es fest an die Brust und unterhielt sich, als er den steilen Hang bestieg, in Gedanken mit ihm wie mit einem Kind: »Zittre nicht so, mein Kleines, du hattest es besser als ich, musstest nicht steif liegen, warst nicht auf so einem verfluchten Felsen festgeklebt, konntest sogar fressen und pissen, wann du wolltest. Auch musst du mit dem Schluchzen aufhören, Liebes. Hab ich erst meine Jurte, meine Frau und meine Herde, so werde ich zu deinen Alten kommen und ihnen die Wohltat mit Gutem vergelten. Dabei werde ich dich nicht vergessen. Ich werde deine Alten um dich bitten. Ich muss ihnen sowieso das andere Zicklein, dein unglückliches Schwesterlein, ersetzen. Da werde ich gleich zwei Zicklein vom Vorjahr bringen und deinen Alten sagen: ›Das Zicklein da hat mir zu meinem Glück verholfen. Bitte treten Sie es mir ab gegen ein größeres Stück, Eshej, Enej, ich will es heiligen.‹ Ja, ich will dich zum *Ydyk* des Feuers machen, du bist so feuergelb, passt gut dazu, und du bist kein gewöhnliches Tier, bist mein Freund, der mir in einer schweren Zeit beigestanden, an meinem Glück mitgearbeitet hat. Als Ydyk wirst du ein langes Leben leben, so lange, wie du nur kannst.«

Die letzten Strahlen der Sonne erloschen, und es begann zu dämmern, als Belek mit diesen beglückenden Gedanken, das Tier, das ihm in diesem Augenblick ein künftiges Kind ersetzte, fest an der Brust, die Mulde betrat, die ihm, seinem Zicklein und seinem Pferd für die bevorstehende Nacht ein Zuhause sein würde. Da erlebte er eine böse, um ein Haar tödliche Überraschung: Eine längliche Gestalt ging mit einem schwerfälligen Trab davon – es war der Wolf! Belek fuhr so heftig zusammen, dass das Zicklein in seinem Arm aufschrie. Er war eine Sekunde lang erstarrt, löste sich dann aus dieser Erstarrung, stürzte sich nach vorn mit einem kläglichen, kaum hörbaren Aufschrei, anstatt, wie es sich bei einem Jäger gehört hätte, zur Flinte zu greifen und nach dem Wolf zu zielen, der vor Übersättigung nicht viel schneller lief als ein junger *Yak*bulle. Aber der Schäfer hatte keinen Sinn für den Wolf, er stürzte sich dorthin, wo sein Pferd sein musste, seine Augen suchten nur danach. Und sie entdeckten: Es lag am Boden, und seine hintere Hälfte war schon nicht mehr da.

Am nächsten Tag brachte Belek den Alten das Zicklein zurück. Er aß und trank, was man ihm gab, und ging, die Flinte und das Sattelzeug auf dem Rücken, zum Ail Degeldejs weiter. Weder schlug noch tadelte man ihn dort, man verhielt sich schweigend zu ihm. Oder es war Belek nur so vorgekommen, denn er lebte betäubt, lebte dahin, ohne es selbst zu begreifen.

Später erfuhr er, dass die Jäger beide Wölfe, die Schaden angerichtet hatten, nach tagelangem Hetzen zur Strecke gebracht hatten. Noch im Sommer wurde Bumbaj mit einem anderen verheiratet.

Nicht lange danach sagte Belek eines Tages zu Degeldej und seiner Frau: »Zehn Jahre lang habe ich bei Ihnen die Herde gehütet, zehn Jahre lang haben Sie mich ernährt und auch bekleidet. Aber weder aus meiner Mühe noch aus Ihrer Güte ist etwas geworden. Darum will ich hier weggehen.«

Man versuchte gar nicht erst, ihn zurückzuhalten. Bevor Belek wegging, sagte er noch: »Meine Zicklein und Lämmer, die ich Monat für Monat verdient haben müsste, sollen den Schaden ersetzen, den ich angerichtet habe. So will ich alles hierlassen, bis auf ein Zicklein, das ich mir mitnehmen will.«

Man hatte nichts dagegen, man gab ihm das Zicklein.

Von dort ging Belek zu seinen Blutsverwandten. Man war über sein Auftauchen nicht besonders erfreut, aber man hatte auch keinen Grund, ihn nicht aufzunehmen, denn er konnte gut gebraucht werden. So geschah es auch: Man gab ihm zu essen, man wies ihm ein Lager zu und dann: Hier die Herde, hüte sie!

Belek hütete die Herde seiner Verwandten und die Jahre vergingen.

Einmal kam ein großes Lastauto und sammelte Leute ein, die im Innern des Landes für eine Kohlengrube gebraucht wurden. Belek beschloss mitzufahren, aber seine Verwandten sträubten sich. Sein älterer Bruder Naemnak meinte, es ginge mit den Ürükej-Kindern endlich aufwärts, da dürfte keiner die Sippe im Stich lassen, und jeder wäre für das allgemeine Glück unentbehrlich.

Belek blieb, das allgemeine Glück blühte vielleicht auch. Aber das bisschen Glück, das Belek sich einst herbeigewünscht hatte, kam und kam nicht zu ihm. Hätte ihm der Himmel ein kurzes Leben gegeben, so hätte er weggehen können, ohne auf Gottes Erde dem Glück begegnet zu sein. Allein, er hatte noch viel, viel Zeit zu verbringen.

Mit dreiunddreißig Jahren gewahrte er eine Möglichkeit, dem Glück auf die Spur zu gehen. Eine junge Frau war von ihrem Mann verlassen worden. Sie litt, wie der davonbrechende Mann ausdrücklich erklärt hatte, an einer unheil-

baren Krankheit, und eine Zweitheirat war daher für sie so gut wie aussichtslos. Belek aber könnte sie heiraten.
Bekannte und Verwandte griffen ein, bei beiden wurde das Interesse geweckt. Und eines Tages kam Belek zu ihrer Jurte, um erst einfach hereinzuschauen oder auch vielleicht ein paar Worte mit ihr zu wechseln.
Er blieb. Sie suchten Halt und Schutz aneinander. Mit der Zeit kam auch eine gegenseitige Neigung auf. Aber es war immer die stille, beständige und illusionslose Neigung vom Schicksal verschmähter und verstoßener Menschen. Die Frau war um zehn Jahre jünger als er, war ständig krank und bis zum Übermaß anhänglich. Er war ihr ein guter Gefährte, wie ein liebevoller Bruder, manchmal in schweren Stunden wie ein Vater auch. Sie waren miteinander insgesamt glücklich.
Das erste Ehejahr verging, und das Erstlingskind wurde geboren. Es erweichte das Herz des späten Vaters, es erfüllte ihn mit neuen Empfindungen, mit neuen Gedanken. Aber es brachte ihm wie ihr mehr Leiden als Glück. Denn es war ein krankes Kind. Es starb, nachdem es bei den Menschen ein knappes Jahr in der Krankheit verbracht hatte. Belek weinte Tränen, wie er sie noch nie geweint hatte. Kurz darauf gebar ihm seine Frau schon das nächste Kind. Er lebte, wie vom Glück so auch von der Angst erfüllt. Auch dieses Kind war krank. Es starb. Die Verwandten meinten, dass Belek einen Schamanen holen sollte, was er auch tat, und der Schamane stellte fest: Folgen eines sündhaften Vergehens an tierischen Jungen. Der Schamane hätte auch sagen können: »Deinetwegen sind sechs Wolfsjunge umgebracht worden!« Aber das hätte nicht ganz zum schamanistischen Sprachgebrauch gepasst.
Er wie sie glaubten sofort zu begreifen, weshalb die Kinder nicht am Leben geblieben sind: Ach, deshalb! Ich alter Sündenbock, oje, oje! Dass die Frau vorher drei Kinder geboren

hatte und keines davon am Leben geblieben war, daran dachte man jetzt nicht. »Was soll ich sündhafter Mensch tun, damit die Sünde meine künftigen Kinder nicht trifft?«, fragte er stattdessen und sah den Schamanen flehentlich an. Der Schamane ordnete an, sofort eine gelbe Ziege zum Ydyk des Jurtenfeuers und dann, wenn das Kind da wäre, noch ein weißes Schaf zum Ydyk der Mengi zu heiligen.

Alles wurde getan, wie es geheißen, doch es half nicht. Die Kinder kamen und starben weiter. Aber nicht alle Belekkinder starben als Säuglinge, fünf überlebten das Kindesalter. Die unheilbar kranke Frau blieb erstaunlich lange am Leben, sie wurde zweiundfünfzig.

Die Jahre vergingen, das Leben wurde anders, erträglicher insgesamt. Nur traf das nicht für jeden zu. Für Belek, den bescheidenen Träumer vom Glück, war es eine schwere Pflicht, das Leben auszuleben. Wie zum Hohn häuften sich auf seinem Buckel die Jahre. Ihm war der Leidenskelch bis auf den giftigen Grund beschieden.

»Aber«, wird man vielleicht von seinem Leben später berichten, und das wird wie ein winziger Sonnenschein inmitten eines langen Gewitters anmuten, »er hat seinen Wolf doch erlegt.«

Ja, das hat er, fast ein Leben später, aber immerhin, und das ist in Anbetracht seines Alters umso bedeutender. Doch wer weiß, ob dieses verspätete Jagdglück für ihn, sein Leben, aber auch für die Mitwelt, die einem Mitglied nicht ein bisschen Glück hat übrig lassen können, überhaupt noch einen Sinn gehabt hat.

Das Ende des Liedes

Gib deine weiße, weiße Milch, Mutter!
Lösch den roten, roten Brand aus,
Den Durstbrand, der brennt auf der Zunge,
Auf der Zunge deines armen Kindes,
Guruj-guruj-guruj!

Die Stimme des Mädchens klang hell, einsam und aufwühlend. Doch die Mutter, die blaugraue Stute, blieb in der Haltung, in der sie nun schon den zweiten Tag stand: mit gesenktem Kopf und geschlossenen Augen; ihre Unterlippe berührte fast das tote Fohlen, das erstarrt dalag, dessen Beine sich vom Boden abhoben und gleich Aststummeln eines toten Baumes gen Himmel zielten. Das andere, das lebendige Fohlen schien entmutigt, wagte nicht mehr, sich dem Euter der fremden Mutter zu nähern. Es stand widerstrebend und leise zitternd dort, wo man es festhielt, unter dem Bauch der Blaugrauen, und schielte abwechselnd bald auf die Zitzen und bald auf die behuften Füße vor sich, welche, wären sie nicht gefesselt gewesen, es längst hätten zertrümmern und zerfetzen können. In langen Abständen gingen die Augen der Stute auf, es kamen Tränen, und ein durchsichtiger, heller Ring über jedem der Augäpfel schwoll an, lief zu einem Tropfen zusammen und fiel dann glitzernd auf das Fohlen herab. Doch die Tränen waren nicht das Ergebnis des Gesanges. Das Ziel der menschlichen Bemühungen war die Herstellung einer Brücke zwischen den Tränen, die seit zwei

Tagen und Nächten flossen, und dem Gesang, der seit den Morgenstunden klang. Es war inzwischen später Nachmittag geworden, und der Gesang ging und floss an den Tränen vorbei, er verschwendete sich sinnlos wie jene auch. Die Stute blieb unerschütterlich. Sie war unbeeinflussbar. Der Panzer, hinter dem sie ihre Tierseele versteckt hatte, war nicht zu durchdringen, und so war die Seele, auf die der Gesang zielte, unerreichbar. Noch mehr: Die Strophen, die das Mädchen aus dem Stegreif erfand und in Melodie verwandelt auf die Stute hinsang, vermochten nicht nur den Panzer nicht zu durchbrechen, sie schienen auch darauf haften zu bleiben, als eine Art Schutzschicht zu erhärten und so der Sache eher zu schaden als zu helfen. Denn mit der Stute ging eine Veränderung vor sich: War sie am Anfang, als sie das Maul des fremden Fohlens an ihrem Euter spürte, wiehernd davongesprungen und hatte nach ihm ausgeschlagen und darauf jedes Mal, wenn sie seinen Atemhauch witterte, gezittert wie vor einer großen Gefahr, so stand sie nun still und teilnahmslos da, schien betäubt und erstarrt.

Gib deine weiße, weiße Milch, Mutter!
Erhelle damit die schwarze, schwarze Nacht,
Die Seelennacht, die brütet über dem Leben,
Über dem Leben deines armen Kindleins,
Guruj-guruj-guruj!

Die Stute blieb taub, ihr Körper war erstarrt, ihre Seele erkaltet, sie war uneinnehmbar, ein Fels. Und da es so war, so schien dem Mädchen, waren auch Himmel und Erde erstarrt, selbst der Wald, der grünte, selbst der Fluss, der floss, selbst der Wind, der blies, selbst diese harrten stumm und reglos. Ihr Gesang war machtlos. In Wirklichkeit war die Natur, das große Leben ringsum, unberührt von den Leiden einer Tiermutter, vom Schicksal eines Tierkindes und von den vergeblichen Mühen eines Menschen, wir wissen das.

Am Himmel war ein mächtiges Spiel im Gange: Wolken waren zurückgekehrt und mit ihnen Vögel, und beide, aus zwei Himmelsrichtungen gekommen, schienen noch keine Ruhe zu finden, die Bewegung, die Wanderlust und -sucht, die sie hergetrieben hatte, schien noch unverbraucht. Die Grauenten, die die kleinsten und beweglichsten waren in der bunten Schar, erschienen unter dem sich verdichtenden und brodelnden Wolkenmeer, je nachdem, ob das Licht oder der Schatten sie trafen, bald glitzernd hell, bald schwindend dunkel, und so strahlte ihr Flug spielerische Heiterkeit auf den Fleck Erde aus, auf dem sie zum Leben erweckt und zu dem sie nun zurückgekehrt waren. Auch die anderen Vogelarten, Rot- und Graugänse, Rostenten und Schwäne, die Möwen und Kraniche schwebten zwischen Licht und Schatten, und dieses ihr Treiben mutete von unten, von der Erde aus gesehen, sehr wie ein Spiel an. Das konnte die in Bewegung, in Farben gesetzte Freude des Wiedersehens zwischen zwei verschiedenen Formen des Daseins ein und desselben Urstoffes sein. Der Fluss stürzte noch in der Wucht der Geburt, des Ursprungs, tosend und krachend in das Tal hinab, schlug flatternden, lodernden Schaum an Geröllsteine, an Felsklippen, an die uralten Lärchen mit den kahlen, blaudunklen Wipfeln, die wie zum Trotz mitten im Fluss gewachsen waren und nun unerschütterlich fest standen. Die Wälder klebten wie Flecken an den sonnengeschützten Nordhängen der Berge und grünten, sie grünten in kaum wahrnehmbare blaue Schleier gehüllt und rauschten, also lebten sie, also bestanden sie die Herausforderung der Zeit weiterhin, also setzten sie ihr Dasein fort.

Zwischen Fluss und Wald, am steinigen Berghang auf dem Steilufer, stand eine einsame *Jurte,* und wenige Schritte vor

ihr, am Rand der Hürde, spielte sich das ab, was eingangs geschildert wurde. Es war der Kampf zwischen einem Menschen und einem Tier um das Schicksal eines weiteren Tieres, zunächst. Einem Fohlen war die Mutter und einer Stute das Kind verendet, und nun arbeitete man, um die Verwaisten aneinander zu gewöhnen, um dem Tierkind das Leben zu retten und der Tiermutter die Leiden zu lindern. Und hier sei auch ein erstes Licht auf die Jurte, ihre Bewohner und ihr Schicksal vorausgeschickt: Es war eine sechswandige, das heißt, eine große, stattliche, wohlgeformte und recht helle Jurte. Nur schien ihr etwas, irgendetwas zu fehlen, doch dies, dieses gewisse Etwas herauszufinden und zu benennen, war auf den ersten Blick nicht möglich. Die Jurte gehörte einem Mann namens Schuumur und seinen vier Kindern; die Frau und Mutter war ihnen vor einem Jahr gestorben.
Das Mädchen, das mit der Stute kämpfte, hieß Dombuk und war das älteste Kind unter den Geschwistern, sie galt als 14-jährig, die neun Monate im Mutterleib und das erst vor kurzem angebrochene Mondkalenderjahr hinzugerechnet.

Gib deine weiße, weiße Milch, Mutter!
Lindere damit das bittere, bittere Leid,
Das Schreckensleid, das schreit aus der Kehle,
Aus der Kehle eines armen Waisenkindes,
Guruj-guruj-guruj!

Selbst die Felsen des Erik-Arga gaben als Echo eine Antwort. Nur die Stute blieb taub. Die Zitzen an ihrem prallen Euter hingen leer und kalt herab. Die Stute war tot, wie tot. Der Gesang brach ab.
Dombuk sagte: »Schluss!« Das war mehr gezischt als gesprochen. Darauf blickte sie hinauf in den Himmel, fasste sich mit beiden Händen am Hinterkopf, dort, wo unter einem

verblichenen Kopftuch ein Paar bläulich schwarzer Zöpfe hervorsprangen. Dabei kniff sie die Augen zu zwei dunklen Strichen zusammen und benetzte die Lippen mit ihrer schmalen hellen Zunge. Sie kämpfte gegen die Schmerzen, die vom Zusammenspiel zweier Gewalten, Hass und Mitleid, kamen: Hass auf diese harte Mutter, auf alles Harte, und Mitleid mit dem Waisenfohlen, mit allen Waisenwesen.

»Schluss!«, sprach sie wieder, das klang inbrünstig wie ein Gebet. Dabei riss sie die Augen weit auf und fletschte die Zähne. Die Augen, die angefangen hatten, die angeborene Schwärze zu verlieren und einen rötlich braunen Schimmer anzunehmen, wie immer bei schwarzhaarigen tuwinischen Mädchen mit der einsetzenden Umstellung des Körpers auf das Frauendasein, wirkten wieder schwarz, schwarz und unnatürlich groß. Schluss: Das bedeutete vorläufig eine Niederlage. Aber gerade darum musste das eine folgenschwere Entscheidung für die Stute sein, die beschlossen haben mochte, in der großen Trauer zu verharren.

»Dongur und Tasaj!«, rief Dombuk in einem fast großmütterlich-herrischen, jedoch wieder kindlich überstürzten Ton. Auf den Ruf hin kamen zwei Jungen, etwa acht und fünf Jahre alt, aus der Jurte herausgestürzt, rechts und links unter der herabhängenden Filztür, beide gleichzeitig. Die Kinder kamen gerannt wie in freudiger Erwartung. Angekommen, wechselten sie Blicke, unterdrückten aufkommendes Keuchen, wurden leise und klein. Oft ist es das Schicksal einer älteren Schwester, die Mutterstelle im Leben einzunehmen. Sie sieht dann in der Erfüllung der Pflichten und im Genießen der Rechte einer Mutter die vorläufige Krönung der Ziele ihres Lebens. So war es auch bei Dombuk. Und so war es nur allzu natürlich, dass sie das Benehmen ihrer jüngeren Brüder inquisitorisch genau verfolgt hatte. Doch tat sie nun so, als wäre daran nichts auszusetzen gewesen, obwohl sie missbilligend festgestellt hatte, dass sich die Brüder gleichzeitig durch die Tür hindurchgezwängt hatten, wo es sich doch gehörte, die Schwelle in Ruhe und in Reihenfolge zu überschreiten. Dongur vor allem, der Ältere, der für den Jüngeren ein Vorbild hätte sein müssen, hatte die falsche, die rechte Türseite benutzt, und das hätte sehr gut für eine ordentliche Kopfwäsche gereicht.

»Gefällt wird das Aas!«, sprach sie zu den Brüdern im Ton einer Richterin und dann zu der Stute gewandt: »Erst verfrisst du deine eigene Brut, nun willst du auch den Nachkömmling einer anderen, besseren Mutter zugrunde richten, du alte Nutte!«

Während sie dies sprach, kam sie in Schwung, glühte vor Zorn und legte los: »Das bildest du dir vielleicht ein, aber ich werde es dir zeigen, du Wolfsfraß! Gebunden werden dir alle viere, dass dir die mürben Knochen krachen! Eher lass ich dich verrecken, als dass du auch das andere Fohlen verschlingst, du Unglückselige! Wir haben unsere eigene Mutter begraben in der kalten, schwarzen Erde, den Würmern zum Fraß. Wir werden kein Erbarmen, kein Mitleid mit dir kennen, du wirst es sehen, Wolfsgeschiss!« Sie schrie, von Wort zu Wort immer lauter, bis sie in Tränen erstickte.

Die Brüder blickten blass, erschrocken auf die ältere Schwester. Und auf ihr Hindeuten machten sie sich an die Stute heran. Sie waren flink und ausdauernd wie heranwachsende Jungwölfe. So legten sie die Stute bald in Fesseln und warfen sie mit einem Ruck auf die Erde. Sie glich einem Baum, der vorher lange geschwankt hatte, und fiel wie leblos. Sie leistete keinerlei Widerstand, als man ihr die Vorder- und Hinterbeine zusammenzog und umschnürte. Es schien ihr gleichgültig, was man mit ihr tat, sie lag wie betäubt, wie tot da. Allein ihre Augen zielten hellwach auf das tote Fohlen. Sie schienen es noch im Tode zu bewachen, und Liebe und Angst

gingen von ihnen aus. Im Blick dieser Augen war ein solch tiefer Ausdruck, der nur das Ergebnis einer großen noch vorhandenen Kraft sein konnte.
Die Geschwister schnürten der Stute die Beine so fest zusammen wie bei einem Tier zum Beschlagen oder zum Schlachten. Diejenige, die die Beine gewaltsam zusammenzog und mit dem zähen *Yak*lederstrick umschnürte, war Dombuk. Dabei ähnelte sie mehr einem Mann als einer Frau. Der gelbköpfige Dongur, der ältere der Brüder, half der Schwester mit der Gehorsamkeit eines Hundes und mit der Schnelligkeit eines Wiesels; ihm fehlte nur noch die Kraft eines Bären, die er wohl so gern gehabt hätte. Tasaj, der andere, der schwarzköpfige Junge, zerrte an dem Strick, der um den Kopf der Stute gehalftert war, er tat es, obwohl die Stute still dalag. Darauf holte man das lebendige Fohlen her, warf es um und schleppte es rückwärts dicht an die Hinterseite der Stute heran. So lagen sie, Fohlen und Stute, Schwanz an Schwanz.
Nun geschah etwas, was einen Eingriff in die Gesetze der Natur durch den Menschen darstellte: Tasaj zerrte den Schwanz der Stute hoch, Dongur hockte vorgebeugt auf den Knien, unter jeden Arm ein Paar Beine des Fohlens geklemmt, und stemmte sich mit dem Körpergewicht gegen dessen Bauch, Dombuk wickelte sich den Schwanz um Zeige- und Mittelfinger der linken Hand und stopfte sie in die Scheide der Stute. Das geschah gewaltsam und geschickt zugleich, nach jedem Fingerbreit, der in der Scheide verschwand, rutschte die Hand zurück, fasste den Schwanz von neuem und schob nach; alle drei Kinder arbeiteten verbissen, sie keuchten und stöhnten. Auch die Stute stöhnte, sie stöhnte und zuckte zusammen, doch diese kleinen Zuckungen, die durch ihren Leib gingen, waren nicht imstande, die Kinder bei ihrem Unternehmen zu stören. Also lag sie da, zuckte zusammen und stöhnte, aber auch jetzt hörten ihre Augen nicht auf, auf das

eigene, auf das tote Fohlen zu sehen, ihr Blick blieb klar und warm. Der Schwanz des Fohlens steckte nun bis zum Ansatz in der Scheide der Stute. Die Jungen blickten erwartungsvoll auf die Schwester, und diese richtete sich auf, schaute auf die liegende Stute herab und sang:

Gib deine weiße, weiße Milch, Mutter!
Sieh hier, es ist aus deinem heißen Leib,
Fleisch von deinem Fleisch, Blut von deinem Blut,
Es ist deines, vergiss das nimmer,
Guruj-guruj-guruj!

Das war ein aufgeregtes, ein zerhacktes und schweres Singen. Dombuk wartete nicht erst auf eine mögliche Reaktion der Stute, sie ordnete kurz an: »Weiter!« Und dieses Weiter bestand darin, dass das Fohlen dicht an der Scheide der Stute nach allen Seiten vorbeigezogen und so daran gerieben wurde. Das hatte den Sinn, das Jungtier den Geruch des Muttertieres annehmen zu lassen. Ausgiebig benässt, durfte das Fohlen aufstehen. Die Jungen führten es in eine für die Stute unsichtbare Richtung und von dort aus auf einem Umweg hinter die Jurte. Dort pflockten sie es an. Zurückgekehrt, trugen die Jungen das tote Fohlen fort, sie brachten es ebenfalls hinter die Jurte, nur taten sie es nun anders, sie schleppten es auf dem geraden Weg fort, sie taten es ohne Eile, auffällig. Dort hinter der Jurte, ein Stück weiter weg, wurde das Fohlen später enthäutet, und das Fell wurde, samt dem Schwanz, noch nass dem lebendigen Fohlen übergestülpt und festgeschnürt. Das alles geschah auf Geheiß der Schwester. Die Stute, die still, die wie tot dagelegen war, aber den Blick auf ihr totes Fohlen geheftet, es bewacht, es selbst im Tode und noch danach bewacht hatte, schlug Alarm aus allen Leibeskräften, die ihr noch geblieben waren, mit allem, was ihr zur

Verfügung stand. Das begann, als die Jungen das tote Fohlen an den Beinen fassten. Ein Zucken durchfuhr ihren Leib, der Kopf flog hoch und schlug gleich wieder auf die Erde, ein klägliches Gewieher erscholl; das wiederholte und wiederholte sich, bis es ihr einmal gelang, sich auf die zusammengebundenen Füße zu stellen. So blieb sie eine kleine Weile stehen, mit zitterndem Leib, blutendem Maul und brennenden, hüpfenden Augen. Sie hätte es vielleicht länger ausgehalten, wenn sie nicht noch mehr gewollt, wenn sie nur daran gedacht hätte, das Gleichgewicht zu finden und es zu halten. Doch sie wollte mehr, wollte ihrem fortgeschleppten Fohlen nacheilen, so versuchte sie einen Sprung und fiel. Es gelang ihr nicht wieder, in die günstige Lage zu kommen, die ihr schon einmal geglückt war. Doch wurde sie nicht müde, den hoffnungslosen Versuch, auf die Beine zu kommen, wieder und wieder von neuem zu unternehmen. Sie kämpfte, dass ihre Gelenke knirschten, die Knochen krachten und die Sehnen und Muskeln, sich in Hunderten von Kugeln verziehend, unter der Haut hüpften; der Kopf flog hoch und fiel dann gegen die Erde, ein Gewieher folgte, es war ein verzweifelter, vielleicht auch Hilfe suchender Schrei. Doch alles, alles war umsonst. Der Yaklederstrick, der, wie es sich gehörte, im Frost ausgelegen hatte, in Wolfsfett eingeweicht und unter sanftem, gleichmäßigem Schlag eines Birkenwurzelstocks nur langsam geschmeidig geworden sein musste, gab nicht nach. Die Füße der Stute indes bluteten, die Haut hatte sich an dem zähen, unüberwindbaren Lassostrick wund gerieben: Dieser Fessel war der Wille einer Mutter, dem Schicksal auf jeden Fall, um jeden Preis zu trotzen, nicht gewachsen.

Dombuk beobachtete das Geschehen. Sie fühlte sich in der Rolle einer Richterin. Befriedigung und Mitleid erfüllte sie. Schließlich besiegte das Mitleid die Befriedigung in der schmalen Mädchenbrust, und die Brüder wurden herbeibefohlen. Die Stute sollte aus ihren Fesseln befreit werden. Nur war es Schwerstarbeit, die von einem Großtier in äußerster Not festgezurrten Knoten zu lösen. Kinderhände waren außerstande es zu tun. Ein Erwachsener, der Vater, sollte herkommen. Aber wo war er, wo blieb der Vater?

Schuumur war seit Stunden unterwegs, ihn drängte es längst nach Hause. Aber er wollte nicht ohne Lasttiere zurückkehren. Deshalb hatte er noch am Morgen zu seinen Kindern gesagt, dass sie weiterhin an der Stelle bleiben, wohl dort übersommern würden. Er hatte es zornig gesagt, hatte es auf die ungehaltene Frage Dombuks, wie lange man noch so einsam dahinleben würde, weit weg von Jurten und Leuten, hingeschleudert. Während er dieses sagte, hatte er das Gewehr geschultert und sich auf den Sattel geschwungen. Dann aber war er, unterwegs zu den Murmeltieren der drei Chörleet, auf einen Reiter gestoßen, der das Flusstal hinaufwanderte. Und von diesem hatte er erfahren, dass die Frau Gulundshaa mit ihrer Jurte unterwegs nach Erik-Arga war. Der Reiter hatte es wie nebenbei erzählt, hatte dabei am hinteren Bauchriemen seines Sattels hantiert, aber einen Seitenblick auf ihn geworfen, mit einem angedeuteten Grinsen. Und dieser Blick, dieses Grinsen hatte einer Frage geglichen: Nun, freust du dich? Die Nachricht war für Schuumur ein Blitzschlag aus heiterem Himmel. Wort- und atemlos entfernte er sich. Erst nach einigen Lassostricklängen kam er zu sich. Der erste Gedanke, der sich in seinem Kopf zu einem Sinn formte, war: Weg von hier! Die Vorstellung verfestigte sich: Davonziehen! Entkommen! So schnell wie nur möglich! Aber woher so schnell die Lasttiere nehmen, drei Kamele, besser noch vier, oder zur Not sechs Ochsen oder auch Pferde, oder?! Und wenn Ochsen oder Pferde, wer sollte sie beladen? Bald bog er vom Weg rechts ab in Richtung auf die beiden Doshangty. Der Weg führte weiter nach Charaaty, in das Flusstal hinter dem Bergrücken, wo die Landesmitte lag. Landesmitte, das war immer die Stelle, wo sich die meisten *Ails* niedergelassen hatten. Schuumur hatte beschlossen, dort Verwandte und Bekannte um Lasttiere zu bitten.

Er war in jenem Teil des Altai geboren, welcher später erst von Kasachen und *Urianchais,* dann von Kasachen, Russen und Chinesen und schließlich vorwiegend nur noch von Chinesen besiedelt wurde. Er war der älteste der drei Söhne des Gonsat aus dem Stamm Chara-Chöjük, war gut gebaut und hatte eine kurze Kindheit. Noch mit Milchzähnen im Mund überließ er die Schafherde, die er zu hüten hatte, den jüngeren Brüdern und machte die Jagd zu seinem Hauptgewerbe.

Schuumur war elf Jahre alt, als er ein Murmeltier mit einem Faustschlag auf die Schnauze erschlug. Das Tier war auf der Flucht vor seinem Vater, war von jenem lahm und wundgeschlagen und hatte in seiner Not Schutz vor diesem gesucht. Es war auf ihn zugekrochen und unter seinen *Lawschak*saum geschlüpft. Vielleicht hatte dem Tier der Instinkt gesagt, dass von einem Kinderwesen Schutz zu erwarten sei. Dieses aber fasste es mit der Linken am Genick und schlug es mit der Rechten auf die Schnauze. Das Menschenkind hatte auf den Handteller einen Stein von der Größe einer Kamelkugel gelegt, bevor es die Hand zur Faust ballte, und hatte dann gut gezielt. Der Schlag traf tödlich. Der Vater, der das gesehen hatte, sagte kein Wort. Auch er selber verlor kein Wort darüber, weder dort noch später zu Hause. In dem Jahr bekam er seine erste Büchse, eine Schyity, wie sie im Volk genannt wurde, und gleichzeitig bekam er ein Pferd als sein eigen. Gonsat hatte die Büchse bei einem russischen Händler gegen fünf ausgewachsene Yaks erworben, und das Pferd, ein dreijähriger Fuchshengst, aus dem Teil der eigenen Herde, der auf kei-

nen Fall zum Verkauf oder Tausch bestimmt war. Schuumurs Freude war groß, es war mit Abstand die größte, die er je empfunden hatte, je empfinden sollte, aber auch da sprach er kein Wort, blieb düster und verschlossen.
Er war sechzehn Jahre alt, als er heiraten musste. Die Frau, die man ihm ins Bett brachte, hieß Dshajnaasch, war kaum fünfzehn und hatte einen gelben, sonnengelben Kopf. Er hätte sich gern geweigert, sie ins Bett zu nehmen, doch tat er es nicht, wohl weil er wusste, dass es keinen Sinn hatte. Er konnte sich an sie lange nicht gewöhnen, wollte ihr aber auch nicht fernbleiben, denn sie war ihm nun einmal gegeben. Sie war ihm auch nicht gleichgültig, nachts vor allem, da sah er ihren gelben Kopf mit den grünlichen, runden Eulenaugen nicht. Dafür fühlte er ihren straffen, heißen, leise zitternden Körper und war zuweilen froh. Und eines Nachts glaubte er eine kleine beginnende Wölbung inmitten des schlanken Mädchenkörpers, über dem unteren Bauch erfühlt zu haben. Die Wölbung blieb, wuchs; er wusste lange nicht, ob er darüber froh sein sollte oder traurig. Das Kind, ein Mädchen, kam. Er war es, der es empfing im Leben. Das glitschige, blutige Ding in den Händen, war er einen Augenblick lang wie gelähmt vor Schreck und Ekel. Aber da stieß es einen Schrei aus und begann zu zappeln. Das musste in ihm ein bisher unbekanntes Gefühl ausgelöst haben, denn Schreck und Ekel waren wie weggeblasen. Dafür glaubte er in den Adern Feuer statt Blut zu spüren. Mit der Liebe eines Vaters kam er dem neuen Erdenbürger entgegen. Das fiel ihm wie jedem anderen aus dem Hirtenstamm nicht schwer: Man hatte schon oft einem gebärenden Schaf oder einer gebärenden Yakkuh beigestanden, so manche Lämmer und Kälber ins Leben geholt, den Schleim vom Maul heruntergewischt und die Nabelschnur durchgerissen. Ob Schaf, ob Mensch, das Leben war in seinem großen Gerüst einem Gesetz unterworfen.

Es war eine in sich widersprüchliche, oft gestörte Vaterliebe bei dem Minderjährigen, wie es in späteren Zeiten geheißen hatte. Die erste Störung kam, als Schuumur der Haarfarbe seines Erstlingskindes gewahr wurde. Sie war hell. Eine Gelbköpfige, stellte er mit Unmut fest, und diese Feststellung rief in ihm Bitterkeit und Enttäuschung hervor. Zwar verging dies dann, denn er begriff, das Kind konnte nichts für seine Haut- und Haarfarbe, keiner konnte etwas dafür. Aber der Gedanke, nicht sein Blut sei in dem Kind bestimmend, auch die künftigen Kinder würden von der Mutter geprägt sein, kehrte immer und immer wieder zurück, wie ein unstillbarer Schmerz.

Schuumur ritt die schmale, steile Schlucht des Oberen Doshangty im Trab hinauf, er trieb das Pferd arg an. Der Schimmelwallach fiel immer wieder aus dem Trab und schnaufte lautstark. Er war ein Nachkomme der grauen Stute, auf der Dshajnaasch zu ihm gekommen war. Die dreijährige Stute war nebst Reitgeschirr und den Satteltaschen mit den Kleidern ihre Mitgift gewesen. Damals hatte das Tier ein fast schwarzes Fell, nur hier und da schimmerten einzelne Haare hindurch, die davon kündeten, dass es sich mit der Zeit aufhellen und eines Tages ganz weiß aussehen würde. Sie gab viele Fohlen, das letzte war der Schimmel, auf dem Schuumur nun ritt. Als sie alt wurde, wurde sie für ein ganzes Jahr ihrem Willen und den Winden des Himmels überlassen. In dem einen Jahr der Freiheit erholte sie sich gut und setzte bei ihrem Alter noch genug Fett an. Und in dem Zustand wurde sie geschlachtet. Das geschah auf Wunsch von Dshajnaasch. Anfangs hatte Schuumur die Stute verschmäht, wie ihre Besitzerin auch. Warum hat der Alte seiner Tochter nicht wenigstens einen Wallach mitgegeben, hatte er mit einem grimmigen Blick auf die junge Stute mit dem dünnen Schwanz und den schlanken Gliedern gedacht und hatte dabei Hass auf seinen Schwiegervater empfunden. Bald jedoch ritt er mit ihr auf die Jagd. Das geschah aus lauter Bosheit. »Wirst sehen, dass du fehl am Platz bist, Stütlein«, sagte er mit Grinsen zu ihr, als er davonritt. Tatsächlich war sie noch nicht zahm geritten, war noch ungelenk im Gehorchen. Aber die kleinen Unebenheiten waren schnell beseitigt, die Stute zeigte sich von den guten Seiten eines Reittieres, war flink, stark und ausdauernd. Und sie war eine durchaus gutwillige Natur. Schuumur brauchte eine Reise, um all die guten Eigenschaften der Stute erkennen zu können. Jahre sollten dagegen vergehen, bis er von denen seiner Frau Kenntnis nehmen konnte.

Die Schlucht wurde immer steiler. Der Schimmelwallach, Nachkomme der grauen Stute, schwitzte und keuchte, aber er wurde unablässig zum Trab angetrieben. Schuumur selber schwitzte und keuchte auch, es schmerzte ihn obendrein in der Seele, dass er das Pferd so quälen musste, er fühlte sich schuldig vor Dshajnaasch und der grauen Stute. Aber im Augenblick hatte er keine andere Wahl, als schnell zu reiten, sich und sein Reitpferd abzuquälen. »Lass uns nur von Erik-Arga und von Frau Gulundshaa wegkommen«, sprach er in Gedanken zum Schimmelwallach, »dann werde ich dich absatteln, und bis zum ersten Schnee bist du frei ...«

Mit vier Monaten starb das Kind. Das war etwas Unvorstellbares für Schuumur. Davon war er zum ersten Mal erschüttert, eine Zeit lang ging er im Leben geduckt umher. Es war nicht nur die natürliche Trauer eines Vaters um sein Kind, ihm schlug das Gewissen, er war einem Kind, seinem eigenen Kind, gegenüber ungerecht gewesen. Aber dieses Leid brachte, wie jedes echte Leid, auch einen Gewinn in sein Leben: In der gemeinsamen Trauer kamen die Eheleute einander näher. Dass sie bisher einander nicht so nah werden konnten, daran war vor allem er schuld gewesen. Die Frau war gut:

fleißig, still und anspruchslos. Überdies auch großmütig. Eines Tages hatte sie zu ihm gesagt: »Geh, wenn du willst, auch weiterhin zu Gulundshaa. Ich weiß, sie sagt dir besser zu als ich, und du hättest sie auch lieber genommen als mich, hätten es deine Eltern nicht anders gewollt. Außerdem ist sie ja auch eine bessere Mutter als ich, sie hat ihr Kind zu erhalten gewusst, während ich meines verloren habe.«

Gerade die bösen Zungen hatten ihm Gulundshaa begehrenswert erscheinen lassen. Klopfenden Herzens war er zu dem Mädchen mit den schweren, glänzenden Zöpfen und der Anmut einer reifenden Frau gegangen und dann froh gewesen, als sie ihn nicht von sich wies. Sie war die erste Frau, die ihm die Liebeswelt erschloss. Die nächtlichen Freuden, die er sich später mit der ahnungslosen, minderjährigen Dshajnaasch zu verschaffen suchte, kamen ihm gegenüber denen, die ihm die erfahrene Gulundshaa zu schenken gewusst hatte, unvergleichlich mager vor. So ging er als Verheirateter weiterhin zu ihr, und eine Nacht mit ihr war für ihn immer eine rettende Abwechslung zu der schüchternen, unerfahrenen Dshajnaasch, eine angenehme Erholung von dem stumpfen Alltag einer Ehe, die ihm aufgezwungen war. Aber der Tod des Kindes und die Großmut der Ehefrau wirkten auf ihn vorerst so stark, dass er, obwohl er nichts gesagt hatte, bereit war, nie wieder zu Gulundshaa, auch nicht zu einer anderen zu gehen. Freilich, es kam dann anders.

Schuumur hatte den Kamm erreicht, aber sein Gesicht blieb finster. Seine Augen blickten starr voraus. Eine Schar blauer Kraniche hatte sich neben dem Reiterweg niedergelassen, der sich auf der gelbgrünen, buckligen Graslandschaft dunkel abzeichnete, davonschlängelte und verschwommen hineinkroch in den Horizont, gleich einer Wunde, gleich einer Furche, die das Leben der Mutter Erde in ihr Antlitz hineingeschnitten hatte. Die Kraniche sahen in der herabhängenden

Luftspiegelung unwirklich groß und für die Bergwelt seltsam fremd aus; sie schwankten und zitterten inmitten des Grüns und des Gelbs so, dass man sie schwer für Lebewesen, auf keinen Fall aber für Vögel, eher schon für vierbeinige Tiere halten konnte, wenn man sie entdeckt hatte. Doch Schuumur konnte sie nicht sehen, er sah sie erst, als sie aufflogen. Er zählte sie. Es waren sieben. Der Schwarm zerfiel in kleine Teile. Drei Paare bogen bedächtig in drei verschiedene Richtungen ab, segelten und schwebten ziellos. Der einsame Kranich flog, mit den Flügeln hastig schlagend, geradewegs davon. Dieses Bild traf den Menschen. Er schüttelte unwillkürlich den Kopf. Darauf aber trieb er das Pferd von neuem an.

Ja, es kam anders. Doch bis es so kam, vergingen Jahre. Schuumur hielt lange Wort. Dshajnaasch war wieder schwanger. Da war ihm, als würde sein totes Kind zurückkehren und er es ein zweites Mal im Leben empfangen. Nachts streichelte er oft den Bauch seiner Frau und einmal drückte er sein Gesicht dagegen und sprach: »Beeil dich, mein gelbköpfiges Töchterchen, sonst reißt Vaters Geduld!« Dshajnaasch weinte heimlich. Die Tochter kam, es war eine andere, sie hatte einen schwarzen, rabenschwarzen Kopf. War Schuumur damals von der hellen Farbe der Haare enttäuscht gewesen, nun war er es von der schwarzen. Aber die Enttäuschung war jetzt leise, kurz; sie wurde niedergedrückt, zurückgedrängt. Denn sie ängstigte den nun erfahrenen, leiderfahrenen Vater. Hauptsache war für ihn jetzt, er war wieder Vater, er hatte wieder ein Kind; dass es ein Mädchen war, war gut, aber nicht entscheidend; welche Farbe die Haare auf dem Kopf des Kindes hatten, das war eine Nichtigkeit, das hatte überhaupt nichts zu bedeuten. Dieses Kind war Dombuk. Ihr folgten weitere Kinder. Einige von ihnen starben. Schashynbaj, Dongur und Tasaj blieben am Leben. Hatten die Kinder bei Eltern mit unterschiedlichen Haar- und Hautfarben in der Regel immer etwas sowohl vom Vater als auch von der Mutter, so war die Haarfarbe der Schuumurkinder entweder rabenschwarz oder sonnengelb, und das wechselte ziemlich genau ab. Wenn seine Frau wieder einmal in den Wehen lag, streichelte er ihre Wangen und flüsterte in liebevollem Scherzton: »Streng dich an, du, unser schwarzköpfiges Kind hat es eilig!« Das nächste Mal wurde das Kind als gelbköpfig vorausgesagt, und das traf fast immer zu.

Das waren sowohl schöne als auch schwere Jahre. Die Erlebnisse mit Gulundshaa waren darin gewiss die Dornen, an denen sich das Eheleben zerkratzte, aber ohne sie hätte sein Leben wahrscheinlich glatt und blass ausgesehen, wäre ärmer gewesen. Dann kam das Schrecklichste, was einer Familie widerfahren kann: Die Frau starb. Es war während seiner Abwesenheit geschehen. Er war auf der Jagd hinter den Wäldern der beiden Türgen gewesen. Als er heimkehrte, hatten die Ailmänner sie längst in die Steppe hinausgetragen. Es war Spätsommer. Der Tag war trüb, der Himmel drückte. Schuumur irrte lange herum, fand sie nicht. Dann erfuhr er von einem Schafhirten, den er traf, dass die Geier schon gekommen waren. Nicht ein Haarbüschel war übrig geblieben. Die Vögel hatten sie aufgefressen. »Sie war rein an Leib und Seele, also wird sie das Reich Gottes finden!«, sagte der Mann zu ihm.

Die Schamanin, die auf seinen Wunsch zu ihm in die Jurte kam, meinte sinngemäß dasselbe, sie war nur genauer: Die Seele der Toten würde zu ihrer in einem Jahr des Drachens geborenen Tochter als Junge wiederkehren. Das war als Trost gedacht. Schuumur jedoch ließ sich nicht trösten. Er war untröstlich, er war erschüttert, betäubt und lustlos. Und er versuchte, sein Leben, das Unglück, das dieses Leben voll getroffen hatte, zu ergründen. Warum war ihm das Unglück passiert? Wofür die schwere Strafe? Für die Flüche, die ihm

da und dort entfahren waren? Sie waren auf den Himmel, auf den Altai, auf einen bestimmten seiner Pässe oder Berge ausgesprochen. Aber gemeint war niemals der Himmel, der Altai, nie ein Fluss, nie ein Berg, er hatte vor ihnen immer Ehrfurcht gehabt. Gemeint war bei jedem ausgesprochenen Fluch immer etwas anderes, mal war es die Frau, die seinen Unmut erregte aus diesem oder jenem Grund, ein anderes Mal war es das Reitpferd, das ihm nicht schnell, nicht zahm, nicht ausdauernd genug vorgekommen war. Oder es war einfach ein widriger Lebensumstand.
Oder war er bestraft für die Morde, die er als Jäger an Tieren begangen hatte? Jeder Schuss, der traf, vernichtete Leben, und einer, der daneben traf, hatte oft noch schlimmere Folgen: Aus einem Tier, das der Himmel ins Leben gerufen und der Altai am Leben erhalten hatte und darum vollkommen gewesen war, wurde ein Krüppel, und damit war gegen die Ordnung, den Willen des Himmels und des Altai verstoßen. Und Waisen hatte er gemacht! Einmal hatte er zwei Murmeltiere an beiden Seiten eines Hügels aufgehalten. Nachdem er nach dem einen geschossen hatte, wandte er sich gleich dem anderen zu. Bis er auch dieses zum Pfeifen gereizt und sich, flach auf dem Bauch liegend und jede Bewegung hinter dem schwankenden Wedel tarnend, nah genug herangeschlichen, den Schuss abgegeben, das tödlich verwundete Tier fast mit der Schnelligkeit einer Kugel aufgegriffen, an der Schwanzwurzel hochgehoben und sich an seinem Zucken berauscht hatte, war geraume Zeit vergangen. Und als er, das verblutende Tier und den Wedel in der einen und das Gewehr in der anderen Hand, zu der Stelle kam, wo das erste liegen musste, sah er etwas Schreckliches: Ein dicker, wimmelnder Haufen lag über dem Eingang zum Bau, und erst nach genauerem Hinschauen konnte er es erkennen, es waren fünf graue Murmeltierjunge, die an den Zitzen der toten Mutter klebten.

Das große Murmeltier war, tödlich getroffen, rücklings auf den Eingang zum Bau hingefallen und hatte ihn für die vom Schussknall aufgeschreckten und herbeigerannten Jungtiere gesperrt. Diese hatten sich, nachdem sie wohl ein wenig nach dem Eingang gesucht und währenddessen den Schreck vergessen hatten, in ihrer Einfältigkeit über die sterbende Mutter hergemacht. Der Jäger, der Mörder einer noch stillenden Mutter, stand wie angewurzelt da, als die Murmeltierjungen, seiner gewahr werdend, davonrannten auf der Suche nach dem nächsten Unterschlupf. Er blickte mit weit aufgerissenen Augen auf die abstehenden Zitzen, die wie lebendig und übernatürlich groß wirkten; einige standen im Schaum, an einer der nackten, blauvioletten Spitzen klebte ein großer, heller Milchtropfen, der kam ihm wie eine blinde, wie eine erfrorene, wie eine tote Träne vor. Sein Blick erfasste auch das Blut, das knallrote Blut, das unter dem Murmeltierkopf eine Lache bildete und, längst geronnen, glänzte. Schuumur zögerte, nahm aber dann das Murmeltierweibchen doch, er wollte sein Jagdglück nicht ungünstig stimmen, er konnte, er durfte es nicht. Aber diese Geschichte bedrückte ihn lange, besonders jetzt. Das war nur einer der zahllosen Morde, die er an Tieren begangen hatte, an schutzlosen Lebewesen, von denen keines je einen Menschen bedrohte, selbst der Wolf nicht. Vielleicht kam dafür diese Strafe?
Schuumur grübelte, und je länger er es tat, umso mehr Gründe glaubte er zu finden, weshalb er eine Strafe vonseiten höherer Mächte verdient haben könnte. Am zähesten peinigte ihn sein Verhalten gegenüber Dshajnaasch. Sie war noch ein Kind gewesen, als sie zu ihm kam. Er hatte sie verschmäht, hatte dann jedoch vor ihr keinen Halt gemacht und hatte sie, von seiner männlichen Gier angestachelt, doch zu einer Frau und folglich auch zu einer Mutter gemacht. Elf Kinder hatte sie ihm geboren. Kinder bekommen und stillen, ihren Tod

beweinen und in Angst leben, weitere könnten ihr sterben, und zwischendurch melken und kochen, nähen und waschen, sauber machen und Dung sammeln, das war der Inhalt der fünfzehn Jahre gewesen, die sie neben, eigentlich unter ihm verbracht hatte. Sie hatte sich ihm bedingungslos ergeben, hatte mehr für ihn gelebt als für sich selbst, so war sie eine gute Frau gewesen. Seine Abneigung ihr gegenüber war immer mehr geschwunden. Es war, als ob sie sich an der wachsenden Menge der gelb- wie schwarzköpfigen Kinder abnutzte, er hatte sich an sie, an ihre Dienste, an ihre nie aufhörende, nie versiegende Fürsorge gewöhnt, und eines Tages war sie ihm unentbehrlich und unersetzlich geworden.

Hinter Usun-Oi wurde Schuumur von Kranichgetriller aufgeschreckt. Es war wie ein Alarmschrei. Er suchte und fand es schließlich: Vom *Charlyg-Chaarkan* her, hoch über dem Pasch-Ojuk, dem gähnend dunkelblauen Kessel inmitten des Schneegipfels, kam ein einsamer Kranich geflogen. Er flog hastig, unruhig. Der von vorhin, dachte Schuumur, darauf aber zweifelte er, dass er es sein könnte. Die Welt ist weit, dachte er, da kann es so vieles geben und kann auch so vieles passieren. Der Kranich kam schnell näher. Er, der unten in der Graslandschaft wasserblau und verschwommen gewirkt hatte, sah jetzt in der Gletscherhöhe zwischen dem Weiß des Schnees und dem Blau des Himmels grau aus und hatte einen scharfen Umriss. Das wird doch der von vorhin sein, dachte Schuumur, die zu zwei Strichen zusammengezogenen Augen auf den ankommenden Kranich gerichtet, mit Gewissheit, denn er konnte nicht glauben, dass zwei Kranichwesen, jedes in Einsamkeit, getrennt und aneinander vorbeileben könnten.

Es musste wohl die Vorahnung des sie scheidenden Todes gewesen sein: Dshajnaasch war Schuumur mit der Zeit nicht nur erträglicher geworden, zum Schluss war er in sie verliebt.

Gewiss, es war ein stilles, stummes Verliebtsein, das er zu verheimlichen suchte vor anderen, vor ihr, und eigentlich vor sich selber auch. Die andere, die ungestüme Gulundshaa, hatte er nur selten besucht, nur gelegentlich, vielleicht nur aus alter Gewohnheit, sozusagen für das Glück, das er in anderen Zeiten von ihr erhalten hatte. Je tiefer er in seinen Erinnerungen kramte, umso unverständlicher wurde er sich selber. Jedes Mal, wenn sich ein Stück aus seinem gelebten Leben herauslöste und auf ihn zubewegte, wusste er, dass er einem schrecklichen Menschen begegnen würde. Und diesem Schreckensgespenst, das er selber war, zu begegnen, wurde ihm mit jedem Tag unerträglicher, doch konnte er es nicht verhindern, dass sich sein Hirn erinnerte. Eines Tages, inmitten eines Erinnerungsstromes und unter den Schmerzen einer wiederholten Selbstbeschuldigung, versuchte er auf der Suche nach Erleichterung, wenigstens einen Mitschuldigen zu finden. Gulundshaa bot sich dafür an.

Er ging dem Gedanken gern nach, bohrte weiter. Allein wäre er nicht imstande gewesen, die Ehesünden, die er nun auf seinem Gewissen hatte, zu vollbringen. Also war sie mitschuldig! Aber genügte das, dass sie nur mitschuldig war? Wäre sie nicht da, wenigstens nicht so bereitwillig gewesen, sich mit ihm einzulassen, hätte das, was geschehen war, überhaupt geschehen können? Wohl nicht! Angenehm war es, so für die Bürde, die ihn zu erdrücken drohte, einen Mitschlepper, ja, vielleicht einen Hauptschlepper zu haben, doch reichte selbst dieses nicht aus, um sich selbst vollkommen frei von Schuld zu sprechen. Im Gegenteil, die Linderung, die er sich gewaltsam verschafft und an der sich seine Seele erholt hatte, rächte sich dann umso grausamer: Sein Gewissen spürte einen zusätzlichen Brand, weil er seine Sünden auf andere zu verschieben versucht hatte. Bei all dem jedoch war Gulundshaa ein abgeschossener Pfeil, wie Schuumur mit seinem

Jägerverstand zu urteilen vermochte. Das bedeutete, eine abgeschlossene Geschichte. Es gab kein Zurück zu ihr, mehr noch, er wollte sie nie wieder sehen. Auf dem Weg zu deiner Jurte ist für den Sohn des Gonsat Gras gewachsen für alle Zeiten, dachte er mit Zorn, der einen Schuss Schadenfreude enthielt, vielleicht auch einen leisen Hauch Mitleid. Widersinn? Oh, wenn das Leben immer nur auf Sinn gebaut wäre!
Schuumur erreichte endlich den Rand des Tales und den ersten Ail. Dort musste er erfahren: Die Nachricht, die ihn auf die Flucht getrieben hatte, war auch hierher gedrungen. Man redete wohlwollend mit ihm, man schien auf ihn wie durch eine dünne Trennwand einreden zu wollen: Besser so, der Mensch braucht des Menschen Nähe; die Einsamkeit hatte Zähne, die Zweisamkeit Lippen. Schuumur konnte nicht die Schüssel mit den Weißen Speisen umstoßen und davonspringen, er musste die Zähne zusammenbeißen und sitzen bleiben. Man kannte die Vorgeschichte allzu gut, sie war dem Gedächtnis der Leute nicht abzukratzen, mit Gewalt erst recht nicht, einzig der Staub der Zeit würde sich darüber legen, bis die Geschichte mit anderen Geschichten zusammen vergessen sein würde. Schuumur wagte nicht, sein Anliegen vorzutragen, ebensowenig wagte er, am nächsten Ail abzusteigen. So beschloss er, zu den Fremden, zu den Kasachen zu reiten und sich mit ihnen auf einen Handel einzulassen, das war besser als Bitten und Betteln. Allein, diese waren noch weiter weg, am anderen Rand des Tales, jenseits des Flusses Godan. Er erkundigte sich nach dem Ail des *Bajs* Kaissa. Er kannte ihn samt der Geschichte seiner Herkunft und seines Aufstieges gut.
Kurz vor Sonnenuntergang erreichte er den Ail. Als er an der Pferdebinde abstieg, gähnte und schüttelte sich sein Pferd. Erleichtert schnalzte er mit den Lippen. Der Schimmel sah nun im Schweiß dunkel, schlank und sehnig aus, wie nach

einem großen Wettrennen. Schuumur lockerte die Sattelriemen andächtig und rieb mit den Lawschakärmeln die Augen und die Stirn des Pferdes. Dabei wurde er von den beiden Dienstmädchen des Bajs beobachtet, die den grauen Wolfshund nebst anderen Hunden zurückhielten. Schuumur seinerseits beobachtete, während er, wie jeder Reiter nach einem schweren Ritt, mit seinem Pferd beschäftigt war, die Pferde an der Binde. Es waren zumeist wohl genährte, durchaus ansehnliche Tiere, doch musste er feststellen, dass er sein abgeschundenes Pferd gegen keines von ihnen tauschen würde. Das stimmte ihn fröhlich, und er fühlte in sich Sicherheit.

Dombuk war kaum ein halbes Jahr alt, als die großen Unruhen begannen. Sie kamen von draußen, wuchsen schnell, überfluteten zum Schluss das Land. Sie vertrieben die Menschen, die dort verwurzelt waren wie die Lärchenwälder und die Schieferfelsen ringsum. Die Kasachen, die aufgeschreckt und auf der Suche nach einer neuen Heimat aufgebrochen waren, brachten die erste Erschütterung ins Land. Man begrüßte die fremden Eindringlinge nicht gerade, aber man hatte nicht viel dagegen, wenn sie sich nebenan niederließen und danach trachteten, nicht zu verhungern und zu verkommen. Denn in der ersten Zeit waren sie arme, zahme Leute. Mit den Tagen und Monaten aber, sobald sie sich erholten, Mut fassten und zu Besitz kamen, wurden sie anders, frecher. Das geschah langsam, aber stetig, jeder sah und spürte, was mit den Ungebetenen vor sich ging. Die Reibereien zwischen den Einheimischen und den Ankömmlingen begannen, sie wuchsen sich oft zu Schlägereien, zu Schießereien aus. Da erschienen fast zum gleichen Zeitpunkt die Russen und die Chinesen. Kein Mensch wusste, was die fremden Stämme herübergelockt haben konnte. Niemand hatte sie hergebeten. Zwar war keiner von ihnen ganz neu, es hatte sie alle gegeben: Kasachen, Chinesen, Russen, aber es waren nur wenige gewesen, man hatte sie wie Gäste behandelt, und auch diese hatten sich wie solche benommen. Nun waren sie, zu Hunderten und Tausenden gekommen, keine Gäste mehr. Der Futterneid musste es gewesen sein, der sie mit einem Mal zu aufeinander schielenden, gegeneinander kämpfenden Horden gemacht hatte. Sie plünderten, Kasachen wie Russen, Russen wie Chinesen. Wer aber ausgeplündert wurde, das waren die Einheimischen, die Tuwiner und die Urianchais, denn sie besaßen etwas.

Der Krieg brach aus. Der Häuptling des Chara-Chöjük-Stammes ging mit den Häuptlingen einiger anderer Stämme zu einer Beratung. Das geschah frühmorgens, in einem Bergkessel nordöstlich von Göge-Dogaj. Die Häuptlinge erschienen nacheinander, einzeln, jeder mit der Jagdausrüstung und in Jägerkleidung. Einige Stammesgenossen hielten sich in der Nähe auf, sie gingen ebenso allein und erweckten den Anschein, als ob sie auf der Jagd oder auf der Suche nach Tieren wären. Schuumur war einer der vier Männer, die den eigenen Häuptling vor anderen Häuptlingen und deren Leuten zu beschützen hatten. Die Beratung begann mit einer Schlägerei. Der Häuptling des Dokpak-Chara-Stammes war betrunken erschienen und hatte gesagt, das Beste sei, sich auf die Seite der Stärksten, in diesem Falle der Chinesen, zu stellen. Faustschläge, die vonseiten der Mehrheit der Männer auf seinen Kopf niederprasselten, waren die Antwort darauf. Einige Häuptlinge versuchten, den Betrunkenen in Schutz zu nehmen, indem sie sagten, er sei eben betrunken, aber sie seien dabei beinahe selber verprügelt worden. Als Ergebnis trugen die Dokpak-Chara-Leute ihren blutig geschlagenen und besinnungslos hingestürzten Häuptling davon. Die anderen, die ihn in Schutz nehmen wollten, waren so eingeschüchtert, dass sie nun still und nachgiebig wurden und allem, was beschlossen wurde, zustimmten. In der Nacht darauf brach der größte Teil der Einheimischen samt Jurte und Vieh in Richtung des *Chomdu-Altai* auf. Den Hunden hatte man vorher das hintere Loch mit glühendem Eisen angebrannt, damit sie nicht mehr bellen konnten, und die Kälber waren an den Schwänzen der Yakkühe angebunden, damit sie nicht zurückblieben und so die Kühe nicht brüllten. Aufgeladen wurden die Jurten einzig auf Ochsen und Pferde; Kamele waren untauglich für die Geröllhänge und Gletscherpässe, die passiert werden mussten. Alles, was Beine hatte, bewegte sich vorwärts, gen Norden. Es dröhnte die Erde, trotz der Stille, die man zu bewahren versuchte. Und es bewegten sich Berg und Steppe, trotz der verhüllenden, beschützenden Nacht. Die Nacht verging in Frieden, der Tag begann ebenso friedlich. Man sah ringsum, so weit das Auge es erfassen konnte, die Erde schwarzbunt besät und wimmelnd von Mensch und Tier. Mit der aufsteigenden Sonne klarte der Himmel auf, und die Sonnenstrahlen glichen bald Feuerbündeln. Der aus hunderttausend Poren des Erdbodens hervorstrudelnde Staub stieg hoch, verdichtete sich zu rötlich schimmernden Flaumwolken, die gleich Inseln am Himmel unbeweglich hingen, bis sie sich dann von ihren hinteren Rändern her auflösten. Der Tross war von je einem Dutzend bewaffneter Männer an Anfang und Ende beschützt. Die Häuptlinge ritten vorn, einen Schuss entfernt von den Aufklärern. Schuumur gehörte zur Rückendeckung. Mit der hereinbrechenden Hitze erreichte der Kopf des Trosses einen Bach. Nach einer kurzen Beratung der Häuptlinge wurde beschlossen dort zu rasten, bis die Hitze verging. Also lud ab, wer ankam. Die verschwitzten Last- und Reittiere wurden kurz gebunden, sie streckten sich aus und fielen in Schlaf. Auch das andere Vieh, das seinem Willen überlassen war, hatte, kaum den Durst gelöscht, sich hingelegt und schlief. Die Fohlen hatten keine Kraft mehr, die Euter ihrer Mütter auszuschöpfen, inmitten des Saugens fielen sie um, blieben liegen und wieherten leise im Schlaf. Hier und da wurde Feuer gemacht, und die Ersten hatten den Tee schon getrunken, der Gersteneintopf zu getrocknetem Fleisch kochte auf, als die Letzten ankamen. Und diese kamen nicht zu ihrem Tee, denn die Verfolger nahten schon.

Es waren vier Männer: ein Russe, ein Chinese und zwei Kasachen. Sie ritten namhafte Rosse, die Urianchaileuten gehörten. Der Russe hatte eine Mauser, der Chinese einen Säbel umhängen, und die beiden Kasachen waren mit langstieligen Keulen aus getrockneter Birkenwurzel bewaffnet. Die Pferde waren klitschnass vom Schweiß, Schaum quoll aus ihrem Maul; sie waren gehetzt und konnten nun nicht mehr ruhig stehen bleiben. Der vollbärtige Russe auf dem tänzelnden, mit hinaufgestreckten Vorderbeinen in die Luft greifenden Rappen war der Anführer. Was er sagte, wurde von einem der Kasachen, dem älteren mit dem Schnauzbart und den grünen schrägen Augen eines Fuchses, übersetzt. Es war ein Befehl im Namen der vereinten Obrigkeit der fremden Stämme an die Einheimischen, unverzüglich zurückzukehren.

Die Häuptlinge saßen mit betretener Miene immer noch im Kreis, wie sie gemahlzeitet hatten. Auch das einfache Volk wartete still, es wartete darauf, was kommen würde. Nur wenige hatten von dem, was da vom hohen Ross heruntergeschrien wurde, dem groben Sinn nach etwas mitbekommen. Nach einer Weile brach einer der Häuptlinge das Schweigen, er wandte sich mit einem leichten Kopfnicken an die Fremden: »Hört, ihr Gesandten!«, sagte er auf Tuwinisch. »Zwar bin ich weder der Älteste noch der Bevollmächtigte in der Runde, aber einer muss reden, und so tue ich es.«

Natürlich konnte keiner der Fremden es so verstehen. Also verlangte der Russe nach einem Dolmetscher, der imstande war, ihm das, was gesagt wurde, verständlich zu machen. Der Häuptling wandte sich an die jungen Männer, die bei der Ankunft der Fremden aufgesprungen waren, zu den Waffen gegriffen hatten und nun auf einen Befehl warteten: »Legt die Waffen weg, seid dafür aber umso wachsamer und schneller. Dshürmüd, geh an den Bärtigen heran und übersetze, sag aber nur das, was für ihn bestimmt ist!«

Die Männer taten, wie ihnen geheißen. Und diese friedliche Gebärde wirkte auf die Fremden beruhigend. Der Russe, der das Gewehr bisher schussbereit gehalten hatte, legte es aus der Hand, auch die anderen legten ihre Waffen über den Sattel. Dshürmüd war ein junger Bursche, war klein von Wuchs, dafür zäh und flink. Nun stand er am Knie des Russen und übersetzte das, was der Häuptling vorher gesagt hatte. Das Gespräch lief, und man erfuhr, was die Fremden wollten: Sämtliches Vieh, einschließlich Lämmer und Zicklein, sämtliche Waffen, einschließlich Küchenmesser und Getreidesensen, sämtliches Geschirr für Reit- und Lasttiere, sämtliche Tauschgüter, sämtliche Männer, sämtliche Kinder, alle jungen Frauen – mit einem Wort, alles außer den Jurtengerüsten und den alten Frauen. Und weiter erfuhr man, dass mehrere Hundertschaften unterwegs waren, den Auswanderern auf den Fersen.

Der Russe drohte, das begriff man, noch bevor Dshürmüd übersetzte, denn er rollte dabei die Augen, wie jemand, der gewürgt wurde, und erhob die Rechte und ballte sie zu einer Faust, die gleich einer *Dokpak* in der Luft fuchtelte. Einer der Kasachen versuchte ebenso mit den Augen zu rollen, doch das wollte ihm nicht recht gelingen. Der andere Kasache war blutjung, hatte ebenso schräg stehende, grüne Augen, doch er verriet im Unterschied zu seinem älteren Stammesgenossen nicht die mindeste Gefühlsbewegung und war ein stiller, aufmerksamer Beobachter. Genauso still und beobachtend war

der Chinese, er wirkte wie eine auf dem Pferd festgenagelte Holzfigur und krallte sich mit der Linken fortwährend am Sattelknauf fest.
Jedes Wort, das der tuwinische Häuptling sprach, war länger, als Dshürmüd es übersetzte, und enthielt Anweisungen. Und so geschah es, dass die anscheinend gelangweilt herumstehenden Männer plötzlich aufsprangen, die Pferde am Zügel packten und ihre Reiter aus dem Sattel warfen. Diese kamen nicht dazu, Widerstand zu leisten, begannen aber, jeder wohl in der Sprache seiner Mutter, zu kreischen, was deutlich machte, dass sie am Leben bleiben wollten. Der junge Kasache wurde zurückgeschickt. Er hatte an seine Häuptlinge Folgendes auszurichten: »Wir nehmen nichts Fremdes mit, überlassen euch noch dazu die Erde, die uns seit den Zeiten der Ahnen ernährt hat. Sobald wir den Chomdu-Altai zu Gesicht bekommen, schicken wir eure übrigen Gesandten zurück. Wir behandeln sie gut, geben ihnen Pferde und Wegzehrung, solltet ihr jedoch auf den Gedanken kommen, uns zu verfolgen, werden wir uns verteidigen. Wisst, wir sind ein Jägervolk, selten passiert es, dass wir den Kopf eines Murmeltieres verfehlen. Wir haben genügend Schusswaffen, Pulver und Blei. Auch unsere Frauen und Kinder werden sich zu verteidigen wissen. Überlegt es gut, denn sollte es dazu kommen, dass ihr euch nicht zufrieden gebt mit unserem Land, und ihr wollt auch unser Hab und Gut, unsere Frauen und Kinder, unser nacktes Leben dazu, und ihr kommt uns nach, so merkt euch dies: Bei jedem Tropfen Blut, den einer unserer Stammesbrüder verliert, werden wir euren Gesandten bei lebendigem Leib das Fleisch herunterschneiden und mit diesem unsere Hunde füttern!«
Der junge Kasache ritt davon, erst im Schritt, dann im Trab, bald schon im Galopp. Keiner dachte mehr daran zu rasten. In Eile wurden die Last- und Reittiere gesattelt und die ver-

packten Jurtenteile wieder aufgeladen. Ein paar alte Männer, die die Wege kannten, trieben die Pferdeherden vor sich her und bildeten die Spitze; die Frauen mit den Wiegen- und Kleinkindern folgten. Die Yakherden mit den Lasttieren kamen mit, sie wurden entweder angetrieben oder angeführt; die kampffähigen Männer blieben mit den Kleinviehherden hinten und bildeten die Rückendeckung. Die Häuptlinge ritten gleichmäßig verteilt entlang des Trosses, und unter ihrer Aufsicht gingen die drei Geiseln an drei verschiedenen Stellen, jeder an den Schwanz eines jungen, wohl genährten Pferdes gebunden. Das Pferd wurde jeweils von einem Halbwüchsigen geführt, der den Auftrag hatte, es im Falle einer Gefahr loszulassen. Andere Halbwüchsige ritten im Galopp mit Eilnachrichten hin und her. Die Anweisung lautete, so schnell zu reiten wie nur möglich, und so kam es, dass sie den Hauptteil des Trosses sehr bald aus den Augen verloren. Der Himmel blieb klar und der Mond zog eilig und hell herauf. Die Täler schimmerten, die Berge glänzten. Es war, als ob der soeben untergegangene Tag durch die poröse Haut der Erde hindurchleuchtete.

In der Schlucht des Weißen Sattels ereilte sie das Unglück. Die Verfolger kamen. Man sah sie, noch bevor das Hufgetrappel zu hören war. Die Verfolgten erstarrten vor Schreck, stürzten zueinander, stoben aber alsbald, auf einen warnenden Schrei eines Besonnenen hin, auseinander. Jeder flüchtete, wohin ihm der Sinn stand. Einige jagten geradeaus. Die Hufe ihrer von Peitschenhieben und vom Angstgeschrei wild gewordenen Pferde traten alles nieder, was unter sie kam. So geschah es, dass sie Wege schnitten in die dicht gedrängte Schaf- und Ziegenherde. Andere versuchten, die steilen Seitenhänge zu erklimmen, trieben die Pferde an, bis sie am ganzen Leib zitternd stehen blieben, ihre Beine auseinander rutschten und umknickten. Jetzt, wo die Pferde nicht mehr weiter konnten und nur noch versuchten, das Gleichgewicht zu wahren, nicht umzustürzen und den Hang hinabzurollen, sprangen die Reiter ab, kletterten auf allen vieren weiter und stürzten in das erstbeste Geröllauge, sobald die ersten Schüsse krachten. Die Herde stob lärmend auseinander, soweit der Platz es zuließ. An beiden Seiten der steilen Geröllhänge, vor ihnen die anderen Tiere, die in Panik eng aneinander gedrängt waren und teilweise schon übereinander lagen, bildeten sie eine zeitweilig unüberwindbare Mauer. Das war Rettung für diejenigen, die die Schlucht hinaufgeflüchtet waren. Die Verfolger gaben einige hundert Schüsse ab, doch wohl mehr aus Übermut, die Ausreißer eingeholt und auseinander gejagt zu haben, und wohl auch aus Zorn, dass der beabsichtigte Blutbach und der Fleischberg nicht sofort zu verwirklichen waren. Trotz des ausgiebigen Mondlichtes erhellten die Schüsse die Nacht. Im Feuerschein der Schüsse konnte man die Umrisse der Verfolger gut erkennen und sie zählen. So heftig die Verfolgten auch beschossen wurden, sie antworteten darauf nicht. Dies geschah zunächst aus Unfähigkeit, etwas zu unternehmen, und später aus Angst, sein Versteck preiszugeben. Nun aber schloss sich daran die Überlegung, dass kein Schuss danebengehen durfte. Jetzt war auch das Allerschlimmste vorüber, und der Schreck war vergangen, denn jeder hatte ein Versteck. Bisher hatten die Schüsse nur einige Pferde getroffen, die an den Hängen liegen oder stehen gelassen worden waren. Sie stießen ein kurzes, schrilles Gewieher aus und schlugen schwer gegen die Geröllsteine. Einige stürzten krachend herab, die Steigbügel klirrten, was sich wie eiserne Klageschreie anhörte. Man hätte nun annehmen können, dies würde ängstigen und lähmen, aber hier war das Gegenteil der Fall.

Das Sterben der Reittiere verdrängte die Angst der Reiter, und Hass nahm ihre Stelle ein. Es ertönten Flüche, diesen folgten Zurufe, Verständigungszeichen; zum Beispiel, dass ein jeder um sich herum einen Steinwall errichten solle. »Runde Steine!«, hallte es vom anderen Hang herüber. »Große zum Rollen, kleine zum Werfen!« Jeder Zuruf zog einen Hagel von Kugeln auf sich. Und das war gut so. Deshalb fielen immer mehr Zurufe.

Schuumur lag in einem Geröllauge, das wie ein kleiner Kessel war. Er war mit fünf weiteren Stammesgenossen auf den rechten Hang geflüchtet, sein Pferd war schnell vorangekommen, bis es in ein Geröllloch gefallen und darin stecken geblieben war. Er war weitergerannt, gekrochen und hatte unter Schusslärm diese Schutz bietende Stelle erreicht. Er arbeitete im Liegen, kroch hin und her, schleppte Steine herbei, schichtete die größeren in einem Bogen übereinander und häufte die kleineren daneben auf. Bald war der Wall so hoch, dass er hinter diesem bequem sitzen konnte. In der Mitte des Steinwalls war eine Schießscharte wie bei einer Pirsch auf Murmeltiere. Die Büchse steckte darin, sie war geladen. Schuumur hatte sich fast beruhigt, seine Angst war nicht so groß, dass er einen Menschen als Ziel hätte verfehlen können. Er hatte Zündhütchen und Pulver genug, nur Kugeln waren knapp. Er tastete die Kugeltasche von außen ab und kam im Zählen auf sechzehn. Drei Murmeltiere bei vier Schüssen, das war seine Norm. »Zwölf Treffer«, sagte er sich. Aber die Menschen da unten waren viel mehr. Einige hundert bestimmt, dachte er und schüttelte den Kopf. In seiner Satteltasche hatte er gewiss mehr Kugeln, er hatte auch Blei dort, er konnte davon immer ein Stück abbeißen und es zu einer Kugel kauen; das war zwar nicht gut für die Büchse, einmal jedoch hatte er es in seiner Jagdhitze getan. Schuumurs Reitpferd war noch dort, wo es liegen geblieben war, es lebte noch. Vielleicht befreit es sich und läuft davon, dachte er mit Sorge, dann habe ich keine Kugeln und kein Blei

mehr. Doch konnte er nicht hinkriechen und die Satteltasche holen, ihm fehlte es an Mut. Die Schüsse verstummten. Jetzt waren die Stimmen der Verfolger zu hören, und einzelne, auf Kasachisch gesprochene Worte zu verstehen. Sie berieten. Dies hätte für Schuumur die Gelegenheit sein können, das Versteck zu verlassen, sich bis zu seinem Pferd zu schleichen und die Satteltasche zu holen. Aber er war unschlüssig, verpasste die Gelegenheit. Und bald erfuhr man, was beschlossen worden war: Die Verfolger teilten sich auf; die einen, das war die Mehrzahl, verfolgten den Tross, inzwischen hatte sich nämlich die Herde weiterbewegt, und der Weg war zunächst frei, die anderen bewegten sich in zwei gleich starken Gruppen in einer langen Reihe auf die Hänge zu. Sie hatten die Pferde unten gelassen, und man erkannte deutlich, wie sie vornübergebeugt herankamen.
»Der über uns ist unser Himmel, er wird uns beistehen. Brüder, zeigt Herz und Verstand, kein Schuss darf danebengehen!«, hallte es vom jenseitigen Hang herüber. Der Zuruf löste Schüsse aus, aber die Tuwiner warteten noch. Dafür hallten weitere Zurufe, und sie zogen weitere Schüsse auf sich. Schuumur richtete seine Büchse auf eine Gestalt. Das Korn verschwamm, aber sein Gefühl sagte, dass er richtig gezielt hatte. So drückte er ab und die Gestalt stürzte. Andere Schüsse fielen, Gegenschüsse wurden abgegeben. Der Kampf begann. Schuumur lud nach. Das war einfach gesagt, jedoch schwerer getan: Er holte die Büchse aus der Schießscharte heraus, steckte in ihre Mündung die Bleikugel, schob sie mit einem Stecken hinein, schüttete mit dem Hornlöffelchen Pulver in die Pfanne und legte darauf das Zündhütchen. Auch der nächste Schuss traf. Er sah noch andere Gestalten aus der Reihe stürzen. Die Angst war verflogen. Die Mordlust hatte ihn gepackt. »Brüder!«, brüllte er aus Leibeskräften, während er wieder auflud. »Überlasst die in der Mulde alle

mir!« Die Reihe war schon gelichtet. Dafür aber hatten sich Gruppen gebildet, die sich an Schutz bietende Stellen begaben. Solch eine Stelle war die seichte Mulde zwischen zwei Geröllhaufen, die leicht abfielen. Die Angreifer glaubten, die Mulde würde ihnen mehr Schutz bieten, weil sie tiefer lag als die Geröllhaufen. Aber Schuumur hatte sie von seinem Versteck aus gut im Blick. Er suchte sich jetzt immer den Vordersten heraus. Das musste auf die Nachrückenden recht entmutigend wirken, denn der Angriff kam ins Stocken. Dafür wurde er stärker beschossen. Die Schüsse folgten schnell aufeinander. Das waren andere, bessere Gewehre. Die Kugeln trafen den Steinwall, prallten zischend zurück. Das war Schuumur unangenehm, doch war er bestrebt, deswegen nicht schlechter zu zielen. Schreie ertönten, vier Gestalten lösten sich aus dem Schatten und huschten herüber. Die Schüsse fielen noch dichter. Schuumur schrie auf, man konnte meinen, es hätte ihn erwischt. Aber der Schrei hatte einem verfehlten Schuss gegolten. Feiger Hund, dachte er selbsthöhnisch, während er nachlud. Ein paar dumme Räuber stellen sich dir, und du packst Herz und Augen in die Hosen, anstatt dich darüber zu freuen! Der nächste Schuss traf, allein, die Entfernung war jetzt zu gering, er konnte die Gestalten und die Keulen, mit denen sie fuchtelten, gut erkennen. Zum Nachladen war keine Zeit mehr. Er stieß den Steinwall um, die Steine gingen krachend nieder. Zwei von den kleinen Steinen warf er den großen, langsam davonrollenden nach. Dann sprang er zur Seite und fiel, die Büchse in der Hand. Auf blankem Geröll liegend, beschloss er, an seine Satteltasche heranzukommen, denn er fand in seiner Nähe keinen Schutz bietenden Felsen, keine Mulde. Doch dann schien es ihm, dass die feindlichen Schützen ihn aus den Augen verloren hatten, denn obwohl die Schüsse weiterkrachten, und er ihnen immer näherkam, schlug keine Kugel in seiner

unmittelbaren Nähe ein. Wahrscheinlich hatte er dieses der Färbung seiner Kleidung zu verdanken, denn sein Lawschak und seine Mütze waren alt und ausgeblichen.
Bergab kam er schnell voran. Sein Pferd lag da mit weit gespreizten Hinterbeinen und umgeknicktem Hals, es war tot. Er versuchte die Tasche nicht erst vom Sattel zu lösen, sondern zerschnitt sie und nahm Kugeln und Blei an sich. Da fiel ihm ein, dass er, wenn er noch ein Stück weiter bergab käme und dann einen Bogen machte, dem Feind im Nacken säße. Und es gelang ihm tatsächlich, hinter seine Verfolger zu kommen. Von dort aus schoss er alle drei Schützen ab, die er entdeckte. Es waren zwei Russen und ein Kasache. Sie hatten Schnellfeuergewehre, die Schuumur noch nie in der Hand gehabt hatte. Doch wusste er bald damit umzugehen. Zur Probe schoss er in Richtung der feindlichen Pferde, doch der Schuss hätte ihn um ein Haar das Leben gekostet. Es krachte von oben, und er spürte die Kugel dicht am Ohr vorbeifliegen. Schuumur rief: »Brüder, ich bin's, ich!«
»Wer denn?«, rief der Schütze zurück.
»Schuumur. Und wer bist du?«
»Towul!«, war die Antwort.
Towul war der einzige Sohn des Buurul-Mergen aus dem Stamme *Irgid,* ein Spiel- und Jagdgefährte Schuumurs. Derjenige, der soeben geschossen hatte, hätte auch ein Feind sein können. Aber Schuumur hatte in jener Nacht Glück, großes Glück! Der Schlachtenlärm legte sich nach und nach, und bei Morgengrauen verstummten die Schüsse endgültig. Die Verfolger zogen sich mit lauten Zurufen zu ihren Pferden zurück. Es waren bedeutend weniger geworden. Auch die Zahl der Tuwiner war geschrumpft. Es meldeten sich nur noch acht Mann. Sie hatten den Vorteil, dass bei einigermaßen verschlüsseltem Reden keiner von den Feinden ihre Zurufe verstand, während sie die Kasachen jederzeit verstanden. So

bestimmten sie den Ort, wie und wo sie sich sammeln sollten. Sie trafen sich unter dem Morgengelb. Doch einer blieb aus, Schuumurs jüngster leiblicher Bruder, der fünfzehnjährige Schundak.

Es war ein stummes Wiedersehen, und das wenige, was gesagt wurde, betraf nicht die Nacht, die hinter ihnen lag, sondern den Tag, der bevorstand. Sie hatten keine Pferde mehr, denn diese waren entweder davongelaufen oder erschossen worden. In der Nähe des Weges bleiben und zu Pferden kommen, hieß der Beschluss. Das übrige Schnellfeuergewehr, das Schuumur und Towul mitbrachten, wurde wortlos von einem anderen genommen. Es wurde hell, und sie konnten die Verfolger nun erkennen, die nach ihren Toten suchten. Es waren immer noch viele.

»Jetzt können wir sie, wenn wir etwas näher gehen, nacheinander abschießen«, meinte Gümetbej, ein Vetter Towuls. Dieser, nur um zwei Jahre älter als Schundak, war an der linken Schulter verwundet und sah totenbleich aus.

Ein älterer Mann jedoch verwarf den Gedanken: »Wozu noch mehr Leichen? Wir werden davon noch genug zu sehen bekommen!« Die Älteren machten Anstalten zu gehen.

»Ich habe Schundaks Stimme bestimmt erkannt, er muss kommen«, sagte Schuumur zögernd. »Ich weiß, er war verwundet. Vielleicht lebt er noch.«

»Aber er ist nicht der Einzige, der bleiben muss!«, sagte jemand barsch. Die anderen erhoben sich, und Schuumur musste mitkommen. Er hatte bis dahin nicht gewusst, dass er den Bruder geliebt hatte. Nun aber spürte er ein Ziehen in der Magengrube, und so war ihm doch noch Unglück in dieser Nacht widerfahren!

Der Tag war heiß, keiner erwähnte den Durst, der wie Feuer in Mund, Hals und Bauch brannte. Ein jeder benässte die Lippen und rieb die Augen mit Urin, wenn er musste. Die

Verwundeten kamen schwer mit. Außer Gümetbej war noch Boltschass aus dem Stamm der Weißen *Sojanen* verletzt, ihn hatte es in den Brustkorb getroffen. Die Wunden waren mit in Urin aufgelöstem Schießpulver ausgewaschen und mit dem eigenen Hemd verbunden. Nun gingen sie, von anderen gestützt, stöhnten ab und zu, und man sah, dass sie große Schmerzen zu ertragen hatten. Doch am frühen Vormittag kamen sie zu Pferden. Sie stießen auf die Herde der vorangegangenen Nacht, die von einem Dutzend Männern, zumeist Kasachen, je einem Chinesen und einem Russen zurückgetrieben wurde. Die Männer waren mit Keulen und Säbeln bewaffnet, einzig der Russe hatte ein Gewehr, doch er kam nicht dazu, es zu gebrauchen.

Die Tuwiner kamen ihnen zuvor, und die Ahnungslosen wurden aus nächster Nähe niedergemetzelt. Einige stürzten vom Pferd und ergaben sich. Unter diesen waren der zurückgeschickte Gesandte vom Vortag, der mit den schräg stehenden grünen Augen und ein anderer Junge von etwa zehn Jahren. Der Ältere kniete sich nieder, warf seinen Ledergürtel über den Hals und begann zu flehen: »In dieser Haltung beten wir Kasachen zum Himmel. Jetzt aber bete ich zu euch: Lasst den Jungen am Leben! Er ist der letzte der vier Söhne des Temirbek, er ist zu jung zum Sterben, lasst ihn noch eine Weile leben, ich bitte euch im Namen des Himmels!«

»Was soll mit dir selber geschehen?«, fragte man ihn.

»Mich könnt ihr ruhig töten«, sagte er.

»Das werden wir auch gleich tun«, entgegnete man ihm kalt, »da du die Botschaft deinen Leuten nicht überbracht hast, wie unser Häuptling sie dir mitgegeben«.

»Der Himmel weiß, dass ich sie überbracht habe! Aber was habe ich, was haben wir armen Schlucker darauf Einfluss, was ringsum geschieht?«, klagte er inbrünstig. Darauf fügte er dem hinzu: »Oder ist das bei euch etwa anders?«

Er bekam die Antwort auf seine Frage, die frech gewesen war und einem Schlag geglichen hatte: Man erschlug ihn mit seiner eigenen Keule. Das Gleiche geschah mit den anderen, die sich ergeben hatten. Auch den Jungen hatte man schon an der Gurgel gepackt, er hatte die Arme um den Kopf gepresst und kreischte wie ein Tier. Schuumur wurde an seinen Bruder erinnert, er spürte wieder das Ziehen in der Magengrube. Er trat vor, hielt die Hand, die jenen an der Gurgel gepackt hatte, und sagte: »Lass den Bengel!« und zu diesem: »Setz dich auf dein Pferd und treib die Herde zurück! Weh dir aber, wenn du davonreiten willst, dort hinten sind noch unsere Männer, kapiert?!«

Jeder von ihnen suchte sich ein Pferd aus, einer nahm auch das Gewehr mit, und sie eilten davon. Der Kasachenjunge blieb mit der Herde zurück, und es war schwer zu sagen, was er empfunden haben mochte, Freude oder Trauer.

Nicht lange darauf stießen sie auf die Hauptmacht der Verfolger. Sie trieben eine große Herde von Yaks und Pferden vor sich her. Es war sinnlos, mit ihnen kämpfen zu wollen, denn es waren an die hundert oder noch mehr. So flohen sie. Eine Horde jagte ihnen nach, und die Jagd dauerte lange. Viel wurde auf sie geschossen, und immer weniger wurden die, die im Sattel blieben.

Als endlich ein Wald kam, waren sie nur noch zu zweit. Schuumur und Gümetbej – ausgerechnet er, der Verwundete, hatte es geschafft. Er hatte ein gutes Pferd erwischt, einen Dunkelbraunen mit dem Kopf eines Käfers. Es diente ihm noch viele Jahre, zum Schluss erwies er ihm die hohe Ehre: Er schlachtete es. Jetzt erst, wo sie in Sicherheit waren, merkte Schuumur, dass er verwundet war. Aber es war eine leichte Wunde am rechten Oberschenkel, der Knochen war unversehrt. Er wusch sie aus, legte darauf die heiße Asche von verbranntem Rosshaar und verband sie.

Die Nacht darauf passierten sie den Gletschersattel und betraten den Boden des Chomdu-Altai. Noch gegen Abend des nächsten Tages holten sie den Rest des Trosses ein. Nur eine kleine Herde Yaks und Pferde waren mitgekommen, und nur wenige Männer waren übrig geblieben. Auch die anderen Einheimischen hatten Verluste erlitten, denn die Räuber hatten sie auf der allerletzten Strecke erwischt. Unter Beschuss war der Tross den Gletscherhang heruntergeschlittert. Die steilsten Stellen hatten Mensch und Tier auf ausgebreitetem Filz passiert. Man hätte den Jurtenfilz liegen lassen können, doch dann wäre das Unglück noch größer gewesen. So hatte man die rettenden Filzdecken den Verfolgern weggezogen. Sie konnten sich nicht auf das Glatteis wagen, blieben stehen und schossen den dahinflüchtenden Menschen und ihren wenigen Tieren noch lange nach.
Den drei Geiseln war der Tod widerfahren, den man ihnen angedroht hatte. Für eine längere Qual hatte die Zeit allerdings nicht ausgereicht. Schuumurs Vater war gefallen, seine Mutter war vorher umgekommen, und auch sein anderer Bruder fehlte. Aber Dshajnaasch war mit Dombuk unverletzt geblieben, und auch von der Jurte waren noch ein paar Filzdecken und Kleidungsstücke übrig geblieben. Von den Tieren war lediglich die graue Stute mit ihrem zweijährigen Fohlen durchgekommen. Man nahm die Flüchtlinge gut auf, sie verdingten sich bei wohlhabenden Leuten. Ein paar Ziegen zum Melken erhielt man von ihnen und mit der Zeit kam man zu einer eigenen Jurte, ja, auch zu einer eigenen Herde. Manchem erging es sogar sehr gut. Einige von den Vermissten kamen noch nach, zu Schuumur aber kam niemand, weder einer seiner Brüder noch jemand von den Verwandten der Frau. Schuumur blieb trotz seines guten Rufes als Jäger ein unscheinbarer Mann. Von seinen Kriegserlebnissen erzählte er niemandem etwas, und auch mit Gümetbej sprach er

niemals darüber. Dieser war sein einziger Zeuge, doch auch er blieb stumm.
Zehn Jahre später begegnete Schuumur auf dem Rückweg von einer Jagd inmitten der Steppe der Chara-Büüre einem jungen Kasachen, der eine ansehnliche Pferdeherde vor sich hertrieb. Der Kasache nannte sich Kaissa und gab die Herde als seine eigene aus. Sie trennten sich und jeder ritt seines Weges. Nach einer Weile aber kehrte Schuumur um, rief den Kasachen zurück und fragte ihn, wessen Sohn er sei. »Des Temirbek«, gab jener verwundert zur Antwort und sah sich dabei den Jäger genau an. Später begegneten sie sich noch einige Male. Sie wechselten Grüße, die von Mal zu Mal ausführlicher wurden. Doch wusste Schuumur nicht, ob Kaissa ihn wiedererkannt hatte und ob dieser ihm freundschaftlich oder feindlich gesinnt war.

Der Baj saß in einer Fleischrunde mit Männern, die Schuumur nicht kannte. Grüße wurden gewechselt, so umständlich, so eindringlich, so präzise, wie es die Sitte erforderte. Eine der Fragen, die der Hausherr an den Ankömmling richtete, betraf das Wohlergehen der Gattin. Schuumur wurde stutzig, dachte aber dann, dass die Nachricht über den Tod seiner Frau den Baj eines fremden Stammes durchaus noch nicht erreicht haben könnte, und so beantwortete er die Frage mit einer unbestimmten, allgemeinen Erwiderung, die den Willen des Himmels zum Gegenstand hatte. Er wollte keine Aufklärung, da eine solche Trostreden hervorgerufen hätte, die er satt hatte. Besser beneidet als bemitleidet zu werden, war der Gedanke, den er hinter seiner Stirn trug. So sprach er würdevoll, nachdem er die erste Schale Tee ausgetrunken und einige Scheiben von dem klein geschnittenen und in die Schüssel geworfenen, fetten Lammfleisch in den Mund geschoben hatte: »Stark und schmackhaft ist der Tee,

den deine *Bajbische* gekocht hat, fett und zart ist das Fleisch, das auf deinem *Dastarkan* liegt, Hausherr. Dank sei dir dafür. Doch du ahnst, Baj, dass ich nicht gekommen bin, um deinen Tee zu trinken und dein Fleisch zu essen. Ich bin gekommen, um dich um deine Kamele für eine Wegstrecke zu bitten!«
Der Baj erwiderte verwirrt: »Warum gerade meine Kamele, wo sie noch reisemüde und mager sind? Wo es ältere und mächtigere Bajs gibt als mich, der ich den ehrenvollen Ruf erst seit gestern genieße, und die älteren und mächtigeren Bajs die deinen sind und dir näher stehen als ich, der herbeigelaufene Kasache, und wo doch deine Bajs Kamele haben, die vieljähriges Fett mit sich herumschleppen?«
Schuumur nahm bedächtig das Fetttuch, wischte damit Finger und Mund ab und sprach mit erhobenem Haupt und gezieltem Blick auf Kaissa: »Sohn des Temirbek, du sprichst Wahres. Nur will ich weder deine Herkunft noch deine Vergangenheit antasten, der Himmel stehe uns zum Zeugen! Du bist einer der neuen Bajs, die noch nicht viel gesehen haben. Doch das ist nur die halbe Wahrheit. Die sechs Kamele meines Vaters Gonsat mussten jenseits der Schneeberge bleiben und mit ihnen die sechshundert Kamele meiner Stammesbrüder. Hier bin ich ebenso wie du ein Hergelaufener. Die Bajs mit den fetten, ausgeruhten Kamelen stehen mir nicht um einen Finger breit näher als du. Nein, du irrst dich, das Gegenteil wird wohl der Wahrheit näher kommen, denn es gibt etwas, was dich und mich miteinander verbindet. Ich bin nicht gekommen, um deine ganze Herde davonzutreiben. Ich brauche nur drei oder vier Kamele. Ich will damit nicht über den Altai. Nicht Göge-Dogaj, nicht die Schlucht des Weißen Sattels, nicht die Steppe zwischen ihr und dem Schwarzen See ist mein Ziel. Nein, ich will lediglich meine Jurte von Erik-Arga nach Unagan herübersetzen. Ich werde dafür bezahlen, und dies nach deinem Mund!«

Der Baj aber lachte leise vor sich hin und sagte: »Schuumur, Mann, auch jetzt gefällst du mir. Warum ist aus dir bloß kein Baj geworden?« Funken sprühten aus seinen schräg stehenden grünen Augen, als er dies sagte. Aber die unteren Augenränder zuckten. »Klar«, sagte er, »die Kamele bekommst du. Ich brauche keine Bezahlung. Aus deinem Munde kamen Worte, die für mich mehr sind als die Murmeltierfelle oder die Ziegelteeschnipsel, die du mir geben willst. Ich hörte von einem Mann namens Dshaniwek, der ein großer Baj war. Am Eingang seiner Jurte hingen Lumpen, die keiner entfernen durfte. Gefragt nach dem Warum, erzählte er: ›Diese habe ich einst getragen, und solange sie dort hängen, vor meinen Augen, vergesse ich nicht, wie ich einmal gewesen!‹ Bei deinen Worten musste ich daran denken, Schuumur!«
Die Sonne ging unter, still kam die Dämmerung. Der Tag neigte sich, und das Rauschen des Windes schlich näher an den Saum des Waldes und die Ufer des Flusses heran. Der Aufgang des Mondes stand bevor, und Schuumur befand sich auf dem Heimweg. Er führte vier Kamele mit sich, die durch den Nasenstrick hintereinander gekettet waren. Inmitten der Berge, der Wälder, der Steppe und des Flusses ergaben sie mit ihm, dem Mann zu Pferde, ein erhabenes Bild. Am Morgen war er den Fluss hinabgeritten, jetzt ritt er denselben Strom einige Täler weiter oben wieder hinab. Er hatte einen Tag hinter sich, und dieser Tag war lang und schwer gewesen, fast wie ein ganzes Leben.

Gulundshaa bangte und fieberte um diese Zeit. Sie hatte Angst vor dem Wiedersehen mit Schuumur. Sie wusste nicht, wie er sich ihr gegenüber verhalten würde. Doch hatte sie für ihn ein warmes Essen bereitstehen. Seine Kinder hatte sie schon bewirtet. Jetzt war es bei ihnen in der Jurte still. Die Rauchöffnung verriet keinen Lichtschein, wahrscheinlich schliefen sie schon. Jedes Mal, wenn das Gewieher losging, erschrak sie und meinte, jetzt könnte er kommen. Dann hielt sie inne und lauschte. Aber der Hund blieb stumm. Nur der Wald und der Wind schienen abermals mit neuer Wucht zu rauschen, und auch das Vieh draußen in der Hürde schien im Wiederkäuen einen kleinen Aufschwung bekommen zu haben. Das Feuer wurde wieder hörbar, aus der Glut vom niedergebrannten Lärchenholz kamen Geräusche, die Atemzügen ähnelten. Mal war es die Stute, mal das Fohlen, das zu wiehern begann. Gleich kam die Antwort von der anderen Seite der Jurte. Dann ging es hin und her, es war wie ein Wechselruf, wie ein Wechselgesang, wie eine Wechselklage. Aber irgendwann verstummten auch sie. Gulundshaa berührte den bauchigen Messingtopf auf dem Herd hin und wieder mit der Handfläche, um festzustellen, ob er noch warm war. Im Topf war Hammelbrühe, in der ein Schulterblatt und vier hohe Rippen schwammen. Die Stücke waren noch vom *Sogum*. Gulundshaa hatte sie gleich zur Seite gelegt, sie sollten Schuumur vorgelegt werden, wenn er käme. Als dann das Fleisch anfing, Faser um Faser von außen weich zu werden, hatte sie die auserlesenen Stücke nachträglich gesalzen und über den Rauch gehängt. So waren sie gut getrocknet und verströmten nun, in der eigenen, brodelnden Brühe schwimmend, den sättigenden Geruch richtig behandelten, guten Fleisches. Die Frau hatte für die Kinder und sich selber andere Stücke herausgefischt. Dabei hatte sie sich geschämt, als sie eine versehentlich mit herausgenommene hohe Rippe wieder in den Topf zurückgeben musste. Anfangs hatte sie Hemmungen gehabt, die Kinder zum Essen zu holen, und auch jetzt war sie sich nicht sicher, ob sie richtig gehandelt hatte. Zwar hatten die Kinder gern gegessen, und Dombuk hatte dabei von diesem und jenem, bald wie eine Mutter, bald wie ein Kind, drauflos erzählt. Dann war sie auf-

gestanden und mit einer Kelle Milch zurückgekommen und hatte gesagt: »*Awaj*, vielleicht möchtet Ihr noch einen Tee vor dem Schlafengehen.«
Vor dieser so früh gebackenen, weiberhaften Dombuk hatte Gulundshaa Hemmungen. Sie kam sich wie eine Diebin vor, die den Kindern etwas wegnehmen wollte. Was genau, wusste sie nicht. Vieh hatte sie ja selber, nicht viel, doch auch nicht weniger als Schuumur. Da waren zunächst zwei Yakkühe, von denen jedes Jahr eine kalbte und die andere aussetzte; das vorjährige Kalb trank die Muttermilch weiter, wuchs kräftig, setzte gutes Fett an und gab nach Milch und Erdsalz schmeckendes, süßwürziges Fleisch, wenn es zum Frühwinter geschlachtet wurde. Somit bildeten ihre Yaks eine jener sprichwörtlichen Zwergherden, die weder ab- noch zunahmen. Von zwei Yakkühen war seit jeher die Rede, wenn es um die mühselige, schwere Existenz kleiner Leute ging. Darüber hinaus hatte sie eine Hand voll Kleinvieh, deren Zahl von Zeit zu Zeit schwankte. Zur Zeit waren es zwischen zwanzig und dreißig. Die Ziegen waren blau in der Farbe und hatten Stummelohren. Sie alle waren Nachkommen einer einzigen Ziege, die aus der Herde des Bajs Chylbang stammte. Dieser berühmteste Baj seiner Zeit hatte viele ausgeprägte Eigenschaften und Angewohnheiten, die für seine Mitwelt nicht ohne Bedeutung waren. Eine dieser Eigenschaften war eine gewisse Freigebigkeit, die andersherum auch als Großtuerei ausgelegt werden konnte. Der Baj gab hin und wieder Vieh an arme Leute ab, das er in seiner Herde nicht haben wollte. Meistens waren es Ziegen, und es wurde erzählt, der Mann könne sie nicht leiden, aber andererseits brauchte jede Schafherde eine gute Anzahl von Ziegen als Leittiere. Vor Schnee und Wasser, vor denen die Schafe zurückschreckten, machten Ziegen keinen Halt. Also hatte auch der Baj, der ein Ziegenhasser war, Ziegen in seinem Besitz. Aber die überflüssigen

verschenkte er. Das war auch seinem Ruf als edlem Baj dienlich gewesen. So war es geschehen, dass Gulundshaa mit ihrem Kind in ihrer ersten Zeit als Umsiedlerin am Ail des Chylbang vorbeikam, und dieser ihnen eine Ziege mit einem Zicklein schenkte. Ziege und Zicklein waren beide von der Farbe, die die Tuwiner als wasserblau bezeichnen. Beide hatten Stummelohren und sie vermehrten sich recht gut, ja, es kam sogar vor, dass eine Ziegenmutter Zwillinge zur Welt brachte oder eine andere in einem Jahr zweimal warf. Die blaue Farbe und die Stummelohren blieben weitgehend erhalten. So war die gedeihende Herde Gulundshaas in der ganzen Gegend erkennbar. Auch Gulundshaa verschenkte alle Jahre ein oder zwei Zicklein. Es gab eben ärmere Menschen, für die eine Ziege ein kleines Vermögen bedeutete und denen ein stummelohriges Junges besonders gefiel. Gulundshaa sagte dann lachend: »Na, mein Kind, das Zicklein hättest du gern, was? Gut, binde dir den *Ton*saum, dass es gut gedeihen möge. Es ist deines, nur musst du warten, bis Herbst wird und es nicht mehr auf die Muttermilch angewiesen ist.« Dabei sprach sie mit ernster Miene feierlich sanft: »Es ist ein Nachkomme einer großen Herde und die Gabe eines großen Menschen. So möge es auch dir der Ursprung einer ganzen Herde sein!«

Die Freigebigkeit Gulundshaas, ihr lockerer Umgang mit ihrem nicht gerade großen Vermögen wurde von ihren Mitmenschen unterschiedlich ausgelegt. War es für die einen ein Grund zum Lob, so war es für die anderen Anlass zu wohlmeinendem Tadel und für andere wieder Gelegenheit zum Spott. Allerdings schien sie sich aus solchen fremden Meinungen nichts zu machen, sie blieb das, was die Menschen fälschlicherweise leichtsinnig nennen.

Sie besaß auch einige Schafe, von denen man nicht so genau wusste, auf welchem Wege sie zu ihnen gekommen war. Man

nahm nur an, dass sie sie durch ehrliche Arbeit verdient hatte. Denn die Frau hatte nicht nur ein schönes Äußeres und ein freundliches Wesen, sie hatte auch flinke, geschickte Hände: Sie konnte Felle gerben, nähen und auch stricken, eine Kunst, die den tuwinischen Frauen bis dahin völlig unbekannt gewesen war. Sie hatte es bei einer Russin abgeschaut, und nun brachte sie es diesem und jenem jungen Mädchen bei. Dienste wurden hierzulande seit alters nicht bezahlt, sie wurden belohnt. Größere Dienste, wie ein halbes Dutzend Schafhäute zu pellen und zu gerben und daraus einen Ton zu nähen, erforderten eine größere Belohnung, und diese konnte durchaus ein Hammel zum Schlachten oder zumindest ein weibliches Herbstlamm sein.
Schließlich hatte sie noch ein Pferd, eine Stute, nur diese wollte im Unterschied zu der Ziege nicht gedeihen. Die dunkelbraune Stute mit der winzigen Blesse und der fast runden Narbe auf der rechten Innenwade war eine wahre Unglückskreatur. Sie setzte entweder aus oder hatte eine Fehlgeburt, oder das Fohlen krepierte ihr. Aber nicht nur das: Die Stute hatte so gut wie keinen Besitzer, war herrenlos, denn die Frau kümmerte sich nicht nur selten um das Tier, sie schien auch nichts davon wissen zu wollen. Welcher Herde die Stute sich zuweilen anschloss, blieb dem Zufall überlassen. So manchem, der ein Pferd brauchte, bot Gulundshaa die Stute mit der Bemerkung an: »Es wird dich wohl nur zu viel Mühe kosten, sie zu finden.« Man nahm das Angebot meistens nicht an. Vielleicht brachte man es nicht übers Herz, die einzige Stute einer armen, allein stehenden Frau zu benutzen. Setzte man sie davon in Kenntnis, dass die Stute wieder kein Fohlen hatte, lachte sie leise und sagte: »So? Die alte Dirne wird wohl *ins Salz gehen,* ohne ein wenig Glück im Leben gehabt zu haben!« Es war schwer zu erkennen, ob sie es mitleidig meinte oder schadenfroh.

Gulundshaas Schicksal war noch vor ihrer Geburt bestimmt. Ihr Vater war *Beg*, ein sehr kleiner zwar, aber immerhin einer. Ein Beg und seine Nachkommen, wurde behauptet, hätten weiße Knochen. Gulundshaa war das Erstlingskind. Auch das war von Bedeutung. Ihre Mutter Gündej-*Gadyn* war in guter Hoffnung, und das lieferte Gesprächsstoff für das winzige Reich inmitten des großen, weiten Landes. Und was im Reich erzählt wurde, drang dann auch ins Land hinaus.

Eines Tages kam ein Passreiter in einem seidenen Lawschak und einer seidenen Weste zu der Palastjurte des Begs, und es stellte sich heraus, dass der Ankömmling ein Baj eines Urianchai-Stammes war. Der Baj wollte nicht mehr und nicht weniger als das ungeborene Kind als Braut oder Bräutigam für eines seiner eigenen Kinder, die schon geboren waren oder noch kommen würden. Es musste ein mächtiger Baj gewesen sein, denn er hatte teure Geschenke mitgebracht.

»Das ist nur für euch beide, *Chuda* und *Chudagyj*«, sagte er, während er die Geschenke auspackte, »das Braut- oder Bräutigamsgeschenk wird noch kommen, aber dazu muss ich vorher wissen, wen sie mir schenken, Chudagyj, einen Schwiegersohn oder eine Schwiegertochter!«

Der Beg verpflichtete sich, dem Baj eine Botschaft zukommen zu lassen, sobald das Kind das Licht der Welt erblickt haben würde. Gulundshaa kam zur Welt, aber da gab es ihren Beg-Vater nicht mehr. Er war erschlagen worden bei einer Schlägerei, die ausgebrochen war zwischen seinen Leuten und denen eines benachbarten Stammes wegen einer Weidefläche. Und das Reich war zerfallen. Die Beg-Witwe, zu der keiner mehr Gadyn sagte, fand niemanden, der zu dem Baj ritt, um ihm zu sagen, dass jener eine kleine Schwiegertochter hatte. Darüber hinaus wird sich die Frau wohl auch gefürchtet haben, der Baj könnte seine Geschenke zurückhaben wollen.

Nach einiger Zeit jedoch kam ein Gesandter des Bajs geritten. Der Chuda hatte sagen lassen: »Was ist denn los, ihr lieben Chuda-Leute? Will euer Sprössling nicht an meinem bescheidenen Reichtum teilhaben, oder ist ein Unglück geschehen?« Der Gesandte nahm die Nachricht mit, eilte davon; nie wieder hörte man etwas von dem Chuda. Obwohl die Geschenke blieben, wurde Gündejs und ihrer Tochter Besitz immer kleiner. Und mit dem Dahintauen des Besitzes und dem Dunklerwerden der Jurte nahm die Zahl der Besucher, genauer gesagt, der männlichen Besucher zu. Und immer häufiger kam es vor, dass dieser oder jener über Nacht dablieb. Gündej war nicht nur eine schöne Frau, man hätte sie, wäre sie keine Frau, sondern eine Stute gewesen, auch als feurig bezeichnet. Doch für eine Frau, die in sich Lebensfeuer trug, hatte die tuwinische Sprache eine andere, sehr viel weniger wohlklingende Bezeichnung.
Aus Gulundshaa wurde ein schönes Mädchen. Tuwa ist seit alters kein Glücksboden für schöne Frauen gewesen. So war klar, dass die gewesene *Tajshy* und verschmähte Braut es im Leben nicht leicht haben würde. Nun kam die Geschichte der Mutter hinzu, was zur Folge hatte, dass zwar jeder Jüngling das schöne, heranreifende Mädchen begehrte, aber die Eltern es sich nie als Schwiegertochter wünschten.

Gulundshaa trat aus der Jurte und musste vor schreckhafter Freude die Augen schließen; sie stand taumelnd und flüsterte vor sich hin. Der Mond kam auf, er berührte noch mit dem unteren Rand die Baumwipfel über dem Bergkamm. Obwohl es drinnen hell gewesen war, von der Glut im Herd und der Talglampe im *Dör,* hatte sie die Gegenwart des Mondlichtes verspürt. Muttermond, dachte sie inbrünstig, dein Licht beleuchtet so manchem nächtlichen Reiter den Weg und bannt so manche Gefahr! Plötzlich fuhr sie zusammen, dunkel und rund zielten ihre Augen unbestimmt in die mondhelle, stille Welt hinaus. Sie war vor ihren eigenen Gedanken erschrocken. Wieder war sie zu schnell und zu leichtfertig gewesen. Sie hätte sich von Dombuk nicht überreden und ihre Jurte dort lassen sollen, wo man sie abgeladen hatte. Dann wären sie wenigstens Nachbar-Ails gewesen, und es hätte nicht so ausgesehen, als ob sie ihn überfallen wollte, dazu noch in seiner Abwesenheit! Aus dem Abstand eines Nachbarn hätte sie erst erfahren können, wie man zu ihr stand. Dann wäre selbst eine Zurückweisung nicht so schlimm gewesen, auf alle Fälle wäre man davon nicht so hart getroffen worden! Und sie, Gulundshaa, hätte die kleinen Hilfen, die sie im Sinne hatte, ihm und seinen Kindern auch von dort aus zukommen lassen können. So aber?!

In ihrer Jugend war Gulundshaa eine reifende und begehrte, aber verbotene Beere. Sie heimlich zu pflücken und sich hierdurch eine süße Nacht zu verschaffen, dazu schien den Männern der Mut nicht zu reichen. Das Mädchen, das die noch blutjung verwitwete Mutter mit dem Geruch eines sündigsüßen Lebens früh genug angehaucht hatte, konnte schwerlich warten und auf etwas verzichten, das ihren Gleichaltrigen vergönnt war. So ging sie mit ihren für damalige Zeit recht fortgeschrittenen achtzehn Jahren dem Schicksal entgegen, reizte einen Jüngeren erfolgreich zu einem Zusammenspiel für die erste schauerlich-schöne Liebesnacht. Der Bengel musste damit groß angegeben haben, denn die Sonne war noch nicht untergegangen, als schon der nächste kam. Gulundshaa war keine, die wie ein Passgeher die Reiter wechselte, nein, auch später wurde aus ihr keine solche. Aber nun hatte sie nicht nur den Geruch, sondern auch den Geschmack in sich, und so musste sie ab und an jemanden nehmen, um mit ihm die Grillen aus dem Leib zu treiben. Und da war es geschehen: Sie war schwanger. Lange wusste sie nicht, von wem sie das Kind empfangen hatte. Aber auch wenn sie es gleich gewusst hätte, so wäre es ihr dadurch keineswegs leichter geworden. Die Mutter schimpfte nicht mit ihr. Und keiner der Männer kam mehr, sie mussten erst warten. Das Kind kam, es war ein Junge. Das war bitter, und doch auch gut so, denn nun waren Mutter und Tochter nicht mehr so einsam. In der mannlosen Jurte gab es wieder einen Mann, wenn auch nur einen künftigen.

Dieser und jener Mann kam und ging wieder. Halb enttäuscht, halb erleichtert, wie ihr schien. Auch jener, von welchem das Kind stammte, kam. Er war ein kleiner Ringer und hatte, wie die meisten seiner Artgenossen, einen starken Körper mit einem schwachen Kopf darauf. Auch war er nicht etwa mit einem Brühhammel oder wenigstens einem Windeltuch erschienen, nein, er wollte nur übernachten, nur mit ihr das Bett teilen! Gulundshaa griff die Mütze auf, die er längst auf die Truhe im Dör, neben die Familienheiligtümer gelegt hatte, legte sie auf seinen Schoß und sagte: »Geh und sieh, dass sich unsere Wege nie wieder kreuzen!« Sie sagte es sanft, fast flüsternd, fast bittend, aber er musste begriffen haben, dass hinter der Ruhe, die die gewesene Tajshy, diese Person mit den weißen Knochen, ausstrahlte, ein kleines Tier, ein Raubtier, sprungbereit auf der Lauer lag, denn er ging und kam nicht wieder. Statt seiner kam Schuumur. Er war jung, ahnungslos und hartnäckig. So versetzte er ihr Blut schnell in Bewegung. Doch sie hielt sich lange im Griff. Es bereitete ihr Spaß, den vor Kraft und Saft strotzenden, vom Willen glühenden und von der Neugier kranken Burschen leiden zu sehen. Dann jedoch war der Spaß verflogen, und er tat ihr Leid. So nahm sie ihn zu sich wie einen Gekränkten, der getröstet, wie einen Kranken, der gepflegt, wie ein Kind, das erzogen werden musste. Seine Lust war schnell gestillt, die ihre erwachte erst. So schlief er ein, und sie blieb wach. Sie lag neben ihm, glühte von seiner Hitze und ihrer eigenen Lust. Auf der anderen Seite neben sich spürte sie durch die Holzwiege ihr Kind. So lag sie zwischen zwei Schlafenden und wusste nicht, was sie tun sollte, jetzt und später. Ausgeschlafen stand er am Morgen auf und ging ernüchtert wie auch gesättigt davon. Sie blickte ihm nach und dachte: So wird es immer sein. So mancher kommt flammend, erreicht, was er will, und geht erkaltet zurück. Und wem die Gier gestillt, der Brand gelöscht ist, der braucht nicht zurückzukommen ... Aber Schuumur war am Abend wieder da. Gulundshaa weinte versteckte kleine Tränen beim Kesselaufsetzen zum Teekochen, beim Melken und Bettenmachen. Freilich musste sie für ihn im Dör ein gesondertes Schlaflager errichten, der Mutter wegen, die es auch so tat, wenn ein Besuch ihretwegen kam. Diese Schlafstätte im Dör war nur zum Schein aufgeschlagen. Ihr eigenes Bett machte Gulundshaa besonders sorgfältig und so breit wie möglich zurecht. Die Nacht war sehr schön. Aber mit der Zeit wurden die Nächte noch schöner. Sie gewöhnten sich aneinander, es begann sich etwas zu bilden, was sie miteinander verband. Schuumur war ein schweigsamer Mensch, der düster und barsch wirkte, doch konnte er anders werden, zärtlich und ein wenig eitel auch. Ihr kam es vor, als zöge er abends nicht nur die Kleidung, sondern auch eine darunter befindliche unsichtbare Hülle aus. Die Bitterkeit begann aus Gulundshaa zu weichen. Das Leben verwandelte sich in eine Nacht, die wunderschön, aber viel zu kurz war, jedoch immer wieder kam, jedes Mal die eine Kostprobe nur, wie ein blendender Zwischentraum inmitten eines langen, hellen Traumes.

Schuumur schien nicht an die Zukunft zu denken, auch Gulundshaa tat es nicht, fast nicht. Nur manchmal dachte sie daran, was aus ihnen beiden eines Tages werden könnte.

Dieser Gedanke zog auch andere Gedanken nach sich: Was würde aus dem Kind und was aus ihrer Mutter werden? Doch wie viele Fragen auch aufkamen, nicht eine Antwort war zu finden. Das machte sie stutzig, aber deswegen wollte sie nicht auf das greifbare Glück verzichten. Sie dachte nicht daran und gab und nahm bedenkenlos. Sie wollte und konnte nicht anders. Sie wünschte sich Schuumur als Ehemann, konnte es ihm jedoch nicht sagen. Einmal jedoch rutschte ihr ein diesbezügliches Wort aus dem Mund. Es traf ihn, als wäre es kein Wort, sondern ein Schuss gewesen. Er sah sie an, wie noch keiner sie angesehen hatte. Nicht Freude, nicht Zorn, nicht Schreck konnten es gewesen sein, die aus ihm kamen, über sein Gesicht und seine Glieder zu huschen und gleich wieder in ihn zurückzukehren schienen. Vielleicht war es nur Ratlosigkeit. Das traf auch sie, nur sie empfand viel mehr Mitleid mit ihm als Enttäuschung. So redete sie drauflos von anderen, von belanglosen Dingen, versuchte wohl damit die Spuren der unerlaubten Gedanken vorwärts und rückwärts zuzuschütten. Aber lange empfand sie ein schweres Schuldgefühl ihm gegenüber, wenn sie daran dachte. Das Wort, das ihr in einer Minute der Besinnung inmitten einer Stunde des großen Glücks entrutscht war, hatte sich erhalten wie eine unheilbare Wunde; die feinen, dünnen Schmerzensfäden, die von ihr ausgingen, rissen in all den Jahren nicht ab. Nun spürte sie sie wieder so deutlich wie damals vor nun fast zwanzig Jahren. Das alles war im Winter gewesen.
Das Frühjahr brachte die Entscheidung, die eine große Enttäuschung war. Schuumur heiratete. Es war eine stille, plötzliche Heirat, ohne Vorbereitung, ohne Hochzeit. Er hatte ihr davon nichts erzählt. Auch auf einem anderen Wege hatte sie davon nichts erfahren. Plötzlich stand sie vor vollendeter Tatsache. Gulundshaa lebte wie betäubt dahin. Sie hatte mehr Grund dafür, als irgendjemand vielleicht vermutet hätte. Sie

war schwanger. Das wusste vorläufig nur sie. Aber diesmal wusste sie genau, von wem. Sie hatte in der ganzen Zeit nur ihn gehabt. Merkwürdig, sie wollte auch jetzt keinen anderen. Das war 1944, in dem berüchtigten Jahr des Weißen Affen. Das Frühjahr kam zeitig und begann heiter, das Wetter schlug jedoch dann jäh um, verfing sich und wollte nicht enden. Ein Schneesturm löste den anderen ab, oft tobte er Tag und Nacht. Als dann der Schnee vom Wind zerfegt, zerlegt und schließlich aufgebraucht war, setzte das *schwarze Unwetter* ein. Die Sandstürme kamen. Sie dauerten bis tief in den Sommer an. Die Herden wurden kleiner und kleiner, liefen Gefahr, ganz einzugehen. Die Menschen kämpften, so gut sie nur konnten, um ihr Überleben. Wo ein Mann war, bildete er eine Säule, um die sich alles scharte, an der sich alles festhielt. Wo kein Mann war, da musste man selber die Säule sein und sein bisschen Hab und Gut festhalten, die Herde retten. Gulundshaa und ihre Mutter taten, was sie konnten. Doch die ohnehin angegriffene, zur Neige gehende Herde litt schwer. Nur wenig blieb übrig. Das war es, was den Verwaisten und Verlassenen die Grundlage ihrer Existenz erschütterte.
Aber es passierte in jenem Jahr noch mehr, noch Schrecklicheres: Gulundshaa hatte eine Fehlgeburt. Das musste von den Überanstrengungen gekommen sein, verbunden mit der Kälte, der Schlaflosigkeit und der Unterernährung. Auch viele Muttertiere hatten Fehlgeburten. Meistens starben sie daraufhin selber. Gulundshaas Leben blieb nur an einem Faden hängen. Sie lag tage- und nächtelang im Fieberwahn. Das Mutterwasser wurde zu ihrem Hauptgetränk. Zum Schluss gewöhnte sie sich an den Geschmack und empfand keinen Widerwillen mehr, wenn sie die rötlich-gelbe Flüssigkeit mit dem beißenden Geruch brühwarm trinken musste. Sie trank das Mutterwasser langsam, in kleinen Schlucken und dachte dabei mit Dankbarkeit an seine Spenderin: Was für ein Glück

war es, dass sie die Mutter hatte, sonst wäre ihr der Tod fast sicher gewesen! Aber sie wollte leben, obwohl sie vorher, als Schuumur sie verlassen hatte, manchmal daran gedacht hatte zu sterben. Nun wollte sie auch das in Kauf nehmen, wollte leben auch ohne ihn, auch so, wie sie war, einsam, neben einer mann- und ruhmlosen Mutter und einem vaterlosen Kind durch das Leben weiterstapfen. Und sie blieb am Leben. Die Stürme wüteten, die Tiere krepierten weiter. Aber jetzt hatte das nicht mehr die Bedeutung wie vorher. Von der Höhe eines glücklichen Überlebens sah sie auf die kleinen Beschwernisse des Lebens still herab. Auch die Mutter schien auf festen Füßen mitten im Leben zu stehen. Sie war glücklich, dass ihr die Tochter am Leben geblieben war.

Da kam eines Tages Schuumur. Gulundshaa hatte sich so oft vorgestellt, wie sie sich verhalten würde, wenn sie irgendwann einander begegnen würden. Oft hatte sie daran gedacht, ihn mit bitteren Vorwürfen davonzuweisen, das heißt, sie hatte versucht, es so zu beschließen. Doch hatte sie sich sehnlichst gewünscht, dass sie sich trafen, dass sich ihre Wege im Leben so oft wie nur möglich kreuzten. Die Möglichkeit aber, dass er von selbst, erst recht in den nächsten Monaten schon kommen würde, hatte sie ausgeschlossen. Nun war sie erschüttert, war wie gelähmt, vor Glück oder vor Wut, das wusste sie nicht. Vielleicht war es beides. Schuumur war wie immer: wortkarg und düster, nur die Flamme in seinem Blick war spitzer und greller geworden. Gulundshaa wusste sogleich, er war nicht glücklich. Das verschaffte ihr irgendwie Genugtuung, das tröstete sie ein wenig. Sie hatte sich nicht entschließen können, ihm zu erzählen, dass sie von ihm schwanger war. Vielleicht könnte das, hatte sie gedacht, ihn davonscheuchen. Nun war sie drauf und dran, ihm davon nachträglich zu erzählen, und auch, dass sie die Fehlgeburt hatte und dicht vor dem Sterben gewesen war. Doch irgendwie empfand sie Scheu, weil sie dachte und befürchtete, es könnte ihn erschrecken und davonjagen. Aber sie wollte ihn dahaben, solange sie konnte. Und er blieb. Das versetzte sie in Freude wie in Furcht. Sie brachte es vorher nicht fertig, ihm zu sagen, dass sie gehindert war, und erst in der Dunkelheit, im Bett, als er zu ihr kam, musste sie ihm ins Ohr flüstern: »Ich kann und kann nicht!« Er wollte und konnte sie nicht begreifen, zeigte Wut. Sie weinte lautlos: »Es geht nicht. Sei doch nicht böse, bitte!« Seine Wut steigerte sich nur noch. Sie bat, flehte ihn an: »Vielleicht geht es in einem Monat schon wieder, vielleicht noch eher. Komm bitte dann, komm unbedingt, komm meinetwegen öfters!«

Sie versuchte das, was sie sagte, mit Tränen zu bekräftigen. Aber er vermochte sie nicht zu verstehen, sprang schließlich auf und ging zu seinem Lager. Er tat es rücksichtslos, nicht so, wie er es sonst immer getan hatte, wenn die Nacht dem Tage weichen musste, leise, bedacht darauf, das kleinste Geräusch zu vermeiden, er war beleidigt. Die Nacht verbrachte sie schlaflos. Auch er schien wach zu liegen. Wieder und wieder räusperte er sich, und es hörte sich wie ein Versuch an, die Wut, die sich wie eine dickflüssige, klebrige Masse in seiner Brust breit machte, ihm Herz und Lunge zu zerquetschen drohte, abzulösen und Stück für Stück auszuspucken. Sie wäre so gern zu ihm gekrochen, hätte sich zu ihm gelegt, ihn umarmt, gestreichelt, geküsst und ihm auf noch anderem Wege die Wut aus dem Leib geleitet. Aber sie musste dableiben, da sie nicht wusste, ob er darauf eingehen würde, ohne das eine Bestimmte von ihr haben zu wollen, auf das er vorbereitet, eingestellt war. Auch wusste sie nicht, ob sie es selber, einmal angeheizt, endlich wieder Haut an Haut, Pore an Pore, mit der anderen Hälfte, die ihr Körper so lange vermisst hatte, aushalten würde. Es war eine lange, unendlich lange Nacht. Erst gegen Morgen schien er einzuschlafen. Sie aber stand auf, verließ die Jurte, ging in die Steppe hinaus, und als sie sich vom Ail weit genug entfernt hatte, brach sie in lautes Schluchzen aus. Sie weinte sich unter den Sternen aus, die zu verblassen begannen.

Die Glut verlosch allmählich, und nach und nach verstummte der Herd. Gulundshaa legte die Hand auf den Deckel des Messingtopfes und stellte fest, dass die Brühe noch warm genug war. Aber sie legte nach, sie legte die Scheite auf die warme Asche, immer mit dem einen Ende über das Feuergestell, damit sie trockneten und sich erhitzten, aber noch nicht entbrannten; man brauchte die Asche dann nur umzurühren, und das Lärchenholz würde sogleich Flammen auf sich ziehen. Die Stute und das Fohlen waren gerade verstummt, sie sammelten wohl neue Kraft.
Für einen Schlaf, der sie hätte überfallen können, war es noch zu früh in der Nacht, und zu grell war das Mondlicht. Die Stille in der Jurte und um sie herum ließ das Atemgeräusch der Nacht, das Rauschen des Flusses und der Wälder und der Winde, die von den Höhen auf die Talschlucht herniederströmten, noch deutlicher erscheinen und wie auf leichten Schwingen herüberwehen zu einem lauschenden Ohr. Die Unruhe in ihr wuchs. Die Unsicherheit darüber, ob sie richtig oder falsch gehandelt hatte, das Eigenurteil, das hin- und hergependelt hatte, drohte auf der verneinenden Seite stehen zu bleiben. Ich hätte mich mit meiner Jurte niederlassen sollen, wo ich zuerst gewesen bin, dachte sie nun reuevoll. Dann hätte man zwar von Nähe klatschen und tratschen können, aber keiner hätte ihr vorwerfen können, sie hätte andere überfallen, wäre in fremdes Leben eingedrungen.

Damals hatte sie sich, nachdem ihr Sohn zur Armee eingezogen worden war, vor Ulug-Chaja, auf dem Weiten Bogen des großen Flusses niedergelassen. Diese Stelle bildete das Grenzgebiet zwischen Siedlung und Land, welches von jenen bewohnt wurde, die nicht umherziehen konnten. Dies waren zumeist arme oder einsame oder auf irgendeine andere Art vom Schicksal benachteiligte, aber von dem Willen besessene Menschen, sich nie mehr einem Baj zu verdingen. Es war ein knappes Dutzend Jurten, die voneinander entfernt, aber hier und da auch etwas enger beieinander standen. Dies kam wohl daher, dass jeder Neue, der hinzukam, irgendwie Scheu vor den anderen empfunden haben musste, die ein wenig mehr Recht haben könnten, diesen Fleck Erde zu bewohnen. Oder man war in der ersten Zeit der Not noch vorsichtig gewesen, durch sein Jammerwesen andere zu belästigen. Die Motive können auch anderer Art gewesen sein. Tatsache aber war, die Jurten standen so, dass ein Außenstehender nicht wusste, ob das nun ein Ail oder mehrere Ails waren. Der Ail, zu dem Gulundshaas Jurte gehörte, bestand aus drei Jurten. Es hatte sich so ergeben, dass zwei von ihnen fortzogen. Sie waren vom Wind des Wandervolkes erfasst worden. Die Sehnsucht, die man niedergehalten, die sich aber immer wieder gemeldet hatte, einmal den kühlen Wind der Schneegipfel aus der Nähe zu riechen und einen Lebenssommer mit den Anstrengungen und den Freuden des Wanderns auf sich zu nehmen, hatte sie aufbrechen lassen. Also blieb Gulundshaa allein auf der ausgetretenen, ermüdend kahlen Stelle inmitten der Ails und kam sich verlassen vor wie nie zuvor. Sie überlegte, was sie tun könne, erwog viele Möglichkeiten und litt an der Ausweglosigkeit. Die Tage waren freud- und endlos wie die Nächte. Da hörte sie, dass Schuumurs in Erik-Arga einsam übersommerten. Das alte Leiden meldete sich erneut, wollte nicht vergehen. Seltsam: Nicht so sehr er, sondern seine Kinder bevölkerten ihre Gedanken und ihre Träume, die ihren Anfang bei Schimej, ihrem einzigen Sohn, nahmen. Er lebte in der Fremde, die sie nicht kannte. In ihrer Vorstellung war er einsam und dürstete nach Mutterliebe. Sie konnte ihn zwar vor sich sehen, seine Klagen hören und seine Leiden mitfühlen, aber erreichen konnte sie ihn nicht. Sie stand hier, blieb hier und musste zusehen, wie er dort lebte. Es war ein schweres Leben. Auch ihr Leben hier war schwer. Ach, dachte sie verständnislos, warum nur: Immer werde ich getrennt von dem, dem ich meine Liebe entgegenhalte! Dabei kam sie sich wie eine Stute vor, deren Euter voller Milch war, aber niemanden fand, der es entleerte. Hatte sie nicht ihr Fohlen quicklebendig in der Nähe? Warum war es ihnen nicht gegeben zusammenzukommen? In ihren Träumen trennte sie ein unsichtbarer Abgrund voneinander: Sie lief umher mit ihrem heißen, prallen Euter auf der einen Seite, das Fohlen blieb auf der anderen Seite des Abgrunds. Schimej blieb noch eine Weile in ihrem Traumbild, dann ging er, und sie wusste nicht, ob er enttäuscht von ihr weggehen oder weiter nach einem Pfad suchen wollte, der herüberführte. So folgte sie ihm, und er führte sie zu Schuumurs Kindern. In ihrem Traum standen die Kinder beieinander und schienen auf jemanden gewartet zu haben. Sie nahmen Schimej bereitwillig in ihre Mitte. Gulundshaa sah ihnen an, dass sie von seiner Ankunft erfreut waren, vor allem Dombuk, die errötete vor Glück, von ihm wegsah und sogar leise zu zittern schien. Gulundshaa stellte sich das schwarzzöpfige, gerade gewachsene Mädchen, die werdende Frau, als ihre künftige Schwiegertochter vor und war selig bei dem Gedanken. Aber sie glaubte auch, Dombuk und den anderen Schuumurkindern anzusehen, dass sie an ihrem Waisendasein litten und nach Mutterliebe dürsteten. Gulundshaa hätte von ihrer überschwellenden Liebe mit Freuden abgegeben, so viel, wie der Nehmer ertragen konnte. Sie hätte die Kinder Schuumurs versorgt wie eine Mutter, nicht wie eine Stiefmutter. Nur, wie konnte sie

ihre Liebe, die erst in der Fürsorge lebendig werden würde, zeigen? Sie überlegte, glaubte einen Weg gefunden zu haben, verfiel jedoch bald darauf in Zweifel und kehrte um auf dem Weg, den sie soeben in Gedanken eingeschlagen hatte. Sie tastete wieder und wieder nach einer Möglichkeit, die sie schon als unbrauchbar verworfen hatte in ihren verworrenen Gedanken. Es ergab sich, dass die Nachbarjurten fortzogen. Das verstärkte ihren Wunsch, fort- und an die Schuumurkinder näher heranzukommen, sie verwandelte den Wunsch in den Willen, von sich aus auf die Hilfe- und Liebesbedürftigen zuzugehen. Sie beschloss, den Schuumurs nachzuwandern. Doch stellte sich dann die Frage: Woher die Lasttiere nehmen? Auch Nebenfragen tauchten auf. Wer würde ihr beim Fortziehen behilflich sein, wer das Vieh neben der Karawane hertreiben?
Ein Zufall kam ihr zu Hilfe, der ein weiteres Opfer forderte. Gulundshaa ging in der Steppe herum. Sie trug einen Korb um die Schultern und hielt in der Hand die langstielige Dunggabel. Sie ging von einem Haufen zum anderen, besah ihn erst aus der Nähe, betastete ihn dann mit der Gabel, warf ihn um, beklopfte ihn, und wenn er sich als trocken erwies, schob sie die gespreizten Finger der Gabel darunter und hob ihn hoch. Wenn der Gabelkopf die Achselhöhe erreichte, erfolgte ein Ruck, und das Dungstück flog über die Schulter in den Korb. Auf den vertrockneten Spuren der Yaks ging sie, ihre Gedanken waren weit weg. Sie waren auf der Suche nach Lasttieren und einem Zuggefährten. Sie wanderten von einer in die andere Ecke der ihr bekannten Welt, ließen sich hier und da nieder, pickten und packten, suchten nach einem Gang, aus dem die Lasttiere und der Zuggefährte hervorkämen. Die Gabel fuhr unter ein Dungstück, hob es und erstarrte in der Luft. Die Frau hatte das Eindringen eines fremden Wesens in ihr Revier wahrgenommen: Sie hob den Blick

und entdeckte am unteren Ende des Weges inmitten einer Luftspiegelung einen dunklen Fleck, der bald in die Breite und bald in die Höhe wuchs. Die Gedanken waren wieder zur Stelle. Ein Zug, dachte sie. Aber gleich wurde der Gedanke verworfen: Nein, niemand war um diese Zeit in dieser Himmelsrichtung geblieben, niemand, der noch samt Jurte herziehen könnte. Alles Volk war vor den Mücken und der Hitze in die Nähe der Gletscher geflüchtet, war fortgezogen bis auf den Wächter, der auf das Warenlager und die Hütten aufzupassen hatte, in welche, wenn der Sommer vergangen war, wieder das Leben zurückkehrte. Vielleicht war das jemand, der ein paar Pferde oder Yaks auf den Winterweiden hatte zurücklassen müssen und sie nun abholte? Der Fleck löste sich von der Luftspiegelung ab und kam näher. Jetzt erkannte sie ihn als einen Reiter, der einen Tross Pferde an einem Strick hinter sich herführte. Gulundshaas Herz schlug schneller, sie hockte sich eilends nieder, befreite sich aus der Korbschlinge, klopfte von ihren Kleidern die Dungkrümel herunter und strich sich die Haare, die unter dem *Toortschak* hervorlugten. Dann ging sie, obwohl der Reiter ohnehin nicht achtlos an ihr vorbeigeritten wäre, auf den Weg. Dieser Weg war die Hauptverkehrsader, auf der im Herbst und im Frühjahr Mensch und Tier flussab- und -aufwärts zogen. Oft kam ein Zug nach dem anderen, und der Tross riss nicht ab. Stunden dauerte es oft, bis die Karawane vorbeigezogen war, und so lange drangen von dort auch menschliche Stimmen, Tierlaute und Hundegebell herüber, so lange auch standen an windstillen Tagen rötliche Staubwolken über der Wegstrecke. Sommers aber war es still auf dem Weg. Oft war darauf tagelang keine Seele zu sehen. Nur die kleinen, stillen Herden der Sesshaften überquerten ihn morgens und abends, wenn sie auf die Weide gingen oder von dort zurückkehrten. So lag der Weg, den die umherziehenden Väter und Mütter den

Goldenen nannten, auf dem sie ihre Spuren und ihre Gebete zurückließen, verlassen und unbenutzt da und verdörrte in der Sommersonne.
Gulundshaa erkannte jetzt den Reiter und es wurde ihr übel. Es war jemand, den wir aus manchem Grund namenlos durch unsere Geschichte gehen lassen müssen. Gulundshaa hatte mit dem Mann ihren Alptraum gehabt. In der allerersten Zeit, in der sie für die Einheimischen keinen anderen Namen als Flüchtlingsmädchen gehabt und in einem *Chatgyyr* gelebt hatte, kam eines Tages ein noch junger Mann angeritten, fragte sie nach diesem und jenem und sagte, bevor er weiterritt, er würde in der Nacht zu ihr kommen. Gulundshaa hielt es für einen den Einheimischen eigenen, harmlosen Scherz. Aber er kam in der Nacht tatsächlich. Sie kämpfte lange gegen ihn. Schimej, der damals drei Jahre alt war, wurde davon wach. Aber der Mann wollte nicht aufhören, das Gequengel des Kindes schien ihn nicht zu stören. In ihrer Not bat sie ihn zu warten, bis das Kind wieder eingeschlafen war. Der Mann rückte an die Wand des Chatgyyrs. Doch das Kind wollte nicht wieder einschlafen. Es wusste, dass ein Fremder in der Nähe war. Es wollte wissen, wer und warum er hier war. Sie verneinte, dass jemand im Chatgyyr wäre und versuchte ihm einzureden, es hätte nur geträumt und es solle wieder einschlafen. Aber das Kind war misstrauisch, lauschte angestrengt und blieb lange wach. Gulundshaa musste sich verstellen, musste schnarchen und schnaufen wie im Schlaf, damit es schneller einschlief. Der Fremde hielt still, schien erstarrt; das Warten musste ihm qualvoll gewesen sein. Nur konnte er wartend auch von der bevorstehenden Freude gezehrt, in der Vorfreude gelebt haben, denn sie hatte es ihm ja so gut wie versprochen. Nun war sie traurig, dass sie es getan hatte, und überlegte, wie sie sich retten konnte. Aber es gab und gab keine Rettung für eine in einem Chatgyyr

hausende Frau vor einem Mann. So geschah, was geschehen musste. Der Fremde kam angekrochen, sobald das Kind die ersten gleichmäßigen Schnauftöne von sich gab, die zwar hin und wieder von einem Seufzer unterbrochen wurden, aber bald in ein leises Schnarchen übergingen. Er löste die Händchen des Kindes, die es um den Hals der Mutter gelegt hatte, gewaltsam und zerrte die Frau zu sich heran. Er war aufgeregt und ungeschickt, und seine rauen, schweren Hände verursachten ihr Schmerzen. Sie musste die Zähne zusammenbeißen, die Lippen zusammenpressen, um vor Weh nicht zu schreien und musste die Augen so fest schließen, dass sie Funken sah, um ihre Empfindung abzustumpfen. Die keuchende und röchelnde Fleischmasse, die sich über ihr wälzte und Hitze und beißenden Schweißgeruch ausströmte, war ihr zuwider. Sie hätte sich übergeben können, aber sie tat es nicht. Sie lag äußerlich still, geduldig und sachverständig. Sie wartete auf das Ende. Es konnte nicht sehr lange gedauert haben, nur ihr schien es eine Ewigkeit zu sein. In der Zeit, in der sie so dalag und auf das Ende wartete, dachte sie daran, der Mann könnte wieder und wieder zu ihr kommen, und dieser Gedanke war fast schrecklicher als das, was gerade geschah. Aber da fiel ihr etwas ein. Als die Fleischmasse, inzwischen schweißgebadet und erschlafft, von ihr endlich abließ, richtete sie sich auf und betastete im Sitzen den Küchenteil der Hütte. Darauf kroch sie hinaus.

Der Sommer stand schon in der Neige, der Mond hing hoch, brannte grell und schien unerreichbar fern. Die Welt wirkte voll, glich einem Wesen, das sich gesättigt und erschlafft abgewandt hatte. Gulundshaa sagte kurz entschlossen: »He, du, komm heraus!« Der Chatgyyr wackelte und knarrte, und nach einer Weile kam der Fremde herausgekrochen. Er hatte den einen Lawschakärmel angezogen, der andere baumelte und hing samt dem breiten Schoß herab. So gab er das Bild eines erbärmlichen Wesens ab. Sie wartete auf ihn drei Schritte vor dem Hütteneingang mit einem Dolch in der Hand. Den Oberkörper vorgebeugt, stand sie, den Kopf eingezogen, und hielt sprungbereit die bewaffnete Hand vor sich. Der Mann entdeckte den Dolch in ihrer Hand und erstarrte für einen Augenblick. Dann stammelte er irgendetwas vor sich hin, stotterte und versuchte ein kleines Gelächter, das ihm jedoch misslang.

Gulundshaa unterbrach ihn: »Ich warne dich, Mann! Wage nicht wieder, an mich heranzutreten! Ich bin nicht irgendwer, ich bin die Tochter eines Begs! So werde ich meine weißen Knochen zu verteidigen wissen, und wenn es sein muss, auch mit Blut und Tod!« Dabei bewegte sie sich auf ihn zu. Er wich zurück, lief hastig zu seinem Pferd, das ein paar Schritte entfernt festgebunden stand. Sie verfolgte ihn nicht weiter, blieb neben ihrer Hütte stehen mit dem gezückten Dolch und wartete, dass jener fortkam. Er löste dem Pferd die Fesseln, schwang sich hinauf, ritt erst im Schritt, im nächsten Augenblick im Trab und bald darauf im Galopp davon. Der Dolch fiel ihr aus der Hand, sie sackte zusammen. Eine Weile lang musste sie röcheln, musste sich schütteln, bis die Tränen kamen, bis sie ihren Fluss nahmen. Irgendwann hatte sie sich wieder in der Gewalt, stand auf und ging zum Bach, der in einiger Entfernung vorbeifloss. Dort zog sie sich splitternackt aus und wusch sich, in einer tiefen Stelle niederkniend. So gründlich hatte sie sich seit langem nicht mehr gewaschen. Nun war sie fast beruhigt und auch entschlossen, sich künftig so zu verteidigen, vor jedem und unter allen Umständen, wie sie es dem Fremden gesagt hatte. Später erfuhr sie, wer der Mann war, wie er hieß. Ihre Wege kreuzten sich auch hier und da. Doch Schweigen herrschte zwischen ihnen.

So waren die Jahre vergangen. Und nun? Gulundshaa hätte sich am liebsten aus dem Staub gemacht, doch wie konnte sie es inmitten der Steppe, nachdem sie ihm aus der Ferne schon zu erkennen gegeben hatte, dass sie sich mit ihm treffen wollte? Sie musste bleiben, wo sie nun stand. Oft geschieht es, dass eine Gefahr, die an einem vorüberhuscht, mehr Angst hervorruft als jene, die schnurstracks auf einen zurollt. Dies war jetzt der Fall. Gulundshaa bekam sich schnell in den Griff, rief sich das erbärmliche Bild jenes Feiglings ins Gedächtnis zurück, den sie vor vielen Jahren in die Flucht geschlagen hatte, und dies erweckte die Tollheit, die einst in ihr gewesen und in der Länge der Zeit nur eingeschlafen war. So empfing sie den Ankömmling mit erhobenem Haupt und einem kecken Blick. »Seid gegrüßt, junger Mann!«, sagte sie in einem scherzhaften Ton. Der Mann erwiderte den Gruß einsilbig. Er war sichtlich bestürzt. Er, der sonst immer umständlich gekleidet war, steckte diesmal in einem *Dshagy,* und ein Stück Lederleine umschnürte seinen Bauch, der hervorquoll und über dem Sattelknauf hing. Auch die Stiefel waren alt und breitgetreten. Nur das Kopftuch war neu, und die drei Enden waren über der Stirn zu einem winzigen Knoten sauber zusammengesteckt. Doch es war eben nur ein Kopftuch und keine Schirmmütze, obendrein war es aus billigem, buntem Stoff, mit dem die Umsiedler vor Jahren ihre Blöße hatten bedecken müssen und das inzwischen ausschließlich als Innenfutter und für sonstige Kleinzwecke taugte. Die Haare, die unter dem Tuch hervorlugten, waren noch tadellos schwarz, doch war, wie diesen zum Trotz, das Gesicht vorzeitig gealtert. Das alles stellte sie mit einem Blick fest, während er den kurzen Gegengruß hinschleuderte. Ein kleines Gespräch kam zustande. Sie war es, die es entfachte. Und siehe da, mit jedem Wort, das sie ihm wie eine *Gashyk* spielerisch hinwarf, schienen in ihm der Mut und die Lust Stück für Stück zu erwachen. So hatte sie ihn bald da, wo sie ihn haben wollte und rückte mit ihrem Vorhaben heraus.

»Meinetwegen!«, sagte er großzügig, fügte dem jedoch hinzu: »Ich fürchte nur, meine Dienste könnten euch, schöne Frau, zu viel kosten!«
Gewiss war das scherzhaft gesagt, doch sie begriff den drohenden Unterton sehr gut. Aber sie blieb bedeckt in dem erdachten, vorläufig schützenden Versteck: »Ach, haben Sie keine Angst, junger Mann. Das Murmeltierfell und das Teeziegelachtel, das ihr wohl meint, werdet ihr mit einem quicklebendigen Zicklein, dazu noch mit Stummelöhrlein und feuergelb in der Farbe, bekommen!«
»Wann gedenkt die schöne Frau loszuziehen?«
»Meinetwegen gleich!«
»Gut. Aber dann werden wir wohl unterwegs übernachten müssen.«
»Vielleicht auch nicht, es ist ja noch nicht Mittag!«
So wurden sie sich einig und luden wenig später die Jurte auf vier Pferde. Zur Not wären auch drei Pferde imstande gewesen, sie fortzutragen, denn sie war winzig und bestand aus nur vier Gitterwänden. Das fünfte Pferd wurde für Gulundshaa gesattelt. Es war ein Rappe, ein Passgänger, und wie alle seine Ganggenossen war er bekannt. Obendrein war er das Reitpferd der Ehefrau des Mannes, und so kannte man es nur in einem Silbergeschirr. Nun wirkte das bekannte und beinahe geheiligte Ross wie entstellt in dem unscheinbaren Geschirr, das Gulundshaa hier und dort hatte zusammensammeln müssen für ihren heranwachsenden Sohn. Ihr Reitgeschirr war damals am oberen Ende der Gletscher des Örmegejti zusammen mit dem Reittier geblieben. Gulundshaa hatte Hemmungen, den Rappen zu berühren und zu besteigen. Die Nachbarn, die gleich herbeigeeilt waren und mitgeholfen hatten, ließen längst scherzhafte Bemerkungen fallen; die Scherze würden sich während ihrer Abwesenheit in Mutmaßungen, in Gerede verwandeln, und daraus würden neue

Klatschgeschichten entstehen. Ihr schlechtes, hinkendes Gewissen versuchte sie deshalb hinter leichten, überfröhlichen Scherzen zu verbergen. Zur Mittagsstunde ging die Jurte auf den Weg, und die Herde folgte ihr. Es war ein winziger Tross, ein kurzer, zerstückelter Zug. Jeder führte hintereinander gekettet zwei Pferde an der Hand, die Herde trieb man vor sich her. Beide erzählten, was zu erzählen war. Es waren kleine, für andere Menschen bedeutungslose Geschichten. Gulundshaa erfuhr, dass jener schon sechs Tage unterwegs war und das Baschgy-Dag, Chara-Dag, Terektig und Bajyn abgesucht hatte, bis er schließlich am Oogar-Fluss die Pferde fand, die ihm im Frühjahr während eines Schneesturmes abhanden gekommen waren. Gulundshaa wusste nur ungefähr, wo die Berge und Täler lagen, erriet nur, dass der Fluss hinter diesen zum Grenzgebiet nach Russland liegen musste. Aber sie war dankbar für seine Erzählung, denn seine Gegenwart war ihr irgendwie erträglicher, wenn ein Gespräch zwischen ihnen stattfand. So berichtete auch sie über das, was sie wusste. Doch spürte sie, dass sich das unangenehme Gefühl in ihr allmählich in Angst verwandelte und mit jeder Spanne, die die Sonne zurücklegte, immer größer wurde. Er erzählte, dass beim Überqueren des Ak-Chem alle seine Sachen in den Schlammbrei gekommen seien, den das Wasser des milchweißen Flusses um diese Zeit mit sich führte, und so habe er sich Sachen des Wächters angezogen. Das klang wie eine Entschuldigung für sein ungewöhnliches und nicht gerade vorteilhaftes Aussehen. In der Talmündung des Obersten Chörleet gab er bekannt, dass das Tagesziel nun erreicht sei.
Gulundshaa sagte wie bittend: »Die Sonne steht ja erst in der Neige. Bestimmt kommen wir noch bei Tage an, wenn wir so weiterziehen!«
»Nein!«, erwiderte jener schroff. »Ich hatte dir gleich gesagt, dass wir unterwegs übernachten werden. Die Pferde sind

erschöpft.« Später bemerkte er noch: »Hab noch eine Nacht Geduld. Du hast ja mit ihm einen ganzen Sommer vor dir!« Das war in neckendem Ton als Scherz ausgesprochen, doch traf es sie schwer.

»Unsinn!«, sagte sie. Mehr fiel ihr nicht ein. Ihre Gedanken hatten ohnehin um Schuumur und seine Kinder gekreist. Aber ihr war alles so unklar vorgekommen. Nun musste sie sich eine Antwort geben, wie es weitergehen würde. Denn zwei, drei Täler weiter schon lag Erik-Arga. Die Jurte war schnell abgeladen, ebenso schnell war eine *Delegej* aufgestellt. Er kümmerte sich um das, was außerhalb dieser Notbehausung zu tun war, band die schwitzenden Pferde los, schleppte die verstreuten Bündel zusammen und häufte sie um die Delegej herum. Sie hantierte drinnen, machte Ordnung, schaffte Platz zum Sitzen und auch zum Liegen, holte Wasser und kochte Tee. Zum Schluss machte sie ein Essen zurecht. Dieses Bild war uralt, es schien stille Eintracht zwischen Mann und Weib und die große Ruhe des Lebens zu enthalten, aber in diesem Falle schien es eben nur so. In Wahrheit lebte der Mann in großer Ungeduld und die Frau in Angst.

Schleichend verging der Tag, der Abend kam, die Nacht folgte, und es geschah, was geschehen musste. Sie leistete nicht erst Widerstand, es hatte keinen Zweck. Er hätte sie so oder so bezwungen, und allein der große Himmel konnte wissen, welche Folgen das dann hätte haben können. Seltsam, er hatte jetzt mehr Feuer als damals in seiner Jugend, schien nun unersättlich, fiel sie wieder und wieder an, verfuhr mit ihr wie mit einer Rolle roher Haut, die weich gegerbt werden sollte. Sie hätte daran ihre Freude haben können, wenn sie es gewollt hätte. In den Jahren hatte sie außer Schuumur selten einen Mann gehabt. In den letzten zweien davon hatte sie ganz und gar mannlos gelebt, sie hatte keinen an sich herangelassen. Sie konnte nicht sagen, warum. Nun lag sie ergeben, still und traurig. Ja, traurig, da sie sich treulos vorkam. Ihr war etwas zunichte gemacht und abhanden gekommen, was sie hätte erhalten und behalten sollen, unabhängig davon, ob das einen Sinn, einen Nutzen hatte. Mit gemischten Gefühlen, mit Scham, Freude und Trauer eng beieinander ging sie in den neuen Lebenstag. Der Mann war befriedigt und entspannt, war von Ruhe erfüllt. Er schlief fest, wohl wie zu Hause in seinem Ehebett, und nachdem er endlich aufgestanden war, verhielt er sich ungeniert wie seiner eigenen Ehefrau gegenüber, kam mit Genuss auf die Nacht zu sprechen und nannte sie wunderbar. Sie musste sich das stumm anhören. Dann erinnerte sie ihn daran, bald aufzubrechen, solange es noch kühl war. Dies tat sie, auch um das ihr unangenehme Gespräch zu beenden.

»Nimm dir Zeit, Frau«, sagte er nach dem Tee, »wir brauchen uns nicht zu beeilen. Es ist ja nur noch ein Lassowurf. Die Vormittagskühle ist für die Pferde besser genutzt, wenn sie sich satt fressen, und auch für uns zwei, wenn wir das süße Liebesspiel ein wenig fortsetzen.« Und wenig später fügte er dem hinzu: »Ich zumindest hätte noch genug Kraft und Lust!« Dies war zwar von einem Lachen begleitet, aber das trockene, kehlige Gelächter enthielt eine unüberhörbare Drohung. Also musste sie ihre Ungeduld unterdrücken und sich überlegen, wie sie einen neuen Ausbruch seiner Begierde vermeiden könnte. Aber da ging er weg und kam erst gegen Mittag zurück. Er hatte ein paar Weidengerten zum Wolleklopfen und eine Birkenstange zum Fleischaufhängen geschnitten. Gulundshaas Geduld war am Ende, und sie musste ihn erneut zum Aufbruch drängen, was wieder mit zweideutigem Scherz aufgenommen wurde: »Warum die Unruhe? Ich könnte meinen, die junge Frau bräuchte eine weitere Nacht, um ganz weich gegerbt zu werden. Oder wollen wir die bevorstehende Nachtarbeit schon vorverlegen?«

Gulundshaa erschrak, begriff jedoch schnell, dass sie schlau zu sein hatte, und so lachte sie keck auf: »Nein, nein! Ich bin erweicht und gesättigt wie ein Froschweib. Und bei einer Wiederholung dessen, womit Sie mich, alter, ehrgeiziger Mann, beglückt haben, könnte ich leicht übermütig werden und Sachen ausplaudern, die, wer weiß, an die Ohren einer bestimmten Frau gelangen könnten!«

Zwar hörte sich der Mann so etwas nicht ungern an, aber irgendwie erwachte in ihm die Angst.

Bald darauf ging der Zug endlich wieder auf den Weg. Gulundshaa hatte vor, sich in Sichtweite von Schuumur und seinen Kindern, nicht aber in ihrer unmittelbaren Nähe niederzulassen, und so entschied sie sich für den Uferplatz. Dort pflegte das zurückwandernde Volk im Herbst zu rasten und oft auch zu übernachten. Schuumurs Jurte stand weiter oben, waldwärts. Der Abstand zwischen beiden Jurten war beträchtlich, kein Mensch konnte meinen, sie würden zusammengehören und einen Ail bilden. Sie luden ab und machten sich daran, die Scherengitter im Kreis aufzustellen. Da kamen die beiden Schuumurjungen herbeigestürzt. Sie berichteten, dass sie eine Stute nicht mehr aus den Fesseln befreien könnten, und diese drohe zu krepieren, sie baten um Hilfe. Gulundshaa ließ den Yakschwanzhaarstrick, mit dem sie gerade zwei Gitterwände aneinander schnüren wollte, aus der Hand fallen und eilte so schnell sie konnte hin. Die Jungen liefen neben ihr. Dabei erzählten sie, was vorgefallen war mit der Stute und einiges mehr. Der Mann schaute ihnen eine Weile mürrisch hinterher und ging dann mit weit ausholenden, bedächtigen Schritten zu seinem Pferd. Er holte das lärmende Fußvolk auf halbem Wege ein und schaute halb belustigt und halb verärgert auf sie herab.

Dombuk empfing die Ankommenden mit noch unverwischten Tränenspuren auf dem Gesicht. »*Agaj*, Awaj!«, rief sie

ihnen in einem Atemzug entgegen. Und im gleichen Atemzug, mit dem sie sich an jene gewandt hatte, erzählte sie, was die Jungen schon berichtet hatten, noch einmal. Auf die Frage des Mannes, warum sie den Strick nicht durchgeschnitten hätten, erwiderte sie gereizt: »Was denken Sie, Agaj? In jedem Lassostrick stecken so viele Mühen. Dies wissend, den Strick zu zerschneiden, weil ein Knoten schwer zu lösen ist? Nein, das gibt es nicht! Wir sind arme, verwaiste Leute, die mit ihrem bisschen Hab und Gut sparsam umzugehen haben!«
Die Frage hatte Tadel enthalten, die Antwort enthielt davon noch mehr. Also ging es nicht um die Stute allein, es ging ebenso um den Strick. Und so gingen die Erwachsenen auch an die Arbeit, wortlos. Es verging geraume Zeit, bis man den Knoten lösen konnte. Die Stute vermochte sich nicht sogleich ohne Hilfe aufzurichten, sie lag da mit erschlafften Gliedern und mit getrübtem Blick. Das Tier war dicht daran gewesen zu verenden. Dombuk bedachte die beiden mit lautem Lob in der Art einer dankbaren Großmutter. Dann aber sprang sie mit einem Mal zu Gulundshaa: »Was für ein dummer Mensch seid Ihr, Awaj!«, fuhr sie sie zum Schein an und stieß ihr vertraulich in die Seite. »Dass Ihr nicht zu uns kommt, wo wir hier sind! Was sucht Ihr dort unten am Wasser? Die Wasserviecher werden Eure Jurte befallen und den Filz zerfressen, und auch für das Vieh soll es nicht gut sein so dicht am Fluss. Der Krach und die Wasserspritzer, die der Wind herüberweht, stören es beim Schlafen und beim Wiederkäuen, habe ich gehört. Und dann so einsam! Ihr seht doch an uns, wie wir leben: schrecklich! Und da wollt Ihr, anstatt zu uns zu kommen und uns aus der Einsamkeit zu erlösen, Euch selber auch noch hineinbegeben? Nein, tut es nicht! Kommt zu uns und rettet uns und Euch davor!«
Gulundshaa war sprachlos. Wie hätte sie es sich besser wünschen können? Aus dem kleinen geschwätzigen Ding sprach

doch ihr eigenes Herz! Nur, was war, wenn Schuumur es anders wollte?! Sie schwankte. »Wendet Euch nicht von uns ab, wo wir Euch gerade brauchen!« Wo wir Euch gerade brauchen! Die Worte hallten nach in ihren Ohren, sie glichen Schlägen, sie waren Schläge, aber sie verursachten nicht nur Schmerzen, sie munterten sie auch auf. Die Frau sagte: »Gut!« Und sie erschrak davor.

Der Mann war beleidigt. Er war mit dem Tag absichtlich verschwenderisch gewesen, hatte sich eine weitere süße Nacht mit der schutzlosen Frau versprochen. Nun überkam ihn Zorn, und dieser war stärker als die Gelüste, die unter seiner Haut gewacht und mit dem Fortschreiten des Tages allmählich wieder in Bewegung gekommen waren. Im Tempo eines wirklich jungen Mannes lief er zu seinen Pferden, kettete sie an den Lassostrick, schwang sich in den Sattel und ritt davon. Mit dem Staub, den die Pferdehufe hochwarfen, der dann eine Weile in der Luft stand und schließlich niederging, war auch der Gast aus unserer Geschichte gefallen. Die Frau und die Kinder aber schleppten die Sachen herüber. Die Freude war so groß, dass keiner die Anstrengung spürte.

Der Hund schlug an, und mit ihm setzte das Gewieherduett erneut ein. Gulundshaa war aufgesprungen und stand schon in der Innentür, bevor sie sich ihrer Handlung bewusst wurde. Da hatte sie auch keine Kraft mehr, stehen zu bleiben oder zu überlegen, was sie tun sollte, sie trat hinaus. Der Hund lief flussabwärts, und das machte sie stutzig, denn ihre Gedanken waren in die entgegengesetzte Richtung gewandert, hatten dort nach jenem gesucht und sein Herannahen auch längst zu wittern geglaubt. Doch zeigte nun der Hund, der bessere Spürsinne hatte, in die andere Richtung. Sein Gebell war sehr bestimmt. Sie war hilflos. Dann dachte sie, es sei etwas anderes, ein Wolf vielleicht, der sich an die Hürde heranzumachen versucht hatte, oder ein nächtlicher Reiter. Die Tiere waren erwacht. Die glänzenden Augen der Yakkühe verrieten Unruhe. Doch lag darüber noch das dumpfe, gleichmäßige Gegrunze und Gemurmel, das vom Wiederkäuen kam. Gulundshaa ging zurück in die Jurte, hockte sich wieder neben den Herd. Ihre Hand berührte den Fleischtopf, er war noch warm genug. Nun fiel ihr ein, dass jener nach dem Fleisch und der Brühe noch heißen Tee würde trinken wollen. Wie dumm bin ich, schalt sie sich in Gedanken. Die halbe Nacht sitze ich hier herum und denke nicht daran, woran schon das Kind gedacht haben muss, denn sie hat doch Milch gebracht! Sie ist ein kluges Mädchen, dachte sie weiter, und da erschien ihr jene erneut neben ihrem Jungen Schimej, sie waren Braut und Bräutigam. Dieses Phantasiegebilde erweckte in ihr das Verlangen nach Zweisamkeit. Schuumurs Nähe war es, wonach es sie verlangte. Die erhitzten Lärchenscheite fingen schnell die Flammen auf, voll und hell loderte aus dem offenen Gestell Feuer, und es erhellte die Jurte bis in ihre hintersten Ecken. Hell war auch ihr Inneres. Eine Freude war es ihr, den kleinen gusseisernen Kessel aufzustellen, Wasser hineinzugießen und den Deckel aufzulegen. Die Freude dauerte an: Sie klopfte mit einem vierkantigen Schieferstein vom Teeziegel eine Handvoll Krümel ab und schüttete diese und noch ein paar Steinsalzwürfel in den Kessel, indem sie den Deckel mit der linken Hand leicht anhob und einen Spalt schaffte. Während sie den Deckel wieder auflegte, hielt sie den Kopf schief und lauschte angestrengt. Das Hundegebell war verstummt.

Dann hörte sie Hufgetrappel und darauf ein kurzes, dumpfes Kamelgebrüll. Sie trat hinaus und erstarrte erst vor Freude, gleich darauf vor Schreck. Schuumur stieg hinter seiner Jurte vom Pferd ab, und hinter ihm standen, aneinander gekettet, vier Kamele. Warum Kamele, dachte sie, will er etwa ... Sie wagte nicht, den Gedanken zu Ende zu denken. Sie wäre so gern hingelaufen, ihn zu begrüßen und ihm beim Anbinden der Kamele behilflich zu sein. Dabei hätte sie sich so schnell wie nur möglich Klarheit verschafft. Aber sie hatte Hemmungen. Das war jene unbestimmte Hemmung, die der tuwinischen Frau angeboren zu sein scheint. In Wirklichkeit aber war sie ihr anerzogen, und so versagte auch sie: Sie zog sich in ihre Jurte zurück, anstatt dem Ruf ihres Herzens zu folgen, auf den ersehnten Mann zuzugehen, ihn mit der Urliebe des Weibes zu überfallen und das Eis gewaltsam zu brechen, das auf dem Weg zu ihrem Glück entstanden war. Schuumur kam nicht.

Der Tee war bereits gekocht, war eingekannt, stand in der Messingkanne neben dem Herd und duftete nach Milch und Salz, auch nach vorjähriger, leicht ranzig wirkender Butter und nach etwas, das es für sich nicht gab, was aber zustande kam, wenn sich die Zutaten im Wasser lösten und miteinander vermischten. Gulundshaa bekam trotz der Aufregung, in der sie sich befand, Lust auf den Tee. Doch sie konnte sich nicht entschließen, ihn alleine zu trinken. Sie hielt sich gewaltsam zurück, mit einem Schimmer Hoffnung, er könne doch noch kommen. Indes entströmte dem Tee kein Duft mehr, er wurde geruchlos, wurde lau, erkaltete, und da hatte sie keinen Appetit und keine Kraft mehr. Ebenso war die Brühe mit dem Fleisch erkaltet, sie wusste es, ohne den Topfdeckel zu berühren. Dafür hatte sie einmal den kleinen Holztrog und den Birkenspieß in der Hand gehabt, in der Absicht, die Fleischstücke herauszufischen, damit Dampf und Hitze schon entwichen waren, wenn er käme. Aber dann hatte sie beschlossen, das Fleisch so lange in der Brühe zu lassen, bis er kommen würde und die erste Schale Tee ausgetrunken wäre. Dann würde sich das Fleisch von außen her abgekühlt haben, so dass er es hätte anfassen und essen können.

Sie hatte sein Tun genau verfolgt. Sie vernahm, wie er die Kamele zum Niederhocken zwang, zum Liegen brachte, ihnen in dieser Lage die Vorderbeine zusammenschnürte und zum Schluss ein jedes wohl auch noch mit dem Nasenstrick an den Pflock festband, um den herum sie platziert waren. Darauf sattelte er das Pferd ab, band es kurz. Dann ging er noch ein Stück weiter, entleerte sich die Blase, das Pferd tat es ihm gleich, und dies ergab ein lautes Plätschern in der stillen Sommernacht. Jetzt wird er kommen, dachte sie, und es fiel ihr ein, dass er sich vorher die Hände würde waschen wollen. So füllte sie das Wasserkännchen nach. Das Handtuch, ein buntes, schmales Leinenrestchen, holte sie aus der Truhe im Dör, hielt inne und steckte es wieder weg. Der andere hatte es benutzt. Ich Liederliche, schalt sie sich, warum hab ich es noch nicht gewaschen?! Sie musste sich trösten, dass Schuumur, wenn er sich Hände und vielleicht auch das Gesicht waschen würde, seinen Gürtel als Trockentuch nehmen könnte. Sie vernahm, dass Schuumur in seine eigene Jurte eintrat. Ihr wurde bange, aber sie fand einen Grund, sich zu trösten: Er würde vorher nach seinen Kindern sehen und sich vielleicht auch den Staub und den Schweiß vom langen Sommertag abwaschen wollen. Er hantierte recht laut in seiner Jurte. Geschirr schepperte, der *Gögeer* wurde gestampft, also trank er *Choitpak.* Ihr wurde übel, doch konnte sie nicht hingehen und ihn zum Essen holen, das für ihn zubereitet war und schon seit Stunden auf ihn wartete. Dann wurde es still in seiner Jurte. Gulundshaa schob den Türfilz zurück, steckte den Kopf hinaus und schaute: Finsternis gähnte aus der Lichtöffnung herüber. Tränen schossen in ihre Augen.

Gulundshaa hatte lange im Warten gelebt, hatte auf ihre Mutter, auf eine Nachricht von ihr gehofft. Gündej war samt einigen anderen im letzten Augenblick abhanden gekommen. Die Tage und Nächte der damaligen Flucht hatte Gulundshaa mit ihrem Sohn und ihrer Mutter glücklich überstanden. Sie waren immer zusammengeblieben, hatten die Mitte des Gletscherhanges erreicht und den unbekannten, aber Rettung versprechenden Chomdu-Altai schon in Sicht gehabt. Und da war es passiert. Einer der Lastochsen war auf dem letzten Absatz des Aufstiegs ausgerutscht und war den Gletscherhang heruntergeschlittert. Man hatte gedacht, er würde zerschmettert, aber er überschlug sich nicht, als er das Geröll erreichte; er fiel samt seiner Fracht in eine Mulde inmitten der Felsen und blieb dort liegen. Dann stand er auf, blickte zu den Menschen und Tieren über dem Gletschersattel herüber.

Gündej sagte: »Ich gehe hin«, und ehe man ihr etwas erwidern konnte, lief sie zurück, in jeder Hand einen Filzlappen schwingend. Die Lappen wurden abwechselnd unter die Stiefel gelegt, damit sie nicht ausrutschten. Auf den Ochsen waren die beiden Truhen geladen, die die Wertgegenstände der gewesenen Gadyn und der Tajshy enthielten. So sah auch Gulundshaa dem Tun der Mutter, trotz zehrender Angst, mit innerlicher Zustimmung und Aufmunterung zu. Es verlief auch alles gut, Gündej erreichte heil den Ochsen. Allein, in diesem Augenblick wurde ein lautes Gejammer und Gekreische hörbar, und man sah darauf das Ende des Trosses, das aus einem Dutzend Kindern und Weibern bestand. Die Ärmsten, die unterwegs ihre Pferde verloren hatten, waren erschöpft und zurückgefallen, nun kamen sie gerannt. Sie drehten sich dabei immer wieder um und fuchtelten mit den Händen. Diese sinnlose Bewegung schien das ebenso sinnlose Gekreische auszulösen, das immer lauter wurde, je näher die Verfolger kamen. Es waren viele, und sie waren alle beritten und bewaffnet. So fielen sie schnell über die Flüchtenden her und knüppelten sie, wo sie nur konnten, nieder.

Gulundshaa konnte die Stimme ihrer Mutter aus dem allgemeinen Lärm heraushören: »Seht, dass ihr wegkommt!« Auch wurden alle, die schon oben waren, von den Häuptlingen zur schnellen Weiterflucht getrieben. So musste sie die Mutter ihrem Schicksal überlassen und sehen, dass sie mit dem Kind der Gefahr entkam. Tage später kamen einige alte Frauen nach. Von ihnen erfuhr man, dass nur wenige umgebracht worden waren. Gündej war unversehrt geblieben. Später hatte man sie unter denen gesehen, die am Steigbügel eines Reiters angekettet zurückgeführt wurden. Diese hatten den Geretteten zugerufen, dass sie, sobald sie könnten, flüchten würden. Es kamen später tatsächlich zwei Frauen zurück, die erste bereits nach zwei Monaten. Es war eine junge, wortkarge Person, doch entlockte man ihr einiges. Gulundshaa musste lange flehen und betteln, bis sie erfuhr, dass ihre Mutter von einem kasachischen Häuptling zur *Tokal* auserkoren worden war. Die Geflohene, die diese Nachricht brachte, konnte, obwohl sie ihre Eltern und Geschwister hatte, nicht gedeihen. Sie hatte ein fremdes Kind in ihrem Leib und starb noch vor dessen Geburt. Die zweite Frau kam elf Jahre später. Sie war, als sie ankam, schon eine Greisin, aber damals, als sie jenseits des Gletscherhanges bleiben musste, war sie ungefähr in Gündejs Alter gewesen. Nun war sie alt und hatte sogar graue Haare. Diese war erzähllustig, sie war gekommen, wie sie selber sagte, um die Menschen in Kenntnis zu setzen, was aus denen geworden war, die nicht herüberkonnten. Ihre Erzählungen waren grauenhaft. Keinem der Menschen, die dort bleiben mussten, war auch nur ein wenig Glück beschieden. Sie selber hatte drei Kinder gebären müssen, die von drei verschiedenen Männern stammten. Das erste Kind war von einem Batyr, einem Kriegshelden. Dann, als sie schon schwanger war, hatte der Batyr sie einem ihm unterstellten Hauptmann abgetreten. Das Kind, ein Junge, wuchs inmitten

einer großen Kinder- und Weiberwirtschaft auf. Auch ein nächstes Kind kam, doch es starb schon bald nach der Geburt. Später wurde sie von dem Hauptmann mitsamt Kind an einen chinesischen Händler verkauft, dem gerade die Frau gestorben war. Der Chinese war uralt, doch brachte er es fertig, dass sie wieder schwanger wurde. Auch dieses Kind starb früh. Die Frau wollte kein weiteres Kind von einem Fremden austragen, sie brach auf, sobald sie wieder einigermaßen bei Kräften war. Nach vielen Tagen und Nächten erreichte sie den Gletschersattel, den zu betreten sie damals nicht geschafft hatte. Es war früh am Tag, der Chomdu-Altai, den sie nie gesehen hatte, lag wie das Wunderland zu ihren Füßen. Die Gletschergipfel, die zur einen Hälfte in grellem Licht erstrahlten und zu der anderen sanfte Schatten herüberwarfen, die Steppen und Hügel, die unter dem Goldschimmer des herannahenden Herbstes grün-violett auf loderten, und die Wälder, die aus den Falten der Berge blau-schwarz hervorlugten, das Neue, aber Ersehnte und darum Vertraute, veranlassten sie zu heftig ausgesprochenen, innigen Worten und Tränen. Ihr Sohn, das zehnjährige Kind, fragte sie danach, was und wieso sie in einer solch falschen Sprache rede und weshalb sie weine. Sie hatte in all den Jahren Kasachisch gesprochen und als Kasachin gelebt, so war ihre Muttersprache, die Sprache ihrer Ahnen, nun für ihren Sohn unverständlich.
»Dort ist«, sprach sie feierlich, auf den Chomdu-Altai hindeutend, »unsere Heimat, und dort sind auch unsere Verwandten! Und wir wollen jetzt dorthin!«
»Dort sollen unser *Aul* und mein *Ata* sein?«, fragte der Junge misstrauisch.
»Nein, der Aul war nicht unser, und der Ata war nicht deiner. Wir sind keine Kasachen, wir sind Tuwiner!«
»Nein!«, sagte der Junge bestimmt. »Kunanbaj-Batyr ist mein Ata, er hat es mir selber gesagt, und andere sagten es mir

auch. Die Tuwiner sind schmutzig und feige, ich will keiner sein! Ich bin Kasache und will zu meinem Aul zurück!«
Damit drehte sich das Kind um und ging. Die Mutter holte es ein, fasste es und schrie: »Noch einen Schritt, und ich werde dich umbringen, du Wolfsbrut!«
Der Junge schrie zurück: »Denkst du, ich hätte Angst vor dir dreckigem Tuwinerweib?! Ich bin Kasache, bin Sohn eines tapferen Kunanbaj-Batyr!«
Sie fasste ihn an der Gurgel. Auch seine Hände streckten sich nach ihrer Kehle. Doch sie waren zu kurz, nur mit den Nägeln konnte er sie zerkratzen. Sie kämpften lange. Dann zeigte sich, dass sie stärker war als er. Sie erdrosselte ihn. Sie blieb eine Weile sitzen, weinte, küsste dann die gedunsene, rötlichblau angelaufene Stirn des Jungen, stieß ihn jenseits des Gletschersattels hinab und setzte allein die Flucht fort. Ihr Mann und ihre Kinder waren damals wohlbehalten angekommen, führten jetzt ein erträgliches Dasein. Eine Hälfte der Kinder war schon erwachsen, hatte eine eigene Familie. Auch der Mann war wieder verheiratet und hatte wieder Kinder. Die Frau lebte noch eine Weile, erzählte überall, wohin sie kam, grauenhafte Geschichten. Sie wurde seltsam, und eines Tages hieß es, sie hätte sich im Flusswasser ertränkt.
Von dieser Frau erfuhr Gulundshaa seinerzeit, dass ihre Mutter in den ersten Tagen von einem Russen, nachdem dieser aber gefallen war, von dessen Untergebenen abwechselnd gebraucht worden war. Nur hatte dies nicht allzu lange gedauert, denn bei einem Streit, der zwischen diesen ausgebrochen war und der zu einer Schießerei geführt hatte, war sie von einer Kugel getroffen worden. Gulundshaa hatte bis dahin gewartet, nun hatte sie Gewissheit, sie brauchte nicht mehr zu warten. Das hätte sie, wäre nicht Schuumur gewesen, einsam und unglücklich machen können. Aber sie hatte ihn wieder. Ja, sie hatte das seltsame Gefühl, ihn mitzubesit-

zen, und sie war mit diesem ihrem Schicksal zufrieden. Mehr brauchte es nicht, und auch Dshajnaasch gegenüber empfand sie kein Schuldgefühl, auch keine Eifersucht. Um den allgemeinen Tratsch kümmerte sie sich ebenso wenig. Wenn sie hin und wieder einen wohlmeinenden Tadel einstecken musste, wehrte sie ihn ab: »Ich habe ihn zuerst gehabt, und ich bin auch nicht gefragt worden, ob ich ihn hergeben wollte oder nicht, als man ihn mir wegnahm und einer anderen zugesellte!« So hatte sie ein reines Gewissen.

Nur einmal trübte es sich ihr, und sie litt deswegen. Jenes Leiden blieb in ihr und regte sich von Zeit zu Zeit. Es war in einem Spätherbst gewesen. Das Volk war gerade dabei, sich aufzuteilen und als einzelne Ails und Jurten in die Bergtäler zurückzuziehen, nachdem es sich zum Ende des Sommers von den weiten Sommerweiden in den Niederungen der drei Flüsse versammelt und dort einen langen Herbst verbracht hatte. Schuumur gehörte zu den wenigen, die in der Flussniederung überwinterten. Er hatte soeben das Winterlager in Gysyl-Ushuk aufgeschlagen, und so stand seine Jurte schon in der Nähe, um die nahen Weiden vor fremden Herden zu schützen. Gulundshaas Jurte war zwei Ails weiter oben zum Ak-Chem, gehörte zum Ail des Bajs Pagwy, der in den gegenüberliegenden Bergen jenseits des Flusses, in Saryg-Ödek, sein Winterlager hatte. Es war ein neuer, noch junger Baj, ein ehemaliger Dieb, und er hatte in fernen Ecken auch den Schamanen abgegeben. Nun aber lebte er ehrlich und friedlich, war fleißig und klug. Seine noch jüngere Frau war eine der drei Töchter eines namhaften Bajs und eine gutmütige, langsame Person. Die Ehe war noch kinderlos, und er wie sie verhielten sich Schimej und ihr gegenüber gut. Zuweilen nur sagte er zu ihr: »Deine Geschichten mit den Männern wollen mir nicht gefallen. Wenn du es so weitertreibst, wirst du ewig mannlos bleiben!« Dies hörte sich, von dem jungen Mann

leicht hingesprochen, wie ein Scherz an, und so antwortete Gulundshaa scherzend: »Ich will ja auch gar keinen!«
Der Baj, der ihr bei diesem und jenem wie ein eigener Mann beschützend und helfend beistand, kam nie darauf, sie zu belästigen. Auch das gab es. Aber darum wohl gerade hatte sie ihm gegenüber Hemmungen. In dem abgeschiedenen Winterlager hätte sie es schwer gehabt, wenn Schuumur kam. Doch jetzt, wo die Menschen ständig unterwegs waren, wo nachts wie tags der Strom der Besucher nicht abriss, wo die Hunde ermüdet, ihre Sinne abgestumpft schienen, fiel es nicht so auf, wenn Schuumur jeden Abend kam und über Nacht blieb. Bewusst erlebten sie in jenem Spätherbst ihre schönste Liebeszeit. Es galt, die letzten Nächte vor dem Abschied gut zu nutzen. Eines Morgens, es war noch dämmrig draußen, noch finster in der Jurte, kam Dombuk. Sie hantierte zaghaft, aber unablässig an der Innentür, die zugeriegelt war. Sie trat auf die Türschwelle, reckte sich hoch, steckte die Hand über den Türrahmen hinein und versuchte den Riegel, der die beiden Türflügel von innen absperrte, hochzuheben. Nur war sie zu klein und konnte mit ihrer Hand nicht bis zum Riegel gelangen. Gulundshaa stand auf und zog sich schnell an, bestrebt, leise zu sein. Als sie den Riegel hochhob und die beiden Türflügel zur Seite fielen, sah sie vor sich das Kind. Es hing im Türrahmen, stolperte herein und blieb schüchtern stehen. Es trug einen wattierten Lawschak und eine Fellmütze, war aber barfuß.
»Was ist, mein Kind?«, fragte Gulundshaa mit zittriger Stimme. »Unser Baby ist gestorben. Mutter sagt, Vater soll kommen und es wegbringen«, antwortete das Kind.
Schuumur stand schnell auf, ging sein Pferd holen, das in einiger Entfernung angepflockt stand. Dombuk ging schon, ohne auf ihn zu warten. Schuumur sattelte sein Pferd und ritt wortlos davon. Er kam den Winter über und auch im

Frühjahr nicht. Erst auf der Sommerweide trafen sie sich. In der darauffolgenden Nacht kam er zu ihr, es war wieder sehr schön, aber sie spürte, dass das Süßbetäubende, das sie bisher für das verkörperte Glück gehalten hatte, nun etwas enthielt, das sie nicht übersehen, nicht loswerden konnte. Es war wie ein abkühlender Schatten, wie ein herüberschielendes Auge, es störte und blieb. So sehr sie einander über alles berichteten, nach allem forschten, jenen Morgen ließen sie unerwähnt. Wie alt mochte damals Dombuk gewesen sein? Acht? Oder schon neun? Aber auf keinen Fall älter. Sie hing damals im Türrahmen, mit gespreizten Gliedern. Ihre nackten Beine waren von den Waden her blau angelaufen, die Zehen waren lehmbeschmiert und krampfhaft gebogen. An dieses sich erinnernd, wusste Gulundshaa nun wieder, warum sie Hemmungen hatte gegenüber der zutraulichen Dombuk.

Schuumur hatte geahnt, dass Gulundshaas Jurte in Erik-Arga angekommen sein würde, aber er hatte nicht damit gerechnet, sie neben seiner eigenen und die Frau unter Mond und Sternen mit Feuer und Flamme im Warten vorzufinden. Schande, dachte er erschüttert, als er der Jurte gewahr wurde. Als er darauf die vertraute, die gefürchtete Gestalt aus der hellen Jurte hinaustreten sah, verlor er die Fassung. Es war ihm, als ob er mit dem Gesicht ins Feuer fiele. Bei dir war alles möglich, doch so viel Frechheit hätte ich dir nie und nimmer zugetraut, dachte er und musste nach Atem ringen. Du hast meine Lebensgefährtin, die Mutter meiner Kinder, ein Leben lang beleidigt, und es scheint dir nun immer noch zu wenig gewesen zu sein! Dies dachte er wohl später, oder er wollte es zumindest gedacht haben, um sich in seiner Abwehr zu bestärken und so auf alle Fälle in Sicherheit zu sein. Am besten wäre es gewesen, wenn er gleich damit hätte beginnen können, die Jurte abzubauen, sie auf die Kamele zu laden und mit allem, was fortzubewegen war, davonzuziehen. Aber das war mit den Kindern unmöglich, so hell die Nacht auch war. Sie schliefen fest, dass er sie schwerlich wach und unmöglich munter bekommen würde. Also musste er den Morgen abwarten. Schuumur trank drei volle Schalen Choitpak. Er kippte jede Schale mit einem Ruck hinunter. Er wollte damit nicht nur den Hunger stillen, den Durst löschen, sondern auch die Aufregung dämpfen und schneller einschlafen. Während er Choitpak trank, sich dann der Stiefel und des Lawschaks entledigte, warf er hin und wieder einen kurzen Blick auf die schlafenden Kinder. Die Jungen lagen quer im Dör. Ein Schafsfell war ihre Unterlage, ein alter wattierter Lawschak von ihm war ihre Decke. Sie lagen Arm in Arm und hatten einander fest umschlungen. Ihre Köpfe, so unterschiedlich in der Farbe, lagen dicht aneinander und so gleichmäßig mit dem Gesicht nach oben gewandt, dass man fast denken konnte, es wären Zwillinge und sie täuschten Schlafende vor. Aber es war jetzt Sommermitternacht, und da kann kein Kind wach werden und Schalk treiben. Rechts von den Jungen, längs, lag Dombuk; sie lag auf einem Stück Filz, und ein Lawschak ihrer Mutter bedeckte sie. Das Mädchen schlief mit ihm zugewandtem Gesicht und ausgestreckten Armen. Links neben dem Herd, auf ihrem Ziegenfell und unter ihrem *Dshargak*, zu einem Kreis gekrümmt wie ein frierender Hund, schlief Schashynbaj. Ja, Schuumur hatte eine weitere Tochter, sie war um zwei Jahre jünger als Dombuk, und sie gehörte zu jenen Menschen, die von höheren Mächten versehentlich ins Leben durchgelassen zu sein scheinen. Als ob Schuumur und Dshajnaasch gleich bei der Geburt ihrer Tochter geahnt hätten, dass es ihr schwer fallen würde, dem Leben ins Antlitz zu schauen, hatten sie ihr einen lauten Namen gegeben. Schashynbaj, so hieß eine der berühmtesten, wenn auch nicht der stärksten, so doch der

selbstsichersten Schamaninnen jener Zeit. Aber die Schuumur-Tochter, deren Augen stark schielten, wurde nicht sicher im Leben. Es begann damit, dass sie keinen Zugang zu ihren eigenen Geschwistern fand und abseits von ihnen blieb. Unscheinbar lebte sie. Es war ein fast stummes, aber mit Arbeit randvoll gefülltes Leben, denn sie war fleißig, doch schien sie die Arbeit immer an dem unsichtbaren Ende anzufassen. Das Weiden der Schafe und Ziegen, das Sammeln von Dung, dieses und Ähnliches war ihr überlassen, es erfüllte ihr Leben, es bildete seinen Inhalt.
Schuumur konnte trotz des Choitpaks nicht einschlafen. Der Alkoholgeist, der aus Gärung geboren in der dickflüssigen Sauermilch gesessen hatte, machte sich nun bemerkbar: Er dampfte gleich Feuerstrahlen aus den Nasenlöchern, und Schuumur wurde von Schwindelgefühl erfüllt. Doch er konnte nicht einschlafen.

In jener Nacht, in der die Menschen das Land und den Himmel darüber mit einem Teil ihres Hab und Gutes hatten verlassen und sich von fremdländischen Dieben in Diebe verwandeln lassen müssen, hatte Schuumur eine aufregende Auseinandersetzung mit Gulundshaa. Es begann damit, dass sie ihn um Hilfe bat, er ihr aber nicht helfen konnte. Sie schien gekränkt, und das brachte ihn auf.
»Nicht einmal um mein eigenes Weib und Kind kann ich mich kümmern!«, sagte er barsch.
»Ja, ja«, bemerkte sie dazu bitter, »was geht dich denn das Schicksal eines fremden Weibes mit einem fremden Kind auch an!«
»Denkst du, ich kann etwas dafür, was ringsum geschieht?«, brüllte er sie an. Ein Wort forderte das andere heraus, und mit einem Male standen sie in einem Wortgefecht.
»Ich werde nicht mitkommen!«, sagte sie da.

»Was?!«, fragte er flüsternd, ein Funke zuckte dabei in seinen Augen.
»Bleiben werde ich, hier bleiben werden wir! Niemand wird uns umbringen!«, sagte sie bestimmt.
»So?!«, flüsterte er bedrohlich leise, der Funke zuckte wieder in seinen Augen, blieb aber diesmal, entbrannte zu einer spitzen Flamme und loderte immer heller.
»Ja!«, sagte sie höhnisch. »Die werden sich um mich reißen, ich weiß es! Auch meine Mutter wird als Weib gut genug sein für die! So werden wir es nicht schlechter haben als bisher!«
Er schrie dumpf auf, riss die Hände hoch, die Finger waren gespreizt, zitterten. Die Zähne waren entblößt wie bei einem, der zu lachen versucht.
»Hure!«, sagte er dann kaum hörbar. »Du glaubst, es tun zu können, wirst es aber nicht schaffen. Ich werde dich vorher töten, beseitigen werde ich dich vom Antlitz der Erde!«
Die Mutter, die dem Streit zugehört, sich aber stumm und abseits gehalten hatte, kam auf Schuumur zugerannt: »Bitte, Sohn, bitte! Tu das nicht! Das dumme Ding will dich nur ärgern, will deine Eifersucht wecken, weil sie dich liebt! Natürlich werden wir mitkommen. Wir werden tun, was andere auch tun, und sei es das Sterben!«
Darauf wandte sie sich der Tochter zu: »Was redest du für dummes Zeug, liebes Kind ...« Mutter Gündej hatte eine weiche, klangvolle Stimme, sie sprach bedacht, sie konnte nicht schimpfen. Auch fiel Schuumur auf, dass die gewesene Gadyn immer noch sehr schön war. Das beruhigte und beunruhigte ihn zugleich.
»Ich werde kommen und sehen!«, sagte er zweideutig. Damit ritt er davon, aber er kam nicht zurück, denn er kam nicht dazu. Er hatte mit anderen bewaffneten Männern zu den Ails am Rande des Landes zu reiten und sie zum sofortigen Aufbruch zu bewegen. Der Gedanke, ob das, was Gulundshaa zu

ihm gesagt hatte, doch nicht ihre wahre Absicht gewesen sein könnte, verließ ihn in den Tagen und Nächten darauf nicht. Zu seinem Ärger vermochte er den ganzen Tag über nicht zu erfahren, ob sie mit unterwegs war, und wenn ja, wo sie steckte. Er war erleichtert, als er dann bei seiner Ankunft in der neuen Heimat erfuhr, dass sie mit angekommen war. Dass ihre Mutter nicht unter den Angekommenen war, nahm er mit Ruhe zur Kenntnis, und wenn er irgendwann über das tragische Schicksal der Frau betrübt war, dann nur wegen Gulundshaa.

Schuumur ärgerte sich über sich selber, dass er sich nun ausgerechnet an diese Dinge erinnerte. Das Holzbett, in dem er mit Dshajnaasch und jeweils dem jüngsten Kind geschlafen hatte, wirkte in dieser Nacht besonders breit, es quietschte bei jeder Bewegung. Er hatte das Bedürfnis, sich ständig herumzuwälzen, von der einen auf die andere Seite zu werfen, um die vergangenen Geschehnisse abzuschütteln, die sich aus der Erstarrung lösten, auf ihn zukamen und gleich einem Alptraum anpackten. Eine solch ruckartige Bewegung schien alle Stimmen, die im Bett als Zeugen gewesener Zeiten eingehaucht schliefen, zu wecken; es knarrte und quietschte aus all seinen Fugen. Und aus dem Stimmengewirr glaubte Schuumur das zutrauliche Flüstern von Dshajnaasch, das muntere Lallen seiner lebendigen Kinder, die nun, dem elterlichen Bett entwachsen, auf dem Fußboden der Jurte ihr Dasein fortsetzten, und das schmerzvolle Stöhnen seiner toten Kinder herauszuhören, die hier und dort in den Bergsteppen als Haut und Gebein, als Erde und Stein, Luft und Licht ruhten. Das Gewieher der Stute und des Fohlens, das nach einer kleinen Pause wieder einsetzte, kam hinzu. Es kam ihm wie der Ruf irrender Wesen vor. Sie schienen, abwechselnd, von zwei Seiten, an ihn gerichtet. Was ist, dachte er, wenn die Seelen

von Dshajnaasch und ihren toten Kindern so herumirren und aus zwei Unglückstieren nach mir rufen, nach mir, der ihnen auf Erden am nächsten gestanden hat? Bei diesem Gedanken wurde ihm unheimlich. Er dachte daran, hinauszugehen und das Fohlen loszubinden, doch fiel ihm ein, dass Stute und Fohlen absichtlich voreinander versteckt sein könnten. Er kannte den Vorgang, er kannte seine Tochter. Es fiel ihm überhaupt schwer, gegen den Willen seiner Tochter aufzutreten. Außerdem konnte, wenn er das Fohlen zu früh losband, am Ende alle Mühe vergebens gewesen sein. So musste er sich das Gezeter weiter anhören. Indes schlich sich die Nacht unaufhörlich davon, der Morgen war ihr auf den Fersen. Und erst spät kam der Schlaf, befiel den Wachenden, erlöste den Verdammten für eine kleine, lichte Weile.
Dombuk träumte einen neuen Traum. Schimej kam auf sie zu. Er hatte ein prächtiges, schönes Gewand an, wie es einmal drei unbekannte junge Männer, die bei ihnen übernachtet hatten, getragen hatten. Das war die Soldatenuniform, das wusste sie nun. Der Schirm der Mütze und die großen gelben Metallknöpfe in zwei Reihen entlang des Mantelsaumes glänzten und strahlten, so dass sie von seinem Aussehen sofort entzückt war. Je näher er ihr kam, desto größer wurden die Knöpfe, bis schließlich ein jeder von ihnen einer Sonne glich. Im Glanze dieser Sonnen hatte Schimej eine mächtige Gestalt, ein schönes Gesicht. Mit einem Mal entdeckte sie Gulundshaa neben sich. Diese schien ihren Sohn mit zu empfangen. Und sie sprach, die Arme sanft vorgestreckt, die Handflächen nach oben gekehrt, Verse in Stabreimen; das war dem Klang nach wie bei einem Wettstreit auf einem Fest oder bei einer Herbeischwörung von Geistern. Und das, was die Frau sprach, war wie bei allen feierlichen, gereimten Reden im Ganzen mitreißend, in Einzelheiten jedoch unverständlich. Dombuk war überglücklich, sie wünschte sich,

dass jene weiterreden möge, immer weiter. Und da wusste sie mit einem Mal auch, weshalb dieses geschah: Gulundshaa sprach mit der Stimme von Dshajnaasch. Das ist die Stimme unserer Mutter, dachte sie bebend. Also ist unsere Mutter nicht gestorben, sie hat sich nur gewandelt! Sie war glücklich so glücklich, wie sie es wohl vorher noch nie gewesen war. Wie schlecht, dass wir es vorher noch nicht gewusst haben, aber dennoch wie gut, dass wir es wenigstens jetzt erfahren, dachte sie. Sie bebte, sie glühte vor so viel Glück. Da erwachte sie. Das Erste, was sie empfand, war Enttäuschung. Dann merkte sie, dass sie geweint hatte. Sie sah die ersten gelben Pünktchen in der Finsternis durch die nassen Wimpern und wischte mit der Handfläche die Tränen ab. Dabei fiel ihr der gestrige Tag und auch dies ein, dass der Traum wenigstens in einem stimmen musste: Frau Gulundshaa war in der Nähe! Oder, kam ihr gleich der Zweifel auf, war dies, auch dies nur geträumt?! Sie stand auf, warf den Lawschak, der sie bedeckt hatte, über die Schultern und ging hinaus.

Es dämmerte noch, es war jener Zeitenbruchteil, in dem der erste Bote des Tages mit dem letzten der Nacht zusammentraf, wo es weder dunkel noch hell war, und wo die Luft von rötlich gelben und schwärzlich grauen Pünktchen zu sieden schien. Die Stute und das Fohlen waren verstummt, der Schlaf hatte sie überwältigt. Wie froh war Dombuk, als sie inmitten dieses Dämmerns die andere Jurte und einen Bruchteil des Augenblicks darauf aus ihr eine Frau hinaustreten sah! Diese wirkte verschwommen in ihren Umrissen, eine große, unwirkliche Leichtigkeit ging von ihren Bewegungen aus, sie schien zu schweben. Wie denn, ging der Traum noch weiter?! Um schnell Bescheid zu haben, schritt Dombuk entschlossen auf sie zu. Gulundshaa kam ihr entgegen. Im Dämmerlicht wirkte ihr Gesicht wie das eines Mädchens, und es war unglaublich, war wunderbar. Denn Dombuk konnte nicht wissen, dass dies das Ergebnis eines Trugbilds war. Aber sie erkannte gleichsam, dass dieses wundersam junge Gesicht bleich, sehr bleich war. Auch sie hatte einen Lawschak über die Schultern geworfen und war barfuß. So ähnelten sie einander. Dombuk, getrieben vom Verlangen, sich Klarheit zu verschaffen, brach die Stille: »Hör doch zu, Awaj! Ich habe geträumt, Ihr, Schimej und ich zu dritt ...«

Gulundshaa fasste das Kind schnell an beiden Oberarmen und rief leise aus: »Kein Wort weiter!« Dann sagte sie fast flüsternd: »Behalte den Traum für dich.«

Jetzt erst fiel Dombuk ein, dass man seine guten Träume keinem verraten durfte. Sie war jetzt enttäuscht von sich selbst und verbittert über ihre eigene Einfältigkeit, denn Gulundshaa hatte wieder ihre frühere, die fremde Stimme und nicht die, die sie vorhin während der Traumes gehabt hatte. Ich dummes Weib, schimpfte das Mädchen in Gedanken sich selbst: Hätte ich die Geduld gehabt zu warten, bis sie von sich aus den Mund aufmacht, wer weiß, wie es dann gekommen wäre, denn alles hat doch bisher so gut wie gestimmt, so wie ich es geträumt habe! Erst jetzt entdeckte Dombuk die Kamele. Und sie erstarrte für eine Weile.

Gulundshaa sah das und musste die Zähne zusammenbeißen. Denn bitteres Mitleid packte sie plötzlich, Mitleid mit dem Kind. Die Reue, die sie in der Nacht gleich einer Brandwunde auf der Seele, dort wo das Zwerchfell endete, gespürt hatte, auch die Scham und die Kränkung, die sie abwechselnd gepeinigt hatten, alles schien erträglich gegenüber diesem Schmerzgefühl, das sie wegen anderer Menschen erleiden musste. Die Kinder konnten geglaubt haben, sie würden ab nun nicht mehr so verwaist sein.

Die Frau stand gekrümmt, schwankte und wimmerte leise dabei und war bereit, laut aufzuschluchzen und heiße Tränen zu vergießen, um das Leid zu erleichtern, das sie überfallen

hatte. Nur kam sie nicht dazu, denn Dombuk löste sich aus ihrer Erstarrung, warf die Arme in die Breite und sprach mit krankhafter Leidenschaft: »Vater Himmel und Mutter Erde: Arm und verwaist bin ich, das ist wahr, bin aber kein Wurm, der sich zertreten lässt! Ich werde mich wehren, und dies bei Euch und auch beim Geist meiner toten Mutter!«
Darauf lief sie zu den Kamelen und band sie eines nach dem anderen los. Die Kamele standen sofort auf und gingen mit weit ausholenden, lautlosen Schritten davon. Sie verrieten Freude und Eile.
Gulundshaa sah dem zu und stand wie angewurzelt. Sie war erfüllt von Schreck und Freude. Auch Mut bemächtigte sich ihrer, sie war angesteckt von dem Kind, und mit einem Mal wusste sie, sie musste um ihr Glück kämpfen.
Die Stute meldete sich wieder. Ihr erstes Gewieher war überlaut. Es weckte das Fohlen, die Herde, den Ail, wohl auch das Flusstal und die Berge und Wälder ringsum. Schuumur entdeckte das Fehlen der Kamele sofort. Ein dumpfer Aufschrei, darauf, sachkundig geworden, schüttelte er die Fäuste. Seine Augen schienen Funken zu sprühen, und ihr Blick war auf Gulundshaas Jurte gerichtet, bedrohlich wie ein Gewehrlauf. Da hörte er hinter sich Dombuks Stimme: »Ich war es!«
Schuumur drehte sich heftig um, ging mit einem Satz auf das Kind los und packte es am Kragen. Mit verzerrtem Gesicht und stotternd schrie er: »Wa-wa-warum das?!«
»Weil ich nicht will, dass wir hier wegziehen!«, war die Antwort. Der Mann stieß das Kind von sich weg, es taumelte einige Schritte zurück und stürzte rücklings. Dombuk schlug hart gegen die von Tier und Mensch festgetretene Erde auf. Die Stimme blieb ihr lange weg. Dann, als diese zurückkam, stand sie schon wieder auf den Beinen. Es war zuerst ein Schrei, aus den Leibeskräften eines Wesens zustande gekommen, das in der Seele verwundet war. Das Geschrei, das zu-

nächst keinen weiteren Sinn hatte, als diesen großen Schmerz auszudrücken, verwandelte sich nach einigen Wiederholungen in Rufe an den Himmel, die Erde und ihre Gegenstände im Einzelnen.

»Ihiiij, blauer Himmel, sieh! Eheeej, schwarze Erde, höre! Ajaaj, Chomdu-Fluss, halte an! Uhuuuj, Erik-Arga, wisse! Warum habt ihr uns die Mutter genommen?! Was habt ihr davon?! Was haben wir euch Schlechtes getan?! Ihiiij, Vater-Altai, sage, warum, warum, warum das, eeeheheeej!«

Schuumur packte das wie irre kreischende Kind, wollte es zum Schweigen bringen, er schüttelte und brüllte es an. Doch Dombuk schrie noch lauter, noch wilder: »Schlag mich tot, sag aber vorher, wofür! Ich habe nichts verbrochen, der blaue Himmel und die schwarze Erde sind meine Zeugen!« Dazwischen und danach schrie sie, sie schrie und schrie.

Gulundshaa war herbeigeeilt. Sie hing an Schuumurs Arm und rief: »Lass von dem Kind ab und höre, was ich sage!«

Schuumur ließ Dombuk los und befreite sich barsch aus Gulundshaas Griff. Er lief zu dem Lassostrick, den Dombuk am Pflock hatte liegen lassen, hob ihn auf und hantierte daran.

Gulundshaa hielt Dombuk im Arm, wischte ihr die Tränen mit der Hand aus dem Gesicht und versuchte auf sie einzureden, sie bat sie, zur Besinnung zu kommen und mit dem Schreien aufzuhören, da ihre jüngeren Geschwister und auch das Vieh im Schlaf aufgeschreckt werden und ebenso die Berge und der Fluss erzürnt werden könnten. Das Kind ließ sich trösten, es beruhigte sich ein wenig und ging zu schluchzendem Weinen über. Da aber waren die Kinder schon wach geworden und herausgerannt. Sie standen alle drei dicht aneinander gedrängt. Schashynbaj hatte ihren Dshagy umgehängt, Dongur und Tasaj waren in Hemd und Hose, was um diese Jahreszeit ihre ganze Kleidung in der Jurte und im Freien darstellte. Nun sprach Gulundshaa.

»Hör zu, Schuumur!«, begann sie betont ruhig und legte eine kleine Pause ein. »Selbst ein jedes Tier kann sich verständigen mit seinen Artgenossen«, fuhr sie fort und machte eine schnelle Kehre. »Wir sind Menschen, und uns sind Sprache und Verstand gegeben. Alle deine Kinder stehen hier um dich herum, sie sind längst in der Lage zu verstehen, was sie sehen und hören. Es ist jammerschade, wenn ich wieder euren Hausfrieden gestört und euch Ärger und Kummer verursacht habe. Meine Absicht war das nicht. Vielmehr wollte ich euch beistehen, euch meine Nähe, alles, was ich habe, alles, was ich kann, anbieten, da ich dachte, ihr hättet es nötig. Aber auch, da es eine Zeit gab, wo ich mich vor euch und anderen, die heute nicht mehr unter uns sind, schuldig gemacht habe. Ich war so dumm zu glauben, ich könnte nun jene Schuld wieder tilgen.«

Sie hielt inne, verfolgte Schuumur, der immer noch mit dem Lassostrick hantierte, mit ihren Augen. Dann fuhr sie fort: »Die Kamele können sich nicht weit entfernt haben. Reite ihnen nach und hole sie zurück. Indes werde ich mit den Kindern eure Jurte zum Umzug rüsten.«

Bei diesen Worten erhob Dombuk erneut ein Geschrei, in das auch die anderen Kinder einfielen. Schashynbaj begann mit ihrer tiefen, tonlosen Stimme als Erste, und die Jungen folgten mit ihren hellen, scharfen Stimmen wie aus einer Kehle. In diesem Augenblick setzte erneut lautes Gewieher der Stute ein, das von dem Fohlen erwidert wurde. Gulundshaa wandte sich wieder Dombuk zu, die von allen Kindern am heftigsten schrie. Nur ließ sie sich diesmal nicht trösten, sie schien im Zorn vergehen zu wollen, stampfte dazu mit ihren wetterrissigen Füßen auf die Erde, so, dass wie ein stummes Echo ihrer Schreie Staub aufstieg. Die Frau hielt das Kind wie flehend im Arm, behielt auch die anderen Kinder im Blick. Hin und wieder richtete sich dieser Blick auch auf den Himmel,

und aus ihrer Haltung war zu schließen, dass die Würde, die sie soeben zur Schau gestellt hatte, nun wankte.
Schuumur warf den Lassostrick zu Boden und blickte auf, sein Gesicht wirkte fast schwarz, sein Kinn bebte. Ihm schien der Verstand auszusetzen. Mit einem Laut, der mehr Geröchel als Gebrüll war, und mit erhobenen Fäusten lief er auf sie zu. Sogleich musste er wohl die Sinnlosigkeit dieses Kampfes einsehen, denn die Kinder, zumindest die drei Jüngeren rissen vor ihm nicht aus, wie er es erwartet hatte, sondern blieben jeder auf seinem Fleck, und kreischten nun nur umso lauter. Aufgebend senkte er die Fäuste, lief schnaubend davon. Eine gute Weile rannte er gleich einem Wahnsinnigen in scharfen Ecken hin und her, schien dann zur Besinnung zu kommen, eilte auf die Jurte zu, trat ein und blieb verschwunden. Die Kinder beruhigten sich nun langsam und gingen auf Gulundshaas Weisung zum Fluss, um sich die tränenüberströmten Gesichter zu waschen. An ihrer eigenen Jurte angekommen, sah die Frau den Kindern nach und musste sich plötzlich schütteln. Dombuk schritt, an jeder Hand einen Bruder, mit vorgebeugtem Oberkörper, Schashynbaj trottete hinter ihnen her, einsam und mutlos.
Gulundshaa empfand in allen Gliedern eine große Schwäche, schwankend trat sie in ihre Jurte ein, hatte sich aber noch in der Gewalt. So blieb sie in der Jurtenmitte stehen und versuchte, nicht auf das Bett zu blicken, denn sie wusste, dass sie in Tränen ausbrechen würde, wenn sie dazu käme, sich hinzustrecken und unter sich einen Halt zu wissen.
Das Flusswasser wirkte weich und lau. Es war, als ob es, die Sonne vom Vortag in ihm aufgelöst, auf die Kinder gewartet hätte. Dombuk zog die Brüder splitternackt aus, stellte sie ins Wasser und wusch sie gründlich ab. Die beginnende Schamhaftigkeit bei Dongur musste sie gewaltsam überwinden. »Lass die Dummheit, Junge!«, belehrte sie ihn streng. »Das ist

etwas, was sich unsereiner nicht leisten kann.« Währenddessen ließ sie Schashynbaj die Hosen und Hemden der Brüder lausen. »Wie sieht es aus?«, erkundigte sie sich bei ihr.
»Es geht«, antwortete diese.
»Es geht, es geht!«, äffte sie die jüngere Schwester nach. »Also ist was! Hoffentlich schaffen es deine Augen, auch die Nissen auszumachen! Schau gut in den Nähten nach!«
Die Brüder entließ sie mit der selbstzufriedenen Bemerkung: »Eine Weile könnt ihr euch am Ufer austoben!« Dann prüfte sie die Kleidungsstücke, die Schashynbaj durchgesehen und aus der Hand gelegt hatte. Die jüngere Schwester verriet Unsicherheit, schielte versteckt herüber, und Dombuk wusste natürlich Sachen zu finden, die ordentliche Rügen verdienten. Schashynbaj, die schutzlose Kreatur im Reich der Menschen, duckte sich und nahm die belehrenden und beleidigenden Bemerkungen wortlos hin. Die Kinder blieben bei Dombuks Sinn für Tüchtigkeit ungewöhnlich lange am Fluss und kamen ausgelassen zurück. Sie schienen vergessen zu haben, was am frühen Morgen vorgefallen war.
Schuumur hatte die Jurte aufgeräumt und Tee gekocht. Vor ihm stand neben der Messingkanne die flache Holzschüssel. Sie war reichlich gefüllt mit *Gurut* und *Öreme.* Kanne und Schüssel standen auf dem viereckigen Brett, das den Tisch darstellte. Schweigend und mit mildem Blick empfing der Vater seine Kinder. Der Zorn war verschwunden. Nur qualvolle Unsicherheit wohnte in seinem Blick, und er versuchte sie vergeblich zu verheimlichen. Auf Dombuks Bewegung hin nahm ein jeder seine Trinkschale und hockte sich neben dem Herd nieder. Der Vater schenkte Tee aus. Die Jungen wagten nicht, sich an die Schüssel heranzumachen. Dombuk nahm zwei beträchtliche Brocken aus der Schüssel, belegte jeden mit einem Bruch Öreme und reichte sie den Brüdern auf die Hand. Dongur und Tasaj verständigten sich mit den

Augen, den Leckerbissen erst draußen zu genießen. So tranken sie den Tee, den sie in der Schale hatten, wie um die Wette aus und standen auf. Beim Hinaustreten wollte jeder der Erste sein, was keinem gelang. Sie zwängten sich durch den Türrahmen, und Tasaj stolperte dabei. Obwohl die erwartete Rüge ausblieb, fauchte er draußen mit verzogenem Gesicht und halb flüsternd den älteren Bruder an: »Du bist schuld daran!« Dongur kam ihm friedfertig entgegen: »Na gut. Dann halte eben meine Gurut, und ich werde beide Schalen abwaschen und in die Jurte bringen!« Die Jungen hatten ihre Freude an dem Gurut vom Vorjahr. Er hatte eine steinharte Außenrinde und ergab, wenn er fein zermahlen und mit der kesselfrischen Öreme zu einer flüssigen Masse gekaut war, einen betörenden Geschmack. Sie erlaubten einander, an dem Stück des anderen zu knabbern, dabei aber blieb jeder auf der Hut, dass ihn der andere nicht benachteiligte. So hatten sie eine weitere glückliche Stunde aus der unendlich scheinenden Zeitmenge des Lebens.

Die Mädchen frühstückten flüchtig und gingen ihren Pflichten nach. Zuerst kam das Melken. Dombuk machte sich an die Yakkühe und Schashynbaj an die Schafe und Ziegen. Anfangs molken die Mädchen still. Das war bedrückend, wie immer, wenn stumm gemolken wurde. Doch dann erklang Dombuks Stimme, sie war anfangs zittrig und unsicher, wurde jedoch nach und nach fester, gewann an Sicherheit: *Gürgüi,* gürgüi, gürgüi ... Das Ganze bestand aus dem einen Wort. Aber es war ein Gesang mit einer guten Melodie. Der Erguss der Milch aus den vier Zitzen wirkte wie das Herniederprasseln eines kleinen Regens, wie ein fortwährender Trommelschlag. Bald fing auch Schashynbaj an zu singen mit ihrer heiseren, brüchigen Stimme, wobei der Text bei den Ziegen lautete: *Dshitschij,* dshitschij, dshitschij ... War sie jedoch bei den Schafen angelangt, wechselte sie den Text in:

Toega, toega, toega ... Und sie wusste nicht, weshalb sie diesen Unterschied machen musste, kein Mensch wusste das. Aber es war so überliefert, und Tatsache war, dass kein Schaf sich ein Dshitschij gefallen ließ und ebenso keine Ziege auf ein Toega einging. Bei Schashynbaj kam es schon vor, dass sie eine Ziege mit einem Schaf verwechselte. Aber das musste sie alsbald bemerken, denn das Euter blieb kalt, und die Zitzen blieben leer. Ansonsten aber brauchte sie das Tier am Euter nur anzufassen, die Zitzen ein paarmal zu streicheln und schon schoss Milch hinein, das Euter lief warm an, und das Tier stellte sich genüsslich wiederkäuend mit gespreizten Hinterbeinen hin. Nun sangen und molken die Schwestern um die Wette. Und dieses schien Frieden auf die Tiere, die Herden, den Ail und auf Berg und Tal auszustrahlen. Eigentlich gehörte es sonst zu den Pflichten der Jungen, den älteren Schwestern beim Melken kleinere Hilfen zu leisten. Aber heute wurden sie nicht gerufen, und so blieben sie auf der Sonnenseite der Jurte sitzen.
Schuumur suchte sich eine Beschäftigung, die eigentlich Zeit gehabt hätte: Er breitete in der rechten Jurtenhälfte seine Jagdausrüstung aus, um den Inhalt der Ledersäckchen verschiedener Größe und den der Stoffbündel verschiedener Farbe zu prüfen, manches zu mischen, und dieses und jenes auszubessern. Das war wie eine Bestandsaufnahme. Er tat es sonst erst wie alle Männer, die die Jagd als eine Nebenbeschäftigung betrieben, gegen Ende des Sommers, wenn dem Murmeltier das junge Haar ausgewachsen war und das Fell zu etwas taugte, wenn die Zeit herangerückt war, in der man die langen Ritte machte, oft mit einem Führpferd. Die kleinen Ausritte zu den Murmeltieren in der Ailnähe, die man zwischendurch unternahm, dienten als Übung.
Die Stute und das Fohlen lärmten wieder. Sie hatten eine größere Pause gemacht, und mussten sie wohl auch machen,

denn für ein fortwährendes Gewieher hätte ihnen nach alledem die Kraft schwerlich gereicht. Die Menschen hatten das zweistimmige Gewieher, diesen Wechselruf einer Tiermutter und eines Tierkindes im Ohr. Dort saß es, fraß sich weiter bis in das Bewusstsein, bis in die Seele, und man wünschte, die verwaisten Tiere würden zueinander finden, um aus dem gespaltenen Glück wieder ein ganzes werden zu lassen. Dieser Wunsch, von dem man noch nicht wusste, ob er sich erfüllen würde, schmerzte, brannte irgendwo, wie ein Dorn, der im Körper steckt. Also litten die Menschen beim Gewieher der Stute und des Fohlens. Aber sie versperrten dieses Gefühl in sich. Mehr noch, sie taten so, als würden sie das Gewieher schon nicht mehr hören und das Fohlen und die Stute nicht mehr sehen. Aber dieses Leiden war bei den Einzelnen recht unterschiedlich abgestuft. So war es bei Schashynbaj ein lähmendes Leiden, während es bei Dombuk ein beflügelndes war. Bei jedem Wiehern der Stute dachte sie: »Na warte, du alte Dirne, gleich werden wir sehen, wer die Wette gewinnen wird, du oder ich!« Sie dachte dieses mit Schadenfreude, die beim Ausgang der Wette entweder in Mitleid oder in Hass münden musste.

Gulundshaa hatte sich in der Gewalt und im Gleichgewicht halten können. Nun sah sie ruhig auf die Welt und fand, dass die Dinge ihre eherne Ordnung hatten. Alles war dort und so, wie es sein sollte. Ein jeder zeigte sich geschäftig und dem Schlag, der sie alle zu früher Stunde überrascht hatte, entronnen. Bei dieser Feststellung empfand sie Erleichterung, aber auch Enttäuschung. Dieses, weil sie sah, dass auch ohne ihr Zutun die Welt bestand und das Leben bestens verlief. Aber das war kein Grund, nun die Festung aufzugeben, die sie sich verschafft hatte. Ihr ausgiebig gewaschenes Gesicht, das sorgfältig gekämmte Haar und das stramm gebundene Kopftuch darüber verliehen ihr ein feierliches Aussehen. Sie stellte den hölzernen Melkeimer abseits von der Yakkuh hin und ging zu dem zweijährigen Kalb, um es ein zweites Mal kurz an das Muttertier heranzulassen, damit in das Euter der Kuh wieder Milch strömte. Das vorjährige Kalb war frech geworden in der letzten Zeit. Aber Gulundshaa fasste es jetzt so fest am Hals, dass es spüren musste, mit Frechheit war nichts zu erreichen. Die Entschlossenheit, sich zu behaupten, war in der Frau endgültig erwacht. An diesem Tag kam die Sonne zögernd, sie brauchte lange, bis sie die Berge, die ihr im Wege standen, erklettert hatte. Aber dann, als sie einmal über den Charaat-Kamm gestiegen war, erhob sie sich schnell und loderte ungestüm. Die Sommerhitze brach herein. Es war die erste in diesem Jahr.

Churaj, churaj, churaj ... Das war nur halb gesungen, allein, in der hellen Stimme Dombuks, die dieses unvermittelt und hemmungslos hintereinander ausrief, lag etwas Ergreifendes und Erschütterndes. Die Stute und das Fohlen hatten das Wechselgewieher gerade wieder aufgenommen. Nun verstummten sie abrupt. Sie schienen überrascht, und überrascht waren auch die Menschen. Ein jeder unterbrach seine Beschäftigung und lauschte. Denn es waren doch Beschwörungsrufe, und sie galten immer dem Himmel und der Erde!

Erhör diese Bitte, Vater Himmel!
Erhör dieses Flehen, Mutter Erde!
Erhört es und steht mir bei,
Die ihr mir eine Stimme gabt und die Mutter nahmt,
Churaj, churaj, churaj!

Das war nun schon gesungen, der Gesang hatte eine gute, die allbekannte Melodie. Und die Stimme des Mädchens erhob sich aus dem Stimmengewirr des Tages, wirkte mächtig, wühlte auf. Die Ausrufe erschollen bis in die Wälder an den oberen, steilen Nordhängen der südlichen Berge, bis an den Fluss und an die Felsen hinter ihm. So hallte es von zwei Seiten und hintereinander wider: Churaj, churaj, churaj ... Dombuk stand in einiger Entfernung von der Stute in der Hürdenmitte, hielt den Kopf schief und schien gespannt auf das Echo der eigenen Stimme zu lauschen. Es kam ihr wie eine Antwort der himmlischen und irdischen Elemente vor, die sie umgaben. Sie war in sich vertieft wie eine Schamanin, war feierlich gestimmt und von der Macht ihrer Kunst fest überzeugt. Sie wartete, bis ihre Ausrufe, die sie in alle Himmelsrichtungen ausgeschickt hatte, zurückkehrten und sich im Gesumm, dem Atem des Tages auflösten. Dann rief sie, wie aus einem Traum erwachend, mit schneidend heller Stimme: Guruj-guruj-guruj! Die Stute und das Fohlen wieherten gleichzeitig, und sie wiederholten es mehrmals hintereinander. Es war wie ein Schreckensruf, wie ein Alarmschrei.

Gib deine weiße, weiße Milch, Mutter!
Lösch den roten, roten Brand aus,
Den Durstbrand, der brennt auf der Zunge,
Auf der Zunge deines armen Kindes,
Guruj-guruj-guruj!

Die Stimme des Kindes übertönte das pausenlos andauernde Gewieher der Stute und des Fohlens. Mit neuem Gewieher und Sprüngen antworteten die Tiermutter und das Tierkind auf den Gesang, den Ausruf. Aber Dombuk achtete scheinbar nicht darauf, denn sie bewahrte die Haltung, in der sie gestanden und gesungen hatte. Doch das war nur gespielt, war gezielt, berechnet. Das war ihre Rache an der Stute und an der Natur, an ihren Gesetzen. So sang sie weiter, und jedes Mal, wenn eine Strophe zu Ende ging und das dreifache

Guruj wiederkehrte, entstand Unruhe: Die Stute bäumte sich auf, ging auf die Hinterbeine, verlor das Gleichgewicht und stürzte. So schien sie die Dreifußfesseln zerreißen und den Birkenpflock brechen zu wollen, aber ihre Kräfte waren schwächer als ihr Wille. Doch konnte sie diese schlichte Wahrheit nicht begreifen und unternahm den Versuch, den Fesseln und dem Strick zu entkommen, stets von neuem. Wieder sah man Blut an ihren Lippen, auch ihre Augen waren rot unterlaufen. Ihre glänzenden, blutroten Augen zielten in die Richtung, aus der das Gewieher des Fohlens kam, sie schienen durch die Jurte hindurchzublicken, auf die unsichtbare Stelle hin, an der sich das Fohlen befinden musste. Dabei zitterte und bebte sie am ganzen Körper, und ihr Gewieher wurde immer brüchiger, immer ähnlicher dem Geschrei einer Wahnsinnigen. Endlich hielt Dombuk den Augenblick für gekommen und gab den Brüdern, die schon die Anweisung bekommen und auf einen Wink gewartet hatten, das Zeichen. Darauf trat sie selber an die Stute heran, nahm ihr die Fesseln ab und band sie vom Pflock los. Aber noch hielt sie den Pflock fest in der Hand, und die Stute preschte in wilden Sprüngen um sie herum. Da kam das freudige Wiehern des Fohlens näher, und Dombuk ließ die Stute los. Sie galoppierte schnaubend davon, dem sich nähernden hellen Gewieher entgegen. Von dem heftigen Ruck schnellte das freie Ende des Lassostricks pfeifend hoch in die Luft, ringelte sich, löste und glättete sich alsbald und fiel nur langsam und schwebend herab. Das Fohlen kam hinter der Jurte hervorgeschossen, die Stute stürzte sich ihm mit Geröhr entgegen. Sie waren zu schnell und galoppierten aneinander vorbei. Beide kamen in einem Bogen zurück, aber wieder verfehlten sie sich. Doch diesmal gelang es ihnen, sofort zu bremsen und kehrtzumachen. Sie stießen sich wie zu einem ersten Gruß mit dem Maul, berochen einander. Dann näherte sich die Stute mit einem dumpfen Gebrumm dem Fohlen, sie beroch es am Hals und am Rücken und wollte sich mit gespreizten Beinen hinstellen. Allein, das Fohlen drehte sich abrupt um und trabte davon. Die Stute folgte ihm. Das Fohlen lief schneller, auch die Stute tat es, und so wurde daraus ein Rennen. Es riss vor ihr aus, und sie jagte hinterher.

Dombuk hatte einen Fehler gemacht. Sie hatte bisher nur Fälle mit Fohlen erlebt, die von ihren eigenen Müttern verstoßen worden waren. Da war die Stute für das Fohlen immerhin die eigene Mutter und hatte den Muttergeruch. Bei einem Fohlen jedoch, das von einer anderen Stute angenommen werden sollte, blieb diese, auch wenn sie umgestimmt war, die Fremde, und es musste sich erst an sie gewöhnen wie diese an jenes auch. Hierzu musste aber zuerst der fremde Geruch überwunden werden. Das Fohlen, zottig und verschnürt, bot ein jämmerliches Bild: Man sah ihm an, dass es alles daran setzte, der Stute zu entkommen. Die Stute dagegen sah mit ihrer flatternden Mähne und ihrem fliegenden Schweif stolz und gefährlich aus. Aber das war nur der äußere Schein. In Wirklichkeit war sie nahe daran, jeden Augenblick zusammenzubrechen, denn sie war am Ende ihrer Kräfte. Doch war in ihr Euter, das tagelang einem Stein geglichen hatte, das Leben zurückgekehrt: Milch lief, gleich zwei weißen Fäden, aus den Zitzen.

Das Fohlen wurde am Waldrand eingeholt, drehte sich in seiner Angst jäh um und galoppierte zum Ail zurück. Beide kamen mit dem Rest ihrer Kräfte an. Zuerst brach die Stute zusammen. Mit einem Hinterhuf trat sie in ein Zieselmausloch, stolperte rückwärts, kam aus dem Gleichgewicht und sackte zusammen. Es sah aus, als legte sie sich hin, zuerst auf die linke Flanke, dann auf den Bauch. In dieser Lage blieb sie. Das Fohlen fiel schnell aus dem Galopp, gab auch den Trab sogleich auf und blieb endlich nach ein paar Schritten stehen.

Die Kinder kamen gerannt, fingen das Fohlen ein und führten es langsam auf die Stute zu. Diese brummte leise, und ihre Augen waren auf das Fohlen gerichtet, ihr Blick war klar und warm. Das Fohlen dagegen blickte zerstreut und unschlüssig, und sein schwacher Widerstand drückte Furcht aus. Das vom Schweiß glänzende Fell der Stute zuckte und zitterte. Das Fohlen hingegen steckte bis auf den Kopf unter dem fremden, nun schon vertrockneten Fell. Dombuk fasste die liegende Stute an der Mähne und rief mit trillernder, unbarmherzig scharfer Stimme: Gurrruj-gurrruj-gurrruj!
Ein Schlag schien in den Leib der Stute zu fahren und blieb als knisternde, prickelnde Welle, denn der Gesang setzte wieder ein:

Gib deine weiße, weiße Milch, Mutter!
Einem ist es gelungen aufzustehen,
Einem ist es gegeben zurückzukehren,
Und es ist deines, sieh und erkenne es!
Gurrruj-gurrruj-gurrruj!

Die Stute versuchte, sich hochzurecken, die Sängerin half ihr, und es gelang dem Tier, aufzustehen und das Gleichgewicht zu finden. Die Jungen zerrten das Fohlen an die Stute heran, duckten seinen Kopf unter ihren Bauch und steckten ihn zwischen ihre Hinterbeine. Das Fohlen wehrte sich gegen den Druck, doch das geschah nicht stürmisch, nicht offen; es schielte nach den Hinterbeinen der Stute, nach den schweren Hufen mit den scharfen Kanten. Sein Gedächtnis konnte ihm das Bild vom Vortag noch erhalten haben. Brummend beroch die Stute indes das Fohlen am Rücken, am Schwanz, ermunterte es durch ein zartes Berühren mit ihren samtenen Lippen zum Trinken. Das Fohlen tastete ungläubig nach dem Euter und erfühlte es: Es war warm und prall, es klopfte! Da schnappte es entschlossen nach einer Zitze und begann gierig zu saugen. Es verschluckte sich, aber es konnte sich von ihm nicht mehr trennen. Es war dem Verdursten nahe gewesen. Sein Gaumen, seine Zunge, seine Kehle waren ausgetrocknet, sie hatten gebrannt. Nun hatte es die warme Eutermilch, die ihm so gefehlt und die ihm nichts hatte ersetzen können. Und es löschte Zitze für Zitze den Brand, der in ihm geschwelt und bereits begonnen hatte, seinen jungen, sich erst festigenden Körper Zelle für Zelle zu zerstören. Die Wollust war groß, und ebenso schwelgte die Stute in Wohlbehagen. Sie stand mit gespreizten Hinterbeinen, mit leicht angehobenem Schwanz und weit vorgestrecktem Hals. Hin und wieder kam ihr Kopf, vergrub das Maul in das schon vertrocknete Fell, schnupperte darin, und erfasste dabei auch den Schwanz, der unter dem toten Fell hervorquoll und quicklebendig wedelte. Dabei war ein ununterbrochenes, leises, dumpfes Brummen zu hören, das die Stute wie eine Liebesgabe in unsichtbaren feinen Körnchen über das Fohlen zu streuen schien. Dann aber kam keine Milch mehr aus dem Euter. Es hing schlaff und leer herunter, ebenso beide Zitzen, nach welchen das Fohlen abwechselnd schnappte und an denen es herumzerrte. Auch sah man der Stute an, dass ihr Wohlbehagen, in dem sie gerade eben noch geschwelgt hatte, verschwunden war. Sie wurde unruhig, das Gebrumm, das aus ihrer Brust wie Quellwasser hervorgequollen war, versiegte. Dombuk, die gleich einer Zauberin das Geschehen beobachtet hatte, nahm ihren Gesang wieder auf:

Gib deine weiße, weiße Milch, Mutter!
Frag deine Augen: Es ist deines
Frag deine Nase: Es ist deines
Ist dir doch aus deinem Leib geschlüpft
Gurrruj-gurrruj-gurrruj!

Die Stute wieherte auf. Es war ein leises, gequältes Wiehern. Es war, als ob sie sagen wollte: Ich kann nichts dafür. Sie war ausgeschöpft, war machtlos. Das Fohlen gab auf, an den leeren Zitzen zu zerren, trat einen Schritt zurück, hob den Kopf und seufzte. Die Blaugraue stieß es mit dem Maul zärtlich in die Flanke und brummte leise. Es war wie eine Entschuldigung. Dombuk ließ die Stute und das Fohlen von den Brüdern auf die Weide führen, ging selber hinterher und sang:

Gib deine weiße, weiße Milch, Mutter!
Vernimm die Bitte der Mutter Erde
Vernimm das Flehen des Vater Himmels
Sie wachen, sie schauen und warten auf dich
Gurrruj-gurrruj-gurrruj!

Die Sonne wirkte immer verschwommener, je höher sie stieg. Sie schien zu zerfließen. Ein Feuerschein ging von ihr aus und verbreitete sich nach und nach über den ganzen Himmel. Die Blumen hatten sich der Sonne entgegengestreckt, gleich winzigen verwandelten Splittern, winzigen überschwappenden Spritzern von ihr. Nun standen sie reglos, wie betäubt, und wer dem Gesumm der Berge, der Wälder und des Flusses lauschte, der meinte, ein Stöhnen zu hören. Dies musste von den Blumen kommen, die sich erst am Morgen so emsig hochgereckt, der Sonne so freudig dargeboten hatten, nun aber wie betäubt dastanden wie vor dem Untergang. Und von den Gräsern, die im Kampf mit dem Vieh, den kühlen Reifnächten, den immer noch hereinbrechenden Stürmen lebten und wuchsen. Und von den Wäldern, die immer noch bestanden. Und von den Steinen, die scheinbar sinn- und leblos herumlagen, in Wirklichkeit jedoch ein anstrengendes, dazu ein kunterbuntes Leben lebten. Alles, was lebte und scheinbar auch nicht, aber auf jeden Fall um das Dasein

zu kämpfen hatte, von all dem musste dieses Stöhnen ausgehen. Die Wärme hatte sich, wie allzu oft, auch in diesem Jahr verspätet, die Hitze jedoch war zu früh gekommen. Es war ein für Mensch und Tier und auch alle anderen Elemente zwischen Himmel und Erde unbegreiflicher Sprung.
Selbst Schuumur, der in der Jurte im Schatten saß, spürte die Hitze, die Schwüle. An einem anderen Tag wäre es für ihn das Selbstverständlichste gewesen, die Kinder herbeizurufen und ihnen zu sagen, sie sollten die Filzwände der Jurte hochkrempeln, damit ein Luftzug käme. Aber an diesem Tag empfand er Scheu, seinen väterlichen Willen den Kindern mitzuteilen. So musste er selber aufstehen und hinausgehen. Und als er hinaustrat, sah er Gulundshaa. Sie saß im Schatten ihrer Jurte und gerbte ein Fell. Sie hatte die Beine ausgestreckt und hielt das Schafsfell mit dem einen Zipfel zwischen den Füßen festgeklemmt, hielt es an einem anderen Zipfel und mit dem einen Ende des Gerbstocks zusammen in der linken Hand, die rechte Hand lag über dem anderen Ende des Stocks. Sie arbeitete mit Hingabe, drückte mit ihrer Haltung, mit ihren Bewegungen Eile aus, in der sie, wie Schuumur dachte, mit ihren Gedanken sein musste. Die Arme waren bis auf die Schultern frei, der dünne Lawschak, den sie trug, war zur Hälfte ausgezogen, und beide Ärmel waren über der Brust verschnürt. Auch ein Bein lugte bis zur Mitte des Oberschenkels nackt unter dem Fell hervor. Schuumurs Blick hatte sie zufällig getroffen und ließ sich nicht gleich wieder abwenden. So stand er für einen langen Augenblick da und kam sich dabei ungeheuerlich, eines Mannes unwürdig vor.
Als er über seinen Blick endlich Gewalt hatte, drehte er sich rasch um und warf beim Hereintreten den Türfilz heftig über die Jurte. Aus der Fassung geraten, musste er erst überlegen, was er nun zu tun hatte. Gulundshaa hatte jugendlich unbekümmert ausgesehen. Obwohl im Schatten sitzend, hatten

ihre Haare geglänzt, und im Schein des weißen Felles hatte ihr ebenmäßiges, immer noch mädchenhaftes Gesicht und ihr gerader, strammer Oberkörper mit dem geschwungenen, faltenlosen Hals und den runden, glatten Schultern gestrahlt. Auch die Art, in der sie schwungvoll und geschmeidig ihren Oberkörper erst nach vorne und gleich darauf, das Fell unter dem Gerbstock, nach hinten geworfen hatte, hatte ihre helle Haut in einem Goldschimmer erscheinen lassen. Dshajnaasch hingegen hatte eine andere, bläulich schimmernde Haut gehabt. Das musste daher rühren, dass sie sich nie auszog. Es war ihm unerträglich gewesen, wenn sie sich eine Schulter oder ein Knie entblößte, der Anblick ihrer bleichen, fast glanzlosen Haut mit den geästelten blauen Äderchen hatte ihn immer erschreckt. Dshajnaasch war schüchtern gewesen, und ganz nackt hatte er sie nie gesehen.

Die Zeit schien zu stehen. Die Luft glühte und flimmerte, war dick und schwer. Sie klebte, lastete und breitete lähmende Trägheit aus. Die Lerchen, die Zieselmäuse und die Heuschrecken waren verstummt. Selbst der Fluss lag still, gleich einer hingeworfenen Schärpe, ohne ein Rauschen. Allein Dombuks Gesang dauerte an. Er war wie eine Brise, die durch die Luft wehte und den müden, stummen Tag wachzuhalten suchte. Zu dem hellen, eindringlichen Gesang gesellte sich hin und wieder das dumpfe Gebrumm der Stute. Es war wie eine Aufmunterung für die Sängerin.

Das Mädchen stand unterhalb der Stute, des Fohlens und der Kinder, immer den einen Arm hinter dem Rücken und den anderen auf der Brust, dazu den Kopf im Nacken, in der Haltung einer Schamanin. Sie stand gerade und starr, den Blick fest auf die Stute gerichtet. Nur ab und zu hob sie den Blick und erfasste den Bergrücken und den Himmel darüber. Von dorther, so kam ihr vor, kamen zu ihr die neuen Worte, die sich, bei ihr angekommen, in Strophen und mit dem

Eintritt in ihre Kehle in Gesang verwandelten und dann den Lauschenden ans Gewissen gingen wie sanfte Peitschenschläge. Die Stute mähte mit ihrem mächtigen Gebiss gierig das Gras der sumpfigen Bergwiese, Büschel um Büschel, ließ dabei das Fohlen nicht aus den Augen, und ihr leises Schnauben zu dem wiederkehrenden dreifachen Gurrruj war Beweis dafür, dass sie dabei den Gesang im Ohr hatte. Das Fohlen schmiegte sich an die Stute und richtete dabei seine ungläubig verwirrten Augen bald auf sie und bald auf die übrige Welt. Es ging mit zaghaften Schritten vorwärts neben der Stute, die sich fressend am Strick bewegte. Die Jungen hockten in einiger Entfernung von den Tieren und steckten in einem kleinen Spiel, anscheinend hörten sie dabei dem Gesang der älteren Schwester zu, denn richtete einer ein Wort an den anderen, so geschah dies lediglich im Flüsterton.

Gulundshaa war in Arbeitswut. Noch am Vormittag gerbte sie sieben Felle. Das war die erste Nachgerbung. Noch zwei bis drei Mal nachgegerbt, würden die Felle, die als brüchige Rohhäute zu ihr gebracht worden waren, Samt und Seide gleichen. Die Felle gehörten einem kasachischen Baj. Die Kasachen hatten im Allgemeinen keine Ahnung von der Gerbkunst. Man konnte sie, wenn man wollte, leicht betrügen. Aber bei Gulundshaa gab es das nicht, dass sie ihre Arbeit einmal gewissenhaft und ein anderes Mal weniger gewissenhaft verrichtete. Und das war unabhängig davon, ob man sie für ihre Arbeit entlohnte oder nicht. »Meine Hand soll Gutes tun für meinen Namen«, war der Gedanke, der ihren Kopf bewohnte und an dem sie ihr Leben lang festhielt.

Dann setzte sie den Kessel auf und machte Feuer, eine mühselige Arbeit bei der Hitze, aber es musste sein. Denn die Sitte verlangte, dass man beim Zusammenkommen wie beim Abschiednehmen die Ail-Leute zu einem Tee einlud. So gab es jedes Mal eine feierliche Runde, eine geruhsame Stunde, deren Ziel es war, zur Freundschaft beizutragen. Gewiss, eine Feinheit der Sitte lautete, dass bei der Zusammenkunft immer die Altansässigen verpflichtet waren, die Ankommenden zuerst zu einem Begrüßungstee einzuladen, während bei einem Abschied das Vorrecht, eingeladen zu werden, denjenigen blieb, die zurückzubleiben hatten. Gulundshaa war eine Frau, die es liebte, in jedem Fall ihre Pflichten getan zu haben. Nun dachte sie, so wie der Ail aussah, zu dem sie gekommen war, erst recht nicht an ihr Gastrecht, an ihr Vorrecht, das ihr die Sitte zubilligte. So kochte sie nicht nur Tee, sondern buk auch noch *Scharbing.* Sie wollte das Ailvolk mit dem Höchsten bewirten, was ihr zur Verfügung stand. Dann ging sie zu den Kindern. Sie hatte sie die ganze Zeit im Auge und den Gesang im Ohr gehabt. Ja, obwohl sie emsig arbeitete, hatte sie das, was in der sumpfigen Mulde des Berghanges am Ailrand geschah, mitverfolgt und sich in Gedanken damit beschäftigt. Immer wieder war es ihr dabei vorgekommen, als ob Dombuks Gesang nicht nur der Stute und dem Fohlen gelten würde. Der Himmel und die Erde und alles, was diese einzeln und gemeinsam enthielten, konnten gemeint sein. Sie schlich auf nackten Sohlen an die beiden Jungen heran. Diese, die dicht gedrängt beieinander hockend ein der älteren Schwester ergebenes Bild abgaben und nebenbei ein heimliches Spielchen machten, blickten sie stumm, aber unmissverständlich Hilfe suchend an. Bei diesem Blick wurde ihr erst klar, welche Macht Dombuk über die beiden hatte. Von der Erkenntnis wurde ihr auch bange: Was war, wenn das Mädchen, das sich offenbar erwachsen und mächtig fühlte, nun ihr Dazukommen als Einmischung und Störung empfand? Dombuk indes, die von der Ankunft Gulundshaas anscheinend nichts bemerkt hatte, bewahrte ihre Haltung und fuhr fort zu singen:

Gib deine weiße, weiße Milch, Mutter!
Aus ihr kommt, aus ihr besteht das Leben,
Wo Kälte ist, da bist du Sonne,
Wo Hitze ist, da bist du Schatten,
Gurrruj-gurrruj-gurrruj!

Gib deine weiße, weiße Milch, Mutter!
Auch der Himmel kann verfehlen, ach ja!
Auch die Erde kann versagen, oh weh!
Da musst du dich melden und helfen
Gurrruj-gurrruj-gurrruj!

Gib deine weiße, weiße Milch, Mutter!
Eine Göttin bist du, doch nicht,
Weil ein Beutel hängt an dir, Euter genannt,
Musst zeigen dazu auch deine Seele,
Gurrruj-gurrruj-gurrruj!

Mit Beklemmung dachte Gulundshaa, ob nicht auch sie, die menschliche Mutter, mitgemeint war. Nun war sie auf eine weitere Strophe eingestellt, in der sich das Kind mit seinem unkindlichen Singen noch an einen anderen wenden würde. Aber da zitterte und überschlug sich bei der Wiederholung die unermüdliche Stimme doch und verstummte. Dombuk ließ die Arme fallen, löste sich aus der Pose und blickte hilflos herüber. Ein Schatten huschte über ihr Gesicht. Gulundshaa vermochte es zu sehen. Obwohl das ohnehin dunkle Gesicht des Mädchens nun erhitzt, fast schwarz aussah, sah sie den Schatten. Und Dombuk stammelte verwirrt irgendetwas, was sie nicht verstehen konnte. Das machte die Frau noch verlegener. So errötete sie, ihre Stimme klang brüchig, als sie sprach: »Mein Kind, ich möchte euch allen, wie es die Sitte erfordert, einen Tee geben.«

Dombuks Gesicht erhellte sich, die schmalen Augen wurden für einen Augenblick fast rund, dann rannte sie los. »Liebe Awaj!«, rief sie, noch während sie lief, und angekommen, zwitscherte sie: »Ich muss in Scham sterben! Schon gestern sind Sie mir zuvorgekommen mit Ihrem Tee! Und heute sollen wir schon wieder Ihren Tee trinken, ach, Himmel, dies, wo wir verpflichtet waren, Sie mit Tee zu empfangen!« Sie sprach es so schnell und so aufgeregt, dass die Frau, während sie ihr zuhörte, belustigt und von dummen Gedanken befreit, lächeln musste.

»Mein Zwitscherspatz!«, sagte sie dann. »Lass das. Ich sehe doch, dass du alle Hände voll zu tun hast. Werde erst groß und hab eine eigene Jurte, ich werde deinen Tee trinken, so viel ich will, bestimmt. Nun aber ist mein Tee einmal gekocht, und du holst den Vater.« Gulundshaa war überrascht von sich selbst, dass sie das mit dem Vater so leicht aussprechen konnte. Jedoch blieb die Angst, ob jener sie nicht wieder oder vielleicht erst recht für aufdringlich halten könnte.

Schuumur kam. Nach außen wirkte er gelassen und nahm, ohne erst darum gebeten zu werden, dort Platz, wo es ihm zustand: im Dör. Er sprach von der Hitze, dem ausbleibenden Regen und von der möglichen Dürre. Er sprach Fragen aus, die die Stute und das Fohlen betrafen, darauf ebenso die Kälber, die Lämmer und die Zicklein. Die Fragen waren an niemand Bestimmten gerichtet, sie fielen in die Mitte, aber eine jede von ihnen wurde sofort aufgegriffen und beantwortet, manche auch von Gulundshaa. Er nahm die Schale mit dem dampfheißen Milchtee einhändig, aber mit betontem Entgegenkommen, trank ihn laut und schlürfend und nach jedem Schluck einen dumpfen Ächzton ausstoßend, der von einem tiefen innerlichen Genuss zeugen mochte. Dabei brach er sich hin und wieder von dem Scharbing handtellergroße Stücke ab, belegte sie mit frischem Milchrahm, steckte

sie mit gemächlicher Bewegung in den Mund und kaute bedächtig.
Auch Dombuk zeigte sich betont selbstsicher, entwickelte aus jeder Belanglosigkeit, die an diesem Vormittag vorgefallen war, eine kleine Geschichte, die anderen unbedingt mitgeteilt werden musste. Dabei trank sie den Tee wie eine erwachsene Frau, heiß und in kleinen, heftigen Schlucken. Sie aß fast nichts. Die beiden Jungen hingegen aßen fleißig. Über dem Tee in ihren Schalen hatte sich eine dünne, gelbe Haut gebildet. Daran, dass sie den Tee in ihren Schalen fast vergaßen, konnte man sehen, wie gut ihnen der Scharbing schmeckte. Sie wurden dabei von der Hausherrin ermuntert, aber auch ermahnt, ihren Tee zu trinken, da sie bestimmt durstig wären bei der Hitze.
Mit Gulundshaa war eine Veränderung geschehen: Sie hatte die Sicherheit verloren, so plötzlich, wie sie sie gefunden hatte. Sie war nun über und über verlegen. Hastig schenkte sie Tee ein, türmte auf einen Teller dieses und jenes auf, was sie an Essbarem fand. Zum Schluss stellte sie auch die Messingschüssel mit den unglückseligen Fleischstücken vom Vorabend hin. Während sie dies alles tat, ging sie auf alle aufgeworfenen Fragen und Bemerkungen ein, in allem war sie bejahend. Drinnen ballten sich Hitze und Rauch, die die Jurte nur langsam verließen. Schweiß glänzte auf allen Gesichtern, und allein schon dies ergab ein unerschöpfliches Gespräch. Gulundshaa beschimpfte sich in diesem Zusammenhang als ungelenk und dumm, da sie, um ein paar Scharbingstücke zu backen, die Jurte verräuchert und die Ail-Leute wegen einer Schale Tee zu einer ungelegenen Stunde so gequält hatte.
Dieser Eigentadel Gulundshaas war echt. Der Anblick der schwitzenden Menschen um den immer noch glühenden Herd hatte sie tatsächlich auf den Gedanken gebracht, sie hätte für den Tee eine andere Stunde aussuchen sollen. Die

Gelassenheit und Ruhe, die Schuumur ausstrahlte, waren dagegen gespielt. Den würzigen Tee aus der Hand einer Hausfrau schlürfend und den mit Rahm belegten Scharbing kauend, hatte er gegen jemanden zu kämpfen, der mit jedem neuen Schluck und Bissen immer dreister wurde. Schuumur kannte diesen und nannte ihn den Teufel. Zum ersten Mal war ihm der Teufel entgegengetreten, als sein erstes Kind gestorben war. Schuumur war vor ihm machtlos gewesen, und so hatte er ihm diesen Namen zugedacht. Dann war er für lange Zeit wie ausgetrieben und verscheucht. Das dauerte so lange, bis Schuumurs kleines, stilles Eheglück mit Dshajnaasch, dem der Verlust des Kindes wie Salz in passender Menge bekam, wieder ins Schwanken kam. Da war wieder die Geschichte mit Gulundshaa. Schon war der Teufel zur Stelle, wich nicht, war weder zu überlisten noch zu vertreiben. Oft war ihm Schuumur tage- und nächtelang ausgeliefert. Nun war er wieder da. Er hatte sich in dem Augenblick gemeldet, als Schuumur Gulundshaas ansichtig wurde, wie sie mit dem Gerbstock dasaß. »Worin beschuldigst du denn die Frau?«, hatte er bei ihm leise angeklopft. Der Teufel hatte mit Schuumurs Hirn gedacht, mit seiner Zunge gesprochen. Er war leise, aber listig. Denn er ließ von ihm nicht ab und wusste wohl, dass er ihn so ermüden, ermatten und umbringen konnte. Nun war er inzwischen frech geworden und sagte: »Sie ist unschuldig!« »Vielleicht«, versuchte sich Schuumur vorsichtig zu wehren und setzte gereizt hinzu: »Aber schamlos ist sie. Eine Frau und so viel Tollheit, einem Mann so dicht ans Fell zu kriechen!« »Du Witwer mit deinem Jammerwesen und deinen Waisenkindern fällst auf im Leben wie ein Loch im Kleid, das gestopft werden muss. Sie will dir helfen.« »Wer weiß das so genau? Vielleicht will sie mehr ...« »Und wenn schon! Sie ist allein, steht einsam inmitten des endlos großen Lebens. Auch du bist einsam trotz deiner Kinder, oder?« »Ja, gewiss, manchmal sehr einsam.« »Na siehst du! Wenn sich nun zwei Einsame aneinander wärmen, was ist daran verkehrt?« »Nein, nein! Mit mir nicht! Die Erinnerung an Dshajnaasch ist mir heilig. Ich will sie nicht besudeln!« »Vor Dshajnaasch kannst du dich nicht noch schuldiger machen. Einen Menschen soll man nur zu seiner Lebzeit achten und lieben. Was dann geschieht, ist bestenfalls ein süßer Selbstbetrug. Lass Dshajnaasch aus dem Spiel, denn für sie ist nichts mehr zu erreichen. Spucke in den Chomdu oder blase in einen Orkan, das hat eher einen Sinn!«

So tobte der Streit in Schuumur. Aber er zeigte sich eben ruhig nach außen. Und um sein Spiel glaubwürdiger zu machen, beschloss er, ein guter Gast zu sein. So schnitt er sich nun von dem Fleisch handtellergroße, hautdünne Scheiben ab, rollte sie zusammen mit den Fingern der rechten Hand und warf sie mit geübter Bewegung in den Mund. Währenddessen blieb das Messer in der Hand, zwischen dem kleinen und dem Ringfinger eingeklemmt. Diese gekonnte Handhabung des Messers, die sich ältere Männer erlaubten, verlieh dem Essen eine zusätzliche Feierlichkeit. Das Fleisch war weich gekocht, abgestanden und erkaltet. Schuumur begriff, wann es zubereitet und wem es zugedacht war. Das lieferte dem Streit in ihm weitere Nahrung. Der Milchtee in der bauchigen Messingkanne war bis auf einen Rest ausgetrunken, Teller und Schüsseln waren halb leer gegessen. Ein jeder war gesättigt und, da inzwischen der Herd erkaltet war, von der anfänglichen Hitze befreit.

Dombuk hieß die Brüder die Teeschalen einsammeln, um sie draußen abzuwaschen, was auf eine kleine Widerrede der Hausherrin stieß, von den Gästen jedoch überhört wurde. Die Jungen schickten sich an, den Befehl der älteren Schwester flink auszuführen. Aber kaum waren sie aus der Jurte, kamen sie zurückgerannt, steckten die Köpfe in die Jurte und

berichteten gleichzeitig: »Das Fohlen, das Fohlen, es trinkt!« Alle fuhren auf und hasteten zur Tür. Dombuk, die als Erste draußen war, streckte die Arme nach hinten aus und hielt den Hinaustretenden die Handflächen entgegen, als Zeichen, leise zu sein. Die starr ausgestreckten Arme mit den gespreizten Fingern und den seltsam hell gewordenen Handflächen erinnerten an Flügel, die etwas zu beschützen hatten.
Obwohl man das Gesicht Dombuks nicht sehen konnte, wusste man, es war angespannt, die Augenbrauen waren zusammengezogen und die Lippen zusammengepresst. Das Kind, von dem Willen durchdrungen, mit dem Leben einherzugehen und ihm ab und zu in die Seite zu stoßen für Tritte, die einem nicht behagten, hatte sich aus der Hülle gerissen, in welcher es soeben noch gesteckt hatte. Nun war es sichtbar geworden. Sie riss ruckartig die Arme hoch, während sie auch den Kopf zurückwarf, und gleich darauf erklang hell und voll ihre Stimme:

Churaj-churaj-churaj!
Großen, großen Dank dir, ej, Vater Himmel
Großen, großen Dank dir, aj, Mutter Erde
Hört und seht dies und freut euch mit uns Menschen
Aus zwei Hälften ist ein Ganzes geworden,
Churaj-churaj-churaj!

Dongur und Tasaj standen noch zitternd vor Aufregung, die sie soeben überkommen hatte, abseits der Jurte, wie für sich allein, in einiger Entfernung die randvoll mit Wasser gefüllten Trinkschalen in einem spielerischen Kreis. So hatten die Kinder die Spiel verheißende Arbeit unterbrochen und folgten nun dem, was die ältere Schwester darbot.
Gulundshaa stand leicht gebückt, die Arme vor der Brust gekreuzt, vor ihrer Jurte. Sie war mit einem leichten Lächeln auf

dem Gesicht hinausgetreten, das von dem aufgeregten Gehabe der Kinder herrühren mochte. Nun war das Lächeln gewichen und das Gesicht wieder glatt. Hinter ihr stand Schuumur, das linke Bein vorgezogen, wie mitten im Schritt erstarrt. Man sah ihm an, dass die Gelassenheit, in welche er sich gehüllt hatte, verflogen war. Sein Blick war unruhig geworden, er ging von einem zum anderen. Die Stute stand behaglich: die Beine gespreizt und den Hals ausgestreckt, hin und wieder drehte sich der Kopf nach dem Fohlen, sie beschnupperte das Fell des anderen Fohlens, denn nun waren beide Felle durch den Geruch der Stute verwachsen. Dabei musste sie wohl ununterbrochen schnauben, nur konnte man sie nicht hören, da die Entfernung beträchtlich war. Die Stute hatte das Fohlen angenommen, und das Fohlen hatte die Angst vor der Stute überwunden. Dombuks Gesang hätte nun verspätet, überflüssig, ja, widersinnig erscheinen können, doch sie begann aufs Neue:

Churaj-churaj-churaj!
Wisst, Vater Himmel und Mutter Erde,
Wisst, Winde, Wolken, Berge, Fluss und Täler,
Ihr Brüder und Schwestern in Freud und Leid:
So manches Glück ist immer noch entzweit,
Churaj-churaj-churaj!

Ihre Stimme war wieder hell und eindringlich. Die hohen, trillernden Töne, die Zug um Zug hervorquollen, glichen Pfeilen, die die dicke, erhitzte Luft durchstießen und Gänge in das feine kühle Blau bahnten. Denn aus dem Gesang schien eine Brise zu wehen, und diese Brise konnte jenes Etwas sein, das in den Strahlen der Sonne, in den Lüften des Himmels, im Strom des Flusses, im Wiegen der Wälder, im Wachsen der Wiesen, der Gräser und Blumen, im Zusammenhalten der Berge, Felsen und Ufer, der Erde, im Wesen der Natur miteinwohnen musste, ohne das es nicht bestehen würde. Das konnte der gesunde, beruhigende Atem des Alls sein. Es konnte aber auch etwas ganz anderes, nämlich der Wille sein, der in einem jeden Menschen schlummert und der unter bestimmten Umständen erwacht, hinausschießt und in einen anderen Zustand übergeht, ähnlich wie Wasser zu Dampf oder wie Holz zur Flamme, und andere trifft.

Der Frühsommer war vorüber. Er hatte sein Werk beendet, hatte seine Spuren zurückgelassen. Und in diesen verliefen neue Geschehnisse, erweiterten, vertieften und führten sie weiter. Der Hochsommer war da. Er herrschte stürmisch und gewaltig, schien unberechenbar. Gewitter und Hitze lösten einander rasch ab, bestimmten den Lauf der Tage und der Nächte. Die Welt und das Leben darauf wirkten wie vor einem neuen Anfang.

Dombuk erwachte an dem Tag zeitiger als sonst. Das kam von einem Alptraum, der sie gestaltlos, gleich einer schwarzen Wolke umhüllte. Sie hatte lange gegen ihn zu kämpfen. Nun war es ihr gelungen, zu erwachen und sich von der unbestimmten, schweren Bürde zu befreien, unter der sie leiden musste. Es war noch finster in der Jurte. Nur durch die Rauchöffnung drang ein Schimmer herein, in dem noch kein Gelb zu erkennen war. Aufatmend, gegen das heftige Klopfen ihres Herzens kämpfend, dachte Dombuk daran, dass sie Recht behalten hatte. Denn am Abend hatte der Vater gemeint, es würde in der Nacht regnen. Doch Dombuk hatte es verneint und darauf bestanden, die Rauchöffnung offen zu lassen. Sie hatte etwas dagegen, den Dachfilz zuzuziehen. Noch am Vortag war es ihr passiert, dass sie bei zugezogenem Dachfilz verschlief. Als älteste der Geschwister, als Verwalterin des Haushaltes, konnte sie es sich nun einmal nicht leisten, bis zum Sonnenaufgang zu schlafen. So hatte sie sich auferlegt, in einer Wette mit der Sonne zu leben. Nun war sie zufrieden. Es tat nichts, dass der Schlaf noch schwer auf ihre Lider drückte. Sie würde ihn wie einen Lumpen abwerfen, dem neuen Tag entgegentreten und zeigen, dass sie Siegerin war in jener Wette, von der kein Mensch etwas wusste, wohl aber auch nicht zu wissen brauchte. Diese Gewissheit erfüllte sie mit Freude, und das schmerzende Herzklopfen verwandelte sich in ein beflügelndes. So fiel ihr das Aufstehen leichter. Doch da bemerkte sie, dass das Bett des Vaters leer stand. Von dieser Kenntnis wurde ihr schwindlig. Vielleicht, tröstete sie sich, ist er auf die Jagd geritten. Hastig tastete sie entlang der Gitterwand der Jurte nach dem Gewehr und fand es. Sie hatte gehofft, sie hatte gewollt, das Gewehr wäre nicht mehr da, aber es war da! Sie zog die Hand zurück, blieb in der Finsternis stehen, sie sah und hörte nichts, wurde von einer großen Betäubung umhüllt wie vorhin im Schlaf von dem Alptraum. Also, kehrte der Gedanke inmitten der Betäubung zu ihr zurück und nahm seinen Lauf, ist er da, ist ... Doch es gelang ihr noch, den Gedanken zu unterdrücken. Sie tat dies, indem sie hinausrannte.

Nur der Horizont zeichnete sich deutlich ab, im Tal war noch Nacht. Selbst das Vieh in der Hürde war schwer zu erkennen. Dombuk stand, gekrümmt vor Schmerzen, und blickte dorthin, wo die fremde Jurte stehen musste, konnte sie nach einer Weile auch ausmachen. In der Finsternis, in die sich das Grau Hauch um Hauch hineinschob, wirkte die Jurte verschwommen, schien zu beben und zu zittern. Die Schmerzen verwandelten sich mit einem Mal in Schwermut, die sie gleich einer körperlichen Gewalt überkam. Es wäre ihr lieber gewesen, wenn anstelle dieser Schwermut Wut, ja Hass gewesen wäre. Sie beschloss, zum Fluss zu gehen. Dem Flusswasser schrieb man seit alters Wunderkraft zu, da es das Blut und gleichzeitig die Milch des Altai war. Wer hatte nicht von der großen Ökpesch, der wundersamen Urschamanin, gehört? Die Weise ihrer Gesänge waren dem Mutterfluss Chomdu angepasst, und ihr Schamanenwesen war auch sonst mit dem fließenden Wasser verbunden.

Das Mädchen Dombuk dachte jetzt an jene ruhmreiche Frau, war bereit, ihr zu folgen, gleich, was mit ihr selber auch geschehen mochte. Man erzählte, auch Ökpesch sei ein Waisenkind gewesen. Doch Dombuk war gezwungen, ein Leben zu leben, dem der praktische Sinn nirgends fehlen durfte, und so dachte sie auch jetzt daran, die Wassereimer mitnehmen zu müssen.

Der Chomdu polterte das Tal hinab, er war hellwach und in mitreißender Eile. Über ihm schimmerte eine blasse Schicht. Es konnte die Spur vom Vortag sein oder aber die Botschaft vom neuen Tag. Gab es eine Möglichkeit zu erahnen, was jener Tag dagelassen hatte und dieser mit sich bringen würde? Dombuk starrte sinnend auf den Fluss, der in dieser stillen Stunde aller Dinge und Wesen allein an seinem ewigen Werk unverdrossen weiterarbeitete und darum wohl besonders laut wirkte. Unter all deinen Geschwistern kennst allein du keine Ruhe und bist am mächtigsten, blitzte es im Kopf des Menschenkindes, und diesem schloss sich der Gedanke darüber an, dass Ökpesch, die große Heilige in Gestalt eines armen Waisenmädchens, nicht umsonst den Fluss, diesen Chomdu-Fluss, geehrt haben musste. Jene hatte nicht wie andere Schamanen nach ihrem Tod auf eine Lärche gelegt, samt dem Baum verbrannt und den Winden überlassen werden wollen. Man hatte sie zuerst ins Flusswasser getaucht, dann auf dem Ufer im Wacholderfeuer verbrannt und zum Schluss ihre Asche an einhundertacht Stellen in den Mutterfluss gestreut. Es hieß, dieses wäre auf ihren eigenen Wunsch hin so geschehen.

Während Dombuk an diese überlieferte Geschichte dachte, erwachte in ihr die Lust, in das Wasser zu steigen und den Fluss, den klopfenden Puls des Altai, am Leib zu spüren. So zog sie sich aus, es bereitete ihr Vergnügen, das Ungewöhnliche, für jedermann das Selbstuntersagte zu tun, indem sie nicht nur den Lawschak, sondern auch die langbeinige Hose fallen ließ und darauf das langärmelige Hemd über den Kopf streifte. So stand sie splitternackt auf der Uferwiese und lächelte. Die Erwartung, in den nächtlichen Fluss zu tauchen, stimmte sie fröhlich. Es war das erste Mal, dass sie sich so viel Freiheit erlaubte. Sonst hatte sie es immer in der Abenddämmerung getan. Sie hatte sich ein Versteck hinter den Bäumen gesucht, sich hastig und ängstlich ausgezogen und flüchtig gewaschen. Dabei war sie sich wie eine Diebin vorgekommen und hatte jedes Mal Furcht durchgestanden bei dem Gedanken, sie könne von anderen gesehen werden. Die Schamhaftigkeit hatte bei ihr besonders früh begonnen.
Zuerst wirkte das Wasser frisch. Sie stieß ein kurzes, heftiges »Ah« aus, als sie sich in das strömende Wasser setzte. Das Kältegefühl verging schnell. Dafür blieb die Strömung, es war, als ob ihr Leib, der plötzlich in einem neuen Raum und Zustand, in der Freiheit war, ohne Unterlass von Hunderten lieblicher Lippen gestreichelt und geküsst würde. Ab und zu spürte sie ein Anschwellen der Strömung, da lösten sich ihre Fußsohlen vom Grund und ihr wurde bewusst, dass der Fluss sie davonschwemmen könnte. Doch wurde ihr deshalb nicht bange, der Weg in den Tod kam ihr nah, begreiflich und nicht so schrecklich vor. Alles bleibt, nichts geht, noch vergeht etwas, es ist nur eine Verwandlung, dachte sie. Da wurde ihr leicht ums Herz und feierlich im Gemüt. Sie bekam Lust zu singen und so das angenehme Gefühl, das ihren Körper jetzt erfüllte, auch auf andere zu übertragen. Es sollte ein Lobgesang auf alles und alle sein: auf den Himmel, die Berge,

Wälder, Flüsse und Steppen des Altai, das wachsende Gras, die Hitze und die Gewitter, auf die blaugraue Stute, die das fremde Fohlen angenommen, auf den Vater, der ihr und den Geschwistern Gestalt und Leben geschenkt und sie alle bis auf den heutigen Tag ernährt hatte, selbst auf Gulundshaa, die nicht nur vor dem Glück anderer Leute, sondern auch vor ihrem Leid keinen Halt gemacht hatte, ja, selbst auf den Tod, der nicht mehr so schrecklich schien, nicht imstande war, Leben zunichte zu machen. Inmitten solcher Gedanken bemerkte sie den Morgen, der vom östlichen Himmel glänzend hereinbrach. Sie musste das strömende Wasser verlassen, musste zurückkehren zu ihrer Hülle, zu ihrer Kleidung. Aber die Aufregung, die in Gestalt der Ruhe zu ihr gekommen war, blieb. So schwankte sie, als sie wieder angezogen auf der Uferwiese stand. Dabei spürte sie brennende, immer heftigere Schmerzen in der Kreuzgegend und auch das Bedürfnis zu gähnen. Dann gab sie dem Bedürfnis nach und gähnte. Es war ein ausgiebiges Gähnen, das einen lang gezogenen hohen Heulton erzeugte. Doch das Bedürfnis blieb, eigentlich steigerte es sich noch mehr. So gähnte und gähnte sie, in immer kürzeren Abständen, bis sie es gewaltsam unterbrechen musste, indem sie einen Gesang anstimmte: Churaj-churaj-churaj! Es klang nicht sehr laut, dafür feierlich und zittrig von der Aufregung, die sich erst legen musste.

So kommt denn doch, ihr Geschwister
Und nehmt mich an der Hand und führt
Auf hellen und dunklen Pfaden
Zu allen Winkeln der Zeiten!

Das war auf eine andere, stürmischere, am Ende jeder Zeile abfallende Weise gesungen. Sie war von dem Schamanen Awyytsch, der in der Wirrnis der Zeiten einen frühen und schweren Tod hatte sterben müssen. Und dieser hatte die Weise von seiner Lehrerin Omasch übernommen. Auf welche Weise die Ökpesch gesungen hatte, wusste niemand mehr. Sie war eine mächtige Schamanin gewesen. Selbst die Namhaften hatten sich gefürchtet, ihre Weise nachzuahmen, da sonst ihre Geister hätten erscheinen und man mit ihnen nicht hätte fertig werden können. Doch alle angehenden Schamanen wandten sich an sie, laut und namentlich.

Churaj-churaj-churaj!
Kommt, ihr Brüder, kommt, ihr Schwestern,
Komm allen voran du, Ökpesch,
Hier bin ich bereit zu folgen
Euch durch einundachtzig Höllen!

Also nannte auch diese hier die längst dahingegangene Frau, die, sollte die Überlieferung stimmen, jung und jungfräulich geblieben war. Also wollte auch diese hier eine Schamanin werden? Warum auch nicht?! Der erste Mensch, der seine Umwelt als Ganzes wahrgenommen und die große in ihr wohnende Kraft erkannt hatte, war ein Schamane, der Urschamane. Und jeder, der sich als Splitter, und zwar als einen verwandelten, aber früher oder später zurückverwandelbaren Splitter dessen begriff, was ihn umgab, war ein Schamane. Dies Erkennen des Ganzen war wesentlich. Alles andere war wertlos, war bloßes Getue, die Hülle, die später hinzugekommen war, bestenfalls Vervollkommnung, eher aber Betrug.

Churaj-churaj-churaj!
Kommt, kommt, ihr Geister der Ahnen
Kommt und drängt euch ein in meine
Einhundertacht Gebeine, ah,
Und brennt dort als Feuer, als Blitz!

Während Dombuk sang, schritt sie mit wiegendem Körper auf und ab, stemmte den linken Arm starr in die Hüfte und ließ den rechten lose hin- und herschlenkern. Die Aufregung hatte sich gelegt und die Stimme klang um einen Ton tiefer, wie sie gestern noch nicht gewesen war, voll und weich. Die Luft, die rot-gelb flimmerte und zu sieden schien, wurde still und durchsichtig. Die Dämmerstunde war zu Ende. Die Pferde, die in dem Kessel unterhalb des steilen Hanges übernachtet und unter dem Dämmerschein des nahenden Tages in der Nähe der Menschen den Schlaf beendet hatten, kamen in Bewegung. Unter ihnen war die blaugraue Stute. Sie richtete sich auf, reckte sich und schnaubte leise, worauf das hellbraune Fohlen, das immer noch geschlafen hatte, erwachte. Es erhob sich zuerst auf die Vorderbeine, blieb eine Zeit lang in dieser Haltung, als müsste es gegen den Schlaf kämpfen. Das Fohlen hatte das fremde Fell abgestreift. Jenes, das einem anderen gehört hatte, war dunkel gewesen und war dann schnell getrocknet. Es war inzwischen weich gegerbt von der tüchtigen Dombuk, lag auf der linken Seite der Schuumurjurte und diente als Matte.

Churaj-churaj-churaj!
Kommt, ihr Geister, und steht mir bei
Seid der Blinden Auge, der Tauben Ohr ...

In diesem Augenblick trat Schuumur aus Gulundshaas Jurte. Dombuk sah ihn sofort, denn sie hatte die Jurte bewacht, hatte ihren Blick auf den Örege, den hell schimmernden viereckigen Türfilz, wie auf eine Zielscheibe gerichtet gehabt. Der Mann ging um die Jurte herum, zog den Örege zurück. Dombuk krümmte sich wie eine, die ein Schuss in den Bauch getroffen hatte. Darauf drehte sie sich um. Und wie sie nach einer Weile genauer hinblickte, kam es ihr vor, als hätten sich auch der Fluss und die Berge dahinter mit dem Himmel darüber umgedreht. Dombuk versuchte sich zu erinnern, ob der Vater der Mutter morgens irgendwann einmal den Örege zurückgezogen hatte. Doch ihr fiel kein Fall ein. Das Bedürfnis zu singen schien gestillt, sie spürte nur Müdigkeit. Dann nahm sie die Eimer mit dem Wasser und ging zurück. Sie kam dicht an den Pferden vorbei. Diese hatten inzwischen den Hang erklettert, bewegten sich grasend auf den Ail zu. Die blaugraue Stute und das hellbraune Hengstfohlen befanden sich am Rand. Die Stute ging in einer Dreifußfessel und war gierig am Fressen. Das Fohlen war kräftiger geworden, hatte einen runden Bauch bekommen, und von seinem Fell ging ein Schimmer aus, der zu knistern schien. Gulundshaa trat aus ihrer Jurte und ging austreten. Sie ging an Schuumur vorbei, der gerade zurückkehrte. Die beiden verlangsamten ihren Schritt, ja, sie blieben für einen kleinen Augenblick stehen, als sie aneinander vorbeikamen. Da ein jeder einen Lawschak umhängen hatte, konnte Dombuk nicht sehen, ob sich ihre Hände dabei berührten. Sie nahm es aber an und dachte entrüstet: Sehen sie mich denn nicht?! Kurz entschlossen stellte sie die Eimer ab, trat zu der Stute. Diese hob den Kopf und blickte ihr, wie es schien, verständnislos entgegen. Das Fohlen ging ihr mit einem Sprung, der Panik wie Übermut enthielt, aus dem Weg. Dombuk fasste die Stute am Hals, zerrte sie zu sich heran, legte den Kopf mit dem Gesicht auf die Mähne und brach in Schluchzen aus. Aber es dauerte nicht lange, denn sie spürte, dass die Stute ungeduldig wurde. Das Mädchen hob den Kopf, ließ das Tier los. Die Stute hastete stolpernd davon, denn das Fohlen war mit den anderen Pferden ein Stück weitergegangen. Dombuk begriff, dass sie jetzt ihren Gesang nicht mehr brauchte. Doch darauf stimmte sie wie zum Trotz an: »Der Pfeil, einmal abgeschossen, kehrt nimmer zurück, oh weh!« Dies war laut geflüstert, die Stimme brüchig, tonlos, und ihr war, als wäre damit die unterbrochene, halb fertige Strophe zu Ende geführt, eine Pflicht erfüllt.

Was ist aus den Menschen unserer Erzählung geworden? Aus Dombuk vor allem? Ist sie eine Sängerin geworden oder gar eine Schamanin? Da nicht die Phantasie, sondern das Leben das Gerüst für meine Geschichte geliefert hat, kann ich auf diese und weitere Fragen Antwort geben:

Schuumur und Gulundshaa lebten unter einem Dach. Sie hatten eine mehr helle als dunkle Jurte, an und in der nichts ins Auge fiel, was ihr gefehlt hätte oder überflüssig gewesen wäre. Die Herden gediehen, die Pferde und die Ziegen. Bei den einen wie bei den anderen blieben die Stammfarben erhalten. So waren ihre Herden leicht zu erkennen. Unter den Nachkommen der blaugrauen Stute waren zwei, die den Namen des alternden Schuumur wieder laut werden ließen. Sie gewannen einige kleine und große Wettrennen. Der Letztere von den beiden, ein Wallach, der mit zehn Jahren immer noch eisenblau wirkte, wenn er im Schweiß ging, hätte sich sogar in ein Motorrad verwandeln können. Jemand machte nämlich dem Schuumursohn, der mit dem Wallach hintereinander neun *Kys-Kuar-Rennen* gewann, das Angebot, das Pferd gegen ein Motorrad zu tauschen, das er besaß. Der Schuumursohn sagte darauf höflich: »Das Motorrad, das Sie haben, ist bestimmt teuer. Ich will es Ihnen nicht wegnehmen. Und Sie lassen mir mein Pferd, bitte!«

Später aber ging das ruhmreiche Pferd doch an einen anderen, sein Besitzer bot es von sich aus jemandem an und wollte nichts dafür haben, im Gegenteil, er wollte noch etwas zulegen, einen Kochkessel nämlich. Es war der gusseiserne, viergriffige Herdkessel, den Schuumur seinerzeit bei einem fremdländischen Händler gegen vierzig rohe Murmeltierfelle getauscht hatte. Der Wallach, nun ein ziegenweißer Schimmel, sollte den Sommer und Herbst über ausruhen und dann geschlachtet, und sein Fleisch in dem Kessel gekocht werden. Das war die Bedingung, die der neue Besitzer zu erfüllen hatte. Der Schuumursohn wollte auswandern, denn die große Bewegung hatte schon begonnen, die den Altai erschütterte und die bis auf den heutigen Tag andauert. Der Vertrag, dem man zugestimmt hatte, war um einige Monate zu früh in Kraft getreten, und so musste man losziehen. Vorher aber galt es, alles zu verkaufen und in Geld umzusetzen. So bot man sein Hab und Gut, sein Vieh den Zurückbleibenden an, je mehr die Zeit drängte, desto niedriger wurden die Preise: Auswandererschicksal! Aber dem Schuumursohn ging es, was das Pferd betraf, nicht ums Geld, es ging darum, dass das geliebte Pferd, wie die Sitte es erforderte, den eigenen Kessel anfettete, wie es hieß und auch wörtlich zu verstehen war. Jener, dem der Schuumursohn das Angebot gemacht hatte, war ein verständiger, feinfühliger Mensch. Er versprach, dem Pferd alle Ehren zu erweisen, er fragte sogar danach, auf welchen Felsen der Schädel kommen sollte.

Der Schuumursohn war davon gerührt, so sagte er: »Ach, das ist ja gut von euch, Aga. Nun weiß ich, dass ich beruhigt wegfahren kann. Also hört, damit Ihr es wisst: Mein Vater erzählte, unter dem Gysyl-Chaja in Saryg-Sigen, auf der Schneedüne habe das Fohlen das Licht der Welt erblickt, und er habe ihm dabei das Maul vom Schleim gesäubert. Aber Saryg-Sigen ist weit von Eurem Winterlager, und auch sonst kommt heutzutage selten einer dorthin. So wird es genügen, wenn Ihr den Schädel auf einen in Eurer Nähe gelegenen Felsen bringt, auch so werde ich Euch ewig dankbar sein!«

»Nein, nein«, widersprach ihm der Mann, »der Schädel wird auf den Gysyl-Chaja kommen!« Die Dankbarkeit und die Beruhigung, die der Schuumursohn empfand, waren echt.

Die Ausreise war ihm von diesem Moment an nur halb so schlimm.
Aber ich bin etwas vorausgeeilt. Vorher waren die Jahre des neuen Glücks, dann der Tod, der nicht ausblieb, das Ende. Die Ehe erlangte durch die Geburt eines Kindes ihre Gültigkeit. Jenes späte Kind, jene Frucht eines verspäteten Glücks, bedeutete nicht weniger als das, was in späteren Zeiten durch ein Stück Papier, den Ehevertrag mit diversen Unterschriften und Stempelabdrücken besiegelt wurde. Es war ein Mädchen, es hätte zumindest dem Aus- und damit auch dem Ansehen des Tuwinerstammes einige Körnchen beitragen können, denn es war gerade gewachsen und hatte ein auffallend schönes Gesicht. Aber es kam nicht zum Erblühen, sondern starb mit kaum zehn Jahren. Schuumur schien sich davon nicht wieder erholen zu können. Er hatte an dem Kind gehangen. Nun alterte er schnell, kränkelte und starb schließlich. Als man die Jurte an der nordöstlichen Seite hochhob und unter dem knarrenden Scherengitter den schweren Leinensack mit dem gekrümmten, erst halb erstarrten Körper des Mannes hindurchschob, jammerte die Frau unter strömenden Tränen wie ein Kind. Die Schuumurkinder standen auch dabei und vergossen Tränen, aber sie weinten still, wie es sich geziemte. Gulundshaa hatte immer noch dichtes, pechschwarzes Haar, in allem an ihr wohnte immer noch ein Rest Jugendlichkeit. Auch verbrachte sie die Jahre, die ihr noch blieben, ohne jeglichen Vorfall. Sie gab keinem Anlass, ihr Schlechtes nachzureden. Sie war für die Schuumurkinder nicht weniger Mutter als für ihren Sohn. Keiner konnte ihr nachsagen, sie wäre eine Stiefmutter. Als sie starb, weinten die drei Schuumurkinder und einige Enkelkinder dicke, helle Tränen. Es war eine andere Zeit, und sie kam in eine Kiste, so lang und breit, wie ihr Körper war. Die Kiste wurde Sarg genannt, und, obwohl ihm noch jeder Schmuck fehlte, schuf er

bei den Zurückbleibenden die Gewissheit, dass der Mensch nicht direkt in die Erde kam, und einen kleinen Trost. So kam einem die Ehre, die man einem Toten erwies, auch bedeutend vor. Denn das Land hatte wie alle Länder seine Obrigkeit gehabt, Fürsten, Reiche und Schamanen. Aber keiner war je in eine Kiste und mit ihr in die Erde gekommen, für die Ewigkeit, wie es da hieß. So sprach ein Teil der Zuschauer des Begräbnisses der Gulundshaa davon, dass sie doch eine glückliche Frau wäre. Die anderen aber waren entsetzt darüber, nannten die neue Bestattungssitte ein Gefängnis, eine Verbannung der Seele in alle Ewigkeit.
Ich sprach soeben von drei Schuumurkindern, nicht von vieren. Es war Dombuk, die schon fehlte. Sie wollte Schamanin werden, gedieh aber nicht. Sie hatte sich verspätet. Die Zeit, die hereingebrochen und von nichts zurückzudrängen war, hatte keinen Platz für jene, die zu spät erschienen. So warf sie auch das eigensinnige Kind, das seinen Willen um jeden Preis durchsetzen wollte, um und fuhr darüber hinweg. Dombuk blieb unverheiratet. Hatten sich die Männer noch vor einigen Jahren um eine angehende Schamanin gerissen, so fand sich jetzt keiner, der sich um sie, die darüber hinaus tüchtig und auch ziemlich hübsch war, beworben hätte. Sie blieb unverheiratet und starb wohl als Jungfrau. Doch wurde sie zu einer gerühmten Gestalt, sie zog von Ail zu Ail und gab auf alle Fragen, die man an sie richtete, eine unzweideutige, oft schonungslose Antwort und Vorhersagen, von denen viele eintrafen. Das mochte ihr, der Ehrgeizigen, Trost verschafft haben, welcher sie davon abgehalten haben mag, das zweifelhafte Gewerbe niederzulegen und zu dem gewohnten Leben zurückzukehren. Ihr Ende war ziemlich gewöhnlich und hatte nur kleine Ähnlichkeiten mit dem der Ökpesch.
Dongur hingegen starb, um einen beliebten Ausdruck aus unserem Zeitalter zu gebrauchen, einen »heldenhaften« Tod.

Eine Schar Kinder hatte auf einem am Ufer liegenden Floß gespielt, von dem der Strick riss, der es festhielt. Das Floß schwamm samt den Kindern davon, blieb aber über einer Klippe im Fluss hängen. Um diese Zeit befand sich Dongur am Ufer. Er hätte ins *Sumun*-Zentrum laufen müssen, um Hilfe zu holen und die über alle Maßen erschreckten Kinder zu retten. Aber der Abstand war beträchtlich, und noch wichtiger war: Das hängen gebliebene Floß inmitten der Strömung schwankte und schaukelte so stark, dass es sich von dem unsichtbaren Hindernis jeden Augenblick hätte loslösen und davontreiben können. So entschied er sich für den gefahrvollen, fast aussichtslosen, aber nahen Weg. Er zog sich aus und trat ins Wasser. Er war nicht nur in der Farbe, sondern auch in der Gestalt seiner Mutter Dshajnaasch nach geraten, war ein zierlicher, schmächtiger Mensch, der gerade aus dem Krankenhaus entlassen worden war; er hatte den ganzen Sommer über dort gelegen, denn er hatte Tuberkulose. Jetzt war tiefer Herbst, und er war unterwegs nach Hause. Das Wasser hatte erneut die grünliche Farbe vom Frühsommer bekommen, wälzte sich, krachend und schäumend, gewaltig dahin, weil die Wärme immer noch andauerte, in den Mittagsstunden sogar in Hitze überging, so dass immer noch tüchtige Bäche und Flüsse von den Gletschergipfeln auf die Täler hinabschnellten und letzten Endes im Chomdu mündeten. Hinzu kam der Regen, der gleich einem kurzen, heftigen Traum, meistens in den Morgenstunden oft als Hagel, über Berg und Steppe niederprasselte und den Fluss reichlich speiste. Dennoch wagte sich der Mann, der dazu noch Nichtschwimmer war, in das Wasser. Doch hatte er zunächst Glück: Wankend und schwankend inmitten der Strömung, die ihn wie rasend von der Seite anfuhr, erreichte er, heil und lebendig, das Floß. Als er es aber berührte und sich erschöpft darüberlehnte, geschah, was er befürchtet hatte: Das Floß trieb davon. Dongur hing an dem Balken, den er wie einen Bruder umschlungen hatte, schwamm eine Weile mit und kam schließlich mit dem Zutun der Kinder auf das Floß. Er selber hatte mit Flößen nie zu tun gehabt, hatte aber wie alle Kinder vom Ufer aus oft zugesehen, wie Leute flößten. Nun musste er mit einem Floß fertigwerden, das inmitten der Strömung wie ohnmächtig dahinjagte. Er war ein Mensch, der manches Geschick besaß, und so wusste er nach einigem Hin und Her, das Floß zu lenken. Nun musste er, damit es nicht quer im Fluss lag, zwischen beiden Rudern hin- und herrennen. Da aber das Floß lang war, trieb die Strömung es schon wieder bis in die Flussmitte, bis er an dem anderen Ende rudern konnte. So wurde seine Mühe wieder und wieder zunichte gemacht. Die Kinder konnten ihm dabei fast nicht helfen, sie waren alle zu klein, um das Ruder, das aus einem ganzen, nur an einem Ende schmal gehauenen Lärchenstamm bestand, gegen die Strömung festzuhalten, geschweige denn, es dagegen zu bewegen. Dennoch gelang es ihm hin und wieder, das Floß aus der Flussmitte, wo die Strömung wütete, wegzubringen und warf jeweils eines oder zwei der zu Tode erschrockenen Kinder, die jegliche Fähigkeit verloren hatten, selber etwas zu tun, in Richtung Ufer, wo sie ins seichte Wasser fielen und bald den trockenen Uferkies erreichten. Auf diese Weise brachte er es fertig, alle Kinder dem Untergang zu entreißen. Nur sollte er es mit dem eigenen Leben bezahlen. Er hatte das Floß nicht verlassen. Den Berichten der Kinder zufolge hatte er auch weiter gegen die Strömung gekämpft, war von einem Ruder zum anderen gerannt. Wahrscheinlich hatte er kämpfend Mut bekommen und hatte auch das Floß, das wertvolle Bauholz retten wollen, das so viel Schweiß und Mühe gekostet hatte. Erst nach Tagen und sehr weit flussabwärts fand man seinen Körper. Er war unkenntlich geworden. Aber man erwies ihm alle Ehre.

Er kam in einen Sarg, der innen am Boden mit erdgrüner und oben unter dem Deckel mit himmelblauer Seide, außen aber mit rotem und schwarzem Samt geschmückt war. Diesen Sarg fuhr ein großes Lastauto hinaus in die Scholuksteppe. Viel Volk war zusammengekommen, und es war ein Begräbnis ohne seinesgleichen bis dahin in diesem Winkel der Welt. Dongur blieb eine Zeitlang im Gespräch. Es hieß, man wolle ihm nachträglich einen Orden geben. Einige, die gerne übertrieben, machten daraus ein Denkmal. Es war seltsam, sich einen tuwinischen Jäger und Pferdehirten wie einen europäischen König, einen russischen Schriftsteller oder den Führer einer Revolution in Gips und Stein verwandelt vorzustellen. Manch einer beneidete den Schuumursohn, der drei Waisenkinder und eine hübsche, nette Witwe zurückgelassen und das Leben wohl noch vor dem Mittag beendet hatte. Allein, da tauchten die ersten Schwierigkeiten auf. Es hieß, man hätte bei der Bescheinigung für die höheren Stellen die Anzahl der von ihm geretteten Kinder nicht richtig angegeben. Zwölf hatte man geschrieben, aber in der Tat waren es nur acht, denn vier waren noch vor seinem Eingreifen ins Wasser gesprungen und hatten sich damit selber gerettet. Dies gab Grund zur Aufregung. Dem folgten weitere Hindernisse, zum Beispiel das Bedenken bezüglich der Rechtsgültigkeit der Zeugenaussagen. Das Ende vom Lied war: Die Geschichte erkaltete, geriet unter Staub. Hiermit ist jedoch nur die Geschichte mit dem Orden und mit dem Denkmal gemeint, denn einen, der, um andere zu retten, sein Leben hingibt, vergessen die Menschen nicht. Jene Kinder, die ohne ihn ihr Leben verloren hätten, sind inzwischen erwachsen, sind Väter und Mütter. Sie werden die Geschichte von dem mutigen, aber sterblichen Menschen ihren Kindern erzählen. Auch diese werden sie irgendwie weitergeben, und eines Tages wird eine Legende daraus. Da wir diese Gewissheit besitzen, können wir getrost über den Orden und das Denkmal hinwegschauen. Möge der Orden die Brust eines anderen, lebenden, der Anerkennung und des Lobes bedürftigen Menschen schmücken.

Tasaj war in der Armee gewesen, hatte die Stadt gesehen. Als er zurückkam, war Dongur tot. Ohne den älteren Bruder war ihm nun die Zukunft unvorstellbar. Er hätte sich höchstens um die Kinder des Bruders kümmern können, aber da ahnte er wohl schon, dass die Schwägerin, eine lebenshungrige, durchaus noch sehr schöne Frau, das Witwendasein nicht lange aushalten würde. So meldete er sich bei den Stellen, die Arbeiter brauchten. Als er ausreiste, nahm er sich ein Mädchen mit. Sie war noch nicht volljährig, und so hatte er Schwierigkeiten, die Ausreisegenehmigung für sie zu erhalten. »Zwecks späterer Heirat«, gab er als Grund an, weshalb er das Mädchen mitnehmen wolle. Man schmunzelte, versuchte ihm einzureden, dass er vorerst allein ausreisen und sich ein Haus anschaffen solle. Man nahm an, in südlichen Ländern, womit man die Ecken meinte, wohin die Leute ausreisten, würde man längst nicht mehr in Jurten hausen wie hierzulande, und dort würde es nicht schwer sein, sich ein Haus anzuschaffen. Tasaj meinte, es gäbe so viele junge Männer, die heiraten wollten, und einer von diesen könne ihm die Braut abspenstig machen. Es wurde hin- und hergeredet, bis der Bräutigam sagte: »Dann werde ich hierbleiben!« Darauf hörte er die Mahnung, dass er bestraft werden könne, da ein Vertrag eine staatliche Angelegenheit sei und man ihn auf keinen Fall verletzen dürfe. Tasaj wurde kampfeslustig: »Schuumur hatte zwei Söhne. Dem einen war sein Leben nicht zu schade, er gab es hin, als es darauf ankam, dem anderen wird das Geld nicht Leid tun. Ihr wisst, ihr könnt es jederzeit wieder zurückhaben!« Er hatte die Herden seines Vaters verkauft, er hatte Geld, das wusste man. Aber nicht das

war es, sondern, dass er den Tod seines Bruders erwähnt hatte. Es war gerade die Zeit, da der Orden und das Denkmal im Gespräch waren. Der Mann, der den Staat vertrat, überlegte, beschloss, eine kleine Ausnahme zu machen, und erteilte ihm die Ausreisegenehmigung für seine Braut.
Tasaj nahm auch seine Schwester Schashynbaj mit, was eine gute Sache für diese war. Denn aus dem benachteiligten, ängstlichen Wesen, jenem Stiefkind des Lebens, wurde in der Fremde ein anderer Mensch. Zwar schielte sie immer noch, aber sie machte sich nichts daraus, denn sie sah wohl, nicht sie allein schielte, und in der Welt, die viel größer war als ihre einstige Welt, gab es noch weit schlimmer Benachteiligte als sie. Sie hatte einen gesunden und starken, gut abgehärteten Körper, sie konnte arbeiten. So war aus ihr eine namhafte Arbeiterin geworden. Sie bekam viele Auszeichnungen, sogar ein Medaille. Vielleicht bekommt sie eines Tages auch den Orden, jenen, der den Namen ihres toten Bruders und damit des Schuumurstammes schmücken sollte, wer weiß ... Wichtiger noch: Sie bekam ein Kind. Zwar fand sich kein Mann, der bei der Frau mit dem lauten Namen, dem gesunden, starken Körper, aber auch dem verfluchten Augenfehler geblieben wäre. Aber einer schaffte es, dass sie Mutter wurde. Wir wünschen ihrem Kind Gutes, auf dass aus der im Grunde ihres Herzens glücklichen Mutter auch eine glückliche Großmutter werde.
Tasaj lebt heute in der Bezirksstadt Dsüüncharaa als Schichtarbeiter in einem Großbetrieb. Aus dem Mädchen, das er sich einst erkämpft hat, ist eine gute Frau geworden. Sie hat ihm fünf Kinder geboren und hat damit das Soll für den zweiten Grad des Ordens »Mutterruhm« erfüllt. Für das Werden und Wachsen der Kinder hat auch er seinen Teil geleistet. Damit wäre also auch er ein fast ruhmreicher Vater, doch erhalten diesen staatlichen Titel vorläufig nur die Mütter.

Die Schuumurnachkommen leben nach der Uhr. Ihre Vorfahren haben nach Sonne und Mond gelebt, und wie die Sterne gerade zueinander standen, hatte Bedeutung für ihr Leben. Dies ist ein großer Unterschied, doch kein allzu gewaltiger, zumindest nicht so, wie man angenommen hatte, als man den eigenen Winkel und die vertraute Lebensweise preisgab für ein fremdes Land und eine fremde Lebensweise, in der Hoffnung auf mehr Glück. Denn Sorgen und Freuden sind überall, sie gehen Hand in Hand, und sie machen nur im Zusammenwirken das Leben aus. Dem einen ist nicht zu entkommen, so wie das andere nicht erjagbar ist. Sie sind die beiden Hauptelemente, aus denen das Leben besteht.

Nicht ein Glückswind hat mir diese Weisheit zugeweht. Sie ist die Frucht einer Begegnung, die mir beschieden war. Von dieser Begegnung, die eigentlich ein Wiedersehen war, blieb in mir eine Kratzwunde, die mit der Zeit zwar aufhörte zu brennen und zu schmerzen, aber sie blieb, unverwischbar wie eine Narbe. Mein Journalistenlos führte mich zu der Stadt, in der das ungeahnte Wiedersehen stattfinden sollte. Die Spuren, auf denen ich mich zu bewegen hatte, waren vorgezeichnet und mit »Erfolgen« besät. Die *Dargas* nannten mir Namen, denen ich nachzuforschen hatte. Mit den dahinterstehenden Leuten sollte ich reden und diese Gesprächsinhalte dann in die Zeitung setzen. Solche Leute heißen die »Besten aus der Produktion«, und ein jeder *Aimak,* Sumun und Betrieb besitzt davon eine Hand voll. Kommen aber Gäste oder Reporter, werden »die Besten« wie Blumensträuße hingehalten, man soll durch sie hindurchschauen und ein Bild von der viel gerühmten, aber unsichtbaren Masse im Hintergrund erhalten. Gäste haben keine Wahlmöglichkeit, sie müssen sich damit begnügen, was man ihnen anbietet. Reporter können es anders haben. Nicht nur berechtigt, sondern auch verpflichtet sind sie, immer und überall nach der Wahrheit,

nach dem Wesen zu suchen und es auf alle Fälle ausfindig zu machen. Ist aber einer neu oder bequem oder einfach unfähig, den Dingen auf den Grund zu schauen, dann nimmt dieser den Strauß von den besagten »Besten aus der Produktion« entgegen und gießt das, was er zu hören und zu sehen bekommt, in eines der Gefäße, Genres genannt, um damit die Leser oder die Zuhörer oder auch die Zuschauer zu bewirten: Hier bitte, Erfolge, die wir brauchen, greift zu ...!
Unter den Genannten war auch Tasaj. Nicht allein die Höflichkeit war es, die mich zu ihm trieb, ich war auch neugierig, einem ehemaligen Landsmann zu begegnen und zu sehen, wie ihm der Heldenkittel stand, und auch, wie er sich damit fühlte. Tasaj erkannte mich nicht wieder, er konnte es nicht, denn ich war beträchtlich jünger als er, und ich musste noch ein kleines Kind gewesen sein, als er dem Altai den Rücken kehrte. Aber auch ich hätte ihn nicht wiedererkannt, obwohl er sich natürlicherweise nicht so sehr verändert haben konnte. Gut nur, dass ich seinen Namen, ebenso den seines Vaters in meinem Notizblock aufgeschrieben hatte. Der Mann war zurückhaltend, ja, unsicher. Ich sah sofort, er gehörte nicht zu den Leuten, die nach dem Heldendasein lechzten und die teils verdiente, teils aber gemachte Heldenrolle wie einen Schoppen Dessertwein, wie einen Happen Cremetorte genossen. Er meinte vielmehr, er verdiene es nicht, in die Zeitung zu kommen. Ich wollte wissen, warum.
»Nicht aus Bewusstsein arbeite ich«, lautete die Antwort.
»Sondern?«, wollte ich wissen. Die Neugier hatte mich gepackt.
»Um zu leben, und dies so gut, wie es geht.«
»Und leben Sie gut?«
»Ja, so ziemlich.« Das war schon ganz und gar nicht die Redensart, in der die »Besten der Produktion« erzogen werden. Ich konnte, ich musste mit Fragen fortfahren. Und ich

erfuhr nach und nach, dass er eine Jurte besaß, in der nichts an Wesentlichem fehlte. Ich wollte weiter wissen, ob er nicht zu all dem auch in seiner eigenen Heimat gekommen wäre. Er bejahte die Frage unbestimmt, wollte aber nicht ausführlich werden.

Ich hielt es für angebracht, an dieser Stelle bekannt zu geben, wer ich war. Tasaj sah mich an, ich wusste, er suchte nach bekannten Zügen, und ich sah, er fand sie. Darauf erhob er sich, kam, wie mir schien, leicht taumelnd auf mich zu, fasste mich in der Art an, wie man Kinder anfasst, beidhändig an den Wangen, und küsste mich dicht daneben, wo seine Daumen endeten. Seine Hände waren rau, mussten auch hart und schwer sein, waren es aber jetzt nicht, seine Küsse wirkten angedeutet, es war damit mehr berochen als geküsst. Dreiunddreißig Jahre war er von der Heimat weg. Anfangs hatte man Briefe geschickt und auch welche bekommen. Ebenso waren Besuche gekommen, oder man hatte nach seinen Landsleuten gesucht und immer einen getroffen. Nun aber war es schon seit zehn Jahren oder länger anders. Die Fäden, die einen mit der Heimat verbunden hatten, waren einer nach dem anderen abgerissen. Dafür waren neue entstanden. Man hatte eine neue Heimat. Dieses und anderes erfuhr ich. Aber das war erst später. Vorher musste ich auf seine Fragen antworten.

»Wie hieß der denn noch, der Sohn von ..., was macht er?«

»Wie hieß die denn noch, die Tochter von ..., was macht sie?«

»Der aus der Sippe, der Name ist mir entfallen, warte, gleich ...« Es waren alles ältere Leute, nach welchen er sich erkundigte. Ich kannte sie alle und wusste, was mit ihnen war. Sie waren meistens schon gestorben oder ausgewandert. Tasaj vernahm die Antworten immer wieder mit Kopfschütteln. Ob die Leute immer noch in Jurten lebten? Ob sie immer noch herumzogen mit ihren Jurten und Herden? Ob noch einer von den Schamanen am Leben war? Die Schashynbaj vielleicht? Oder der Mangnaj? Oder die *Pürwü,* die Frau von Sama? Ob immer noch Pferderennen stattfanden? Und der Ringkampf? Wessen Pferd am schnellsten und wessen Nachkomme heute der stärkste Ringer war? Und wie er hieß? Dann fragte er mich nach den Bergen, den Flüssen, den Tälern, den Steppen und den Seen.

»Da ist alles an Ort und Stelle, so wie alles gewesen ist«, konnte ich getrost antworten. Außer den Wäldern und den Gebüschen, von diesen war nur noch wenig übrig geblieben. Aber seltsamerweise fragte er nicht danach. Vielleicht war, was nachwachsen konnte, nicht so wesentlich? Ich merkte, sein Gedächtnis war gut: Keinen, nicht einen Namen verwechselte er. Obwohl er bei Mongolisch blieb, sprach er die Namen auf Tuwinisch aus. Dann fragte er nach den Sommer-, Herbst-, Winter- und Frühjahrslagern. Und da stellte sich heraus, dass mir viele Namen nur von ungefähr bekannt und einige sogar ganz unbekannt waren. Den oberen Auslauf des Ak-Chem zum Beispiel kannte ich nur ungefähr, und die Namen der einzelnen Mulden und Hügel und ebenso, wer sie bewohnt hatte, waren mir nicht geläufig.

Tasaj versuchte mir zu helfen: »Erinnere dich doch an den Hügel mit den drei violetten Steinen, von denen der linke wie ein hockendes Murmeltier aussah!« Ich überlegte, konnte aber nicht auf den Hügel kommen, den er meinte. Allein, er blieb hartnäckig, zwang mich immer von neuem dazu, mein Gedächtnis anzustrengen. So begann er zum vierten Mal bei Dagylgalyg Meshelik, dem größten Hügel, an den ich mich noch recht gut erinnern konnte. Als er sah, dass sein Versuch, mich auf den bestimmten Hügel zu bringen, abermals scheiterte, sagte er ungehalten: »Wie kann man doch die Heimat vergessen!« Das klang wie ein Tadel. Mit einem Mal fragte er mich nach dem Winterlager in Gysyl-Ushuk.

Ich wusste, dass es seinem Vater Schuumur gehört hatte, und so war ich auf die Frage vorbereitet gewesen. Doch wusste ich, dass ich nichts verschweigen durfte, und so erzählte ich, was ich wusste. Und das war nicht wenig, auch nicht ungefähr. Denn Gysyl-Ushuk lag unweit vom Weg, auf dem ich zu den Schwarzen Bergen meines Vaters immer noch ritt. Dabei schaute ich mich im Winterlager fast jedes Mal um. »Es ist bewohnt«, sagte ich, um ihn zu trösten. »Die roten Felsen liegen immer noch so, wie den Hang hinabgestreut, nur ist der Steinwallkreis, der einst dagewesen ist, nicht mehr.«

»Was ist nun dort?«

»Eckige Mauern und darüber ein Dach. Ein Kleinviehstall, so wie er heute überall steht.«

»Und auf der Stelle, wo unsere Jurte gestanden hat?«

»Eine Hütte wohl«, sagte ich ausweichend, denn ich wusste nicht, wo genau die Schuumurjurte gestanden hatte, und andererseits glaubte ich nun, das letzte Mal, und das war vor anderthalb Jahren, zwei oder drei Hütten um den Außenrand der Hürde herum gesehen zu haben.

»Etwa fünfzehn Schritte linker Hand vom oberen der beiden Brocken stand unsere Jurte«, kam er mir lebhaft entgegen. Ich konnte ihm nicht helfen, denn so genau hatte ich mir das fremde Anwesen nicht angesehen, und nun konnte ich mich an solche Einzelheiten gar nicht erinnern.

»Und die *Schagaa*?«, bohrte er von neuem. »Hast du sie gesehen? Sie war stärker als ein Lärchenstumpf und höher als ein Mensch!« Ich konnte mich an die Schagaa noch aus meiner Kindheit erinnern. Zum Neujahrsfest konnte man von unserem Winterlager in den Schwarzen Bergen die Rauchschwaden über zwei Flusstäler hinweg bis auf den Auslauf des Charaat beobachten. Gysyl-Ushuk war ja nur halb so weit, und so machten unsere scharfen Kinderaugen nicht nur den Rauch, sondern auch die Schagaa aus, die aus dem hellen

Hintergrund dunkel, ja, mit einem bläulichen Schimmer, hervorstach. »Nun sind Schuumurs dran«, pflegte mein Vater zu sagen, wenn am Gysyl-Ushuk Rauchschwaden sichtbar wurden. Bald verwandelte sich der dicke Qualm zu einem Faden, der sich bei günstigem Wetter, das um die Schagaazeit meistens herrschte, und in den Morgenstunden ohnehin, tintenblau und hauchdünn einige hundert Meter, einige Fangstricklängen dahinzog. So hatte ich auf die Schagaa genau geachtet, als ich später an dem Winterlager vorbeiritt. Ich sagte: »Man hat die Steine fürs Häuschen benutzt.«

»Welches Häuschen?«, fuhr Tasaj hoch, und es war leise geschrien.

»Welches denn? Wir können von Leuten, die ihre eigenen Sitten haben, die zu den unseren stehen wie Wasser zum Feuer, nicht erwarten, sie würden auf unseren Schagaas Weihfeuer zünden, sich davor neigen oder gar sie zu Tempeln ausbauen!«

Tasaj sackte zusammen. Ich sah es, obwohl er sich um keinen Finger breit rührte aus der Haltung, in der er gewesen war, und obwohl er auch nichts sagte. Nun wirkte er grau, müde und alt, wie mir schien, das glatte Gegenteil von dem, wie ich ihn als Reporter hätte darstellen sollen, zur »Erziehung der Leser« und zur Aufrichtung des Gemüts, zur bewussten Herstellung eines brauchbaren historischen Dokuments für alle Zeiten und alle Fälle. Später sagte er: »Also sind es nicht die unseren, die das Winterlager bewohnen?«

»Nein.«

Tasaj starrte blass an mir vorbei. Die alte Aufregung, die mit der Erwähnung der Schagaa in mir erweckt worden war, hatte sich noch nicht gelegt, und nun dieses leidende Aussehen! Die Sperre, die ich in mir errichtet hatte, musste sich lösen: »Niemand hat jemandem etwas weggenommen! Jemand hat etwas liegen gelassen und ist davongegangen. Er hat nicht

gesagt, dass er zurückkommen und seine Sachen zurückhaben wolle. Nein, er war auf und davon, so einfach ist das! Und dies in der Hoffnung auf größeres Glück, das man irgendwo gewittert hat. Seltsam nur, dass keiner, keiner begreifen will, dass er mit den Dingen auch das Recht liegen gelassen hat, sie zu besitzen!«
Die Blässe wich aus Tasajs Gesicht. Und es nahm neue Züge an. Ich musste mich beeilen und entladen. So fuhr ich fort: »Das, was wir bedenkenlos liegen lassen, während wir schief getretene Schuhe, löchrige Strümpfe und verschimmelte Käse- und Quarkstücke sorgsam einpacken, heißt bei anderen Leuten Heimat und ist ein Heiligtum! Damit Gerechtigkeit sei: Auch bei unseren Vorfahren hieß und war es so, sie haben ihre Erde und alles, was darauf war, mit Blut und Leben verteidigt und aufbewahrt! Und wir, Sie, Sohn des Schuumur, und ich, Sohn des Schynykbaj, wir zwei haben es liegen gelassen und regen uns nun darüber auf, wer und wie man es verwaltet, lächerlich!« Das war gewiss zu stark gesagt. Aber Tasaj wurde mir deswegen nicht böse. Er überwand sich und lud mich zu sich nach Hause ein.
Seine Jurte war städtisch, massiv und schmuck eingerichtet. Muss ich erwähnen, dass sie ein Radio, einen Kühlschrank, einen Fernseher und weitere Gegenstände enthielt, die unsere Vorfahren nicht gekannt haben, und dass im Fernseher Bilder aus anderen Ländern zu sehen waren? An die Frau konnte ich mich nicht erinnern, sie war aus einem anderen Flusstal. Tasaj nannte sie bei einem wohlklingenden mongolischen Namen, der zur Zeit ihrer Geburt in unserer Ecke unmöglich einheimisch gewesen sein konnte. Auch dem Mädchen, das mich keck begrüßte und einem prüfenden Blick unterzog, wurde ein prächtiger Name zugerufen. Es war das jüngste Kind, all seine Geschwister waren der elterlichen Jurte schon entwachsen. Einige davon sah ich, es waren schöne,

energiegeladene Menschen, die in Eile zu leben schienen. Eine Menge Enkelkinder kamen und gingen mit. Ich versuchte mir Schuumur, den ich noch gesehen hatte, in diesem Familienbetrieb vorzustellen, wusste aber nicht, was für eine Rolle ich ihm hätte zuteilen sollen. Tasaj brachte mich ins Hotel zurück, er wäre wohl auch länger dageblieben. Aber mein nächster Interviewpartner war schon da, und wie ich an den Orden und Medaillen sah, ein weiterer und ein richtiger »Bester der Produktion«.

Mir war aufgefallen: Mein Landsmann vermied es, solange er unter Leuten war, auf Einzelheiten einzugehen, die ihn mit der Vergangenheit verbanden. So waren es allgemeine Dinge, alltägliche Sorgen und Freuden, Belanglosigkeiten, worüber wir uns bei ihm zu Hause unterhalten hatten. Dann aber, sobald wir wieder allein waren, setzte sich unser Gespräch fast dort fort, wo wir es unterbrochen hatten.

Er musste mich dem Nächsten überlassen, und ich musste mich wieder den »Staatsgeschäften« widmen. Vorher aber nahm er mich für eine Minute auf die Seite: »Brüderchen«, sagte er auf Tuwinisch, im Halbgeflüster, »ich wollte dich in Gegenwart anderer Leute nicht blamieren, da ich das in unserer eigenen Sprache gesagt haben wollte. Und dies, damit du es vielleicht nicht vergisst: Ich will nicht in der Zeitung erwähnt sein. So eine kleine aufgeputzte Puppe, die einen Helden darstellen soll, nein, man wird zum Gespött der anderen, und man hat auch ein schlechtes Gewissen vor sich selber. Wenn du aber unbedingt etwas schreiben willst, so schreibe über meinen Bruder, der im Flusswasser ertrunken ist. Er war ein Held! Auch mein Vater, heißt es, wäre fast einer geworden, er war sogar verwundet von einer Gewehrkugel. Man sagt, du hättest über Dshaniwek und seinen Sohn Bajnak geschrieben, warum dann nicht auch über Schuumur und seinen Sohn Dongur? Aber nicht über mich!«

Er sprach Tuwinisch wie einer, der noch im Flusstal des Ak-Chem ansässig war. In den dreiunddreißig Jahren, von denen er wie von einer Ewigkeit gesprochen hatte, war ihm seine Muttersprache kein bisschen fremd geworden. Vielleicht hatte er wenigstens in den ersten Jahren die Sprache seiner Mutter weiterbenutzt, so wie er ein Hemd oder eine Hose aus seinem Auswanderergepäck weitergetragen haben mochte, bis sich das Kleidungsstück abgenutzt hatte, vielleicht hatte er immer noch einen Rest von seinem früheren Leben, der an seinem jetzigen klebte wie ein unabwaschbarer Fleck. Vielleicht hatte er einen Freund oder die Schwester, jemanden, mit dem er sich ab und zu zurückflüchtete in die Sprache, die ihm bei der Entdeckung und Aneignung der Welt und des Lebens hilfreich gewesen war wie eine Mutter? Während diese Gedanken durch meinen Kopf gingen, fasste er mich wieder an den Wangen und küsste mich eben dorthin zweimal. Das widersprach aber unserer Sitte: Er hätte eine Wange ungeküsst lassen sollen, für später, für das Wiedersehen. War diese Sitte seinem Gedächtnis doch entrutscht, das so dicht alles zu enthalten schien, was einmal hineingeraten war? Oder glaubte er wirklich nicht mehr daran, dass wir uns wiedersehen würden? Und dies, nachdem wir uns wiedergefunden hatten und nun wussten, wo und wie wir waren? Lange dachte ich über den Abschied nach und gelangte schließlich zu der Einsicht: Wir waren zwei Tröpfchen eines Teiches, den der Sog der Zeit in Bewegung gesetzt und ins Fließen gebracht hatte. Zufällig und belanglos war, dass wir uns getroffen hatten, und nichts würde, so sehr wir uns künftig auch anstrengen mochten, imstande sein, daran etwas zu ändern; die Würfel waren gefallen. Jede Mühe, den versiegenden Teich zu retten, glich jenem Dshargak, den man sich umhing, nachdem das Gewitter bereits herabgestürzt war. Unaufhaltbar war der Abfluss, unbeeinflussbar die Flussrichtung. Ein Gesetz wirkte: Das Meer zog den Teich an. Das Sterben war im Gange. Aber es war ein Sterben, das Leben gebar. Nur war es ein anderes Leben. Also würden von nun an auch andere Geschichten erzählt werden.

Ildeng

Im Spätherbst vierundfünfzig, dem Jahr des Blauen Pferdes, brannte die letzte Spitzhütte im Hochaltai nieder.

Die Hütte gehörte Ildeng, einer noch jungen Frau mit roten Backen und runden schwarzen Augen. Es hieß, sie sei auf dem Wege zu einer Schamanin allein gelassen worden, was bedeutete, dass sich niemand gefunden hatte, der sie in die Schamanenkünste einführte. So war bei ihr jene geistige Störung geblieben, von der alle befallen sind, ehe aus ihnen Schamanen werden, die aber von selbst ausheilt, wenn sie ihre Kunst beherrschen und mit den Geistern und wohl auch mit sich selbst umzugehen wissen. Dazu braucht man Unterweisung. Fast alle Schamanen aber waren entweder bereits verhaftet und abgeurteilt oder so eingeschüchtert, dass niemand es wagte, einer künftigen Berufskollegin den Weg in die Welt der Geister zu zeigen.

Die Hütte stand abseits und einsam am Fluss und bestand aus einem Dutzend etwa anderthalb Klafter langer Weidenruten, deren obere Enden zusammengeschnürt und die unteren ausgespreizt waren. Allerlei Lumpen bedeckten das Gerüst. Alles an ihr war schwarz, was vom Rauch des offenen Feuers kam, das in der Mitte der Hütte zwischen drei runden, kopfgroßen Steinen brannte. Selbst die Bewohner waren rauchgeschwärzt.

Ildeng lebte nicht allein, sie hatte Kinder, drei Mädchen, die russischen Matrjoschkafigürchen ähnelten, und man wurde an eine Stute erinnert, der die Fohlen dreier Jahre hintereinander folgten, wenn man Ildeng mit ihren Kindern sah. Es hieß, sie hätte sie von mongolischen Grenzsoldaten und von kasachischen Lastwagenfahrern.

Die Älteste von ihnen dürfte so alt gewesen sein wie ich, denn sie war in unserer Klasse, war also in die Schule gekommen. Sie hieß Piener, ein Name, den die tuwinische Zunge aus dem revolutionären Modewort Pionier gemacht hatte. Sie war vom Scheitel bis zur Stiefelsohle schwarz und roch wie ein soeben aus dem Rauchfang herausgeholter *Gögeer.* Während ein Gögeer etwas Vornehmes darstellte und eher zur oberen Hälfte in der *Jurte* als zur unteren gehörte, saß das Mädchen auf der letzten Bank einsam in der Ecke zur Türseite und wurde von allen gemieden.

Denn nicht nur der Rauch war es, der sie den anderen unnahbar machte, es waren auch die Läuse. Nicht etwa, dass wir anderen von den zwar lästigen, aber nicht gefährlichen Tierchen weit entfernt gelebt hätten, ach nein, was bei uns jedoch nur vereinzelt vorkam, sagen wir, wie Wölfe oder Füchse, wimmelte bei ihr wie die Murmeltiere, oder noch besser wie Zieselmäuse an stillen Sommermorgen in der Altaisteppe. Wir sahen sie häufig in kleinen Herden über ihren Kragen hin und her kriechen, sagten ihr deshalb, sie solle ihre Kleider über Nacht draußen aushängen und am nächsten Morgen, bevor sie sich anzog, ausklopfen. Die halb erfrorenen Läuse mit aufgedunsenem Bauch fielen dann bei leichtester Erschütterung wie reife Beeren herab.

Piener äußerte sich dazu nicht und tat wohl auch nichts, denn schon am nächsten Morgen sah man wieder Läuse, die frei spazierten und sich nun über uns lustig zu machen schienen. Damals konnte ich mir nicht erklären, weshalb sie unserem Ratschlag nicht folgte. Heute aber weiß ich den Grund. Sie konnte sich nicht ausziehen, wenn sie dabei nicht selbst erfrieren wollte. Und was ich mir damals genauso wenig erklären konnte, war die Farbe der Läuse. Sie waren hell, fast weiß, heller jedenfalls als die, die ich bei mir hin und wieder erwischte. Ja, ich nahm an, auch die Läuse müssten rauchgeschwärzt sein, da ich sogar die Farbe ihrer Augen mit dem Rauch in Verbindung brachte.

Ildeng und ihre drei Kinder lebten von dem, was die Leute ihnen gaben. Auch ich brachte von meiner Mutter einmal getrockneten Quark und weiße und gelbe Butter zu ihr. Sie nahm die Gabe beidhändig entgegen und lachte verlegen: »Ich weiß nicht, wessen Sohn du bist, denn ich bin doch ein im Kopf kranker Mensch und kann die Kinder ringsum nicht voneinander unterscheiden!«

Ich nannte meinen Vater, worauf sie ausrief: »Ja, natürlich! Bruder Schynykbaj kenne ich doch. Sein Vater war reich, gab vielen armen Menschen etwas ab. Aber die Macht der armen Leute hat ihn umgebracht. Und deine Mutter, Schwester Gükül, ist auch nicht von armen Eltern.«

»Meine Mutter heißt aber nicht Gükül!«, sagte ich.

Ildeng wurde stutzig und murmelte vor sich hin: »So? Dann verwechsle ich sie wohl mit einer anderen. Ich sagte dir ja, ich bin krank im Kopf.«

Ich gab ihr in Gedanken Recht und wollte gehen, denn das mit der Macht der armen Leute und dem Ende Großvaters hielt ich wieder für eine Verwechslung, denn es hieß, er sei gestorben, nicht aber umgebracht oder hingerichtet worden. Später jedoch erfuhr ich, dass Großvater zwar in seiner Jurte gestorben, aber die Volksmacht drauf und dran gewesen war, den *Kulaken* zu verhaften, als dieser, ein geistig und körperlich gut trainierter Mensch, dem gewaltsamen Tod vorauseilte. Auch hinter dem Mutternamen, der für mich nicht stimmte, musste etwas stecken. Denn als ich den Eltern erzählte, was Ildeng gesagt hatte, blickten sie einander bedeutungsvoll an, sagten aber nicht, was es damit auf sich hatte.

Ildeng entließ mich noch nicht, sie sagte, sie würde mich, da ich ein gutes Kind sei, das ihr eine Freude gemacht hätte, gerne bewirten, allein sie überlege, ob sie mir etwas geben dürfe. Ich wusste nichts darauf zu erwidern, blieb jedoch. Da begann sie in einem rußgeschwärzten Beutel zu suchen, holte schließlich eine große Scheibe getrockneten *Yak*käse hervor, brach sie in der Mitte auseinander und streckte mir die eine Hälfte entgegen. Ich nahm sie und begann sogleich daran zu knabbern. Es schmeckte nach Rauch, es schmeckte herrlich.
An jenem Tag tobte ein Sturm. Die Schule war längst zu Ende, und wir Internatskinder angelten trotz des Windes am Fluss gleich hinter der Hütte. Da sahen wir den Qualm und rannten los. Piener lief aus entgegengesetzter Richtung auf die Hütte zu und schrie: »Kommt schnell raus! Es brennt!« Worauf Ildeng, das eine Kind an der Brust und das andere an der Hand, aus der Hütte herausgerannt kam. Wir begannen, in panischer Eile von allen Seiten Erde auf die qualmende und nun schon hier und da brennende Hütte zu werfen. Aber wir glaubten unseren Ohren nicht zu trauen, als Ildeng inmitten der Kinderschar lachend dastand und rief: »Nicht nötig, nicht, meine Kinder! Feuer bringt Glück, heißt es doch!« Wir hätten das Feuer sicher nicht löschen können, doch tat es mir bitter Leid, tatenlos dazustehen und zuzuschauen, wie die Flammen alles verschlangen, wenn es auch nur verrußte Lumpen und Ruten waren. Das ging im Übrigen so schnell, dass keiner es geschafft hätte, in der Zeit eine Schale heißen Tee auszutrinken.
Als die Hütte längst niedergebrannt war und der Wind die Asche zu einem Glühregen über Fluss und Steppe ausgestreut hatte, verfiel Ildeng in lautes Wehklagen, das damit endete, dass sie sich das Kopfhaar mit beiden Händen raufte und glänzende Tränenkugeln über ihre rußschwarzen Backen kullerten. Sie jammerte, sie habe vergessen, eine Unter-

hose aus der Hütte zu ziehen, und so habe sie das Feuer verunreinigt.

Die Obdachlosen kamen ins Internat, wo sie sich im Korridor, der das Jungenzimmer von den Mädchen trennte, einrichteten. Wir trugen Restessen aus der Küche herbei und fütterten sie. Aber es dauerte nur wenige Tage, bis es hieß, sie würden in ein Pflegeheim in der Bezirksstadt kommen. So brachte man sie eines Tages mit dem Postauto fort.

Die Zeit verging, und wir begannen, Ildeng und ihre Kinder zu vergessen. Nur wenn wir an der Stelle vorbeikamen, an der die Spitzhütte gestanden hatte, wurden wir durch die verrußten Feuersteine und Geschirrreste an sie erinnert. Eines Tages waren auch diese verschwunden, und selbst der flache Aschehaufen war verflogen. Ildeng und alles, was mit ihr verbunden war, schien der Vergangenheit anzugehören wie der Feudalismus.

Da betrat an einem Winterabend Ildeng leibhaftig den Schulhof, und Piener ging allein an ihrer Seite. Wir rannten ihnen entgegen, als ob wir sie erwartet hätten. Dann stand die Mutter vor uns, zitternd und lächelnd, während die Tochter zur Erde schaute. Von uns fiel kein Wort, aber unsere Blicke waren Fragen und nichts als Fragen. Ildeng verstand sie und antwortete: »Wir hatten Heimweh und sind nun zurück. Die mittlere Tochter hat uns einer abgenommen, und die Jüngste ist unterwegs erfroren.«

Später erzählte sie es uns noch einmal, diesmal ausführlicher: »Der Mann, der mir die Tochter abnahm, ist mit einem ganzen Sack Bonbons gekommen. Das Mädchen hatte Glück. Die andere aber hatte Pech, sie hat plötzlich die Augen verdreht, die ganz hell wurden.«

Während sie das erzählte, holte Piener aus ihrem Brustlatz ein paar Bonbons und legte sie wortlos auf die Matratze eines Bettes, und wir verstanden, dass sie für uns waren. Da es

weniger Bonbons als Kinder gab, mussten sie vorher in winzige Stücke gebissen werden. Was machte das schon, die Freude war groß, und die Erinnerung daran hielt lange an.
Piener kam wieder in unsere Klasse, und man merkte, dass sie nicht nur sauberer, sondern auch besser im Lernen geworden war. Doch sie sollte nur kurz bei uns bleiben, denn wenige Tage später wurde die Mutter abgeholt, und Piener musste mit ihr gehen.
Dieses Mal vergaßen wir die beiden nicht so schnell, und sie blieben in unseren Gesprächen, weil man immer wieder etwas über sie hörte. Es hieß zuerst, sie seien mit dem Bus in einen anderen Bezirk gebracht worden, weit entfernt von uns. Somit war dafür gesorgt, dass sie so schnell nicht wieder zurückkommen konnten.
Später hörten wir, ein Kasache habe Ildeng zur Frau genommen, Kinder seien geboren und wir erfuhren, dass Piener bis in die Hauptstadt gekommen sei, um zu studieren, und dort einen Mongolen geheiratet habe.
Die Sturmwinde des Jahres 1990, dem Jahr des Weißen Pferdes, die zu einem Wechsel der Macht aus den Händen der Ärmeren zurück in die der Reichen führten, bliesen zwar alte Bazillen fort, trugen aber neue herbei, die mit der Geschwindigkeit eines Sturmwindes auch bis in den Hochaltai eindrangen.
Die allerersten Krankheitserreger waren die Vereine, welche die ohnehin verunsicherte Bevölkerung zerteilten, als ob ein scharfes Messer eine Käsetafel längs und quer zerschnitte. Nostalgie hieß einer, der sich als dringende Aufgabe die Herstellung von Spitzzelten gestellt hatte, die wie in alten Zeiten Jungvermählten wieder als erste Behausung dienen sollten. Da erinnerte man sich an Ildeng.
Ein anderer Verein mit der Bezeichnung Wiedergutmachung griff den Namen auf. Eine groß angelegte Erkundung wurde

eingeleitet. Sie kam nicht gleich zustande, weil das Geld dazu fehlte. Ein Hungerstreik zwang die soeben an die Macht Gekommenen, Mittel dafür abzuzweigen und sie herzugeben.
Die Nachforschungen verliefen nicht ohne Erfolg, und Ildeng wurde ausfindig gemacht. Allerdings schien sie nicht mehr die zu sein, nach der man gesucht hatte. Eine *Bajbische*, umgeben von vielen Kindern und Enkeln empfing den tuwinischen Gesandten freundlich, aber ohne jeglichen Überschwang. Sie nahm die Einladung nicht an, war aber so höflich, dreien ihrer insgesamt zehn Kinder zu gestatten, mit dem Gesandten zu fahren, um die Heimat und die Stammesgenossen der Mutter kennen zu lernen. Und sie verriet auch, wo Piener zu finden war.
Der Gesandte kam mit Fotos und aufgeschriebenen Worten, die Rechenschaft darüber ablegten, wer Ildeng war, nämlich eine bejahrte Kasachin mit runden Augen, die beim Abschied gesagt haben soll: »Eine jede Zeit hat ihren Wahnsinn und solche, die dazu passen.« Oder: »Viel mehr bin ich nicht als ein Schaf, das Lämmer gebiert, oder eine, die Hufeisen schmiedet.« Und zum Schluss noch: »Entweder möchte ich Tuwinerin sein oder satt.« Vergebens versuchte man, solchen Worten den gewünschten Sinn abzugewinnen.
Piener, die mit ihrer kleinen Tochter aus der fernen Hauptstadt angereist kam, brauchte einen Dolmetscher, um sich mit ihren ehemaligen Stammesbrüdern und -schwestern verständigen zu können, und einen anderen, um sich mit ihren Halbgeschwistern zu unterhalten, die sie übrigens zum ersten Mal sah.
Die Vereinsleitung steckte in einer schwierigen Lage. Die Person, die man als eine unterdrückte hingestellt hatte, war nicht umgekommen, war nicht spurlos verschwunden, sondern lebte unbeschadet und quicklebendig. Dennoch war Ildeng nicht gekommen. Sie hatte andere hergeschickt, die

im Grunde doch Fremde waren, da sie nicht einmal die Sprache ihrer Mutter beherrschten.
Aber die Kundgebung, zu der man die Bevölkerung aufgerufen hatte, sobald die erste Nachricht vom Auftauchen der Gesuchten eingetroffen war, musste an dem festgesetzten Tag stattfinden, und die Ildeng-Kinder, alle weiblich, sollten sich, da sie nun einmal da waren, als Ehrengäste beteiligen.
Viele Menschen versammelten sich, und Piener und eine weitere Ildeng-Tochter sprachen zu ihnen. Kein anklagendes Wort fiel, statt dessen priesen beide ihr heutiges Leben, bedankten sich höflich für die Einladung und versprachen in allgemeinen und unbestimmten Worten Hilfe.
Ein Zuhörer machte die laute Zwischenbemerkung: »Wie hätten sich eine Mongolin und eine Kasachin auch anders verhalten sollen uns armen Tuwinern gegenüber!« Von der Versammlung ging ein zustimmendes Gemurmel aus.
In dieser Lage beschloss die Vereinsleitung, die feierliche Einweihung einer neu zusammengetragenen Spitzhütte aus Lumpen als Gedenkstätte für die unterdrückte Schamanin und Mitbürgerin Ildeng fallen zu lassen, um möglichst schnell zum nächsten Punkt der Tagesordnung, der Grundsteinlegung eines Denkmals für die Opfer der kommunistisch-chauvinistischen Repression, übergehen zu können.
Doch da meldete sich jemand zu Wort. Da es sich bei ihm um einen handelte, der noch jung an Jahren und für seine Streitsucht bekannt war, musste man seinem Wunsch entsprechen.
Dieser legte nun los: »Die Frau, die Ildeng heißt und eine Tuwinerin ist, muss eine Schönheit und obendrein ein wahrer Weiberbronn gewesen sein. Wir armes, aussterbendes Volk brauchen solche wie Ildeng dringender als Betondenkmäler. Aus dieser Überzeugung haben wir, ein halbes Dutzend junger unverheirateter Männer, einen Verband namens

Rundaugen gegründet. Das Ziel der Mitglieder dieses Vereins ist es, rundäugige und auch sonst schöne starke Mädchen ausfindig zu machen, und sie als Bräute hierher zu führen. Dies als Wiedergutmachung des Vergehens an Ildeng!«
Die Rede war mehrmals unterbrochen worden durch Gelächter, Beifall, aber auch durch Buhrufe und Zurechtweisungen. Es kam zu einem Wortgefecht zwischen dem Versammlungsleiter und dem Redner. »Ich entziehe dir das Wort, wenn du weiter so unverschämtes Zeug quatschst!«
»Du vergisst wohl, dass heutzutage Redefreiheit herrscht! Ich weiß, was ich sage und weiß auch, dass wir in einer Demokratie leben!«
Einige brüllten verärgert, und eine Frauenstimme gellte: »Was willst du ihm denn vorschreiben, als lebtest du noch bei deinem Onkel *Zedenbal,* du Roter mit dem weiß gestrichenen Maul!«
Der Kundgebungsleiter gab nach, und der Redner konnte fortfahren. Aber die Grundsteinlegung für das Betondenkmal vermochte er nicht zu verhindern, sie fand statt.
Um die Erinnerung an Ildeng, die verhinderte Schamanin, zu bewahren, wandte man sich an mich. Ich versprach nach einer Möglichkeit zu suchen.
Und so ist diese Geschichte entstanden.

Dojnaa

Der nomadischen Frau,
auf deren Schultern das Geschick
einer untergehenden Welt ruht

Doormak kam nicht. Dafür kam der Abend, darauf die Nacht und schließlich der Morgen, der seine Weile dauerte, bis er vor dem Tag stand, verblasste und sich darin verlor. Dieser, der neue Tag, wirkte gewaltig zunächst, deutete auf eine lange Strecke hin, erschöpfte sich dann jedoch vorzeitig und endete kläglich unter dem Abend, der seinerseits eilig und mächtig hereinbrach. Der Morgen, der Tag, der Abend und die Nacht lösten einander in eherner Folge ab, kamen und gingen wieder und wieder. Dabei wurden die Tage immer kürzer und die Nächte länger.
Der Winter kam. Und er war ein ungewöhnlicher: Schnee fiel zwar häufig, aber nur in spärlichen Mengen, wie lichter Raureif fast, und auch der Wind blieb jedes Mal aus; so stand die Luft mild. Was Dojnaa ein wenig tröstete, denn das Winterwetter hätte, so wie es bisher war, nicht besser ausfallen können für die Jagd. Nun, es war nicht das Richtige für das Vieh, und wenn da etwas verkehrt ging, dann waren sie und ihre Kinder natürlich auch betroffen, denn sie besaßen schließlich ein paar *Yaks* und Pferde. Doch was sollte das Gerede vom Wetter, von der Jagd und vom Vieh, wenn der Mann seine Frau und seine Kinder verlassen hatte und sich nun schon seit so vielen Tagen und Nächten draußen in der

Welt herumtrieb und möglicherweise bei wildfremden Leuten aufhielt!

Anfangs hatte sie nicht glauben können, dass er wahr machen würde, was er ihr angedroht hatte, obwohl er beim Wegreiten gesagt hatte, diesmal ginge er endgültig. Sie hatte gedacht, er würde, wenn der Zorn verflogen war, in ein, zwei Tagen zurückkommen, so wie er es schon einmal getan hatte. Dann aber, als er nach zwei, vier, nach zehn Tagen immer noch nicht kam, musste sie an seine Worte glauben. Dennoch vermochte sie nicht zu fassen, dass man seine *Jurte* mit Frau und Kindern darinnen und mit dem Vieh draußen einfach stehen lassen und weggehen konnte.

Da hatte sie längst ihre liebe Not mit den Kindern, die ständig wissen wollten, wohin der Vater gegangen sei, warum er so lange wegbliebe und wann er denn endlich wiederkäme. Auch war es schwer wegen der Nachbarn, einem kinderlosen Ehepaar in vorgerücktem Alter.

Die Frau, Tante Anaj, war ohnehin eine etwas seltsam geratene Person, und nun wurde es schlimm mit ihrer Neugier. Dojnaa wusste bald nicht mehr, wie sie sich der Fragen erwehren sollte, die immer tiefer bohrten und unaufhörlich Salz auf ihre Wunden streuten. Und der Mann, Onkel Ergek, wahrte unerschütterliches Schweigen, was ihr mit der Zeit bald auch zu viel wurde. Nicht etwa, weil er ein unangenehmer Mensch gewesen wäre. Nein, im Gegenteil: Er war die Freundlichkeit und Hilfsbereitschaft in Person. Und genau das war es. Dojnaa wurde angesichts der stillen, ständig hellwach lauernden, sie und ihre Kinder umschleichenden Güte immer unsicherer.

Nun aber, nach einem reichlichen Monat, wusste man, es war endgültig. Und diese Erkenntnis hinterließ Öde in ihrer Brust. Es war, als ob ein Sturm durch den Hohlraum hinter den Rippen gerast wäre und dabei Herz und Lunge weggerissen und davongefegt hätte. Erschüttert und entmutigt horchte sie in sich hinein und stieß auf schmerzhafte Stockungen, auf Spuren einer Verwüstung, war sie doch kein junges, dummes Ding mehr, das in eitlem Glück geschwelgt hätte, nicht, als der Mann wegritt, und auch vorher nicht. Das, was vom Leben bevorzugte Menschen Zuneigung, ja hochtrabend gar Liebe nannten, kannte sie nicht und war auch keineswegs erpicht darauf, es kennen zu lernen. Sie hatte ihre Gründe dafür. Denn sie sah doch, wie dumm manchmal zwei Menschen dastanden und sich gern wieder voneinander losgerissen hätten, obwohl sie vorher aufeinander zugeflogen waren, sehr oft gegen einen hohen Preis in Gestalt von vorsätzlichen Zerstörungen und bitterer Mühsal. Und was das Eheleben betraf, so hatte sie das einfache, handfeste Verständnis von den Tieren nebenan übernommen: Jedes Männliche passte zu allem Weiblichen und jedes Weibliche zu allem Männlichen. Sie wusste nicht, wann sie zu dieser Ansicht gelangt war, durch die eigene Erfahrung erst oder früher durch Beobachtungen. Vermutlich musste das Letztere der Fall gewesen sein, denn die Ehe hatte sie damals, die Siebzehnjährige vor dreizehn Wintern, weder begeistert noch erschreckt. Sie war ihr zunächst als eines der gewöhnlichsten und darum gerade harmlosen Dinge vorgekommen, als sie am Horizont ihres Lebens auftauchte. So hatte sie sich ihr gegenüber gleichgültig verhalten, hatte nicht aufgepasst, geschweige denn sich dagegen gewehrt. Das konnte gut der Grund dafür gewesen sein, weshalb sie mit einem Mal dicht und wehrlos davor stand, ohne jeglichen Ausweg. Und als es so weit war, musste sie sich einfach fügen.

Das alles hatte belanglos und mit einem Spiel begonnen, das eine ältere, schlaue Frau mit ihr, der Ahnungslosen, trieb. Der Sinn des Spiels, das seinen Anfang mit einem Wortspiel

nahm, auf die ähnlich lautenden Namen gemünzt, und sich schnell in ein Gedankenspiel steigerte, bestand wohl darin, Gemeinsamkeiten und Unterschiede bei ihr, der flinken, wagemutigen Dojnaa, und einem bedächtigen, verschlossenen Burschen aus dem Nachbartal, dem um vier Jahre älteren Doormak, aufzudecken. Der nähere Sinn des Spiels lag darin aufzuzeigen, so könnten sich zwei Menschen zusammentun und einander ergänzen. Der tiefere Sinn jedoch war: Ob sie, Dojnaa, etwas gegen jenen und ein Leben mit ihm unter einem Dach hätte? Also war das Ganze ein Heiratsangebot! Dojnaa wusste nicht, was sie darauf sagen sollte. Sie kannte die Spielregeln nicht, also schwieg sie.
Das war nicht richtig. Denn die Werbende sah in diesem Schweigen etwas anderes, gar ein: Sie wäre nicht abgeneigt. Was in gewisser Weise sogar stimmte, denn sie hatte nichts gegen den Burschen. Weiter hatte sie allerdings in dem Augenblick einfach nicht denken können.
Die Nachricht musste sich auf schnellen Beinen davongemacht haben. Lange bevor die, um die es ging, sich selber dessen, was ihr bevorstehen sollte, bewusst werden konnte, glaubte die Mitwelt alles zu wissen und sich befugt, darüber zu urteilen. Man klatschte und tratschte, tat aufgeregt, als wäre etwas Unerhörtes im Gange, als hinge das Wohl und Weh eines jeden davon ab. Denn die zwei als ein Paar zu sehen, das wollte keinem so recht in den Sinn. Der Grund dafür lag zunächst nur im rein Äußerlichen: Die Braut war körperlich größer geraten als der Bräutigam, sie überragte ihn nicht nur um einen halben Kopf, sondern war auch um Etliches breiter an den Schultern und um die Hüften. Schuld daran war offensichtlich ihr Vater. Er war ein Riese und hatte die Kraft eines Bären, hieß aber Elefant. Das war sein Titel, denn er war ein Ringer, der jahrelang fast alle Kämpfe bei unzähligen kleinen und großen Festen gewonnen hatte. Dieser Titel eben

hatte mit der Zeit den Namen verdrängt, also wurde immer und überall dort, wo der kräftige, berühmte Mann gemeint war, das fremdländische Tier herbeigerufen, von dem man außer dem Namen nichts wusste, aber annahm, es wäre groß und stark. Entsprechend wurde Dojnaa mal Elefanten-Kind, mal Elefanten-Tochter und von manchen Frechen sogar Elefanten-Kalb genannt.
Aber das war wohl nicht das Einzige, was sie in den Augen und im Bewusstsein der Mitwelt zu einem etwas sonderbaren Geschöpf werden ließ. Es musste auch die Lebensweise gewesen sein, die sie neben dem Vater zu führen hatte. Denn er war nicht nur der gefeierte Ringer, sondern auch ein sehr geschickter Jäger. Außerdem war ihm die Frau früh verstorben. So stand ihm sein einziges Kind von klein auf zur Seite, lernte alles von ihm, auch das Jagen. Schon damals hieß es, sie wäre so vortrefflich im Schießen, dass sie den Vater bereits überträfe.

Als Dojnaa erfuhr, wie es um ihren Namen stand, waren die Vorbereitungen für die Hochzeit längst im Gange. Das kam ihr seltsam vor, ein wenig zum Lachen fast. Sie bedauerte es leise, dass sie sich nicht klar geäußert hatte. Was sollte sie nun tun? Sie schaute auf die Menschen ringsum, die angefangen hatten, eine neue Jurte anzufertigen und einzurichten. Sie erschrak und stand entmutigt da. Dann aber dachte sie trotzig: Warum sollte sie eigentlich nicht heiraten, wo es doch alle, fast alle Mädchen taten? Die wenigen, die nicht dazu kamen, waren die Sitzengebliebenen! Und warum sollte der Mann, mit dem sie Jurte, Vieh und Bett zu teilen hatte, nicht Doormak sein, der zwar nicht mehr, aber auch nicht weniger aufzuweisen hatte als die anderen jungen Burschen ringsum?
Ja, sie fand sogar Gefallen daran, wie er im Leben stand: ein Vollwaise, der seit vielen Jahren nun schon bei einer Tante

untergebracht war. Dass er weder Eltern noch Geschwister noch Vieh besaß, erschien ihr in Ordnung. Umso besser, dachte sie und versuchte, die Glut des Trotzes in sich zu schüren und zu einem Feuer zu entfachen. Je kleiner die Verwandtschaft, um so geringer womöglich später auch die Reibereien und Streitereien! Und keiner, aber auch keiner würde schließlich behaupten können, die Tochter des Elefanten hätte ihn wegen der Aussicht auf zusätzlichen Besitz und Ruhm geheiratet! So ging sie bedenkenlos in die Ehe, mit so manchen selbst gestrickten Rechtfertigungen, zumal sie vonseiten ihres Vaters eine kleine Bestärkung erhielt. Vielleicht, so sagte dieser, passe dieser Waisenjunge sogar zu seiner Waisentochter.

Sie fand das Eheleben, wie sie es erwartet hatte: angemessen und letzten Endes auch erträglich. Doch gleich am Anfang war die Bemerkung Doormaks gefallen, er fände es komisch.
»Was heißt hier es?«, fragte sie.
»Dass wir zwei zueinander Mann und Frau sein sollen.«
»So?«, hielt sie inne. »Du hast es doch gewollt!«
»Nein«, sagte er kühl. »Die Tante war es. Und du warst es auch!«
»Ich war es auch?«, fuhr sie hoch. »Wie kommst du darauf? Habe ja gar nicht zugesagt, als mir das Angebot gemacht wurde!«
»Du hast es nicht getan? Ich auch nicht!«, kam er ihr eilig entgegen. Dann nahm er von neuem Anlauf: »Du hast zwar nicht ja, aber auch nicht nein gesagt. War es so?«
»Ja«, gab sie leise zu.
»Siehst du!«, rief er wie erleichtert aus. »Ich aber habe getobt und gesagt: Was soll ich neben der? Ich werde blöd dastehen wie ein Bullenjährling zu einer ausgewachsenen Kuh!«
»Das hast du gesagt?«

»Ja!«
»Und dann hast du trotzdem nichts gesagt, als man daranging, die Jurte zusammenzutragen?«
»Warum sollte ich da was sagen? Wo ich doch wusste, ich würde so oder so bald heiraten.«
»Also doch mich?«
»Nein, irgendeines der vielen heiratsfähigen und -lustigen Mädchen von hier, eines, das zu mir passt.«
»Und es fand sich keines so schnell?«
»So ist es. Manch eines, das gern gekommen wäre, sagte denen nicht zu, die an der Jurte hantierten. Und außerdem hörte man von dir, dass du tüchtig zur Hochzeit rüsten würdest.«

Das war gemein von Doormak, gewiss. Denn es geschah gleich in der ersten Nacht. Die Hochzeit war vorüber, die letzten Gäste hatten die Jurte verlassen. Dojnaa hatte die schweren Kopf-, Ohr- und Halsgehänge abgelegt und stand zögernd vor dem schmucken, laden- und nadelfrischen Bett mit den beiden davor angebrachten Vorhängen. Wahrscheinlich musste es zum Schlafen noch hergerichtet werden. Nun war sie erst recht ratlos, war so verwirrt, dass sie gegen die Tränen kämpfte. Aber es war schon gut so, wie es eben gekommen war. Denn sie wusste endlich, woran sie war. Es zeugte schließlich auch von seiner Ehrlichkeit und war vielleicht nicht ganz so ernst gemeint, denn er hatte sie ja zum Schluss doch genommen, hatte sie nicht etwa stehen lassen mit all ihren Sachen, über denen sie viele Tage und Nächte lang hatte sitzen müssen, bis sie fertig genäht und gebastelt waren.

So wie er ihr die Hochzeit überlassen hatte, so überließ er ihr jetzt auch das Bett. Denn er sagte, es sei spät geworden, sie sollten sich hinlegen und zur Nachtruhe begeben. Worauf sie

erleichtert nach der glitzernden Betthülle griff, sie an einem Zipfel zurückschlug und die kunstvoll gefaltete und zu einem Türmchen gestapelte Schlafdecke mit dem Kopfkissenpaar darüber auseinander brach. Er zog sich rasch aus, bestieg sogleich das straff gespannte, schneeweiße Laken, kroch geräuschvoll unter die soeben entfaltete, ebenso weiße, grell strahlende Decke und streckte sich genüsslich aus. Sie nahm sich Zeit mit dem Entledigen ihrer Kleider, machte mittendrin das Licht aus, und als sie dann nur in Unterwäsche stand, fragte sie mit zittriger Stimme halb flüsternd, ob sie auch ins Bett kommen solle. Doormak gab sich ungehalten: »Hast du etwa gedacht, die Hochzeit ist gewesen, damit du als Hütemädchen die rechte untere Jurtenseite einnimmst?«
Darauf hatte sie nichts zu erwidern, stieg behutsam ins Bett, streckte sich entlang des Randes aus und blieb still liegen.
Er zog sie zu sich und flüsterte ihr ins Ohr: »Wir wollen doch zu Mann und Frau werden, Mädchen.«
Das löste in ihr eine prickelnde, wärmende Dankbarkeit ihm gegenüber aus. Da fragte er, ob sie bereits eine Frau sei. Sie überlegte eine Weile und fragte schließlich zurück, ob er denn schon ein Mann sei.
»Ja«, sagte er selbstsicher.
Jetzt verstand sie und sagte, sie sei auch schon eine Frau.
»Schade!«, ließ er von sich hören, fragte darauf aber scharf: »Womöglich bist du schon schwanger?«
»Nein«, sagte sie bestimmt.
Aber er schien es ihr nicht so schnell abnehmen zu wollen und bohrte weiter: »Und wann ist das gewesen?«
»Vor zwei Jahren, im Frühherbst.«
»Kenne ich den Glücklichen, der dich einweihen durfte?«
»Ich glaube nicht. Kannte ihn selber nicht. War auf der Jagd. Mit einem Mal stand er vor mir. Auch ein Jäger, vielleicht von weit her.«

»Und du hast dich nicht gewehrt?«
»Sinnlos. Er war riesig. Und mordsstark.«
»Also war es auch schön!«
»Scheußlich war es! In Tränen und Rotz lag ich.«
»Es hat also wehgetan?«
»Das auch. Aber noch schlimmer war der Schreck, den er mir eingejagt hat. Nächtelang musste ich darauf gegen Alpträume kämpfen.«
»Du hättest ihn hinterrücks erschießen sollen, während er gesättigt von dir ging!«
»Einen Menschen erschießen? Deswegen doch nicht!«
»Dann ist es doch schön für dich gewesen!«
»Nein!«
Darauf trat drückende Stille ein. Beide lagen erloschen und verschreckt und atmeten schwer, aber leise, fast verstohlen. Dabei berührten sie einander kaum. So verging eine quälend lange Weile. Er war es, der sich schließlich aus der Erstarrung löste und in die Stille einbrach. Er wandte sich ihr zu und ging sie zaghaft an. Dafür war sie ihm erneut dankbar. Schlimm wäre es gewesen, wenn er sie hätte liegen lassen, unberührt die ganze Nacht über. Nein, das tat er nun doch nicht, fasste sie da und dort an, schob die Leibwäsche auseinander und drang an ihre Blöße heran und schließlich auch noch in ihre Falten ein. Sie zuckte und zitterte zwar jedes Mal, wenn seine Finger über ihren enthüllten Körper weiterglitten, eine weitere unbekannte Bewegung machten. Sie ließ aber alles geschehen, war entschlossen, es, was es auch sein mochte, über sich ergehen zu lassen und tapfer auszuhalten. Nun musste sie erfahren, es war nicht halb so schlimm wie damals. Und das tröstete und erfüllte sie mit einer befreienden Erleichterung. Doch Doormak schien unzufrieden, verharrte in eisigem Schweigen, als er wieder ausgestreckt neben ihr lag. Den Grund dafür sollte sie erst mit der Zeit erfahren.

Er war enttäuscht, eigentlich von sich selber. Doch dieses sich selbst gegenüber einzugestehen, fiel ihm schwer. Denn das soeben Gewesene mit der Frau, mit der er ein Leben zu verbringen in Aussicht hatte, war nichts anderes als die Bestätigung jener Angst, die er schon öfters, einer schmerzenden Wunde gleich, in sich gespürt hatte. Ja, so oft ihm der Gedanke an die Tochter des Elefanten im Kopf erwacht war, hatte er dieses Unbehagen gefühlt. Schon beim bloßen Auftauchen ihres Bildes drohte er zu schrumpfen. Hügelig und unheimlich stand sie inmitten seiner Gedanken. Allein wie sie aussah, war schon eine Zumutung, schien sie doch aus der Lärchenhöhe auf ihn hinabzuschauen. Wie zwergenhaft kam er sich vor. Das ergrimmte ihn. Und insgeheim war er erfüllt von dem sehnlichen, zehrenden Wunsch, es der Unverschämten heimzuzahlen, deren frech-stolze Erscheinung einschüchternd wirkte und damit ihn, den Mann, erniedrigte! Und so rief er sich eine Strophe ins Gedächtnis und hielt sie ihr entgegen, wie man sich mit einem Umhang des eisigen Windes erwehrt:

Sieht mein Sattel auch abgenutzt aus
Kommt er doch auf dich, Fohlen
Sehe ich Mann auch kläglich aus
Komme ich doch auf dich, Mädel ...

Und sieh da, das bestärkte ihn so sehr, dass er sich schwor, es der Tochter des Elefanten zu zeigen. Das hieß in aller Klarheit, er wollte ihr früher oder später ans Fell, an die armselig nackte, zuckende Haut rücken, sie in ihrem erhabenen Stolz treffen und von seiner Männlichkeit überzeugen, ja, er wollte sie brechen. Ganz so, wie er mit manch anderer schon verfahren war. Damit hatte er wie die meisten aus der Herde der heranwachsenden menschlichen Böcke, Bullen und Hengste

sein zweifelhaftes Häuflein Erfahrung. Bei so manchen Frauen hatte er Erfolg gehabt, einige von ihnen waren junge, schmächtige, da und dort sogar unberührte, zerbrechliche und zittrige Mädelchen gewesen. Jedes Mal, wenn er verrichteter Dinge aufstand und gesättigt und gedämpft davonging, fühlte er ein betörendes, benebelndes Behagen, das sich im Ausmaß jedoch von Fall zu Fall unterschied. Mal kam er sich wie ein Bock, mal wie ein Bulle, und einmal, ein heiliges Mal endlich, wie ein Hengst vor.
Und dies hing ausschließlich von der Haltung seines jeweiligen Opfers ab. Je mehr es sich von dem, was er ihm antat, betroffen zeigte, das heißt, je mehr Gestöhn und Gewimmer er zu hören bekam, umso wohler fühlte er sich, bestätigt in seiner Männlichkeit. Dieser Überzeugung folgend, überlegte er, wie er das Rasseweib am besten angehen, sie überraschen und überwältigen könnte. Dabei wünschte er sich, sie wäre noch Jungfrau, schamhaft und ängstlich. Oh, dann wüsste er sie schon zu behandeln! Voller Ungeduld beschwor er im Geiste die Stunde herbei, die sie ihm in die Schenkel auslieferte: Sie lag unter ihm mit vor Scham brechenden Augen, mit von Schmerzen verzerrtem Gesicht, bebte in Krämpfen, wimmerte und winselte, zog sich zusammen und versuchte, ihm zu entkommen, er aber blieb unnachgiebig, drückte erbarmungslos mit allem Gewicht des Körpers und aller Kraft der Muskeln dagegen, war ein berstendes Bündel aus Sehnen und Knochen, ein fliegender Pfeil, zielend auf sie, auf den Sitz ihrer plump-ungelenken, nichtsnutzen Jungfräulichkeit, mit der ehernen Gewissheit, sie demnächst zu erreichen und zu durchschlagen, auf dass sie vernichtet und geboren ward als Frau, die ihm, dem Mann, mit der Treue eines Hundes und der Liebe einer Mutter fortan dienen würde.
Je öfter er dieses Bild herbeirief und je länger es vor seinen erwachten Sinnen stand, umso genussvoller wirkte es auf

ihn. Während das Opfer schrumpfte, schwoll er, dessen Bezwinger, an. Wie ein Hengst trieb er es wahrlich toll, so gewaltig wie mit noch keiner bisher.
Doch, ach, zwischendurch gab es auch Augenblicke, die ungeeignet schienen für ein derart süßes Hirngespinst. Er spürte Zweifel, die er vergeblich zu verdrängen versuchte.

Nun war die ersehnte, gefürchtete Stunde vorüber. Eine Niederlage hatte er geerntet bei der Schlacht, die er sich lange genug ausgemalt und soeben ausgefochten hatte. Er sah sich kleiner als je zuvor, fühlte sich nichtig und schuldig vor sich und der Welt. Er begriff jedoch: Es hatte keinen Sinn, sich verstecken zu wollen vor dem, was schon da war und ihn aus nächster Nähe schonungslos anstarrte. Das beschämte, vernichtete und erboste ihn. Und das führte dann dazu, dass er beschloss, das Weib anzugehen, das ihm die Niederlage beigebracht hatte und nun, wie ihm schien, protzig und seelenruhig dalag, bereit, weitere Gefechte auf sich zu nehmen.
Er fühlte sich dazu gedrängt, die verlorene Schlacht wieder aufzunehmen und woanders toben zu sehen, ohne Hoffnung auf einen Sieg, aber auch ohne Angst vor einer weiteren Niederlage. Und so war es ein Schritt aus schierer Verzweiflung. Sollte jedoch ein kleiner Sinn dahinter gesteckt haben, dann wohl dieser: Er konnte weder sie in ihrem Sieg belassen, noch selbst unter der Niederlage darben, wollte sich dabei wenigstens in seiner Bosheit steigern, sich als Messer wetzen, als Gewehr laden. Er musste seine Bezwingerin inmitten ihrer wohligen Ruhe irgendwie aufschrecken und sie verletzen.
Also sprach er: »Ich sehe, ich bin einfach zu wenig für dich!«
Sie begriff nicht. Versteifte sich verwirrt, schnaufte und hielt inne.
Das reizte ihn und er fuhr sie an: »Hej, hast du gehört, was ich gesagt habe?«

»Ja«, antwortete sie gehorsam und horchte weiterhin gespannt.
»Glaubst du es denn nicht auch?«
»Ich weiß nicht, was du meinst.«
»Ich mühe mich ab und will vergehen, du aber liegst da wie eine ausgebreitete Matte und scheinst nicht einmal zu merken, was darauf los ist!«
»Habe ich etwas verkehrt gemacht?«
»Nein! Kannst ja nichts verkehrt machen. Bist doch keine Unberührte mehr, du Frau mit Erfahrung, plattgewalzt von einem Riesen sogar!«

Allmählich glaubte sie, verstanden zu haben, was er meinte. Doch wusste sie nichts darauf zu erwidern. Noch weniger wusste sie, wie sie sich künftig verhalten sollte. Stöhnen und zittern vielleicht wie eine Jungstute unter einem ausgewachsenen Hengst? Oder es gar einer Hündin gleichtun und winseln? Aber da wäre der Rüde doch noch schlimmer daran, würde von ihr fortgezerrt und -geschleift, jaulend und winselnd dabei wie am Spieß! Dieses Bild war es vielleicht, warum ihr Tränen in die Augen schossen. Eine Weile flossen sie still, doch dann begann sie zu schnauben, wurde immer lauter und schluchzte. Sie weinte lang und ungehemmt.
Das war vorerst ihre Rettung, denn irgendwann hielt er es nicht mehr aus und mahnte sie, damit doch aufzuhören. Als dies nicht half, ging er dazu über, sie zu trösten. Dabei musste er sie wieder berühren, an der Schulter anfassen und den bebenden Körper schütteln. Da empfand sie ihm gegenüber abermals Dankbarkeit. Nun aber war es eine verzeihende und ergebene. Und während sie, wieder beruhigt und nun ihm zugewandt, dalag, war sie mit ihren Gedanken auf Suche. Diese zielte auf etwas, das ihr unbekannt war, von dem sie aber annahm, es könnte den Mann, der seit Stunden ihr

Ehemann war und es bleiben würde, solange ihr Leben währte, bei guter Laune halten, jedes Mal, wenn er sie nähme. Und sie war durchaus gewillt, sich seinem Willen zu fügen, einem Pferd gleich, das wieder und wieder unter den Sattel kam.
Auch er lag wach, mit seinen Gedanken beschäftigt. Ihre Tränen hatten ihn überrascht, ein wenig getröstet und auch erweicht, zunächst. Er fand die schluchzende Frau seltsam. Kaum vereinbar mit ihrer Erscheinung und auch mit dem, was kurz vorher passiert war und ihn schwer getroffen hatte. Aber Tatsache blieb, die Frau weinte, schien sich in Tränen auflösen zu wollen.
War denn der hügelige Körper mit den prallen, schweren Gliedern in seinem Kern doch weich? Wohl ja. Und auch schwach! Diese Erkenntnis war ihm wichtig, gab ihm Halt und bestätigte ihn in seinem ehrgeizigen Anliegen als Mann. Er überlegte sehnsüchtig, ob es möglich wäre, diese Person noch weicher zu klopfen und geschwächter zu sehen inmitten ihres plump-stolzen Gestells. Und irgendwann glaubte er, herausgefunden zu haben, dass und wie es möglich wäre: zu ihr so rau zu sein wie die Kiessteppe, unberechenbar wie das Frühjahrswetter und unnachgiebig wie männlich schwarzes Leder. Könnte er dies wirklich, so würde sie eines nahen Tages in ihrer alten Haut beschämt schlottern und jedem Zug seiner Laune hinterherschnellen. Ja, dachte er selig, während er spürte, wie sich der Schlaf, Nebelschwaden gleich, auf ihn heruntersenkte und ihn umhüllte. Dann würde ein jeder wissen, endlich, was für ein toller Kerl doch in ihm steckte!
Als sich dieser Gedanke der Rinde seines beruhigten und benebelten Hirnes abschälte, war ihm die inzwischen wieder friedlich atmende Frau nebenan entrückt, da sie längst gezähmt war. Sein Wille, der nun erst recht erwacht und gefüttert war, galt jetzt anderen, den nächsten und kommenden, und das waren viele.

Die Kunde über die bevorstehende Heirat der beiden hatte die Seelen arg gereizt, hatte sie lang und hartnäckig beschäftigt. Auffallend war dabei, dass sie immer zuerst genannt wurde, sie war die tragende Person des Gerüchts, das von *Ail* zu Ail, von Jurte zu Jurte mund- und ohrfrisch getragen wurde, und er war wohl lediglich ein Anhängsel. Es hörte sich so an, als würde sie ihn, nicht aber auch ein bisschen er sie heiraten. Zumindest nahmen seine Ohren, die übrigens etwas schwer hörten, so den Kern der Späße auf, die mit ihm getrieben wurden.

»Sag mal ...« So fingen die neckenden Fragen meistens an.
»Sag mal, du willst bei der Tochter des Elefanten klettern lernen, nicht?«
»Sag mal, es verlangt die Elefantenkuh nach einem Bullen, wenn er auch nur ein Yak ist, oder?«
»Sag mal, hast du dich vorher vergewissert, was sie mit dir vorhat: heiraten oder adoptieren?«
»Pass nur gut auf, Junge, dass du im Elefantenbrunnen nicht verschwindest wie ein Frosch im Wiesenteich!«
»Wie hast du's denn erreicht, Mann, dass die junge, stolze Elefantin ausgerechnet dich erhört? Du musst in einer gewissen Beziehung gewaltig sein, stark wie ein Eselshengst!«

Es waren in der Mehrzahl junge Männer, die sich so über ihn ausließen. Dann waren es aber auch Frauen, und diese waren fast ausschließlich solche, mit denen er irgendwann ein kleines, vorübergehuschtes Verhältnis gehabt hatte. Da nun die Sitten so waren, musste er das alles still über sich ergehen lassen. Manch einen vermochte er nicht zu verstehen, da ein Wort oder eine Silbe seinem schwachen Gehör entging. Wohl war da etwas besonders Gemeines am Platz, wenn es im Flüsterton ausgesprochen werden sollte. Aber auch so fand er es verletzend genug. Doch den Neid hörte er deutlich heraus, und das war auch der Grund, weshalb er bei den Neckereien ruhig blieb und meistens sogar mitlachte. Nur einmal versagten ihm die Lachmuskeln, und da schleuderte er zwei yakknöchelgroße Steine nach dem Drecksmaul und ging mit einem dritten, nun erheblich schwereren und kantigen Brocken auf ihn los. Der Witzbold war zu Tode erschrocken, fiel auf den Rücken, kreischte und bettelte um sein Leben. Und Doormak fiel es schwer, den Stein, der den menschlichen Körper an beliebiger Stelle hätte zerschmettern können, wieder aus der Hand zu legen. Das bekamen wohl die anderen mit, denn keiner wagte darauf, auch nur ein scherzendes Wort in die Runde zu bringen. Auch musste es sich später herumgesprochen haben, denn ihm kam es so vor, als hätten sich die blöden Neckereien endlich gelegt.

Dafür bekam er andere Dinge zu hören, die nun sein schwaches Gehör betrafen. Man war gewarnt vor ihm: Schwerhörige Menschen seien gefährlich wie angeschossene Raubtiere, da sie sich wegen ihres Gebrechens ständig benachteiligt fühlten gegenüber den Gesunden und deshalb unter seelischem Druck stünden. Bin ich denn etwa ein Behinderter, gar ein Krüppel, dass ich solches denke, entrüstete er sich und spürte dabei bittere Kränkung, die ihn allmählich dauerhaft belastete.

Dieses ungute Gefühl blieb ihm und hatte sein Gewicht, sobald er an die Heirat dachte, die ihm bevorstand. Scham, Angst, Neugier, Trotz, Verachtung und Hass bemächtigten sich seiner abwechselnd, wenn er grübelte und das Für und Wider abwägte. Schließlich schien der Trotz überhand zu nehmen. Er wollte möglichst vielen der Widersacher, Neider und Verleumder zusetzen, allen voran aber dem Weib, das es sich offensichtlich in den Kopf gesetzt hatte, ihn zu nehmen, aus welchem Grund auch immer. Er widersetzte sich deshalb dem Willen der Verwandtschaft nicht länger und verhielt sich still, als die Jurte zusammengetragen wurde, in der er bald neben der Tochter des Elefanten wohnen und vermutlich auch Kinder zeugen würde.

Die Neckereien, die einfach dazu gehörten, wenn zwei heirateten, machten auch um Dojnaa keinen Bogen. Sie war ihnen von Anfang an ausgesetzt. »Sag mal, was willst du dem kleinen, schiefköpfigen Neffen der Tante Üüshej beibringen: das Wachsen oder das Ochsen?« Solche und ähnliche Fragen wurden ihr tagtäglich zungenwarm aufgetischt. Sie wusste sie ebenso scherzhaft zu erwidern und erntete dafür wohlwollendes Gelächter, an dem sie sich dann auch herzlich gern beteiligte.

Aber nicht jede Bemerkung war harmlos. Manch eine enthielt schon Gift. Doch sie machte sich nichts daraus. Vielleicht deshalb, weil bei all dem stets sie die Person war, die günstiger im Lichte stand gegenüber der, die jene undankbare Rolle hatte, durch den Schatten gezogen zu werden?

Doch der wahre Grund lag woanders. Sie war aus anderen, aus gröberen und festeren Fäden gewoben als Doormak, sie sah auch innen so aus wie außen, machte keine Unterscheidungen. Gab es Tee, trank sie Tee. Gab es keinen, nahm sie Wasser. War kein Wasser da, war alles fest gefroren, stopfte sie eine Handvoll Schnee oder steckte einen Splitter Eis in den Mund. War auch kein Schnee und kein Eis unter der Hand, dann biss sie eben auf den Durst, bis er sich wieder stillen ließ. Ähnlich war es mit dem Hunger. Saß sie allein am Lagerfeuer und hatte einen unangebrochenen Jagdtag vor sich, konnte sie ein halbes Murmeltier oder ein ganzes Rebhuhn vertilgen und damit war auf Vorrat bis zum Abend, ja bis zum nächsten Tag gegessen. War sie zu Hause und hatte Gäste oder war sie selbst zu Besuch bei Leuten, konnte sie schon

von einer Keule gesättigt aufstehen. So war es auch mit Kälte und Hitze. Mit ein und derselben Kleidung konnte sie durch zwei, drei Jahreszeiten gehen.
So verhielt es sich auch mit den Menschen. Mit keinem außer ihrem Vater stand sie besonders eng im Leben. Ebenso wusste sie nicht, wem gegenüber sie ein ungutes Gefühl hegen sollte. Alle Menschen kamen ihr gleich gut und gleich tückisch vor. Wie bei den Widdern oder bei den Wölfen: Der größte Bock mit dem schönsten Geweih blieb doch nur ein Widder und der kleinste Welpe mit dem mickrigsten Fell war schon ein Wolf. Aus eben diesem Grund wohl hatte sie die Männer nie besonders beachtet, aber auch auf die andere Hälfte der Menschen, die Frauen, hatte sie nie so genau geschaut.
Wurde sie daran erinnert, dass sie eines Tages zur Ehefrau, zur Mutter zu werden hatte, blieb sie ruhig und dachte gelassen: Dann wird es eben die Sache eines der angehenden Männer ringsum sein, zu kommen, mich zu nehmen und zu einer solchen zu machen!
So nahm sie das allererste Angebot, als es sich aus jenem doppeldeutigen Spiel herausschälte, genauso gefasst wie erleichtert auf. Es erschien ihr verständlich und bedeutsam. Nicht wer, sondern dass sich da einer gemeldet hatte, zählte erst einmal. Also hatte sie keinen Grund, es gleich abzulehnen oder damit herumzuspielen, wie es vielleicht manch eine andere getan hätte. Anstand hatte für sie mit Stille zu tun. So blieb sie still, hatte sich in der Gewalt und hielt die Zunge im Zaum.
Doch das war nicht gut. Denn bald darauf stand sie ausweglos da. Sie meinte zuerst, gut sein zu müssen zu den Menschen, die längst mitten im Rausch einer Hochzeit steckten, um dann trotzig sein zu dürfen bei den Dingen, die, einmal in Bewegung gesetzt, von allen Seiten auf sie zukamen. Doch es waren nicht Güte und Trotz, es waren Scham und Ver-

legenheit, von denen sie sich leiten ließ – eine erst später gewonnene Erkenntnis! Jetzt aber verspürte sie deswegen keinen ernsthaften Kummer. Doormak war ihr recht, wie es mit fast jedem anderen aus der Horde der heiratswilligen jungen Burschen wohl auch gewesen wäre. An diesen nun gewöhnte sie sich in ihren Gedanken recht schnell. Und da er bei den Neckereien immer ein wenig ungünstig wegkam, nahm sie ihn in Schutz, auch mit Worten, was freilich aus den Neidern weitere gehässige Erfindungen gegen den armen Kerl herauskitzelte.

Mit dem Heiratsangebot, das sie an jenem Frühsommerabend in jener Talsenke ereilte und dem sie schließlich auch erliegen sollte, schien eine Bresche in ihr Leben, in ihre Weiblichkeit geschlagen zu sein.

Weitere bedeutsame Worte bekam sie von verschiedenen Seiten zu hören. Es waren Anspielungen, Geständnisse und eben neckende, unzweideutige, bedauernde und warnende Bemerkungen. Sie kamen von Leuten, die sich bisher gebärdet hatten, als würden sie die ständig am Rande des besiedelten Landes lebende Jägerstochter gar nicht wahrnehmen. Es waren vor allem junge Männer, auch verheiratete.

Die einen meinten, sie würden sich beeilt haben, während die anderen behaupteten, sie hätten gewartet, doch das kam auf ein und dasselbe hinaus: Wenn sie nur gewusst hätten, wie leicht sie zu haben gewesen wäre! Also erfuhr sie nun nachträglich, wie gern so mancher sie gehabt hätte, erfuhr ebenso, weshalb sie es nicht vorher erfahren durfte. Man hatte Hemmungen vor ihr gehabt, und erst das Gerücht, an dem jeder mitkaute, hatte daran genagt, hatte sie zerfressen.

Dann waren da aber auch ältere Menschen, Frauen zumeist, die sagten, sie hätten sie gerne zur Schwiegertochter gehabt. Und sie sagten es mit unverhohlenem Bedauern und der sie dazu berechtigenden Redewendung: Hätte man das nur gewusst! Das schmeichelte zwar ihren Ohren, aber es verletzte auch den, der solches mitanhören musste. Unverdienterweise, wie sie meinte. Ja, das Geringschätzige, das in den Worten der Menschen mitschwebte und dem galt, dessen Name mit dem ihrigen in einem Atemzug genannt wurde, war es, was sie in ihrem Entschluss bestärkte. Vielleicht war es doch Trotz, der in ihr erwacht war. Oder war es einfach das Mitgefühl, das die Halbwaise zu einem Vollwaisenwesen hegte? Wie auch immer, sie nahm ihn in Schutz, meistens in Gedanken, manchmal aber auch nach außen.

Jener Sommer war wohl ohnehin der merkwürdigste ihres Lebens. Erstmalig seit vielen Jahren war ihre Jurte wieder in die laute, dichte Mitte des besiedelten Landes gekommen. Da erlebte sie Dinge, die nur in einer Siedlung mit viel Volk und in der Zeit der Üppigkeit vorkamen. Feste gab es, und Betrunkene. Was lästig war, aber auch lustig. Hin und wieder musste sie von ihrer Körpergröße und Muskelkraft Gebrauch machen. Und das war immer nachts. Sie wurde mitten im Schlaf geweckt. Man zerrte an der Tür, sie musste aufstehen und aufmachen. Einmal musste sie sich mit einem Eindringling regelrecht prügeln. Es war ein hoch gewachsener, sehnig geratener und deshalb vielleicht von sich überzeugter Kerl. Der Vater war nicht da, war gerade wieder auf die Jagd geritten. Der Mann musste das gerochen haben, denn er kam unerschrocken auf sie zu, war übrigens leicht angetrunken, wie eigentlich fast alle, die nachts durchs Land torkelten, von Tür zu Tür.

Sie fragte, was er denn von ihr wolle.

»Dich pflücken!«, lautete die Antwort.

Sie lachte: »Bin ich denn etwa eine Beere, dass du mich pflücken möchtest?«

»Ja! Eine längst reife und vermutlich gar nicht so übel schmeckende!«
»So, und du fühlst dich berechtigt dazu?«
»Ja, und verpflichtet, ehe der Zwerg dich verunstaltet!«
»Du bist besoffen! Geh nach Hause!«
Doch mit solchen Worten war er nicht zu bewegen. Er glich einem ohrlosen Kopf oder eher einem kopflosen Rumpf mit ein paar frechen, derben Gliedern – und wurde handgreiflich. Sie wehrte sich, zunächst recht sanft noch. Nach und nach aber kam Schwung in ihre Bewegung, die Muskeln strafften sich, was ihn allerdings noch mehr reizte. Er fing an, auf sie einzuschlagen und mit den Füßen nach ihr zu treten. Da erwachte die Wölfin in ihr. Sie ging ihm an die Gurgel, packte den Kragen an beiden Enden, stemmte die Fäuste dagegen und verharrte selbst unter den Schlägen, die sie noch zu treffen vermochten. Dann wurde es still, und sein Körper, immer steifer werdend, schien plötzlich in der unteren Mitte zu knicken. Er ging in die Knie und sackte röchelnd zu Boden, als sie ihn losließ. Sie schaffte ihn aus der Jurte. Zuerst wollte sie ihn neben seinem Pferd, das gesattelt ein Stück entfernt von der Jurte angebunden stand, liegen lassen und selber wieder ins Bett gehen. Dann aber fiel ihr ein, er könnte aufstehen und sich erneut auf den Weg zu ihr machen. So schleifte sie ihn an einem Arm hinter sich her, neben sich das Pferd, das sie mitführte. Die Hunde schlugen an, kamen lärmend herangeprescht und konnten sich lange nicht beruhigen, die Kälber an der Binde scheuten, nur kümmerte sie sich nicht im Mindesten um das alles, zog gebückt und keuchend an dem Arm und an der Leine, an deren anderem Ende das Pferd ging.
Irgendwann meldete sich der ungebetene Gast wieder, jammerte mit gequetschter, stockbesoffener Stimme: »Au weh, Himmel! Au-au-auuh!«

Doch sie ging unbekümmert weiter und dachte belustigt: Der verstellt sich aber!
Erneut ging das wehleidige Gejammer los: »Wer bist du denn, der du mir ja den Arm bald ausreißt?«
Sie hatte keine überschüssige Kraft, an ihn eine Antwort zu vergeuden. Schwer war das Aas.
»Seid Ihr es, Onkel Elefant?«
Sie blieb stehen, um Luft zu schöpfen, lockerte den Fingerdruck um das fremde Handgelenk aber nicht. Stattdessen sagte sie zu ihm: »Nicht dein Onkel Elefant ist es, sondern das lustige Elefantenkalb, an dem lauter Beeren wachsen!«
»Ach, Kind! Und was hast du vor mit mir?«
»Ich werde dich im Flusswasser ausnüchtern, und wenn du dich sträubst, ersäufen!«
Am Fluss angekommen, ließ sie ihm keine Zeit, sich aufzurichten. Sie zerrte ihn rücklings, so wie er den ganzen Weg lang hatte liegen müssen, an den Uferrand heran, kniete sich auf seine Brust und drückte den Hinterkopf in die hüpfenden, gurgelnden Fluten, beide Hände wieder an den Kragenenden, die Daumen auf dem Adamsapfel. Er verhielt sich still, außer dass er zitterte und stöhnte. Nach einer Weile wurde es schlimmer mit dem Gezitter, begleitet jetzt von Bitten und Betteln. Sie solle endlich damit aufhören, sonst sterbe er. Doch sie wollte ihn noch nicht erhören und blieb, eine Bedrohung über seinem längst verzerrten Gesicht, mit den Händen als Zange an seiner Gurgel. Zum Schluss kam aus dem zuckenden Mund nichts mehr heraus als ein dumpfes Zähneklappern. Da endlich ließ sie von ihm ab. Sie hielt ihm das Pferd, als er irgendwann wieder auf den Beinen stand. Er schwankte und zitterte arg, so dass sie ihm in den Sattel helfen musste. Langsam ritt er davon.
Lange schaute sie ihm nach, bis sich die Gestalt im trübe flimmernden Schein der schräg stehenden Mondscheibe

hinter einem Wolkenfetzen aufzulösen schien. Ihre Wut hatte sich verbraucht. Wallende Hitze spürte sie jetzt in sich, und lähmende Erschöpfung. Sie sackte zusammen und brach in Tränen aus. Aber so jäh wie sie angefangen hatte zu weinen, so schnell hörte sie damit auch wieder auf. Sie stand auf, zog sich aus und stieg in den Fluss. Es war ein gutes Gefühl, den eigenen Leib endlich von jeder Bürde befreit und vom gletscherfrischen, mond- und sternenbeschienenen Wasser umfangen und gestreichelt zu wissen. Sie war froh darüber, ihren Körper, so wie er mit Fleisch prall gefüllt, mit Muskeln und Sehnen straff durchzogen und mit Haut glatt bespannt war, vor einem Sturm der männlichen Gier unversehrt erhalten und aufgespart zu haben für den, der nun einmal zu ihr gehörte, wie der Schädel zum Kiefer, wie der Dolch zur Scheide.

Tage später erreichte die kleine, aber Funken sprühende Tratschgeschichte von einem Doormak in Weißglut und mit dem Stein in der Hand auch sie, die doppelten Grund hatte, ihr klopfenden Herzens zuzuhören, denn der, dem der Zorn gegolten hatte, war eben jener Mensch, der ihr so unsanft in die Quere gekommen war. Sie hatte Verständnis für Doormaks Wutausbruch, denn in jener Nacht hatte sie nicht nur Fausthiebe und Fußtritte zu spüren, sondern auch Worte zu hören bekommen, die sie letzten Endes hatten aus der Haut fahren lassen. Dennoch war sie ein wenig ratlos und vermochte den Stein, der in der Geschichte vorkam, nirgends einzuordnen.
Monate später hörte man von dem Menschen erneut etwas, diesmal jedoch Schlimmeres – er hatte Hand an sich gelegt. Dojnaa war ohnehin von schlechtem Gewissen gepeinigt, in zunehmendem Zweifel darüber, ob das, was sie mit jenem getrieben hatte, nicht ein wenig zu viel gewesen war. Umso

mehr, weil sie ihn später noch öfter gesehen hatte und er ihr dabei von Mal zu Mal betrübter vorgekommen war. Nun traf sie die Nachricht wahrlich hart. Sie kam sich schuldig vor und war zum Schluss so verzweifelt, dass sie sich fragte, ob sie sich in jener unglückseligen Nacht vielleicht gar nicht hätte wehren sollen.

Von den anderen Männern, die kamen, erfuhr sie manchmal ganz andere Dinge, vernahm schmeichelhafte, bittende und erklärende Worte, auf welche nicht zu hören ihr schwer fiel. Doch schickte sie letzten Endes auch den Nettesten weg. Und dies dem zuliebe, der die unsichtbare Jurte in ihr längst mit ihr teilte. So trug sie ihn in sich wie ein werdendes Kind. Sie beschützte ihn vor Fremden und hegte und pflegte ihn mit der Wärme ihres Körpers und ihrer Gedanken. Sie wob und werkelte an einem Doormak, den es nicht gab, den sie sich aber unbewusst herbeiwünschte.

Der Morgen nach der ersten gemeinsamen Nacht war ein seltsamer. Zwei fette, pralle Wolkenblasen lugten an den gegenüberliegenden Horizonten hervor, stiegen, schwollen zusehends an und wanderten aufeinander zu. Doch dann machten beide kurz vor dem Ziel Halt und fingen an, den Himmelsraum seitlich zu überschwemmen. Dort stießen sie zusammen und ergossen sich ineinander. Der Himmelsscheitel blieb nach wie vor unbedeckt, stand augenrund und wach, glänzte. Regen wurde zur Gewissheit. Aber noch war es nicht ganz so weit. Erst mussten die Winde ankommen und zur Ruhe finden, musste die erdnahe Luft von den immer wässriger anlaufenden, schwerer drückenden Wolken festgestampft werden.

Ähnlich stand es um die frisch gebackenen Eheleute in der Jurte. Beide wirkten bedrückt und ermattet, blieben stumm zueinander. Er legte sich wieder hin, nachdem er die Blase entleert hatte, und erhob sich erst wieder, als der Morgentee gekocht war und bereits in der Kanne stand. Dann ging er erneut austreten, gähnte ausgiebig und ließ, während er so stand, den Blick träge schweifen über Berge und Steppen, den Himmel darüber und seine Wolken.

Ohne Eile ging er zurück, warf dabei den Kopf hin und her und rieb den Nacken am Kragen in der Art von gestandenen, zum Müßiggang ermächtigten Ehemännern. Er fand die Waschkanne mit Seife und Zahnbürste auf einem Schemel vor die Jurte gestellt und empfand darüber leise Genugtuung, vermischt jedoch mit einem Hauch von Enttäuschung, denn wie gerne hätte er nach Wasser gerufen und gesehen, was darauf geschähe. Da stellte er fest, dass kein Handtuch da war. Während er den Mund ausspülte, die Zähne bürstete, die Hände, Gesicht, Hals und Brust wusch, vergaß er das fehlende Handtuch nicht. Doch als er dann endlich danach rufen wollte, sah er es vor sich und erschrak fast ein wenig darüber. Sie stand mit dem Handtuch vor ihm. Muss ich aber unaufmerksam gewesen sein, dachte er erschrocken. Klobig wie sie dastand, konnte sie gar nicht so leise aus der Jurte getreten sein und sich ihm genähert haben! Aber gleichzeitig empfand er prickelnde Freude unter der Haut, die sich jedoch im nächsten Augenblick wieder etwas trüben sollte. Denn als er nach dem Handtuch griff, ließ sie es los und ging.

Wäre alles nach ihm gegangen, hätte sie es, solange er sich daran abtrocknete, an dem einen Ende beidhändig halten und dann mitnehmen sollen. So hatte er es bei den Nachbarn, den Kasachen, gesehen. Doch ganz soweit musste er es wiederum nicht treiben, dachte er leicht versöhnt und schloss den Gedanken ab: Dafür heiße ich ja auch nicht Tormakchan, bin nur Doormak und verfüge über meine unversehrte Vorhaut!

Er nahm sich Zeit. Genoss die kühle Frische des Handtuches in der klebrigen Zärtlichkeit der Luft und dem benebelnden Rest der nächtlichen Trägheit in den Gliedern. Schließlich ließ er alles, was er zur Morgenwäsche gebraucht hatte, liegen und stehen und trat in die Jurte.
Die Frau griff, sichtbar erleichtert und in ungezähmtem Eifer, nach der Kanne, die jetzt auf dem Herd stand. Sie schenkte Tee in eine Schale ein und wartete, bis er sich gesetzt hatte im *Dör* hinter dem niedrigen Tisch, der wieder voll beladen und umstellt war von Tellern und Schüsseln wie Stunden zuvor während des Festes. Endlich reichte sie ihm beidhändig die volle, dampfende Schale. Er nahm sie lässig entgegen. Und doch ließ er, während er dies tat, seiner Kehle einen gluckernden, dumpfen Laut entfahren, erneut in der gewollten männlichen Art, die Würde und Zufriedenheit ausdrücken sollte.
Dann schenkte sie sich selbst Tee ein, trank ihn hastig und hockte wie sprungbereit auf einem Knie links neben dem Herd. Sie begnügte sich mit einer weiteren Schale Tee und mit einer eher angedeuteten als genossenen Kostprobe von einem der Teller. Er aber verfuhr auch jetzt behäbig, griff tüchtig zu, schnitt handtellergroße, blattdünne Scheiben von einem Fleischbrocken in seine Schale herunter, begoss den geschnetzelten Haufen mit heißem Tee und wartete, bis obenauf das Fett schwamm. Dann schlürfte er den abgekühlten Tee geräuschvoll, fischte mit dem zu einem Haken gekrümmten rechten Zeigefinger eine Scheibe nach der anderen heraus, schaufelte sie über den Schalenrand gleich in den Mund und kaute. Am hellen Schmatzen hinter den blitzenden Zähnen hörte und am verklärten Ausdruck auf dem runden Gesicht sah man es ihm an: Er genoss das Essen.
Doch es war beileibe nicht so, dass alle seine Sinne bei dem salzig-fettigen Milchtee, dem würzig-fetten Fleisch verweil-

ten. Ein kleiner Teil von jedem der fünf äußeren Sinne und ungeteilt und tierisch wach der sechste, der innere, galten der Frau nebenan. Sie belauerten sie und fahndeten nach Spuren des Tages und der Nacht, der Ehezeit. Er entdeckte Scham, Scheu und den Willen zu dienen. Und das war gut so, war ermutigend. Trotz oder gerade wegen der Nacht hatte sie sich für schuldig befunden, wer weiß. Stimmte das, dann wäre das gar nicht so übel. Noch bevor sie von ihm ein Kind hatte empfangen können, war also schon ein Schuldgefühl in ihren Leib gefahren. Beides würde sie wohl austragen müssen. Kinder allerdings höchstens einmal im Jahr und nur das mittlere Drittel des Lebens lang, das Schuldgefühl dagegen tagtäglich und lebenslänglich. So fand er sie jetzt erträglich, ja anständig und gab ihr in Gedanken Recht: So wie sie aussah, brauchte sie sich wirklich nicht noch voller und praller zu stopfen!

Das alles dachte er nebenbei, wie auf einem Seitenpfad seines Hirnes, während er wie abwesend für die Außenwelt dasaß und sich an dem Tee und dem Fleisch labte. Jenes Schweigen, das seinen Anfang in der Nacht genommen hatte, dauerte an. Da betrat jemand die Jurte. Die Frau fuhr aus der Hockstellung federnd in die Höhe, um nach einer Schale im Regal hinter sich zu greifen, Tee einzuschenken und ihn dem ersten Gast der Jurte hinzuhalten.

Es war seine Tante, die bereits im Begriff war, sich auf der gleichen Höhe hinzuhocken wie Dojnaa, nur auf der anderen Seite des Herdes.

Die Schwiegernichte rief erschrocken aus: »Tante, geht doch weiter nach oben!«

Das alte, dürre Frauchen, das schon am Boden saß, kroch einen halben Hintern seitwärts und sagte, es sei ihr genug.

Doch die Schwiegernichte zögerte immer noch, die randvolle Schale hinüberzureichen. Sie bestand darauf, man solle noch weiter nach oben rutschen, auf die Matte kommen. Und sie begründete es so: Sie hätte gestern Abend, als die letzten Gäste die Jurte verlassen hätten, die längsseits ausgebreiteten Matten aufgerollt und hochgestellt, da die Wiese nicht ganz trocken war.

Das Frauchen lachte kurz auf, kroch weiter dörwärts, erreichte schließlich knapp eine Ecke der gesteppten Filzmatte und sagte: »Nun aber ist es wirklich genug mit meiner Hochkriecherei! Muss auch nicht sein, bin doch keine Fremde, mein Kind.«

Die Tante redete weiter, während sie den Tee trank. Und das tat Dojnaa gut. Sie hatte, als diese erschien, dagehockt, ohne zu wissen, was tun, war ratlos, was richtiger wäre: Warten, bis auch der Mann fertig wurde, oder hinausgehen, um aufzuräumen, allem voran die Seife in Sicherheit zu bringen vor streunenden Hunden; auch wollte sie nach Dung gehen, solange es noch nicht regnete. Nun musste sie dableiben und der Frau zuhören, die sie anstelle der Schwiegermutter zu verehren hatte.

Es ging in der Erzählung der Tante um die seltsamen Bewegungen der Wolken in der Frühe. Dojnaa hatte sie auch gesehen und dabei mit ihrem Jägerinnenverstand gedacht: Schwierige Winde! An einem solchen Tag wie dem heutigen galt es, besonders wach zu bleiben, am besten ein größeres Körperteil entblößt zu halten, um dem Richtungswechsel des Windes, oder richtiger noch, der Reihenfolge der Winde ständig nachzugehen.

Die Tante aber hatte dem Spiel im Himmelsraum einen anderen Sinn abgelesen, der auf Eintracht und Fruchtbarkeit hinauslief. »Werdet sehen«, sagte sie, »es wird gegen Mittag anfangen zu regnen und kaum aufhören, ehe die Sonne untergeht. Wenn das zutrifft«, sprach sie weiter, »werdet ihr nächstes Jahr um diese Zeit zu dritt im Nest hocken!«

Die Schwiegernichte senkte darauf den Blick, ihr Gesicht lief rot an, glühte bis zum Hals, bis zu den Ohrspitzen.
Der Neffe hüstelte, grinste und sagte barsch: »Lappen!«
Dojnaa fuhr hoch und suchte eine kleine Weile, bis sie das Leinentuch fand, das die Hochzeitsgäste benutzt hatten.
Es stimmte mit dem Regen. Dojnaa freute sich über ihn, vor allem aber darüber, dass die Tante Recht gehabt hatte mit ihrer Vorhersage. Denn er setzte genau zur vorausgesagten Stunde ein und hörte noch später auf. Es war ein gewaltiger Regen und ging mit einem Gewitter nieder, das sich mehrmals steigerte, ohne zwischendurch nachzulassen. Was seine Stelle einnahm, war eine Nebelherde, die man am nächsten Morgen vorfand und die man in dieser Form schon lange nicht mehr gesehen hatte. Sie stand hier und dort, in Haufen und in Fetzen, lag an Berghängen und Hügelrändern, klebte an Gras und Steinen.
Die Tante schien vor Freude die richtigen Worte nicht finden zu können, war aber von dem Wunsch getrieben, sich gehoben und bildhaft auszudrücken. So sprach sie von yakgroßen Schafen, wo eigentlich nur schafkleine Yaks zu erwarten gewesen wären.
Dojnaa, die Schwiegernichte, ihrerseits getrieben von dem Wunsch dem entgegenzukommen, dachte lange nach, um hinter den Sinn zu kommen, der in den Worten stecken sollte. Und irgendwann glaubte sie, die geschraubten, schwerfälligen Worte durch eigene schlichte ersetzen zu dürfen: Die Zeichen standen gut und übertrafen jede Erwartung.

Inzwischen war eine weitere Nacht vergangen, vor der sich Dojnaa zuerst gefürchtet hatte und von der sie dann betroffen war. Aber beides, die Furcht wie auch ihre Betroffenheit, waren unbedeutend gewesen, jeweils ein Hauch nur, wie eigentlich alles, was sie vom Leben erwartete. Mit wachsendem

Unbehagen hatte sie an die bevorstehende Nacht gedacht, je zügiger der Tag auf den Abend zuging. Denn sie hatte damit gerechnet, dass der Mann sie abermals drannehmen würde. Dabei hatte sie immer noch nicht herausgefunden, wie sie ihm besser entgegenkommen sollte.

Nicht vor dem Vorgang an sich, sondern vor dem, was danach käme, scheute sie sich. Vor der Nachbemerkung, dem Schweigen und Lauschen danach. Und vor allem vor dem Abstand, den der eine Körper zu dem anderen zu halten hatte. Ihr würde es nichts ausmachen, allein zu liegen, sie hatte es ja bisher ausgehalten, warum sollte sie es nicht auch jetzt aushalten? Nun aber war es damit vorbei, das Bett war für zwei. Und außerdem hatte sie sich in Gedanken an den Mann gewöhnt, nicht an Doormak, sondern an den Ehemann, was sie aber damals noch nicht so genau wusste. Doch dann, als die Nacht gekommen war, kam es anders: Es passierte nichts. Was sie wiederum durcheinander brachte. Sie war überrascht, erleichtert und zugleich betroffen.

Genau das war seine Absicht, war das Ergebnis seiner Überlegungen. Es sollte eine Strafe sein, die ihr und auch ihm selbst auferlegt wurde für die erste, magere Nacht. Er spürte, als sie, diesmal ohne zu fragen, zu ihm ins Bett kam, die Scheu, die kaum abgenommen hatte, daraufhin die Erwartung, später die Erleichterung und zuletzt die Betroffenheit, die er aber als Enttäuschung auslegte. Das alles genoss er, und ein breites Lächeln lag auf seinem Gesicht. Er hielt die Ohren gespitzt, belauschte und behorchte ihren Atem, ihre Herz- und Pulsschläge. Doch kostete es ihn auch eine gewisse Überwindung. Den duftenden, klopfenden, glühenden, prallvollen weiblichen Körper neben sich zu wissen und darauf zu verzichten, fiel ihm nicht leicht.

Aber so passte es, beabsichtigte er doch, sie und sich selbst zu strafen und kurz zu halten. Jetzt lächelte er nicht mehr. Ja, er hatte die Strafe wohl verdient, denn erst zwei Nächte vor der Hochzeit noch war er zu der Witwe Inej gegangen. Auch jetzt, wie ihm dies einfiel, musste er erschaudern. Sie war die feurigste unter allen Frauen, die er erlebt hatte. Eine Zeit lang ließ er sich von der peinvollen Lust packen, die unter seiner Haut erwacht war, schwelgte in süßer Erinnerung. Dann aber hatte er sich wieder in der Gewalt und dachte grimmig: Sie hat gewusst, mich zur rechten Zeit zu entwaffnen, die Hexe! Und ich dummer, geiler Rüde habe mich verausgabt.

Nun lag sein Körper still, wie erschlagen, wie erloschen. Seine Gedanken waren unterwegs zu den Tieren, den Hengsten und Stuten, Bullen und Kühen, Böcken, Schafen und Ziegen. Allerlei passierte auf der Steppenweide, aber das, wonach es die streunenden Gedanken des vom Selbstzweifel geplagten Mannes verlangte, passierte zu selten und zu sachte. Daher griff seine Phantasie ein, ging auf die Paare zu, jagte sie auseinander und errichtete zwischen ihnen eine Glasmauer. So stand bald ein jeder Tiermann von seinem Tierweib getrennt, und die beiden glotzten sich, blöd und träge wie sie waren, erst einmal ratlos an.

Dormaaks Gedanken, zwar auch einer trägen, schlaffen Hülle entschlüpft, durch einen ersten gelungenen Schritt aber geweckt und geschärft, waren zu weiteren Schritten bereit. Aber er ließ sich Zeit. Gewieher und Gemuh, Geblök und Gemecker kamen auf, wurden immer lauter und erfüllten bald die Luft. Vom Scharren der Hufe erzitterte die Erde. Die trägen, blöden Viecher schienen vor Lust aufeinander vergehen zu wollen, sie lärmten und tobten schier unerträglich. Hinzu kamen jetzt die Gerüche, Ströme und Stürme davon, die hin- und herwehten und aufeinander prallten. Schließlich war es so weit: Die Glasmauern schwankten, knisterten, zersprangen und lösten sich eine nach der anderen in Luft auf. Tiermann und Tierweib stürzten mit ausgehungerten Körpern in

voller Wucht aufeinander los, und es geschah so gewaltig, dass man meinen mochte, Funken stoben und Flammen loderten. So musste es bei dem ureinen Mal gewesen sein.
Seine Gedanken kehrten befriedigt zum Körper zurück, fanden ihn geweckt und gesammelt wieder. Es fehlte nur wenig, dass der Mann das Weib nebenan sogleich angefallen hätte. Es war nicht der Schlaf, in dem sie schon steckte, sondern sein eigener trotziger, männlicher Wille, der ihn davon abhielt. Schadenfroh, aber auch hoffnungsvoll hielt er den flatternden Schmetterling in sich nieder, ließ die eine Hälfte in sich gegen die andere los. So schlief er ein, so erwachte er aus dem Schlaf am nächsten Morgen, und so schaute er fortan auf die Welt, die ihn umgab, und die Dinge, die da passierten: das Gewimmel im Kreuz, leidend darunter und hoffend darauf.

Drei Nächte hielt er aus und überfiel dann in der vierten Nacht das Weib, kaum, dass es neben ihm lag. Dabei wollte er jenen ausgehungerten, aber kugelrunden und prallen, von Lust und Schmerz getriebenen Tiermännern gleichen. Am liebsten wäre er ein Hengst gewesen, doch selbst ein Bock war beim Himmel etwas Gewaltiges, er hatte dabei gestanden, dem zugeschaut und heilige Ehrfurcht empfunden, als jener seine Männlichkeit bewies. Nun glich er, Doormak, Sohn des Stein-Gesicht-Dshelgek, jedem dieser Sturmwesen, wurde zu einem weiteren unter ihnen, war der rundschädelige, stabbeinige Mann mit der gleichen Ausrüstung wie all jene auch, also ein menschlicher Hengst, Bulle, Bock, war wahrlich eine Kugel im Flug, gewillt, das Ziel, das Weib, inmitten der Scham und Scheu, der gespreizten Beine zu treffen, eine Bresche hineinzuschlagen und es aufzuspalten!
Auf der Steppenweide hatte er das Gefühl gehabt, die Zielscheiben seien auf die herannahenden Kugeln zugeeilt, hät-

ten sich ihnen hingehalten und sie während des Einschlages umfangen, um sie wohl nie wieder loszulassen. Nichts dergleichen bei diesem Weib. Das bemerkte er mit einer Enttäuschung, die an einen hauchleichten und haarfeinen Streifschnitt übers Zwerchfell erinnerte. Und es wäre noch schlimmer gewesen, wenn er nicht den Schreck gespürt hätte, den er ihr eingejagt hatte. Ja, sie erschrak schon ordentlich, hatte scheinbar gar nicht mehr damit gerechnet. Nun verfuhr er halb aus Lust, halb aus Rache erbarmungslos mit ihr. Sie lag mit wummrigem Fleisch und zusammengebissenen Zähnen unter ihm, stand es wieder mucksmäuschenstill durch, weder Gewinsel noch Gestöhn, die Hexe! Wie gern hätte er ihr Geschrei gehört, ihre Tränen gespürt und gegen ihr Gezappel gekämpft!

Doch er kam sich diesmal besser vor als das erste Mal, einfach gut. Hätte er nicht gerade diese Elefantenkuh, sondern jede beliebige der anderen, schmächtig-menschlichen Frauen unter sich ausgebreitet, um die Hüften gewickelt gehabt, es wäre bestimmt manches dabei herausgesprungen! Und Inej, die liebe, quicklebendige Person mit den brennenden Lippen, der hüpfenden Zunge und den zangengleichen Armen und Beinen, erst recht – sie würde bei dem Angebot und der Verausgabung den halben Ail geweckt und die Hunde auf die Beine gebracht haben! Verärgert-befriedigt rutschte er von der ihm wohl auf Lebenszeit gegebenen, hilf- und arglosen, still-stummen, aber gewaltig-hügeligen Frau herunter, drehte sich um und schlief bald ein.

So schritt die Ehe voran. Er hielt sie weiterhin im Ungewissen, um sie zu reizen und zu überraschen und sich selbst durch die Verwirrung, die dadurch entstand, Lust zu verschaffen. Sie fügte sich dem Launenspiel ohne Widerstand, ohne Begeisterung, gewöhnte sich an die Pausen wie auch an

die Wiederkehr, meinte wohl, es müsste eben so sein. Und nach und nach kamen sie einander körperlich näher. Sie hörte auf, nachts krampfhaft auf Abstand bedacht zu liegen, empfand keinen Schreck mehr, wenn sie manchmal mit der Schulter oder der Hüfte oder der Wade an ihn herankam.
Mehr noch, einmal tat sie es willentlich, empfand Halt und Stütze, als sie ihn mit einem Körperteil berührte und so ein wenig angelehnt an ihm lag. Irgendwann stemmte sie ihr breites Kreuz mit dem kühlen Gesäß genüsslich gegen die Mulde seines Bauches und seiner Hüften, und dies wurde zu ihrer Lieblingsstellung im Schlaf. Oft passierte es, dass er sich zu Unzeiten an sie heranmachte. Sie wurde davon wach, wenn die Finger seiner Linken an ihrem Bauch herumkrabbelten und sich an dem Schnürband der langen Unterhose zu schaffen machten. Da kam sie ihm entgegen, löste den Knoten, schob die Hose ein Stück weiter nach unten und legte sich zurecht, und wenn er fertig war und abstieg, zog sie die Hose wieder hoch und schnürte sie zu. Manchmal erwachte sie erst, wenn sie in der Mitte bereits entblößt dalag. Dann stellte sie sich weiterhin schlafend, und folglich musste er das, was er angefangen hatte, selber irgendwie auch zu Ende führen.
Wenn solches wieder einmal vorgekommen war, bedurfte er am nächsten Morgen einer besonderen Schonung. Ja, sie schonte ihn, denn dafür gab es vielerlei Gründe: Er war der Kleinere, war das Vollwaisenkind, war der arme Kerl, der bei den immer noch wütenden Neckereien der Mitwelt ständig schlecht wegkam, war aber auch der Jurtenkönig, war von Geburt der Düstere, der Misslaunige, der von außen Aufhellung und Polsterung brauchte.
Und er, er wusste sich nur zu gern in einer solch Schutz bietenden Nische des Lebens. Er gewöhnte sich schnell an ihre Dienste, die er als selbstverständlich hinnahm und stumm

genoss. Auch schien er sich an ihre körperliche Nähe tagsüber gewöhnt zu haben. Hatte er früher schwere Hemmungen empfunden, an sie heranzutreten oder in Gegenwart von Fremden aufzustehen, wenn sie in der Nähe und nicht gerade in der Sitzhaltung war, so legte sich dies mit der Zeit. Ja, mit der Zeit, jener heilenden Eile mit Weile eben, begann er bei ihr immer mehr erträgliche und sogar begehrenswerte Züge zu entdecken. Still, unermüdlich, selbstlos war sie. Und zuverlässig. Das war ihr Wesen. Auch dessen Hülle, der Körper, dieser verflucht aufgequollene, war eigentlich in Ordnung. Die Teile standen auf keinen Fall regelwidrig, auch nicht verkehrt zueinander. Das ovale Gesicht wirkte mehr hell als dunkel; die vollen Lippen mit den steilen Rändern, die gerade Nase, die runden Augen unter den geschwungenen Wimpern und den dichten Brauen waren von einer solch scharfen und sauberen Prägung, dass der fremde Blick, der sie wahrnahm, immer stutzig werden musste. Etwas, was anderen nicht gegeben war, haftete ihnen an, und dieses konnte im Schatten des erdrückenden Körpers den dürftig und anders Geratenen schnell erschrecken und folglich auch abstoßen. Glatt war ihre Haut. Und das war es, was er an ihr am meisten begehrte. Selbst Inej hatte nicht diese Haut, die sich ständig wie geölt anfasste, vibrierte und Hitze ausströmte. Wie außen, so musste sie auch innen sein, glatt und faltenlos. Einfältig erschien sie ihm. Das war zwar etwas, was bei ihm ihren Wert minderte, gewiss. Aber nicht, dass er sie sich anders gewünscht hätte! Schlaue Weiber konnte er nicht ausstehen und sich auch nicht vorstellen, dass es je einen Mann geben könnte, der solche mochte. So wusste er bald, dass er sich versöhnen musste mit dem Schicksal, das ihm eine solche Lebensgefährtin beschert hatte.

Und er begann mit jedem Tag und jeder Nacht, die davongingen, Sinn und Geschmack am Leben zu gewinnen, so wie es sich ihm bot. Wohlgemerkt, er sah ein, dass es eben auch Dinge gab, die ihm nicht gerade schmeckten, jedoch unabänderlich erschienen. Das Unvermögen der von Himmel und Sippe ihm gegebenen und von ihm angenommenen Frau im Bett konnte eines davon sein.

Er machte sich immer weniger Gedanken darüber. Sein Ehrgeiz, ein menschlicher Hengst sein zu wollen, stumpfte schnell ab, und er wusste, er musste sich mit dem begnügen, was in seiner Macht stand. Also hatte er sich an das Gegebene eben zu gewöhnen. Aber die Erinnerung an lebhaftere Gefährtinnen wachte in ihm, würzte und vergällte ihm den endlos langen, schamlos kurzen, süßen, schweren Augenblick. Immer nahm er dabei die Haut und die dahinter gestaute Menge vor sich wahr. Gestillt und versöhnt fühlte er sich dann meistens, hin und wieder aber auch eingeschüchtert, immer noch.

Die boshaften Neckereien wollten nicht aufhören. Doch jetzt ging er mit ihnen recht geschickt um, frech und spritzig. Was davon zeugte, dass er fest im Ehesattel saß, sich als Ehemann wohl fühlte. Manchmal wähnte er sich so sicher, dass er absichtlich Dinge tat, die demnächst mit Gewissheit als deftige Geschichten im öffentlichen Tratschkessel landen würden. So trat er einmal in Gegenwart einer, die ihm seinerzeit den bestimmten Wunsch verweigert hatte, an Dojnaa heran und sagte, sie solle ihm das linke Auge schnell auslecken. Sie tat es sogleich, und während sie es tat, hielt sie sein Gesicht behutsam in ihren Händen mit den glühenden Flächen festgepresst, so wie man es immer tat, wenn man ein Auge von einem Fremdkörper befreite. Er genoss den Augenblick, verlängerte ihn, indem er vorgab, er würde immer noch etwas spüren. Gewiss verspürte er Vielfaches: zweimal sengende Hitze und kitzelnden Druck, die betörende, beschützende

Nähe der Weiblichkeit von zwei Seiten, die Ergebenheit der eigenen und die Bestürzung der fremden Frau.
Nicht lange danach war daraus eine Geschichte geworden: Aus dem Fremdkörper, der in das Auge hereingeflogen sein sollte, war ein Pickel geworden, und der saß an der Nase. Doormak kam auf einem Stecken geritten bei Dojnaa an, lallte etwas wie Mama und zeigte quengelnd auf sein rotziges und pickliges Näschen. Sie hob ihn hoch, setzte ihn sich auf den Schoß und sah sich das Pickelchen an. Zuerst pustete sie darauf, später streichelte sie drüber, und da er nicht aufhörte zu quengeln und zu plärren, blieb ihr wohl schließlich nichts anderes übrig, als es zu beküssen und zu guter Letzt gar in den Mund zu nehmen und daran zu lutschen. Die Geschichte endete damit, dass er von Dojnaa in den Schlaf gewiegt und in die Jurte, ins Bettchen getragen wurde.
»Ich weiß«, trat dann der Held des Witzes dem Erzähler kühl entgegen, »von wem diese Geschichte stammt: Von der Meckertante Bölem – oder etwa nicht?! Ich kann dir auch den Grund verraten, weshalb sie solche Fürzchen über mich loslässt. Ich habe einmal die Dummheit begangen, zu ihr ins Bett zu steigen. Dabei ist es einem gewissen Teil ihres dürftigen Leibes gar schlecht ergangen.« Wollte sie es nun etwa bestreiten, dann solle sie das besagte Teil herzeigen. »Ist der linke Rand ihrer armseligen Eingangsluke nicht angerissen und von dem bleichen Notfädchen der Zeit nicht gestichelt, dann habe ich, bitte sehr, gelogen!«

Natürlich hatte Doormak gelogen, aber er hatte es so gut getan, dass er seinen ersten Hörer auf der Stelle überzeugt hatte und beim Wiederkäuen des Hirngespinstes bald auch sich selbst davon überzeugte, dass er damit doch nicht so sehr gelogen haben konnte. Die Bölem müsste sich, so wie sie aussah mit ihren brüchig-wunden Lippen, in den heißen Jahren, die im Volkstratsch immer noch brühwarm vorkamen, durchaus manchen Anspannungen ausgesetzt haben, und ebenso dürfte er, wenn nicht gerade ihr, so dann doch einem seiner Opfer leicht einen kleinen Riss zugefügt haben. Er klammerte sich so fest an den Gedanken und berauschte sich so lange daran, dass er einmal die bestimmte Stelle bei Bölem, die er ja nie zu Gesicht bekommen hatte, leibhaftig zu sehen glaubte: zerlitten und vernarbt.

Jene Worte, zunächst aus einem verletzten Ehrgefühl schnell über die Lippen geflossen, waren vielfach in Ohren gelandet und von Mündern wiedergekäut, hatten Schliff bekommen und längst eine Geschichte bewirkt, die mittlerweile die Geschehnisse ringsum mitprägten und bestimmten.

Die bereits genannte Bölem, mit ihrer Schönheit kurz und heftig durch die Jugend gestürmt, seit langem aber still und gezähmt, wollte aus der Haut fahren, als sie auf die Erzählung stieß, in der sie die leidtragende Person darstellte.

»Wo nimmt denn der Sohn des Stein-Gesicht-Dshelgek den Mut her, großer Himmel, so unverschämt zu lügen?«, schrie sie verzweifelt. »Es ist zwar wahr, zur spätnächtlichen Stunde ist er einmal am Rande meines Bettes erschienen, nurmehr ein bleicher Schatten, aber ich habe ihn weggepustet, denn die Stelle, die er einnehmen wollte, war noch warm von einem, der seine Männlichkeit in mir zurückgelassen hatte. Für den kleinen streunenden Rüden war da kein Platz!«

Die Frau war sogar bereit, die Hose herunterzulassen und sich mit gespreizten Beinen hinzubauen, vor jedem, der kommen und suchen mochte nach der angeblichen Narbe. Doch das war zu Anfang, im Augenblick der Aufwallung des Zornes, der dann zu vergehen und Schmerzen und Trauer zu weichen hatte.

Bölem war nicht neu auf Erden, war gegerbt und geknickt genug und wusste, so brachte das nichts ein. Das trübe Rinnsal des Klatsches riss beim Weiterzug, wohl als Schwemmgras und Abspülschaum, auch das, wie ihm das Opfer zunächst begegnet war, mit sich fort. Und als weitere Zeit vergangen und das Gerede ermüdet war, blieb dies übrig: die Angerissene. Das war der neue Spitzname der Frau, die irgendwann dem Mann einen Wunsch verweigert und später ein paar Worte über ihn in Gang gesetzt hatte. Und es war der Lohn, möchte man meinen, den sie verdient hatte für den Ungehorsam und die Frechheit, begangen zum falschen Zeitpunkt und am falschen Fleck auf der unsteten Erde.

Überhaupt schien Doormak ein Glückspilz. Dojnaa kam ihm in allem entgegen. Sie kümmerte sich sogar um die Pferde und das Reitgeschirr. Hin und wieder fiel es ihm morgens schwer, sich aus dem Bett zu erheben, und da brauchte er nur eine kurze Bemerkung vorwegzuschicken betreffs einer Angelegenheit, der er nachgehen wollte. Schon war das Reitpferd herangeholt und stand womöglich schon gesattelt da, wenn er endlich hinaustrat in den neuen Tag.

Kam er dann am Ende des Tages, oft in tiefer Nacht, beschwipst, gar betrunken zurück, trat sie, einem unermüdlichen Licht gleich, schnell aus der Jurte, nahm ihm die Führleine wortlos ab und kümmerte sich um das Weitere. Oft saß oder lag er, angezogen wie er war, quer auf dem Bett, wenn sie, nachdem sie das Pferd für die Nacht zurechtgemacht hatte, mit dem Sattelzeug die Jurte betrat. Er war zu müde oder zu faul, sich zu rühren. Sie musste kommen und ihn von der Oberkleidung und den Stiefeln befreien.

Er trank. Und betrunken kam er sich verwandelt, größer und stärker vor. Er beliebte dann mit Dojnaa zu spielen wie die Katze mit der Maus, während sie ihm zu Diensten stand, gehorsam und stumm. Das gefiel ihm. Doch hätte er gerne gewusst, welche Gedanken hinter der faltenlosen, gewölbten

Stirn der Dienerin lauerten. So versuchte er hin und wieder, sie in ein Gespräch zu verwickeln.

Er überlegte genau, während er, wieder einmal benebelt, heimritt, wie er sich seiner Jurte nähern und zu welchen Diensten er seine Frau nötigen sollte. Dabei war ihm, als wenn er ein Zwitterwesen mit zweierlei Sinnen und Verstand in ein und derselben Haut wäre.

Das eine im Schlamm, hingeklatscht und vergiftet, da lahm und dort taub, in der Mitte noch zuckend, an den Enden bereits erstarrt, nicht anders als eine jämmerlich krepierende Maus. Das glitschige Vieh in ihm hatte sich vor lauter Gier überfressen und besoffen. Der Innensack, der Magen, musste ihm gerade geplatzt sein, und gleich würde auch der Außensack, die Haut, zerbersten. Und es würde einzig dickflüssiger, stinkender Schlammbrei aus ihm herausschießen und Himmel und Erde treffen.

Dieses Gefühl überkam ihn, während er auf der Steppe lag, auf allen vieren, sich im Kreis drehte, röchelnd und zuckend. Er musste sich übergeben. Das passierte ihm oft, und manches Mal bekam er von erfahrenen Trinkern gesagt, er solle langsamer trinken, dabei weniger essen und mehr singen. Aber da war nichts zu machen. Die Schale, die endlich wiederkam und einen zwinkernd anzuschauen schien, konnte er nie halb leer zurückgehen lassen. Wenn er den vollen Schluck über die Kehle gejagt hatte, dann musste er sogleich etwas essen. Singen konnte und wollte er nicht, er verachtete den Gesang. Stärkere, die keine Angst vor seinem Jähzorn hatten, nannten ihn daher mal den Fress-, mal den Sauf-, schließlich auch den Kotzsack. All diese Namen verloren mit der Zeit ihr Vorderteil, und was übrig blieb, der Sack, wurde zu seinem Spitznamen. Was ihn ärgerte, gewiss. Doch er musste auch hier einsehen: Es gab im Leben eben Dinge, über die der sterbliche Mensch hinwegzuschauen oder -zuhören hatte.

Und dieser Teil von ihm, der sich im Ärger zu besänftigen und trotz der Ausweglosigkeit zu trösten wusste, war wohl schon von der anderen Hälfte des Zwitterwesens.
Ja, der war einsichtig, er war beinahe unantastbar, denn er wähnte sich himmelhoch thronend. Je tiefer der eine in den Schlamm des Besäufnisses sank und je dreckiger es ihm ging, umso besser stand es um den anderen. Er schien der Rahm von der Milch, der Saft vom Fleisch, der Wohlgeruch und der gute Geschmack von Brühe und Tee aus dem Feuertopf zu sein. Er war die Flamme des Feuers, die Schneide des Dolches, der Geist vom Schnaps – war Geist, war Wille, war Macht. Er versengte, durchbrach, zermalmte.
Dieser Allmächtige nun kam einmal, erhaben über den Ohnmächtigen, an der Jurte an, die außer der achtzehnjährigen Frau auch noch einen kaum zehntägigen Säugling beherbergte. Es war im zweiten Ehesommer, war unter dem matten, wackeligen Schein des Gestirnes, das, vom Abendstern zum Morgenstern geworden, einen Lassowurf über dem Erdrand im Südosten glänzte. Der Ankömmling blieb im Sattel sitzen, war entschlossen, auf keinen Fall von selber herunterzusteigen, lallte eine ganze Weile vor sich hin und rief: »Hej, Frau!«
Wenig später hörte er quietschend die Jurtentür aufgehen und sah die Frau auf sich zukommen. Er stellte sich betrunkener, als er war.
Gut, dass es Dojnaa war. Sie legte ihm, während sie die mit der Pferdemähne verhedderte Zügelleine in der linken Faust gesammelt hielt, den rechten Arm um die Taille, hob kurz an und holte seinen Körper aus dem Sattel herunter. In dem Augenblick wirkte der Körper leb- und knochenlos, glitt ihr aus dem Arm und plumpste, eine wabbelige Masse, auf die Erde. Sie ließ ihn vorerst liegen, kümmerte sich um das Pferd. Als sie damit endlich fertig war und sich über ihn beugte, um

ihn hochzuheben und in die Jurte zu tragen, kicherte er, fast nüchtern. Sie blieb verwirrt stehen.
»Ich habe wieder getrunken.«
Sie hörte das, stand da und schwieg.
»Warum sagst du nichts dazu, hej?«
»Was soll man dazu sagen?«
»Ich sage, du siehst, ich habe wieder getrunken. Will wissen, ob das schlimm ist!«
»Ach, alle trinken.«
»Stimmt ja nicht. Dein Haraldaj zum Beispiel trinkt doch keinen Tropfen.«
»Könnte stimmen, ich habe ihn nie trinken sehen. Aber wieso ist er meiner?«
»Er hätte dich so gerne genommen.«
»Hat er dir das gesagt?«
»Mir nicht. Hab's aber seinem Blick abgelesen. Hätt' zu dir auch besser gepasst als ich. Ob du ihn genommen hättest?«
»Ich weiß es nicht.«
»Ich muss es aber wissen. Streng doch dein Hirn ein wenig an, Frau!«
»Er war zwar hin und wieder bei uns, hat aber nichts darüber verlauten lassen, weder er selbst noch ein anderer für ihn.«
»Hin und wieder war er bei euch also! Hat er da auch übernachtet?«
»Ein-, zweimal bestimmt.«
»Da haben wir's! Dennoch nichts gesagt, seltsam! Hätt' er es aber getan, wie wär' deine Antwort darauf gewesen?«
»Ich weiß es nicht.«
»Ich aber: Du hättest, so wie du bist, nicht nein gesagt! Und jetzt wärest du nicht meine, sondern seine Frau. Eben daher dein Haraldaj!«
In der Jurte, während er sich von ihr ausziehen ließ, ging das Verhör weiter.

»Dich stört also, dass ich trinke?«
»Habe ich das gesagt?«
»Gesagt hast du's nicht, nein, aber ich weiß es. Und soll ich dir sagen, weshalb ich trinke?«
Dojnaa hielt inne, schaute ihn verwundert an.
»Weil ich mir nicht sicher bin, ob das Kind von mir ist.«
Sie ließ seinen bestiefelten Fuß fallen.
»Die Wahrheit ist immer unangenehm.«
»Was heißt das?«
»Betroffen von dem, was ich eben sagte, verweigerst du mir schon den Dienst!«
Sie griff nach dem ausgestreckten Fuß in dem schweren, staubigen Stiefel mit dem schief getretenen Absatz. Tränen standen in ihren Augen.
Es konnte durchaus sein, er sah das nicht, oder aber auch, gerade weil er es gesehen hatte und davon angestachelt war – jedenfalls sprang er auf, griff nach der Talgleuchte auf dem Herd, eilte damit an die Wiege auf dem umgekippten Dungkorb vor dem Bett, schlug mit der anderen, freien Hand den Vorhang zurück und hielt die zischelnde und brutzelnde, mit bläulicher Flamme brennende Leuchte dicht vor das winzige, runzelige Gesicht.
»Da, schau hin, die Nase!«
Dojnaa begriff erst später, was Doormak damit gemeint hatte. Die Nase bei dem Kind sollte weder nach der seinigen noch nach der ihrigen, dafür aber eher nach der von jenem, eben Haraldaj, geraten sein. Sie fand keine Worte darauf, spürte lediglich ein brennendes Ziehen hinter dem Zwerchfell, als ob eine scharfe Messerschneide darüber streifte. Hatte denn die Tante von dem Kind nicht gesagt, er wäre der Großmutter wie aus dem Gesicht geschnitten? Als sie den Mann daran erinnern wollte, schnitt dieser ihr das Wort ab: »Ich kenne sie nicht!«

Wie traurig, dachte sie, dass einer selbst die eigene Mutter nicht kannte. Sie aber konnte sich an ihre Mutter noch recht gut erinnern, obwohl sie erst sechs Jahre alt war, als jene starb.

Merkwürdige Dinge geschahen nach jener Nacht, die Dojnaa mitten in ihrem Ehefraudasein um einen weiteren Grad fester gestampft hatte. Das Kind, es war ein Junge, erinnerte Morgen für Morgen mit einem weiteren Zug an den Vater, dass man meinen musste, er wuchs heran, um jeden Zweifel an seinen Zeuger auszulöschen. Doch Doormak schien das zu übersehen und klammerte sich nun erst recht an sein zweifelhaftes Gerede, was ihm zur Rechtfertigung seiner Trinkerei willkommen war. Auch die Tante blieb ehern bei ihrer anfänglichen Meinung, redete weiterhin von ihrer Schwägerin, deren Seele verspätet zu ihrem einzigen Sohn als Kind zurückgekehrt sein müsste. In den Augen derer aber, die es geboren hatte, war es ganz und gar der Vater. Doormak musste sein Gesicht von der Mutter, die er nicht kannte, geerbt haben.

Solche Gedanken in der einen Rille ihres Hirnes, war Dojnaa in einer anderen mit anderen Männern, am häufigsten und griffigsten mit Haraldaj beschäftigt. Besonders nachts, wenn sie döste, beim Warten auf die Rückkehr des Ehemannes, und später, wenn sie wachte neben ihm, der schnarchte, prasselnd und polternd, unter einer würgenden Fahne der Milchsäure und anderer Gerüche. Dabei war sie gar nicht gewillt, es zu tun; im Gegenteil, sie wollte von keinem Mann, am wenigsten von dem, der nebenan lag, etwas wissen. Gerade deshalb vermutlich kam die Männerhorde auf sie zu und brach in das Land ihrer Gedanken ein. Jeder, der jeweils da war, glich einer Wand, die sie von dem trennte, zu dem sie gehörte.

Dafür empfand sie dem Eindringling gegenüber Wut, vermischt mit Dankbarkeit. Alle wollten von ihr ein und dasselbe. Auch sie wollte von allen nur eins, Zärtlichkeit. Aber keiner vermochte sie ihr zu geben. Jeder ging, sobald er genommen hatte, was er nehmen wollte. Der eine hatte es eilig, der andere etwas weniger, bleiben aber wollte und konnte niemand. Zum Schluss waren alle gleich, unterschieden sich nur außen, aber selbst da nur wenig. Der gleiche würgende Geruch, die gleiche klebende Speckigkeit, das gleiche lahme, lähmende Durcheinander. Jeder von ihnen hätte ihr als Erster das Angebot machen können. Hätte sie es erhört, so wäre am Ende doch nur dasselbe herausgekommen. Das war ein Grund mehr, Doormak auszuhalten.
Doch es gab einen, der sich nicht zu der Horde da gesellen wollte. Das war Haraldaj. Tauchte dieser auf, dann herrschte sonniger Friede über den Bergen, den Tälern und Steppen ihrer Gedanken, dann war dort kein Platz für einen anderen. Aber scheu war er, der Hund! Kaum war er erschienen, wollte er sich auch schon wieder davonstehlen. Und dies, ohne angerührt zu haben, was sie für ihn bereithielt. Ja, ginge es nach ihr, sie würde ihn lange, lange dabehalten, vielleicht für immer. Allein, er schien es nicht zu wollen. Sie stritt sich mit ihm. Tadelte ihn, weshalb er sich denn ihrem Mann gegenüber verraten habe, nachdem er sich doch, solange sie noch nicht vergeben war, so schafseinfältig angestellt und nichts hatte anmerken lassen von seinem Vorhaben mit ihr. Er schlug darauf zurück, ließ Tadel herunterhageln: War sie denn dumm, gar unverschämt, solches zu behaupten? Hatte er ihr doch vielerlei Zeichen gegeben. Sollte sie keines davon bemerkt haben, dann müsste sie es schon damals gewesen sein: leer und schwer, Wind und Wasser nur!
Jetzt konnte sich Dojnaa an seine Stimme erinnern, sanft war sie und doch von verhaltener Erregung getragen. Es musste

also ein Sturm gewesen sein, dem Herzberg entströmt und lange und wild über die Lungentäler und die Nierensteppe gefegt, ehe er am Ausgang der eigenen Welt ankam und, zur Brise gebändigt, endlich hinausstrich und an das Ziel herandurfte. Auch fiel ihr der Blick der stillen braunen Augen ein, hündische Treue hatte darin gewacht und sonnige Wärme gestrahlt. Hilfsbereit war der schmalschultrige, schlaksige Junge mit dem blassen Gesicht voller Sommersprossen gewesen. Und schüchtern! Sie, die arglose Elefantentochter, hatte seine milde Gegenwart gern genossen und seine kleinen Dienste bedenkenlos in Anspruch genommen. Auch sie hatte ihm Dienste erwiesen, mehr für ihn getan als für jeden anderen Wanderer, der in der einsamen Jägerjurte eingekehrt war und sein Gastrecht genossen hatte. Einmal hatte sie ihm eine zerrissene Hose wieder zusammengenäht und ihn ein anderes Mal, als er mit zu wenig Jagdbeute heimreiten wollte, einen Vormittag lang zurückgehalten, hatte mitgejagt und den noch halb leeren Kettenriemen aufgefüllt. Beide Male hatten seine Backen vor Röte geglüht. Damals hatte sie es seiner Schüchternheit zugeschrieben, es für Scham gehalten.

Der jedoch, für den sie sich bereithielt, nicht anders als eine Kanne Tee, ein Brocken Fleisch, eine ausgeklopfte und ausgebreitete Matte, schien ein anderer als der, den sie von früher kannte und der nun in der Gefangenschaft der gemeinen Welt der Dinge, des Klatsches und der Verstellung steckte. Der in ihr war vielleicht ehrlicher: undankbar, furcht- und schamlos und neigte zur Rache, die sie durchaus verdient haben mochte. Und dennoch vermochte sie nicht zu verstehen, wieso ein Mensch so hartherzig sein konnte, wie jener es gerade war. Oder reizte sie ihn dazu, indem sie ihn ständig anging? Aber sie konnte nicht anders, hatte ihren Grund dazu. Denn sie lebte schon lange mit dem all-einzigen Wunsch: käme er doch endlich! Er kam aber nicht, und das, soweit sie es beurteilen konnte, ohne Grund. So verletzte er sie mit jedem Tag, der hinter die Berge ging, immer schwerer und schuf mit jeder Nacht, die darauf folgte, immer mehr Anlass, herbeibeschworen zu werden. Doch sollte er wirklich kommen, so würde er zumindest mit wutgeladenen Gedanken empfangen werden.

Allein, er blieb und blieb aus. Dafür kamen andere Männer, die lärmend von Ail zu Ail jagten, torkelnd von Jurte zu Jurte gingen, grölten und prahlten, um sich pinkelten und kotzten und Hunden und Menschen auf den Geist fielen. Die sich herumtrieben, waren solche wie Doormak, der auch irgendwo herumstreunte, dem Schnaps auf der Spur, knietief in dem irrigen Glauben, sich durch den Tag festen zu müssen, um erwachsen und männlich zu wirken. Solche Reiterhorden tauchten an manchen Tagen mehrmals am Steppenrand auf, und man musste dann dafür sorgen, dass sie den gesuchten Schnaps unverzüglich vorgesetzt bekamen, damit sie schnell wieder verschwanden.

Doch half da manchmal selbst der beste Vorsatz nichts. Besonders dort, wo eine jüngere Frau in der Nähe war, räumten die Gierenden nicht so schnell das Feld. Und eine Gier erzeugte die andere. Dojnaa spürte die auf sie zielende männliche Geilheit mit all ihren Hautporen so deutlich wie sengenden, klebenden Dampf. Längst aber beherrschte sie den Kniff, mit dem sie sich davor schützen konnte: dicke, tote Haut herauskehren. Sah sie einen zu nah an sich herantreten, so wusste sie ihre unsichtbaren Borsten aufzusträuben und eine drohende Geste zu zeigen, um jenen einzuschüchtern. Dabei kam sie sich wie eine Wölfin vor, an der ein ganzes Rudel hing. Freilich handelte es sich hier um eines ohne den Leitrüden; der war läufig geworden und hatte sie, seine Wölfin, einer Horde von Nacheiferern überlassen. Dabei wurde ihr bewusst, dass der Vergleich irgendwie hinken musste, da er von Menschen auf Wölfe willkürlich übertragen war. Sie zweifelte daran, dass in der Welt der Tiere solches vorkommen konnte.

Doormak blieb immer länger und so manches Mal schon über Nacht aus. Sie fragte ihn, wenn er am nächsten Tag wieder da war, nie danach, wo er gewesen sei. Da kam ihr ans Ohr, dass er bei Inej übernachtete. Sie vernahm es, bewahrte aber Schweigen. Dies, da sie nicht wusste, was darauf sagen. Begeistert war sie bestimmt nicht, traurig deswegen aber wohl auch nicht. Ihr war nur, als würde sich ihre Haut verdicken und verhärten zu einer schorfigen Rinde. Vielleicht war sie schon auf dem Wege zu einer Espe, ein wenig zu früh zwar, aber sie wusste von ehrwürdigen alten Männern und Frauen mit Espenrindenhaut im Gesicht und espenastigen Fingern an den Händen, und so hatte sie nichts dagegen. Noch war sie ja eine junge Espe, die grünte und eine Sprosse hatte, ihr Kind. Noch stand sie gut verwurzelt und sturmfest auf dem Boden des Lebens, war voll im Saft und ragte gerade auf inmitten des Menschenwaldes. Käme die Zeit des Alters, so würde sie womöglich zu einer Temir Terek, einer eisernen Espe, einer aus den Epen werden; dessen war sie sich sicher.

Eines Nachts kam Doormak wieder angetrunken heim und machte sich gleich über sie her. Doch bald wurde er wütend und brach inmitten der Plackerei ab. Er meinte, sie wäre träge und gliche einem Klotz.

»Inej dürfte da ganz anders sein«, entfuhr es ihr und das brachte ihn zur Weißglut.

»Was erlaubst du dir, elendes Weib, dass du ihren Namen in den Mund nimmst?!«, schrie er sie an. Worauf ein Wortschwall folgte. Ein edles Wesen, eine Vollblutfrau nannte er jene, und fest blieb ein Wort an ihrem Trommelfell haften:

Eine »Passgängerin« sollte die zerbrechliche, ziegengesichtige Witwe sein!
Viele Tage lang dachte sie darüber nach, was wohl der Gang eines Kamels mit einem Menschen zu tun haben könnte. Schließlich zog sie jemanden zu Rate und erfuhr: So würde man eine Frau nennen, die im Bett flink war, das hieß, sie käme dem Manne in jeder Bewegung entgegen. Und solche wären so selten wie Pass gehende Pferde und daher von Männern begehrt.

Der Sommer ging zur Neige. Jetzt wurden auch echte Feste gefeiert. Die Genusssüchtigen führten erst recht ein süß-saures, aushöhlendes Leben.
Nach vielen Nächten kam Doormak wieder einmal dazu, sich an die eigene Frau heranzumachen. Diese zeigte sich nicht so schwerfällig wie sonst, und kaum lugte er in sie hinein, da kam sie ihm mit wackelndem, federndem Hintern entgegen. Schnell war er ausgenüchtert vor Überraschung und dachte beglückt: Passgang bei diesem Körper, das wird was geben! Er kam sich wie der Besitzer eines großen Reichtums vor und war stolz darauf. Doch irgendwie kam ihm das alles unwahrscheinlich, ja verdächtig vor. Sogleich entfachte das in ihm die Eifersucht. Es fiel die hämische Frage und traf die Ärmste, die mittlerweile so weit war, sich hemmungslos hinzugeben: »Wer hat dir das beigebracht, wer?«
Das war das Ende. Schon erlosch sie. Darüber hinaus war das der Anfang von etwas anderem, denn ihr entfuhr ein Name: »Haraldaj«. Natürlich sprang der Sich-Ereifernde und Suchende, der Eifersüchtige, sogleich darauf an und begann, nach weiteren Geständnissen zu bohren. Zwar erbrachte das nichts mehr, aber er selber kam in Raserei und packte aus. Er nannte ihr vier Frauen, die er abwechselnd gebrauchte. Dojnaa blieb stumm, schien ihre Sinne gepackt zu haben und

mit ihnen weit weggegangen zu sein. Sie war bei jenem, den sie den Hartherzigen, den Wasserköpfigen, den Unmenschen, aber auch ihren All-einzigen nannte, in den sie sich verkriechen und dort Schutz vor dem Tobenden zu finden suchte. Der klobige Körper lag da wie abwesend, nur noch dazu fähig zu atmen und stille, ätzende Tränen auszuströmen, die den Sinnen hinterhereilten.

Nächte später wurde Doormak einmal darauf aufmerksam, dass seine Frau mit entblößtem Unterteil dalag. Er fragte, wozu und bekam zu hören: Damit er immer Zugang hätte, ohne sie erst wecken zu müssen! Mehr erfuhr er nicht. Wenn er aber Gedanken hätte lesen können, dann hätte er auch dieses zur Kenntnis genommen: Bin eine Birke, und der Saft, der drinnen gärt, gehört dir. Sollte sie eines Tages vertrocknet sein, dann darfst du das tote Holz spalten, zerhacken und verbrennen, um dich zu wärmen, denn du bist der Mann, mein Ehegatte.
Ab da achtete er jede Nacht darauf und musste mit Schreck und Entrüstung feststellen, dass sie beharrlich bei ihrer Nacktheit blieb. Der entblößte Hintern der schlafenden Frau kam ihm riesig vor. Nur in Notfällen machte er sich an ihn heran. Und Not herrschte in der kalten, längeren Hälfte des Jahres. Wenn sich die Jurten in windgeschützte Falten tief in den Bergen zurückzogen, dann breitete sich die Zeit der Einsamkeit über alle, und man war dem Eheleben ausgeliefert. Also musste man nehmen, was gerade da war. So kamen auch Kinder, eines nach dem anderen. Sieben Stück insgesamt, von denen drei blieben. Sie sollten alle nach ihm, dem Vater, geraten sein. So war die allgemeine Behauptung, und er tat, als wenn er sich darüber freute und darauf stolz wäre. Im tiefsten Versteck seines Herzens aber spürte er Schmerzhaftes. Der allzu üppige Kindersegen, der mehr mit dem Tod

als mit dem Leben endete, kam ihm wie eine Belästigung, wie eine Beleidigung für seine Jugend vor.

Jahre hatten sich davon gemacht, ehe man sich endlich im Gestrüpp des eigenen Lebens zurechtfinden konnte. Doormak und Dojnaa waren längst kein neues, auch kein junges Ehepaar mehr. Dreizehn Jahre steckten sie schon unter einem Dach. Sie waren miteinander verstrickt. Es waren vor allem die Kinder, die eines nach dem anderen kamen und zum Teil wieder gingen. Es war ein stilles Kommen und Gehen. Aber Spuren blieben immer, auch bei ihm, dessen Anteil einzig darin zu bestehen schien, sie zu zeugen. Ganz so war es am Ende aber doch nicht, denn einen Kindskörper, gleich ob glühend oder erkaltet, in der Hand zu halten, wog bei dem, der an dessen Entstehung schuld war, immer schwer. Es war wohl der Name des Lebens und des Todes, der drückte. Auch war es sein, Doormaks, Name, der hundertfach in den Mund des Volkes kam, wenn es um eines seiner Kinder, um eine der Folgen seiner Taten ging. Nach einer erneuten Geburt oder einem erneuten Tod kam es ihm vor, als ob ihm ununterbrochen die Ohren klängen.
Es waren vor allem die Weiber, mit denen man verkehrte. Sie waren unermüdlich in ihrer Klatschlust, unverbesserlich in ihrer Eifersucht. War die Schwangerschaft dem Bauch seiner Frau wieder anzusehen, erhob sich die Brise des Tratsches und wusste immer zum Sturm anzuwachsen. Am schwersten war es mit Inej. Doch für sie hatte er Verständnis. Sie hatte zwei Schwangerschaften unter dem Mann gehabt, der sich, noch blutjung, zu Tode gesoffen hatte. Nach jenem, sozusagen hautwarm übernommen, hatte er mit ihr fast unzählige süße Nächte verbracht, nun schon seit Jahren, aber nichts passierte. Er begriff die Welt einfach nicht. Wenn es nach ihm gegangen wäre, hätte er gleich sie genommen. Aber

die Verwandtschaft war dagegen und in diesem Falle auch mächtig. Später, als Dojnaa zum dritten oder vierten Mal in guter Hoffnung war, flüsterte ihm die Tante drohend zu: »Gib zu, bei deiner Witwe mit dem Gesicht und dem Hintern einer Ziege hättest du solches niemals gesehen!«

Manchmal war er geneigt, den Ahnengeistern zu glauben, die aus den älteren Mitgliedern einer jeden Sippe sprachen und Anweisungen erteilten. Hätte es die Tante und einige andere nicht gegeben, er hätte Inej genommen. Doch wäre dies geschehen, so wäre er kinderlos geblieben. Dieser Gedanke war ihm unerträglich. Sich aber einzig mit der Frau, die ihm mehrfach seine Fortsetzung geschenkt hatte, zu begnügen und auf die Kinderlose gänzlich zu verzichten, wollte und konnte er auch nicht. Zu seiner Rechtfertigung legte er sich ein Gedankengerüst zurecht und klammerte sich daran fest: Dojnaa war die Mutter seiner Kinder und Inej die Frau seines Herzens. Die anderen, die er nie als Frauen, sondern nur als Weiber bezeichnete, waren die Weide seiner Gelüste, die Ablegebüsche des streunenden Rüden in ihm. Dadurch, dass er diese hin und wieder beschnüffelte und benässte, fühlte er sich gleichwertig mit den anderen Männern. Denn alle machten es so.

Dann waren es auch weitere Todeserlebnisse, die sie gemeinsam betrafen und miteinander verbanden. Zuerst traf es ihren Vater, den Elefanten, er wurde von einem Bären gerissen. Beide lagen, längst tot, in einem beträchtlichen Abstand voneinander, der Dolch des Jägers steckte noch in der Brust des Bären. Doormak eilte mit anderen Männern zur Unglücksstelle, nachdem die Nachricht eingetroffen war, und begrub den Toten. Dann zog man dem Bären das Fell ab, das keinerlei Schusswunde aufwies. Es war im zeitigen Frühjahr. Das

Tier, soeben aus dem Winterschlaf erwacht und hungrig, musste auf den Menschen losgegangen sein. Dojnaa konnte damals nicht mitkommen, sie lag gerade wieder im Wochenbett.
Bald darauf starb Dormaaks Tante einen langwierigen Tod. Die einzige Person, die mit der Kranken immer gut zurechtkam und die diese auch bis zuletzt an sich heranließ, war die Schwiegernichte. Sie habe feste, warme und weiche Hände, wie auch ihre Seele beschaffen sei, behauptete die Dahinsiechende. Dojnaa hatte sich mit der Frau von Anfang an gut verstanden. Sie war ihr wie eine Mutter. Daher war sie von ihrem Ende genauso hart getroffen wie von dem des eigenen Vaters. Zumal beides im Abstand von nur wenigen Monaten passierte, fühlte sie sich doppelt, dreifach verwaist. Nun hatte sie an nächsten Menschen im Leben nur noch ihre Kinder und deren Vater, wobei die Ersteren noch klein waren. Also war es einzig Doormak, an den sie sich vorerst noch anlehnen konnte.

Ähnliche Gedanken entwickelten sich hinter der Stirn des Familienoberhauptes. Durch den Abgang der Frau, die in seinem Leben, solange er sich erinnern konnte, die Mutterstelle besetzt gehalten hatte, musste nun die Ehefrau umplatziert, höher gestuft und näher geholt werden. Sie sollte die vor Leere gähnende Stelle einnehmen und wie seinen Kindern, so auch ihm ein wenig die Mutter sein. Das passte gut zu seinem Wunsch: Inej konnte dadurch seinem Herzen noch näher rücken und weiteren Schwung im Pendeln über seiner Ehe bekommen, um deren unsichtbarer, doch allseits störender Außenhülle möglichst viele Schrammen zuzufügen, wenn es ihm schon nicht gegeben war, sie zu zerreißen. Was die mütterliche Ehefrau wahrscheinlich kaum stören würde. Er glaubte einfach nicht, dass sie sich je durch etwas stören

lassen könnte. Damit hatte er nicht so Unrecht, denn Dojnaa war längst abgestumpft, und ihr war gleichgültig, mit wem und wie er es trieb. Diesbezügliche Gedanken hielt sie für überflüssig und schädlich, da sie ermüdeten. Deshalb war sie bemüht, abgeschirmt von solchen zu leben.
Doch gab es hin und wieder Anlässe, die sie an das erinnerten, was der Mann draußen trieb. Es waren zugeflogene Klatschsplitter oder Spuren, die die Witwe oder eines der Weiber an ihm hinterlassen hatte. Dabei spürte sie zwar immer einen kleinen Brechreiz, dachte aber: Ach, es ist ja letzten Endes sein Körper, und er kann doch damit verfahren, wie es ihm gerade einfällt!
Diesem schloss sich einmal auch ein anderer Gedanke an: Ich muss ständig im Nest hocken wegen der Kinder, wären sie nicht da gewesen, wer weiß, was ich alles getan haben könnte, vielleicht hätte ich mich längst auf den Weg zu jenem gemacht. Sie hatte nicht aufgehört, an ihn zu denken, und das fand sie seltsamerweise weder überflüssig noch schädlich. Im Gegenteil, es gab ihr ein wenig Halt gegen die unaufhaltsam voranrückende Zeit. Man konnte meinen, es machte neben Kinderpflegen, Kühemelken und Dungsammeln ihr Leben mit aus, dass sie ab und zu den Kerl in sich weckte, um ihre von den Kindern übrig gebliebene Zärtlichkeit und die letztlich nur noch glimmende Restwut ihrer Mädchenzeit an ihm auszulassen. Wäre sie doch nicht gerade wieder schwanger oder hinge nicht ein Säugling an ihrer Brust, sie würde bestimmt hinreiten, wieder und wieder. So versuchte sie, Verständnis für den Mann aufzubringen.

Und schließlich waren sie durch die Wirtschaft miteinander verbunden. Sie war gewachsen, nachdem ihnen zuerst die gesamte Hinterlassenschaft des Elefanten und dann ein Teil der Tante zugefallen war. Es war vor allem die ganze Reit- und

Jagdausrüstung des ruhmreichen Mannes, und wäre der, dem das alles zugeflogen war, ein Besserer gewesen, es wäre schon allein damit eine Familie zu ernähren gewesen. Aber Doormak hatte keinen Sinn für die Jagd und Dojnaa keine Zeit. Auch wusste sie nicht, ob sie als verheiratete Frau, als Mutter, noch Wild erjagen, Leben auslöschen durfte. Andere taten es nicht. Dann waren da auch noch eine Hand voll Yaks und Pferde, sogar eine Stute darunter.

Es war nicht ausgesprochen, es brauchte auch nicht unbedingt getan zu werden, aber das stumme Einverständnis, das alles zu erhalten, in der Not gar zu verteidigen und nach Möglichkeit zu vermehren, lag zwischen ihnen, hielt sie zusammen.

So also steckten sie unter einem Dach, in einem Bett, lebten vom unsichtbaren, doch allgewaltig wirkenden Band der Ehe miteinander verstrickt, ohne Aussicht auf etwas anderes, auf eine Befreiung voneinander. Sie lebten mit der nie ausgesprochenen, aber mit jedem Atemzug empfundenen Gewissheit, in dem Zustand auszuharren, bis der Tod sie entzweite und erlöste. Doch da passierte es.

An dem Tag war selbst die Sonne unpässlich gewesen, fiel Dojnaa später ein. Bläulich-grünliche Kanten hatten ihre Strahlen gehabt, die durch eine kleine Herde Lämmerwolken hindurchstachen und als flammende Lanzen auf den leuchtenden Gipfel des Haarakan zielten. Doormak war zu Hause und war nüchtern. Er war es seit Tagen, denn der Herbst ging auf sein Ende zu, und die Milch wurde rarer. Mit ihr aber auch ihr Geist, der Schnaps, den man zuerst durch Gären zur Unruhe brachte, dann durch Erhitzen zur Flucht zwang und schließlich durch Abschrecken lähmte und abfing. So von dem großen allsommerlichen und herbstlichen Besäufnis wieder einmal ausgenüchtert, saß man endlich wieder fest daheim und versuchte, seine immer noch streunenden Gedanken zu sammeln und zu bündeln. Er hatte nämlich einen Handel im Sinn. Ein Motorrad sollte her, und das war teuer. Die Pferde und Yaks, die von selber gekommen waren, sollten wieder gehen und auch die beiden Gewehre mit der gesamten Jagdausrüstung.

»Die Stute und die Gewehre bleiben hier«, sagte Dojnaa. Doormak schaute überrascht auf. Schon die Bestimmtheit in ihrer Stimme gefiel ihm nicht. Es war das erste Mal, dass sie so auftrat. Längst lebte er in dem Glauben, er habe endlich sein Ziel erreicht und könne über alles bestimmen. Er brauchte das Zeug und musste deshalb schnell ihren Widerstand brechen. So fuhr er sie zornig an:

»Wer ist hier das Oberhaupt dieser Hütte, ich oder du!?«

»Gewiss bist du es.«

»Also dann. Du wirst dich nicht in das einmischen, wofür ich mich als Mann in Gedanken schon entschieden habe!«

»Aber ich bin hier nicht nur die Ehefrau, bin auch die Mutter von Kindern.«

»Was hat das mit den Kindern zu tun?«

»In der jungen Stute steckt vielleicht eine ganze Pferdeherde, so wie in mir, der menschlichen Stute, eine ganze Menschenhorde gesteckt hat. Wenn die Kinder heranwachsen, sollen nebenan auch ihre Reitpferde mitwachsen. Und die Gewehre werden deine Kinder und ihre Kinder vielleicht ernähren, so wie sie ihre mütterlichen Vorfahren ernährt haben.«

Die Worte leuchteten ihm sofort ein. Mehr noch, in ihrem Lichtschein wirkte die Tat, die er zu begehen gedachte, verkehrt, und die Worte, die er zu seiner Rechtfertigung in sich trug, sinnlos und blass. Das verunsicherte ihn.

Überhaupt war ihm mit den Jahren klar geworden, dass die bullige Frau in ihrem Innern gar nicht so grob aussehen konnte, wie sie ihm anfangs erschienen war. Ihre Urteilskraft wirkte durchaus überzeugend. Und zuverlässig arbeiteten

ihre Sinne. Die Bettgeschichte lag freilich abseits. Dafür war sie aber fruchtbar wie eine Ziege, so sehr sie auch von Erscheinung und Reiz her eine ganz andere zu sein schien. Diese Erkenntnis hatte in seinen Augen den Wert der Frau gesteigert. Doch in den Stunden des Missmutes hatte gerade dies auf sein Gemüt störend, ja drohend gewirkt.
So war es auch jetzt. Wieder einmal fühlte er sich von ihr angegriffen, seine Stellung als Mann gefährdet, wie auf der Kippe, gleich der Lächerlichkeit preisgegeben zu werden. Er glaubte, sich wehren zu müssen und tat es sogleich: versetzte ihr eine schallende Ohrfeige. Was sie überraschte und einschüchterte, denn sie verstummte und blieb still.
Das war der erste gezielte und sitzende Schlag in all den Ehejahren. Bisher hatte es zwar Fausthiebe und Fußtritte gegeben, aber da war er immer betrunken gewesen, also waren sie mehr angedeutet als wirklich erteilt. Nun aber der gelungene Backenstreich, der das Weib gleich um ihren Kopf mit der frechen Zunge zu verkürzen schien.
Auch er selber war überrascht von seiner Handlung und von deren Folge. Er empfand es wie ein Hund, der mehr versehentlich als willentlich einen Wolf zu Boden gestreckt hatte. Und wie der Hund wünschte er sich nichts sehnlicher herbei, als die soeben vollbrachte Tat bei nächster Gelegenheit zu wiederholen.
Da aber fing das mittlere der Kinder, der Bengel mit dem Spitznamen Suggarak, Wasserauge, zu plärren an, und Ederge, die Kleine, fiel sogleich mit lautem Geschrei in das Geplärre ein. Doormak ging brüllend und mit auseinander gestreckten, zuckenden Fingern auf die beiden los, packte jedes am Kragen, riss sie hoch und stieß sie gegeneinander. Dumpf knallte es, und in dem Augenblick, in dem die Stimmen wegblieben, um kurz darauf mit neuer, doppelter Stärke auszubrechen, erreichte Dojnaas rechte Hand die linke Schulter

des Mannes, der darauf rückwärts schwankte, bis er hart auf den Steiß plumpste.
Die Hände hatten von den Kindern abgelassen, das Gesicht wutverzerrt und aschgrau, wandte er sich der Frau zu, die breitbeinig und mit bebenden Nüstern dastand.
Während er sich anschickte aufzustehen, hörte er sie zwischen den Zähnen hervorgezischt sagen: »Mit mir kannst du verfahren wie du willst, nicht aber, solange ich lebe, mit den Kindern!«
»So?«, brachte er dumpf aus sich heraus und rannte hinaus. Wenig später hörte sie ihn rufen: »Komm her, du bemöster menschlicher Bulle!«
Sie trat aus der Jurte. Da stand er, in jeder Hand einen Stein, einen schafschenkellangen, kantigen, weißen in der Linken und einen yakknöchelgroßen, rundlichen, roten in der Rechten, und machte Anstalten, diese nach ihr zu werfen. Sie dachte, er wolle ihr bloß Angst machen, denn sie vermochte sich nicht vorzustellen, dass ein Mensch einen anderen wie einen angreifenden Hund oder ein ausreißendes Yak mit einem Stein bewerfen könnte. Aber im nächsten Augenblick musste sie erleben, dass gerade das geschah, was sie soeben für unmöglich gehalten hatte. Der rote Stein flog herüber und traf sie an der Schulter. Und das tat arg weh, so dass sie für eine kleine Weile nicht mehr wusste, was sie tun sollte.
Weiter musste sie hören: »Ich werde dir elendem Weib die Knochen zerschlagen, um zu sehen, ob du auch dann noch deinem Ehemann den Gehorsam verweigerst!« Nachdem die Worte ausgesprochen, ausgeschrien und dem Stein hinterhergeschleudert waren, bückte er sich nach einem weiteren.
Das sah sie und wusste: Der nächste Stein würde kommen und es würde, dem Himmel sei Dank, wieder nicht der kantige, weiße sein, und schließlich, dass sie nun, wie sie es für einen Augenblick vorgehabt hatte, auf keinen Fall auf ihn

zugehen durfte, da er dann den gefährlichen Stein einsetzen würde. Tatsächlich kam schon der nächste Stein geflogen, es war ein kleinerer, flacher. Er traf sie ungünstig an der Rippe, und es tat sehr weh. Sie schrie auf und rannte davon, um sich vor den nächsten Würfen in Sicherheit zu bringen. Da fiel ihr Blick auf einen Birkenstamm. Er war reichlich zwei Klafter lang und armdick am dünnen Ende. Unlängst aus dem Wald geholt, sollte er zu einer Jurtenstützstange gegen Stürme zurechtgehauen werden.

Sogleich sprang Dojnaa auf den Baumstamm zu, packte ihn in der Mitte und riss ihn hoch. Das Holz war noch grün und biegsam, es eignete sich gut als Waffe. Damit ging sie auf ihn los. Mehrere Steine flogen herüber, gingen aber seltsamerweise alle am Ziel vorbei. Zuletzt kam auch der gefährliche weiße Stein herangeschossen, auch er verfehlte sein Ziel, ihren Kopf, sehr knapp. Sie spürte am Gesicht den Wind, der ihr züngelnd wie eine Flamme vorkam. Das gab ihr den Rest: Sie rannte los, das dünne Ende unter den linken Arm gestemmt. Auf Reichweite angekommen, schwang sie das dicke Ende gegen die Taille des Mannes. Dieser brach schreiend zusammen. Als sie den Baumstamm fallen ließ und sich dem zu Boden Geschlagenen näherte, war er bei vollem Bewusstsein und sprach feierlich bestimmt: »Damit du es weißt, Hündin, ich werde dich samt deinen Welpen ausrotten!«

Dojnaa stand eine Weile sinnend da. Dann bückte sie sich entschlossen über den immer noch Liegenden, löste ihm den langen, breiten Seidengürtel, band ihm damit die Hände am Rücken zusammen und befestigte sie am Baumstamm. Dies zu tun, fiel ihr nicht schwer. Den anfänglichen Widerstand, den er zeigen wollte, brach sie sogleich rücksichtslos. Derweil waren alle drei Kinder aus der Jurte getreten, standen zusammengedrängt in einiger Entfernung und greinten lauthals. Nun sahen sie die Mutter mit federndem Schritt, schwungvoll schlenkernden Armen und einem wilden, stechenden Blick auf sie zu eilen und hörten sie sagen: »Dung sammeln!« Jäh brach das Jammergeschrei ab und es war nur noch ein unterdrücktes Geschluchze zu hören. Die beiden Größeren gingen an die Körbe. Nur das Jüngste, der vierjährige Maelaj, stand abwartend, denn er wusste, er würde vorerst wie ein menschliches Füllen hinter der beladenen Mutter hertrotten, und sobald er etwas Brauchbares fände, es aufheben und ihr weiterreichen.

Einen Korb schultern und der Jurte den Rücken kehren, war die nächstliegende Fluchtmöglichkeit, die Dojnaa gegeben war, wenn ihr etwas nicht passte. Über die Steppe hastend und Dung sammelnd kam sie dann zur Ruhe. Am liebsten ging sie da allein. Heute nahm sie die Kinder mit, um sie in Sicherheit zu wissen. Vielleicht würde der Zorn des Mannes verrauchen, wenn er eine Weile in der Kühle allein läge und darüber nachdächte, weshalb es dazu gekommen war, dass er, ein erwachsener, nüchterner Mensch, die Mutter seiner Kinder nicht anders als eine tollwütige Hündin erschlagen wollte, und diese ihn, den Ehemann, niedermähen und einem Verbrecher gleich in Fesseln und an den Block legen musste. Aber sie hatte auch noch etwas anderes im Sinn, als sie sich entschloss, auf Suche nach Dung zu gehen. Gerade stand die Nachbarsjurte menschenleer, aber jemand war bestimmt in der Nähe. Tante Anaj oder Onkel Ergek würden ihr schon sagen können, was nun zu tun wäre. Wenn nötig, könnten sie ihr und ihren Kindern auch beschützend zur Seite stehen.

Es war aber niemand in Sichtweite. Und ihr fiel, so sehr sie über die Steppe hin und her hastete und in sich nach etwas suchte, nichts ein, was sie mit dem gefesselten Mann später anstellen sollte. Indes wurde der Korb voll. So ging sie heimwärts, in der bangen Hoffnung, sein Zorn möge vergangen sein. Ihr vorauseilender Blick aber stieß anstatt auf den lie-

gend Gefesselten auf zwei fremde, gesattelte Pferde. Ihr wollte das Herz zerspringen vor Scham. Vielleicht hat er sich selber befreit, dachte sie. So mochte es gewesen sein, wünschte sie sich, Seide lockerte sich doch leicht! Sie musste aber dann, in der Jurte angekommen, erfahren, dass es anders war.
Die Reiter waren zwei junge streunende Männer, bereits angeheitert, wer weiß woher, und nun erst recht auf der Suche nach einem Restchen Sommer. Sie empfingen die Frau in ihrer eigenen Jurte lärmend, in jeglicher Hinsicht unverhohlen, wie nur auf Schnaps Versessene es sein konnten. Neckende, bettelnde und auch erpressende Worte: »Hole das Kännchen aus dem Versteck, und wir haben nichts gesehen!«
Dojnaa hatte weder Kanne noch Flasche im Versteck. Aber auch, wenn sie etwas vorzusetzen gehabt hätte, hätte es geholfen? Einen von ihnen könnte man vielleicht zum Schweigen überreden, aber gleich zwei davon niemals. Dennoch machte sie in aller Eile Feuer, kochte Tee, kochte Fleisch, wie es sich gehörte. Die Männer taten sich daran gütlich, gingen aber dennoch unzufrieden.
Am gleichen Tag ging auch Doormak.

Zeit war seitdem vergangen, und manches war geschehen, viel mehr, als es nach außen erscheinen mochte. Innerlich war Dojnaa zumute, als hätte sie eine Bestandsaufnahme über die Ehejahre gemacht, die ihr noch vor kurzem wie unmerklich vorübergehuscht vorgekommen waren. Nun war ihr, als zerlegte sie jedes der Jahre in Tage und Nächte, so wie man ein erlegtes Wild in kleine, bestimmte Teile zerlegte. Und an manchem Stück knabberte sie dann wie an einem Halswirbel oder einem Röhrenknochen herum. Es gab viele gute Stücke, seltsamerweise. Denn selbst das, was ihr damals lästig vorgekommen war, fand sie jetzt schön. Und der Rest war durchaus erträglich.

Sie merkte, sie hatte sich an die Nähe eines Mannes, an das Leben neben ihm, das Eheleben gewöhnt. Und die Zweisamkeit war es, die ihr jetzt fehlte; mit jedem weiteren Tag und jeder weiteren Nacht wurde es ihr in der Jurte ohne das männliche Oberhaupt zusehends unerträglicher. Von ihr aus dürfte sich der Mann jeden Tag betrinken, sie jede Nacht verhören und auch sonstwie mit ihr verfahren. Fehlte ihm die Kraft in den Fäusten, dann könnte er ruhig auch Steine nehmen. Nur wiederkommen sollte er! Heimkehren und nur durch sein Hiersein sie, seine Ehefrau, und seine Kinder beglücken. Die Ehe, der die Hälfte fehlte, sollte endlich wieder ganz sein.
Was sie als lästig empfunden und im Schlaf oft an sich vorbeigelassen hatte, das fehlte ihr jetzt bitter und schwer und drohte zu einer Krankheit zu wachsen.

Eines Nachts bellten die Hunde lang und wild. Später vernahm man herannahendes Hufgepolter und Schnauben von einer ganzen Pferdeherde.
Dojnaa schnellte auf, fuhr im Dunkeln in die Stiefel, warf sich den *Ton* über und tastete sich hinaus. Im selben Augenblick ging auch die Tür der anderen Jurte auf. Auf halbem Weg traf sie Onkel Ergek und eilte dann mit ihm an der Seite der herbeipreschenden Herde entgegen. Dabei schickten sie beide unaufhörlich beruhigende Rufe voraus. Eigentlich war es eine im großen Gefüge stille, nach Frieden anmutende, unwinterlich milde Nacht. Der Himmel war spiegelklar und stand im hellen Flammenschein des aus Abertausenden von kleinen Herdstellen her lodernden Feuers.
Der alte Mann hatte eine junge, helle und weiche Stimme, sie enthielt etwas Beruhigend-Beunruhigendes. Und die Brust, aus welcher die Stimme kam, wirkte gewaltig, obzwar der gesamte Körper um einiges kleiner war als der ihrige. Dafür

wiederum strömte dieser gedrungene, an den Schultern leicht gebückte Körper etwas aus, durch das sie sich wie hinter einem Felsen wind- und wettergeschützt vorkam.
Das müssen die Jahre sein, dachte sie manchmal, die sich auf ihm aufgetürmt haben, sichtbar an den Spuren. Dann und wann wiederum meinte sie, es könnte die Männlichkeit sein, die das ausgehungerte Weib in ihr aufgespürt hatte, wie der Iltis seine Beute durch das hohe Gras, den dicken Schnee, selbst die feste, steinige Erde hindurch zu wittern vermochte.
Die Herde kam herangerast. Dumpfes Donnern ging von ihr aus, da und dort mit einem hellen splitterhaften Gewieher durchzuckt. Die Tiere mussten schwer verschreckt sein und konnten lange nicht zur Ruhe finden. Auch als dann ein jedes von ihnen zum Stehen gekommen war, saß ihnen die Todesangst, glimmender Glut gleich, immer noch in den Augen.
Dojnaa, die längst dabei war, wie Ergek auch, in überstürzter Hast nach den bekanntesten der eigenen Pferde zu suchen, stockte plötzlich der Atem, und eine Weile später entfuhr ihrer Brust ein leiser, spitzer Jammerschrei. Der Mann eilte zu ihr, berührte sie mit den Fingerkuppen leicht am Ellbogen und fragte mit weicher, leiser Stimme: »Was ist, mein Kind?«
»Die Stute!«, sagte sie mit brechender Stimme und begann, stumm zu zittern. Doch dann atmete sie immer heftiger und brach mit einem Mal in Tränen aus. Ergek blieb dort, wo er stand, wie angewurzelt. Er war ratlos und hatte die Herde, die unter dem Lichtschein der Sterne zu flackern und zu zucken schien, noch einmal schnell gesichtet und sich davon überzeugt: Die Stute fehlte tatsächlich.

Es war eine schwere, aber auch schöne Nacht. Ergek weinte mit ihr. Dabei waren seine Augen nur leicht bewölkt, seine Tränen flossen nach innen. Sie galten jedoch weniger der Stute, die erst dreijährig und trächtig gewesen war. Inzwischen bereits tot, aufgerissen und dampfend irgendwo draußen in der Bergödnis liegend, hatte sie mit ihrem heißen, schäumenden Blut und ihrem weichen, würzigen Fleisch einem Wolfsrudel den Hunger und die Gelüste stillen müssen. Seine Schmerzen galten vor allem dem Menschenkind nebenan, dessen Pech in diesem Augenblick und im Leben überhaupt. Er hatte das Mädchen von Anfang an sehr gemocht. In jungen Jahren hatte er gegen ihren Vater einige Male ringen und ihn trotz der Niederlagen wie jeder angehende Ringer damals auch verehren dürfen. War es vielleicht deswegen? Später hatte ihre Schwiegertante, schon bettlägerig, ihn und seine Frau kommen lassen und sie beide beim Wechseln der Schnupftabakflaschen gebeten, künftig für die beiden und ihre Kinder vier weitsichtige Augen, vier hellhörige Ohren, zwei offene Münder und zwei glühende Herzen zu sein. Dabei hatte die Sterbende die Schwiegernichte ein Himmelskind und den Neffen ihr Sorgenkind genannt. Kurz nach dem Ende der Tante hatte das junge Ehepaar die Nähe des älteren aufgesucht, und sie waren seitdem nicht mehr auseinander gegangen.

Dojnaa weinte lange.

Die Stute, von der sie eine ganze Herde für ihre heranwachsenden Kinder erwartet hatte, war tot und drückte schwer auf ihre Seele. Aber nicht deswegen allein weinte sie. Es war ein Vielfaches, das sie verloren hatte, um das sie betrogen worden war in diesem Leben. Das Unglücksvieh, das seine jungen behuften Beine vergebens gehabt hatte, wenn es sich so einfach von den Wölfen erwischen ließ, hatte nur etwas ausgelöst, das lange in ihr gelegen und auf einen Anlass gelauert hatte auszubrechen.

Mit einem Mal fiel ihr der schrecklich frühe Tod ihrer Mutter ein, und das ging ihr brennend über das Zwerchfell.

Dem folgten weitere Stiche und Striche. Es war der Tod des Vaters, der für sie noch schrecklicher gewesen war, dann der der Tante, die die klaffend leere Mutterstelle wenigstens halbwegs ausgefüllt hatte, der von ihrem Töchterchen, das gerade dabei war zu krabbeln, der ihres Jungen, der schon die ersten Schritte machte, und jener ihres rätselhaften Säuglings mit dem stillen, weisen Blick und schließlich der von Uwaj, ihrem Ebenbild, ihrem Liebling, der genau drei Jahre lang lebte und einen kleinen, gewaltigen Körper hatte. Der Tod eines Kindes ist immer schrecklich, denn er ist unergründlich.

Dann galt ihr Schmerz auch dem, der sie lebend verlassen hatte, was fast schlimmer, da gemeiner war. Und er galt schließlich dem armen, stummen, aber lieben Wesen, das so menschlich und so männlich auf Erden umherging und in diesem Augenblick neben ihr stand. Diesem galt die helle und weiche Seite ihrer Trauer; und in ihm lag der tiefe Grund, weshalb sie sich dem Strom der Augenwasser so hemmungslos hingab. Er stand ungünstig, stand unterhalb von ihr am abschüssigen Berghang, und wirkte so um einen ganzen Kopf kleiner als sie. Doch war er der Fels, von dem sie Schutz erhoffen durfte, bei dem sie Schutz suchen musste. Bei dem Gedanken sank sie auf die Knie, und sieh da, der Fels, wahrlich Schutz bietend und berghaft groß, trat jetzt an sie heran, beugte sich über sie und berührte sie an der Stirne, an der Wange.

Es war die zittrige, raue Hand des Ergek mit dem sehnigen, gedrungenen Körper und den ergrauenden Haaren an den Schläfen. Sie war warm, drucklos und kam ihr dazu noch unendlich zart vor. Mit einem Mal griff sie beidhändig nach der Hand, drückte sie fest an ihr Gesicht, auf die geschlossenen Augen, die geöffneten Lippen und den Hals mit der klopfenden, pochenden Ader. Unterdessen war auch die andere Hand da, sie lag auf ihrem Scheitel, die Finger suchten

auseinander zu schwärmen, strichen über die Haare, wühlten darin. Etwas jedoch schien sie zurückzuhalten, der Handteller ruhte fest, blieb dort, wo er war.
Dojnaa musste jegliches Zeitgefühl verloren haben, spürte irgendwann den Druck der Hand, die sie fest gepackt in den eigenen Händen hielt und nun gegen ihre Brust stemmte. Zögernd ließ sie das, was ihr in diesem Augenblick als die nächste Stütze im Leben schien, los und kam sich für einen Herzschlag so verloren vor, dass sie vermutlich vornüber gekippt wäre, wenn da nicht die andere Hand gewesen wäre, die auf ihrem Kopf lastete. Aber die entlassene Hand ließ sie nicht ganz im Stich, sie wischte ihr die Tränen vom Gesicht. Und das war wunderbar.
Da sprach Ergek: »In der heutigen seltsamen Zeit werden auch die Wölfe seltsam, richtig wölfisch, wie wir gesehen haben. Nun verschmähen sie die Schwachen und machen sich gleich an die Besten in der Herde heran. Ich weiß, der Schlag hat dich schwer getroffen, und ich weiß auch, weshalb. Aber ich sage dir, keines deiner Kinder wird zu Fuß gehen müssen, denn alles, was von uns beiden Alten zurückbleibt, wird ihnen gehören. Und einen Teil davon kann ich euch schon heute als den euren benennen. Die schwarze Stute mit ihrem Stutjährling seien deinen Kindern mit dem Segensspruch geschenkt: Sie mögen nicht nur die Pferde, sondern auch unsere Jahre darauf nehmen!«
Dojnaa konnte sich kaum aufrecht halten. Sie musste sich an ihn lehnen, indem sie das Gesicht an seine Brust drückte, denn jetzt strömten aus ihren Augen die Tränen mit neuer Macht. Nun vergrub sie ihre Nase immer tiefer in den Schlitz des umgehängten, ungegürteten Ton, zog den betörenden, schweißigen Geruch gierig in sich ein, rieb die Stirne qual- und lustvoll an den Fellhaaren, dem Hemdstoff und verspürte durch ihn hindurch das hagere, feste Brustbein und die

gewaltigen, unaufhörlichen Herzschläge darunter. Sie war von Schmerz, von Wonne gepackt, sie glühte, zitterte und wimmerte.
Ergek musste sich gegen sie stemmen, um nicht wegzurutschen. Jetzt lagen seine Hände um ihren Kopf, sie hielten ihn behutsam, drückten ihn fest an sich, an seine knochige Brust mit dem wild pochenden Herzen dahinter. Heiß und zittrig war auch er. Sein Körper, den er altersmüde und erloschen geglaubt hatte, da längst im Rückzug begriffen, stand mit einem Mal hellwach. Als würde in seinen Adern Feuer kreisen und um diese herum ein Flammensturm fegen. Aber das währte nur ein paar Lid- und Herzschläge lang. Dann nahm er die Hände herunter und rutschte selber einen halben Schritt zurück. Dojnaa war ein wenig nach vorn gekippt, fand aber schließlich ihr Gleichgewicht wieder. Sie verstand.

Es war eine qualvolle Nacht. Aber auch eine unsagbar schöne. Weder Ergek noch Dojnaa konnten wieder einschlafen. Auch Anaj wachte in dieser Winternacht mit den um den Schlaf gebrachten Pferden, Hunden und Sternen. Davon wusste nur er. Und dies, obwohl man sich schlafend stellte. Er wusste, was hinter diesem Wachen steckte: Nicht ein Hauch Bosheit, nicht ein Deut Eifersucht. Dafür kannte er seine Frau nur allzu gut, kannte zu sehr ihr selbstloses Wohlwollen ihm und Dojnaa, eigentlich einem jeden Menschen gegenüber. Wäre es nicht so gewesen und würde er es bei ihr nicht erkannt haben, längst wäre ihre Ehe zersprungen, und sie wären auseinander gegangen.
Genau im vierzigsten Jahr steckten sie unter einem Kranzdach, in einem Ehebett. Ihr Zusammenfinden war eine aufregende Geschichte gewesen. Sie, die einem anderen versprochen war, wäre von ihrem Vater um ein Haar erschlagen worden, und er, Ergek, hatte ein halbes Leben gebraucht, um den

Zorn der Schwiegereltern am eigenen Leib abzutragen. Am Ende zürnten sie nicht mehr, und als sie aus dem Leben gingen, konnte er erfahren, dass sie in ihm mehr als einen Schwiegersohn sahen. Doch eine größere Strafe schien zu bleiben, erwies sich als unabwälzbar von den beiden, die angefangen hatten, ohne einen Zuspruch von außen in einem herrlichen, aber wilden Bund zu leben: Sie blieben kinderlos. Die Verwandtschaft, der Bekanntenkreis, ein jeder eigentlich riet ihnen nach und nach zu, sich zu trennen. Besonders er musste sich den wohlmeinenden Ratschlag so oft anhören, dass er es langsam lästig fand. Es hieß, er sei ein schöner Mann, ein lieber Mensch, und so würde es ihm nicht schwer fallen, eine neue Frau zu finden. Gereizt fragte er den Ratgeber, was dann aus Anaj werden sollte. Da hieß es, sie sei lieb und geschickt in den Fingern, würde mit der Zeit auch jemanden finden, mit dem sie ihr Glück erneut versuchen könnte. Dabei fiel ihm auf, dass das Wort schön fehlte, wenn ihre Vorzüge genannt wurden. In seinen Augen jedoch war sie nach wie vor nicht nur das beste, sondern auch das schönste Weib, dessentwegen er bereit war, durchs Feuer zu gehen.

Einmal, das war zehn Jahre nach Beginn ihres Zusammenlebens, war es Anaj selbst, die mit dem bekannten Rat auf ihn losging. »Besser«, sagte sie, »wir trennen uns!«
Er war fassungslos. »Nun auch du? Hast du etwa jemanden, den du lieber neben dir hättest als mich?«, fragte er sie bestürzt.
»Nein«, sagte sie, aber es ginge ihr dabei wenigstens um einen von beiden, nämlich um ihn.
Nein, dachte er widerstrebend. Vielleicht war sie ja tatsächlich nicht die Frau, die außer ihm auch noch anderen Männern durch ihr Äußeres gefallen konnte. Doch dann sollte es

erst recht um sie gehen, denn es kam nicht in Frage, dass sie mit dem Aussehen, der Vorgeschichte und in dem Alter nun allein gelassen würde. Er verbot ihr weiterzureden. Sie gehorchte ihm auf der Stelle. Es war, als wären die Worte gar nicht gefallen.

Das Paar lebte unter einem nie nachlassenden, eher zunehmenden Druck des Kummers, gewiss, doch in stiller Eintracht und immer noch willens, auch weiterhin zäh zu kleben an der Hoffnung, die mit jedem verflossenen Jahr zwar brüchiger zu werden schien, aber nie ganz versiegte. Unterdessen ging das Leben auf die Neige zu. Längst vom Alter gezeichnet, stellten die beiden in den Augen Außenstehender aber immer noch eine gute Ehe dar, wurden einander jedoch mehr als nur Mann und Frau. Sie spürten, etwas Geschwisterliches verband sie miteinander, mehr noch: In einem jeden war das Kind erwacht und man sah sich der Mutter, dem Vater gegenüber.

Jetzt war Ergek überrascht von sich selbst. Er war erschüttert, machte sich Selbstvorwürfe und nannte sich einen törichten Greis, unwürdig des ihm vom Himmel gegebenen Alters. Mit Verachtung dachte er an einen alten Bock, der es verdiente, um manches weniger gemacht zu werden. An Dojnaa dachte er dagegen zärtlich. Sie war die Jugend, war die Weiblichkeit, war die Unschuld. Gleich, wie lange der schwer-schöne Augenblick angedauert hatte und wie er endete – hätte er ihn nicht abgebrochen, sie wäre schuldlos gewesen. Denn sie war so rein, dass keine Schuld sie treffen konnte. So dachte er. Und weshalb er so dachte, wusste er nicht. Er brauchte keine Begründung.

Dojnaa spürte ihren Körper erwacht und gepeinigt, von Glutklumpen gespickt unter der Haut. Ergek hatte sie in ihrer Erwartung bestätigt, war in ihrer Vorstellung gewachsen als Schutz bietender Fels. Sie war erfüllt von ihm, wie ein Flussbett vom Wasser, wie die Erde vom Himmel und wie der Himmel von den Gestirnen. So dachte sie dankbar und zärtlich an ihn. Doch ging durch diesen wärmenden, erhellenden Gedanken ein feiner, kühlender und schmerzender Wind. Sie war wütend auf ihn dafür, dass er sich ihr entzogen hatte, obgleich sie wusste, weshalb, und obwohl dasselbe Schuldgefühl auch in ihrem Innern brannte. Dennoch, sie war nicht bereit, ihm so viel Härte zuzutrauen. Dafür war sie zu tief ins Wonnegefühl versunken. Und nun sah sie sich mit den Schmerzen allein gelassen.

In aller Frühe ritt sie fort. Sie hatte sich den Patronengurt aus fettgetränktem schwarzem Leder über den seidenen Gürtel gebunden, den Mauserstutzen mit der langen, gebogenen Gabelstütze und dem kurzen gelben Kolben geschultert und eine Wolfsfalle über den hinteren Sattelbug gestülpt.

Seit sie ihr Mädchendasein aufgegeben hatte, war sie so gut wie nicht mehr dazugekommen, auf Jagd zu gehen. Denn der Mann hatte sich dagegengestellt, hatte gemeint, es gezieme sich nicht für eine verheiratete Frau, Blut zu vergießen. Nur wenn er nicht da war, hatte sie manchmal schnell ein paar Murmeltiere oder ein, zwei Ular- oder Rebhühner geholt. Das konnte sie jederzeit tun, da zu ihrer Mitgift ein neues Gewehr gehört hatte. Ein Jahr zuvor war sie damit ausgezeichnet worden, mit dem schallgedämpften Kleinkalibergewehr und einem Zweiaugenfeldstecher. Ihr wäre es recht gewesen, wenn der Mann es wenigstens benutzt hätte, aber der zeigte keinerlei Lust, damit umzugehen.

Einmal musste sie tief inmitten der Ehejahre, vor ihrer Jurte stehend und gerade wieder mit einem dicken Bauch obendrein, einen Wolf erlegen. Und dies mit einem Schuss aus einem fremden Gewehr, einem Karabiner. Zwei Männer feuerten abwechselnd auf den Wolf, der längst ein Schaf gerissen hatte und in die letzten Strahlen der untergehenden Sonne flüchtete. Die Männer schienen zu versagen, das Ziel nicht zu treffen, und dem Räuber konnte man ansehen, dass er gleich aus dem Blickfeld verschwinden würde. So riss sie einem der kläglichen Schützen das Gewehr beinah gewalttätig aus der Hand und legte an. Sie zielte lange, drückte dann ab und der Wolf stürzte kopfüber. Es gab viel Lob. Nur der eigene Mann hatte nicht viel mehr als ein Grinsen übrig. Später belud er sie mit lautem, zähem Tadel. Dies, nachdem das im Leben gerade angekommene Kind schon wieder gegangen war.

Windstill und frostklar stand die Luft. Die Welt wirkte hellwach. Die Ferne rückte immer näher heran, je weiter die Sonne in die Himmelshöhe vorstieß und je heftiger sie loderte. Die Erdränder lagen wie aufgestülpt, in all ihren Einzelteilen erkennbar.

Ähnlich sah es in Dojnaas Innerem aus. Friede und Klarheit herrschten dort. Die letzte Nacht lag darin gebändigt und beleuchtet. Jetzt erkannte sie sich und Ergek besser, empfand weder Scham noch Wut, weder Schuld noch Reue, begriff beide, glaubte die Welt, das Leben insgesamt zu begreifen, bis auf die Frage, wie Anaj sich zu ihr verhielt. Sie glaubte zwar, es zu erahnen, doch sie wagte nicht, es zu glauben. Sie konnte es nicht.

Anaj war ein lieber Mensch, wie ihr Mann auch, das stand außer jeglichem Zweifel. Doch die Andeutungen, die sie von der mütterlichen Frau dauernd zu hören bekam, und nicht nur das, auch das Verhalten, das jene an den Tag legte, kamen ihr seltsam, unbegreiflich, ja sogar verdächtig vor, obwohl sie nur allzu gut wusste, dass die Frau nie und nimmer etwas Hinterhältiges im Sinne haben würde. Dennoch erschien ihr vieles, was jene anstellte, einfach sinnwidrig. Ganz offensichtlich wollte Anaj ihren Mann näher an sie heranbringen. Doch das konnte und durfte nicht stimmen, schloss Dojnaa immer, wenn sie wieder einmal darüber nachgedacht hatte. Und sie begründete es so: Sie selbst hatte jedes Mal, wenn Doormak von einer fremden Frau zurückkam, einen Brechreiz in sich gespürt und war einem Weinanfall nahe gewesen. Sie wäre nie auf den Gedanken gekommen, auch in der schwersten Stunde nicht, den Herumstreunenden von sich aus zu einer anderen Frau schicken zu wollen. Dafür wäre er ihr trotz alledem zu schade gewesen. Außerdem, was war denn ihre Ehe im Vergleich mit jener der beiden alten Menschen? Kümmerlich wenig, fast nichts. Doormak und sie waren einander von Anfang an fremd und würden es wohl auch bis zuletzt bleiben.

Berg und Steppe wirkten erhöht und gekrümmt, glitzerten, wie mit Silberstaub überschüttet. Der Rücken der Gebirge wölbte sich lichthell gegen den Tag, blinzelte ihn aus einem Meer von Augen an. Die Steine lugten scheu aus dem Raureif hervor, der einem fein behaarten Fell glich und wirbelnd und flirrend dalag. Hier und dort stand ein Grasbüschel, herbstlich unversehrt noch, und nur ein, zwei reglose Halme darüber, an denen Eis funkelte.
Dojnaa stieß auf einen weiteren Gedanken, weshalb es mit dem, was sie vermutete, nicht stimmen konnte: Wäre es wirklich so gewesen, dann hätte spätestens in der letzten Nacht Ergek freie Hand über sie haben dürfen. Doch danach hatte es wirklich nicht ausgesehen, mehr noch, er hatte sie abgelehnt! Dies sich erneut zu gestehen, fiel ihr schwer. Scham erwachte in ihr und Enttäuschung.

Sie musste lange suchen. So verspätete sie sich. Die Unglücksstelle war nicht dort, wo man sie vermutet hatte, sondern lag am anderen Ende des Bergrückens. Die Raben führten sie dorthin. Das war erst gegen Mittag. Es waren vier Wölfe gewesen, wie sie den Spuren ablas. Von der jungen, fetten Stute war mehr übrig geblieben, als man gedacht hatte. Die Biester mussten keinen großen Hunger gehabt haben. Oder sie hatten ihr Versteck nicht allzu weit von hier. Wenn das stimmte, dann würden sie hierher zurückkehren. Sie stellte die Falle auf.

Dann nahm sie die Fährte auf und folgte ihr. Bald glaubte sie zu wissen, wer hinter den Spuren steckte. Es war ein Paar mit einem Welpen vom letzten Frühjahr und einem Fremden, der sich vorübergehend zu ihnen gesellt hatte. Die Paarungszeit war zu Ende, der Rüde hatte fest die Führung, hatte keinen Sinn mehr für Überflüssiges. Die Wölfin hingegen trat hin und wieder abseits, was aber nicht etwa aus Unvermögen geschah, eher aus Laune, denn sobald sie es tat, folgte ihr das fremde Glied des Rudels sofort. Es musste ein angehender Rüde, ein Ungestillter sein, der vielleicht zuvor woanders etwas verbrochen und dafür recht derb bestraft worden war, so dass er gezwungen sein mochte, solange die Zeit der Knappheit noch andauerte, die Nähe anderer zu suchen und diese damit zu besänftigen, dass er ihnen mit seinen Beinen und Reißzähnen beistand. Die Fährte führte in Richtung Süden. An den Südhängen lag weniger Schnee. Also war dort auch weniger Gefahr, Spuren zu hinterzulassen. Und bald verloren sie sich ganz.

Doch gab sie nicht auf, setzte die Verfolgung nach Gutdünken fort. Sie merkte, die Jägerin von einst hatte sich in der verheirateten Frau, die andere Sorgen hatte, unversehrt erhalten und war nun wieder erwacht. Und diese wollte nicht mit leeren Händen heimkehren. Dies schon wegen der Kinder, die, wenn sie erwachten, sich wundern und die Mutter vermissen würden. Dann würden sie, sobald sie aufgestanden waren, zu der Oma- und Opajurte gehen, und wenn dies nicht geschähe, würde einer von den beiden kommen und sie abholen. Es war schon hin und wieder vorgekommen, dass sie in der Frühe die Jurte mit den Schlafenden verlassen musste, um Brennwurzeln zu holen oder um nach den Yakkühen zu suchen, die am Vorabend ausgeblieben waren. Die Kinder waren dann immer gut versorgt.

Auch wollte sie wegen Ergek unbedingt eine Jagdbeute. Sie wusste, sie würde ihm damit eine Freude bereiten, denn er hatte sich immer mächtig gefreut, wenn ihr etwas gelang. Und schließlich wollte sie es auch wegen Tante Anaj. Sie war nicht nur ein lieber, sondern auch ein überaus dankbarer Mensch. Wäre die Beute, die der Altai ihr bereithielt, ein Fuchs, sie würde ihr das frische nass-weiche, kühl-schwere Fell nach Jägersitte um die Schultern legen und sagen: »Machen Sie sich daraus eine Mütze!«

Dojnaa glaubte, ihr verlegenes, liebes Gesicht bereits vor sich zu sehen und dazu den erschrockenen Ausruf zu hören: »Warum denn mir, Kind, wo der Alte doch längst etwas Neues auf seinem ergrauenden Schädel bitternötig hat!« Ja, sie ahnte, Anaj würde die Gabe dem Mann weitergeben. Nun gut, überlegte sie versöhnt, das feuerrote Rückenteil mit den glitzernden schwarzen Grannen mochte besser zum Mann passen, aber der Rest ergäbe immer noch eine weitere Kopfbedeckung. Am besten wäre das zusammengenähte Fell der vier Pfoten für die Stirn, diese würden Anajs Gesicht gut stehen.

So sehr sie die höchsten Spitzen bestieg, Ausschau hielt, mal mit bloßen Augen, mal durch das Fernglas die Bergwelt abtastete, kein Wild zeigte sich. Schließlich drang sie in die Falten der Berge ein, suchte die Mulden und Senken, die Täler und Spalten ab. Nichts. Leer und leblos erschien der Altai, den man als den Reichen tagtäglich aus der Ferne rühmte und aus der Nähe beschwor. Je weiter die Sonne auf den Westen zuglitt, desto bescheidener wurde sie mit ihrem Beutewunsch. Er schrumpfte zusammen, so dass sie zuletzt nur noch an einen Hasen oder an ein paar Lachhühner dachte. Ein Goschdajak, ein Ular-Hahn, wäre natürlich die Gabe für die beiden. Tante Anaj würde wissen, eine Kraftsuppe daraus zu zaubern, und niemals würde sie dabei die Kinder vergessen.

Doch da passierte es, sie stieß auf eine Herde Widder! Mit einem Mal erhob sich an dem Felsen oberhalb etwas Glänzendes gegen den Himmel. Es war ein Paar schenkeldicker, geschwungener Hörner. Darauf zeigte sich der ganze Kopf. Dojnaa erstarrte. Noch günstiger hätte es sich nicht ergeben können für sie: Das Pferd weit hinten zurückgelassen, saß sie selber im Schatten in einer Felsspalte und das Wild stand oben mit dem Blick gegen die sinkende Sonne, gerade auf der gleichen Höhe mit den hiesigen Bergen. Schon war der ganze Körper hervorgetreten, und hinter den schlanken Beinen waren weitere Hörner, Kopf- und Körperteile zu sehen. Die Jägerin ertappte sich in einer unguten, unzulässigen Aufregung. Es hatte keinen Sinn, sich in dem Zustand ans Gewehr machen zu wollen. Vorher musste sie unbedingt zur Ruhe kommen. Ob es ihr aber gelingen würde?

Hin und wieder war sie in der Vergangenheit Wildschafen begegnet und hatte ein-, zweimal auch welche erlegen dürfen. Es waren aber immer Argar, Muttertiere, oder Huraan, Jungtiere, gewesen. Goschgar, die überscheuen, ausgewachsenen Böcke, hatte sie bisher nur aus großer Entfernung sehen können. Jetzt war sie auf eine ganze Herde gestoßen, und dies gleich am ersten Jagdtag nach so vielen Jahren des Aussetzens. Es war, als hätte der Himmel ihr einen Anteil aufgespart und für sie bereitgehalten! Sie durfte keinen Fehler machen, hatte sich des Vertrauens würdig und der Gabe gewachsen zu zeigen.

Da trat das Leittier vor, betrat die helle Strieme, die sich über den welligen Hang aus borstigen Spitzen niedriger roter Felsen hindurchschlängelte. Die anderen folgten ihm in Abständen, gingen eil- und arglos. Sie zählte ab, es waren neun. Sie begutachtete, bewunderte, beschwor ein jedes Tier in Gedanken. Wie hügelig und felsig sie wirkten! Neunmal der gewaltige Kopf, hoch erhoben, neunmal der mächtige Rumpf, fest liegend über den schlanken Beinen.

Es war schon ein gewaltiges Bild. Vielleicht war es die Farbe des Fells, die der Spitze des Zuges zu eher hell schimmerte und bei dem Leitbock sogar ins Blaugraue überging und leuchtete. Jedenfalls erinnerte sie das an den Vater und auch an Ergek. Das Alter kam ihr plötzlich gleichbedeutend mit edel vor, schien ihr Würde, gar Macht, war die vollendete Schönheit.

Die Tiere erreichten die Senke, die ein Bergglied vom anderen trennte. Die Widder verschwanden einer nach dem anderen dort, wo der felsige Hang steil abfiel und im Schnee endete, über dem sich bläulich und körnig die Luft wellte.

Endlich durfte sich Dojnaa rühren, nahm den Mauserstutzen von der Schulter und legte an. Der Leitbock tauchte zottig, schwebend und flimmernd genau dort wieder auf, wo sie ihn erwartet hatte. Da, als ob in ihm das zum Berggeist gewordene Urwild erwachte und die Gefahr witterte, blieb der blaugraue Widder urplötzlich stehen. Vielleicht hatte er, nun selbst im Schatten, den Menschen im Schatten ausgemacht. Er zog sich zusammen, um zum Sprung anzusetzen. Aber es war bereits zu spät. Er hatte der Botin seines Todes genug Zeit gelassen, zu zielen und abzudrücken. Das Blei ereilte ihn noch bevor er den Schuss vernehmen konnte und warf ihn in die Luft. Er fiel jedoch wieder auf die Beine, die vorerst noch den tödlich getroffenen Körper abzufangen und in weiten, hohen Sprüngen davonzutragen vermochten.

Die Jägerin hatte längst wieder nachgeladen, gab aber keinen weiteren Schuss ab, denn sie zählte die Davonflüchtenden schnell nach, einer fehlte. Acht ist auch eine gute Zahl, dachte sie, während sie ihnen hinterherschaute und sich erhob. Als sie den ersten der Widder hinter einem Felsen verschwinden sah, sagte sie zu sich: Ein neues Leittier ist geboren. Dies dachte sie mit wehmütiger Entschuldigung, sich bewusst werdend, dass sie erneut in den Lauf der Dinge eingegriffen hatte.

Den Widder fand sie einen guten Schuss vom Ausgangsstrich entfernt liegen. Es war, als ob die Kugel, das Ziel durchschlagend, ihm den Rest an Kraft und Schnelligkeit abgegeben und sie in eine andere verwandelt hätte, und dieser neuen Kugel noch ein guter Flug aus Sprüngen gelungen war. Aber es waren gezählte Sprünge und der Flug war der in den Tod. Dort, wo die Senke aufhörte, war der Widder zusammengebrochen. Er war bereits tot, als die Jägerin bei ihm ankam.

Und diese sank beim Anblick ihres Opfers auf die Knie und brach laut schreiend in Tränen aus. Der Widder war größer und schöner als sie es vorhin beim Zielen und Abdrücken gesehen, als sie von ihm gedacht hatte. Er war mächtiger als mächtig, gewaltiger als gewaltig, war unbenennbar. Vielleicht war dieser Bock unter den Widdern das, was ihr Vater unter den Menschen gewesen war? Und sein Gesicht war sauber, edel und weich. Keinen Anflug von Tadel verriet es, gütig schaute es sie an. Verständnis sprach aus der Sanftheit, die das sonnige, weise Gesicht ausstrahlte. Verständnis, das auch Vergebung, dann wiederum Aufmunterung heißen konnte. Dieses Gesicht erinnerte sehr an das von Ergek. Dojnaa atmete tief und richtete sich auf. Sie spürte die Aufregung von sich weichen und stattdessen eine prickelnde, betörende Befriedigung einkehren. Da wurde ihr bewusst, sie hatte das Wild ihres Lebens erlegt.

Nun war sie ganz Jägerin, fasste den Widder am Horn, drehte den Kopf zur Seite, zückte den Dolch aus der Scheide am Gürtel, stach seitlich unter der Halsschlagader ein und riss sie auf. Blut trat aus. Dann schnitt sie den Bauch über dem Zwerchfell auf und weidete das Tier aus. Schließlich trennte sie den Kopf vom Rumpf, nachdem sie vorher den Hals unter dem Kiefer aufgeschnitten und die Zunge herausgelöst hatte. Endlich machte sie sich auf, ihr Pferd zu holen. Sie ging bergauf, ging hastig. Dabei schaute sie wieder und wieder nach der Sonne, die steil über dem Eisschneegipfel des mittleren der Drei Türgen herabschien. Der alternde Wallach, eigentlich rötlich braun, nun aber hell bereift bis auf die Hufe und die Augen, empfing sie mit verstehendem Schnauben. Er musste die Blutspuren an ihren Händen gesehen und den Blutgeruch gewittert haben. Er ließ Wasser und schüttelte sich darauf so heftig, dass die acht Sattelriemen für einen Pulsschlag lang in der Luft standen und der wirbelnde Schneestaub um sie herum stiebenden, hellen Funken glich. Sie sah dem benommen zu und presste die Lippen als Zeichen der Zustimmung ein paarmal fest aufeinander.
Haraldaj hatte den damals dreijährigen Hengst eingeritten. Es war in Hüp Sug gewesen, im Frühsommer. Da war der Vater noch ein jung wirkender Mann und sie ein heranwachsendes junges Mädchen gewesen. Damals bestand ihre Jagdbeute aus Murmeltieren, Hasen und dem Geflügel der Niederungen. Das größere Wild und das Geflügel der Höhen, vor allem aber die Wölfe, kamen erst später hinzu, und noch viel später hatte sie sich fragen müssen, ob es denn nicht verkehrt gewesen war, so viel Wolfsblut zu vergießen.
Der Widder war sehr schwer, auch ohne Kopf und Eingeweide. Dojnaa vermochte den Rumpf im Fell nicht hochzuheben. Sie musste ihn erst auf einen Felsbrocken bringen, dann das Pferd an denselben heranführen und den ausgewei-

deten Widder hinüberwälzen. Der Wallach, sicher manches gewöhnt wie ein jedes Jägerreittier, schwankte und stöhnte unter der Last. Den Kopf des Widders konnte sie nicht am Hang liegen lassen. Sie wollte ihn auf eine höhere, herausragende Stelle bringen. So legte sie die Führleine um beide Hörner, machte eine weite Schlaufe und fuhr mit dem Kopf hinein. Das edelste, für den Menschen aber nicht weiter nutzbare, dazu noch sperrige Stück lag nun, einer Kiepe gleich, an ihrem Rücken. So brach sie auf, das Pferd an der Zügelleine hinter sich herführend.
An manchen höheren Stellen ging sie vorbei, so manchen Bergsattel ließ sie hinter sich zurück. Doch keine der Anhöhen erschien ihr hoch und würdig genug, um den Widderschädel für die nächsten hundert Jahre und noch länger aufzunehmen. Aber das allein war wohl nicht der Grund für ihr Zögern. Schon als sie das riesige, an den kahlen, verdrehten Wipfel einer altersblauen Lärche erinnernde Gehörn mit Kopf nur ein paar Schritte entfernt vor sich liegen sah, war in ihr der Wunsch aufgeblitzt, es Ergek zu zeigen. Er würde es, gleich wo sie den Widderkopf auch ließe, zu sehen bekommen, sogar einen neuen Pfad dorthin treten, aus dem eines Tages ein regelrechter Weg werden könnte, wer weiß. So gut glaubte sie ihn schon zu kennen.
Aber sie hätte ihn ihm am liebsten noch heute vorgesetzt, solange er noch nicht gefroren, nicht entstellt war. Und er, der Mann mit den hervorstechenden Ähnlichkeiten, wüsste bestimmt eine Stelle, die würdig genug wäre, das Haupt des vierbeinigen Bruders aufzunehmen. Der Wunsch, den Widderkopf entgegen jeglicher Jägergewohnheit nach Hause mitzubringen, nahm mit jedem Schritt zu, den der Wallach und sie zurücklegten, und mit jedem Schweißtropfen, den sie schwitzten. Das Gewicht im Rücken schätzte sie auf keinen Fall geringer als das eines ganzen Hausschafjährlings.

Bei Einbruch der Abenddämmerung erreichte sie den Ail. Da sah sie zuerst die Hunde, darauf die Kinder und schließlich die beiden alten Menschen. Alle waren ihr entgegengekommen, und es war schwer zu sagen, wer sich da am meisten freute. Sie selber geriet in einen Zustand, der ihr unwirklich vorkam, und mehrmals dachte sie an diesem Abend, ob sie nicht etwa träumte. Unwirklich hoch erschienen ihr die Sprünge der Hunde, unwirklich kalt die Hände der Kinder, unwirklich hastig die Schritte von Anaj und unwirklich hell das Gesicht und gewaltig die Erscheinung Ergeks. Unwirklich, wie aus der Ferne, klangen die Stimmen.

Der Mann nahm ihr den Widderkopf ab. Sie hörte ihn dabei viele Worte sagen, verstand jedoch lediglich: »Warum nur, Kind?« und sah ihn dann sich vor dem Kopf verneigen, sah auch, dass alle es ihm nachtaten. Sie musste sich noch einmal davon überzeugen, wie schwer der Wallach zu tragen gehabt hatte. So sehr jetzt auch vierarmig angepackt wurde, die Beute kam nur mühselig vom Sattel herunter.

Es gab noch einen weiteren, wesentlichen Grund, weshalb Dojnaa wieder argwöhnen musste, dass sie vielleicht doch träumte. Ein nächtlicher Gast erschien, und es war Haraldaj. Da saßen alle bei Tee und Essen. Anaj hatte gekocht und gewartet, und der Widder lag am Herd, um nachher enthäutet zu werden. Nun verstummte das rege Gespräch, das im Gange gewesen war; ein anderes, das den Ankömmling betraf, sollte sich erst anbahnen. Vorerst hörte man von einer Yakherde, die seit Tagen verschwunden und bisher auch ohne Spuren war.

Bald erhoben sich Ergek und Anaj, verließen die Jurte. Haraldaj trank weiter Tee und erzählte, er hätte lange überlegt, welchen Weg er gehen sollte, hätte sich schließlich für diesen entschieden und nun sähe er, die Jägerin und ihre gute Wildbrühe hätten ihn angezogen.

Die Hausherrin hörte gut zu, blickte ihn nachdenklich an. In dem Blick wohnten die Worte: Ja, es hat Zeiten gegeben, da habe ich auf dich gewartet, habe nach dir gebrannt. Nun aber hast du dich verspätet, mein Junge. Dann sprach sie: »Von der Brühe kannst du bekommen so viel du magst, übernachten aber wirst du drüben!«

Der Gast leerte seine Schale hastig und erhob sich. Er ritt davon und versetzte die Hunde erneut in Erregung.

Darauf schickte sie das älteste der Kinder, den zwölfjährigen Jungen Gombak, nach dem Opa mit den Worten: »Mutter will den Widder enthäuten und braucht Ihre Hilfe!«

Dojnaa empfing Ergek ungeduldig, mit zärtlichem Tadel, warum er denn gegangen sei. Sie bekam zu hören, es sei doch Besuch gekommen und da habe man nicht stören wollen. Sie sah ihn an. Enttäuschung lag in ihrem Blick, die er sehr wohl sah und immer peinvoller spürte während des Schweigens, das sich hinzog.

»Dass ein männliches Wesen das weibliche in der Reichweite seiner Macht einem Fremden kampflos überließ, sah ich bei keiner Herde, bei keinem Rudel und auch bei keinem Schwarm«, sagte sie. Da waren sie schon mitten in der Arbeit, hatten das Fell abgezogen und waren dabei, den Körper auseinander zu nehmen. Ergek ließ die Worte stumm über sich ergehen.

Die Neugier der Kinder, die anfangs eifrig zugeschaut hatten, war mittlerweile gestillt. Sie hatten sich zum Bett zurückgezogen, wirkten still und schläfrig. Die Mutter warnte sie davor, vorzeitig einzuschlafen, meinte, es gäbe noch ein Nachtmahl. Gombak, bekannt durch seinen unstillbaren Schlaf, wollte nichts essen, sagte, er würde zur Oma gehen und sich gleich hinlegen. Er übernachtete öfters bei den Nachbarn, und wäre es nach Anaj gegangen, so hätten alle drei Kinder Tag und Nacht in ihrer Jurte sein können. Der Junge ging.

Ergek meinte, es wäre zum Fleischkochen vielleicht doch etwas zu spät.
»Wieso?«, fuhr Dojnaa auf und blickte ihn entrüstet an. Die Winternacht sei lang, ließ sie von sich hören, die Worte in die Länge ziehend und fügte dem schnell hinzu: »Zumindest für mich Strohwitwe!« Oder, schloss sie mit immer noch unverbrauchtem Schwung in der Stimme, könnte seine Frau ohne den Rückenwärmer nicht einschlafen? Er blickte auf, und da erkannte sie in dem Blick Zorn aufblitzen. Das war beängstigend, aber auch befreiend. Denn es war ein zornig fragender Blick: Du erwähnst meine Frau? Was weißt du denn von ihr?!

So weit hatte sie es nicht verfehlt, als sie die in dem Blick wohnende Frage in Worte einzukleiden suchte. Denn Gespräche waren dem vorangegangen, jedes Mal von Anaj angezündet und auf Dauer von Ergek immer stiller geduldet. Vorhin, als er von dem Jungen abgeholt wurde, hatte sie ihm hinterhergerufen, er solle sich dort, wo Licht, Wärme und Geselligkeit waren, zur Ruhe begeben, da es sich wirklich nicht lohne, in der Nacht erst nach dem Nachhauseweg und dann in der kalten, stockfinsteren Jurte nach dem Bett zu suchen und dabei vielleicht jemanden mitten im Schlaf zu wecken. Vorher, als sich der Besuch davonmachte und die Hunde in Aufregung gerieten, hatte sie gemeint, der sei von Dojnaa weggeschickt worden und hatte ihn gefragt, ob er denn wüsste, was das bedeute.
Er hatte dazu geschwiegen, ihr im Stillen aber Recht gegeben und sich eingestehen müssen, dass er darüber irgendwie erleichtert war. Noch vorher, auf dem Weg zur eigenen Jurte, hatte sie ihn getadelt: Er sei ein Angsthase, ein ewiger Versager, der die gute Gelegenheit abermals verpasst habe.
»Du tust mir bitter Leid, alter Mann, und ich mir mit dir, ich unfruchtbares, altes Weib!« Daraufhin hatte sie unverhohlen

laut geseufzt. Dabei hatte ihre Stimme, die immer klar und sanft klang, nun traurig und nach Tränen geklungen.
Er, der beschämt wie entmutigt hinter ihr herging, hatte darauf verwirrt gebrummt: »Hör doch damit auf, Frau.«
Aber es war nicht das, was er ihr hatte sagen wollen. Was bist du für ein dummes Weib, hätte es eigentlich heißen sollen, das den eigenen Mann mit einer anderen Frau verkuppeln will! Doch es erwies sich abermals als unmöglich, dass sich solches von seiner Zunge löste. Denn er wusste allzu gut: Dumm war Anaj nicht, und verkuppeln war auch nicht das richtige Wort. Dennoch war das, was sie von ihm wollte, eindeutig. Er, der bald sechzigjährige Ergek, der seit beinah vierzig Jahren schon mit ihr nicht nur einfach verheiratet war, sondern sich mit ihr verwachsen fühlte, sollte zu der kindhaften Dojnaa gehen und sie bemannen.

Diesbezügliche Gespräche hatte es öfters gegeben. Ihre Anfänge reichten bis in die Jahre zurück, wo in beiden Körpern noch die letzten Säfte der Jugend flossen. Nachdem sie mit ihrer Bitte, sich zu trennen, bei ihm nicht durchkam, hatte sie ihm geraten, sich woanders ein Kind zu verschaffen.
Anfangs hatte er darüber gelacht und, da sie nicht aufhörte weiter zu drängeln, einmal den Spieß umkehren müssen: »Lass uns das Kindchen doch woanders abzapfen und es durch dich austragen!« Sie sagte dazu nichts, weinte nur. Sie hatte ihren Grund für die Tränen, mit dem sie ihn aber nicht noch mehr belasten wollte.
Da wurden ihnen von einer Sterbenden die jungen Menschen anvertraut. Sie waren eine Zeit lang wie ein willkommener Ersatz des Fehlenden, wie fertige, in Kleid und Stiefel herübergereichte Kinder. Dann aber merkte man, sie waren es doch nicht. Der angetrunkene Doormak war es, der das süße, trügerische Gefühl zuerst zerstörte. Er machte sich an

Anaj heran, die ihm ohne weiteres Mutter hätte sein können. Dojnaa war wieder einmal schwanger, und Ergek war nicht zu Hause.
Der junge Mann überfiel die Frau, die sich nicht nur längst alt, sondern auch ein wenig als Mutter für diesen fühlte. Sie erschrak sehr und hatte Mühe, ihn abzuwehren. Der zeigte sich erstaunt darüber, weshalb sie ihn nicht an sich heranlassen wollte, war gekränkt und sagte, ob sie denn immer noch nicht wüsste, was zwischen ihrem Mann und seiner Frau los wäre. Sie wollte dem nicht unbedingt Vertrauen schenken, doch ertappte sie sich seitdem hin und wieder bei einem Gedanken, der ihr bislang fremd gewesen war. Nun aber war etwas in ihr erwacht, das den beiden galt. Eifersucht konnte man es nicht nennen, Neugier vielleicht? Ergek und Dojnaa mochten einander, das wusste sie schon lange. So wie sie selber das große, stille Mädchen mochte und sich von ihr gemocht fühlte. Jetzt jedoch hatte sie einen anderen, geschärften Blick, dem nichts entging, wenn jenes in die Nähe ihres Mannes kam. Dabei glaubte sie das eine oder andere Mal etwas zu erhaschen, was ihr Herz höher schlagen ließ.
Einmal hörte Ergek seine Frau sagen: »Der da hat dem lieben Mädchen nichts mehr zu bieten, als es hin und wieder zu schwängern; wäre ich ein Mann, ich würde daran arbeiten, es ihm zu entreißen!« Er äußerte sich dazu nicht. Musste dafür später weitere Bemerkungen gleichen Inhalts anhören, immer unverhüllter.
Als dann jener gegangen war, wurde sie ganz offen. »Da ich selber eine Frau und auch jung gewesen bin, weiß ich, was sie leidet«, sagte sie eines Nachts, »wobei sie eine besser Gebaute ist, mit allem dran und drin, als ich Unglücksweib mit dem leeren, wohl vertrockneten Beutel unterm Bauch. Geh also hin, Mann, der du es doch auch willst, einmal im Leben mit einer Vollwertigen!«

Er hätte sich ärgerlich zeigen können, denn es stimmte ja mit ihrer Behauptung nicht, er wollte von dem Mädchen nichts. Allein, er musste still bleiben und sie gar trösten, da sie gleich darauf anfing, bitterlich zu weinen.

Diese Worte fielen ihm später hin und wieder ein, erschreckten und beluden ihn jedes Mal schwer mit Scham. Doch musste er sich eingestehen, dass neuerdings seine Gedanken läufig geworden waren, ab und an weit streunten und bis an die Atem- und Hautnähe Dojnaas vorstießen. Was ihm unverzeihlich schändlich vorkam, aber auch in ihm etwas auslöste, das er nicht anders als angenehm empfand. Und die letzte Nacht? Da hatte er seinen alten, erloschenen Körper mit einem Mal inmitten eines lichthellen Feuers ertappt. Es war ihm sterbensschwer gefallen, den glühenden, jungen Leib loszulassen und sich dem Sog zu entreißen. Am schlimmsten jedoch war es später, als er nicht mehr wusste, ob er damit richtig getan hatte oder nicht.
Und dann fielen endlich die Worte, die er längst erwartet und vor denen er sich gefürchtet hatte. Sie ergaben ein richtiges Gespräch und erstmalig beteiligte auch er sich daran. Das war heute am Tage. Die Kinder waren gefüttert, saßen in der Wärme. Und die beiden gingen, jeder einen Korb am Rücken, auf die Suche nach Brennbarem. Sie gingen immer mehr auf Gök Süür, die Blaue Spitze, zu, um Ausschau nach Dojnaa zu halten.
»Meinst du, dass sie die aufspürt?«, fragte Anaj.
Ergek wusste sofort, was damit gemeint war. So erwiderte er: »Schwer.«
»Traust du ihr trotzdem Jagdglück zu?«
»So, wie sie beschaffen ist, sicher!«
»Du hast also Vertrauen in sie.«
»Du doch auch?«

»Mehr als das! Aber ich muss erklären, was ich damit sagen will. Sind unsere Kräfte zusammengerückt und weise verteilt, könnten wir im Leben gut durchkommen, eine ganze Weile noch, so lange zumindest, bis die Henne nicht mehr brüten muss und den Küken Gefieder gewachsen sind.«
»Du meinst, sie soll wieder öfters auf Jagd gehen?«
»Nicht nur das, auch sonst sich zwischendurch mal von Kesseldampf und Kinderdreck lösen. Ich werde ihr die Kinder und auch Sonstiges, wozu mir die Kräfte reichen, gern abnehmen. Und du wärest das vereinende wie trennende Überdach zweier Dachkränze und zweier Herden darunter, wärest das Oberhaupt einer Sippe in der Geburt.«
»Du meinst, ich werde drüben angenommen?«
»Das ist außer Frage.«
»Und ich alter, verdorrender Kerl werde mit dem jungen Weib in voller Blüte noch zurechtkommen?«
»Ich kenne dich, habe Vertrauen in dich.«
»Angenommen, alles wird so, wie du es voraussehen willst, und das, was mir mit dir nicht gelungen ist, gelingt ausgerechnet nun mit ihr, wer weiß – was ist dann?«
»Dann wäre der Wunsch meines Lebens wenigstens halbwegs erfüllt. Du hättest endlich eine Fortsetzung, was du längst verdientest, Mann! Der Sinn der mir noch verbleibenden Tage und Nächte zwischen Himmel und Erde wird dann nur noch sein, dem Wurm zu einem Menschen zu verhelfen.«

Nun war Ergek also bei Dojnaa, hockte in ihrer Jurte und verrichtete Dinge, die dem Mann zustanden. Denn er war es, der den Widder enthäutet hatte und gerade dabei war, den Tierkörper aufzubrechen und zu zerlegen. Sie half ihm lediglich dabei, sah ihm zu und genoss seine Kunst, seine Nähe. Der Zorn verschwand aus seinem Blick nur zögerlich, er bestand aus einer spitzen, hellen Flamme in jedem Auge, klebte dort zäh und trotzig wie an einem halb versteinerten Wurzelholz.

Sie schwieg, solange die Flamme leuchtete, und wartete, wartete immer noch, als sie sich zu einer Glut gebändigt hatte, die schließlich erlosch. Aber da war die Arbeit getan. Das Fleisch, in Keulen geviertelt, und ein fünftes Stück, die halbe Wirbelsäule mit dem Kreuzstück, hing von den oberen Enden der Gitterwand herab, der Rest, allen voran das Süldüdshürek, steckte im Kessel, und das Fell lag zusammengerollt rechts an der unteren Wand. Die Hände und die Dolche waren gewaschen, der Ofen stand schwer und voll, summte und stöhnte, um demnächst zu brummen und zu fauchen, wenn aus den Wurzeln die Kälte wich, Flammen heraustraten und den Dung erfassten. Sie saßen, getrennt von dem riesigen gusseisernen Kessel zu beiden Seiten des Ofens, der eben gerade die Arbeit aufgenommen hatte. Weder er noch sie wussten, was tun und worüber reden. Dafür wussten beide, dass jetzt nur noch gewartet und, um das Warten zu verkürzen, unbedingt etwas erfunden werden musste, sei es auch nur ein belangloses Gespräch.

Sie war es dann, die die Stille brach, indem sie sagte: »Vorhin, da meinte ich es nicht so mit der Tante Anaj.« Ein leises Räuspern war seine Antwort, das sie in die Worte übersetzte: Gut, dass du es sagst. Dem folgten dann andere, nun wirklich gesprochene Worte. Aber das war erst später und bevor dies geschah, waren dem andere Dinge vorausgegangen. Er war draußen gewesen, hatte den Hunden beigestanden, die etwas gewittert und angefangen hatten zu bellen.

Er hatte eine gute Weile dagestanden, die beiden Rüden zur Seite, und hatte schließlich verstanden, dass eine Herde nahte. Als er schließlich in die Jurte zurückkehrte, schlug ihm der fettig-süßliche Geruch der gerade aufkochenden und in Spritzern über den Kesselrand schwappenden Brühe entge-

gen. Er sah, dass die beiden Kinder längst schliefen. Dojnaa erklärte ihm umständlich, weshalb sie sie ins Bett stecken musste. Richtig, dachte er, sie waren schon vorher müde, sagte aber nichts dazu. Sagte dafür, die Yakherde käme, es sei ihm aber so vorgekommen, als wären auch Pferde darunter.
»Ja?«, kam sie ihm freudig entgegen. »Wenn es wirklich so ist, dann ist das seltsam, aber eigentlich doch wunderbar.«
»Du weißt schon, dass Anaj gut zu dir ist«, sprach er endlich, nachdem er sich hingehockt, den Oberkörper feierlich gerade gerichtet und das Gesicht zu ihr gedreht hatte. »Dennoch weißt du auch nicht annähernd, wie gut sie zu dir ist.«
Dojnaa hörte ihm still, gesenkten Kopfes zu, in der Erwartung, er würde weiterreden. Aber er hielt inne und blieb dabei. Ergek hatte richtig gelauscht. Pferde und Yaks kamen draußen in einer vermischten Herde wie Schafe und Ziegen an. Friede ging von ihnen aus. Und selbst dies kam ihr merkwürdig vor. Ist das ein Tag, dachte sie erschüttert und erfüllt von einer Ahnung, die sie flatterig machte und beinah entzündete.
Derweil garte und gärte der Geruch, der dem vor sich hin summenden, brummenden Kessel in kleinen hellen Dampfschwaden entstieg, schließlich zu einem Duft reifte und blieb. Es war so weit. Während sie die Fleischbrocken aus dem Kessel herausfischte und auf den Holztrog wälzte, schälte und schnitt er Zwiebeln und bereitete in einer Schale salzig-fettige Lauge. Er wurde von ihr aufgefordert, höher zu rücken, und dies, obwohl er längst auf dem Platz saß, welcher der Tür gegenüber lag und seinem Alter zustand. Noch höher war der Platz, der dem Hausherren zustand. Eine kleine Weile zögerte er, dann kroch er weiter, nahm ihn ein. Damit aber nicht genug, sie schob noch den wild dampfenden, schwer beladenen Trog an ihn heran. Das Süldü-dshürek lag vor ihm, dessen Stirne, die Zunge am Ende des Halses, beinahe

seine Hand mit dem Dolch streifte. Sie, ebenso ihren Dolch in der Hand, rückte an sein Knie heran und ihr Blick ruhte auf dem Ehrenstück.

Er, plötzlich verstehend, dass sie auf ihn wartete, stotterte erschrocken: »Aber – das geht – das geht doch nicht – Kind – du bist diejenige – bist die Jägerin, der das Wild gegeben wurde, du bist vor Menschen berechtigt und vor Himmel und Erde verpflichtet, als Erste das Süldü-dshürek anzurühren, davon zu kosten und unter den anderen die Gaben zu verteilen!«

Sie lachte glücklich-beschämt: »Gleich, als ich der Gabe des Himmels ansichtig wurde, habe ich an Sie gedacht, und als ich die Hand daran legte, habe ich beschlossen, nachher mein weidmännisches Vorrecht Ihnen zu überlassen.«

Ergek wollte davon nichts hören, meinte, es ginge um ihr künftiges Jagdglück, das er ihr auf keinen Fall verderben wolle. Doch auch sie wollte nicht nachgeben, bestand darauf, dass er gar keine Bedenken zu haben brauche und ihr zuliebe das Angebot annehmen solle. Als er sich nicht bewegen ließ, erzählte sie ihm eine Geschichte, wie ihr Vater einmal dem alten Dshaniwek die mit Fett und Leber gestopfte Herztasche eines von ihm selbst erlegten Bären überlassen hatte. Der bekannte Ringer und Jäger hatte es so begründet: Ein starker Körper gelte ein Leben, ein starker Geist dagegen viele Leben lang. Da jener als ehemaliger Revolutionär und Volkslehrer, späterer Verdammter und nunmehriger anerkannter Vater von Bajnak, dem jüngsten Volkshelden, in die Geschichte einginge, sollte jeder ihm die Ehre auf seine Art und Weise erweisen.

Ergek schüttelte heftig den Kopf und fragte, was er, ein einfacher schwarzer Hirte, wohl mit Helden und Leuten vom Schlage eines Dshaniwek gemein hätte? Da wurde Dojnaa ebenso heftig und meinte, dafür aber wäre er ein außen und innen gleich schöner, edelherziger Mensch, der sich ein Leben lang nicht hätte verbiegen noch verderben lassen, und das wäre keinesfalls weniger wert, als bestehende Dinge zu zerstören und folglich darauf selbst zerstört zu werden. Der Mann schien beschämt, wirkte gebückt und fragte eine Weile später, was denn mit der Herztasche geschehen sei.

»Der Gast hat sie aufgeschnitten, hat davon gekostet und den Rest dann dem Jäger überlassen«, sagte sie strahlend.

Er zögerte einen Lidschlag lang und machte sich entschlossen an den Fleischhügel heran, der immer noch dampfte und ihn anstarrte. Dazu fasste er mit der Linken das Herz, das im Vordergrund der beiden Lungenflügel herausragte und einem Schamanensperling glich, schnitt es mit dem Messer in der Rechten am unteren Ende ab, viertelte längs, teilte eines der Viertel wieder längs in der Mitte und hielt es ihr, nachdem er das Messer weggelegt hatte, beidhändig hin. Sie legte ebenso eilig ihr Messer weg und streckte ihm die zusammengelegten Hände entgegen. Eine der Hälften ging an sie, die andere blieb bei ihm. Beide verzehrten sie dann genussvoll in feierlicher Stille.

Es war ein gewaltiges Mahl. Zum Schluss waren beide der Meinung, man hätte selber viel zu viel gegessen, der andere dagegen viel zu wenig. Damit mochte man zweimal Recht haben. Wichtiger aber war wohl, dass man nicht meinte, es wäre der Sinn der Sache, sich den Magen mit Fleisch voll zu stopfen. Übrigens war es, an sonstigen Beuten gemessen, nicht unbedingt das beste Fleisch. Es mutete zäh, mager und harnig an. Die Brühe aber schien jenseits jeden Vergleichs, war imstande, all die kleinen Mängel wettzumachen. Doch auch, wenn dies nicht der Fall gewesen wäre, hatte es letzten Endes nichts zu bedeuten, denn sie waren erfüllt und besessen von etwas ganz anderem.

Wolken waren aufgekommen. Der Himmel war vom Südosten her bereits erloschen. Ergek ging lange umher unter den Pferden und Yaks, die sich immer noch nicht getrennt hatten. Schnee wird kommen, folgerte er und dachte an den Frühling, der diesem folgen würde, an junge Gräser, Fohlen und Kälber. Der Gedanke kam ihm unerträglich kindisch vor, war aber hartnäckig, trotzte der Scham und klebte zäh am Südhang der Landschaften in ihm. Diese lagen, von Stille umweht, in gleißender Sonne.

Er fand seine Schlafstätte gerichtet vor, als er in die Jurte zurückkehrte. Sie war im Dör, war bereit.

»Das Bett drüben ist schmal und wacklig«, sagte sie, »da können Sie sich nicht gut ausruhen.« Darauf verließ sie die Jurte und blieb lange weg. Dann löschte sie mitten im Ausziehen die Talgleuchte. Es raschelte lange, bis Stille eintrat. Irgendwann spürte er Atemwind. Heiß und stockend war er. Seine Hand tastete vor und stieß auf sie. Und diese Hand streichelte, packte zu und zog an. Sie gab der Zugkraft nur allzu gern nach, sank hin und fiel seitlich in das Nest hinein, in dem er lag und wartete, längst ungeduldig und zitternd.

Zwei Hälften flogen aufeinander zu und fielen ineinander, so schien es. Sie lagen Arm in Arm, Schenkel an Schenkel, miteinander verkeilt, ein Ganzes. Es war da wie dort derselbe bebende, glühende Körper mit dem hämmernden Herzen und dahinstürmenden Blut, dasselbe wilde, blinde Verlangen, an die andere Hälfte noch näher zu rücken und in sie einzudringen. Nicht er, nicht sie vermochte wohl die Sinne darüber wach zu halten, wie es dazu kam, aber mit einem Mal wurde beiden bewusst, sie hatten sich einander eröffnet, waren gerade dabei, sich ineinander zu ergießen. Vielleicht dauerte es eine Ewigkeit, oder nur einen schmalen Augenblick.

Erneut schwebten sie. Dojnaa hatte an solches nie gedacht, geschweige denn es je erlebt. Es war nun bald nicht mehr

auszuhalten, dennoch wollte sie auf keinen Fall zurück, wollte weiter, wollte mehr. Und es war unendlich viel, was sie bereits hatte, und genauso viel durfte sie auch dem von sich geben, der ihr entgegenwehte, -glühte und -flammte. Das war es, was sie am meisten befriedigte und wieder beflügelte. Ergek war anfangs von seiner Erfahrung geleitet, glaubte sich nebelhaft zu erinnern, wie er dem nahen Wesen noch näher zu rücken hatte, musste sich aber bald eingestehen, die Erfahrung, die er mit Anaj gemacht und festgestampft hatte, wurde von ihm selbst abgestoßen. Die Erinnerung zerbrach, die Fetzen lösten sich auf, und es war plötzlich, als ob ein Vorhang aufginge. Was sich nun auftat, kannte er – es war der Ort, wo er seinen Anfang genommen hatte.
Irgendwann ließen sie doch voneinander ab. Da nahm sie überrascht wahr, es sollte auch jetzt anders sein als früher mit dem anderen. Er blieb ihr zugekehrt, hielt sie weiter fest im Arm. Auch sie war erfüllt von einer bislang unbekannten, an einem Ende zwar gelöschten, am anderen jedoch weiterhin brennenden, ja erst recht lodernden Lust, ihm nahe zu bleiben. Tränen flossen ihr aus den Augen. Weshalb, wusste sie nicht. Möglich, dass sie die vielen Male mit jenem nun nachträglich bereute. Es waren taube, tote Male, trotz der Folgen, der Kinder. Zahllos oft war sie betrogen, um etwas sehr Wertvolles gebracht worden. Mit einem Schlag begriff sie, weshalb sich manch einer in mühselige Verstrickungen stürzte, um neben einem ganz bestimmten anderen zu sein. Da glaubte sie, selbst jenen zu verstehen, der ihr unverständlich erschienen war, weil er seine Lebenszeit auf einer endlosen Suche zu vertun schien und vorerst neben der ziegenhaften Witwe gelandet war.
Ergek bemerkte ihre Tränen und das gab Anlass zu neuen Zärtlichkeiten. Während seine Lippen das hervorquellende Salzwasser genüsslich absogen und seine Fingerkuppen über

ihre glühende, nasse Rückenhaut fuhren, zog sie sich zusammen und verkroch sich, leise wimmernd, immer tiefer in seine Arme. Dabei kam sie sich kindsklein vor, und so war auch seine Empfindung.
Dann nahm er den Gesprächsfaden wieder auf, den er am Abend zuvor in der dampfgeschwängerten Luft über dem brodelnden Kessel losgelassen hatte.
»Anaj ist es gewesen«, sprach er feierlich-geheimnisvoll, »die den in dem Widderkopf innewohnenden Sinn gedeutet hat.«
»Wie meinen Sie das?«, fragte sie und lauschte angestrengt.
»Sie hat gemeint«, sagte er, »du hättest die steinschwere, sperrige Last nur meinetwegen herübergeschleppt. ›Steh nicht wie ein Klotz herum‹, hat sie weiter gesagt, ›geh hin und tu etwas, das dem unüberhörbaren und unübersehbaren Liebesgeständnis wenigstens annähernd gleichkommt‹.«
»Was hat sie noch gesagt?«, wollte sie wissen.
Er erzählte ihr einiges, nicht alles. Während er es tat, musste sie wieder und wieder einen kleinen Ausruf unterdrücken und dabei den Kopf schütteln. Es war kein verneinendes, vielmehr ein bejahendes, und darüber selber erschrockenes, verwirrtes Kopfschütteln. Aber noch mitten in seiner Erzählung schlief sie ein. Gerührt nahm er es zur Kenntnis und folgte ihr wenig später selbst in den Schlaf.

Gegen Morgen begann es zu schneien. Es war, als ob der Schnee Schlaf erzeugte. Die beiden schliefen so tief, so fest. Alles ringsum schien von ihrer Schläfrigkeit mitbetroffen zu sein. Die Kinder, die Herden, die Jurten, die Berge und die Steppen verharrten in Stille.
Anaj war die einzige, einsame Ausnahme, war das klopfende Herz, der wachende Geist der langen Winternacht und des zuerst herein- und dann aus sich selber herausbrechenden Tages. Sie hatte nicht gut geschlafen. Schmerzendes hatten

die Gedanken gehabt, die sich in ihrem ohnehin brummenden Schädel umhertrieben. Eigentlich sollte sie sich freuen. Sie tat es vielleicht auch, schon deswegen, weil sie ihren Willen endlich durchgesetzt hatte. Aber dieses Wissen um die verdiente Freude war von etwas umgeben, das schwer drückte und ätzte. Während sie in all den Jahren ihren Mann mit so manchen Angeboten anging, die er seltsam, ja dumm fand, hatte sie nie ernsthaft daran geglaubt, er würde ihr nur eines davon je abnehmen.

Nun aber war es passiert, er hatte ihrem Drängen nachgegeben. Weshalb dies zu dieser späten Stunde? Allein aus lauter, wie er beteuern und sie ihm glauben wollte, mit der Zeit immer stärker wachsender Achtung vor ihr? Gewiss nicht! Oft genug hatte sie ihn bei der Verwirrung ertappt, deren Stifterin das junge Weib war. Wäre das nicht geschehen, nimmer wäre sie wohl auf den zweifelhaften Gedanken gekommen, ihn mit jener zusammenzuführen. Ob er sich vorher wirklich geweigert hatte? Warum musste man, nachdem man sich oft daran vorbeigedrückt hatte, plötzlich dann doch zupacken?! Zugepackt eben lag er jetzt wohl wie erschlagen von der Süße des Glücks hinter drei Stricklängen und zwei Jurtenwänden in den Fängen des jungen Weibes. Der schlaue, alte Kerl!

Flammenhell sickerte der Lichtschein des neuen Tages durch die Spalte der Dachluke. Anaj stand auf, trat hinaus und sah sich einer veränderten, blendend weißen Welt gegenüber. Sie schreckte leicht zurück und flüsterte verwirrt: »Ausgerechnet!« Ja, es hatte geschneit und es schneite immer noch. Selbst der Himmel musste es mit den beiden gut gemeint haben. Alte Spuren waren ertränkt worden, und neuen galt es, sich frisch abzuheben aus dem weißen Nichts und auf neue Ziele zuzueilen. Während sie um den Felsen ging, zuckte und schmerzte ihr das Trommelfell vom Bersten des Schnees unter den Sohlen. Da erhaschte sie in ihrem Kopf noch den

trotzig-bitteren Gedanken: Auch ich hinterlasse neue Fußstapfen, ab jetzt und hier – bin gar die Erste, die den Neuschnee, vielleicht den letzten eines Jahres gebrochen hat.
Wenig später ging sie wieder zurück. Sie ging gebückt und schweren Schrittes, erstmalig wirklich die alte Frau, von der sie manchmal gesprochen hatte. An der Jurte angekommen, lehnte sie sich so heftig daran, dass das Holzgerüst hinter Schnee und Filz knarrte und krachte. Einen Pulsschlag lang hielt sie die Augen geschlossen und überlegte, was sie nun zu tun hatte. Sie fand keine Antwort darauf, schabte unwillkürlich den Schnee auf dem oberen Rand der Jurtenwand mit der Handkante weg, griff nach einem Strick, löste einen Knoten und schlug die Dachluke zurück.
Dann trat sie in die Jurte, entaschte den Herd, machte Feuer und kochte Tee. Währenddessen sah sie wieder und wieder zu dem Jungen, der im Dör lag und fest schlief. Du und ich werden uns am Rand verhalten müssen, dachte sie. Die rauchgeschwärzte, altersschiefe Jurte wird uns beiden gut genug sein. Wenn ich von der Holz- und Filzwand zu der Steinwand wechsle, wirst du drinnen bleiben. Du bist im Wachsen, ein Bett muss her, eines der Yaks muss verkauft werden. Du hast es längst verdient, warst schon von Anfang an gern in dieser Jurte, der vom Kindersegen gemiedenen, unglückseligen Hütte. Vielleicht hast du dich auf dem Wege zu mir verlaufen, Kindchen, wer weiß.
Der Tee war trinkfertig, stand in der Kanne. Aber sie fühlte sich nicht in der Lage, ihn allein zu trinken. Sie musste so lange damit warten, bis wenigstens der Junge aufgestanden war. Vielleicht würde bis dahin auch der Mann zurück sein, der Alte. Bei dem Gedanken brach sie in ein kurzes, wutvolles Gelächter aus. Oh, auftauchen sollte er endlich wieder, sie würde ihm schreiend gern in die Augen schauen und ihn zur Rede stellen! Sehens- und hörenswert wäre, wie sich seine

Lippen zusammenfügen und was sie zusammenlügen würden, nach all dem. Es zog sie hinaus und sie gab dem Drang nach. Die Jurte drüben dämmerte immer noch im stillen Schlummer, die Dachluke stand nach wie vor zugezogen. Wildbrühe, Liebesglück, Schneeluft – alles frisch, dachte sie höhnisch und flüsterte unwillig vor sich hin: »Sind die denn von den Gaben erschlagen?« Doch sie wusste, so konnte es nicht sein.

Als ihr bewusst wurde, was sie machte, war sie schon auf halbem Wege zu der dämmernden, schlummernden Jurte. Ruckartig blieb sie stehen und überlegte. Ob sie zurückkehren sollte? Die Spur würde sie nachher verraten! Abschwenken und auf die seltsame, vermischte Herde zugehen? Ja, das machte sie. Aber einen Sinn musste ihr Tun und Treiben schließlich haben. Und sie erfand ihn. Sie ging auf die Pferde zu, brachte sie zum Aufstehen, trennte sie von den Yaks und trieb sie zur Weide. Sie ging nur ein paar Stricklängen, dennoch erschien ihr der Weg recht lang. Dann kehrte sie zurück. Zuerst wollte sie an der Jurte vorbeigehen, in der festen Annahme, die junge Frau würde inzwischen auf sein. Aber sie sah, dass sich nichts geändert hatte an der Jurte, die unter einer Schneedecke ruhte, aufgequollen und unverschämt würdevoll wirkte.

Das war ihr schließlich doch zu viel. Seit dem frühen Morgen rennt man hier herum wie ein vergessener, überflüssiger Geist, bringt eine ganze Herde auf die Beine, bringt sie weg, und die Herrschaften haben immer noch nichts gemerkt, zeigen sich immer noch nicht geneigt, die Liebesnacht zu beenden! Zornig ging sie auf die Jurte zu. Sie wühlte im Schnee an der Wand rechts von der Tür, fand das Strickende, zog kräftig daran, ging drei, vier Schritte links und schlug schwungvoll den Dachlukenfilz zurück. Dann ging sie rückwärts, stand eine Weile suchend mit dem Blick und fand schließlich, wonach sie gesucht hatte: die Holzschaufel, deren Stiel über dem Dunghaufen herausragte. Sie eilte hin, griff danach, zog den Schaufelkörper aus dem Schnee hervor, kam damit wieder auf die Jurte zugehastet und fing an, den Schnee vor der Tür wegzuschaben.

Als die Jurtentür endlich aufging, war eine ganze Menge Schnee gewälzt. Dojnaas Gesicht schien zu zerbersten und gleich darauf inmitten eines Scherbenhaufens zu erstarren. Anajs Gesicht dagegen erhellte sich und gewann klare, schnittscharfe Züge. Sie schauten sich eine Weile an. Die eine zitterte und stöhnte, lückenlos getroffen und immer schwerer verwundet von den daherfliegenden und dahinkrepierenden Pfeilen des Augenblicks, während die andere still und fest dastand und die Wirkung genoss.

Irgendwann brach die Gepeinigte den lautlosen Sturm im Raum ab, indem sie aus sich kaum hörbar herausbrachte: »Schwe... Schwe... Schwester« und in Tränen ausbrach. Sie hatte sagen wollen: Tante Anaj, ich schäme mich für meinen langen Schlaf und es ist so lieb, dass Sie mir zu Hilfe gekommen sind. Ja, dieses und vielleicht noch etwas zum Schnee hatte sie sagen wollen. Und Anaj hatte auf der Zunge spuckfertig gehabt: Bleibt doch noch im Bett liegen! Gleich werde ich Feuer machen und Wasser aufsetzen. Erst dann, wenn der Tee in die Schalen eingeschenkt ist und ich, eure Magd ab heute, mich fürs Erste zurückgezogen habe, möchtet ihr, hohes, frisches Paar, bitte belieben, euch zu erheben!

Nun aber dies. Die Worte waren auf beiden Seiten scheu geworden, schienen hier wie da einen Unterschlupf gefunden zu haben. Die Festere eilte der Schwächeren entgegen, nahm sie an der Hand und sagte leise, aber eindringlich und überstürzt: »Nicht doch, mein Kind ..., nicht weinen ..., an so einem Tag nicht. Ist ja schon gut ..., es war mein Wunsch und ich freue mich darüber. Du hast Recht, Kind, zwei

Schwestern werden wir zueinander sein, zwei Arme und zwei Beine dem Mann, der es verdient. Und in unserem Windschutz werden deine Kinder gut gedeihen.«

Während ihr Mund so sprach, wischte ihre Hand die Tränen ab und streichelte die Backen der Weinenden. Diese sank plötzlich auf die Knie, umschlang die Tröstende um die Hüften und ließ den Tränen erst recht freien Lauf.

Die beiden hatten eine weitere Gelegenheit, ihre Gefühle auszutauschen. Es herrschte Ruhe und man hatte Zeit gehabt zu überlegen. Wieder war es die Ältere, die sprach. Die Jüngere hörte zu, gefasst und ohne Widerrede. Diesmal lauteten die Worte: »Schau dir eine Pferdeherde an. Ein Dutzend Stuten und ein Hengst nur, doch alle sehen zufrieden aus. Wir zwei werden schon gut auskommen mit unserem Leithengst. Der ist zwar alt, aber gut, das sag ich dir, die ich mit ihm meine Jugend dahingehen sah. Er war so gut, dass ich trotz des bitter Fehlenden auf ihn nicht habe verzichten können, Mädchen! Du hast richtig erkannt, nicht nur zunehmende Weisheit, sondern auch Restfeuer steckt in ihm. Und noch eines: Sollte unsere kleine Herde Zuwachs bekommen, es soll uns nur recht sein, wir zwei werden an ihren beiden Flanken wachen und Mutter sein, die eine so gut wie die andere!«

Das war aber erst später. Davor gab es noch den Rest des Tages, der auch einiges enthielt, und weitere Tage und Nächte, alle mit eigenem Gepäck. Es kam vieles auf sie zu. Es war, als ob der Schicksalsbeutel, der bisher recht spärlich aufgefüllt zu sein schien, mit einem Mal anfinge überzuquellen.

An dem Tag, der mit Schnee und Tränen angefangen hatte, ritt Dojnaa wieder aus. Es musste nach der Falle gesehen werden. Auch Ergek machte sich davon, den Widderkopf auf dem Rücken. Der höchste Gipfel war sein Ziel. Anaj blieb allein zurück mit den Kindern.

Vorher gab es ein gemeinsames Mahl. Die aufgewärmte Brühe mit dem fein geschnetzelten Fleisch schmeckte so gut, dass selbst das jüngste Sippenmitglied lobende Worte fand. Sie galten der, die sich längst wieder gefasst hatte und deren sonst abgehärmtes, wettergebräuntes Gesicht nun unter glänzenden Schweißtropfen weich wirkte und hell strahlte. Das Kind fragte, ob das Essen von der Oma gekocht sei.
Ergek saß dort, wo er gestern auch gesessen hatte, saß breit auf gekreuzten Beinen, hielt den Kopf würdevoll erhoben und aß langsam und schweigend. Er behielt alle, die ihm zu beiden Seiten saßen und aßen, im Auge und im Ohr. Er dachte an das Siebengestirn, an die Plejaden am nächtlichen Sternenhimmel. Er wusste dabei auch die anderen in gehobener Stimmung. Eine feierliche Spannung hatte sich über alle ausgebreitet und verband jeden mit jedem und allem.
Dojnaa erinnerte Ergek daran, die Jagdbeute zu teilen. Dieser tat es, nachdem er die Wirbelsäule zerlegt hatte. Das Fleisch war ausgehängt und hatte über Nacht eine verharschte Haut bekommen. Er teilte es in zwei gleiche Haufen, legte zu dem einen eine Hinter- und eine Vorderkeule hinzu und entschied, dieser solle in die andere Jurte kommen.
Anaj rief erschrocken aus, sie brauche doch gar nicht so viel. Die Jägerin erwiderte scherzend, aber bestimmt: »Keiner ist größer als ...«, hielt inne und wartete.
»Ach so«, lachte jene kurz auf und sagte ergeben: »Die Sitte, natürlich!«
Die Kinder machten sich bereits über den Haufen her, drängten freudig lärmend heran, den der Nachbarsjurte zustehenden Beuteanteil hinüberzutragen. Und die Frau, die vorhin dem hatte widersprechen wollen, eilte jetzt hinaus, um den Trägerzug zu begleiten und die Gabe vor den Hunden zu schützen.

Der Tag brannte hellblau über der Erde, die zusammengekauert dalag unter ihrem grell-frischen Fell, dessen wolliges, welliges Haar, der Schnee, nach Stunden immer noch aufgebauscht dastand. Der Wind fiel aus. Es war, als wenn er überhaupt ausbleiben würde in diesem Winter. Kein Hauch, nicht einmal die Luft war zu spüren an diesem Tag. Wie wenn sich der Himmel von seinem Gewicht gelöst hätte.

Dojnaa fühlte sich schwebend leicht im Sattel, was unter anderem auch von dem jungen, kräftigen Wallach kam, der sie trug. Ergek hatte ihr sein Reitpferd angeboten, hatte gesagt, das ihrige solle sich heute ausruhen nach der schweren Last, die es gestern zu tragen gehabt hatte; er selbst wolle zu Fuß gehen. Der Schimmel mit den Wolfsohren hatte einen federnd leichten Gang, der von einer guten Laune und einem festen Willen zeugte. Auch sie war gut gelaunt und fest gewillt, zuzugehen auf das, was sich ihr aufgetan hatte, gleich, was es wäre. Dabei war sie von Zuversicht erfüllt, so wie der Tag von Licht erfüllt war. Es konnte nur Gutes sein, keine Nadelspitze Platz war in ihr für Zweifel, Scham oder Reue. Alles lag klar und geordnet vor ihr: Ergek war ihr Mann, Anaj ihre Schwester und ihrer Kinder Mitmutter. Dass die heute noch schwache Sippe erstarken, die Herde sich vermehren würde, erschien ihr so selbstverständlich, wie heute Abend der Mond und morgen Früh die Sonne aufgehen würde.

Möglicherweise waren es diese himmelhellen, flockenleichten Gedanken, die etwas andeuteten, was noch in der Zukunft eingeschlossen verharrte. Jedenfalls zeigte sich das Wild heute schnell als Beute, denn es steckte in diesem Gelände bereits in der Falle. Es war der Wolf! Die Jägerin machte ihn auf den ersten Blick aus und duckte sich sofort. Sie glaubte, er habe sie nicht gesehen. Was wichtig war, da die Regel lautete: einem Wolf in der Falle keine Zeit mehr lassen, nachdem er dich gesehen hat!

Aber von hier aus erschien es ihr nur wenig sinnvoll, gleich den Schuss abzugeben oder auf ihn loszupreschen mit dem Schlagstock in der Hand. Er war noch zu weit entfernt. So ging sie auf die abschüssige Seite der welligen weiten Ebene und nahm einen Umweg. Als sie sich dem Ziel endlich genug genähert zu haben glaubte und gerade im Begriff war, vom Pferd abzusteigen, sah sie ihn plötzlich in einer Entfernung von gut zwei Schüssen flüchten. Ruckartig hob sie die Zügel und riss die Füße im Steigbügel auseinander, um sie gleich wieder zusammenzuschlagen. Der Schimmel hatte sie verstanden und jagte dahin. Er glich einem Schleuderstein und flog dem Flüchtenden hinterher.
Dojnaa lag vorgebeugt im Sattel, blickte zielend aus zusammengekniffenen Augen voraus und schätzte den Abstand. Der verringerte sich zwar zusehends, war aber noch zu groß zum Schießen. Außerdem wusste sie nicht, wie sich der Schimmel unter einem Schuss verhalten würde. Vorerst wartete sie ab und überlegte. Sie war in einer guten Lage, hatte den Wolf von der steilen Seite des Berges abgeschnitten. Und er, der ohnehin bereits benachteiligt war, entschied sich fehlerhaft, indem er dem Druck nachgab und links abbog, anstatt um jeden Preis gegenzuhalten und pfeilgerade zu laufen, was zwar zunächst mehr ungeschützte Ebene bedeutet hätte, dann aber gleich auch ein besseres Versteck versprach. Vielleicht wollte der tierische Verstand dem Menschen unterstellen, er würde sich an der Kette von den Brusthügeln gleich hinter dem linken Rand der Ebene verheddern. Der Mensch jedoch, der eine Frau war und dazu noch eine Jägerin, kannte die Landschaft auswendig. Ihr fiel auch auf, dass der Wolf nicht so schnell war, wie Wölfe sonst waren. Es schien ein vom Himmel verlassenes Wesen zu sein. Sie dagegen kam sich vor, als hätte sie ihn, den Himmel, der die Gerechtigkeit und die Nähe des Glücks liebte, auf ihrer Seite.

Die gerissene trächtige Stute, Ergek sowie der Schimmel mit den Wolfsohren und der Wolkenfarbe schienen ihr ein größeres Recht und Gewicht dem da gegenüber zu verleihen. Und es ergab sich genau das, was sie vorausgesehen hatte. Obwohl der Wolf für eine kleine Weile aus dem Blick verschwinden konnte, wusste sie ihn dennoch gleich wieder ausfindig zu machen. Jetzt war sie ihm fast tödlich nahe gekommen und sah, dass ihm die rechte Hinterpfote fehlte. Leer und dunkelrot ragte das Sprunggelenk aus dem federnden Körper heraus, einem Aststummel gleich. Dojnaa verspürte ein seltsames Gefühl, es war Freude mit sehr viel Ehrfurcht und auch einem Hauch Mitleid vermischt.
Ihr fiel ein, dass sie heute Morgen ein Stück hatte zurückreiten müssen, um die Peitsche gegen den klafterlangen Schlagstock aus Birkenholz zu tauschen. Dabei hatte sie nicht an den Wolf, nicht einmal an die Falle, sondern nur an die Steilhänge gedacht, wo ein Gehstock gut wäre. Nun glaubte sie abermals und fest daran, dass sie den Himmel heute auf ihrer Seite hatte. Und während sie so dachte, fasste sie den Stock mit der rechten Hand am äußersten, dünnen Ende und streckte ihn mit dem wulstigen Ende nach vorne, dicht neben den Kopf des Pferdes.
Der Schimmel war gewaltig und unheimlich. Er hatte nicht im Mindesten nachgelassen, lag dem Flüchtenden längst auf der Ferse und hatte sich in dessen hellen Schatten, in einen unablässigen Geist des Todes verwandelt, war zum Wolf des Wolfes geworden. Der, den die Menschen selbst beim Namen zu nennen sich scheuten, geriet in immer größere Not, er zeigte sich da und dort unwölfisch sogar. So ließ er sich verwirren und zuletzt schien ihm auch der Ortssinn zu versagen. Denn nachdem er wiederholt und vergeblich versucht hatte, die Fluchtrichtung zu ändern, ließ er sich auf die Ebene drücken. Da straffte die Reiterin die Zügel eine Weile,

ließ sich und ihm Zeit und sah ihm zu. Pfeilgerade lief er weiter, lief auf seinen eigenen Tod zu.
Jetzt hatte die Jägerin freie Hand. Schießen könnte sie vom Sattel aus, denn mittlerweile wusste sie, mit dem Pferd durfte sie sich das leisten. Oder aber sie könnte absteigen und stehend, hockend, liegend zielen, ganz nach Belieben. Warum aber hielt sie den Schlagstock, diese knollige Wurzelfaust mit dem langen Stiel, in der eigenen Faust so fest? Ja, warum hatte sie ihn überhaupt mitgenommen? Der Stock, dessen dickes, schweres Ende Blut- und Fettspuren aufwies, war auf so manche Schädel und Schnauzen niedergesaust, war aber noch gegen keinen Wolf erhoben worden. Das war es, schloss sie, das war der Sinn dessen, dass ich heute Morgen zurückreiten, den Stock gegen die Peitsche tauschen und ihn seitdem in der Winterskälte mit mir herumtragen musste!
Das dachte sie und gab dem Druck des Pferdes ein wenig nach. Der Schimmel schnellte ruckartig voran, ging sogleich auf den Wolf zu. Sie erhob den Stock, während sie das Pferd mit dem in der linken Faust liegenden Zügel links am Wolf vorbei lenkte, selber nach rechts rutschte und mit dem Oberkörper nach unten hing, über dem schmalen, dunkel glänzenden Wolfsrücken. Dann schlug sie zu. Es knallte dumpf und fühlte sich weicher an als erwartet. Ihr war, als hätte der Schlag mehr den Nacken getroffen als das Schädeldach. Doch der Wolf brach zusammen, stürzte im Lauf vorwärts in den Schnee. Deutlich konnte sie sehen, wie der Schwanz, der kurz vorher eingezogen war, in die Höhe flog und wedelnd durch den glitzernden Schneestaub zog. Sie war überrascht und begeistert von dem vernichtenden Ergebnis des Schlages.
In einem weiten Bogen kamen sie zurückgeeilt. Der Wolf lag kopfüber verdreht im Schnee, als hätte er den Geist längst aufgegeben. Die Reiterin stieg von dem tänzelnden Pferd ab

und hastete, die Führleine in der Linken und den Schlagstock in der Rechten, auf die Beute zu. Da geschah es, dass sich der vermeintlich tödlich getroffene Haufen plötzlich rührte, der verdrehte Fetzen sich zurechtbog, in einen quicklebendigen Wolf verwandelte und sie ansprang. Einen Herzschlag davor war aber auch dieses geschehen: Der Schimmel, der sich vom Menschen zäh vorwärts zerren ließ, war stehen geblieben, so dass auch Dojnaa am anderen Ende der Leine stehen bleiben musste. Das Tier hatte die Gefahr eher erkannt als der Mensch.
Also stand Dojnaa auf beiden Füßen und hatte gutes Gleichgewicht, als der Wolf auf sie zuschoss. Sie zuckte kurz zusammen, für mehr Schreck blieb ihr keine Zeit. Aber der Bruchteil reichte gerade noch, um die Hand mit dem Schlagstock zu heben und zu zielen. Sie schlug zu und es war ein Volltreffer. Sie spürte es, die Knochen zerbarsten und zerbrachen. Dennoch vollendete sich der einmal gemachte Sprung fast, der Pfeil aus dem Wolfskörper erreichte das Ziel und das aufgesperrte Maul biss sich fest, allerdings nur im Schoß ihres Ton. Hätte sie auch nur einen Schritt näher gestanden, es hätte schlecht geendet für sie. So war sie am Leib unversehrt. Das wurde ihr jedoch erst später bewusst. Vorerst hatte sie ihn beidhändig am Scheitel gepackt und drückte ihn nieder. Der Schoß aus weich gegerbtem Schaffell riss langsam und lautlos, löste sich allmählich vom Hauptteil. Jetzt steckte der Kopf mit der Schnauze im Schnee. Der Körper des Wolfes war zusammengebrochen, lag unter Krämpfen da, und doch war die soeben abgewendete Gefahr noch nicht gebannt. Wieder und wieder trat ihr breiter, bestiefelter Fuß gegen die Wolfsschnauze, so dass es dumpf und dumpfer knallte.
Irgendwann ließ sie doch ab von dem besiegten Tierkörper, der sich endlich beruhigt hatte und nun leblos, einem entfalteten Fetzen gleich, dalag. Jetzt konnte die Jägerin ihre Beute

auch begutachten. Es war ein junger Wolf mit zarten Gliedern. Die Falle hatte das Schienbein am oberen Ende zertrümmert. Die Haut, das Fleisch und die Sehne hatte das Tier selber durchgebissen.
Da entdeckte sie eine Zitze, die blaurötlich aus dem Fell herausschaute. Dann sah sie weitere Zitzen, alle in einer Reihe und jede wie eine kleine verschorfte Wunde. Übelkeit spürte sie in sich aufsteigen. Und inmitten dieses klebrigen Gefühls bekam sie einen so klaren Kopf, dass darinnen anstelle von Gedanken stechend scharfe und quicklebendige Bilder entstanden. Sie sah eine Wölfin und eine Frau, und beide steckten in der Falle. Die der Ersteren war stählern, aus drei Paaren messerdünner, verbogener Bänder, jedes so breit wie zwei zusammengelegte Finger, die der Letzteren war aus Fleisch, aus einem Geschlinge von Menschenleibern. Die eine war voll wilder Wut, legte ihr gefletschtes, grell blitzendes Gebiss an den eigenen Leib, sägte und kaute daran, die andere, voll zahmer Demut, gefiel sich im Gebahren, immer tiefer in das Geschlinge versinken zu wollen.
Lustlos legte sie den Dolch an die Beute. Widerstrebend zog sie den Zuschnitt entlang der Innenkante der gespreizten Hinterbeine. Kopfschüttelnd dachte sie dabei: Die kluge, mutige Selbstbefreierin aus der Falle ist ausgerechnet ereilt und niedergestreckt worden von der dummen Feigen, die nicht einmal gewusst hat, woran sie war. Unsinnige, wahnsinnige Welt! Später aber dachte sie wieder, den vorhergehenden Gedanken berichtigend: Gewusst hat sie nicht, dass sie in einer Falle saß, gut, aber das Leben ist es gewesen, das die Falle zumindest zu einer Hälfte zertrümmert hat, sonst wäre ich menschliche Wölfin an dich Wolfsfrau nie und nimmer wieder herangekommen!
Als dieser Gedanke ihre Stirne verließ, war der Wölfin das Fell bereits vom Fleisch abgetrennt und der Bauch wurde

ihr gerade aufgeschlitzt. Die Finger der Jägerin suchten in den Falten der Leber vergebens nach der Galle und fanden schließlich die leere, zerfetzte Blasenhaut – das Säckchen war geplatzt. Enttäuschung wie Erleichterung zeigte sich auf ihrem Gesicht. Sie hatte beschlossen gehabt, die Galle der Wölfin auszutrinken wegen ihrer eigenen kranken Galle und auch zum Zeichen der Vergebung, um welche sie jene bitten wollte dafür, dass sie sie in einem ungleichen Kampf bezwungen hatte. Sicher wäre der Sack prallvoll und die Galle giftbitter gewesen. Jetzt aber war sie zerrissen. War es passiert, als das Pechluder gegen die Falle kämpfte? Oder auf der Flucht? Oder ganz zum Schluss, als sie bereits zum letzten Sprung ansetzte, vom Schlagstock am Schädel getroffen?
Eine Weile zögerte sie, dann schlitzte sie den Bauch weiter auf, bis eine winzige Harnblase und daneben eine angeschwollene Kette sichtbar wurde. Sie hieß bei Pfotentieren der Schicksalsbeutel, was wiederum eine ehrfürchtige Benennung für die Gebärmutter war. Es war eine fünfknotige Kette, jedes Glied davon so groß wie der Augapfel eines Yaks. Sechs Wolfsleben hatte das Leben der Stute gekostet, dachte sie, ohne zu wissen, ob sie davon auch befriedigt war. Erschüttert war sie auf alle Fälle. Du hast bei keinem deiner Opfer den Schicksalsbeutel angetastet, so soll der deinige auch unangetastet bleiben!
Die Frau ließ der Wölfin den Ton-Fetzen im Maul. Die Kiefer waren so fest zusammengebissen wie ein zugefallenes Schloss. Sie hätte es gewiss aufbrechen können, wozu jedoch? So sah es nach dem Endwillen aus, einem Schwur, der nicht gebrochen werden wollte! Ich überlasse dir den Schaffellfetzen, dafür habe ich dir dein eigenes Fell abgezogen und zu mir genommen. Vorher hast du dich an meiner Stute und einer künftigen Herde in ihr geweidet und dich zu meiner Schuldnerin gemacht, nun ist die Bluttat ebenso blutig vergolten.

Du bist samt einem künftigen Rudel ausgelöscht und damit ist zwischen dir und mir jede Rechnung beglichen!

Der Fleck Erde um das Aas und die Falle herum war von Spuren übersät, die in den geübten Augen der Jägerin zu einer Schrift zusammenliefen, welche die traurige Geschichte des Wolfsdaseins erzählte. Es waren wieder die vier. Die Wölfin war von der Falle geschnappt worden, als sie wieder gehen wollten. Wäre sie dem Rüden gefolgt wie der Welpe, sie hätte eine reichliche Handspanne rechts an der Falle vorbeigekonnt. Doch sie war vom Teufel geritten, war ausgeschert, wohl um den jungen, immer noch nicht gestillten Fremdling zu reizen, denn dieser war in dem Augenblick, als es passierte, drei bis vier Wolfslängen hinter ihr noch beim Aas. Er musste in Gegenwart des Leitrüden Hemmungen gehabt haben und wollte sich nun wohl noch ein paar letzte Bissen erlauben. Zuerst war er zurückgeprallt, hatte dann eine Schlaufe gezogen und sich davon gemacht, in die entgegengesetzte Richtung. Die anderen beiden hatten eine Wolfslänge davor gelegen, waren auseinander geprallt und hatten sich ein paar Sprünge weiter in Fluchtrichtung wieder zusammengefunden. Keiner hatte kehrtgemacht, nicht einmal gezögert. Alle drei, der Rüde, der Welpe und der Jagdgenosse, der nachträglich vielleicht auch noch Brunftgenosse sein wollte, überließen sie ihrem Schicksal.

Die umgekippte Falle mit ihren gespreizten, flügelhaften Schenkeln wirkte riesig, lag an der straff gezogenen Kette, als würde immer noch eine Restgewalt daran zerren. Der daumendicke, ellenlange Eisenpflock hatte gut gehalten. Daneben lagen zwei Häufchen Kot und Erbrochenes, beides längst steinhart gefroren, wie auch der Fußrest in der Falle. Auf dem ruhte der menschliche Blick lange, begleitet von Überlegun-

gen, die dann in die Entscheidung mündeten, ihn darin zu belassen als ein zusätzliches Beutestück und als ständiges Mahnmal. Denn während die Jägerin auf das verwaiste, holzstarre Krüppelwesen geschaut hatte, glaubte sie eine hauchleise Stimme zu erhaschen, die jenem entstieg: An mir siehst du, dass du dich der Falle um jeden Preis entreißen musst!
Dojnaa hob das blutverschmierte, haarverklebte Gerät halb widerwillig, halb ehrfürchtig von der zerkratzten Schnee-Erde, gesellte es zum Wolfsfell und bestieg schwerfällig das Pferd. Anstatt den aus dem grellen Weiß so verräterisch dunkel herausbrechenden Spuren zu folgen, schlug sie den Heimweg ein, obwohl die Sonne noch hoch stand. Sie ritt Schritt, hielt die Augen zusammengekniffen, lauschte in die Weiten hinaus und in sich hinein. Sei wach, hörte sie irgendwann. Sie war hellwach.

Besuch war gekommen, und das wollte der heimkehrenden Hausherrin irgendwie nicht passen. Sie erkannte es an dem Pferd, das in einem einzigen weißen Eispanzer steckte. Ein arg schwerer Ritt musste hinter ihm liegen. Diesmal schlugen die Hunde einen wahren Höllenlärm an, wollten sich lange nicht beruhigen, auch dann nicht, als das Wolfsfell und die Falle ins Versteck gebracht worden waren.
Wieder kamen ihr alle entgegen, umringten sie und schauten zu, als sie an der rechten Seite ihrer Jurte abstieg. Wiederum waren Alt und Jung von einer freudigen Aufregung erfasst. Doch war die Stimmung eine andere als die am Vortag. Das kam daher, dass ein Fremder in der Nähe war, von dem man manches ahnte, bei weitem aber nicht alles wusste.
Groß war Dojnaas Verwunderung, als sie die Jurte betrat und den Kerl sah. Quer im Dör, ordentlich gebettet und das speckige, euterpralle Gesicht der Dachöffnung zugekehrt, schlief er, der Fast-Sergeant Naggi!

»Nanu«, sagte sie vor sich hin und schaute fragend auf die Kinder. Kurze, ängstliche Blicke auf den Schnarchenden schickend berichteten sie im Halbgeflüster. Er sei besoffen, er warte auf sie und habe selber den Kleiderstapel aufgebrochen und die Sachen genommen. Während sie Tee trank, bekam sie Weiteres berichtet: Süßigkeiten hatte er verteilt und gesagt, er sei der neue Papa. Anaj deutete mit dem Kopf in Richtung des Fremden, streckte den kleinen Finger heraus und verzog das Gesicht: Das ist ein schlechter Mensch, pass auf! Ergek hielt sich draußen auf, kümmerte sich um das Pferd und versuchte, die Hunde zu beruhigen. Auch später kam er nicht.

Als es auf den Abend zuging, weckte sie den, der es sich wie in der eigenen Jurte gemütlich gemacht hatte und seit Stunden nun schon frech-genüsslich schlief.

Zuvor hatte sie ihr Gedächtnis angestrengt und alles, was sie von ihm wusste und über ihn gehört hatte, zusammengekramt und versucht, daraus einen Gedankenstrick zu drehen. Naggi hieß in seinem Amtspapier eigentlich anders, unaussprechlich schwer und erhaben in der Bedeutung dazu. Er war Einwanderer, war vor einigen Jahren urplötzlich aufgetaucht und bald darauf in die Jurte einer älteren, vermögenden Witwe eingezogen, mit der er inzwischen einen Haufen Kinder hatte. Er galt als angeberisch, sauf- und streitlustig, aber auch als vornehm und stadtschlau, mit Lebenserfahrung, womit vor allem seine Soldaten- und Gefängnisjahre gemeint waren. Als Soldat, sagte man, wäre er fast Sergeant geworden, daher der Spitzname, und im Gefängnis sei er *Ataman* gewesen, und als solcher hätte er so manche kaputt- und einen sogar totgeschlagen. Nicht wenige zeigten sich eingeschüchtert von ihm, andere aber nahmen ihn nicht ernst und nannten ihn lediglich einen harmlosen Maulhelden. Dojnaa hatte mit ihm nie etwas zu tun gehabt. Der Strick,

den sie gerade aus dem Gehörten im Kopf gedreht hatte, war also ein schwarzbunter.
Der Fremde, obwohl er fest geschlafen hatte, wurde schnell munter. Er lächelte sie an, als ob er ihr ausgeschlafener Säugling wäre. Das wurde ihr unheimlich.
»Du bist zurück, das ist gut!«, flüsterte er inbrünstig und redete gleich weiter, ohne ihr für eine Erwiderung Zeit zu lassen. »Das Wichtigste habe ich deinen Kindern schon mitgeteilt. Was ich ihnen nicht gesagt habe, ist: Gegen Doormak habe ich gewettet und verloren. Jetzt aber sehe ich, ich habe doch gewonnen, denn du siehst hübscher aus, als ich gedacht habe; sehe auch, ich hab damit richtig getan, als ich mich gleich in den Schlaf begeben habe, um in der Nacht besser zu sein. Du brauchst, Mädchen, gar nicht verlegen zu tun, ein jeder weiß doch, was dir gefehlt hat und wie vertrocknet du dastehst. Ich verspreche dir, so lange dazubleiben, bis dir jede Grille erst einmal aus dem Leib ausgetrieben ist. Später könnte ich dich in kurzen Abständen immer wieder besuchen, gesetzt den Fall, du bist eine gute, eine aufgeklärte Frau, eine menschliche Hündin, die es versteht, sich anzubieten und mich Rüden festzusaugen, bis ich vor Lust winsele, brülle und krepiere. Ja, wenn du so eine bist und nicht wie diese verschämten und gehemmten Land ...«
Eine Ohrfeige traf den Liegenden. Sofort verstummte er und blieb liegen. Das hatte sie nicht erwartet. Sie hatte gehofft, er würde aufspringen und versuchen, sie zu verprügeln. Was auch besser gewesen wäre, denn dann wäre sie mit ihm, so wie er nach Schnaps stank und verquollen und puppenhaft dalag, schnell fertig geworden und hätte ihn rausgeschmissen aus ihrer Jurte. Aber nichts dergleichen geschah. Stattdessen blieb er liegen und schaute sie aus verschreckten, weit aufgerissenen Augen an. Wieder musste sie an ein Kind denken, an ein großes, hilfloses und unglückliches obendrein. Nach

einer langen, qualvollen Atemkehre begann er plötzlich zu weinen. Auf so etwas war sie erst recht nicht vorbereitet. Gut, dass sie die Kinder vorher hinausgeschickt hatte. Tränen strömten und er versuchte zu reden.

Alles, was er vorhin erzählt habe, brachte er schluchzend aus sich heraus, sei unwahr. Weder habe er Doormak getroffen, noch habe es eine Wette gegeben. Wahr aber sei etwas anderes. Seit Jahren schon habe er mit einem zärtlichen Blick auf sie gelebt. Nun sei er endlich gekommen, ein Knecht seines Gefühls, nachdem er gehört habe, sie sei vom Manne verlassen, allein und in Not. Auch er selbst habe ein schweres Leben, es sei nicht mehr auszuhalten neben einer alten Frau, die ihn ständig wie einen dummen Buben behandele. Betrunken habe er sich absichtlich, um die Scheu zu überwinden.

Dojnaa stand verwirrt da. Ihr Blick, von ihm abgeprallt, irrte haltlos im flackernden Schummerlicht, das das Innere der Jurte bereits überflutet hatte. Wie war es nur möglich, dass ein erwachsener Mann so in Tränen zu vergehen und dabei zu ersticken drohte? Dabei spürte sie ein wenig Mitleid mit dem Mann, denn jetzt wusste sie, er konnte kein Kaputt- und erst recht kein Totschläger sein. Alles waren Dummenmärchen und Hirngespinste.

Wie auch immer, mein Junge, folgerte sie, ihre Gedanken zurechtschüttelnd, es ändert nichts an meinem Leben, das endlich wieder in eine Rille mündet und dabei ist, lustvoll zu fließen!

Sie forderte ihn auf, aufzustehen und heißen Tee zu trinken, damit sein Rausch schnell verfliegen, er sich um sein Pferd kümmern und zu der geräumigen Nachbarsjurte gehen könne, wenn er übernachten wolle. Er gehorchte sogleich, stand auf, trat aus der Jurte und blieb lange weg.

Als er dann endlich wieder kam, sagte er, das Pferd sei auf die Weide gebracht. Er setzte sich zum Teetrinken hin und

wirkte fast wieder ausgenüchtert. Wenig später jedoch hing ihm der Kopf nach vorne und der Körper schwankte bald hierhin und bald dorthin, er schien erneut betrunken zu sein, und zwar schwer.
Da war bereits die Leuchte angezündet, die Kinder waren zurückgekehrt. Nun schauten Groß und Klein ungläubig auf den, der so mit sich kämpfte und aussah, als würde er jeden Augenblick umkippen. So geschah es dann auch, er kippte seitlich weg.
Die Hausherrin stieß einen kleinen, unterdrückten Schrei aus, eilte zu ihm, hob den Oberkörper hoch und fragte erschrocken, was denn geschehen sei.
»Sprit«, kam es nach einer Weile aus dem Mund des Menschen leise gehaucht, aber gut hörbar.
»Was ist das?«
»Schnapsgeist aus dem Laden!«
»Und was ist damit?«
»Habe ihn getrunken, unverdünnt und sobald Flüssigkeit draufkommt ... fängt es an ... erst recht zu wirken ...«
Kurz darauf hörte man ihn nur noch leise schnarchen. Sie ließ den schlaffen, fremden Körper vorsichtig zurücksinken, schob ein Kissen unter seinen Kopf und verließ die Jurte. Sie ging zu den beiden in der Nachbarsjurte und erzählte ausführlich, was vorgefallen war. Ergek hatte von dem Schnapsgeist gehört, sogar davon, dass sich einer daran verbrannt hätte. Anaj hingegen konnte dem Kerl die Besoffenheit nicht abnehmen, hatte er doch vorher schon Tee aus ihrer Hand getrunken.
»Sie meinen, er spinnt?«
»Wie denn sonst? Besser, ich gehe hin und bleibe bei den Kindern!«
»Und ich?«
»Du übernachtest eben hier!«

Dojnaa bekam einen Schreck, der etwas Betäubendes in ihr auslöste. Aber sie wusste, das ging zu weit. Und so sagte sie nein.
»Andernfalls geht der Mann mit!«, wollte die Ältere entscheiden. Die Jüngere überlegte eine Weile und schlug dann auch dieses Angebot aus. Sie sagte fröhlich, man brauche sich keine Sorgen zu machen, sie würde mit ihm auf jeden Fall fertig werden.
»Der ist mit allen Wassern gewaschen. Bleib auf der Hut, Mädchen!«, rief Anaj ihr noch nach.

Dojnaa blieb auf der Hut und erwachte sofort, als ein Rascheln in der Finsternis zu hören war. Der Mensch reckte und streckte sich. Sie hatte ihm lediglich die Stiefel ausgezogen und den Gürtel abgebunden, bevor sie ihn zudeckte. Dabei hatte er tief geschlafen. Es raschelte weiter. Jetzt hob sie den Kopf vom Kissen, hielt den Atem an und lauschte. Offensichtlich zog er sich aus. Vielleicht ist ihm nur zu warm geworden, dachte sie und wollte sich beruhigen. Aber sie kam nicht zur Ruhe, hörte ihn aufstehen. Auch sie erhob sich und schlich ihm entgegen. Sie hatte Angst wegen der Kinder, die dazwischen lagen. Er könnte über sie stolpern. Sie trafen sich in der Jurtenmitte, auf dem schmalen Gang zwischen den Kinderfüßen und dem Herd. Er musste sich die Raumlage genau gemerkt haben, bevor das Licht gelöscht worden war.
Er wollte sie umarmen. Sie aber schob zuerst die Arme, darauf seinen ganzen Körper zurück und flüsterte eindringlich: »Wo willst du denn hin?«
Ebenso flüsternd stotterte er: »Zu dir, zu dir natürlich. Gut, dass du von selber kommst.«
»Nichts ist gut! Merke dir, mein Bürschlein, ich will es nicht! Und wenn du nicht hören willst, dann dies: In mir ist die Tochter des Elefanten und sie wird dich, wann und wie sie

will, hinauswerfen!« Sie trat zurück, ging zum Bett und legte sich wieder hin. Wenig später hörte sie Geraschel auf der anderen Seite der Jurte, nun rücksichtslos laut. Nach einer Weile jedoch verstummte es.
Dojnaa sah in ihren Gedanken die Wölfin quicklebendig vor sich. Sie kam gesprungen, ein Wind ging ihr voraus. Sie war gut, dachte sie, hatte aber Pech, und dies, da ihr Gegenüber, die menschliche Wölfin, den Himmel wohl doch auf ihrer Seite hatte. Dann schlief sie ein, mit einem Lächeln auf dem Gesicht.

Beim Morgentee herrschte Schweigen in der Jurte. Die wenigen Worte, die der Gast von sich hören ließ, klangen verzweigt in ihrer Bedeutung. Gleich darauf holte er sein Pferd und sattelte es. Doch bevor er davonritt, wurde er noch einmal gesprächig.
»Eine gute Gastgeberin warst du wahrlich nicht«, sprach er bitter. »Das verdient vor dem Himmel und dem Mann, der ich bin, Vergeltung. Und ich wüsste schon, wie dir am besten beizukommen sein wird. Ich werde deinen Namen in eine nächtliche, schmatzend klebrige Geschichte betten und in alle Winde streuen! Ja, das werde ich tun und meine Fühler weiterhin nach dir ausstrecken. Wie lange du wohl dem Ansturm des erlebnishungrigen, tatkräftigen Männervolkes standhältst? Will wetten, nicht sehr lange! Du wirst dem Jucken und Brennen des Nacht für Nacht geweckten Fleisches nachgeben müssen und so am Ende plattgewalzt daliegen, eine öffentliche Matte!«
Nachdem diese Worte ausgesprochen waren, kam aus seinem schiefen Mund eine schmale rosafarbene Zungenspitze heraus und strich genüsslich über die dünnen Lippen, als ob sie dem soeben gestreuten Gift nachspürte. Dojnaa war auf solches nicht vorbereitet und stand da mit zuckenden Lidern.

Erst als er bereits weggeritten war, wurde ihr der ganze Sinn dessen bewusst, was sie sich hatte anhören müssen. Da begriff sie mit einem Schlag, wie verkehrt es gewesen war, dass sie die Nacht ohne Zeugen mit dem da unter einem Dach verbracht hatte.
Zuerst wollte sie darüber mit Anaj reden. Doch was waren Worte gegen Worte? Wie überzeugend sie die Wahrheit auch anbringen würde, konnte sie nicht doch eines Tages von einem herbeigewehten Gerücht erschüttert, ja gar vertrieben werden? So bewahrte sie Schweigen darüber, was ihre Seele drückte, und sagte stattdessen, sie brauche den Schimmel mit den Wolfsohren heute abermals. Ergek holte und sattelte ihn. Sie schulterte das Gewehr, bestieg das Pferd und bevor sie davonritt, sprach sie zu allen, die um sie herumstanden, diesmal solle man von ihr keine Jagdbeute erwarten, die würde später schon von selbst kommen, rudel- und schwarmweise, als wilde Wölfe und zahme Enten. Dann begab sie sich in die Himmelsrichtung, in der vor einer Weile der ungebetene und unbefriedigte Gast verschwunden war.
Dojnaa vermochte den Fast-Sergeant Naggi nicht mehr einzuholen, obwohl sie längst auf dessen Fersen zu sitzen glaubte. Die frischen Spuren führten an etlichen bevölkerten Seitentälern schnurgerade vorbei. Der Reiter hatte es offenbar eilig, hatte ein Ziel. Es war das Ail der Drei Schwarzen im oberen Bistig. So hatten vor langer Zeit die drei Söhne einer namhaften Frau geheißen. Anfangs Pferdediebe und Zobeljäger, waren sie später wohlhabende, angesehene Leute. Inzwischen lebten zwei der drei Gebrüder nicht mehr, und in beide Jurten waren fremde Männer eingezogen, doch hatte man der Sippe den alten Namen belassen.

Das zuschanden gerittene Pferd stand an der vordersten der vier Jurten, es war gerade angekommen, dampfte. Den Hund, der zu der Jurte gehören musste, merkte sich die Herannahende gut, schaute mit dem Jägerblick auf ihn. Es war ein rabenschwarzer, fülliger Rüde, vom Maul her ergrauend und am linken Vorderbein hinkend. Auch andere Hunde erhoben sich und stürzten mit lautem Gebell herbei. Sie nahm das Gewehr von der Schulter, richtete es auf den vierbeinigen Greis, der eine tiefe, heisere Stimme hatte und sich schwerfällig auf sie zu bewegte.

Diese Gebärde des unbekannten Menschen erschien den Wächterseelen wohl verdächtig, denn sogleich schlugen sie einen Höllenlärm an, der nicht eher abflauen wollte, bis ein Schuss krachte. Der schwarze Rüde stürzte zu Boden, der Rest verstummte und erstarrte einen Herzschlag lang, dann stob er auseinander und flüchtete winselnd und wimmernd davon.

Menschen kamen aus den Jurten hinausgestürzt. Doch die Hundsmörderin achtete nicht auf sie, ritt, während sie das Gewehr wieder schulterte, mit zielendem Blick auf die Jurte zu, zu der der Rüde gehörte. Eine hagere, ältliche Frau stolperte heraus und blieb stehen, holzstarr. Dojnaa ritt sie um ein Haar um, brachte ihr Pferd unsanft zum Stehen und erhob sich ein wenig im Sattel.

»Dein anderer Rüde war es, unglückliche Frau«, sprach sie feierlich laut, »der streunte und den ich bis vor die Schwelle des Ails der Drei Schwarzen verfolgen musste. Damit ihm aber nicht allzu hohe Ehre zuteil wird, nur dies: Ich habe seine Mühe, über Berge und Steppen zu gehen, um mich aufzuspüren, lediglich mit einer Ohrfeige belohnt. Und das ist wohl noch viel zu wenig, denn verdient hätte er für die Frechheit, die er im Sinne hatte, mindestens noch einen Fußtritt in den Arsch. Wäre es mir gelungen, den Dieb, der einem Ail den Frieden stahl, auf der Flucht zu stellen, wer weiß, was noch passiert wäre! Selbst noch, als ich ihn bereits in seiner

Festung wusste, musste ich unbedingt etwas tun, um dem Groll in mir die Schneide abzustumpfen!«

Inzwischen waren die Menschen aus den anderen Jurten näher gerückt. Ihrem Beispiel waren auch die Hunde gefolgt. Doch war ihr Gebell jetzt sinnlos, denn sie hatten nichts mehr zu vermelden, und angreifen konnten sie auch nicht. Stattdessen ließen sie wieder und wieder Wasser und schickten zwischendurch ein angedeutetes, ohnmächtiges Geheul zum Himmel.

Dojnaa riss ihren durchdringenden Blick von der Frau los, die immer noch leb- und reglos dastand, und ließ ihn über die anderen schweifen.

»Als Kind sah ich«, fuhr sie dann mit einer veränderten Stimme fort, »dem Schamanen Mögesch zu, der einen Hund verbluten ließ, um, wie es hieß, das Vergießen von Menschenblut zu verhindern. Das fiel mir wohl ein, als ich hier ankam, und daher das mit dem armen, unschuldigen Vieh. Doch es sollte auch einen anderen Sinn herauskehren: dass nämlich der, der glaubte seine unverbrauchte Geilheit an mir auslassen zu dürfen, wissen soll, was auf ihn wartet, sollte er, dieser zweibeinige Rüde, sich noch einmal erdreisten, bis zum Ail des Ergek zu streunen und meine und meiner Kinder Jurte zu betreten. Es wird ihm ähnlich ergehen wie seinem vierbeinigen Artgenossen da!«

Die Hunde hatten die Sinnlosigkeit ihres Tuns erkannt, das Gebell war dünner und leiser geworden. Nun aber änderte es sich, schwoll wieder an. Schuld daran war erneut die Fremde, denn ihre Stimme ging in die Höhe und nahm einen herausfordernden Klang an.

»Und sollte einer meinen«, erscholl es hell und klar, »ich sei in Not, sei mannstoll, nur deswegen, weil ein Rüde mir weggelaufen ist, der irrt sich! Ein Mann ist im Ail, und was für einer!«

Das schrie sie fast, mit einer solchen Wucht, als ob sie die Worte, Steinen gleich, aus sich herausbräche und gegen alle Winde schleuderte. Dann wendete sie das Pferd und gab ihm die Peitsche. Dieses machte einen Satz, streckte sich und flog dahin, ein heller Schatten.

Die Hunde lärmten verdutzt auf, mussten gleich darauf wieder verstummen, denn sie stürzten sich dem Grund und Ziel ihres Grolls vergeblich hinterher. Die Reiterin wusste, der Schimmel würde die Köter nicht bis an sich heranlassen. Tatsächlich fielen die Verfolger immer weiter ab und gaben es schließlich auf. Da ritt sie langsamer.

Es war wieder ein gewaltiger Tag, oben ein klarer Himmel, unten eine stille Erde und dazwischen ein rotgelbes Wehen und Flattern, besser sichtbar für ein geschlossenes Auge. Die Sonne hatte die Mittagshöhe erreicht, war dabei, sich in Funken abzusplittern und herunterzuregnen. Spritzer davon trafen sie fortwährend und berstende Strahlen mit glühenden, scharfen Spitzen drangen selbst durch die Kleidung bis in die Poren ihrer Haut. Dojnaa verspürte Kitzel und lächelte.

Ihr fiel ein, was sie heute Früh zu den Zurückbleibenden gesagt hatte. Sie sollten von ihr diesmal keine Beute erwarten. Aber gerade der heutige Tag erschien ihr nun so ertragreich. Der geile, feige Rüde hatte es nicht gewagt, den Bosheit und Falschheit bergenden Schädel aus seiner Höhle herauszustrecken. Die fetten, satten Mitglieder der Sippe der Drei Schwarzen waren dagestanden, unfähig, die Mäuler aufzusperren, schlotternde Säcke nur. Und man hatte endlich zeigen dürfen, wessen Kind man war und wen und was man auf seiner Seite hatte – war leibhaftig als Geist der Gerechtigkeit auf dem Reitross eines Ergek, dem Schimmel mit den Wolfsohren und der Sturmwolkenfarbe, in die fremde Schanze eingebrochen und hatte die angekündigte böse Kunde im Keim erstickt. Wenn das keine Beute war!

Da erhob sich wohl der Schatten der hoch gegriffenen Gedanken. Noch einmal stürzte vor ihren Augen der Hund hin, diesmal um vieles langsamer und so erkennbar in allen Einzelheiten der Bewegung. Eine dunkelrote, fingerdicke Säule stieg aus der breiten Stirne hoch, während der Körper stockte, versagte und vornüber kippte. Die Säule erreichte die Ellenhöhe, stand einen Lidschlag lang still und verzweigte sich, um in etlichen verbogenen Armen zur Ausgangsstelle zurückzukehren und fiel dann plätschernd und klatschend auf die steinige Erde. Staubfeine, zischend heiße Blutspritzer kamen durch die Luft geweht und trafen einen an der nackten Haut. Die Jägerin, die in ihrem Leben so manches Blut vergossen und sich dabei nie davor geekelt hatte, musste sich schütteln. Darauf verspürte sie ein starkes Bedürfnis, sich zu waschen. Sogleich stieg sie vom Pferd, wusch sich mit Schnee ausgiebig Hände und Gesicht, spülte zum Schluss auch noch den Mund und spuckte aus. Mochten die Spuren der hässlichen Worte, die gesagt worden waren, damit beseitigt sein! Doch lastete auf ihr immer noch etwas, während sie weiterritt. Es war der Mauserstutzen, aus dem der Tod auf den Rüden losgesprungen war. Wie lange sollte sie das Hundeblut darauf sitzen lassen? Wie konnte er gereinigt werden? Sie strengte ihr Hirn an und glaubte schließlich, ihm einen Gedanken abgeschält zu haben.

Später, unter einer erschöpften, blutfarbenen Sonne, inmitten roter Felswände und weißer Schneewälle pirschte sie an einen äsenden Schwarm von Ularhühnern heran. Sie lag, den Kopf eingezogen, das Mordwerkzeug unter den Arm geklemmt, flach am Boden, schlängelte sich schattenhaft vorwärts, war ganz Jägerin. Dabei fühlte sie sich unentwegt beobachtet. Es war die Wölfin. Sie stand unversehrt und springlebendig neben ihr am eisigen Nordhang einer Landschaft, die ihr irgendwie bekannt vorkam, aber nicht genau zu orten war. Mit einem Mal wusste sie, woher die Weisheit gekommen war, die sie erschreckt, nicht losgelassen und hierher getrieben hatte. Es hatte geheißen: Blut konnte einzig mit Blut verschreckt und vertilgt werden!

Die Karawane

Prolog

Ich will Geschichte machen. Die Menschen halten mich für verrückt, zunächst fast alle, zum Schluss nur noch wenige. Ich weiß, was ich tue, und kein Gerede ist imstande, mich von dem Weg abzubringen, der vor mir liegt und wie vom Schicksal vorgezeichnet scheint. Am Morgen des Tages, an dem ich die Heimatecke verließ, bekam ich von den Eltern meine Aufgabe im Leben zugewiesen. »Gakaj ist unser Kind«, sagte Vater mit Blick auf den um drei Jahre älteren Bruder, der neben mir saß und friedlich kaute, »und so wird er sich auch um uns kümmern. Dich aber«, und er schaute mir fest in die Augen, »entlassen wir, auf dass du weiterkommst, mehr lernst und auch mehr auf dich nimmst als er und jedes andere der Geschwister. Denn du bist des Volkes Kind, und so ist dir der Altai die *Jurte,* und der Stamm Vater und Mutter.« »Seit Generationen, zumindest so weit unser kurzes Gedächtnis zurückreicht, sind deine Vorfahren die Stützen des Volkes an den fünf Flüssen gewesen«, meldete sich Mutter, die links neben Vater einen halben Hintern weiter zum Herd saß, »und es hat seinen Kopf mit dem vorausschauenden Auge und der Entscheidungen fällenden Zunge immer in eurer Sippe gesehen.« Darauf hatte ich nichts zu erwidern. In unserer Sprache brauchen Worte Stille, um anzukommen. Mit der Zeit waren sie erst einmal an mich gerichtet, und ich war achtzehn Jahre alt.

Die Geschichte beginnt mit Verspätung

Am ersten Tag des noch winterlich kalten mongolischen Frühjahres verlässt ein Lastwagen die Hauptstadt in südlicher Himmelsrichtung. Den lackneuen Viertonner fährt ein junger Bursche, der durch seinen dünnen Hals und die abstehenden Ohren noch wie ein Kind wirkt, der aber mit dem Schicksal behaftet ist, das älteste von vier Geschwistern zu sein, und so frühzeitig von der Kindheit hat Abschied nehmen müssen.

Neben ihm sitzt sein Vater, der erst am Morgen zu ihm gesagt hatte, ab Stunde seien sie zueinander nicht mehr Vater und Sohn, sondern Häuptling und Fahrer, und dies so lange, bis sie wieder zu Hause angekommen seien. Er, der Häuptling, sitzt unbequem, denn seine ausgestreckten Beine liegen auf zwei prallen Säcken, die das geräumige Fahrerhaus mit der schönen lederbezogenen Sitzbank zu einem Lagerraum verunstaltet haben.

Im Ladekasten, unter einem Verdeck, hocken neun junge Männer. Ein jeder von ihnen ist mit einem Jagdgewehr ausgerüstet, denn sie haben in der Tat etwas zu verteidigen. Die beiden Säcke im Fahrerhaus, jeder so schwer wie ein ausgewachsenes Schaf, enthalten Bargeld.

Ihr Ziel ist die Wüste Gobi. Dort wollen sie Kamele kaufen, und diese dann gut 33 *Örtöön* weit in den Norden treiben, wo sie spätestens zur Mitte des Frühjahres angekommen sein müssen.

Auf dem Gesicht des Fahrers bemerkt der Häuptling dessen Aufregung. Auch er selber ist aufgeregt, doch er ist es zunächst aus einem anderen Grund. Ursprünglich wollten sie nämlich um acht Uhr abfahren, was schon vor einem Monat festgelegt worden war, jetzt hatten sie jedoch bereits vier

Stunden Verspätung, weil sie auf ein Schriftstück warten mussten, dessen Text vom Häuptling verfasst war, der aber auf einen offiziellen Kopfbogen umgeschrieben und mit dem entsprechenden Stempel versehen erst einen Sinn machte.
Das Schriftstück, das Schwierigkeiten ausräumen sollte, die auf künftigen Wegen auftauchen konnten, war das Ergebnis eines langen und schwierigen Streitgesprächs zwischen zwei Männern.
Beide waren Häuptlinge. Der eine der eines Staates und der andere der eines Stammes. Also steckte jeder in einer Rolle, und beide schossen als Zielscheibe auf einen Vertrag, der aus grauen Vorzeiten stammte, und, da er noch nicht außer Kraft gesetzt war, rechtskräftig sein musste. Der Vertrag verpflichtete den Ersteren, während er den Letzteren berechtigte. Und so war es nur allzu verständlich, dass die beiden Männer durch ihn in einen Streit gezogen wurden.
Der Stammeshäuptling, der in der kleineren Rolle weniger zu verlieren hatte, gebärdete sich von Anfang an unbändiger, und der Staatshäuptling sah sich irgendwann gezwungen, ihn zu besänftigen, indem er ihm Recht gab und meinte, dass man eigentlich etwas tun müsse für die Menschen, die damals Aufopferungsvolles und Gemeinnütziges geleistet hätten. Das aber stimmte den anderen noch kämpferischer. Alles sei beim Namen genannt, nicht irgendjemand solle etwas unternehmen, sondern der Staat, und nicht irgendetwas solle dieser tun, sondern einen jeden solle man dorthin zurückbringen, wo er vorher gelebt hatte. Und dies müsse auf Kosten des Staates geschehen wie seinerzeit auch, als es darum ging, ein Volk, das Jahrtausende in sich geschlossen an einem Ort gelebt hatte, wie einen enthäuteten Körper auseinander zu nehmen und in alle möglichen Töpfe zu werfen!
»Ich verstehe«, entgegnete der in der größeren Rolle friedfertig und fügte dem nach einer Pause hinzu: »Aber was soll ich

tun, wenn die Regierung kein Geld hat!« Seine Stimme verriet Müdigkeit.

Der andere musste darauf gewartet haben, denn er nickte dazu verständnisvoll und sagte leise, wie nebenbei: »Dann werde eben ich die Mittel dazu aufbringen.« Und er sah sogleich, dass er gehört worden war. Er hatte gewusst, dass er gehört und verstanden werden würde, wie neuerdings immer bei jedem, wenn dort, wo kein Geld vorhanden war, welches ins Spiel kam.

Die Augen des Staatshäuptlings, die soeben kaum noch zu glimmen schienen hinter den schweren, fast rechteckigen Lidern, schauten nun unter den dichten, buschigen Augenbrauen rund und mit fast jugendlichem Glanz herüber. Vorsichtig fragte er: »Du willst das Geld aufbringen?«

Der Stammeshäuptling bejahte die Frage, sichtlich stolz, wurde darauf jedoch ungehalten: »Nun werden Sie fragen, weshalb ich die Last auf meine Schultern nehmen will, die eigentlich die Regierung zu tragen hat. Nicht aus Verrücktheit, die mir viele nachsagen, auch nicht aus lauter Patriotismus, den mir einer vielleicht andichten könnte! Nein, ich nenne Ihnen den wahren Grund, und der ist einfach: Das Volk, von dem ich abstamme, stirbt vor meinen Augen aus, und keine Regierung schert sich darum. Ich will der Geschichte, die an uns vorbeizuströmen und uns als toten, namenlosen Schwemmkörper liegen zu lassen gedenkt, in die Zügel greifen!«

Der in der größeren Rolle mahnte: »Die Politik braucht nicht unbedingt eine schöne, umso mehr aber eine klare Sprache!«

Der Kleinere gab schnell und gerne nach: »Ich werde mein verstreutes Volk sammeln und es mit einer Karawane ohne Beispiel in der Geschichte in die angestammte Heimat zurückführen!«

»Karawane sagst du? Kamele also brauchst du?«

»Ihr Wohlwollen brauche ich!« Dann gab es Tee, und der Rollenunterschied verschwand.

Das alles war vor einem halben Jahr gewesen. Wenig später tauchte der zu jener Stunde vereinbarte Text im Vorzimmer des Staatsoberhauptes auf, und dieser, bereits mit dem Inhalt vertraut, ordnete nur noch an, dass alles auf das gewünschte Blatt umgeschrieben und mit dem Stempelabdruck versehen an den zurückgeschickt werden solle, von dem es gekommen war.

Doch der Weg der Bürokratie erwies sich wieder einmal als lang, länger jedenfalls als Zeit und Geduld gewöhnlicher Sterblicher. Weder Bitten noch Druck halfen, so sehr auch derjenige, der das Schriftstück benötigte, den Lauf der Dinge zu beeinflussen versuchte. Zu seinem Pech war der Mann, der die Suppe miteingebrockt hatte, für längere Zeit verreist, und der Häuptling sah sich fassungslos einem Apparat gegenüber, der schon eine Ordnung zugrunde gerichtet hatte und nun dabei war, die nächste in den Bankrott zu treiben.

Der letzte Tag vor dem beschlossenen Aufbruch verstrich, und die Kameltreiber standen bereit. Das Schriftstück aber war immer noch nicht eingetroffen. So griff der Stammeshäuptling in der Nacht aus Verzweiflung zum letzten Mittel und erklärte dem, der den Haupthebel der morschen Bürokratie bediente, den Krieg, den Telefonkrieg.

Am anderen Ende des Drahtes meldete sich ein keuchender Mann, der sich bald als jähzornig entpuppte. Für den Angreifer sollte dies wichtig werden, denn deshalb durfte er auf einen Sieg hoffen, und so geschah es am Ende auch. Nach dem vierten Anruf innerhalb einer Stunde merkte der Krieger, dass sein Opfer zusammenbrach, indem es ihn im Namen des Himmels bat, sich bis zum nächsten Tag zu gedulden, Punkt zehn Uhr werde er das verflixte Schriftstück in Händen halten.

Also ließ er von ihm ab und wusste trotzdem nicht, ob er einem eingefleischten Bürokraten restlos trauen konnte. Dieser Zweifel war es wohl auch, der ihn noch nach Mitternacht dazu trieb, einen Brief an den anderen Häuptling zu schreiben, in dem sich alles niederschlagen musste, was zuvor gegenüber dem Staatsangestellten mündlich gesagt worden war: Totale Unfähigkeit wurde dem Staatsapparat vorgeworfen, und da dies so sei, verkündete der kleine Häuptling nun feierlich, dass er sich von Stund an weigere, die Gesetze des längst unfähigen und von Anfang an unredlichen Staates zu respektieren und aus eben diesem Grunde sich jedes Mittel erlaube, um das Ziel zu erreichen, das den Sinn seines Lebens ausmachte.

Während er solches niederschrieb, kam er sich wie ein Nachfahre der edlen Gesetzlosen vor, die als Beschützer des benachteiligten, niedrigen Volkes gegen die Herrschenden ankämpften und gerade deshalb in die mündlichen Überlieferungen des Nomadentums eingegangen waren. Und der Mensch, der in diesem Augenblick die auf ihn zugestürzte Rolle des Häuptlings materiell zu spüren glaubte, war von einem süßlich-schweren Gefühl erfüllt. Dann schaute er auf den zugeklebten Brief, erleichtert und bestätigt in der Freiheit, die er sich soeben zugeschrieben hatte. Bestechen, betrügen, bestehlen – so, wie andere es längst tun, dachte er mit kindisch sanftem Lächeln auf den Lippen, als er später endlich im Bett lag und in die Finsternis starrte. Doch erreichen, ging der Gedanke weiter, was ich mir einmal vorgenommen, um jeden Preis erreichen will ich es und die Geschichte, die nie gerecht, nie wahr geblieben, immer nachträglich verschnitten und verformt worden war, nun in die Hand nehmen wie einen Klumpen Lehm, ihn durch die Finger pressen und ihr Form und Namen geben, und wenn es sein muss, sie dabei auch biegen und brechen.

Der Brief blieb unabgeschickt, denn der Mann, der im Namen des Himmels geschworen hatte, vermochte zwar nicht den genannten Termin einzuhalten, sein Versprechen aber mit einer zumindest für ihn unbedeutenden Verspätung doch einzulösen. Und der kämpferische kleine Häuptling verzieh dem Bürokraten und dem Staat alles, als er das verdammte Schriftstück auf dem erwünschten Bogen mit dem notwendigen Stempel in der Hand hielt.
Endlich glaubte er wieder daran, dass er ein Sonntagskind war, geboren zur Stunde des Sonnenaufgangs und vorbestimmt, so manche Wünsche äußern zu dürfen, die dann auch in Erfüllung gingen. Nun saß er auf Geld, führte Menschen, war beschützt und in einer Rolle, die ihm gefiel, er als der Geschichte machende Häuptling des ältesten Stammes der Nomadenwelt.
Nun bewegte er sich auf sein Ziel zu, und Kilometer um Kilometer verkürzte sich der Weg, der über Steppen, Wüsten und Berge führen, aber an der samtenen Schwelle zum gletscherbunten und himmelhohen Altai sein Ende finden würde. Minute um Minute bröckelte die Zeit ab, die aus Tagen, Wochen und Monaten besteht, doch irgendwann auch zu Ende gehen würde. Dem Abenteuer, das noch keiner gewagt hatte, war die Tür jetzt aufgestoßen. Der Berg hatte sich bewegt, die Geschichte hatte begonnen.

Die Vorgeschichte

Wieder einmal hatte der Gelbe Sedip einen roten Kopf. »Ich möchte noch Folgendes sagen!«, brüllte er nun schon zum dritten Mal, während er seinen Blick über die zusammengepferchten Menschen im Raum gleiten ließ und ihn wie eine stechende und schneidende Schere auf die drei Männer warf,

die vorne an einem Tisch mit dem Gesicht zu den Versammelten saßen, ein jeder auf einem hohen Stuhl.
»Du hast genug geredet, und wir haben dich verstanden. Du erdreistest dich, dem Beschluss der Bezirksleitung zu widersprechen!«, unterbrach ihn der Versammlungsleiter, der Mittlere der drei, ein wohlbeleibter Mann um die Vierzig. Auch er hatte einen roten Kopf, der im Unterschied zu dem von Sedip fleischig und rund war, riesig wirkte und zwischen dem dünnen schwarzen Deckel aus langen, nach hinten gekämmten Haaren und dem ebenso runden Oberkörper ohne Halsansatz festgeklemmt schien.
Der Mann sprach gequetscht und gequält, was in Verbindung mit seiner Statur noch mehr Gewicht bekam. Der Tisch mit der dunkelroten Decke war für alle drei zu kurz, und da keiner von ihnen ganz daneben sitzen mochte, mussten sie sich zusammendrängen.
»Hör mir zu, Batyj, du großer, fetter Mensch mit dem Hirn eines Spatzen und dem Herzen eines Hasen!« Wild entschlossen fuchtelte dabei der Redner mit der Hand, als wollte er damit auf seinen Widersacher einhacken. »Ich bin nicht jemand, der sich von einem wie dir vorschreiben lässt, was er zu sagen hat und was nicht, geschweige denn, sich das Wort verbieten lässt. Nein, Genosse Noch-*Darga,* du wirst dich, hoffe ich, noch daran erinnern, dass ich meine Jugend der Sache der Revolution verschrieben habe als einer der allerersten fünf Kommunisten auf tuwinischem Boden, ich, Sedip, mit dem feuerroten Parteibuch, das ich zur Herzseite getragen habe!«

Wieder ist es der Wohlbeleibte mit dem glühenden Vollmondgesicht, der ihn unterbricht und höhnisch erwidert: »Das Parteibuch, das dir dann entzogen wurde! Dir würde ich raten, die Vergangenheit lieber nicht zu bemühen, da du sonst deine Schande hier noch einmal auftischen müsstest, denn keiner hat vergessen, was gewesen ist, und eine andere aufgeputzte Geschichte wird man dir hier nicht abnehmen, du Möchtegern-Kommunist und winziger dummer Blindgänger einer großen Stunde! Ist es so gewesen oder nicht? Ich frage dich vor dem Volk, du Gelber Sedip, Sohn des Schyrysch!«

Gelächter bricht aus. Die Menschen, die seit Stunden dicht gedrängt auf hölzernem Boden sitzen müssen, kommen in Bewegung, ein allgemeines Gemurmel entsteht. Der kahl rasierte, hagere Kopf des Redners glüht.

Da springt aus der unruhigen Menge Gasybaj, Sedips jüngerer Bruder auf: »Noch ein beleidigendes Wort, du Sohn der Schwarzen Baashaj, und ich werde dir den Schädel spalten, damit du es weißt! Ich habe deine tote Mutter genannt, weil du zuerst unseren toten Vater genannt hast! Du siehst, wir haben einen Vater, nach dem wir genannt werden, wen aber hast du, Buschkind und Arschlecker?!«

Der Wohlbeleibte muss aufspringen und mit der Faust auf den Tisch schlagen. Dann brüllt er: »Ruhe, Ruhe!« Sofort tritt Stille ein. Ein jeder fällt in die Haltung mit eingezogenem Kopf und gesenktem Blick zurück. Nur die beiden Schyrysch-Söhne stehen aufrecht wie die letzten Lärchen in einer Wüste von Baumstümpfen.

»Sie haben, Genosse Gasybaj, von einer Beleidigung gesprochen«, fährt der Versammlungsleiter nun etwas gefasster fort, da er zufrieden ist über die so schnell wieder hergestellte Ordnung, »von einer Beleidigung, die es nicht hätte geben dürfen, einverstanden, aber ich frage, wer hat hier wen beleidigt?« Nach einer kleinen Pause, die gewollt ist, geht es mit aller Wucht weiter: »Sie, Genosse Gasybaj, haben nicht nur mich, sondern in meiner Person auch die Staatsmacht beleidigt, denn das, was Ihnen soeben über die Lippen gerutscht ist, passt genau zu dem Paragraphen aus dem Strafgesetzbuch der Mongolischen Volksrepublik! Ist Ihnen dies bewusst?«

»Das mag sein«, pflichtet Gasybaj sichtlich eingeschüchtert bei, »doch zu dem unerfreulichen Wortwechsel ist es nur gekommen, weil Sie, Genosse Darga, dem Volk die Redefreiheit verweigern wollten, die ihm laut revolutionärem Gesetz zusteht, oder?« Damit wendet er sich ans Publikum, das ihn umgibt wie eine breite, schwere Flanke gegen die drei Männer, die sich hinter dem Tisch verbarrikadiert haben.

»Jawohl!«, tönt es vielstimmig aus der auf dem Boden hockenden Menschenmenge, aus der jetzt einzelne Stimmen zu vernehmen sind.

»Warum hört man nicht auf uns?« »Wir meinen, wir sind das Volk ..., das die Revolution gemacht hat, und dem nun der Staat gehört!«

Unsicherheit fährt in den Genossen Versammlungsleiter, der nun mit versöhnender Stimme eingreift: »Als ehrlicher Parteigenosse verhalte ich mich zur eigenen Tat kritisch und verspreche hier vor dem Volk: Solches wird nicht wieder vorkommen!«

Alsbald geht er jedoch wieder in die Offensive, sein Körper nimmt Haltung an, und die Stimme wird härter: »Das soll natürlich nicht heißen, dass ich stumm und untätig bleiben kann, wenn sich einer Worte herausnimmt, die die Prinzipien des Sozialismus in Zweifel ziehen. Ich fühle mich in meiner Funktion als Vorsteher eines Kreises und einer landwirtschaftlichen Vereinigung voll und ganz verantwortlich für alles, was hier geschieht, und werde als entscheidender Kopf und ausführende Hand der Partei und des Staates jedem Versuch, fehlerhafte Einschätzungen in Sachen der Leninschen Nationalitätenpolitik einzuschmuggeln, eine gnadenlose Abfuhr erteilen!«

Damit lässt er für einen kurzen Moment den Blick über die geduckten Köpfe der Versammelten schweifen und scheint zufrieden zu sein. Er setzt sich, und Gasybaj folgt seinem Beispiel. Der Gelbe Sedip aber bleibt weiterhin stehen.

»Über zweitausend Menschen leben hier im Kreis Zengelchairchan, und keiner ist gefragt worden, was er davon hält, nein, nicht einmal Sie, Genosse Kreisvorsteher, der Sie sich soeben für alles, was hier geschieht, für verantwortlich ausgaben, nicht einmal Sie sind gefragt worden!«, setzt der Redner, der sich inzwischen wieder in der Gewalt zu haben scheint, von neuem an. »Und wieso geschieht es, dass eines Morgens, gleich Heuschrecken, Schwärme von Kasachen zu Fuß und zu Pferd auftauchen?«, will er in ruhigem Ton fortfahren, wird jedoch vom Versammlungsleiter unsanft unterbrochen:

»Was reden Sie von Kasachen und von Heuschrecken, Genosse? Ich warne Sie!«

Sedip stockt, fährt zusammen, und seine tief liegenden grünen Augen sprühen zwei Strahlenbündel nach vorn, wo sie die drei Männer treffen. Die beiden Schatten, die den Wohlbeleibten in ihrer Mitte eingezwängt halten, scheinen seit langem erstarrt. Jetzt bewegen sie sich erstmals, und Sedip legt los: »Von Kasachen rede ich deswegen, weil sie es waren, und nicht Tuwiner, nicht Chinesen, weder amerikanische Imperialisten noch japanische Militaristen! Und von Heuschrecken, weil ein jeder hier die schwarze Plage zur Genüge kennt, wenn fliegende Insektenschwärme das Land inmitten des grünen Sommers wieder und wieder heimsuchen und es innerhalb weniger Tage kahl fressen. Ja, als die Fremden kamen, sich niederließen und sagten, von Stund an würden Erde, Luft, Wasser, das Gebüsch und selbst unsere windschiefen Scheunen ihnen gehören, da musste ich, ein Mann mit sechzig Jahren und einer Menge Lebenserfahrung auf dem Buckel, an jene Plage denken!«

»Du hättest ja von Ortsfremden oder einfach von Menschen reden können!«

»Menschen? Hinter dem Präsidiumstisch sitzen drei Menschen, wie klingt das? Vielleicht ein Mann, eine Frau und ein Kind? Nein, ein Tuwiner und zwei Kasachen, möglicherweise Nachkommen von jenen Räubern, die deine Großmutter vergewaltigt und deinen Großvater erschlagen haben. Wenn sie selber auch nicht ganz so schlimm waren, so sind sie doch bestimmt bis heute deine und meine Dargas! Nein, Sohn der Schwarzen Baashaj! So, wie sie dich in diesem Augenblick zwischen sich einzwängen, so werden sie dich auch künftig haben wollen! Ob du ihnen dienst oder nicht dienst, ihr Dank dir gegenüber wird heißen: Wir werden dich um alles bringen!«

Das Präsidium schreibt dreifach mit. Niemand unterbricht den Redner. Erst jetzt, nachdem sich dieser gesetzt hat, sichtlich bewegt, dass er sich hat aussprechen können, und auch im Publikum ein lebhaftes Gemurmel und Getuschel aufkommt, erhebt sich der Kreisvorsteher, wuchtig und wichtig. Er zögert noch, den Mund aufzutun, und lässt vorerst den Blick ruhig über die Gesichter gleiten, als müsste er jede Bewegung, jedes Zeichen auf diesen erhitzten, erschöpften, aber nun mit einem Mal belebten und bewegten Gesichtern in sich aufnehmen. Dann redet er, tut dies bedächtig, scheint jedes Wort vorher hinter den Zähnen abzuwägen und zurechtzulutschen, bevor er es loslässt, behutsam zwar, aber mit leichter Schärfe.

»Das Bild, das Sie da hingemalt haben, Genosse Sedip, sieht überhaupt nicht nach Lebenserfahrung aus, sondern stinkt nach schmutzigem Nationalismus und politischer Blindheit! Hiermit entziehe ich Ihnen endgültig das Wort und teile Ihnen außerdem offiziell mit, dass ich diesen Fall zur Klärung vor die Kontrollorgane bringen werde!«

Diese Worte vernichten. Die Versammelten, deren Köpfe nach und nach wieder in die Höhe gegangen sind, ducken sich erneut, und Sedip, der jähzornige Mensch, der nun eigentlich erst recht in Weißglut kommen müsste, stockt, zögert, hält den Kopf schief, überlegt und fängt darauf verzweifelt zu stammeln an: »Aber Darga, mein Darga, ich meine, ich meinte es nicht so, bitte glauben Sie mir, ich schwöre es bei meinen toten Eltern!«
Seine hohe, krächzende Stimme zittert, geht in Winseln über, und mit einem Mal beginnt der alte dürre Mann zu schluchzen wie ein Kind, dem eine bittere Kränkung widerfährt. Man könnte meinen, die Stille lebt, denn mit einem Mal nehmen die Sinne Dinge wahr, die ihnen bisher verschlossen waren. Diese seltsame Stille, ein Vorhang im Hintergrund, im Vordergrund aber Sedips Geheul, das nicht aus ihm, sondern aus einem unsichtbaren und ohnmächtigen Tier herauszukommen scheint, das gegen die schwere, glühende und stinkende Stille ankämpft, um in sie einzudringen und sie zu brechen.
Vergeblich erwartet man vom Versammlungsleiter, er möge seine Macht ausspielen, in die Geschehnisse eingreifen und den schluchzenden und röchelnden Erdenwurm anschreien, ja, auch vernichten, wenigstens aber endlich erlösen und so der Pein, die sengend und erstickend in der Luft liegt und jeden berührt, ein Ende bereiten. Doch der Darga, dieser Hengst der Menschenherde, sitzt still und schweigt. Er muss verwirrt sein, beschämt vielleicht, aber ganz bestimmt auch die verheerenden Folgen seiner eigenen Macht genießend.
In diesem Moment bricht jemand in die Hölle ein. Eine noch junge, ansehnliche Frau mit feinen Gesichtszügen erhebt sich aus der erstarrten Menge. Es ist Chejmesch, eine in jeder Hinsicht wohlbekannte, ja, da und dort sogar ruhmreiche Person.

»Was sind wir nur für Menschen«, beginnt sie gesammelt, dreht sich halb zur Seite und wirft einen flüchtigen, geringschätzigen Blick auf die Geduckten und Gedemütigten, »die wir uns wie Schlachtvieh in ein Viereck einpferchen lassen, dumm und stumm in die Leere glotzen und es eine Versammlung nennen? Was sind wir für Menschen, die wir das Wort einem Gelben Sedip überlassen, uns zuerst sein Gezeter und nun sein Gejammer anhören müssen? Demselben Gelben Sedip, der, wie jeder andere Hirte, wie jeder andere Jäger auch, weder lesen noch schreiben konnte, der niemals aus dem Versteck der Bergödnis hinausgekommen war, noch jemals etwas über andere Völker gehört hatte, der aber, da er einfach faul am Leib und dumm im Kopf war, anderen gegenüber den Vorzug besaß, arm zu sein. Mit diesem unrühmlichen Vorzug und mit der unstillbaren Gier und Eitelkeit dummer und fauler Menschen diente er sich den neuen Herren an.«

Von Satz zu Satz wird sie heftiger, scheint Feuer zu fangen mit Körper und Seele und gleicht einem Sturmwind, der alles, was ihm in den Weg kommt, hinwegfegt. Der Versammlungsleiter versucht sie einmal zurechtzuweisen, doch sie schaut ihm ins Gesicht und lacht höhnisch: »Du scheinst zu vergessen, Mann, dass ich ein vollwertiges Hochschulstudium hinter mir habe. Oder meinst du etwa, du musst mir alles vorschreiben, da ich dich aus Versehen irgendwann einmal zu dicht an mich herangelassen habe?!«

Der Genosse erbleicht und schaut entgeistert ins Leere. Die Menschen stoßen einander an, und Chejmesch darf ungestört fortfahren: »Ich verstehe uns nicht mehr, liebe Leute. Denn nicht jeder von uns hat wie der Gelbe Sedip Klöster in Brand gesteckt, sich mit *Chadak* die Füße umwickelt, Budhafiguren mit dem Kopf nach unten in die Erde geschlagen und schließlich noch darauf gepisst und geschissen. Erst recht nicht haben wir, wie jener es getan hat, andere Menschen verleumdet, so dass sie ins Gefängnis kamen oder gar erschossen wurden. Zum Kotzen seltsam ist das, nicht wahr, ausgerechnet dieser Mensch muss den Mut aufbringen, die in diesem Augenblick über uns allen hängende, uns alle erdrückende und erschlagende Wahrheit auszusprechen! Und alle anderen, die besseren, die sauberen, ja die heiligen Staatsbürger, wollen weiterhin sauber und heilig bleiben, glotzen wie Blinde und schweigen wie Stumme vor sich hin! Vielleicht hat nicht jeder begriffen, was geschehen ist, und darum sage ich es hier noch einmal: Inmitten des Friedens und am helllichten Tage haben uns Kasachen besetzt und verlangen nun von uns, dass wir es auch noch gutheißen! Sprecht es nur laut aus, Brüder und Schwestern, wollen wir das letzte Stück Erde, das uns noch geblieben ist, mit Fremden teilen oder nicht?«

»Nein!«, dröhnt es von allen Seiten. »Niemals!« »Nein!«

Das Präsidium kann nicht mehr mitschreiben. Die Seitenmänner fahren wie an einer Schnur gezogen hoch, sprechen lebhaft auf den in der Mitte Sitzenden ein, und der Angesprochene muss darauf schnell reagieren. Er federt hoch und brüllt: »Wisst ihr, Genossen, was das ist, was ihr da gerade macht? Kon-ter-re-vo-lu-tio-nä-rer Umtrieb ist das!« Darauf holt er mit der zur Faust geballten Rechten weit aus, wirft sie nach vorn und brüllt mit unveränderter Lautstärke weiter: »Ich entziehe Ihnen das Wort, Genossin Chejmesch, und fordere Sie auf, sich gefälligst hinzusetzen, sofort!«

Doch jene denkt gar nicht daran. Ihre Haltung mit vorgebeugtem Oberkörper und wie zum Gebet zusammengelegten Händen drückt Leidenschaft aus, die zu allem bereit ist. Sie spricht nun schnell, fast leise, wie beschwörend: »Lasst euch nicht einschüchtern, Brüder und Schwestern! Wenn wir zusammenhalten, bleiben wir unbeweglich wie ein Berg!«

Die Seitenmänner auf dem Podium zeigen sich immer ungehaltener, ihre Blicke sind für den in der Mitte Eingezwängten wie Speere, die ihm in den Leib dringen. Er hält es nicht länger aus und muss aus Leibeskräften losbrüllen: »Ich wende mich namentlich an euch Parteigenossen und erteile euch hiermit den Auftrag, die nationalistischen Ausschreitungen sofort zu unterbinden!«

Die so beim Namen Genannten fordern die Rednerin zum Schweigen auf. Diese jedoch redet weiter: »Blut möchte ich deinetwegen weinen, Mann, Batyj, als Verräter wirst du in das Volksgedächtnis eingehen! Du siehst doch, wen du seit heute Morgen neben dir gehabt hast. Sie haben dir zu beiden Seiten wie bleiche Schatten gehangen und dich bewacht, nun erteilen sie dir schon den Auftrag, deinen Stammesgenossen den Mund zu stopfen, und wahrscheinlich werden sie dir demnächst sogar vorschreiben, diesen oder jenen ins Gefängnis zu schicken!«

Das Präsidium schreibt panisch mit, und Batyj brüllt in den Saal: »Was sitzt ihr tatenlos herum, worauf wartet ihr? Greift die prinzipienlose Anarchistin und unterbindet sofort ihre Ausfälle. Vergesst dabei nicht, dass die Partei einen jeden zur Rede stellen und zur Verantwortung ziehen wird!«

Der Erste steht bereits auf, zwei Weitere folgen, und zu dritt packen sie die Frau, die ihnen vergeblich zu entkommen versucht. Die Männer schleppen und schieben sie gewaltsam aus dem Raum. Noch im Türrahmen stehend ruft sie Worte, die den Vorsitzenden treffen und verwunden müssen: »Ich verfluche dich, Sohn der Schwarzen Baashaj, und ich verfluche auch mich, die ich dich Scheusal an mich herangelassen habe. Zu deiner und meiner Strafe werde ich unser Kind gegen dich erziehen, du Verräter!«

Die Versammlung dauert den ganzen Tag und die halbe Nacht. Jetzt gehört das Wort nur noch dem Präsidium. Die

beiden Stummen mit den finsteren Mienen und den beobachtenden Augen entpuppen sich als harte Redner. Alle drei wechseln einander ab und erteilen den Versammelten eine eiskalte Kopfwäsche.
Proletarischer Internationalismus ist das Stichwort. Das Publikum wird von der Diskussion glattweg ausgeschlossen, denn es hat nach den Worten des Genossen Kameltaj, der wenige Stunden später Batyj in seiner Funktion ablöst, das Vertrauen der Partei verspielt, da es unter fehlender Wachsamkeit zugelassen hat, dass vonseiten feindlicher Elemente die sozialistische Demokratie missbraucht worden ist. Und dieses Publikum, das unter Kopfweh, Blasen- und Darmdruck sowie unter Angst vor Bestrafung leidet, wird wieder und wieder zur Mitarbeit und zur Befürwortung der Beschlüsse der Bezirksleitung aufgerufen. Andernfalls würde die Versammlung so lange dauern, bis weitere Vertreter höherer Stellen kämen. Begriffe wie Gericht, Staatsanwaltschaft und Kontrollorgane, die nicht näher erklärt werden, fallen immer wieder.
»Die Partei wird auf keinen Fall zulassen, dass die Autorität der sozialistischen Staatsmacht, in welcher Form auch immer, angetastet wird!«, verkündet nun Okaj, der andere Genosse, der seine Bestätigung als Parteisekretär längst in der Jackentasche trägt, von der aber noch kein Tuwiner weiß.
»Der hat den richtigen Namen dazu!«, flüstert einer halblaut, und viele hören es, wobei sie an Ookaj, den Wolf, denken. Er scheint ein besonders scharfer Genosse zu sein, wie man sie in den letzten Jahren nur selten erlebt hat. Im Jahrzehnt der Verhaftungen und Erschießungen gab es viele von ihnen. Diese Zeit liegt jedoch schon zwanzig Jahre zurück.
Der Gelbe Sedip, der sich während des Tumults hingesetzt und inzwischen wieder beruhigt hat, denkt unter der donnernden Rede des Kasachen wehmütig an gewesene Zeiten,

an eigene Untaten. Ach, wie oft war er selber im Präsidium gesessen, an jenem Tisch, dessen Tintenflecken und Einritzungen er gut kennt. Manche davon stammen von ihm.
Gegen Mitternacht geben die Menschen auf. Der Beschluss der Bezirksleitung wird vonseiten des werktätigen Volkes angenommen und gutgeheißen. Der Landkreis Zengelchairchan ist abgeschafft und an den Nachbarkreis angeschlossen. Damit haben die Tuwiner das letzte Stück Territorium verloren, das von einem einst großen Gebiet noch übrig geblieben war.

Der Alltag schreibt Geschichte

Die herausragenden und einschneidenden Ereignisse, aus welchen die Geschichte besteht, werden vom Alltag ausgetragen und geboren.
Dem *Owoo* über dem Aiz-Pass, dem ersten der einhundertzweiundsiebzig Owoos, denen die Karawane während der nächsten einhundertfünf Tage in der Steppe begegnen wird, bringt der Häuptling neben einem faustgroßen Lungenstein und einem fingerdünnen Streifen weißer, schwerer Seide auch einige Versstrophen dar, hinausgesungen in die kühle Stille des beginnenden Nachmittages. Es sind Dinge, herausgebrochen aus den Innenlandschaften, Bekenntnisse, die anderswo Gebete heißen.
Müsste er sein Singen nicht besser Schamanen nennen, denn er versinkt tiefer und tiefer in sich, weckt nicht nur Fragen, sondern lauscht auch nach Antworten. Er vertraut sein Bangen und Hoffen den Geistern der hügeligen Berge mit den von Wind und Wasser rund geschliffenen Gipfeln und dem eisgrauen Himmel darüber in der Überzeugung an, dass sie die Fortsetzung seiner Berge und seines Himmels sind.

So schickt er den Wunsch auf den Weg, alle guten Geister mögen ihm, der um das gefährdete Geschick seines Volkes weiß und leidet, bei Wind als schirmende, bei Kälte als wärmende, bei Hitze als kühlende Hand beistehen. Und darauf glaubt er die Antwort zu hören, er dürfe die langen unbekannten Wege, die über hohe Berge und weite Steppen, über trockene Wüsten und nasse Wiesen führen, zu einem Strick aufrollen und damit die schwere Last, die er sich vorgenommen, festzurren und zum Ziel bewegen.

In dem Augenblick, in dem er aus sich heraustritt und seine Sinne für die ihn umgebende Außenwelt freilässt, nimmt er einen Hund von kräftiger Statur und angenehmem Aussehen wahr. Seine Grundfarbe ist strahlendes Weiß, und ein hauchleichtes, schattenhaftes Schwarz liegt gleichmäßig verteilt auf drei Stellen des Körpers, auf Kuppe, Rücken und Kopf, wobei der letzte Tupfen den Kopf genau in der Mitte scheitelt.

»Der Hund hat sich zu uns gesellt«, sagt Düwüdün, denn er hat den Blick des Häuptlings bemerkt, den der Hund auf sich gezogen hat und nicht mehr loslässt.

»Wie denn das?«, will jener wissen.

»Heute Morgen waren wir auf dem großen Platz. Da lief dieser Hund frei herum, kam irgendwann auf uns zugeschlichen und beroch uns einen nach dem anderen am *Deel*saum. Zuerst hatten wir Angst, dachten, was für ein gefährliches Tier, sahen dann aber in seinen Augen die Friedfertigkeit und eine Spur Sehnsucht. Wir meinten, er müsse Viehtreibern gehört haben, die, nachdem die Herden dem Schlachthof abgeliefert und die Reit- und Lasttiere verkauft waren, selber mit dem Flugzeug zurückgeflogen sind. Der Hund, auf der Suche nach seinen Herren, hat an uns Ähnlichkeiten mit ihnen erkannt, doch als er merkte, dass wir es nicht waren, ging er wieder weg. Stunden später, als wir längst auf dem Auto saßen, und Sie, das Blatt Papier in der Hand, auf uns zukamen, sahen wir

plötzlich den Hund hinter Ihnen herrennen, und in dem Moment, als Sie in die Kabine einstiegen, kam er und blieb unschlüssig stehen. Wir lockten ihn herbei und machten hinten auf. Er zögerte nicht, und mit einem Sprung war er oben!«
Diese Geschichte erscheint dem Häuptling zunächst unbeholfen, leicht zusammengeflickt. Doch da sieht er den Hund vor sich, sieht auch den treuherzigen, brennenden Blick des jungen Menschen und weiß, dass die Geschichte nicht erfunden sein kann.
Düwüdün, als ob er den Gedanken erraten hätte, sagt: »Wir möchten, dass Sie ihm einen Namen geben!«
In den erwachenden Gedanken des Häuptlings bekommt nun die schwarz-weiße Musterung des Felles eine eigene Bedeutung: Dreimal Polsterung dort, wo Zaum, Sattel und Schwanzriemen hinpassen! Der gletscherhelle Wolf scheint vom Himmelskönig als wegweisendes Reittier für den noch rotznäsigen Jungen geschickt.
Er tritt an den Hund heran, fasst ihn behutsam am festen, runden Hals, krault ihm das Fell und spricht ihm dreimal ins Ohr: »Ajantschin! Ajantschin! Ajantschin!«, was so viel bedeutet wie Wanderer.
»Ajantschin! Ajantschin! Ajantschin!«, wiederholen die Hirten und kreisen dabei die mit der Fläche nach oben gewendeten Hände im Uhrzeigersinn. Nun sind sie zu zwölft.
Zwölf Monate machen ein Jahr und zwölf Jahre einen Zyklus. Zwölf Stunden währt der Tag und zwölf die Nacht. Mit dem Lastwagen jedoch, der gleich einem Ross aus den alten Epen auf seinem Rücken alle trägt, sind sie dreizehn.
Dreizehn Berge hat der Altai, dreizehn Owoos werden alle Jahre geweiht, aus dreizehn Augen steigt der Opferrauch eines jeden Owoo zum Himmel empor, die Dreizehn ist die heilige Zahl.

Der Nomade sucht in jedem Ding nach einem Sinn. Er sucht so lange, bis er ihn findet. Und da er sich auf diese Weise von sinnvollen Dingen umgeben weiß, empfindet er sein eigenes Leben als sinnvoll. Alles, was von Sinn erfüllt ist, darf bleiben, so wie es ist, darf fortbestehen, und keiner braucht darin herumstochern, daran rütteln oder es verunstalten.

Nachtrag zur Vorgeschichte

Mit sechzig endlich wird der Gelbe Sedip, der eine unrühmliche Jugend und auch keine ruhmreichen Reifejahre gehabt hat, ein anderer, ein schwacher und liebenswerter Mensch. »Ich habe Angst«, lautet einer seiner Lieblingssprüche, womit er vor allem die Zeit nach dem Tode meint.

Einmal geht er sogar zu der berühmten Schamanin Schashynbaj, gesteht ihr kleinlaut seine Angst, in die Hölle zu kommen, und erntet nur ein boshaftes Lachen. »Hab keine Angst, du hast deine Hölle schon hinter dir, es ist dein Leben gewesen!«, höhnt die Hexe.

Und was sagen die Chinesen über ihre Nachbarn im Norden? Mit sechzig würden sie erwachsen, um mit einundsechzig zu sterben. Gerade das trifft auf den Gelben Sedip zu.

Mit Chejmesch jedoch geht es in die umgekehrte Richtung, sie wird immer schwieriger. Das ist ihr wohl selbst bewusst, denn sie klagt über den Wahnsinn, in den man sie treibe. Doch unternimmt sie nichts dagegen, versucht nicht, sich aufzulehnen, lässt sich fallen. Sie versöhnt sich mit niemandem, sondern wird noch zänkischer als vorher. Dazu trägt wohl auch ihr Wissen bei, denn sie liest und studiert als Einzige aus dem ganzen Kreis alle Zeitungen und Zeitschriften. Doch dieser übermäßige Fleiß trägt ihr mehr Feindschaft als Anerkennung ein. Sie lebt abseits und gerät nach und nach in

Vergessenheit. Bis eines Tages, zehn Jahre sind inzwischen seit jener unglückseligen Versammlung verstrichen, ihr Name wieder in aller Munde ist: Sie sei, heißt es, eine japanische Spionin!

Obwohl Leichtgläubigkeit die Grundschwäche der Nomadenwelt ist, will diese Neuigkeit zunächst niemand glauben. Alle halten es für ein dummes Gerücht. Da aber reitet der Propagandist, das aufklärende Plappermaul der Partei und des Staates, von Jurte zu Jurte, bestätigt das Gerücht und mahnt einen jeden zur Wachsamkeit.

»Du und du und ich, wir alle sind Zielscheibe der imperialistischen Umtriebe!«, lautet die Wortbombe, die er auf die Hirne der Menschen abwirft, und diese Bombe scheint jedes Mal zu zünden, denn es versagen ihnen die Zungen.

In Wahrheit jedoch war Folgendes geschehen: Eines Morgens, es war gegen Ende eines sehr harten Frühjahres, klebte an der Außenseite des Gebäudes der Kreisleitung ein dicht beschriebenes, längliches, aus Schulheftblättern zusammengeleimtes Papier: »Gezählt sind eure Tage, Genossen Dargas!«, war da in fetten, großen Buchstaben zu lesen und darunter mit schmähenden Worten die Aussage, weshalb es heutzutage ein jeder Mensch, koste es was es wolle, anstrebt, ein Darga zu werden. Darunter befand sich eine Liste mit der Überschrift: »Die siebenundsiebzig Verbrechen der Dargas, der wirklichen Feinde des werktätigen Volkes«.

Diese Liste enthielt unter anderem die folgenden Beschuldigungen:

Batyj, Kreisvorsitzender: Drei Frauen geschwängert: Sürün 1950, Charagys 1952, Chejmesch 1958.

Kameltaj, Kreis- und Vereinigungsvorsitzender, und Parteisekretär Okaj: Das Volk gegen seinen Willen gezwungen, dem Beschluss über die Vereinnahmung des tuwinischen Nationalkreises durch Kasachen zuzustimmen und dabei

faschistische Erpressungsmethoden angewandt, so dass vielen Dünnes und einigen sogar Dickes in die Hosen lief, 1959.
Batyj, Kreisvorsitzender: Verrat gegen die eigene Erde, um selber im Amt zu bleiben, 1959.
Pejner, Chefbuchhalter: Eigene Verwandte, die nie Herausragendes geleistet, wiederholt mit Staatsgeldern prämiert, ab Herbst 1960 bis zum heutigen Tag.
Tasyng, Parteisekretär: Arbeiter und Angestellte (Samdar, Gök, Damanbaj, Seke) willkürlich entlassen, um eigene Verwandte (Sawyl, Schagdyr, Chomusch, Bady) unterzubringen, 1965.
Schopan, Handelschef: Defizitwaren heimlich unter eigene Leute verteilt, z. B. von 34 Koffern nur 14 durch den Laden verkauft, Mai 1969.

Große Aufregung entsteht. Der Tatort wird für Menschen, die keine führende Funktion haben oder nicht in der Partei sind, abgeriegelt, bis die Miliz kommt, fotografiert und weitere Untersuchungen vornimmt. Das Blatt wird entfernt und als Beweismittel aufbewahrt. Ein Protokoll mit elf Unterschriften wird angefertigt, und noch am selben Tag trifft ein Mitarbeiter von der Staatssicherheit ein. Er lässt sich im Kreishotel nieder und beginnt gezielt zu arbeiten. Wenig später heißt es, die Bevölkerung werde auf Allgemeinbildung geprüft. Der Wanderlehrer fährt von *Ail* zu Ail, treibt alle Menschen zusammen, nimmt ihnen eine Prüfung ab, die aus zwei, drei Fragen politischen Inhalts und einem Diktat besteht. Die Antworten werden aufgeschrieben, die Diktate mitgenommen.
Chejmesch wird schon am nächsten Tag verhaftet und gibt sofort zu, es gewesen zu sein. Sie erzählt noch mehr, antwortet auf die Frage, ob sie Komplizen habe, mit Ja. Sie sagt aus, sie stehe mit einem japanischen Spion in Kontakt, und dies

schon seit drei Jahren. Der Spion, dreißig bis fünfunddreißig Jahre alt, mittelgroß, die mongolische Sprache gut beherrschend und Yoyo mit Rufnamen, habe sie beauftragt, das Blatt so zu schreiben und an der Tür der Kreisleitung anzubringen. Dieser Yoyo erscheine einmal im Monat, und zwar immer in einer mondlosen Nacht.

Also wartet man die mondlosen Nächte ab. Sie kommen und gehen vorüber, aber der Spion erscheint nicht. Chejmesch meint, dann würde er wohl erst im nächsten Monat erscheinen, denn es sei schon einmal vorgekommen, dass er ausgeblieben ist. Also wartet man weiter, doch es erscheint kein Spion. Nun vermutet Chejmesch, Yoyo könne Wind von der Sache bekommen haben. Woher denn, fragt man, sie habe doch ausgesagt, sie allein sei in Kontakt mit ihm. Chejmesch lacht. Sie könne doch vom Spion einer fremden Macht nicht verlangen, dass dieser einzig mit ihr Kontakt habe. »Was ich weiß«, gibt sie zu Protokoll, »ist, dass wir in einem besetzten Land leben, und es würde mich nicht nur nicht wundern, sondern sogar erfreuen, wenn sich möglichst viele, ob Tuwiner oder Kasachen, mit jedem möglichen Geheimdienst zusammentun. Letzten Endes geht es doch nur darum, dass das, was längst knirscht und knistert, nun endlich kracht!«

Der protokollierende Mensch bewahrt Ruhe und schreibt fleißig mit. Das muss er auf alle Fälle tun, schon wegen des Berichtes, der, gewissenhaft abgefasst, höheren Stellen und wichtigen Genossen zugestellt werden wird. Bis jetzt hat er das Verhör nur dem Protokoll zuliebe fortgesetzt, denn er glaubt längst nicht mehr, was sie ihm da erzählt.

So ein Unsinn, denkt er mit zunehmender Wut und versucht, für sich zu ergründen, weshalb sie sich in die Lügengeschichte wie besessen immer tiefer verstrickt. In der kindischen Erzählung der schamlosen Person wittert er jedoch eine Möglichkeit, die er nur noch zu einer brauchbaren Größe aufschichten muss, um dann daraus das herausschälen zu können, was er benötigt. In ihm hat sich der Teufel geregt, und er spürt ihn allgegenwärtig.

»Sie reden von einem besetzten Land, in welchem Sie leben müssen. Gut, man kann es schließlich so sehen wie Sie. Was aber hat dort der Kasache zu suchen, er hat es doch nicht nötig, sagen wir, als Besatzer, für einen fremden Geheimdienst zu arbeiten?«, tastet er sich entschlossen an sie heran.

»Zum Zeitpunkt der Besetzung gehörten zu unserem Kreis vier kasachische Großfamilien, und auf der anderen Seite lebten eine Handvoll Ak Sojan, Tuwiner also unter Kasachen. Diese waren alle gegen die Angliederung, weil damit offenkundiges Unrecht geschah, nämlich Diebstahl von Land. Sie sehen, es ging nicht darum, dass hier Tuwiner und dort Kasachen standen«, gibt sie ruhig und geduldig zu Protokoll, steigert sich jedoch leidenschaftlich: »Aber haben Sie keine Angst, Genosse, dass ich mich herausrede aus der tiefen Fallgrube, in der Sie mich längst haben, im Nationalismus, den hierzulande jeder jedem anzulasten weiß, wenn ihm der Sinn danach steht! Seien Sie beruhigt, ich werde Ihnen noch Größeres unter die Feder schieben, damit Sie die Zeit nicht umsonst mit mir verbracht haben. Ich sichere Ihnen den Erfolg, den Sie brauchen, um zu einem weiteren Sternchen zu kommen!«

Der Mann, der eifrig mitschreibt, errötet, denkt mit Herzklopfen daran, wie sie auf das Sternchen kommt, denn genau das ist es, worauf zu zielen er sich soeben entschlossen hat.

Aus der Spionagegeschichte wird nichts, erkennt er. Aber er will versuchen, aus der dummen Fremden etwas für sich herauszuholen. Dieses kann jedoch nur dann geschehen, wenn das Verhör aufs Politische gelenkt wird.

Natürlich hat auch das mit dem Sternchen zu tun, denn sein Vorgesetzter, der Genosse Oberst, hat, als er ihm den Auftrag erteilte, eine vorzeitige Beförderung in Aussicht gestellt, falls er die Aufgabe gut meistern würde. Er hat die Person, die Verfasserin der Hetzschrift, leibhaftig vor sich sitzen, hört ihrem Geschwätz zu und ist gespannt auf das soeben versprochene Größere. Also darf und muss er an das Sternchen denken, das ihm sozusagen von zwei Seiten zublinzelt. Noch ein Stern, das wäre dann der Major! Die vier kleinen, ameisengleichen Sternchen des Hauptmannes würden zu einem richtigen Stern zusammenwachsen und ihm die Tür zur Familie der höheren Offiziere öffnen.

Nun jedoch schweigt die Person, die bis jetzt so erzähllustig, ja geschwätzig gewesen ist, und schaut, wie ihm auf einmal bewusst wird, mit einem kleinen, versteckten Lächeln auf ihn. Er fühlt sich ertappt und hegt Groll gegen sie, fühlt sich von ihr angegriffen und erst recht bestätigt in seinem Entschluss, den Spionagefall, den keiner ernst nehmen will, wenigstens in einen politischen umzumünzen, um auf weitere Pluspunkte in den Augen seines Vorgesetzten zu kommen. Also sagt er sich: Spare dir dein besserwisserisches Lächeln, ich werde aus dir schon herauspressen, was du anzubieten hast, du bist mir ein Röhrenknochen, den ich zerschlagen und aus dem ich das fette Mark heraussaugen werde!

Vorerst entschließt er sich jedoch, weiterhin leise und in Deckung zu bleiben. In eher gelangweiltem Ton erkundigt er sich bei ihr: »Was darf ich darunter verstehen: Was längst knistert und knirscht, bald aber krachen wird?«

»Lug und Trug, dem die fünfzackige rote Mütze des Sozialismus übergestülpt ist!«, kommt sie ihm willig entgegen.

»Sie meinen«, fährt er nun doch ein wenig hoch, »der Sozialismus, den wir aufbauen, ist nicht echt?«

»Nicht nur das, der Betrug wird bewusst betrieben. Das wissen Sie, das weiß Ihr Darga, und das wissen dessen Dargas, alle wissen es, nur die sprechende Herde, das Volk genannt, ist zu einfältig, um es zu erkennen. Diese Herde klatscht auf Bestellung Beifall, kaut Vorgegebenes wieder und schuftet unter Schweiß, an dem sich die Behörnten und Behuften, die Genossen Dargas und ihre Mitläufer kugelrund mästen. Und dies nennt man dann den Sozialismus aufbauen, Genosse Mitarbeiter der Staatssicherheit!«

Chejmesch hat langsam und leise gesprochen, ihm den Schlusssatz aber ins Gesicht geschleudert.

Der Mann, bis jetzt ein flinker und zufriedener Mitschreiber, gerät ins Stocken. Das kann von seiner Vorfreude herrühren, vielleicht auch vom Schreck, der wie eine Kugel in ihn hineingefahren ist und ihm die Hand lähmt.

Nun bedauert er es, dass er kein Tonbandgerät mitgenommen hat, vor allem, weil das Unerhörte und Schwerwiegende, das ihm soeben zu Gehör gekommen ist, in jedem Fall gut bewiesen werden muss. Wieder fällt ihm der Stern ein. Schon sieht er ihn, fühlt ihn, und ihm wird schwindlig im Kopf. Was ist, denkt er, wenn die Person später vor einem Untersuchungsrichter die Aussage widerruft? Deshalb beschließt er, sie gleich nach dem Verhör den Wahrheitsgehalt des Gesagten und Niedergeschriebenen mit ihrer Unterschrift bestätigen zu lassen.

»Sie müssen blind sein, wenn Sie den realen Sozialismus anzweifeln!«, stachelt er sie auf, um aus ihr noch gewichtigere, schneidendere Worte herauszuholen, die sie ihm sogleich liefert: »Wir haben keinen Tag lang den Sozialismus gehabt. Das weiß ich, weil ich Marx und Lenin gelesen habe!«

»So?«, tut er verwundert und schiebt ihr bereits die nächste Fangfrage unter die Zunge: »Wollen Sie denn wirklich den Kapitalismus? Ich will hoffen, Sie wollen nur aus Trotz mit mir spielen?!«

Sie fährt hoch, ist beleidigt: »Den Sozialismus will ich, den ich bei uns vermisse!«

Der Genosse Hauptmann, in Gedanken längst im lichten Schein des großen Sterns, weiß, dass er solches nicht mitschreiben darf, schiebt aber die nächste Frage vor die aufgeregte Frau, damit sie darüber weiterstolpert: »Wie denn das nun?«
»Sozialismus ist Gleichberechtigung und Freiheit für alle!«, platzt sie aufs Neue heraus. »Haben wir denn diese? Nur Worte haben wir, die Schall und Rauch sind! Daher das besetzte Land. Ja, ein jeder ist in diesem Land ein Gefangener! Sie als Kasache und wir als Tuwiner, mit dem einen Unterschied: Wir, als Minderheit, die alles verloren hat, was seit Jahrhunderten, ja, seit Jahrtausenden uns zugestanden, leben seit mehr als zehn Jahren nun schon unter doppelter Besatzung. Sie aber sind einerseits Minderheit im mongolischen Land, ungebetene obendrein, andererseits Mehrheit in dieser Ecke und Gewalttäter gegenüber Schwächeren. Sie sind verurteilt, mit doppelten Verwünschungen zu leben. Fett und frech mag Sie unser Altai mit all seinen Reichtümern machen, heimisch und beliebt aber werden Sie hier nie und nimmer!«
Dem Menschen, der sich das anhören muss, reicht die Geduld für ein solches Verhör nun doch nicht mehr, und er bricht es abrupt ab. Die Hauptschlagader entlang seines dünnen, wettergebräunten Halses klopft bedrohlich stark.
Die Unterschrift allerdings vergisst er nicht. Auch hierin kommt sie ihm willig entgegen, und noch in der Nacht erscheint aus dem Bezirk ein Auto und holt die beiden ab.
Von Chejmesch hörte man zunächst, sie sei in Untersuchungshaft, später in ärztlicher Behandlung. Das werktätige Volk aber wurde aufgeklärt: Die Person sei verrückt, und daher die ganze Geschichte auch nur ein Gespinst ihres kranken Gehirns gewesen. Diese Krankheit muss schwer heilbar gewesen sein, denn die Behandlung dauerte Jahre.

Der Frühjahrssturm hat in der Gobi begonnen. Je tiefer der Weg in die abfallende, nackte Steppe mit dem holprigen, graubraunen Kiesgrund hineinführt, umso wilder und wütender tobt der Sturm, und da der Staub so brodelt, dass der Boden unter den Rädern verschwindet und das Auto in einem einzigen Nebel zu schwimmen beginnt, muss der Fahrer schließlich halten. Der Uhrzeit nach könnte die Sonne noch da sein, doch steckt die durchschüttelte Gobiwelt längst im Dämmerlicht.

Der Häuptling entscheidet: »Hier warten wir das Ende des Sturmes ab. Alle Klappen des Verdecks sind dichtzumachen. Einer soll mit seiner Waffe in die Kabine kommen, und jeder, der austreten gehen will, hat sich an einem Lassostrick zu bewegen, das im Auto befestigt wird!« Der Fahrer überbringt diese Anordnung der restlichen Mannschaft. Nur wenige Minuten vergehen, und der Häuptling macht sich bereits Sorgen darüber, ob der leichtgewichtige Bursche nicht vom Wind weggeweht sein oder sich verlaufen haben kann. Da aber kommt er endlich durchgefroren zurück.

»Die Luken sind längst dicht, und alle haben sich verkrochen wie Hundejunge, einzig Ajantschin wacht und schien mich zuerst für einen Einbrecher zu halten!«, erzählt er aufgeregt. Im gleichen Augenblick geht die Tür zur anderen Seite auf, und man erkennt in einer wirbelnden Staubwolke Gambaa. Das Landkind ist anders als die Stadtbewohner, er kämpft still gegen die Tür, welche der Wind seiner Hand zu entreißen droht. Nachdem er die Tür hinter sich zubekommen und sich neben den Häuptling gezwängt hat, verharrt er, und die Frage, ob er gefroren habe, wird leise mit einem schüchternen Lächeln auf der Nasenwurzel verneint.

Der Häuptling sitzt warm und fühlt sich geborgen zwischen den festen, jungen Körpern. Doch macht er sich Gedanken und wendet sich an den Fahrer: »Wie viel betrug vorhin die Kühlwassertemperatur?«
Der Fahrer weiß es nicht und muss dafür einen leisen Tadel einstecken: »Darauf hättest du achten müssen, bevor du den Motor ausgeschaltet hast, um genau zu wissen, wann du ihn wieder wirst anlassen müssen, damit das Kühlwasser nicht gefriert! Weißt du denn wenigstens jetzt, was zu tun ist?«
Anschließend wendet sich der Häuptling an den anderen: »Was machen wir, wenn Wölfe kommen?«
»Die Wölfe kommen nicht ans Auto heran.«
»Wenn sie es doch tun?«
»Dann schießen wir.«
»Wie denn schießen, wenn ein ganzes Rudel auftaucht?«
»Um diese Jahreszeit leben die Wölfe nicht mehr in Rudeln.«
»Woher willst du das so genau wissen? Hier sind wir in einer uns unbekannten Welt, und vielleicht sind da selbst die Wölfe anders?«
»Dann schießen wir eben, zuerst auf den zweiten von vorn, das ist der stärkste unter allen Rüden.«
»Dein Vater ist ein guter Jäger gewesen, ich sehe, du bist auch einer, doch was machen wir, wenn die schwanzlosen Wölfe, die Räuber, kommen?«
»Die werden nicht kommen. Keiner wird wissen, wer wir sind und was wir machen.«
»Ich sehe, du liest keine Zeitungen!«
Der Junge gerät in Verlegenheit, aber er gibt weder zu, dass er keine Zeitungen liest, noch fragt er, was es damit auf sich hat.
»Was machen wir, was machst du, wenn wir von Räubern überfallen werden?«
»Keiner wird uns überfallen. Ich meine, das wird doch keiner wagen.«

»Du meinst, wir sind viele, bewaffnet und dazu noch von einem Hund beschützt? Ja, das sind wir. Vielleicht hast du Recht, dennoch, was machen wir, wenn wir überfallen werden?« Keine Antwort.

»Werden wir, wirst du schießen?«

»Ich weiß es nicht.«

Der Häuptling sagt darauf nichts, denkt aber: Gut, dass du nicht gleich schießen willst. Dann ist er still, sitzt mit geschlossenen Augen und tut, als würde er schlafen. Doch er döst nur und nimmt zu jeder Zeit wahr, was unten und oben geschieht. Keiner schläft. Der Fahrer wacht über die Wassertemperatur, startet dann und wann den Motor und lässt ihn laufen.

Gambaa schaut und lauscht angestrengt hinaus. Dabei gehen seine Gedanken zurück in die Vergangenheit. Fünf Jahre ist er damals alt gewesen, als seine Familie auswanderte. Die Eltern können nicht viel besessen haben, denn da waren nur wenige Schafe, die hinten im Ladekasten des fahrenden Autos standen und auf ihn schauten, während er mit dem Vater und den älteren Geschwistern vorne saß. Die Mutter fuhr mit den beiden jüngeren Geschwistern in der Kabine. Manchmal hielt das Auto, sie stiegen aus, die Eltern kochten und die Kinder sammelten Brennbares. Auch die Schafe wurden getränkt und grasten. Der Fahrer, dessen Vollbart an einen *Yak*schwanz erinnerte, lag im Schatten des Autos und schlief. Der Vater ging jagen und schoss Murmeltiere, während die Mutter immer am Auto blieb, denn sie war krank. Oft kränkelte auch der Vater.

»Es ist eben unser Schicksal, mit der Krankheit zu leben«, sagte einmal die Mutter, »und das verdanken wir eurem Großvater, der ein Kloster zerstört und sich an seinen Heiligtümern vergriffen hat!«

»Ach, Unsinn!«, sagte darauf der Vater.

Doch auch von Fremden, meist waren es angetrunkene Männer, die Streit suchten, hörte man Ähnliches, was den Großvater betraf, den keines der Kinder jemals gesehen hatte, da er bereits vor ihrer Geburt gestorben war.
Einmal aber war es der Vater selbst gewesen, der sich betrunken hatte und nun jammerte: »Ihiij, du blauer Himmel, warum hast du gerade mich zum Sohn des Gelben Sedip bestimmt?!« Gambaa musste damals lange darüber nachdenken, was denn der Großvater genau getan und weshalb er es getan hatte. Auch nach dem Tod seiner Eltern, die rasch hintereinander starben, brachte er es nicht fertig, andere danach zu fragen.

Gegen Mitternacht legt sich der Sturm. Während der Fahrer im Begriff ist, den Motor wieder anzulassen, sagt Gambaa: »In der Nähe muss ein Ail sein!«
»So?!«, sagt der Häuptling, ist plötzlich hellwach und fährt hoch.
»Ich höre Hundegebell.«
»Steig aus, geh in die Steppe und versuche, die Himmelsrichtung auszumachen, aus der das Gebell kommt!«
Gambaa ist schnell zurück. »Es ist im Südwesten«, sagt er bestimmt.
»Wir fahren!«, befiehlt der Häuptling.
Das Scheinwerferlicht tastet die kahle, vom Sturmwind gefegte Steppe ab, bewegt sich langsam und zitternd vorwärts. Sie fahren so lange, dass man am Ende denken muss, der Wächter hätte sein Gehör überanstrengt und das gehört, was er gerne hören wollte. Wenn er tatsächlich Hundegebell vernommen hat, dann ist man an dem Ail sicher bereits vorbeigefahren. Doch schweigt man, sitzt geduldig und denkt, dass es keinen Unterschied macht, das Benzin fahrend oder stehend zu verbrauchen.

Da sieht Gambaa Licht. Minuten später bestätigen es ihm die anderen beiden, und nun fährt das Auto schnell und schnurstracks auf ein unruhig flackerndes, bläuliches Licht zu.
Eine halbe Stunde später sitzen die Männer in einer Jurte um den Herd herum, in dem ein leises Dungfeuer brennt. Die Ankömmlinge können sich immer noch nicht darüber beruhigen, dass man für sie mit Dung in einer Schüssel Feuer angezündet, es über den Kopf gehalten und geschwenkt hat.
»Der Hund gab so lange keine Ruhe, bis auch ich das Motorengedröhn hörte und wusste, einer sitzt in der Steppe«, erzählt lachend das Oberhaupt der Jurte, ein Mann von etwa sechzig Jahren.
Die herbeigelotsten Gäste liegen in tiefem Schlaf, gleich den Fingern zweier nebeneinander ruhender Hände, auf dem Boden der Jurte, als am nächsten Morgen ein Jeep vorfährt, aus dem vier kräftige junge Männer aussteigen. Einer von ihnen betritt sogleich die Jurte und weckt den Häuptling unsanft. Nach kurzem Grußtausch stellt sich dieser als Polizeihauptmann vor und will die Papiere sehen. Der Geweckte stutzt für einen Augenblick, zeigt darauf jedoch ein breites Lächeln auf seinem hageren Gesicht und dann das Schriftstück. Diese Ruhe und Bereitschaft wirken auf den von Tatendrang erfüllten und vor Kraft strotzenden jungen Mann eher verdächtig als überzeugend. So überfliegt er es zuerst, hält es gegen das Frühlicht und scheint Bogen und Stempel auf ihre Echtheit hin zu überprüfen. Schließlich liest er alles noch einmal durch, aufmerksam und mit wachsendem Ausdruck von Erstaunen auf dem jungen, schönen Gesicht. Dann gibt er das Blatt zurück, salutiert und spricht: »So sind Sie also der bekannte Schriftsteller?«
Der Hausherr, der dem neugierig zugeschaut und -gehört hat, wird verlegen und entschuldigt sich überschwänglich bei seinem Gast, der sogleich in die Geschichte eingeweiht wird,

die sich hinter seinem Rücken abgespielt hat. Er war, während er in der Nacht dem hilfreichen alten Hirten und seiner gastfreundlichen Frau von seinem Vorhaben erzählte, auf Misstrauen gestoßen.
»Alles hat einfach nach zu viel Schönheit und Edelmut ausgesehen!«, lacht der Hirte, der in den fremden Männern jene Bande zu erkennen geglaubt hatte, die seit Monaten immer wieder Vieh stahl und nach der die Polizei fahndete. So war noch in der Nacht der nächste Nachbar verständigt worden.
Der Häuptling muss sich auch anhören, dass der Hirte zudem versucht hat, das Auto zu untersuchen. Allein der Hund hat ihn daran gehindert. Der Gast lacht mit, doch ist ihm dabei zum Weinen zumute. Selbst die Geldsäcke waren die ganze Zeit draußen, denkt er wütend auf sich. So sehr können Leere und Frieden in der Steppe täuschen.
Zu Ehren des Schriftstellers und seiner Leute gibt es ein gutes Frühstück, bei dem er viele Fragen beantworten muss. Lebhaftes Interesse schlägt ihm entgegen, eines aber wird ihm nicht abgenommen, dass die Tuwiner mit ihrer Turksprache, ihren Schamanen, uralten Sitten und Vorstellungen wie auf einer Insel in der Zeit überlebt haben.
»Jeder, der in diesem Land lebt, ist Teil des Ganzen!«, sagt der Polizeihauptmann bestimmt, und der patriotisch-wachsame Hirte fügt dem hinzu: »Wer mongolische Luft atmet und mongolisches Wasser trinkt, ist für mich Mongole!«
Der Gast erhebt sich bedächtig und bedankt sich umständlich bei den Gastgebern für Licht und Wärme, für Tee und Fleisch. Die Mannschaft tritt stumm und flink an. Dies mag in den Augen der Zurückgebliebenen seinen Wert noch gesteigert haben, denn sie verabschieden ihn mit Chadak und Milch, wovon sich der Gast sehr geehrt fühlt.
Dennoch spürt er eine leichte Bitterkeit, als er die Steppe mit dem aufgewirbelten, rötlich-braunen Kies und dem blassen

Himmel mit der aufsteigenden Sonne darüber sieht und es sogleich als eine Herausforderung empfindet. So also steht die Mehrheit zur Minderheit, denkt er. Der chinesische Bauer ist verwundert, wenn ein Tibeter anders betet als er, und der russische Soldat fühlt sich bedroht, wenn sich zwei Tschetschenen in seiner Gegenwart tschetschenisch unterhalten.

Aber der hartgesottene Stammeshäuptling stellt sich dem leicht verletzbaren Schriftsteller sogleich in den Weg und spricht in seiner eigenen Sprache laut und betont: »Ihr habt nun gesehen, wie gut uns das Schriftstück ausweist. Anstatt uns zu verhaften und in Handschellen abzuführen, verabschiedet man uns salutierend und fürstlich. Kopf hoch also, wir werden die dunkelroten Kamele der Gobi anketten und heimführen, und der Kettenstrick wird durch das blinde Auge und das taube Ohr einer Welt hindurchgehen!«

Die Gegengeschichte nimmt ihren Anfang

Dshindip heißt einer von den vielen, die von ihren Mitmenschen mit dem an sich nichts sagenden, in der schäbigen Realität des Nomaden-Sozialismus jedoch viel sagenden Wort Darga angesprochen werden. Zugegeben, er ist einer von den Winzlingen unter seinesgleichen, denn er ist Vorsteher eines *Bag*, kaum sechzig Jurten stehen unter seiner Aufsicht. Doch was macht das schon, Darga ist Darga, und man wird, auch wenn man der Allerniedrigste ist, von den anderen mit eben dem Wort betitelt wie auch der Allerhöchste, der Generalsekretär des Zentralkomitees der Mongolisch-Revolutionären Volkspartei. Also zählt nicht die Größe, sondern allein der Titel. Dieser Dshindip fühlt sich wohl in seiner Haut, er genießt das Leben.

Der Frühsommer des verhängnisvollen Jahres 1959 bringt auch für ihn Erschütterungen, und über Nacht ist er kein Darga mehr. Damit bricht für ihn eine Welt zusammen. Tage und Nächte müssen vergehen, bis er seine Sinne wieder beisammen hat. Selbst als die Zeit, die heilen soll, vergangen ist, kann er sich damit nicht abfinden, dass er nicht mehr der Auserkorene aus der niedrigen, grauen Menge, der Herausragende aus dem gemeinen, dummen Volk ist. So schmiedet der Mensch einen Plan und geht sogleich daran, diesen dreistufig auszuführen.

Zuerst richtet er an die höchste Stelle in der Hauptstadt ein Bittschreiben, in welchem er die Partei und die Regierung dafür lobt, dass dank ihrer vortrefflich weisen Politik das werktätige Volk selbst in einem Randgebiet glücklich und aufgeklärt lebt, fest entschlossen, zum Wohle der sozialistischen Heimat alles zu tun, was notwendig ist. Dann berichtet er, dass dieses Randgebiet über überschüssige Arbeitskräfte verfüge, die bereit wären, dorthin zu gehen, zu wirken und zu schaffen, wo vielleicht welche fehlen.

Gleichzeitig sucht er nach Leidensgenossen, und ihrer gibt es viele. Es sind in der Mehrheit Hirten, die nach der Neuverteilung der Genossenschaftsherden und Winterweiden der Grundlage ihrer Existenz beraubt dastehen. Andere wiederum gibt es, die wie er aus dem Staatsdienst entlassen wurden. Nun stochert er in den offenen Wunden und erzählt einem jeden, der in Frage kommt, vom östlichen Land, wo die Menschen viel besser leben als hier, er wisse davon. Solche Gespräche schließt er mit dem magischen Satz ab: »Was andere tun, ist ihre Sache, ich aber werde mich um mich kümmern und sehen, dass meine Kinder rechtzeitig zu Bildung und Wohlstand kommen!«

Schließlich bearbeitet er auch die Kasachen, die nun das Sagen haben, indem er fleißig bei ihnen einkehrt und dort ganz andere Geschichten anbringt: Er finde den Zusammenschluss der beiden Kreise richtig, weil es so effektiver sei. Man sehe es schon daran, wie viele Arbeitskräfte dadurch frei geworden seien, die aber anderswo so bitternötig gebraucht würden. Was ihn angehe, so würde er der Arbeit und damit auch einem besseren Leben nachgehen, und außerdem sei er der Meinung, dass die Tuwiner im Hinblick auf die Gemeinsamkeiten in Sitten und Gebräuchen künftig besser die Nähe der Mongolen suchen sollten als die der Kasachen.

Dshindip arbeitet gezielt und bald bekommt er die Auswirkungen zu spüren. Einige Monate später, im Sommer des darauf folgenden Jahres, gelangt er in den Genuss der ersten süßen Früchte seines Fleißes: Zwölf Lastwagen mit Anhängern kommen in einer eindrucksvollen Kolonne gefahren und nehmen die ersten vierundzwanzig tuwinischen Familien, alle aus dem Stamm Ak Sojan, ins Innere des Landes mit. Dshindip ist ihr anerkannter Führer, ein jeder sieht es.

Die Kasachen, die seine Ansichten kennen, erledigen die Papiere der Auswanderer in kürzester Frist, stellen ihm persönlich eine günstige Beurteilung aus und wünschen denen, die ihnen Platz machen, alles Gute in der neuen Heimat.

Dort, wo sie nach zehn Tagen Fahrt ankommen und die Herden eines Staatsgutes übernehmen, belässt man ihn, den achtundfünfzigjährigen Dshindip, in seiner herausragenden Stellung, mit dem Titel eines Darga. Darga einer Brigade, endlich, nach einem knappen Jahr Unterbrechung! Und er bleibt es bis zu seinem Tode einige Jahre später.

Mit dem Süppchen aber, das der kleine Mann den Tuwinern da eingebrockt hat, beginnt die große Völkerwanderung, die dreißig Jahre dauert und drei Viertel jener Urbevölkerung dahinrafft, die seit Menschengedenken den westlichen Zipfel der mongolischen Lande bis an die Gletscher des Hohen Altai bewohnt hat.

Die dreijährige, sandelbraune Kamelstute ist erst vor wenigen Tagen gewalkt worden und ist noch arg erschöpft. Das betörende und süß-schwere Muttergefühl, das die erlittenen Schmerzen vergessen machen kann, ist in ihr noch nicht erwacht.

Denn wo du bist, wo wir sind
Oh lieb Mutter, oh armes Kind
Geht und weht der Gegenwind ...

Düwüdün hat eine tiefe, weiche Stimme. Die Stute blickt herüber. Der matte Glanz ihrer hervorquellenden runden Augen verrät, dass der Gesang für sie wie eine Peitsche ist. Aber der Sänger möchte mehr, will, dass die Worte, die er erfindet und in Klänge gekleidet aus sich herausstößt, Pfeile sind, die ihr ins Fleisch dringen und ihre Seele berühren.
Die mithörenden Menschen können noch nicht so recht erkennen, worauf die Verse zielen. So zögern sie und warten ab, dass der Gesang in Schwung kommt und gleich einem Strom weiterfließt, der auch von dem fünfjährigen schwarzbraunen Kamelhengst vernommen wird. Sein zottiger Kopf drückt den langen Hals schwer nach unten, und die Menschen wissen, dass in den tief verborgenen und hell glitzernden Augen, die vor einigen Stunden noch den Wahnsinn ausstrahlten, nun Tränen wohnen. Gelingt es dem ersten schweren Tropfen, über den stacheligen Lidrand zu rutschen, so wird er den unsichtbaren Faden der Tränenkette durchreißen, die so lang sein wird wie der Gesang.
Der junge Hengst, der mit seiner Brunft warten musste, bis sich die mächtigen volljährigen Hengste ausgetobt hatten,

und sich erst vor wenigen Tagen in den schmerzlich-wonniglichen Liebeswahnsinn stürzen durfte, steht nun, in seiner Natur gestört, ohnmächtig vor den Menschen, die er gestern zum ersten Mal gesehen hat. Seitdem weichen diese ihm und seinen beiden Herdengenossen, der sandelbraunen Stute und dem um ein Jahr älteren rotbraunen Wallach, nicht mehr von der Seite.

Anfangs bebte in ihm die Wut, die dann in lähmende Angst umschlug, denn die Menschen erinnerten ihn an jene Männer aus dem letzten Winter, in dem diese so grausam in seinen Lebensraum eindrangen und die Hälfte seiner Herdengenossen abschlachteten.

Dass jene weit gereiste und zu allem fähige Händler waren, die Motorräder in Holzgestellen mit sich führten und ein jedes davon gegen jeweils acht Kamele eintauschten, wusste er freilich nicht, musste aber mit ansehen, wie ein langes Auto angekrochen kam und die Menschen aus seinem Ladekasten die grellroten Eisengestelle mit viel Lärm herunterholten. Bald darauf gingen sie auf die Herde zu, fingen ein Kamel nach dem anderen ein, zwangen es auf die Knie und fesselten es. In dieser Hockstellung banden sie die Kamele in einer langen Reihe aneinander und begannen ihr blutiges Handwerk. Immer zu zweit gingen die Männer auf die Gefesselten los. Einer fasste das Tier am Schopf, drückte den Kopf nieder, und der andere stach sein Messer in das Genick. Ein Zucken durchfuhr den Körper, ein Gebrüll erscholl, das so laut war, dass es fast sichtbar zu werden schien. Rot quoll es gegen den Morgenhimmel. Darauf zog der Mensch das inzwischen rot glänzende Messer schwungvoll aus dem Hinterkopf heraus und stach im selben Atemzug bis zum Griff in das untere Ende des langen Halses und riss ihn auf. Rot schoss ein dicker Strahl aus dem zitternden und schwankenden Körper hervor. Nun wurde aus dem Brüllen ein Zischen, das so lange

andauerte, bis es in ein Röcheln überging und schließlich erstarb.
Die Männer waren geübt, sie arbeiteten mit flinken Griffen. In großer Eile verwandelten sie die toten, dampfenden Körper mit den gleich Aststummeln gegen den Himmel ausgestreckten Beinen zu einem dampfenden und glänzenden Fleischhügel. Sie brachen die Tierkörper auf, zertrennten sie, trugen die Brocken zum Auto und warfen sie hinauf. Dabei dampften sie selber wie klumpiges, moderndes Fleisch, und ihr Keuchen kam einem wie der Atem des Todes vor, der die Luft verpestete. Die gefesselten Tiere lagen daneben, und die Verschonten standen in einiger Entfernung. Sie alle mussten dem zuschauen, bebten und zitterten, und aus ihren Augen strömten ohnmächtige Tränen.
Das Morden dauerte den ganzen Tag, und als der Tod das letzte Glied der Reihe erreicht hatte, brannten längst die Sterne und der zunehmende Mond. Der Rest der Herde, dieses eine Mal dem Messer entkommen, konnte den Blick von den Teichen aus Blut und den Hügeln aus Gedärmen immer noch nicht abwenden.
Im matten Lichtschein der Gestirne dampften Berge, Hügel und Teiche weiter, und das Gelächter der Menschen in der Jurte hörte sich irre an. Bald wuchs es zu einem schaurigen Lärm, der die ganze Nacht dauerte.
Das Gedächtnis des Schwarzbraunen begann zu arbeiten, als nun wieder ein Auto mit fremden Männern auftauchte, die dann, ein jeder mit einem Lasso in der Hand, auf die zusammengetriebene Herde zukamen. Der junge Hengst, inmitten der Brunft, entflammte vor Wut, als er den einschneidenden Strick um den Hals spürte. Mit dem benässten Schwanz schlug er auf den dicken Eisklumpen am hinteren Höcker, um gleichzeitig den Kopf am vorderen Höcker zu reiben. Er war im Begriff, sich auf den Hintern zu werfen,

kam aber nicht dazu, denn er verlor das Gleichgewicht und fiel schwer und hart auf die Seite. Schaum quoll aus dem weit aufgesperrten Maul. Während er von grausamer Übermacht gefesselt wurde, wich die Wut dem Schreck, der, gleich Eisameisen, in ihm zusammenlief. Sein Widerstandsgeist brach, und der Besiegte fühlte Ohnmacht. So wartete er auf sein Ende. Allein das Ende, der Tod, kam nicht.
Düwüdün weicht nicht zurück. Hartnäckig geht er gegen die Taubheit an, die bei der sandelbraunen Stute anhält und ihn, der um ihre Seele wirbt, gleich einer Eisbrise anhaucht inmitten des kalten Tages über dem fremden, echolosen Stück Erde.

Es ist dir kein Hirte mehr
Seine Herztasche hängt leer
Ihn zieht es zum Gelde sehr ...

Ja, denkt Düwüdün, diese Menschen hier sind anders und wenig ähnlich denen, die man erwartet hat nach all dem, was man gelesen und gehört. Die gutmütigen, hilfsbereiten Gobimenschen gibt es nur noch in vergilbten Büchern und sehnsüchtigen Erzählungen. Aus den Bewohnern der Gobi sind kleine, schmierige Händlerseelen geworden, die dem Geld zuliebe vor nichts zurückschrecken.
Die drei Kamele waren der allererste Ankauf. Von jedem eines, einen Hengst, eine Stute und einen Wallach, dachte man und freute sich darüber. Aber die Freude hätte man besser verbergen sollen, denn sie kam den Käufer letztlich teuer zu stehen, weil plötzlich der Verkäufer einen Aufpreis verlangte.
»Warum nun dies?«, fragte der Käufer ratlos.
»Ich sehe, ich habe meine Kamele zu billig abgegeben«, lautete die Antwort.
»Aber du hast ja dein Geld schon in Empfang genommen!«

»Es liegt drüben, ich gebe es dir zurück!«
»Und wir haben den abgeschlossenen Handel mit einem Handschlag besiegelt!«
»Meinetwegen, selbst das hat nichts zu bedeuten, so ist eben die neue Zeit, die Marktwirtschaft!«
Der Käufer überlegte: Von der Taktik her war es falsch, einer Erpressung nachzugeben, aber der Beginn des Handels durfte nicht scheitern. So zögerte dieser, als jener ihm das Geld wieder entgegenstreckte. Die nehmende Hand ruhte hartnäckig auf dem Schoß, lag still unter dem zurückkommenden schweren, sauberen Bündel der himmelblauen Tausend-*Tugrik*-Scheine, löste sich dann doch und bewegte sich in eine andere Richtung, zur Aktentasche. Wenig später wurde ein weiterer Stoß von Scheinen mit den verächtlich herausgezischten Worten auf den staubigen Filzboden vor den Hausherren hingeklatscht: »Bitte, wenn du meinst, ein unehrlich verdientes Stück aus den knappen Mitteln Not leidender Menschen kann dir Segen in die Jurte bringen, dir, einem Mann mit Jahren und Bart, aber ohne Scham und Stolz!«
Der Verkäufer, der die Hand mit dem Geldbündel längst gesenkt und im Stillen mitgezählt hatte, blieb unschlüssig sitzen, denn er hatte nun doch nicht mehr die Kraft, das abgepresste Geld gleich an sich zu nehmen. Ebenso wenig hatte er in seiner Brust das Ehrgefühl, nein zu sagen und das Angebot abzulehnen. Stumm musste er die Beleidigung schlucken.
Somit war der Handel gerettet, der gute Anfang erkauft, und von jetzt an hatte man nicht mehr nur noch ein edles Vorhaben, sondern als dessen sichtbaren Beweis drei quicklebendige Kamele, den dreifachen Anfang künftiger Hengste, Stuten und Wallache, den festen Kern einer künftigen Herde.
Düwüdün empfindet den unwürdigen Handel als bittere Kränkung: »Schändlich, wie die uns ausnehmen, wider jede Regel der Gastfreundschaft!«

»Macht nichts«, tröstet ihn der Häuptling, »wir werden ihnen junge Hengste und Stuten abkaufen und daraus eine noch größere Herde züchten, als sie selber je eine besessen haben. In zehn Jahren wird die Rechnung beglichen und in hundert Jahren die Kränkung vergessen sein!«
Düwüdün aber ist untröstlich: »Ach, wenn alles so einfach wäre!«
Der Häuptling jedoch bleibt fest: »Ein jedes Ding ist im Grunde einfach. Vor fünf Jahren hatte dieser Kreis noch 20.000 Kamele. Inzwischen ist die Zahl auf knapp 9.000 gesunken. Deshalb auch der Eingriff vonseiten der Regierung und unsere notwendige Sondergenehmigung. Du siehst ja, der Verkauf, das Abschlachten geht weiter. Den Kamelbesitzer interessiert unsere hochgestochene Genehmigung nicht, das Geld aber schon, wie sein Wucherpreis zeigt. Und Käufer, die Geld haben, wird es immer geben, die mit überhöhten Preisen in den Besitzern die Habgier entfachen und alles Ehrgefühl abtöten. Das wird so lange dauern, bis in der Gobi, der einstigen Wiege des Lebens, nach den Dinosauriern und Hunderten anderer Tierarten nun auch das Kamel ausstirbt, während wir, die wir heute um jedes Stück betteln müssen, in ihm das teuer erstandene Kleinod sehen, es hüten und pflegen werden. So wird sich unsere kleine Herde vermehren!«
Düwüdün hört aufmerksam zu und will sich Klarheit verschaffen: »Aber ich habe die Befürchtung, bei diesen Preisen werden wir nicht auf unsere 200 Kamele kommen.«
»Richtig«, kommt ihm der Mann, dem das Geld gehört, ruhig entgegen, »das Geld wird wohl für die Stückzahl, die wir uns vorgenommen haben, nicht mehr ausreichen. Aber ist denn das so wichtig? Ich meine, selbst die Hälfte ist gut genug. Denn hundert Kamele sind viel, da die Geschichte noch keinen kennt, der eine solche Menge an einen Strick gekettet

hat, um damit vom einen zum anderen Ende der Mongolei zu ziehen. Wichtig ist doch die Karawane, die muss zustande kommen!«

»Ja, die Karawane!«, sagt Düwüdün sehnsüchtig.

»Oh ja, die Karawane!«, pflichten ihm die Männer bei, die ringsum stehen und zuhören. »Dann aber müssen es wenigstens wirklich gute Kamele sein!«

»Seht ihr drüben in der Herde auch nur ein schlechtes Tier?«, fragt der Häuptling lebhaft.

»Nein!«, ertönt die Antwort vielstimmig.

»So wird es überall sein, denke ich. In einem Herdenbestand, der innerhalb von nur fünf Jahren auf knapp die Hälfte zusammenschrumpfen musste, kann längst kein Platz mehr für Minderwertige sein, und übrig geblieben sind die Edeltiere.«

»Das ist ja dann gut für uns, oder?«

»Ja, allerdings. Jedoch ist selbst das schönste Kamel für uns nur ein gutes, wenn es zahm und gehorsam ist. Also müssen wir ein jedes erst an uns binden und für unsere Zwecke abrichten.«

So geschieht es denn auch. Die Kamele werden geschult, und ihr erster Unterricht besteht darin, Sichtnähe ertragen zu können. Tier und Mensch gewöhnen sich aneinander.

Darauf kommt die körperliche Berührung, und die Sprache ist der Gesang, so ist es immer gewesen, wenn sich der Mensch mit seinen vierbeinigen Brüdern und Schwestern verständigen wollte.

Die Sonne geht zögernd unter, und Düwüdün kommt es vor, als wartete sie auf seine entscheidende Aussage. Diese jedoch will ihm nicht einfallen, so sehr er auch in seiner Brust nach Versen kramt, mit denen er die dickhäutige Stute gefügig machen kann. Die Nacht bricht herein und Wut packt den Sänger:

Warst du heut so dumm und hart
Bekomm ich später dich doch zart
Ich schwör es dir, du Dirne, wart ...

Düwüdün muss von der Stute ablassen. Bevor er geht, fasst er sie am unteren Vorderhals und erwartet dabei, sie würde brüllen, ja, ihn vielleicht anspucken. Allein, weder das eine noch das andere geschieht. Dafür spürt er ein leises Zittern. Dennoch kommt er sich vor, als hätte er eine Schlappe erlitten. Dieses Gefühl wird er auch dann nicht los, als er am Schwarzbraunen vorbeigeht und ihm, der von ihm den Blick noch immer nicht abzuwenden vermag, mit flacher Hand die Schultergegend reibt. Der Hengst lehnt sich genüsslich gegen die Hand und stöhnt darauf schwer, wohl deshalb, weil der Gegendruck ausbleibt.

Der Mensch aber überhört seltsamerweise das Stöhnen. Auch übersieht er den Wallach, der sich sogleich als ein williger, gelehriger Schüler erwiesen hat und nun den anderen beiden zu Füßen liegt und friedlich wiederkäut.

Später kommt es am offenen Feuer zu einem klärenden Gespräch. »Was habe ich falsch gemacht?«, fragt Düwüdün in die Runde.

»Alles ist hier so anders«, meint einer und die anderen am Feuer ergänzen: »Gestaltlos«. »Wie an einem uferlosen Wasser.« »Wie inmitten der Endlosigkeit.« »Echo- und schattenlos.« »Nichts, woran man sich festhalten kann.«

Da beginnt der Häuptling zu erzählen. Er berichtet von Erfolgen und Niederlagen, die sein Leben begleitet haben, und er beendet seine Geschichte mit der Erzählung eines Traums. »Am Anfang des Traumes«, sagt er, »den ich eine Weile allein träumte, der nun schon von zwölf Menschen und bald von Hunderten und Tausenden geträumt wird, standen fünfhundert Kamele. Die Inflation kam und verschlang einen großen

Teil des Geldes, das ich mit dem Schweiß meines Leibes und dem Verschleiß meines Hirnes zusammengetragen habe. Und nun, gleich beim ersten Schritt von den erträumten zu den wirklichen Kamelen, haben wir zusehen müssen, wie ein schlauer Mensch wusste, uns einen dicken Happen zu entreißen. Wir wissen nicht, wer da noch als Wegelagerer auf dem Weg zu unseren Kamelen lauert und nach seinen Vorteilen giert. Ein jeder bemüht sich kleinschlau, einen Vorteil zu ergattern, damit er sich von dem Braten, den wir mit uns führen, seinen Anteil abschneide, also schmiedet man vielerorts Pläne. Doch bedeutet dies gleichzeitig, dass nicht nur wir uns auf die Kamele zubewegen, sondern auch, dass sie auf uns zugetrieben werden. So läuft alles auf die Karawane hin. Das scheint übrigens der normale Lauf der Dinge zu sein, wenn ich auf die verlebten Jahre zurückblicke: Groß und schön wird ein jeder Traum geboren, wird dann verbeult, rund geschliffen und hohl gefressen, wie der Mensch selber ja auch. Und doch bleibt immer etwas von ihm zurück. Niederlagen«, schließt der Erzähler heiter, »härten ab, sie prägen den Menschen, während Siege ihn verwöhnen und verweichlichen.«
Dann endlich kommt er auf die Frage zurück, die eine ganze Weile in der Luft hat hängen und warten müssen: »Düwüdün meint also, er müsse etwas falsch gemacht haben. Ich sehe das anders. Er hat gut gesungen, hat zäh gerungen. Dank seiner ist der Schwarzbraune, der Erstling und das Oberhaupt der Herde, nun unser. Die Stumpfheit der Stute muss andere Gründe haben. Sie ist soeben gedeckt worden. Also ist sie gestillt und erst einmal gesättigt. Und die Frucht ist erst im Werden, ist noch nicht in der Lage, auf die Drüse der Mutterschaft zu drücken. Doch kann der Gesang an ihr nicht ganz vorbeigegangen sein. Kommt die Zeit, wird sie sich an ihn erinnern. Und wenn du dennoch etwas falsch gemacht haben solltest, Düwüdün, dann vielleicht dies: Du hast in

deinem Gesang die Geldgierigen angeprangert. Ich weiß, sie stören dich, wen stören sie nicht! Aber sie stören auch den Gesang. Die Mutterschaft, die du anfangs heraufbeschworen hast, konnte nicht erweckt werden, da du dich an Unwürdigem verschwendet hast. Diesen Fehler habe ich als junger Dichter auch hin und wieder gemacht, da ich mir Seitenhiebe erlaubte. Das Ergebnis war, dass der Erzählfluss, der am Anfang so mächtig strömte, gegen Ende nur noch kümmerlich und kläglich dahintröpfelte. Doch ändert selbst dies an der Sache nichts. Du bist ein Sänger, nicht nur, weil du singend einen abseits stehenden brunftigen Hengst aus seiner Tollheit zurückgeholt und ihn beruhigt hast, sondern auch, weil ich dir zuhörend gedacht habe: Ja, dieser ist ein würdiger Sohn der Chejmesch!«

»Sie wollten sicherlich sagen: Aimesch?«, fragt Anaj, der jüngste der Mannschaft, ahnungslos.

Der Häuptling stutzt, schaut mahnend auf den Ahnungslosen und dann fragend auf Düwüdün. Dieser rückt stockend heraus: »Die ..., nach der ich genannt wurde ..., ist die ältere Schwester ... meiner Mutter und ... hat mich großgezogen, nachdem ...« Seine Stimme verrät große Aufregung und bricht schließlich ab.

»Schwester Chejmesch ist eine kühne Person gewesen«, greift der Mann ein, der sich längst für alle in der Rolle des Vaters und darum wohl für alles verantwortlich fühlt. »Und sie hat, während sich alle anderen dumm und stumm wie Schlachtvieh duckten und der Willkür fügten, jenen, die sich auf Kosten der feigen Herde ein süßes Leben erlaubten, den Kampf angesagt. Dafür wurde sie aus Rache von denen ausgelöscht.«

Düwüdün bricht in Tränen aus. Er schluchzt leise und fragt, nachdem er sich langsam wieder beruhigt hat: »Stimmt es, Dshuruk-Uwaa-*aga,* dass Sie das Schicksal meiner Mutter kennen?«

Der sonst erzähllustige Mann zögert. Dann berichtet er, leise, stockend: »Ja, vor fünfzehn Jahren war es. Am dritten Tag des Jahres wurde ich eingeliefert und vierzig Tage später wieder entlassen. Ich hatte nichts dagegen, dort zu landen. Einerseits hatte man mich wohl aus der Welt schaffen wollen, und andererseits wollte auch ich mich dorthin verziehen, vielleicht flüchten vor der Hölle, die sich vor mir wieder aufzutun drohte. Die Untersuchung lief seit Monaten, und eine erneute Entlassung stand mir bevor. Da schien es mir besser, wegzukommen aus dieser Mühle. Und dort glaubte ich, ein zwar ungewöhnliches, auf alle Fälle aber sicheres Versteck vorzufinden. Verschiedene Namen wurden für das Gelände benutzt, auf dem ein Dutzend Baracken hinter dem einzigen schweren Steinhaus standen, und das von einer unüberwindlichen Mauer umgeben war. Die Ärzte und Insassen sagten Krankenhaus dazu, Außenstehende redeten jedoch von einer Anstalt. Viele saßen dort für Jahre, einige, die sogenannten hoffnungslosen Fälle, sogar für Jahrzehnte. Nach Schwester Chejmesch forschte ich damals und fand schließlich heraus, dass sie dort gewesen war, nicht ganz drei Jahre lang. Sie muss bis zuletzt bei vollem Verstand gewesen sein, und wusste wohl, welche Zukunft sie erwartete, denn sie hat ihrem Leben selber ein Ende gesetzt.«
Düwüdün zuckt zusammen, ein dumpfer, kurzer Schrei entfährt ihm. Er schluchzt erneut auf, diesmal laut. Alle verharren still, sie warten darauf, dass er sich ausweint und beruhigt. Schleierwolken müssen aufgekommen sein, die Himmelssterne kommen den auf der Erde Sitzenden jetzt blass vor, und auch der Mond ist nicht zu sehen. Zahm glimmt das Dungfeuer. Die Kamele scheinen innezuhalten, haben aufgehört wiederzukäuen, und auch Ajantschin, der Hund, hockt am Lagerrand und lauscht. Endlich beruhigt sich der Weinende, und Sergeleng, der Älteste unter den Hirten, sagt:

»Auch ich höre die Geschichte zum ersten Mal. Wie wäre es, wenn wir morgen auf der nächsten Anhöhe einen Owoo errichten und ihn nach der Schwester benennen?«
»Der Owoo kann wachsen und sich im Gedächtnis der Reisenden festigen«, hält ihm sein Nebenmann entgegen, »der Name aber nicht, da wir, die wir ihn kennen, fortziehen werden.«
»Gleichwohl können wir einen Owoo beginnen und die Schwester um Vergebung bitten«, meldet sich der Nächste, »dafür, dass unsere Väter und Mütter sie nicht beschützen konnten und auch dafür, dass wir bis zur Stunde nichts von ihr gehört haben. Und was den Namen angeht, so wird für uns alle ab heute Düwüdün nach seiner leiblichen Mutter genannt werden.«
Der aber gibt zu bedenken: »Schon einmal wollte ich dieses, durfte es aber nicht. Außerdem, wie wird es mit den Dokumenten werden, wenn ich plötzlich zur Hälfte anders heiße, als darinnen geschrieben steht?!«
Da aber meldet sich Gambaa mit erregter Stimme: »Hast du vergessen, dass wir längst in einer anderen Zeit leben? Wenn du mit diesen Dokumenten den Bürgerpass meinst, dann stimmt da bei den meisten wohl das Allerwenigste. Doch was kümmert uns schon solches, da wir doch alle auf dem Weg zu einem neuen Anfang sind?!«
»Und wo wir gerade dabei sind«, wirft der Nächste ein, »Geschichte zu machen!«

Die Geschichte sickert durch Sand und Kälte

Die Gobisteppe wird zu ihrer Jurte, und allmählich gewöhnen sie sich an den kalten, hellgelben Sand, der durch alle Poren dringt. Sandverweht liegen sie, wenn sie morgens aufwachen. Sand müssen sie aus ihren Augen und Ohren reiben, aus der Kleidung klopfen, aus den Stiefeln schütteln. Eine Sandschicht bleibt auf dem Innenboden der Schalen zurück, wenn sie Tee trinken, und Sand mahlen ihre Zähne, wenn sie Trockenfleisch oder -quark kauen. Sand, denken und sagen sie mit der gleichen Ehrfurcht, mit der sie sonst Stein oder Gletschereis gedacht und gesagt hätten.

Das Frühjahr wird von Tag zu Tag stürmischer, und die Nächte immer kälter. Es ist, als triebe das Leben auf den Winter zurück. Die Tage vergehen für die Mannschaft doppelt stürmisch; der Häuptling thront im Führerhaus, führt Buch und verbringt die meiste Zeit unter den neugierigen Blicken fremder Männer und manchmal auch Frauen, die schon zur Morgenstunde erscheinen und sich erst bei einbrechender Abenddämmerung zurückziehen.

Die Hirten kleben mit geradezu militärischer Disziplin an den Kamelen und drillen sie zu vielseitigen Nutztieren. Der Handel geht nur schleppend voran. Man wartet ab, forscht, will die Kamelpreise irgendwie noch weiter in die Höhe treiben. Tage verstreichen. Der Häuptling ist in seinem Element, ist ganz Stammesfürst. Er hat zwei Leibwächter, die keinen an ihn heranlassen. Cheme sitzt ihm zur Linken und zählt Geld, während Ajantschin ihm zur Rechten hockt und knurrt, wenn sich ein Fremder nähert.

Diese Ordnung herrscht, seitdem zwei Angetrunkene ihre Kamele unbedingt für noch höhere Preise abgeben und zum Schluss gar handgreiflich werden wollten, weil der Häuptling darauf nicht einging. Häufig kommen Betrunkene auf Motorrädern angefahren und fordern stets zwei Dinge: Zigaretten und Benzin. Da sie weder das eine noch das andere bekommen, gebärden sie sich manchmal frech und angriffslustig. Der Häuptling und die Seinen zeigen sich jedoch unbeeindruckt von ihrem Gehabe.

Einmal erscheinen vier Halbwüchsige, ein jeder mit einem Kamel und einem Hund. Sie stellen sich betrunken und hetzen ihre Hunde auf Ajantschin. Dieser will sich sogleich in den Kampf stürzen, doch Scharaw, der Wache hat, kommt ihm zuvor und streckt mit gezielten Schüssen zwei der angreifenden Hunde zu Boden. Der Rest zögert und wird zurückgerufen, schnell machen sich die Burschen aus dem Staub.

Die Distanz, die er hält, macht seine Person erst richtig interessant für Fremde, bemerkt der Häuptling. Viele Fragen umkreisen ihn, gelangen aber erst gar nicht zu ihm, sondern werden von den Hirten aufgefangen und gleich lautend beantwortet. Der Fürst, der hinter der Glasscheibe leibhaftig sitzt, beschäftigt die Leute. Wie dies möglich sei im Sozialismus, der hierzulande noch lange nicht zu Ende ist, möchten sie wissen. Ob er vielleicht neu gewählt worden oder gar von woanders gekommen sei.

»Bei uns ist alles anders«, lautet die Antwort, »wir sind eben ein anderes Volk.«

Die Sprache, in der sich die, die dies behaupten, miteinander und auch mit ihrem Fürsten unterhalten, untermauert diese Aussage. Und das Geld, die Bündel der blauen Tausender, die Cheme den Verkäufern lässig herunterreicht und die unerschöpflich zu sein scheinen, lassen den Menschen keine Ruhe. Sie kommen von weit her geritten oder gefahren. Nun stehen sie da und gaffen den Fürsten und seine Untertanen an. Nach dem sechzigsten Kamel schickt dieser ein Gerücht auf den Weg. Hier, in Öldsijt, würden sie höchstens hundert Kamele nehmen, da die Qualität der Tiere nicht den Preisen entspreche, die er zu zahlen bereit sei. Die restlichen vierhundert würde er lieber weiter im Süden kaufen.

Am nächsten Tag werden sie von Verkäufern bestürmt, die ihre Kamele hertreiben, oder, selber auf dem Motorrad sitzend, hupend und brüllend herbeihetzen. Im Nu haben sie hundert Stück beisammen. Nun sind sie in der günstigen Position, sich Bitten anzuhören, und kaufen weitere dreißig Kamele. Das Geld hätte noch für ein paar weitere gereicht, aber der Häuptling lässt es lieber bei der runden Zahl und kauft dafür noch zwei Pferde, die ihn zwar das letzte Geld kosten, die er aber für die Verfolgung zurücklaufender Kamele dringend benötigt.

Zur Mittagsstunde des zwölften Tages erreichen sie die Grenze des Landkreises, dem sie die Herde entführen. Zum ersten Mal seit zwei Tagen und einer Nacht rasten sie und sehen nun erschüttert, wie sich die Tiere umdrehen und aus ihren Augen ein Meer von Tränen strömt. Zweihundertsechzig Augen müssen dauernd geweint haben während des langen, schweren Weges, auf dem die Herde, zu einem festen Halbkreis zusammengedrängt, unerbittlich hart gegen Sturm, Kälte und Sand vorangetrieben wurde, und ihr so keine Zeit blieb, sich umzuwenden.

Auf einer Anhöhe errichten sie einen Owoo aus einhundertdreißig Steinen, die von den Hügeln zu beiden Seiten herbeigetragen werden. Die kamelbraunen Brusthügel mit den sonnenverbrannten, rund geschliffenen Steinen an ihren Südhängen ziehen sich in einer ununterbrochenen Kette entlang der kargen Landschaft in beiden Richtungen über den Horizont hinaus. So werden diese Kamele, die zwar teuer, letzten Endes aber doch gegen nicht viel mehr als zwei Säcke Papierfetzen die Heimat wechseln müssen, durch Raum und Zeit gehen. Sie verneigen sich vor der Gobi-Erde und dem Himmel darüber, vor ihrem zurückbleibenden Teil wie vor dem vor ihnen liegenden, und bitten alle guten Geister darum, ihnen beizustehen.

Der Häuptling schaut auf die Herde, die ein tiefes, doch leuchtendes Braun ausstrahlt. An Perlen in einer hohlen

Hand erinnern sie, wie sie die helle, sandige Mulde füllen, und auch an grasbewachsene herbstliche Berge mit Zwillings- und Drillingsgipfeln im gleißenden Schein des Sonnenfeuers. Einhundertdreißig Mal Wunder, das ihn nun wie das tägliche Licht begleiten wird, und einhundertdreißig Mal Leben, das es jetzt wie sein eigenes zu schützen gilt.
Fünfhundert Kamele hätten, denkt er, die Mulde über ihre Ränder hinaus gefüllt, und leise Wehmut regt sich unter seinem Zwerchfell. Sie gilt dem Traum, der auf dem Weg zur Verwirklichung zusammenschrumpfen musste, so, wie sich ein kopfgroßer Schaum zu einer Handvoll Wasser zusammenzieht. Aber, weiß er sich zu trösten, die Kamele werden sich zu einem Vielfachen der Traumherde vermehren, sie werden nicht nur eine Mulde, sie werden die Bergsteppen und -täler des Hohen Altai füllen.
Elf Tage später, inzwischen liegen ganze Breitengrade und die Gobi hinter ihnen, kommt an einem Tag mit eisigem Schneesturm das einhunderteinunddreißigste Kamel selber zu ihnen. Eine Kamelmutter fohlt. Es ist die schönste aller sechzig Stuten, die nussbraune mit dem glitzernden Flaum, von der Sergeleng zuvor gesagt hat, von ihr gingen lähmende Strahlen aus. Während sie nun den Hals mit den flatternden dichten Haaren über das glitschige, zittrige, fast schwarze Etwas streckt und versucht, es vor den Sturmböen abzuschirmen, behält der Häuptling ihr junges, spitzes Gesicht mit den tränenden, schreienden Augen im Blick und denkt dabei an die Sorgen einer jeden Mutter, und das Leben kommt ihm wie ein Meer vor, dessen Ebbe Sorge und dessen Flut Liebe heißt. Und während der Blick ihrer Augen ihn inmitten solcher Gedanken trifft und mit seinem gesammelten Lichtfeuer auf ihm ruht, glaubt er erstmals auch Männer zu verstehen, die sich zu Kamelstuten hingezogen fühlen. Ja, denkt er, sollte ich eines Tages zum Knecht meiner Gelüste werden und dem

Weiblichen verfallen, so will ich dich einer zweibeinigen Stadtstute auf alle Fälle vorziehen, Schwester!
In ihrem Blick fließen Verständnis und Unverständnis ineinander. Ersteres schreibt er sich selber zu, das andere muss dem großen Gefüge der Dinge, der Natur gelten, die die Kamelmutter mit der wunderbaren Gabe versehen hat, ihren Körper und ihr Leben zu teilen. Weshalb aber, wenn sie es in Fürsorglichkeit fertig geformt, auf ihre Wohnstätte, die Erde, endlich entlässt, dann diese eisige Kälte, mit der ihr Werk, das neue Leben, empfangen wird? Er weiß keine Antwort darauf, weiß dafür aber, dass der Mensch verpflichtet ist, das Tier wie ein eigenes Kind im Leben zu empfangen und zu beschützen. Also beraten sie und beschließen, Mutter und Kind so schnell wie möglich in Sicherheit zu bringen. Und die Sicherheit liegt in diesem Falle gut fünfzehn Örtöön entfernt. Sie fesseln und verpacken die Stute in der Liegestellung, verladen sie auf den Lastwagen und schieben ihr das Fohlen so unter den Hals, dass es im herabhängenden dichten Haar fast verschwindet. Das ausgewachsene Kamel ist schwer, und nur mit Mühe schaffen sie es, die Stute bis an die Brusthöhe zu heben, um sie dann auf die Ladefläche zu bringen.
Auf der Weiterfahrt spürt der Häuptling eine Unpässlichkeit in der rechten Schultergegend. Weder brennt noch sticht es, es prickelt nur und strahlt bis zu den Fingerspitzen hinab. Die Unpässlichkeit vergeht auch in den nächsten Tagen und Wochen nicht. Er denkt an eine Muskelzerrung und weiß noch nicht, dass er ein ausgerenktes Schlüsselbein hat, das im Laufe des Frühjahres und des Sommers zu einer Geschwulst führen und ihn unters Messer bringen wird. Das aber wird er erst Monate später wissen und sich zu einer Lebensbilanz genötigt sehen. Dass ausgerechnet die Ankunft eines neuen Lebens diese Erschütterung, die unter Umständen das Ende hätte sein können, ausgelöst hat, wird dabei ein leiser, aber

überzeugender Trost sein, da man tagtäglich sieht, wie viel menschliches Leben auf niedrige, unwürdige Art ein Ende findet.
Der Fahrer fährt die Strecke verbissen durch und legt sie in nur sechs Stunden zurück. Der Häuptling hält ihn durch seine Gegenwart wach und hängt auf einer Seitenspur seiner Gedanken kleinen, hellen Träumen nach. Das Erstlingsfohlen ist weiblich und erfüllt ihn mit Zuversicht, die Herde wird sich vermehren. Vor seinem geistigen Auge gleicht ein Kamel einem Hügel unter spärlichem Wald, und mit der Karawane wird eine Kette von Waldhügeln in den Altai einziehen.
Die Ankunft des Lastwagens auf der tuwinischen Insel am nördlichen Rande des Grenzkreises löst eine kleine Explosion aus. Kaum springt die Stute auf, die man auf einen Heuschober hinunterschiebt und entfesselt, da preschen Pferde und Rinder in der Koppel gegen die Querstangen, reißen sie nieder und stürmen ungestüm auseinander. Lärmend kommen darauf erst Hunde und dann Menschen von allen Seiten zum seit Menschengedenken ersten Kamel im Flusstal Chiraan. Das Fohlen läuft schwankend auf stelzigen Beinen, gesellt sich zur Mutter und sucht nach dem Euter. Sein Fell ist inzwischen getrocknet, und der schmale Kopf am Ende des langen Halses ragt keck in die rötliche Luft mit den scharfkantigen Strahlen der untergehenden Sonne, als ob er verkünde: Hier bin ich!
Die Pferde und Rinder kommen kaum zum Stehen, als sie sich umdrehen, um wieder zurückzutraben, nun mit leisem Gewieher und Schnauben. Wieder und wieder flüchten sie, können aber in ängstlicher Neugier nicht ablassen von dem, was sie zum ersten Mal sehen.
Gleiches geschieht mit den Menschen. Diese aber können ihre Gefühle in Worte kleiden, und es sind erhabene und zärtliche Worte, erhabene, die dem Himmel und der Erde und

den Geistern, zärtliche, die einer Mutter und ihrem Kind gelten.
Die dreißigjährige Uushum trägt beidhändig ein langes Chadak herbei, tritt an das Kamelkind heran, umwickelt ihm damit mehrmals den Kopf und verknotet beide Enden unter dem Kinn. Das geschieht unter Kraft aufreibendem, fast lebensgefährlichem Einsatz, denn die Stute geht auf sie los, rammt sie und versucht, sie zu beißen.
Die angriffslustige Gebärde des riesigen Wesens mit dem schäumenden Maul, den flammenden Augen und dem dumpfen Gedröhn in der Brust zwingen selbst diejenigen, die in guter Entfernung stehen, dazu, mit ängstlichem Geschrei auszureißen. Die schmächtige Frau aber vollendet, was sie vorhat. Wieder unter den Zuschauern, sagt sie: »Als Kind habe ich zugeschaut, wie kasachische Nachbarn ihre Kamele behandelten, Frischlingen setzt man Mützen auf.«
»Dein Chadak«, sagt darauf der Häuptling, an sie gewandt, »verdient, erwidert zu werden. Die beiden sind mein Geschenk an dich. Mutter und Kind mögen dir nicht nur die Jurte tragen, sondern dir, deinen Kindern und Kindeskindern so viele rotbraune Kamele schenken, wie die Gobi Hügel und der Altai Felsbrocken hat!« Die Frau erblasst und errötet, sie findet keine Dankesworte, an ihren Lidrändern zeigen sich Tränen.
Immer neue Reiter erscheinen am Rande des Ails. Die Menschen kommen mit staunenden Bemerkungen näher und stellen viele Fragen. Die allererste gilt den Kameltreibern, die nun fast einen Monat unterwegs waren und bis auf den heutigen Tag nichts haben von sich hören lassen. Jedes Mal muss der Häuptling alles von neuem erzählen. Und bei der Erzählung, die aus Wiederholungen besteht, sieht er, dass die Idee, der er sich verschrieben hat, einem Brand gleicht, der um sich frisst und Raum erobert, auf weitere Opfer

übergreift und sie in einen Sog reißt, aus dem sich zu befreien keinem mehr gelingen wird.
Viele Tage und Nächte war er allein und erfreute sich an seiner Idee wie eine Mutter an ihrem werdenden Kind, sie wurde Teil seines Lebens. Dann wurde der Sohn von ihr erfasst, und zu zweit fuhren sie ein ganzes Jahr lang Tausende von Kilometern von Jurte zu Jurte. Der Vater redete mit ihren Bewohnern, während der Sohn wartete, Holz hackte, Wasser trug oder anderweitig bei den wildfremden Leuten behilflich war, um sie günstig zu stimmen. Meistens wurden sie gut aufgenommen, doch kam es auch vor, dass man sie wie Bettler, schlimmer noch, wie Betrüger behandelte.
In der Gedankenwelt eines aussterbenden Volkes hausten vielleicht besonders viele Vorurteile und Dünkel, denn er, der er den Mittel- und Weglosen helfen wollte, war ständig der Bittende und wurde ein- oder zweimal sogar wie ein streunender Hund behandelt, der sich erdreistete, die Jurtenschwelle zu betreten. So musste der Vater einiges erdulden, aber dem Sohn war es eine gute Lehre. Endlich jedoch kam der Tag, an dem er der Häuptling war, hinter sich eine Zehnerschaft wusste und der Weg frei war.
Nun steht er an der Spitze einer Hundertschaft und sieht in diesem Augenblick helle Gesichter vor sich, aus denen jegliche Spur des Misstrauens verschwunden ist. Voller Stolz denkt er an den Jungen mit Namen Temüdshin, der den schmalen Pfad der Geschichte mit nur einem Getreuen begonnen und es nach und nach geschafft hatte, zum Tschingis Chan zu werden.
»Unsere Sache sieht gut aus!«, versichert er den Menschen, die um ihn herum einen Kreis gebildet haben. Das richtige Wort muss gefallen sein, denn ein Aufruhr geht durch die Runde, Begeisterung liegt in der Luft. »Vor den tausend neckenden Fragen brauchen wir uns nun nicht mehr zu

verstecken, die Karawane wird aufbrechen, denn die ersten Kamele sind eingetroffen, greifbar für alle!«

Die Geschichte eines Tugrikmillionärs

»Bin Millionär«, sagt Altanbat vor sich hin, leise, aber hörbar, und erschrickt darauf vor seiner eigenen Stimme. »Millionär«, wiederholt er einige Sekunden später, nun schon etwas lauter. Und diesmal ist das, was er empfindet, kein Schreck, sondern Stolz. Millionär ist er geworden, der Hirte Altanbat, Sohn des tuwinischen Jägers Semeschdej. Er ist zwar nur ein Tugrikmillionär, aber ein redlicher, im Gegensatz zu dem Ungeziefer von Schiebern und Betrügern, die sich, kaum haben sie eine Million Tugrik zusammen, auf die Brust pochen und lauthals verkünden: »Schaut her, hier bin ich, ein Millionär!«

Die halbe Nacht hat er hellwach dagelegen und im Kopf gerechnet, was die 850 Schafe und 150 Rinder ihm einbringen werden, die er heute zu verkaufen gedenkt. Eine Schwindel erregende Zahl kommt dabei heraus, die Schwindel erregend bleibt, obwohl er alle möglichen bevorstehenden Ausgaben davon abzieht. Hoffentlich habe ich mich nicht verrechnet, denkt er, und spürt dabei sein Herz heftig pochen. Den Morgen kann er kaum erwarten, und als es endlich zu tagen beginnt, steht er auf, zieht sich in der Halbfinsternis an und geht weit hinaus in die Steppe. Dort setzt er sich auf eine Anhöhe und beginnt damit, auf dem Papier alles noch einmal zusammenzurechnen. Und es stellt sich heraus, er hat richtig gerechnet.

Altanbat ist ein guter Rechner. Das war er schon immer, obwohl er in der Schule über den Durchschnitt nie hinauskam. Doch war er bei den Lehrern gut angeschrieben. Dies auch im wörtlichen Sinne, denn er hatte einen Namen, der sich gut schreiben ließ: Aus Aldanbaj, wie ihn die Eltern und Verwandten nannten, machte er einen unauffälligen und dazu noch sinnvollen mongolischen Namen. Und er wusste, weshalb er es tat, denn mit dem tuwinischen Namen und dazu noch einem *Baj* am Ende würde er nur Ärger bekommen. Mit dem neuen, tadellos neuzeitigen Namen jedoch würde er jederzeit, wenn er es wollte, untertauchen und sich als waschechter Mongole ausgeben können.

Als er diesen Einfall hatte, war er gerade fünfzehn Jahre alt und hatte bereits auch eine andere Entscheidung getroffen. Er hatte die Schule verlassen und zu arbeiten begonnen. Er wollte ein Held der Arbeit werden, wollte Orden tragen, berühmt werden und Geld verdienen. Also wurde er Traktorist. Und was er anstrebte, das vergaß er keine Minute lang. Er arbeitete fleißig und begriff, dass Fleiß allein nicht genügte. Es kam vor allem auf das Benehmen an, er musste, wenn er die Ziele, die er sich gesetzt hatte, wirklich erreichen wollte, jedem gefallen. Er lernte bewusst aufzutreten, näherte sich einem jeden mit der festen Absicht, sein Wohlwollen zu erringen, was ihm immer leichter und besser gelang.

So kam, was kommen sollte. Zuerst waren es nur Pappen, Urkunden genannt, und viele ärgerten sich über sie. Manch einer schaute sich das beschriftete und bestempelte Papier gar nicht erst an, zerknüllte oder zerriss es und steckte es in den nächsten Abfallkorb. Er aber bewahrte alles sorgfältig auf, zeigte Ehrfurcht davor und freute sich manchmal auch darüber, denn zu manchen Urkunden gehörte eine kleine Geldsumme oder etwas anderes Nützliches. Wenn man Pech hatte, konnte dieses ein Leninkopf aus Gusseisen oder ein *Süchbaatar*kopf aus Gips sein. Meistens aber war es ein Oberhemd oder eine Thermoskanne, etwas, das der Mensch brauchte.

Dann kam das Rote Band des Rekords. Da war er gerade achtzehn, und das Foto, das ihn mit dem beschrifteten, spannbreiten Band des Rekordhalters zeigte, erschien später in der Bezirkszeitung. Dem folgte die erste Delegierung zu einer Republikberatung. Er sah Ulaanbaatar, sah *Zedenbal* leibhaftig, hörte ihn reden, saß unter denen, die jenem applaudierten und zuriefen. Er schlief im flaumweichen Hotelbett mit schneeweißer Bettwäsche, wusch sich in einem spiegelblanken Trog unter herausflutendem Wasser, das nicht aufhörte zu fließen, und stand kopfschüttelnd vor dem Porzellaneimer, der weißer war und sauberer glänzte als die Essteller und Trinkschalen in der Kreisgaststätte, so dass es ihm Leid tat, seine Notdurft darein verrichten zu müssen.
Mit neunzehn wurde er in die Partei aufgenommen. Glückwünsche kamen von allen Seiten. Kommunist sagte man anerkennend zu ihm. Es wurde zum bestimmenden Beiwort zu seinem Namen, zu einem seiner beiden Titel.
»Mensch«, fragten ihn die Kollegen, »wie hast du das bloß geschafft?« Er musste darauf nicht antworten, wusste aber den Beschämten und damit den Bescheidenen zu spielen.
»Du bist ein schlauer Kerl, hast es geschafft, die allerwichtigsten Schritte nach oben richtig und zügig zu machen«, sagte ein Mann, dem er heimlich nacheiferte, »nun bist du auf der Bahn, auf der du vorwärts zu allen Höhen getragen wirst, und alles ist nur eine Frage der Zeit!«
Dieser Mann muss ein Schlitzohr gewesen sein, denn es kam so, wie er es vorausgesagt hatte. Es kam von selber, und Altanbat tat nicht mehr, als dass er dem nachging, was sich ihm anbot. Mit dreiundzwanzig Jahren hielt er seine Brust der ersten Staatsauszeichnung entgegen, die auf dem Jackenaufschlag angeheftet wurde. Zwar war das nur eine Medaille, aber das Stück emaillierten und wohlgeformten Metalls glänzte beinahe erschlagend und fasste sich wunderbar kühl

und glatt an. Ja, das war schon etwas anderes als diese Urkunden, deren Sinn sich so ziemlich darin erschöpfte, dass man sie vor einem Publikum entgegennahm, das dazu applaudierte.
Zwei Jahre später kam der erste Orden zu ihm. Daraufhin wurde er zum Deputierten und Delegierten aller möglichen Kongresse, Parteitage und Gremien, wurde dreifacher Ernterekordinhaber im Republikmaßstab und Mitglied des Zentralkomitees der Mongolischen Revolutionären Volkspartei. Was einzig noch fehlte, war der Titel des Helden der Arbeit, doch war jedem klar, dass auch dieser bald hinzukommen würde, das war die unweigerliche Logik der Dinge.
Da geschah etwas Widersinniges: Der Sozialismus, der doch die Zukunft der ganzen Menschheit sein sollte, brach zusammen!
Groß waren bei Altanbat der Schreck wie auch die Enttäuschung. Doch dauerte es nur eine kurze Zeit, bis er merkte, dass der sterbende Staat wie erlegtes Wild ausgeschlachtet werden konnte, und erkannte, dass die Stellung als Mitglied des Zentralkomitees, gekoppelt mit seinem Titel als dreifacher Republikrekordinhaber imstande war, ihm einen günstigen Start in die neue Zeit zu verschaffen.
So packte er zu, und der ruhmreiche Arbeiter-Kommunist und hohe Parteifunktionär verwandelte sich, nicht über Nacht, sondern binnen Stunden, in das Gegenteil von dem, was er bis jetzt dargestellt hatte: in einen Pächter und wenig später in einen Besitzer!
Er brachte die Viehbrigade unter seine Kontrolle. Es stimmte ja auch, dass diese durch ihre traditionelle Struktur an dem durch und durch mechanisierten Körper des Ackergutes immer wie nebensächlich, oft wie überflüssig gewirkt hatte. Nun konnte er sie abtrennen von dem sterbenden und auseinander fallenden Ganzen. Und da er fleißig war, rechnen

konnte und über genügend zuverlässige Arbeitskräfte verfügte – er hatte zehn Kinder, deren Mehrheit bereits im Arbeitsalter war –, vermochte er die Viehwirtschaft in kürzester Zeit von einem kriechenden in einen trabenden Wirtschaftszweig zu entwickeln.

Schmerz- und nahtlos verwandelt er sich nun von einem Wort-Sozialisten zu einem Tat-Kapitalisten. Lautstark verdammt er die alte Struktur, dieses Wort liebt er, die jegliche persönliche Initiative gehemmt hat, und preist die Marktwirtschaft. Wie gut, dass es dieses Wort gibt, denn sonst müsste man Kapitalismus sagen, den aber sollte man tunlichst vorerst nicht beim Namen nennen!

Altanbat weiß, dass er sich diesmal nicht zu verstellen braucht, und eine der neuzeitlichen Floskeln, die er sich gemerkt hat und selber hin und wieder benutzt, lautet: Die neue Struktur ist schon deswegen gut und verdient es zu überleben, weil sie jedem erlaubt, das zu bleiben, was er ist. Freilich ist er intelligent genug zu wissen, dass er wieder mit Worten spielt, die dafür herhalten müssen, die neue Ordnung zu rechtfertigen. Dabei denkt er: Warum soll ich es nicht auch tun? Ein jeder, der vorwärts kommen will, braucht doch den Rückenwind!

Er kommt sich wie entfesselt vor und spürt das ungestüme Verlangen, sich dahin und dorthin zu stürzen, anzupacken und herauszuholen, was zu fassen ist. So schickt er die beiden ältesten seiner Kinder mit einem erfahrenen Schieber über die Grenze, bewegt seine Frau dazu, eine Wandergaststätte zu eröffnen, die hauptsächlich das Fleisch verendeter Tiere verwertet.

Auch sich selber gönnt er keine freie Minute: Mal ist er Schmied, mal Tischler, vor allem aber ist er Tauschhändler. Er handelt mit den Ochsen und Hammeln, die er sich bei der Privatisierung ausgesucht und zurückbehalten hat. Dabei denkt er sich etwas Neues aus: Er tauscht Gewicht gegen Gewicht, das heißt, ein ausgewachsenes, männliches Tier gegen eine Anzahl von weiblichen Jungtieren, die gemeinsam so viel Gewicht bringen, wie das eine Stück. Da die Tiere, die er verkauft, vorher prallvoll gemästet werden, und ihre Gegenstücke, die auf die Waage kommen, in der Regel abgemagerte Wesen sind, dass es sich nicht lohnt, sie zu schlachten, ist es für ihn immer ein vorteilhaftes Geschäft. Altanbat weiß, dass es neben der Stückzahl auch auf das Geschlecht ankommt. Aus einem Ochsen kann bestenfalls der schönste Ochse werden, Zeit seines Lebens aber bleibt er ein Stück, während selbst in der mickrigsten Kuh eine ganze Rinderherde stecken kann. Vorteilhaft für ihn ist hierbei, dass die meisten Menschen nicht imstande sind, diese einfache Logik zu durchschauen. Sie sind dumm und gefräßig, geben vier, fünf Vorjahreslämmer gegen einen mit Abfallgetreide voll gepumpten Hammel und freuen sich noch darüber. Wenige Monate später aber werden aus den wackligen, federleichten Lämmern runde, schwere Schafe, und im Frühjahr verdoppelt sich die Stückzahl. Schnell kommt Geld zusammen, aber immer noch ein wenig zu langsam.

Da gehen Gerüchte über eine Karawane durch das Land. Die Rede ist von fünf Geschenk-Kamelen an eine jede Familie, die daran teilnimmt und von weiteren Geschenken. Manche sagen: »Fünf Kamele verschenken? Nicht einmal fünf Ziegen verschenkt man so leicht, da ist etwas faul!« Andere lachen: »Eine Kamelkarawane im Zeitalter der Autos und Flugzeuge, das sind Märchen!«

Altanbat sagt nichts, er überlegt: Eine Karawane, warum nicht? Geschenke, auch! Aber Gründe müssen dafür vorliegen. Vielleicht will man einen Hügel Geld aussäen, um einen Berg Geld zu ernten? Wichtig jedoch ist, was dabei herausspringt, fünf Kamele sind ein Vermögen!

Daraufhin macht er sich auf den Weg, verfolgt die Gerüchte auf all ihren Stationen zurück und landet dort, wo sie ihren Anfang genommen haben.
Da sitzt ein rettungslos verträumter Mann, den die doppelbödigen Fragen des Ankömmlings nicht von seinem Vorhaben abbringen können. Stattdessen wird dieser, der Mann mit dem Doppelgesicht, von jenem ein wenig angesteckt, und als er davon erfährt, dass die Karawane gefilmt werden soll, da geht in ihm eine Rechnung auf: Nie wieder wird man so jung sein wie im Augenblick, und daher darf man diese Gelegenheit nicht auslassen. Er sagt die Teilnahme an der Karawane fest zu.
Das ist vor Monaten gewesen. Inzwischen hat sich manches ereignet, und der Verlauf der Dinge liegt längst fest. Altanbat hat sich beruhigt und schaut zuversichtlich auf die Welt. Die Rinder und Schafe wird er verkaufen und für das Geld einen Lastwagen mit Anhänger und Pferde kaufen. Ja, Pferde, so viele wie möglich. Denn Pferde und Kamele sind zu Hause teurer als hier, während andere Tierarten billiger sind. Günstiger kann es nicht sein. Staaten stranden, Zeiten versanden, er aber, der Sohn des Semeschdej und der Erene, findet immer einen Ausweg.

Die Geschichte eines Habenichts

Badar lächelt selbst im Schlaf. Das behauptet zumindest seine Frau Mystad, und wenn sie es sagt, muss es wohl stimmen. Er lächelt, wenn er die helle Spalte über dem Dachreifen sieht, da er weiß, dass der neue Tag heraufkommt. Wie ein Kind, das sich dem Platz nähert, wo die Spielsteine an dem einen oder anderen Rand gelöscht, im Ganzen aber wohl geordnet liegen, denkt er und muss wieder lächeln. Der neue

Tag muss Hindernisse auf seinem Weg beseitigen und den unterbrochenen Lauf des Vortages fortsetzen.
»Was lächelst du schon wieder?«, hat ihn Mystad einmal gefragt, und seine treuherzige Antwort darauf lautete: »Hunger habe ich!«
Sie hat ihn nicht verstanden, was er ihr vom Gesicht ablesen konnte. So musste er es ihr erklären: »Wenn ich nur Hunger habe, so wirst du etwas kochen, und der Hunger wird verschwinden. Wie anders aber wäre es mit einer Krankheit, die mich quält. Selbst wenn sie mich im Augenblick nicht so heftig peinigte wie der Hunger, so ist es doch Grund genug, darüber froh zu sein, dass ich nicht krank, sondern nur hungrig bin.« Das ist vor einigen Jahren gewesen, und sie lebten noch nicht lange in einer Jurte. Damals war er ihr merkwürdig vorgekommen, und oft musste sie über ihn den Kopf schütteln, mehr aus Unverständnis, denn aus Ärger, weil sie sehr wohl sah, dass er ein verspielter, lieber Kerl war.
»Schenk mir sechzehn Kinder«, sagte er einmal zu ihr, »acht Söhne und acht Töchter!«
»Pa-ah-aj!«, rief sie da aus. »Ich bin doch kein Legehuhn!« Das sagte sie, obwohl sie noch nie ein lebendes Huhn oder eine Abbildung davon gesehen hatte, aber gehört hatte sie von einem solchen Tier. So viele Kinder zu gebären, kam ihr irgendwie schändlich vor. Dennoch gebar sie ihm tatsächlich sechzehn Kinder, zehn Jungen und sechs Töchter, von denen allerdings fünf bei der Geburt starben, während von den Jungen nur einer das Babyalter nicht überlebte.
Der starke Kindersegen hinterließ bei dem einst schlanken und lebhaften Mädchen seine Spuren, und mit jeder Geburt wurde ihr Körper unförmiger. Sie stumpfte ab, und Mystad wurde eine beleibte und durch und durch gutmütige Person. Alles, was ihr im Leben begegnete, nahm sie geduldig hin, und wenn sie manchmal an ihre gestorbenen Kinder denken

musste, so überwog die Sorge und Freude über die Lebenden, und sie war getröstet. Ähnlich erging es Badar.
Mit der Zeit hatte sie sich an ihm rettungslos angesteckt, und oft kam es ihr vor, er und sie seien eine Person, die lediglich in zwei Körper und Geschlechter geteilt seien. Ein wenig ungleich geraten vom Umfang her, meinte sie, dabei ihren eigenen fülligen, kurzen und seinen dürren, langen Körper betrachtend. Aber auch das störte sie nicht, im Gegenteil, sie lächelte jedes Mal zufrieden, wenn sie vonseiten der Mitmenschen eine Anspielung darauf hörte.
»Der Himmel hat den dünnsten Mann mit dem dicksten Weib zusammengeführt, damit so wenigstens die Summe stimmt«, stichelten Scherzlustige. Für Mystad waren Bemerkungen solcher Art nur ein weiterer Anlass, zu dem Menschen zu stehen, der ihr immer mehr wie eines ihrer Kinder, hin und wieder aber auch wie ein lieber, hilfsbedürftiger Vater vorkam. Wie auch immer, dachte sie, wir gehören zusammen. Dabei empfand sie eine wärmende, beruhigende Liebe in sich.
Badar gähnt ausgiebig und muss wieder lächeln über den Laut, der ihm gerade entfahren ist. An einen alten Rüden denkt er, der sich reckt und gähnt, was von einem lang gezogenen, hellen Au-u-uh begleitet wird. Dann sagt er: »Stehen wir auf, Frau!« Das sagt er ihr flüsternd ins Ohr und wartet geduldig. Da aber die wohl bekannte Antwort ausbleibt, wiederholt er das soeben Gesagte, nun lauter, und schubst sie dabei mit dem Ellbogen.
»U-jo«, wimmert sie. »Was ist in dich hineingefahren, Mann, dass du mit deinen harten Knochen mir die Rippen ...« Sie bringt den Satz nicht zu Ende und stellt sich schläfrig.
»Ich weiß doch, du hast mir zugehört, warum antwortest du nicht?«, flüstert er zärtlich und schmiegt sich an ihren weichen, heißen Körper.

»Woher willst du wissen, dass ich dir zuhöre, wo mir der Schlaf noch schwer auf den Augen liegt?«, entgegnet sie. Er aber hört in den Worten nur die Bestätigung seiner Vermutung und lächelt.
»Was ist denn, Mann?«
»Du weißt es doch!«
»Vielleicht weiß ich es diesmal wirklich nicht. Sag es, bitte!«
»Es ist nicht wahr, was du vom Schlaf redest. Erstens kann dir der Schlaf zu einer Stunde, zu der du schon aufstehen musst, nicht mehr auf den Augen liegen und zweitens kann kein Mensch so lange schlafen, wo wir doch gestern wieder mit der Dämmerung ins Bett gekommen sind. Nun blaut es schon, also stehen wir doch auf und schauen wir nach unseren Kamelen!«
»Ach, du bist wahrlich eine Menschenseide!«, erwidert sie mit einem leichten Lächeln.
»Weshalb nun dieses Lob?«
»Dort, wo andere Männer zu ihren Frauen sagen würden, steh auf, sagst du, wir stehen auf ...«
»Ei, wie schlau du bist! Ich meinte natürlich, dass du zuerst aufstehst und Feuer machst, dann werde ich dir folgen.«
»Ach, das hört sich schon anders an. Vierzig Jahre lang habe ich dir Morgen für Morgen die Jurte vorgewärmt, damit du aufstehen konntest.«
»Das stimmt nicht ganz. Sechzehnmal war ich es, der jedes Mal drei Morgen hintereinander aufstehen, Asche austragen, Feuer machen, Tee kochen und ihn dir bringen musste.«
»Schon gut, aber ich war viel öfter dran, und vielleicht kannst du ein einziges Mal noch einmal vor mir aufstehen?«
»Das könnte ich tun, vielleicht sogar gern, was aber würden die Nachbarn sagen, wenn sie sehen, dass ich die Asche wegschaffe und Dung hole, wo du doch nicht niedergekommen oder gar tot bist! Sie werden schlecht über dich reden!«

»Da magst du recht haben, Mann! Lass mich trotzdem noch ein kleines Weilchen liegen, es ist so schön, im warmen Bett zu liegen und zu dösen.«
»Ja, aber mir wird die Blase platzen, wenn ich noch länger liegen bleibe.«
»Mir eigentlich auch. Könntest du nicht für mich mit hinausgehen und Wasser ablassen?«
»Interessant, Frau, wie gleich wir zwei doch denken. Gerade wollte ich dich um genau dasselbe bitten und auch darum, dass du für mich nach den Kamelen schaust und nachzählst, ob noch alle da sind.«
»Du weißt doch, dass ich im Zählen nicht so gut bin wie du.«
»Aber bis fünfzehn wirst du wohl schon zählen können.«
»Fünfzehn? Da fällt mir ein, was werden die Leute sagen, wenn sie sehen, dass wir mit so vielen Kamelen ankommen?«
»Das habe ich mich auch gefragt. So viele Kamele hat noch keiner besessen, selbst unser Großvater, der mächtigste Baj, nicht!«
»Hätten Sogoo und Sagaan auch eigene Jurten gehabt, dann wären es sogar noch mehr gewesen. Fünfzehn und fünf sind zwanzig, und noch weitere fünf sind fünfundzwanzig. Stell dir vor, fünfundzwanzig Kamele gehen mit uns, wenn wir umziehen!«
»Du hast ja die Hälfte der Kinder weggelassen. Wenn du schon einmal beim Rechnen bist, darfst du nicht so kleinlich sein. Elf Jurten werden demnächst zu unserem Ail gehören. Elfmal fünf, das sind fünfundfünfzig Kamele! Was sagst du nun?«
»Ob Dshuruk-Uwaa uns in diesem Fall auch so viele gegeben hätte?«
»Warum nicht, er hat doch viel mehr weggegeben, und die meisten davon an wildfremde Leute! Wenn du überlegst, wie viel allein die Sippe von dem Querkopf Tas bekommen hat,

der jeden Tag einen Mund voll Gift auf den Bruder streut, da will mir das Lachen vergehen!«
»Das ist wahr, Dshuruk tut einem Leid. Aber er wird schon wissen, weshalb er mit seinem Geld so leichtsinnig verfährt.«
»Ja, das viele Geld, woher er es nur hat?«
»Er hat studiert und hat die Bildung.«
»Unsinn! Viele haben studiert, haben Bildung, schau doch auf deine Schwester Utnaj und ihren Mann. Aber was haben sie davon, nichts! Nein, Reichtum lässt sich nicht fangen, er kommt selber zu einem, und zwar nur zu dem, dem es vorbestimmt ist, ein Baj zu sein!«
»Und unser Dshuruk, der vom Himmel dazu Auserwählte, darf selbst mich, seinen älteren Bruder, und dich, seine Schwägerin, die der Sippe eine ganze Herde und Horde von Kindern geboren hat, zurechtweisen.«
»Du meinst, er wird mit uns wieder schimpfen, wenn er kommt?«
»Wer weiß, auf jeden Fall wird er danach schauen, ob die Kamele und Pferde vollzählig sind.«
»Uj, du, der Sogtugerel hat wieder sein Pferd mit Sattel und Zaumzeug verspielt!«
»Wann?«
»Gestern!«
»Wer sagt das?«
»Die Schwiegertochter, aber ich wollte nicht, dass du es vor dem Nachtschlaf erfährst.«
»Du sagst, sein Pferd. Er hat doch schon lange keines mehr?«
»Ich meine, das Pferd, mit dem er ritt.«
»Und welches war das?«
»Der Fuchs.«
»Der Fuchs von Dshuruk?! Das geht zu weit!«
Er denkt nach und schweigt, und auch sie hat nichts mehr hinzuzufügen.

Einmal hatte sie geweint und geklagt, sie habe fünfzehn Menschen und einen Teufel geboren. Der Teufel Sogtugerel, der vier Pferde gegen ein Pfeifenmundstück aus Jaspis getauscht und in der Nacht darauf im Streit mit seiner Frau den wertvollen Stein zerschlagen hatte.

Der Vater, genauso hilflos wie die Mutter, war lange stumm dagesessen, dann aber hatte er gesagt: »Es ist nun einmal geschehen, Frau, nichts hilft mehr, und am wenigsten Jammern. Hätten wir den Jungen nie gehabt oder wäre er wie seine sechs Geschwister auch gestorben, dann wäre es freilich schlimmer gewesen. Also freuen wir uns doch darüber, dass es ihn gibt!«

Da hatte sie ihm wie immer zugestimmt und wenig später gesagt: »Ja, du hast Recht, Mann, es ist doch besser, wir haben den Jungen als die vier Pferde!«

Das ist vor Jahren gewesen. Aus Sogtugerel, dem mittleren der neun Söhne, ist inzwischen ein verrufener Säufer und Spieler geworden. Und er hat es im Laufe der Jahre fertig gebracht, nicht nur seinen ihm zustehenden, eigenen Anteil, sondern auch das übrig gebliebene geringe Eigentum der Eltern und seiner Geschwister nach und nach gänzlich zu vertrinken und zu verspielen.

Den letzten Ochsen haben sie im vergangenen Winter geschlachtet. Das war für Badar ein Anlass zur Freude.

»Der Kerl hätte auch diesen Ochsen verkaufen oder verspielen können. Nun haben wir ihn in Sicherheit, ein Berg von Fleisch und Fett liegt vor uns und wird uns alle über den Winter und das Frühjahr bringen!«, hatte er zu seinen beiden Söhnen gesagt, die als letzte der vielen Geschwister mit den Eltern zusammen in einer Jurte lebten und ihm nun beim Schlachten halfen.

Tatsächlich reichte das Fleisch über den Winter und in das Frühjahr hinein. Dann aber ging es zur Neige, und Mystad

fragte ihn, was sie jetzt essen sollten. Das wusste er selber nicht und antwortete deshalb mit der Redewendung, dass Mensch und Hund des Hungers nicht stürben.
Ja, die Redewendungen, die aus den alten Zeiten, die neuerdings auch als die guten gelten. Badar verfügt über ein echt nomadisches, das heißt, unverwischbares Gedächtnis. So manches, was er in den letzten Jahren dem Radio abgelauscht hat, steht unverdaut in seinem Kopf und widersetzt sich der althergebrachten Redensart, die für ihn Gesetzesgültigkeit hat. Das Radio hat unendlich viele Male von Hungernden und hin und wieder auch von Verhungerten berichtet.
Nun weiß er, dass nicht die Frau, sondern durch diese das Leben ihm die Frage gestellt hat und er nicht imstande ist, darauf zu antworten. Doch versucht er, sich auf seine Art zu helfen, indem er sich einredet: Es ist zwar wahr, dass keiner in der Sippe weiß, wovon er sich in den nächsten Tagen und Monaten ernähren wird, ebenso wahr ist aber auch, dass ein jeder gesund ist und vor dem großen Augenblick des Aufbruchs wild entschlossen ist, mit der Karawane durch das große, mongolische Land zu ziehen, um in die eigene Ecke und somit ein wenig auch in die Geschichte zu gelangen. Wiegt dieses nicht viel mehr als das andere, da sich Nahrung für die Seele schwerer finden lässt als die für den Magen?
Kommt Zeit, kommt Rat, heißt es auch bei den Nomaden. Der Rat, der nicht lange auf sich warten lässt, heißt im Falle der in Not geratenen Sippe Paawaj. Der kommt auf einem Schimmel geritten und macht ein Angebot: Man könne bei ihm Schlachtvieh haben und es ihm später ersetzen. Badar beißt sofort an, nennt Paawaj, der Schwierigkeiten mit dem Absatz seines Viehs hat, einen vom Himmel Gesandten und fragt, womit er ihm den Ochsen denn ersetzen muss.
»Einen vierjährigen Ochsen könnte ich Ihnen, aber nur Ihnen, da wir viele Jahre in der Fremde gemeinsam verbracht

haben, gegen ein dreijähriges Kamel überlassen«, spricht jener seelenruhig.
»Von Kamelen reden wir nicht«, wehrt sich dieser.
»Wovon dürfen wir dann reden?«
»Von Murmeltierfellen zum Beispiel. Meine Söhne sind gute Jäger, und man hört doch, dass heutzutage Murmeltiere sehr viel einbringen. Dort ist es nicht wie hier, der Altai ist reich, wie du selber weißt.«
»Müssen wir von Murmeltieren reden, die noch nicht gejagt sind, während die Kamele griffbereit vor uns stehen?«, erwidert Paawaj.
»Als wir hierher zogen, haben wir es nicht übers Herz gebracht, die beiden besten unserer Yakkühe zu verkaufen, und so haben wir sie samt ihren Kälbern bei meinem Bruder Gakaj gelassen. In den sieben Jahren unserer Abwesenheit müssen sie sich zu einer hübschen Herde vermehrt haben.«
»So? Von manchem hat man gehört, von Ihren zurückgelassenen Kühen aber noch nicht. Doch ich habe keinen Grund, Ihnen nicht zu glauben. Deshalb kann es auch eine Kuh mit Kalb sein!«
Am selben Tag wird der Ochse geschlachtet. Vorher aber muss der Vater seine Söhne unterrichten, die dem Gespräch zugehört haben: »Das mit den Yakkühen war natürlich eine Erfindung. Nicht ich habe es erfunden, die Not hat mich erfinderisch gemacht. Mit der Kuh und dem Kalb wird es trotzdem stimmen, da uns die Verwandtschaft sicher nicht mit leeren Händen entgegenkommen wird!«
Nun aber gilt es, diese ärgerliche Geschichte mit dem Pferd zu regeln. Badar sinnt lange nach, doch fällt ihm nichts ein. Mit Lügen kommt keiner durch, das weiß er, der Bruder wird alles und jeden durchschauen. Draußen ist es helllichter Tag geworden, und er spürt schweren Druck auf der Blase, ebenso eine brennende Verspannung im Nacken.

Mit dem rechten Arm stößt er gegen seine Frau, die sich wortlos auf den Ellbogen erhebt. Diese stumme Ergebenheit spricht für die Einsicht, dass nun keine Rettung mehr vor dem Aufstehen ist. Der Mann wartet ungeduldig, wartet leidend auf die Wärme des Dungfeuers. Es dauert seine Zeit, bis der Dung Feuer fängt und zuerst den kleinen, runden Blechofen, dann die verrußte Jurte anwärmt. Dabei schaut Badar lächelnd auf die vielen feuerroten Lichttrichter, die durch die Löcher an der Ostseite des Dachfilzes in die Jurte hereinfluten. Wie Flammen, denkt er, die den letzten Dämmer ereilen und sich in ihn hineinfressen. Er bleibt heiter und freut sich auch noch, als er sich endlich überwunden und erhoben hat. In den Tag hinaustretend, stellt er fest, dass ein strahlender Himmel auf die sonnenüberflutete Erde herunterblinzelt und die Lüfte dazwischen spiegelklar bis an alle Horizonte und windstill in allen ihren Schichten stehen. Wasser lassend, schaut er auf die Kamele, die er am Vorabend in den ehemaligen Rinderstall eingesperrt hat.
Wieder haben sie sich in die linke Ecke unter dem verfallenen Dach gedrängt und hingelegt. Ihre Blicke sind immer noch nach Süden gerichtet, obwohl sie nun schon einen ganzen Monat hier sind.
Ich bin viel länger hier, denkt er, in vier Tagen sind es sechs Jahre und acht Monate. Trotzdem sind meine Sinne immer noch nach Westen geöffnet, und er empfindet ein brennendes Mitgefühl für die Eingesperrten.
Auch ich lebte eingesperrt, denkt er weiter, war ein Gefangener des Lebens, aber ich war selber schuld daran, weil ich mich von den Menschen wegscheuchen und wegführen ließ an einem Strick aus süßen Worten. Nun werdet ihr, liebe, edle Wesen, die Sperre wegschieben und mich und die meinen einem Gefängnis entführen, in dem wir, wäret ihr nicht gekommen, bis zu unserem Ende geblieben wären. Ihr werdet

euch, vierbeinige und zweihöckrige Brüder und Schwestern, uns in die Freiheit verhelfend, noch fester in das Netz verstricken, in das ihr gegen euren Willen getrieben worden seid und dem zu entkommen euch nimmer gelingen wird. Das ist gemein, ich weiß! Aber ich möchte euch damit trösten, dass ihr zum Schluss als Entschädigung für all das Erlittene eine Heimat erkämpfen werdet, wie sie noch keinem eurer Vorfahren vergönnt war. Mögen eure Wunden schnell vernarben, und möge die neue Haut, die darunter wächst, undurchlässig für alte Schmerzen sein.

Dann zählt er die Kamele. »Fünfzehn. Vollzählig!«, spricht er laut in den Morgen hinaus und lässt den Blick über das Flusstal gleiten, über dem schwache Rauchschwaden stehen. Sie fesseln seinen Blick, zittern vor den herannahenden Luftströmungen, werden schließlich von ihnen erfasst und verwandeln sich in lichte Silhouetten, gleich dem Ende einer dahinschwindenden Karawane.

Auf dem Rückweg sieht er Mystad, die vor der Jurte steht und Tee mit einem Esslöffel aus Aluminium verspritzt. Er nähert sich ihr langsam und wartet, bis sie fertig ist. Dann sagt er: »Ich sehe, wieder hast du den Opferlöffel nicht gefunden. Weshalb, denkst du, haben wir ihn? Weshalb hat man ihn aus einer Wacholderwurzel und dazu noch mit dreizehn Augen geschnitzt?« Seine Stimme klingt weich und gütig.

»Du hast Recht, Mann«, sagt sie schuldbewusst, »wieder war ich zu faul, richtig nachzuschauen, wo diesmal der Opferlöffel steckt.«

Sie wartet, lässt ihm den Vortritt. Er aber hat noch etwas mitzuteilen: »Wenn Bruder Dshuruk kommt, werde ich ihm entgegeneilen und von den Kamelen berichten, die vollzählig und wohlauf sind, und sagen, dass dies das Wichtigste für die Karawane ist, die, nach dem zu urteilen, wie alle Anzeichen stehen, zum vorgesehenen Tag davongehen und auch ankommen wird. Darauf werde ich ihm von dem Schimmel erzählen, dass er ein wunderbares, viel besseres Pferd ist als der Fuchs, bei dem wir leider einige Makel festgestellt haben und ihn daher weggeben mussten, gegen einen sehr guten Preis übrigens!« Dieselbe weiche gütige Stimme, ein unschuldiger, kindlich heller Blick dazu.

Sie stimmt ihm sogleich zu: »Ja, so sagen wir es, das heißt, du sagst es so, und der Bruder wird ohnehin schwer beladen dastehen, dass er für solche Kleinigkeiten wahrscheinlich nur das halbe Ohr haben wird!«

Als sie dies sagt, erwacht auf ihrem Gesicht die Schläue, die ihr angeboren sein muss, die darauf aber wieder erlischt und in Einfalt untergeht.

Tagebuchnotizen

3. Mai 1995

Zwillinge schließe ich am Vormittag in meine Arme: »*Er Char Sur*«, mein erster Gedichtband, in Mongolisch, und am Nachmittag »Eine tuwinische Geschichte«, in einer Neuausgabe, mit vier zusätzlichen Erzählungen, in Deutsch, diesmal mit dem Markenzeichen A1. Jedes der Kinder sieht wie das Land aus, wo es geboren: der Gedichtband mit einem hauchdünnen, piepschleimigen Einband und einer flatternden Schrift in leisen, losen Zeilen, und der Erzählband, glatt und fest, wie aus einem Stück Edelholz herausgeschnitten. Doch geistig sind es eineiige Zwillinge, das weiß ich als Vater. Vier Jahre bin ich wohl gewesen, als ich in der zündenden Nähe der großen Schamanin meine ersten Verse erfinden lernte; mit acht, neun sah ich meine Worte in Buchstaben eingezeichnet, ich nannte sie mir Gedichte, und mit 18 war ich ein anerkannter Dichter in meiner Welt, die aus einer Bezirksstadt bestand. Dennoch musste ich erst 52 Jahre alt werden, um meinen ersten Gedichtband in der Hand halten zu dürfen. So ist er mir ein verspätetes Kind.

Film- und Fototeam angekommen, vier Männer und zwei Frauen. Sechs Mal schließe ich mich auf und wünsche jedes Mal, dass mein Herz dem eines Bruders oder einer Schwester entgegenpocht. Während ich in ihrer Umkreisung stehe und mich in den freudestrahlenden Gesichtern sonne, denke ich an die Plejaden, die am Himmel meines Volkes aufgehen und die erblindende Finsternis ringsum durchleuchten mögen.
Möchte ein guter Gastgeber sein: Biete alles auf, was ich an Verkehrsmitteln besitze, erscheine mit zwei Söhnen, ein jeder im eigenen Auto, fahre selber vorneweg, als stolzer Vater, fahre die Protokollstrecke, jede Schranke geht auf, sobald ich mit meiner Kolonne in Sichtweite erscheine. Die Gäste genießen die Schönheit der soeben betretenen Mongolei, gekoppelt nun mit der Ehre, die ihnen entgegengehalten wird, bis sie schließlich dort ankommen, wo früher Breschnews, Honeckers, Shiwkows und deren engste Vertraute abstiegen, und neuerdings Clintons, Kohls, Chiracs mit engsten Vertrauten absteigen: im höchsten, nicht aber teuersten Gästehaus der Mongolei. Die Antwort auf die Frage, wie meine Lage als Vertreter einer aussterbenden, kleinen Minderheit mit dieser Wohnmöglichkeit meiner Gäste zu vereinbaren sei, überlasse ich einem jeden selbst.
Der Arbeitstag, begonnen in der Vornacht, endet erst in der nächsten. Ausgelaugt, aber sprachlos glücklich stehe ich da. Die Geschichte hat mich an sich herangelassen!

7. Mai
Voll bepackt und von vielen guten Wünschen begleitet, verlassen wir in der Kolonne, die sich nun schon gefestigt hat,

die Hauptstadt und bewegen uns auf den Startort der Karawane zu. Ein neues Mitglied kommt hinzu: Zogi, Maler, Komiker und einer meiner zahlreichen Deutschschüler. Mit ihm wird die Mannschaft zehn-, die Autos hinzugezählt, wieder dreizehnköpfig, ein weiteres gutes Omen.
Die Frechheit, dem Schicksal, an das man so ehern geglaubt, einmal nicht zu gehorchen, hat in mein Leben so viele Erschütterungen gebracht. Eine davon war, dass ich, der Zweifler an der Zivilisation, mich vor die Notwendigkeit gestellt sah, Auto fahren zu lernen. Und als ich nach einer Fahrschule, die mich Geld, Nerven und Zeit kostete, den Führerschein in der Hand hielt, war ich längst 50 Jahre alt und wurde von vier Fünftel der 2,2 Millionen Landsleute gesiezt. Nun fahre ich an der Spitze der Kolonne einen russischen Armeejeep, und in ihm sitzen teuerste Gäste. Ein Verantwortungsgefühl lastet schwer auf mir, so wie die teuren Gepäckstücke auf der Maschine lasten, die mehr Panzer als Auto ist.
Ich fahre schülerhaft brav und fühle in mir große Dankbarkeit gegenüber den Söhnen, die mich als schwaches Glied längst in ihre Mitte genommen, den Gästen, die mir Glauben geschenkt, die ferne, kostspielige Reise auf sich genommen und mir in diesem Augenblick ihr Leben anvertraut haben, den Straßen und Wegen, die zwar mit vielen Unebenheiten versehen, wie wir alle wohl auch, mich aber geduldig ertragen und gutmütig vorbeilassen. Nach zehn Stunden Fahrt liegen die 440 km hinter uns. Obwohl seit langem an diesem Tag erwartet, wirft unser Auftauchen das Leben in der Senke eines Flusstales aus seinem Geleise. Die Hirtenleute stehen bis zur Hilflosigkeit aufgeregt vor uns. Dass ein vor Monaten gesagtes Wort so genau zutreffen kann, muss sie erschreckt haben. Einige gestehen, dass sie an mein Wort betreffs der genauen Terminplanung nicht geglaubt haben.

»Denkt ihr etwa«, sage ich, um die in mir aufkommende Sorge zu unterdrücken, »planen tut nur der Sozialismus? Nein, der ist deshalb untergegangen, weil er nur plante, aber nicht ausführte. Andere tun beides!« Wenig später füge ich noch hinzu: »Damit es keinen Freiraum für Illusionen gibt, alles wird an den festgelegten Tagen geschehen!«
Robert Pütz vom Fernsehteam wird am heutigen Tag einunddreißig, die genaue Hälfte an Jahren von dem, was Zogi, das große Kind, auf seinem Buckel hat. Der Geburtstag wird drei Mal, am Morgen im Gästehaus, am Tage in der Steppe und gegen Mitternacht in einer Hirtenjurte gefeiert. Nach der letzten Ess- und Trinkrunde gehe ich mit dem Geburtstagskind eine Weile hinaus. Die Nacht unter dem siedenden Sternenmeer kommt selbst mir, der ich in diesem Leben zu Hause bin, fast unwirklich schön vor. Und das Kind aus der engen europäischen Stadtwelt müsste die prickelnde Schwerelosigkeit, die einen in diesem Erdenwinkel umgibt und hin und wieder bis zu einer Schmerzhaftigkeit anfällt, noch deutlicher gespürt haben. Ich wünschte, seine Haut möge jene Nervenäste umschließen, die auf wirkliche Größe zielen, wachsen und Aufgenommenes verlustarm durch die Jahre tragen. Ob der Geist, der den großen und schweren Körper bewohnt, die Schärfe hat, hinter die Wirrnisse der Stunde einzudringen und zu erkennen, dass das Leben ihm ein großes Geschenk gemacht hat?

8. Mai
Ein wenig Schlampigkeit und Begriffsstutzigkeit gehört schon zum Mongolentum, das sich am sichtbarsten im Nomadentum ausdrückt. Was ich aber da vorfinde, ist weit mehr als nur das, es ist ein namenloses Verbrechen, eine schwelende Katastrophe. Die halb sesshafte Lebensweise hat den einstigen Wandernomaden schwer entstellt und in eine

Schlamm-Masse getrieben, die Gewohnheit heißt. Nun sitzt er darin fest und braucht eine helfende Hand, die ihn dort herauszerrt, und die Peitsche wird diese Hand sein. Die chronische Trägheit hat zugenommen, begünstigt durch die Abschiedsfeste, die kein Ende nehmen wollen. Noch nie sind die Menschen so alkoholvergiftet gewesen wie jetzt. Viele sind zu Invaliden, zu sauf- und fressgierigen Affen geworden. Will ich diese Karawane retten, so muss ich der Stammesfürst sein, mit der Härte und der Geradlinigkeit aus Zeiten von Herren und Knechten. Ich muss dort, wo Güte und Vertrauen nicht mehr gesehen werden wollen, Brutalität zeigen und vorgehen wie ein Hundertschaftsoffizier. Muss einen jeden Erstarrten und Entstellten brechen und kneten und ihn spüren lassen, dass in mir nicht nur der verträumte Dummkopf, sondern auch der grausame Despot steckt.
Die Millionen, die ich bereits ausgegeben habe und weiterhin auszugeben gedenke, sind meine Karten, mit denen ich spielen werde, und die Kamele sind der Trumpf dabei. Ich merke, es sind zur Ängstlichkeit erzogene, diktaturgewöhnte, entscheidungs- und auch willensschwache Menschen. Sie geben schnell nach und fangen sogleich an zu arbeiten.
»Bei Paawaj und Tas musst du aufpassen, Brüderchen!«, flüstert mir Argan zu, die ich soeben zur Eile getrieben habe. Den Ersteren kenne ich in- und auswendig. Der Stiefsohn des Schulwächters Sodbu aus dem Stamm Chara Sojan hat seine Kindheit in bitterer Armut verbringen müssen, später aber die hübsche, fleißige Tochter eines Reichen heiraten dürfen. Nun ist er der Zweitvermögendste unter allen Karawanenteilnehmern. Ebenso ist mir bekannt, dass er wegen seines Geizes und seiner Zanksucht verrufen ist. Er hat von meinem energischen Auftritt bei anderen gehört und sich daher wohl eine Taktik ausgedacht. Er empfängt mich aggressiv, nennt die Karawane ein Märchen. Ich weiche ihm nicht, baue mich

breit vor ihm auf, lasse die schwere, silberne Scheide mit dem ellenlangen Dolch an der Seite baumeln, nenne ihn in einem Atemzug einen Bettler, einen Lügner, einen *Birid* und mustere ihn von oben bis unten. Zwar ruht sein Kopf um einige Fingerbreit höher als der meine, aber das Gesicht ist aufgedunsen, der Hals ist dünn und die Schultern hängen herab. Schnell würde ich ihn zu Boden schicken, sollte er sich die Frechheit erlauben, mich anzufassen. Darauf rufe ich zu meinem Neffen hinüber, der mich begleitet: »Hej, Sagaan! Steig aus und treibe die fünf Kamele da drüben zusammen, wir nehmen sie mit!«

»Nein!«, schreit Paawaj, hastet auf den Jungen zu, der im Begriff ist, das zu tun, was ich ihm geheißen.

»Die gebe ich nicht weg, die können nur über meine Leiche zu dir zurückgehen!«

Ein willkommenes Geständnis für mich. Also bedeuten ihm meine Kamele so viel, dass er, ob er es in diesem Augenblick zugeben will oder nicht, ab nun versuchen muss, die Bedingung zu erfüllen, die ich ihm stelle, wenn er sie behalten will. Ich rufe ihm zu, ich werde bis Mittag warten, und fahre weg. Wenig später wird mir berichtet, dass um seine Jurte herum eine große Arbeit im Gange sei.

Tas sehe ich zum ersten Mal im Leben. Er gehört zum Stamm Ak Sojan und ist mit 73 Jahren der älteste Teilnehmer der Karawane. Er sagt, er brauche mindestens noch zehn Tage bis zum Aufbruch. »Ist es wahr?«, sage ich und warte ab.

»So wahr, wie ich Tas heiße!«, schlägt er zu.

Ich schlage zurück: »Sie müssen nicht mitkommen. Ich brauche Sie nicht, die Kamele aber schon, so nehme ich sie Ihnen ab – und das ist so wahr, wie mein Vater Schynykbaj und mein Großvater Chylbangbaj heißen!«

Der Alte verschluckt sich, hustet und spuckt dann Gift und Galle auf Himmel und Erde und fragt mich, ob das, was ich

soeben gesagt habe, eine Erpressung sei, und fügt dem im gleichen Atemzug hinzu: »Leben wir denn immer noch im Feudalismus, dass du mit einem alten Menschen so gemein verfährst, ha?«
Ich sage: »Viel schlimmer, Opa, im Kapitalismus, vor dem man Sie siebzig Jahre lang gewarnt hat!«
Dem Mann bleibt die Stimme weg, sein fragender Blick ist auf mich gerichtet.
Schnell erwidere ich: »Ja, mit dem Sozialismus, der einen jeden gewaltsam füttern wollte, ist es längst vorbei. Und wenn Sie nicht das machen, was ich will, dann nehme ich Ihnen die Kamele weg, ganz einfach, weil sie mir gehören!«
Der Mann schweigt und stöhnt. Sein Widerstand ist gebrochen.

9. Mai
Der erste der insgesamt sechs Laster ist gekommen, darf beladen werden. Dies verleiht der Sache einen weiteren Glanz, der aber auch trügerisch ist. Ein jeder will so früh und so viel wie nur möglich aufladen. Dies, obwohl man sieht, dass die Ladefläche begrenzt ist. Keiner will so großzügig sein, auf irgendetwas aus dem Unrat zu verzichten, der sich im Laufe der Jahre um Haus und Hof angesammelt hat. Alles, selbst rostige Teilstücke irgendwelcher Landmaschinen, schleppt man zu zweit, zu dritt herbei und wälzt sie auf das Auto. Ich frage diejenigen, die sich daran kaputtschinden, wozu der Schrott sei. Als Jurtenbeschwerer bei Sturmwinden, lautet die Antwort.
Als ob der Altai keine Steine und Felsen hätte! Die Gier, die in einem von der modernen Zivilisation angesteckten Nomaden wütet, ist nicht geringer als die eines verdorbenen Städters. Man will die Gelegenheit ausnützen und aufpacken, der Transport kostet ja nichts! Der Millionär wird es bezahlen,

der fette Hammel, der geschlachtet und anschließend ausgenommen werden kann!
Ich bin der stille Beobachter, schaue dem schäbigen, kleinlichen Kampf, der am Auto tobt, zu und überlege, was ich richtig und was falsch gemacht habe.
Richtig auf alle Fälle ist es gewesen, dass mich der Teufel der Frechheit ritt und ich mir erlaubte, an einem Berg zu rütteln, der unbeweglich stand, aber Bewegung brauchte. Auf diese Weise wurden, noch bevor einer wusste, ob sich jener bewegte oder nicht, Fesseln gesprengt, die dem menschlichen Wesen auferlegt waren. Falsch ist es dabei gewesen, dass ich an die menschliche Vernunft dachte, indem ich glaubte, sie anfassen zu können wie meinen Ohrlappen oder den Stein, den ich zu einem Owoo trage.
Ich bin einer Illusion nachgelaufen: Die gutmütigen, selbstlosen Mitglieder einer Urgesellschaft inmitten des postkommunistischen Vulgärkapitalismus gibt es hier nicht mehr.
Ob diese der Trinksucht verfallenen, von den Segnungen der neuzeitlichen Kultur westlicher Prägung noch nicht erreichten, von ihrer teuflischen Macht jedoch längst angehauchten Menschen auf dem Fleck Erde, die dem Wesen nach noch die alte ist, die Heimat finden werden? Vielleicht trage ich mörderische Bazillen zu dem archaischen Körper?!

10. Mai
Der lang erwartete und zugleich gefürchtete Tag ist da, endlich und unausweichlich: Die Karawane muss starten und tut es auch! Die Badar-Sippe, drei Jurten, fünfzehn Kamele und dreizehn Menschen gehen auf den Weg und brechen somit das Eis. Sie kosten und genießen die Schmerzen und Ehren der schweren Geburt vor allen anderen.
Das mongolische Fernsehen dreht. Symbolisch schreite ich, den Nasenstrick des Leitkamels in der Hand, den ersten Kilo-

meter ab und beantworte die Fragen des Chefmoderators Jolka. Das Objektiv der Kamera vor dem Gesicht spüre ich die Nähe des beobachtenden Auges der mongolischen Heimat, erkenne den Wert des Augenblicks und weiß, dass ich spätestens hier und nun den Boden der Geschichte berühre, die ich meine. So werfe ich die Müdigkeit der letzten Tage und Nächte und die Aufregung der Stunde von mir ab und blicke kühn in das runde gläserne Auge wie ins Antlitz der Wahrheit. Und die Wahrheit ist auf alle Fälle einfacher strukturiert und schöner anzusehen, als man meistens denkt.
Mein Leben ist ein einziges Märchen. Alles, was ich mir wünsche, geht in Erfüllung. Ich bin der arme Junge, der durch die weite Welt zieht, nach seinem Glück sucht und am Ende doch zum König wird. Während er so das Glück findet, stößt aber seinem Reich ein Unglück zu. Also muss sich der König behaupten, muss gegen Fährnisse und Schwernisse des Lebens kämpfen, bevor er sich auf seinen Thron setzen und das Glück genießen darf. Er muss, wie alle guten Könige, anderen Leiden und Schmerzen abnehmen und dafür von seinem eigenen Glück abgeben. Nur so wird der König eines Tages sein auseinander getriebenes Volk sammeln und mit ihm heimkehren. Dieser Tag ist nun angebrochen.
Doch der Weg zu diesem schönen Abschluss ist noch voller Steine. Davon müssen wir uns erst einmal bis zum Übermaß überzeugen. Die Kamele sind scheu, sie werfen die Last wieder und wieder von sich ab, und wir müssen sie neu beladen. Auf diese Weise schaffen wir bis zum Abend nur ein halbes Örtöön. Ist deswegen mein Sieg, den ich davongetragen, indem ich den Berg in Bewegung gebracht und den Beweis davon in die Welt geschickt habe, nur ein halber?
In der Nacht fahre ich zurück und finde die Nachzügler in heilloser Aufregung vor, die Neid und Scham enthält. »Wie glücklich ist die Badar-Sippe, sie ist gefilmt worden! Wäh-

rend sie mit ihren Fußabdrücken den Anfang der Geschichte geschrieben haben, sind wir in ihrem Staub am verlassenen Lagerplatz sitzen geblieben!«
Ich sehe, ich darf heute von einem doppelten Sieg reden!

11. Mai
Ein blinder, klamm-kalter Morgen mit Nebel. Die Sonne kommt schwer durch, muss mit den Wolken Katz und Maus spielen, die Wolken siegen. Bekrönt und bedolcht stehe ich mit der unsichtbaren Peitsche in der Hand für alle sichtbar da und treibe sie mit meiner Gegenwart zur Eile an. Lähmung liegt in den Gliedern der alkoholgeschwächten Männer. Sie mühen sich mit Restteilen der Jurte ab, die eigentlich nicht so schwer sein dürften, da alles, was Gewicht hat, auf das Auto gekommen ist. Sie keuchen und husten, sinnlos, sie noch mit Worten anzutreiben.
Die Frauen sind besser, sie wissen wenigstens, wo was ist, und immer sind sie die Ersten, die zupacken. So, wie sie neuerdings überall in mongolischen Landen mit den untauglichen Männern alles Schwere auf ihre zarten Schultern nehmen müssen, treten sie auch hier flinker und mutiger auf als die, die irgendwann das starke Geschlecht dargestellt haben sollen, die sich aber längst darauf beschränkt haben, ihre Ehefrauen zu schwängern, sie zu bevormunden, und dafür von ihnen noch bedient und gefüttert werden.
Ich bekomme zu hören, dass Inhaftierungen stattfänden. Zuerst will ich es nicht glauben, dann aber fallen die Namen der Verhafteten, und ich muss es nicht nur glauben, sondern auch sofort zur Bezirkspolizei fahren. Dort treffe ich einen Major, den ich erst gestern auf einem Abschiedsfest kennen gelernt habe. Bis jetzt sind drei inhaftiert, höre ich, und bei allen handelt es sich um Veruntreuung von Staatseigentum. Wie eine solche Veruntreuung in etwa aussieht, erfahre ich

sogleich, denn einer der Inhaftierten ist mein Neffe Chejisch, der drittälteste Sohn von Badar.

Vor vielen Jahren ist ihm eine Anzahl Rinder gestohlen und später der Dieb auch gefasst worden. Dieser, inzwischen zweimal freigelassen und seit einiger Zeit wegen eines erneuten Diebstahls zum dritten Mal im Gefängnis, hat den Schaden bis jetzt nicht ersetzt. Hätte der Hirte damals die ihm anvertraute Herde ordentlich gehütet, so wäre sie nicht gestohlen worden, ist die Ausgangslogik einer bankrotten Justiz. Ihre verbissene plumpe Endkonsequenz lautet deshalb, der Staat muss entschädigt werden, und dort, wo der abstrakte Staat mit im Spiel steckt, heiligt der Zweck jedes Mittel, und da ist kein Platz für Gerechtigkeit.

Das macht mich rasend. »Meinetwegen könnt ihr zu einer Massenverhaftung übergehen, da habt ihr ja Erfahrungen. Doch sage ich euch, die Karawane werde ich mit dem letzten Mann weiterführen, selbst dann, wenn auch dieser verhaftet ist, werde ich sie mit ihren verwitweten Frauen und den verwaisten Kindern fortsetzen!«, schleudere ich dem Herrn Genossen Major ins Gesicht und verlasse den Raum.

13. Mai

Pischke heißt der Teufel. Er kann vieles, kann verfluchen, stehlen, körperlich Schwächere verprügeln und natürlich Schnaps trinken. Und die Gefahr, die von ihm ausgeht, heißt Verleumdung. Dabei pflegt er wie alle Schurken mit der Justiz dicke Freundschaft und verfügt über volle Immunität. Dieser Teufel in Gestalt eines fetten, gelbhäutigen Endvierzigers hat den Davonziehenden noch in der letzten Woche zwei Pferde gestohlen, und gestern ist der Diebstahl herausgekommen. Aber der Dieb ist nicht etwa beschämt, nein, er ist erbost, betrinkt sich und geht auf alles, was tuwinisch ist, wie ein tollwütiges Vieh los. Er ereilt die Karawane unterwegs

und überschüttet sie mit Verwünschungen. Die Davonziehenden versuchen ihn einzig durch Zureden zu besänftigen. Die Sitte fordert dies, denn bei einem Umzug ist jeder Streit untersagt. Der Angetrunkene weiß es, denn er ist Tuwiner.
»Ich bin der Teufel, der euch selbst bis ans Ende der Erde verfolgen und zugrunde richten wird!«, wütet er. Die drei Männer seien auf seine Anzeige hin inhaftiert worden, weitere würde er noch anzeigen, denn er wüsste von vielen Taten.
Der Wahnsinn, der in dem Menschen wie vernichtende Flammen lodern muss, gipfelt in dem Satz: »Im Vergleich zu euch, ihr dummen, armen Tuwiner, trage ich Hosen aus Seide, reite tags einen Passgänger und nachts eine *Chalcha*-Mongolin!« Nach diesen Worten versetzt er dem vor Schweiß schäumenden, braungescheckten Pferd einen knallenden Peitschenhieb, dass es einen Sprung macht und in einen hinkenden Passgang verfällt.
Die Frauen sind besorgt über die unschönen Worte, die am Anfang der langen Reise gefallen sind, und so versuchen sie nun, ein mögliches Unglück abzuwenden, indem sie dem davoneilenden bösen Menschen Milch hinterherspritzen und laut rufen: »Deine Verwünschungen erwidern wir mit Segenssprüchen, dir und deiner Familie soll es gut ergehen, und tausend und zehntausend Jahre lang soll Friede herrschen über deiner Jurte, Sohn des Gelben Arypsyl!«
Der Peitschenhieb, den der Passgänger bekommen hat, muss auch die Karawane getroffen haben, sie zieht bis zum Abend und legt fast 40 km zurück. Der Fluss Orchon bleibt hinter uns. Zogi prägt einen guten Spruch: »Vor euch der Altai, hinter euch der *Piska*, nur vorwärts, liebe Leute!«
Drei der Deutschen beteiligen sich aktiv an dem Umzug. Jeder führt ein beladenes Kamel am Nasenstrick, zu Fuß wie die anderen auch. Das muss sein, da sich die Pferde erst an die Kamele gewöhnen müssen. Dass selbst ferne, fremde

Gäste mit zupacken, ermuntert die Leute. Diese sind im Geiste des Internationalismus erzogen, auch daher sehen sie so etwas gern, es zündet sie leicht an.
Besuche. Neugierige, Journalisten. Das mongolische Fernsehen hat den Bericht ausgestrahlt. Das Satellitentelefon arbeitet. Dreimal Direktübertragungen mit dem deutschen Rundfunk. Luck macht sich bereits einen Namen: Steppen-Wolfgang, so überträgt ihn das Studio in Köln. Die Karawane wird zu einem Ereignis.
Wir kommen in Dsüünbürün an, dort haben vier weitere Sippen auf uns gewartet. Hier scheint eines der Epizentren des Alkoholismus zu sein, jenes Krieges, den die beiden Großmächte Russland und China gegen die Nachkommen ihrer einstigen Bezwinger seit Jahrhunderten haben züchten und hüten müssen, den sie seit dem Einbruch der Anarchie im Mantel einer fremden Demokratie nun in vollem Maße führen können. Selbst die Jurten sind besoffen, habe ich das Gefühl. Oder ist die Lage vor dem allgemeinen Zusammenbruch selbst für leblose Körper ansteckend?

15. Mai
Ich erleide die erste Niederlage.
Das Pack, das im Suff liegt, kennt nur eine Sprache, aber diese ist im Augenblick verboten, da sie den Interessen des Weltkapitals widerspricht. Arme, ärmste Mongolei, der die Sieger des Kalten Krieges gegen niedrigste Vergütung die Nebenrolle zugedacht haben, die Puppenstube der Welt der Reichen und Armen zu sein! Guter *Gumiljow,* der den Mongolen als Nation noch 500 Jahre zugebilligt hat, nein, so lange wird es niemals dauern!
»Erst wir, 50 Jahre später ihr!«, habe ich einst zu einem bösen Menschen gesagt und habe dabei den nationalen Untergang im Sinn gehabt. Ein böser Geist muss aus mir gesprochen

haben damals. Zwanzig Jahre sind inzwischen vergangen, dreißig bleiben noch.
Aldar ist überfallen worden und mit dem nackten Leben davongekommen, hat aus Angst, auf weitere Banden zu stoßen, die Nacht im Wald, unter einem Baum sitzend verbracht.
Die *76 Puppen* zu Ulaanbaatar können so viele Gesetze fabrizieren, wie sie wollen, das erste Gesetz, das des Bürgers Leben und Eigentum wirklich schützt, wird erst erlassen werden, wenn der mongolische Präsident oder Ministerpräsident selbst Opfer einer Gewalttat geworden ist.

16. Mai
Sollte ich in diesem Leben irgendwann einen Hund aufziehen, so werde ich ihn Montoo nennen und einzig mit Scheiße am Leben halten. Aber ob auch dann die Missetat gerächt sein wird, die der Sohn des Schuurup seinen und meinen toten Eltern gegenüber begangen hat? Dieser verletzt unseren Vertrag, der heilig sein muss, da wir ihn im Namen jener abgeschlossen haben. Er tut es wegen dreckiger Tugriks, die er mir nun abzwingt, indem er schändlichst sagt: »Was haben tote Gebeine dort zu sagen, wo die Interessen der Menschen zählen und ein jeder versuchen muss, auf seinen eigenen Vorteil zu kommen. Entweder du zahlst mir noch eine Million dazu, oder ich werde den Kram runterschmeißen und zurückfahren!«
»Montoo-aga!«, bringe ich mit Mühe aus mir heraus. »Es muss wohl an dem schweren Auto liegen, das Sie so lange fahren mussten, ich habe doch Ihre Eltern gekannt, und diese waren gute Menschen.«
»Hör doch auf, dummes Zeug zu reden, die Zeiten sind hart, und ich muss sehen zu überleben, wie du auch. Gib doch zu, dass dieses Affenspiel etwas ist, an dem du Geld verdienen willst!«, erwidert er kühl.

Ich sehe in seinem Blick ein trübes Licht flackern und bekomme Angst. Darauf zahle ich die verlangte Summe aus, und die Last, die auf seinem Zwanzigtonner wie ein steiler Berg ruht, darf dort bleiben.
Viel wichtiger ist, dass der schwere, entscheidende Weiterzug doch geschieht. Er schließt die beiden Hauptgruppen unserer Karawane zusammen. Ein Abschiedsfest kommt zustande, und der geniale Säufer Dotaj spricht im Namen der Zurückbleibenden. »Sagt den Owoos im Hohen Altai, dass wir euch folgen und die auseinander getriebenen Tuwiner wieder zusammenkommen werden.«
Ich bekomme ein Chadak nach dem anderen, koste wieder und wieder Milch aus verschiedenen Schalen und höre lobende, dankende, bittende Worte. Es ist der versöhnende, entschädigende Augenblick, der den ganzen Schmutz, durch den ich waten muss, fast vergessen macht.
Das Filmteam arbeitet erstmalig auf vollen Touren. Nebenbei höre ich bedeutsame Geschichten. Der jüngste Sohn des Langhals-Dshoksum erzählt: »Vor siebenundzwanzig Jahren, am 14. September, sind die ersten tuwinischen Familien genau an dieser Stelle angekommen, damals bin ich fünf Jahre alt gewesen.« Heute steht keine der beiden Jurten mehr, die damals von Einheimischen bestaunt und belächelt wurden. Dafür stehen ringsherum an die achtzig weitere Jurten, die ein jeder als tuwinische erkennt.
»Lebt weiter gut und wachset, beachtet die Sitten der anderen, vergesst aber die eigenen nicht, kommt uns hinterher, wir werden auf euch warten.«
Endlich der Aufbruch. Die zurückbleibende Menge bewegt sich mit, begleitet die Karawane ein ganzes Stück, zu Fuß, zu Pferd. Dann wird sie dünner und dünner. Die Besoffenen sind hartnäckig, vergebens versucht man, sie zum Zurückbleiben zu überreden, Motorräder und Autos holen die

Karawane ein, man will einen weiteren Abschied in der Steppe feiern, ich stelle mich energisch dagegen, schüttle die Besoffenen gewaltsam ab.
Fahre vorneweg, warte alle paar hundert Meter, bewege mich weiter, sobald die Ersten an mich heranrücken und schleppe die Karawane auf diese Weise bis zum Sonnenuntergang. Das Ergebnis ist überwältigend: ganze 60 km haben wir geschafft. Damit hole ich den Verlust des Vortages auf!

17. Mai
Kalt ist die Nacht gewesen. Längst erwacht, liege und sinne ich über den gestrigen Tag. Das, was ich getan habe, ist gemein gewesen. Die Kamele blieben liegen, als man sie von der Last befreite. Die Menschen schwankten. So kann es nicht weitergehen. Es ist die Strafe für den Vortag gewesen, eine einmalige Sache gewiss. Ich muss etwas erfinden, das die Menschen von selbst antreibt.
Es tagt, die Sonne geht auf, steigt hoch. Das Lager schläft noch. Gegen 9 Uhr, als es endlich so weit ist, dass ein jeder aufgestanden ist, rufe ich die Familienoberhäupter zu einer Beratung zusammen.
»Wann wir aufbrechen, könnt ihr selber bestimmen, wann wir jedoch aufhören, werde immer ich entscheiden!«, sage ich. Die meisten haben nichts dazu zu sagen, ich weiß, es wird seine Zeit dauern, bis das, was da gerade gesagt wurde, bei einem jeden ankommt. Man sieht ihnen an, dass die Köpfe schwer sind.

18. Mai
Borchüüs großer, rotgelber Wallach ist ein richtiger Teufelskerl, bockt und wirft die Last viermal ab. Jedes Mal, wenn wir ihn aufs Neue beladen, ziehen wir die daumendicke, schlangenrunde Yaklederleine fester an und meinen, nun würde

nichts mehr passieren. Aber in dem Tier steckt wohl doch mehr, als wir für möglich halten, vor allem ein Charakter, der eine Niederlage auf keinen Fall duldet. Anstatt uns darüber zu ärgern, genießen wir es und bewundern seinen Kampfgeist. Die beiden Truhen, die er unter anderem zu tragen hat, bekommen von Mal zu Mal immer schwerere Schäden, und zum Schluss sind sie keine Truhen mehr, sondern nur noch edles Brennholz. Vor siebenundzwanzig Jahren sind die Truhen auf dem Rücken eines LKW auf diesem Weg in die entgegengesetzte Richtung gebracht worden. Damals waren sie noch ziemlich neu, und die Jurte, zu der sie gehörten, wurde nach einem anderen, Daka, genannt.
»Wenigstens die Truhen wollte ich zurückbringen von einer Jurte, die in den Altai nimmer zurückkehren wird«, sagt Borchüü, »doch wenn der rotgelbe Wallach es anders meint, dann muss es eben nicht sein!« Das sagt er lachend.
Die Menschen sind noch ärmer, als ich angenommen habe. Die Pferdeherde, die so großprotzig neben der Karawane hergetrieben wird, gehört in Wirklichkeit fünf bis sechs Familien. Viele haben kein Pferd zum Reiten, nicht einmal einen Sattel haben einige Familien. So sind die meisten Menschen auf das Auto angewiesen. Dazu kommt auch die mongolische Kuriosität, die nomadische kleinkarierte Gier: Dein Benzin soll brennen, mein Pferd aber soll sich ausruhen! So fahren in der hinteren Hälfte des Ladekastens über sechzig Menschen.

20. Mai
Im Ort Zagaantolgoi wohnen sechs tuwinische Familien. Sie kommen unserer Karawane mit Tee, Essen und einer *Igil* entgegen. Unter den Stammesgenossen, die zur überwiegenden Mehrheit aus Frauen und Kindern bestehen, ist die ruhmreiche Witwe des Schamanen Boltschas, die nun dreiund-

siebzigjährige Orulmaa. Nachdem ihr Mann verhaftet und ins Gefängnis gesteckt worden war, hat sie nicht nur ihre beiden Kinder allein großgezogen, sondern sich dabei auch in den Kopf gesetzt, alles mitzuverrichten, was vorher dem Mann zugefallen war: Pferde zu beschlagen, Kamele zu beladen, zu jagen, zu schlachten, ebenso auch zu trinken und zu rauchen. Was sie aber am berühmtesten gemacht hat: Sie konnte ringen. Dies jedoch inoffiziell, da sich an den Festspielen nur Männer beteiligen durften. So machte sie es sich zu einer Gewohnheit, an dem jeweiligen Sieger des Ringkampfes ihre Kraft zu erproben, wenn das Staatsfest gerade vorüber war. In vielen Fällen erwies sie sich dabei stärker als der stärkste Mann.

Das Jahr 1964 brachte ihr den Gipfel ihres Ruhmes: Im Reiterspiel gewann sie gegen den Staatselefanten Aptigasch, den bisher erfolgreichsten kasachischen Ringer. Es ging da um einen symbolischen Ziegenbock, den man seinem Gegner zu entreißen hatte. Wie bei jedem solchen Kampfspiel stellten immer Kasachen und Tuwiner die beiden Parteien, aus denen der Staatsringer und das Teufelsweib als die Stärksten hervorgingen und nun aufeinander losgingen, um herauszustellen, wer der Allerstärkste war. Und die Frau gewann. Sie zog den großen Mann vom Sattel herunter und preschte, den Bock hoch über dem Kopf schwenkend, davon. Alle jagten ihr hinterher, aber keiner holte sie ein. Ihr Rotbrauner, im Volk als Gysyl Dorug längst bekannt, war schnell und kam im Kasachenail an, und die Reiterin warf die Beute auf die Jurte des Kreischefs ab. Damit hatte der, dem die Jurte gehörte, das Fest zu tragen, das alsbald zu beginnen hatte und den Tag und die Nacht darauf dauern durfte. Jahre später, als auch die Orulmaa mit ihren beiden Kindern auswanderte, wollte der Staatselefant ihr den Rotbraunen abkaufen, diese aber schenkte ihn ihm.

Die Igil hatte die Orulmaa selber gebaut. »Zum Zeitvertreib gebe ich mich mit allem Möglichen ab«, sagt sie und erkundigt sich nach *Rijka,* der sie vor 29 Jahren einige Epen vorgetragen hat. Heute orakelt sie lieber. Die Zeit sei danach, und da könne sie auch ein wenig verdienen. Sie will die Landsleute mit Musik auf die weite Reise schicken, doch da passiert es: Opajak, eine andere ältere Frau, will die Igil anstimmen, überdreht dabei jedoch den Griff, und die Saite reißt. Die gute Frau muss sich wegen der herüberzielenden Kamera zu sehr aufgeregt haben.
»Nicht gut, dass die Saite abreißt«, vermerkt Orulmaa, deren Gesicht im Alter sehr schöne Züge bekommen hat, »aber wir werden uns alle noch einmal wiedersehen!« Trotzig klingt ihre Stimme.

21. Mai
Professor Damdin, unter seinen Studenten »der Marxist« genannt, steht mit einem Male vor mir. Sagt, er wolle mich sprechen, sagt weiter, er wolle sich bei mir entschuldigen, sich mit mir wieder versöhnen. Wahr ist, dass sich der mit mir väterlicherseits Verwandte und eine der sichtbarsten Figuren aus der mongolischen Intelligenz tuwinischer Herkunft von Anfang an gegen die Karawanenidee gestellt hat. Die große Tour, die ich mit Cheme machte, hat er wiederholt, ist auf meinen dampfwarmen Spuren gefahren und hat die Leute gewarnt vor dem Abenteuer, das sie die Existenz und gar das Leben kosten könnte. Dafür achte ich den Mann, denn immerhin hat er sich die Mühe gemacht, wegen anderer die lange Fahrt zu machen.
Eine halbstündige Nachmittagspause festigt sich bei allen Reisenden langsam zu einer Tradition; der Genosse Professor ist Held und Gastgeber der heutigen Ruhe. Er bewirtet die durstigen Menschen mit Brause und Salzgurken. Den

Schnaps, der natürlich nicht fehlt, beschlagnahme ich mit dem mildernden Versprechen, ihn am Abend, wenn die Karawane das Tagesziel erreicht hat und die Jurten und Zelte aufgestellt sind, zurückzugeben.
Vielleicht kommt der Besuch auch deshalb mit, und am Abend nehme ich ein Chadak entgegen und lasse die Worte über mich ergehen: »Hör mir zu, Dshuruunai, mein lieber Bruder. Hier hast du meinen dummen Kopf, schlage darauf, wenn es hilft, die gelittenen Verwandtschaftsbande zwischen dir und mir aufzufrischen. Ich bin dir hinterhergereist, um mich zu meiner eigenen Niederlage zu bekennen und dich zu deinem Sieg zu beglückwünschen!«

22. Mai
Uatbajs, die einzige kasachische Familie, gesellen sich zu uns. Damit ist die Karawane endlich vollständig. Über den Zuwachs freue ich mich sehr. Denn es sind immerhin zehn Menschen, fünfundzwanzig Pferde, fünf Kamele, vier Hunde, sechzehn Hühner und eine Katze, einundsechzig Lebewesen! Sie sind von Dsüüncharaa gestartet und haben bisher mit ihrer kleinen Karawane selber genügend Aufsehen erregt. Die kasachische Familie ist wohl der Punkt, dessentwegen ich die meisten Erklärungen abgeben muss.
»Was haben Kasachen in einer tuwinischen Karawane zu suchen?«, fragen einige direkt heraus.
Darauf antworte ich ebenso direkt: »Was haben beide, Kasachen wie Tuwiner, in der Mongolei zu suchen?! Wie das Leben manchmal eben so ist!« Damit ist natürlich keine Frage beantwortet, und ich muss zu Erklärungen greifen, mal breit, mal schmal.
Uatbajs und meine Wege kreuzten sich in 30 Jahren drei Mal. 1964 sah ich ihn im Kreisklub mit auf dem Rücken gefesselten Händen, es hieß, ein chinesischer Spion sei er, erwischt

an der Grenze. Damals war ich Student, war erfüllt von patriotischer Wachsamkeit und flammendem Hass auf den chinesischen Maoismus, und so sah ich in dem jungen Mann mit den gefesselten Händen den Feind schlechthin. Genau zehn Jahre später traf ich ihn in Zagaantolgoi wieder, in jenem Nest, das wir vorgestern passierten. Nun war ich Unilehrer, leitete 100 Studenten beim Arbeitseinsatz. Vor dem Staatsfest war ich auf der Suche nach *Kumys*, und die wasserblauen Augen des Pferdehirten fielen mir auf, mit dem ich zu verhandeln hatte. Ich fragte ihn nach seinem Namen, er sagte Batbajr, was echt mongolisch war. Dann aber hörte ich, während er weitersprach, den unverwechselbaren kasachischen Akzent heraus und sagte: »Was erzählst du mir von Batbajr, du bist doch Uatbaj!« Der Mensch fuhr zusammen, lachte kurz auf und sagte: »Wenn du meinst, warum nicht?«

Ich wollte wissen, aus welchem Kreis er käme, und bekam zu hören: Ulaanchus. Das war der angrenzende Kreis zu unserem, ich kannte mich dort aus, und so fragte ich ihn, wo genau seine Winter- und wo seine Sommerweiden lägen. Da wurde er stutzig, sagte, er wäre noch in sehr jungen Jahren aus der Ecke herausgekommen, und die Namen seien seinem Gedächtnis entfallen. In sehr jungen Jahren herauskommen und trotzdem der starke Akzent? Nein, da stimmte etwas nicht. Und in dem Augenblick fiel mir ein, dass ich ihn damals gesehen hatte. Später erfuhr ich, dass er in der Verbannung lebte.

Weitere zwanzig Jahre verstrichen. Ich steckte inmitten der Vorbereitungen für die Karawane. Eines Abends kam ich spät nach Hause und fand auf der Treppe Uatbaj sitzend. Neben ihm hockte ein junger Bursche, dem ich gleich ansah, dass er dessen Sohn war. Uatbaj erkannte mich auch sogleich wieder, doch hatte er bis dahin nicht gewusst, dass ich es war, von dem er seit Monaten hörte und auf den er seit Stunden wartete. Er hatte von unserer Karawane gehört, hatte gedacht, vielleicht dürfte er mitkommen. Schwere Geschenke packte er nun aus seinem Reisesack aus, doch hätte ich ihn auch ohne diese mitgenommen.

Während der Tee kochte und wir ihn tranken, erfuhr ich, was geschehen war: Schon damals, als wir uns bei der Pferdeherde trafen, war er verheiratet und in all den Jahren Vater von zwölf Kindern geworden, von denen acht überlebten. In den ersten Jahren wurde er streng beaufsichtigt. Da er aber ehrlich arbeitete und sich ordentlich benahm, hatte man sich zu ihm immer milder verhalten, dass er zum Schluss nicht mehr wusste, ob er ein Verbannter oder ein freier, vollwertiger Mensch war. So hatte er, als 30 Jahre verstrichen waren und China für die Mongolei zumindest auf Regierungsebene kein Feindesland mehr darstellte, vor einem Jahr ein Bittgesuch an den Staatspräsidenten gerichtet, in welchem er ihn ersuchte, ihm zu gestatten, die ihm zugewiesene Ecke verlassen und sich dorthin zurückziehen zu dürfen, wo Kasachen leben. Dem Wunsch war entsprochen worden.

Uatbajs bringen eine gewisse Buntheit in die Karawane, einmal durch ihr Kasachentum, das sie trotz der Einsamkeit in der fremden, mongolischen Umgebung bewusst gepflegt zu haben scheinen, und zum anderen durch die Vielschichtigkeit dessen, was sie mitführen: Spitzzelt, Pferdekutsche, *Dombra,* Katze und Hühner. Diese letzten wären verkauft worden, wenn ich sie nicht darum gebeten hätte, sie unbedingt mit auf den Weg zu nehmen, wegen der Deutschen, die sich bestimmt freuen würden, wenn sie hin und wieder ein paar frische Eier bekämen.

Darüber hinaus aber kommt der Familie die Rolle zu, mein Unterfangen während und nach der Karawane vor dem Kasachenvolk auszuweisen, das alles scharf beobachten wird.

23. Mai

Die Deutschen bekommen zum zweiten Mal Arbeitswut und drehen in getrennten Teams. Ich bekomme Mr. HaHa (Hans Hausmann) auf die Motorhaube des Jeeps gesetzt und festgeschnallt, fahre der Pferdeherde hinterher, stoße in sie hinein, treibe sie auseinander und bekomme Lob für meine Fahrkunst.

Am Abend kommen alle zufrieden zusammen. Habe das Gefühl, die deutsche Autonomie innerhalb der tuwinischen Republik mit der kasachischen Minderheit wächst nach und nach zusammen. Zogi rennt mit einer dampffrischen Hammelkeule durchs Lager und verkündet: »Es wird was Deutsches gekocht!« Höre, dass drüben eine gute Stimmung herrscht, bekomme aber mit, dass diese in eine gewöhnliche Trinkerei ausartet. Später wird ein jeder zum Zeugen dessen, wie der Mond auf Deutsch angeheult wird.

Zogi, der leidenschaftliche Nichttrinker, ist besorgt: Hoffentlich lassen sich die Gäste von unseren Leuten nicht anstecken und stehen nicht als Säufer am Ziel. Ich sage, dass nicht wir sie, sondern sie uns angesteckt haben, da der weiße Mann uns durch seine auf Genuss zielende Lebensgewohnheit das Trinken wie auch das Rauchen als Attribute der Kultur und des Wohlstandes beigebracht hat. Wieso aber dann bei den Europäern alles in Ordnung sei, während bei uns ..., widerspricht mir Zogi.

»Mein lieber Mann!«, sage ich und schaue ihm fest in die Augen: »Erstens ist bei denen längst nicht mehr alles in Ordnung. Zweitens liegt es, dass wir so affig werden, sobald wir etwas trinken, daran, dass uns das Antialkoholenzym, wie übrigens den Indianern auch, fehlt. Die Immunität muss sich in uns erst herausbilden, während die Weißen längst immun sind wie alle Lebewesen, die Giften ständig ausgesetzt sind!« Darauf muss er sich einen kleinen Vortrag anhören.

24. Mai
10 km südlich von Erdenet. Schweren Herzens muss ich dem Druck nachgeben und einen Ruhetag einlegen. Hinter dem Druck steht das materielle Interesse Aldars, denn ein Teil seiner Schafe und Rinder sind immer noch nicht abgesetzt. Er will auf dem Markt der Sechzigtausend-Stadt sein Glück versuchen. Mir wäre lieber gewesen, wenn er mit den Resttieren und einer Hälfte seiner Kinder zurückbleiben und dann mit dem Geld der Karawane hinterherfahren würde, denn wozu ist er sonst hinten und vorn motorisiert. Doch sehe ich, er hat die Menschen emsig vorbereitet; selbst Borchüü, der bisher immer eisern zu mir gehalten hat, geht auf seine Seite, als bei geteilter Meinung abgestimmt wird, und ich stehe mit meinem Vorschlag, weiterzuziehen und die Stadtnähe so schnell wie möglich zu verlassen, als Besiegter da.
In Erdenet, der drittgrößten Stadt des Landes, leben dreißig tuwinische und sechzig kasachische Familien, und dies wird bedeuten, es wird Besuche und mit jedem Besuch auch Schnaps geben. Bald, sehr bald stellt sich heraus, dass meine Angst begründet war: Es kommen mehr Autos und Motorräder als Jurten und Zelte zusammen, und unter jedem Dach wird getrunken. Allein ich habe keine Zeit, weder mich zu besaufen, noch mich zu ärgern, da ich von Journalisten bestürmt werde.
Unter den Besuchern ist Batyj. Er sieht gealtert aus, doch hat er die Haltung des Chefs nicht aufgegeben, und von der älteren Hälfte der Menschen wird er immer noch mit Darga angesprochen. Daher wohl ist er einer der Lautesten und der Betrunkensten. Er geht lallend durch das Lager, torkelt bald auf diese und bald auf jene Menschen zu, die in kleinen Gruppen sitzen oder stehen, immer noch im Rausch des Wiedersehens. Einmal sieht man ihn stolpern und wuchtig in eine Runde hineinstürzen.

»Du erdrückst mich ja, alter Hund!«, kreischt mit seiner Fistelstimme Magsyr, der viel gerühmte Staatsjäger in Vorzeiten und nun der hoffnungsloseste Säufer. Gelächter gibt es und mitfühlende Bemerkungen. Indes liegen die beiden Arm in Arm am Boden und kichern dabei. Später sitzen sie, immer noch Arm in Arm, und loben einander in lauten Worten. Nicht lange danach streiten sie sich, ebenso laut, nun aber sind es schwere Beschuldigungen, mit denen sie einander bedenken.

»Wenn ich dir nicht geholfen hätte, dann wärest du auf Lebzeit ein blutig schwarzer Murmeltiermörder geblieben und kein Fürzchen mehr!«, brüllt der Darga.

»Wenn ein anderer an deiner Stelle gewesen wäre, nimmer wären wir um Vieh und Weide gekommen und hätten zu darben brauchen, du Arschloch!«, fistelt der Jäger.

Das alles bekomme ich nebenbei mit, während ich Fragen beantworte und vielleicht zum tausendsten Mal zu erklären versuche, dass wir nichts anderes wollen als die Nähe unserer Berge und Flüsse und unser bisschen Andersheit dazu.

Dann aber muss ich hier ausschalten, hinüberschauen und lauschen. Es ist Düwüdün, dessen gequälte, gepresste Stimme ich zuerst höre und darauf seine schwankende, verzerrte Gestalt sehe. Er beugt sich über Batyj und spricht: »Zwei Fragen habe ich an Sie, Genosse Darga! Zuerst einmal, ist es wahr, dass Sie mein Vater sind, und wollen Sie sich bei Ihrem Volk nicht dafür entschuldigen, dass Sie es verraten haben?«

Seltsam, der betrunkene und damit krankvergiftete Körper muss doch ständig ein paar Fühler gesund erhalten und sie hinausstrecken, als Wächter vielleicht. Sogleich erstirbt der Lärm, und die kleine flüchtige, süchtige Welt inmitten der großen und ehernen scheint sich in ein einziges Ohr zu verwandeln. Der Mann ringt nach Luft. Seine hervorquellenden Augen mit den rot angeschwollenen Lidrändern starren vor sich hin, bis irgendwann ein Krampf seinen schwerfälligen Körper durchzuckt und er darauf zu schluchzen beginnt. Das dauert ein paar Sekunden, die aber lang und schwer genug sind, nicht nur für den Weinenden, sondern auch für die Zuschauenden. Dann beruhigt er sich, fast urplötzlich, richtet sich auf, schaut Düwüdün, der ratlos dasteht, kurz ins Gesicht und flüstert etwas, das von anderen nicht mitgehört, wohl aber erahnt wird.

Düwüdün sackt zusammen, umkrallt ihn panisch an den Schultern und vergräbt sein Gesicht unter Batyjs Kinn. Darauf entfährt dem bebenden Körper ein tiefes Stöhnen, das in dumpfes Gurgeln ausschlägt und über weitere Lautabstufungen in einem gleichmäßigen I-i-ih endet. Er weint ohne Hemmung, lange, weint sich aus. Dann steht er auf und sagt leise, wie zur Entschuldigung, mehr an die Außenstehenden gewandt als an den Schuldigen für seine Tränen:

»Jetzt weiß ich, dass ich einen Vater habe!«

Batyj, der unter dem Gefühlsausbruch des Sohnes fest wie ein Stück Fels geruht hat, spricht hellnüchtern, mit einem fliegenden Blick, der es aber zu vermeiden weiß, sich an einem anderen zu verfangen: »Zu der zweiten Frage nun. Natürlich tut es mir Leid, dass die Entwicklung mit unserem Kreis so kommen musste, wie sie eben gekommen ist. Aber ein Verräter bin ich nicht, da es nie mein Wille gewesen ist, den Posten zu behalten, auch gegen den Untergang des eigenen Volkes. Vielleicht hat es mir an Weisheit, ja auch an Mut gefehlt, dagegen anzugehen. Wenn dies gemeint ist und wenn es jemandem doch noch hilft, dann bitte ich jeden und alle um Entschuldigung!«

»Scheiße kann noch so sehr vertrocknen, doch hört sie nie auf zu stinken!«, brüllt einer, und damit kann sich der Wahnsinn wieder fortsetzen.

25. Mai

Nun ist es geschehen: Drei Hengstherden fehlen, stellt man bei Tagesanbruch fest! Es kommt heraus, dass die Wächter besoffen und umgefallen waren wie Holzklötze und besinnungslos geschlafen haben, bis auf Ganbold, und dieser hat es nicht geschafft, die Herde zusammenzuhalten. Aufwändige Suchaktion. Erst nach Stunden werden die fehlenden Tiere wieder gefunden. Dies aber ist nur der Beginn der Katastrophe. Einem Teil der Kamele ist das Haar abgerupft und -geschoren worden. Und ein Pferd wird weggeführt, dies am helllichten Tage vor aller Augen! Zwei junge Männer reiten im Galopp davon, ein dunkelbraunes Pferd in der Mitte. Minuten später erschallt ein besorgter Ruf: »Das ist doch meines!« Es ist Borchüü. Weitere Rufe, allgemeine Aufregung. Scharaw, der Jäger, greift nach seinem Gewehr und legt an. Ich rufe: »Nein, nicht schießen!«

Einige gehen auf Verfolgung, kommen jedoch nach einer Stunde mit leeren Händen zurück. Dieser und jener beschuldigt mich, sagt, den Dieben hätte man wenigstens die Pferde abschießen sollen. Ich wehre hart ab: »Sollen wir Blut vergießen auf dem Wege der Karawane? Nein, geschossen wird auch künftig nicht!« Die Mehrheit unterstützt mich. Der älteste Sohn des Schagdar ist verletzt, muss dringend zum Arzt gefahren werden, er hat ein blutunterlaufenes, angeschwollenes Gesicht. Ein Kamelhengst habe ihm ins Gesicht getreten. An eine Schlägerei denke ich. Vielleicht denke ich doch zu schlecht von den Menschen? Der Junge kommt ins Krankenhaus, muss zurückbleiben.

Zurückbleiben muss auch ein Hengst, er gehört Tas. Das Tier ist wiederholt durchgegangen, und der Alte hat es dafür bestrafen wollen, hat es verprügelt und schwer beladen. Es antwortet darauf auf seine Weise, steht nicht mehr auf, streikt. Leute, die mit Kamelen Erfahrungen machen müssen,

meinen, wenn es einmal so weit ist, dann hilft nichts mehr, was sich auch bewahrheitet. Bei den Tuwinern stolpert der Hund nicht, tut er es dennoch einmal, so geschieht dies tausendmal, und bei den Deutschen kommt bekanntlich ein Unglück selten allein.
Gut nur, dass ich zu all dem Abstand wahren kann, wahrscheinlich deshalb, weil ich mich in der Position des Rechthabenden fühle. Bleibe fest im Sattel und schleppe das Pack unbarmherzig hinter mir her. Erst bei Sonnenuntergang mache ich halt: 58 km!

26. Mai
Monika ist verloren gegangen! Das stellt sich erst am Ziel heraus. Schnell springe ich in den Jeep, fahre los. Cheme sitzt neben mir, wegen seiner Adleraugen. Die Sonne steht längst in der Neige. Ich fahre wie ein Antilopenjäger.
Gut nur, dass sie rote Haare hat und nicht allein ist, zwei elfjährige Jungen sind bei ihr. So kann ich jeden, den ich unterwegs treffe, nach einer rothaarigen Russin mit zwei mongolischen Kindern fragen. Fahre in zwei, drei Richtungen, in die sie sich verlaufen haben könnte, kämme die Gegend ab, umsonst! So fahre ich in die Stadt Bulgan, die eigentlich abseits liegt, will die Polizei um Hilfe bitten.
»Eine Russin?«, fragt der diensthabende Hauptmann verwundert. »Russisch hat sie aber kein Wort verstanden!«
»Und wo, wo ist sie?«, falle ich ihm ins Wort.
»Auf der Hauptstraße nach Norden!« Minuten später machen wir unter den letzten Strahlen der sinkenden Sonne die drei aus, und ich denke an eine Kamelstute mit Zwilllingsfohlen. Der Himmel hat meine Bitten erhört!
Dann aber, als ich neben ihnen stehe, bekomme ich anstatt Mitleid eine mörderische Wut auf das hilflose Häuflein, wohl deshalb, weil Cheme bemerkt, dass wir 120 km gefahren sind.

Die Frau, die mein Gast ist und damit über unbeschränkte Rechte zu verfügen hat, wird plötzlich spatzenklein, denn sie muss meinem Gesicht abgelesen haben, was nun auf sie zukommt.

27. Mai
Ganbolds gelbe Kamelstute fohlt. Wieder ein Stütlein! Es ist, als ob mir der Himmel mit einer menschlichen Stimme erneut ins Ohr geflüstert hat: »Deine Kamele werden sich auch weiterhin vermehren, mein Kind!«
Das glitschige Kamelfohlen muss in den alkoholschweren Köpfen ein kleines Hoffnungs- und Rettungslicht angezündet haben: Im Namen des Tierkindes bettelt man mich von allen Seiten um einen weiteren Ruhetag an, und geschähe dies, so würden einige zurückreiten und sich um das geraubte Pferd und den liegen gebliebenen Kamelhengst kümmern. Zwar bin auch ich manchmal wundergläubig, in diesem Fall aber sagt mir mein Gefühl, dass einmal aus den Händen geglittene Verluste nimmer mehr zurückkehren werden. Doch bin ich so in der Klemme, dass ich dem Druck abermals nachgeben muss. Freilich vergesse ich dabei nicht, mir und anderen gegenüber zu schwören, es das allerletzte Mal getan zu haben.
Ein schwer-launischer Tag: Am Morgen liegt die Erde unter Raureif, die Pfützen sind zugefroren, darauf wechseln die Elemente einander ab: Regen-Sonne-Sturm-Sonne-Hagelregen. Mein Zelt ist ruiniert, bleibe obdachlos und flüchte in den Jeep, der bisher mein Büro gewesen ist und ab nun auch meine Schlafkammer werden muss.
Monika weicht mir gezielt und still aus. Das rührt an mein schlechtes Gewissen. Doch nehme ich mir Zeit, möchte nichts überstürzen, glaube auf den Augenblick warten zu können, der sich von selber ergeben wird.

Ringsum wird gekocht und gewaschen. Auch die Deutschen zeigen sich emsig. Das Kindervolk rückt ihnen immer näher ans Fell. Rainer Kling ist der kinder- und Mr. HaHa der hundefreundlichste Mensch. Heidrun hat es am schwersten, sie ist noch nicht angekommen, hängt in der Luft, sieht nicht danach aus, als würde sie auf dem nomadischen Boden ankommen, auch wenn sie zehn Jahre hier bleiben müsste. Wolfgang und Robert schreiben. Wohl ist Wolfgang der genialere und Rainer der solidere Typ, aber beiden fehlen, wie allen anderen auch, einfach die Kenntnisse. Die beiden siezen, die anderen Männer und Monika duzen und Heidrun sieduzt mich. Die deutsche Insel besteht aus Einzelwesen, keines hat eine familiäre Bindung. Als ein wenig schade und fast unnatürlich empfinde ich es, dass keiner der Männer das Herz und die Kraft hat, die Frauen an sich zu binden und sie so herüberzuholen, anstatt sie in einem Leerraum zwischen zwei Welten baumeln zu lassen.
Zogi ist ein lieber, lustiger Mensch und besitzt eine reichliche Portion Nomadenschläue. Er ist der Laufbursche und gleichzeitig die Trennwand, die ich zwischen dem Team und mir brauche; gelangweilte, satte Menschen haben zu allen Zeiten einen Witzbold gebraucht. Ich habe weder die Zeit noch die Geduld dazu, selbst dann, wenn ich ein höflicher, verständnisvoller Gastgeber wäre, der versucht, seinen Gästen die Langeweile zu verkürzen.

28. Mai
10 vor 8 morgens. Himmel bewölkt, Luft kühl, würzig und seidenweich. Das Weibervolk schuftet seit einer vollen Stunde, hastet hin und her, versucht dieses und jenes zusammenzupacken. Die Männer aber stehen herum, rauchen und schwatzen, sehen müde aus wie alle Tage, und dies wohl vor lauter Müßiggang, dem sie sich hingeben. Gleich werden die

Kamele kommen, aber bis sie eingefangen, die Jurten aufgeladen sind, werden Stunden vergehen. Das Männervolk ist so schlaff im Körper, so trüb im Geiste. Es ist eine ansteckende, zersetzende Trägheit. Vielleicht muss der Stamm doch und zu Recht aussterben.
Auf dem Tülüü-Pass begegnen wir einem der Gegenzüge, die wir tagtäglich sehen. Auch dieser will die Stadtnähe, will den Herden über den Sommer die Milch und die Wolle abnehmen, sie dabei zu möglichst prallen Fleischsäcken wachsen lassen und dann ab- und ausschlachten, verkaufen und für das Geld ein Auto kaufen. So geht das halbe Land auf Selbstmord!
Nach 40 Kilometern mache ich Halt. Gern hätte ich Menschen und Tiere noch ein gutes Stück weitergeschleppt, aber ein Bach gefällt mir so sehr, dass ich von ihm einfach nicht wegkomme. Da mir in der Vornacht der ganze Leib gejuckt hat, gehe ich ins Wasser, das sich so wunderbar weich anfasst, aber eiskalt ist. Auch die Unterwäsche wird bis auf die Socken gewaschen. Während ich die Wäschestücke glattziehe, trifft mein Blick rein zufällig etwas, was mich um ein Haar umwirft: Läuse! Eine Laus neben der anderen liegt in den Nähten, weißbäuchig und schwarzäugig, wie ich mir noch einbilde, aufgedunsen und halb erfroren auf alle Fälle: in Herden und Horden! So sehr ich zusammenschrecke, so beginne ich doch gleich in der nächsten Sekunde, sie abzulesen und von mir wegzuwerfen wie kleine Steine.
Ich alarmiere darauf die gesamte Mannschaft, und ein jeder zieht sich aus und sucht. Dann aber heißt es, nichts gefunden. So sehr ich auch überlege, woher ich die Läuse habe, ich komme nicht darauf. Damals, als Kind, vor allem im Schulinternat, habe ich freilich welche gehabt, aber niemals in dieser Menge.

29. Mai
Edel und wohltätig mag es nach außen aussehen, aber falsch ist es ganz bestimmt: Die sechs ärmsten Familien muss ich tagtäglich mit Mehl, Salz, Trockenfleisch, sogar mit Streichhölzern versorgen. Ich tue es, da ich einfach nicht zusehen kann, wenn Menschen hungern, da bin ich der Knecht meiner Seele.
Dann habe ich auch noch einen Verstand, der sich gegen Almosen stellt, die in den Menschen den Lebenswillen abstumpfen und sie in rückgratlose Weichtiere verwandeln. Eben dieser Verstand erwacht, während ich einen Vorschlag unterbreitet bekomme. In der nächsten Stadt könnten wir einen weiteren LKW mieten und einen Teil der Menschen samt den schweren Gepäckstücken vorneweg schicken. Die Idee ist gut, da man den Kamelen ansieht, wie schnell sie abmagern und wie erbittert das Kinder- und Weibervolk Morgen für Morgen um das bisschen Platz auf Chemes Auto kämpfen muss.
»Es wird Geld kosten«, sage ich und warte ab. Keiner äußert sich dazu. »Wer wird das Geld aufbringen?«, präzisiere ich meinen Gedanken. Da werde ich von allen Seiten verständnislos angeschaut. Ich sehe, für einen jeden ist es selbstverständlich gewesen, dass wieder ich derjenige bin, der ausgeben muss. Das wurmt mich aber. Und so stelle ich mich stur, sage: »Diesmal überlasse ich es euch und will mich da nicht einmischen!«
Damit ziehe ich mich zurück. Die Hälfte der Strecke geschafft und durch dreißig geteilt, eine Winzigkeit eigentlich, doch soll ein jeder an der eigenen Haut spüren, was es heißt, Geld auszugeben. Auf diese Weise soll er wenigstens einen Vorgeschmack davon bekommen, wie bitter die Pille gewesen, die ich zu schlucken hatte.

30. Mai
Die Mongolei verfällt. Einer der hunderttausend Beweise dafür ist die Siedlung Unit. Einst ist hier alles gewesen, nun ist da nichts mehr außer Ruinen. Alles, aber alles ist auseinander genommen und weggetragen. An wie vielen solcher toten Siedlungen bin ich seit dem ersten März vorbeigefahren! Und heute finde ich Zeit, auf die Ankunft der Karawane wartend, mir eine von diesen anzuschauen. Die Privatisierung ist eine unsichtbare, in ihrer Kettenreaktion schreckliche Atombombe gewesen, die, vom Weltkapitalismus auf dieses Land zukatapultiert, immer noch nicht aufgehört hat, tagtäglich weiterzuexplodieren.
Altaas Limousine bleibt im Wasser stehen, alle elektronischen Geräte, die im Gepäckraum lagen, sind nass geworden, eine harte Lehre.
Ajusch, der missratene Schamane, verprügelt Paawaj. Beide erscheinen vor mir, einer mit einem blutigen Gesicht, der andere mit blutunterlaufenen Augen, gleich einem wahnsinnig gewordenen Stier. Grundsätzlich ist es nicht gut, einen Menschen zu verprügeln, aber solche wie Paawaj müsste man hin und wieder weichprügeln, denke ich, sage aber etwas ganz anderes.

31. Mai
Es hat die ganze Nacht geregnet, regnet am Morgen immer noch. Ein warmer, flüsternder Nieselregen, der mich in anderen Zeiten nur erfreut hätte, nun aber stehe ich klein und ratlos da und schaue auf den gestiegenen Fluss. Das Lager erwacht heute zeitiger als sonst, hier und da melden sich Rauchfäden, die aus den Ofenrohren steigen, sich gleich darauf aber nach unten biegen und tief über die Erde ziehen und einen Aug und Seele wärmenden, blauen Nebel bilden. Gegen 10 Uhr hört es auf zu regnen. Wir beschließen, bis

Mittag zu warten, damit der Filz einigermaßen trocknet. Da ereilt mich die Meldung, dass in der Nacht vom LKW unser Trockenfleisch und der Sandzucker verschwunden sind. Ich komme mir wie blöd vor, fühle mich mit Don Quichotte verwandt, weiß aber, es gibt kein Zurück mehr. So gehe ich mit den Söhnen daran, die Autos für die Überquerung des Flusses zu rüsten.

Spätestens ab heute stellt die Karawane etwas Heroisches dar. Eine ganze Stunde dauert die Aktion Flussüberquerung, und da alles darauf gut vorbereitet war, endet sie auch gut. Unterwegs erwischt uns ein Platzregen, der jeden und alles triefnass macht. Aber die gute Stimmung bleibt.

Wolfgang und Robert lehnen lachend mein Angebot einzusteigen ab und schreiten jeder an seinem Gehstock weiter. So gefallen sie mir. Aber werden sie es durchhalten und bis zum Ziel zu Fuß gelangen, wie sie es bekannt gegeben haben? Wenn ja, dann werden sie davon nur ihr Gutes haben, und sie werden es, journalistisch angehaucht wie sie sind, ein Leben lang gut verkaufen können in ihrer Welt, die unter Erfolgszwang steht.

Passieren den mächtigsten Strom auf der längsten Brücke des Landes: 287 m steht auf einem Blechschild geschrieben, und unsere Karawane zieht sich viel, viel länger. Dass die Deutschen dort nicht drehen!

Badsargür heißt der Junge, der an dieser Stelle geboren war und vier Jahrzehnte später die Brücke über seinen Mutterfluss Selenge ausgespannt hat. Er hat sich ein bleibendes Denkmal gesetzt. Die Karawane und die Kamele werden mein Denkmal sein.

1. Juni

Früh, heiter und hell beginnt der Tag. Sarygbasch, der Leiter der fünf Nachtwächter, weckt das Lager um vier und bekommt von mir dafür ein öffentliches Lob und ein signiertes Buch dazu. Der Ausgezeichnete gesteht, er habe, obwohl er lesen und schreiben kann, noch nie ein Buch gelesen, dieses nun würde er lesen. Weitere Bücher muss ich signieren, wie immer mit ausführlichen Widmungen, denn entlang des Weges werden wir erwartet, sind gern gesehene Gäste. Die gesamte Leitung des Kreises Chutug-Ondör kommt uns entgegen, mit Chadak, süßen Speisen und wilden Getränken. Erfahre bald, ich habe es mit Fans zu tun, lauter Männer in mittleren bis reifen Jahren, was die Sache ein wenig erträglicher macht. Werde ins Stadion gebeten, wo ein Mutter- und Kinderfest stattfindet, trage dort Gedichte vor. Sehe, die Karawane beschäftigt die Seelen mindestens so stark wie die Poesie.

Chüiten Bulag, Kalte Quelle, heißt die Bergwiese, auf der wir uns niederlassen. Die Mongolei ist überall schön auf ihre unwiederholbare Art, hier aber ist es geradezu paradiesisch. Hundertmilliarden Löwenzahn und Butterblumen stehen und scheinen ringsum schelmisch fröhlich zu blinzeln.

2. Juni

Ruhetag. Kein Notzwang klebt an ihm. Es ist ein licht-süßbunter Tag, an dem sich leicht lebt und man zu jedem lieb sein möchte.

Borchüüs haben während des Umzugs eine neue Igil geschnitzt, heute wird sie besaitet. Eine andere, rauchgeschwärzte Igil kommt zum Vorschein, nun erzeugen beide, alt und neu, schwermütige Melodien, die zu Tag und Ort gut passen.

Unter den fünf Spielern ist Gasan die Älteste und die Beste. Vor 25 Jahren hat sie das letzte Mal auf einer Igil gespielt. Danach ist sie ausgewandert. Die berühmte Schamanin Schashynbaj war ihre Pflegemutter. Auch die Tochter soll schamanen, aber bis heute ergab sich keine Gelegenheit, sie darüber zu befragen, ob es stimmt.

3. Juni
Am Fluss Schiwee steht eine Gastwirtschaft. Der Wirt ist ein kapitalistisch gieriger und sozialistisch unbeholfener Mensch. Seit drei Jahren versucht der ehemalige Kommunist, Vorbeireisenden Geld aus der Tasche zu ziehen, geblieben ist er jedoch arm und dumm wie alle Gastwirte, die an den Rändern von Hauptstraßen kleben wie Bettler und einem auf die Nerven fallen.
Die Schwiegermutter des Wirtes fragt mich, ob ich orakle. Ich verneine die Frage, flüstere ihr aber zu, sie soll zu der Frau gehen, die im Schatten des LKW sitzt. Das ist Gasan, und die alte Frau spricht sie an, bringt sie mit in die Jurte.
Es geht um ein Mädchen von etwa fünfzehn Jahren, das im Bett links in der Jurte liegt. Gasan schaut sie sich eine lange Minute an, das Mädchen errötet unter ihrem eindringlichen Blick. Darauf orakelt sie mit 41 Steinen, deutet auf die gestapelten Koffer und sagt: »Da ist etwas Glitzerndes, Festes, Gelbes. Es ist vor nicht allzu langer Zeit von einer fremden Person zu dir gekommen, es muss weg!« Worauf die Alte zu den Koffern humpelt, den obersten herunternimmt und aufmacht. Eine Haarklemme aus glitzernd-gelbem Metall kommt zum Vorschein.
»Woher hast du die?«, fragt sie die alte Frau.
»Von Ojunaa«, lautet die Antwort.
»Seit wann hast du sie?«
»Seit etwa einem Monat.«
»Das wird sie gewesen sein!«, sagt Gasan bestimmt, steht auf, tritt an die alte Frau heran, nimmt ihr die Haarklemme ab, schwenkt sie dreimal über der Liegenden, tritt aus der Jurte, geht ein Stück weiter und wirft sie mit einem mächtigen

Schwung weg, den man ihr schwer zugetraut hätte, wenn man es nicht gerade mit eigenen Augen gesehen hätte.
Es gibt Tee, Sauermilch, Käse und Fladen dazu. Dann aber gibt es auch einen Geldschein, den die Alte der Oraklerin mit großer Ehrerbietung anbietet. Gasan isst und trinkt, will das Geld aber nicht nehmen.
Da sage ich auf Mongolisch: »Nehmen Sie es bitte, so ist die Sitte«, und füge dem auf Tuwinisch hinzu: »Jeder Halunke betrügt und nimmt heutzutage. Bei Ihnen ist es anders, das hat man gesehen, seien Sie also nicht so zaghaft!«
Der Bezirk Chöwsgöl hat begonnen.

5. Juni
Drei Tage und drei gute Strecken: 44, 42, 50, insgesamt 136 km überwunden. Drei Flüsse: Dsülegt, Schiwee und Toson passiert. An drei Mal drei Jurten abgestiegen, drei Mal drei Menschen ins Gesicht geschaut und mit ihnen Worte und Gefühle gewechselt. Nun kann ich mit Bestimmtheit sagen: Hier lebt man ursprünglicher und ist nomadischer als in den zurückliegenden Bezirken, hier ist die Mongolei, die mir am Herzen liegt.
Ich habe das beglückende Gefühl, ab nun keinen Liter Milch mehr kaufen zu müssen. Wir werden, wo wir entlangkommen, mit Tee und Fladen und Quark wenigstens empfangen und gefragt, wie wir die Milch haben möchten: roh, gekocht oder gesäuert?
Ich erzähle ihnen von Alten und Kindern und bekomme darauf beides: Milch und Sauermilch. Dafür beschenke ich die freundlichen Menschen so reichlich, wie meine Lage es nur zulässt. Kaufen ist für mich eigentlich billiger, aber das ist irgendwie nötigend und vergiftet das, was unter den einander zunächst wildfremden Menschen dann zustande kommt und sie verbrüdert und verschwistert.

Der Hessische Rundfunk übermittelt die Grüße der Familie Mayer aus Frankfurt; werde von Miss Europa am Telefon verlangt und erfahre, noch im September wird mein deutschsprachiger Gedichtband in der Schweiz erscheinen. Sprachlos stehe ich da und schaue dankbar auf den schmalen Koffer, in dem die Wunderkraft wohnt, die die Zügel meines armen, schwachen Volkes und die starke Hand der großen Menschenheit verbinden. Meine Herde vermehrt sich um vier neue Pferde, und ich kaufe sie nicht, nein, sie laufen mir von selber zu.
Werde von drei Familien zum Abendessen gebeten. Nehme alle Einladungen an, mache bei jeder eine Kostprobe, kann daher mit den Leuten einiges besprechen. Die Handtücher bringen mich auf einen Gedanken, den ich wohl eher hätte denken müssen: Die Nomaden sind einerseits großzügig wie kaum andere. Wildfremde kommen, und ein Hammel wird geschlachtet, eine Flasche nach der anderen wird auf den Tisch gestellt, Tausende von Tugrik werden mir nichts dir nichts ausgegeben. Anderseits sind sie so bedauernswert kleinlich, geizig: In neun von zehn Haushalten fehlt ein sauberes Handtuch. Es kostet nur einen Bruchteil von dem, was tagtäglich verschwendet wird an Speisen und Getränken. Doch keiner bringt es übers Herz, diese kleine Ausgabe auf sich zu nehmen.

7. Juni
Ein Kamelwallach schafft es nicht mehr mitzukommen, muss zurückbleiben. Hätte ich es noch vor zwei, drei Tagen geahnt, ich hätte ihn wenigstens gegen ein Pferd, am besten gegen eine Jungstute tauschen können. So aber bringt sein Tauschwert nicht mehr als ein mickriges Vorjahreslamm und eine dumme Ziege, besser als nichts. Obwohl ich mich mit dem Gedanken zu trösten versuche, dass das wertvolle Tier

innerhalb der mongolischen Grenzen bleibt, so trifft mich der Verlust doch recht empfindlich, ja, es ist mir tränen- und gallebitter zumute. Ich muss mich an den Gedanken gewöhnen, denn weitere Verluste wird es geben. Die Kamele magern von Tag zu Tag ab, ihre Sohlen werden von Ziel zu Ziel dünner. Viele hinken schon.

8. Juni
Erreichen Mörön. Schicke die Karawane an der Stadt vorbei, fahre selber hinein und suche die Bezirksleitung auf, die mich sehr zuvorkommend empfängt. Entschuldigungen höre ich, dafür, dass man uns nicht entgegengekommen sei. Am Abend erscheint ein Stellvertreter des Bezirkschefs, an seiner Seite zwei Mitarbeiter, die einen Berg Geschenke herbeitragen: Achtzig Laibe Brot, achtzig Flaschen Limonade und zehn Flaschen *Archi.* Ich fühle mich geehrt und gleichzeitig beunruhigt, lasse das Brot und die Limonade vollständig unter das Volk verteilen, behalte den Schnaps aber zurück. Da ich sehe, dass der Stellvertreter ein Trinker ist, beschließe ich, das Teufelsgetränk auf dem kürzesten Wege zu vernichten, und bitte meine Nächsten, die Deutschen, viel und schnell zu trinken, damit die sinnlose Feier möglichst bald ein Ende nimmt. Und die Singles, naturgemäß in guter Übung, erfüllen den Auftrag ehrenhaft.
Die Tankwartin von Mörön ist das Schreckbild eines hässlichen Weibes schlechthin, und ich weiß, irgendwann werde ich nach ihrem Vorbild eine Figur in der Literatur schaffen. Sie behandelt uns im Gegensatz zu der Kreisleitung schlecht, bringt Aldar um fünfzig, mich um zwanzig Liter Benzin und einen jeden von uns um eine Handvoll Nerven. Sie betrügt jeden, der kommt und tankt, offen und brutal; sie kann sich einfach nicht zurückhalten, da sie wohl einmal auf den Geschmack des Raubgewinns gekommen ist. Sie ist ein Beispiel

für den Vulgärkapitalismus, dem die elitären Vorreiter der mongolischen Demokratie den Mantel der Marktwirtschaft aufgestülpt, mehr aus Zynismus denn aus Unwissenheit, da sie ja höchstens in einer feineren Art genauso betrügen und rauben.
Ajantschin ist am Ende seiner Kräfte. Ich lese ihn in der Steppe vor Mörön auf, wo er am Rande des Weges liegt und mich traurig anschaut. Dieser still-aufdringliche Blick des Hundes ist die Frage: Was soll ich nun tun?
Ich nehme ihn ins Auto und übergebe ihn später Cheme zur Behandlung. Dieser reibt ihm die Sohlen mit angebranntem Hammelschwanzfett ein und verbindet alle vier Pfoten.

9. Juni
Ardyn Erch hat vor sechs Tagen auf ihrer Titelseite etwas Sichtbares über uns gebracht: Ein großes Bild von mir, und die Karawane zieht durch meine Brust, eine sehr gelungene, aussagestarke Fotomontage. Die schwarzweiße Helmmütze, die ins Auge sticht, erinnert sofort an den Schnee-Altai. Ein ausführliches Interview wird angekündigt. Allerdings hat das nette Material einen Makel: »Die Karawane der *Urianchai*« lautet der Titel. Tausendmal habe ich gesagt, dass wir keine mongolischsprachigen Urianchai, sondern turksprachige Tuwiner sind, und werde nicht müde werden, es weitere Tausende von Malen zu korrigieren.
Die Nacht massiere ich mir die schmerzenden Stellen am Nacken und Arm und werde auf etwas aufmerksam. Es ist eine erbsenkleine Beule am Ende des rechten Schlüsselbeins. Mir stockt der Atem, und zum ersten Mal im Leben denke ich an Krebs. Überlege, was ich mache. Auf alle Fälle zum Arzt fahren, gleich morgen, und dann vielleicht auch nach Ulaanbaatar, am besten mit dem Jeep, aber allein?

10. Juni
Die Welt sieht anders aus. So, als brenne die Sonne auf Sparflamme, und die Dinge hätten ihre Standorte gewechselt. Ich fühle mich matt und abgestellt, während ich zum Arzt fahre. Der Internist, ein älterer Mann mit dem Gesicht eines Ziegenlammes, wird auf die Erhöhung am rechten oberen Brustbein sofort aufmerksam, befühlt lange die Beule mit der Fingerspitze, lässt mit einem Mal ein flüchtiges Lächeln über sein längliches Gesicht huschen, schüttelt darauf aber den Kopf und sagt: »Nicht gut!« Dann schickt er mich zum Chirurgen, dieser zum nächsten, und so geht es weiter.
Was ich zum Schluss erfahre: Der ganze Bezirk hat keinen Spezialisten für Krebserkrankungen. Rede deshalb mit den Söhnen, mit dem Team, mit einigen aus der Karawane, rede nur von Untersuchungen, aber ein jeder, glaube ich, versteht sofort, worum es geht.
Alle raten mir, sofort in die Hauptstadt zu fahren und mich um meine Gesundheit zu kümmern. Aber ich entscheide mich anders, möchte mich auf mein Glück verlassen und bei der Karawane bleiben.
Weitere zwei Pferde sind gestohlen worden, und eines davon ist das einzige Pferd von Gombu. Der Ärmste wird, wenn keiner ihm hilft, ab nun die Kamele zu Fuß führen müssen. Damit hat sich die Zahl der gestohlenen Pferde auf zehn erhöht. Keine Rettung vor Diebstahl und Schnaps. Das ist nun einmal die schäbige Realität des Lebens in diesem Lande der vergewaltigten und verluderten Demokratie.

11. Juni
Der Tag fängt hässlich an. Es heißt, eine Hälfte der Kamele sei entführt worden, von Mongolen aus der Nachbarschaft. Ihre Jurten seien darauf aufgeladen, und die Ersten hätten sich längst aus dem Staub gemacht. Ich wecke das Team, die

Kamera auf dem Schoß fahren wir los, um wenigstens Tatspuren für die Polizei zu haben. Doch müssen wir dann auf halbem Weg umkehren, da wir eigene Leute treffen, die schneller waren als wir.

»Es sind nicht unsere Kamele«, heißt es. Später finden wir die vermissten Tiere im Wald. Die Nachtwächter haben geschlafen und dann aus Angst gelogen.

Legen »nur« 23 km zurück, aber es sind schwer erkämpfte, unvergessliche Kilometer: Passieren zwei Pässe, und einer davon ist der ruhmreiche Chöch-Chötöl. Das ist einer der großen Namen, in denen die Ehrfurcht des Volkes lebt. Wie oft habe ich mit Liebe, Neugier und Furcht daran gedacht, nun habe ich ihn gesehen, ein hoher, himmelsteiler und in jeder Hinsicht wunderschöner Pass, eine der Größen, ohne die das Leben ringsum an Farben verlieren würde. Der höchste Gipfel, den ich, selber fahrend, erklimmen durfte. Unter dem fast erstickenden Geheule des Jeeps spüre ich die Schwerelosigkeit, die mit jedem überwundenen Meter unter meine Waden fährt. Bete dabei in einem fort: *Ej baj Aldajim!* Ja, dass mein reicher, großer Altai in dem Augenblick fern von mir ist, 1.000 km weit weg liegt, hat wenig zu bedeuten, für mich ist jeder Berg auf diesem Planeten Teil meines Altai.

Der Owoo auf dem Chöch-Chötöl ist mächtig und noch sauber. Nicht nur Steine, sondern Jahrhunderte scheinen dort aufgehäuft zu liegen. Mit einem Chadak auf den Händen falle ich davor auf die Knie und bitte die Geister um Gehör.

Tausche ein dreijähriges Kamel, das sich auf wunden Sohlen mühsam herbeischleppt und ziemlich am Ende seiner Kräfte steht, gegen eine dreiköpfige Pferdefamilie: eine hellblaue Stute mit Fohlen zweier Jahrgänge, beide weiblich. Was sind drei Stuten? Ein dreistrahliger, nimmer versiegender Pferdebronn!

12. Juni
Narmandach, Sonnenaufgang, heißt der kleine Betrüger. Er hat am Vorabend ein Vorjahreslamm drei Mal verkauft. Am Morgen stehen alle Käufer um das Lamm herum und streiten sich. Der Verkäufer ist mit seiner Herde längst verschwunden, und die Ehefrau weiß von nichts außer dem einen Satz: »Jemand wird kommen und das Schaf abholen!«
Einer der drei Betrogenen ist Uatbaj, nun zeigt er sich echt kasachisch: Reißt das Unglückslämmchen an sich, laut verkündend: »Allah wird bezeugen, dass ich dafür bezahlt habe, und nun hab ich es eilig, muss gehen!« Auch die anderen beiden, Uwaj und Gombu, müssen sich beeilen, denn die Karawane zieht schon vorbei. Und sie verhalten sich echt tuwinisch: Sie ziehen sich still zurück, mit einer Geste, die besagt, ach, was soll ich mich wegen eines Lammes aufregen.

13. Juni
Aktion LKW, die eine ganze Woche läuft, findet heute endlich ihren Abschluss. Gegen einen kleinen Berg von Kamelhaaren nimmt ein Anhänger einen größeren Berg von Gepäck von Chemes Auto und die anfälligere Hälfte des Karawanenvolkes mit. 68 Menschen, meist Kinder, gehen auf den Weg, und Familien werden für wer weiß wie lange getrennt. Aber nicht jedes Weib und jedes Kind verlässt die Karawane, einige bleiben und auch meine kranke Alte bleibt. Einmal angefangen, wollen sie bis zum Ende durchhalten. Ich bin ihnen dankbar für die Ausdauer, für das Vertrauen zu sich und zu mir.
Ich habe mir zur Gewohnheit gemacht, aus jeder größeren Pferdeherde, die uns unterwegs begegnet, eine Jungstute oder einen Junghengst zu kaufen. Es wird eines Tages auch eine neue, edlere Pferderasse geben, welche die Besonderheiten verschiedener Landesteile in sich vereinigt.

14. Juni
Cheme wird siebenundzwanzig. Das ist ein merkwürdiges Alter, das mich seit langem beschäftigt. Der Russe Mischa Lermontow, der Deutsche Wolfgang Borchert, der Ungar Sàndor Petöfi, und viele andere sind über diese Schwelle nicht hinausgekommen. Auch der Tuwiner Bajnak, Sohn des Dshaniwek, wurde siebenundzwanzigjährig erschossen, während sein Vater Dshaniwek zweiundsiebzig Jahre lang auf Erden verweilte. Und in eben diesem berühmt-brüchigen Alter von siebenundzwanzig Lenzen schrieb ich damals »Eine tuwinische Geschichte«.
Dem Geburtstagskind schenke ich einen Knöchel, den ich am Vorabend sauber abgeknabbert habe. Sage dabei: »Die Karawane gibt es nur ein Mal, so wie man nur ein Mal den siebenundzwanzigsten Geburtstag erlebt. Der Knöchel möge dich ein Leben lang an diesen Tag und diesen Sommer erinnern!« Er nimmt den winzigen Knöchel mit beiden Händen entgegen.
»Übrigens wird der Knöchel wie mancher Orden von einer Geldsumme begleitet«, sage ich darauf. »Wenn du es genauer wissen willst, handelt es sich in diesem Fall um einen 50-Dollar-Schein, du kannst ihn gleich oder später haben, ganz wie du willst!«
Cheme lacht verlegen, sagt: »Später ist wohl besser.«
Bekomme in einem Kreiskindergarten 10 kg Butter made in USA und in der Schule 20 kg Gerstenmehl, weshalb ich am Abend stolz vor meine Köchin trete und sie frage: »Weißt du, was ich dir mitgebracht habe?«

15. Juni
Um halb acht setzt sich die Karawane in Bewegung, eine Meisterleistung! Überhaupt bemerke ich eine Veränderung, Mensch wie Tier gewöhnen sich an die Reise. Sich vorwärts

bewegen, von Ziel zu Ziel weiterziehen, abgehen und ankommen wird zur normalen Lebensform für alle Lebewesen.
Nunmehr sieht der Karawanenalltag so aus: Gegen 5 Uhr erwacht das Lager, Pferdehufe trommeln gegen die Erde, Kamele brüllen, Rauch steigt aus den Ofenrohren auf, Kessel scheppern, Frauen rufen, Männer hüsteln, Kinder wimmern. Die Zelte und Hütten aus Jurtenteilen werden abgebaut und zusammengeschnürt, Kamele werden herangeführt, gehen in die Hockstellung und werden beladen, Pferde werden gesattelt, Kinder und Frauen bestürmen den LKW, sobald die Zelte und Gepäckstücke der Gäste aufgeladen sind.
Ein jeder trägt in der Hand eine Kanne und einen Beutel mit Wegproviant. Die Kamele stehen auf, werden hintereinander gekettet, sie setzen sich in Bewegung und kämpfen um jeden Kilometer, die Pferdeherden gehen nach vorne, bald bleiben sie hinten, werden mit Pfiff und Peitschenknall getrieben, ein kilometerlanger Staubfaden, hier und da unterbrochen, alles bewegt sich, in eine Richtung nur, vorwärts, vorwärts.
Am westlichen Horizont tauchen Schneeberge auf: der Altai! Die Karawane bleibt für eine Minute stehen. Die Menschen beten, die Augen sind voll Tränen. Ein jeder glaubt, am Geruch der Luft den Altaiwind erkennen zu können.

16. Juni
48 km zurückgelegt, lassen uns am Südufer des Flusses Tes nieder. Die Sonne steht noch hoch. Fahre herum, forsche und lerne eine nette Familie kennen, bei der ich zwei Suppenhammel kaufe, die im Jeep mit Mühe Platz finden.
Das Familienoberhaupt heißt Gambaj, ein bejahrter, ein goldiger Mensch, denn er ist Masseur und massiert mich eine Stunde lang, saugt mir zum Schluss noch die Schmerzen aus den Fingern. In der Nacht schlafe ich schmerzlos, fest und arbeite an hellen lustigen Träumen.

17. Juni
Die Karawane zieht weiter. Ich bleibe zurück und mache einen schönen Abschiedsbesuch bei der netten Familie. Die Frau ist Tochter des ruhmreichen Ringers Dandsan und ein genauso lieber Mensch wie der Mann. Während sie kocht, werde ich von ihm massiert, länger noch als am Vortag. Abschließend werden mir wieder die Finger und heute nun die Rest-Schmerzen abgesaugt. Nach dieser Prozedur fühle ich mich wie körperlos, so ausgeruht komme ich mir vor. Beim Abschied werde ich groß beschenkt. Auch ein jeder der Mitfahrenden bekommt ein Geschenk.
Nach 41 km lassen wir uns am Fluss Mogoin Gol nieder. Das ist schon der vierte Bezirk: Dsawchan. Ein Gewitter bricht herein, das mit Schnee endet. Trotz des Unwetters erscheinen wieder zahlreiche Besucher. Viel Milch kommt zusammen.
Die dreiundsiebzigjährige Ajuschdshaw führt einen Jungen, der sieben Jahre alt, Vollwaise ist und Adsaa, Glück, heißt. Es ist ihr Urenkel. Der Knirps singt so schön, dass mir die Tränen kommen. Es ist, als ob er schamante. Schenke ihm symbolisch ein Hemd von mir: Er soll wachsen und es sprengen. Und immer Adsaa bleiben, was auch geschehen mag. Ja, bisher hat er Glück, trotz allem, kommt mir vor: Er hat die Urgroßmutter, die so weise und milde ihn durchs Leben führt, hat die weich- und weitherzigen Menschen ringsum, die selbst Wildfremden mit Geschenken entgegeneilen, und die endlos weite, wunderschöne Hügelsteppe, die seine andere, große Jurte ist.

19. Juni
Schnee liegt über Berg und Steppe. Über der Motorhaube des Autos finde ich fingerdicke Eiskugeln. Die Köchin Uudshum, die gute Seele der internationalen Insel innerhalb der tuwinisch-kasachischen Karawane, gibt sich große Mühe, um die

Stimmung der letzten Tage weiterhin aufrechtzuerhalten: Sie kocht das Passende gegen die Eiskälte, einen Reis-Fleisch-Milch-Tee.
Die Deutschen, die wohl noch vor sechs Wochen die Nase gerümpft hätten, wenn einer ihnen so etwas vorgesetzt hätte, fallen über den Tee-Eintopf her.

20. Juni
Es hat die ganze Nacht geregnet, es sieht so aus, als würde es auch den ganzen Tag regnen. Gegen 9 Uhr geht der Regen in Schnee über und hört eine Stunde später auf.
Wir könnten weiterziehen, aber Aldars Auto ist wieder, wohl zum hundertsten Mal, diesmal aber ernsthaft, kaputt, und die nett-schlaue Frau schleicht sich fuchshaft von einer zur anderen Hütte und erreicht, dass die morgige Pause auf den heutigen Tag vorgezogen wird.
Schweren Herzens muss ich diesem Vorschlag zustimmen, verordne aber, dass der nun freie Tag wenigstens dazu benutzt wird, alle Hunde zu beschuhen.
Am späten Nachmittag passiert ein Jeep das Lagerterritorium. Minuten später werde ich gebeten, eine Grußbotschaft entgegenzunehmen. Eine vierköpfige Gruppe bewegt sich auf mich zu, eine junge Dame in Seide und Samt, mit einem Chadak vorneweg, und auch die anderen sechs Hände sind vorgestreckt, tragen verschiedene Geschenke. Eine Delegation des Kreises Songino, erfahre ich darauf. Über hundert Kilometer ist sie gefahren, der Chef ist persönlich gekommen. Das Volk des Kreises lasse uns herzlichst grüßen und uns sagen, diese Karawane sei ein mutiger Protest gegen den falsch verstandenen Fortschritt, und die Ausdauer, die wir an den Tag legen, würde auf das Konto des gesamten Nomadentums kommen.

21. Juni
Es ist von vornherein klar gewesen, dass sich Mensch und Tier heute wieder mal zusätzlich anstrengen müssen. So geschieht es auch: 53 km. In panischer Eile werden die Spitzzelte aufgebaut, denn ein Gewitter naht, das darauf mächtig hereinbricht, sich später in einen Nieselregen verwandelt und erst gegen Morgen geht. Auffallend, dass kein Wörtchen mehr zu hören ist, das irgendwie in die Richtung des Jammerns fällt.

22. Juni
Nach 40 km immer noch keine Spur von Wasser. Fahre vorneweg und erkunde. Entweder in der gleichen Richtung bleiben und nochmals halb so lange weiterziehen, oder vom Weg abbiegen und hin und zurück 8 km verlieren. Ich entscheide mich für die letztere Möglichkeit, will ausnahmsweise den Verlust in Kauf nehmen.
Im Brigadezentrum, einer heruntergewirtschafteten Siedlung, stehen drei Jurten. In allen wohnen in großer Bedrängnis inmitten eines Kinderschwarmes nur Strohwitwen. Zwei Männer und eine Frau sind seit Monaten nach und nach verschwunden, sind wahrscheinlich auf dem Handelswege. Urkomische Mongolei, die aus ihrem Reichtum Armut macht!

23. Juni
Erbringen die Rekordleistung von 70 km, was nicht beabsichtigt ist. Zunächst suchen wir nach Wasser und Weide, dann, als diese erkämpft sind, fühlen wir uns unsicher vor Dieben, da sich Hauptstraßen aus drei Richtungen in der Nähe kreuzen. Das nächste Trinkwasser soll »gleich vorne« sein. Bis dahin müssen wir aber 21 km zurücklegen. So kommt etwas zusammen, was, wäre es zu Anfang der Karawane geschehen, vermutlich eine Meuterei hervorgerufen

hätte. Nun aber wird die Mammutstrecke von allen Seiten mit zusammengebissenen Zähnen ertragen, und zum Schluss ist man darüber noch glücklich.
Überschreiten die Grenze des Bezirkes Uws, und sind damit endgültig im Westen der Mongolei!

24. Juni
Werde mit Geschenken und Ehrungen verwöhnt. Die Leitung des Kreises, dessen Zentrum wir fluchtartig verlassen haben, kommt uns hinterhergefahren und bewirtet uns.
Aus der südlichen Ecke des Bezirkes kommt ein edles, teures Geschenk: ein Hengst und eine Stute, beide dreijährig. Eine ganze Delegation zu Pferde steht da, die Satteltaschen prall von Geschenken. Die Truppe hat 280 km zurückgelegt, in drei Tagen. Vor sieben Jahren bin ich dort einmal Gast einer Familie gewesen und habe darauf ein Sonett in Prosa auf den lieblichen kleinen Fluss Chüngüi geschrieben. Nun stellt sich heraus, dass viele sich davon angesprochen fühlen.
Der Tuwiner muss essen, der Deutsche muss planen. Das Team ist mit einer bestimmten Vorstellung gekommen, und die Arbeit besteht nun in der Hauptsache daraus, das Vorgedachte hier bestätigt zu finden, die Planaufgabe also zu erfüllen.
Vor einigen Tagen sagte einer zu mir: »Morgen um 15 Uhr Aldar in der Jurte interviewen!«
»In welcher Jurte?«, wollte ich wissen.
»Na, in irgendeiner unterwegs«, lautete die Antwort, »die Leute werden doch nichts dagegen haben, wenn wir mitkommen und gleich drehen?«
»Warum so genau um diese Uhrzeit? Vielleicht müssen wir wieder 30 bis 40 km ziehen, um überhaupt eine Jurte sehen zu können!«, gab ich zu bedenken, und ich hoffte, ich wäre verstanden worden, worauf ich hinauswollte.

Heute sagt mir Rainer: »Morgen will ich einen der Aldar-Söhne für das Radio interviewen!«
Ich könnte auch fragen, warum Radio-Interview, dort, wo ein Film über die Karawane gedreht werden soll. Aber ich frage lediglich: »Warum gerade wieder Aldar? Es sind dreißig Familien, ein jeder würde sich freuen darüber, wenn er in den Film käme. Alle warten und hoffen, aber beschäftigt habt ihr euch bis jetzt zu sechzig, siebzig Prozent einzig mit der Aldar-Familie, über die anderen, die arme, dumm-stumme Masse, habt ihr hinweggeschaut! Könnt ihr bitte nicht endlich einen anderen nehmen, wenn auch nur fürs Radio? Einer wenigstens soll sich angesprochen fühlen!«
Das sage ich, und der Deutsche muss es hinunterschlucken.
Am Abend kommt Robert, bittet mich in die Steppe hinaus und fängt sogleich an: »Wir haben Ehrfurcht vor Ihren Bergen und vor Ihrer Person, aber in der letzten Zeit haben wir das Gefühl, dass Sie uns zu sehr für drittklassige Journalisten halten ...«
Ich lasse ihn aussprechen und sage, dass ich erst zwei Tage vorher Mr. HaHa auf seine Frage, was ich vom Team und jedem seiner Mitglieder halte, ausführlich und zwar ausschließlich positiv geantwortet habe, mit der einzigen Einschränkung freilich, dass keiner über seinen Schatten springen kann, nämlich, dass der von seiner Umgebung bewusst auf Individualismus hin erzogene Deutsche selbst in einer Herde von Nomaden das bleibt, was er ist: Einzelgänger.
Darauf kritisiere ich die lebensfremde Plansucht des Teams und nenne deren negative Auswirkungen. Wir vereinbaren, ab morgen alles vorher gemeinsam zu besprechen.

25. Juni
Alle neu gekauften Pferde lasse ich mit dem tuwinischen Brandzeichen markieren. Bin der stolze Besitzer einer drei-

ßigköpfigen, kunterbunten Herde. Ein Gewitter, gleich einem Fegefeuer, geht über die Steppe. Darauf wird alles lau und blau.
In der Nacht drehen wir mit Uatbaj am offenen Lagerfeuer. Der Bursche erscheint prächtig in seiner Kasachentracht, erzählt aber Unwahres, obwohl er mir vorher versprochen hat, mit seiner wahren Lebensgeschichte herauszurücken. Die Dreharbeit muss abgebrochen werden.

26. Juni
Nach Mitternacht geht ein Sturmwind los. Das Zelt flattert und hüpft in der Luft. Mit Schmerzen warte ich darauf, dass es davonfliegt. Dies aber geschieht nicht. Friere arg. In der Frühe herrscht Totenstille. Das Leben hat sich in die stumme Ecke der Zelte verkrochen.
Genau 50 km geschafft. Kahler, toter Boden, besät mit kantigem schwarzen Kiesstein. Der See Chirgas in Aussicht, erschreckend groß und wie siedend. Rostbraunes Brunnenwasser, riecht schwer nach Urin, sollte abgekocht und stehen gelassen werden, allein Dung und Zeit sind knapp.

27. Juni
Mit der aufgehenden Sonne erreicht mich eine Alarmmeldung: Ein Teil der Pferdeherde sei nicht mehr da! Und wenig später stellt sich heraus, es sind zum größten Teil meine Pferde! Ich koche, donnere die Nachtwächter zusammen und sage, dass ich einem jeden den Schädel spalten werde, wenn auch nur ein Fohlen fehlt! Sie flattern auseinander, begeben sich auf die Hügel, um Ausschau zu halten. Ich nehme einen Begleiter und fahre in die Steppe hinaus. Kaum 5 km gefahren, finden wir in einer Mulde die fehlende Herde.
Heute sinkt Aldars Monstrum in die Steppe ein. Er fährt aus der Haut, will seinen Sohn und seinen Schwager erschlagen.

Jeder Verlust des Besitzes macht den Menschen aggressiv. Dshuukaj entdeckt wieder gute Weiden in der Nähe und findet die Stelle günstig zum Übernachten. Zum Glück nimmt es ihr diesmal keiner ab. Die Karawane zieht weiter.
Würde meine Nordshmaa auch jedes Mal so auftreten, wenn unser Hab und Gut in Gefahr gerät, gesetzt den Fall, wir führen es, wie diese, zusammengehäuft auf Rädern? Vielleicht, denn man wird auch wütend, wenn es darum geht, den Besitz zu verteidigen.

28. Juni
Fünf Stunden muss ich im Sand buddeln, um 5 m zurückzulegen. Endlich wieder herausgekommen, finde ich hinter dem nächsten Hügel auch Altaa festsitzen. Während wir die Limousine mit vereinter Kraft aus dem Sand freischaufeln, reden wir davon, dass es Cheme mit seinem LKW, den wir lange aus der Sicht verloren haben, ähnlich ergehen könnte wie uns beiden. Später stellt sich heraus, wir hatten Recht.
Bis jetzt sind wir Reisende gewesen. Die Steinwüste um den 40 km breiten und 80 km langen Chirgas-See macht uns zu Helden. Die Hunde gehen beschuht, trotten dem Zug hinterher. Die Kamele und Pferde hinken. Die Menschen brennen in der grellen Wüstensonne vom Gesicht her ab. Aber kein Tier bleibt zurück, kein Mensch jammert.
Alle nutzen sich ab, die Tiere an den Hufen, den Sohlen und die Menschen an den Nasen, den Lippen. Sehen verkohlt und abgemagert aus, sind physisch geschwächt, psychisch aber gestählt. Die lebensfeindliche Steinwüste schweißt Tiere und Menschen endgültig zu einem Körper zusammen.
Eine meiner Aufgaben ist Lumpensammeln. An Winterlagern, Siedlungen kann ich nicht mehr vorbeifahren, ohne in den Abfallhalden zu stochern. Filz- und Kleiderreste, Stiefelschäfte und Felle klopfe ich aus und lade sie ein. Den

heutigen Abend widmen wir den Kamelen, Experimente laufen. Die einen bestreichen die Kamelsohlen mit zerlassenem Teer, dieses Experiment wird zum dritten Mal wiederholt, obwohl es vorher zweimal fehlgeschlagen ist. Die anderen flicken die Sohle mit Fell und Leder. Die Dritten beschuhen die Füße. Die Wunden werden mit erhitztem Hammelschwanzfett bestrichen und angebrannt. Da Experiment eins erneut fehlschlägt, kombinieren wir es mit Experiment drei: Die Lumpen und Fellreste werden mit Teer bestrichen, und dies mit gutem Ergebnis.

29. Juni
Ruhetag. Aktion Hufgummi dauert achtzehn Stunden, und hundertachtzig Pferde sind beschlagen. Autoreifengummi wird ausgeschnitten und mit je vier Tischlernägeln an der Hufsohle angebracht. Das ist eine Erfindung der Karawane. Während die Männer in drei Gruppen ihr erklärtes Ziel erreichen, die Pferdeherde zu behufen, waschen, flicken und kochen die Frauen. So mag es vor Jahrhunderten auf Kriegszügen ausgesehen haben, und wir sind eine Hundertschaft, die vom Willen durchdrungen ist, unbedingt zu siegen.

30. Juni
Doshlaa hat meinen rotbraunen Wallach bis an den Rand des Todes geschunden. Die Herde, ohnehin für das arme Volk gekauft, dient ihm seit Tagen und Wochen als Reittiere, obwohl er selber eine stattliche Anzahl von guten Pferden hat. In dem zweiundzwanzigjährigen Burschen muss eine starke Gier nach fremdem Eigentum wohnen und wüten, großer Himmel! Das schwankende Pferd müssen wir nun auf Chemes Auto verladen, es liegt darauf gefesselt, und neben ihm stehen vier Fohlen, die trotz Beschuhung nicht mehr laufen können.

Wir müssen uns am See Gümbert niederlassen, obwohl die Sonne noch in ihrem Zenit steht. Diese für Mensch und Tier ein wenig überraschende Entscheidung, da wir erst knapp 30 km zurückgelegt haben, kommt daher, dass zwei Reifen am Anhänger hinter dem Monstrum fast gleichzeitig platzen. Aldar, dessen daraufgehäufter Millionenwert immer wieder in Gefahr kommt, steht zu unglücklich da, als dass ich ihn in der öden Steppe unter der sengenden Sonne zurücklassen kann. Mit einem Mal wird mir bewusst, dass Besitz den Menschen eher unglücklich macht als glücklich. Ja, wir beide haben es am schwersten während der ganzen Karawane; wir müssen uns um dieses und jenes kümmern, täglich und stündlich und haben Sorgen und müssen auf der Hut bleiben rund um die Uhr, während die Besitzlosen wenigstens sorglos dahinleben dürfen. Cheme muss den armen Millionär mit meinem Jeep 60 km bis zur nächsten Kreisstadt fahren, wo er bei einem Traktoristen zwei kahl gefahrene Reifen für den Preis ladenneuer kaufen muss.
Ein Jeep kommt, und wer da fährt, ist ein Lama mit Frau und Kindern. Seine Heiligkeit bringt mir Chadak und Geschenke dar, lobt meine Taten mit ausgewählten Worten, die mich wenig überzeugen.

1. Juli
In der Nacht sind von meiner Herde drei Reitpferde weggekommen. Nachforschungen ergeben, dass einer der eigenen Leute sie entführt hat. Seltsam, ich bleibe bis auf Herz und Nieren ruhig, denke lediglich den inzwischen nicht mehr neuen Gedanken, dass man etwas besitzt, um unglücklich zu werden.
Der Rotbraune erholt sich nicht mehr. Ich muss ihn hier lassen, tausche ihn gegen eine Lassoleine aus Yakleder. *Dörbeten* leben hier. Auf den ersten Blick wirken sie unhygienisch und

unordentlich, sind aber sehr herzliche Menschen, die die Gastfreundschaft bis zu einem Kult pflegen. Gerade sie bereiten einen noch besseren Tee als selbst Kasachen und Tuwiner, die als die größten Teespezialisten gelten. Und eine große Portion Schläue steckt hinter der Herzlichkeit.

2. Juli
Die Dürre ist permanent. Die ganze Westmongolei ist davon heimgesucht, erfahren wir. Sand und Kies glühen, so wird ein jedes Lebewesen von oben und unten erhitzt und aufgerieben. Ja, selbst die Luft wirkt schneidend und reibt auf. Die Dürre dringt in jede Hautpore ein, bleibt im Blättermagen sitzen, sie verbrennt. Ein jeder Körper droht anzubrennen, ein jedes Leben auszugehen. Nach gut 40 km erreiche ich einen Gletscherfluss, lasse mich nieder. Chefs zweier angrenzender Kreise fahren vorbei. Sie haben sich an der Furt getroffen und die Begegnung, wie denn anders, begossen. Sie werden laut und umständlich, als ich hinkomme, denn gerade wollen sie sich über uns unterhalten und gesagt haben, die abgemagerten Kamele würden die gefürchteten Sandsenken unmöglich überwinden können. Die Karawane muss die Seelen beschäftigen!

3. Juli
Ruhetag. Fahre mit demjenigen zurück, den ich des Diebstahls an meinen beiden Pferden verdächtige, suche die Gegend ab, erzähle dem möglichen Dieb aber mehr über meine Freuden und Schmerzen.
»Alles, alles habe ich nur für euch gekauft, wenn ihr wollt, könnt ihr die Gäule heute noch verteilt kriegen!«, sage ich.
Der gute Mann schwitzt nur und sagt: »Ich verstehe nicht, Sie geben und geben, doch die Antwort der Leute ist, dass sie Sie bestehlen!«

Treffe Leute und unterhalte mich mit ihnen über dieses und jenes. Muss endlos viele Fragen beantworten, Gedichte vortragen. Man meint, der Diebstahl würde unbedingt an den Tag kommen, da das tuwinische Brandzeichen mit dem offenen Bogen in der hiesigen Ecke unbekannt sei. Fahre insgesamt 120 km und komme ohne Erfolg, aber zufrieden zurück: Es ist wenigstens eine gute Fahrschule gewesen!
Bringe zwei Männer, die sich gestern wegen eines Vorjahresfohlens in Gegenwart von Fremden prügeln wollten, vor den Ältestenrat. Einer der Männer ist der Geizhals Paawaj, der nun gesagt bekommt, sollte solches wieder vorkommen, werde er aus der Gemeinschaft ausgeschlossen. Das Team gibt dem Karawanenvolk ein Essen, das aus zwei Hammeln besteht. Die frische Brühe ist für die körperlich geschwächten Menschen die beste Medizin. Jeder versucht seinen Dank in ausgesuchten Worten auszudrücken, und jede alte Sprache hat viele ausgesuchte Worte.

4. Juli
Brechen früh auf, da wir inzwischen wissen, dass heißer Sand schwer zu überwinden ist. Am Himmel segeln mittelgroße, graublaue Wolken. Glücklich über jeden Wolkenschatten, der uns in der endlosen Sandsenke trifft, kommen wir recht und schlecht vorwärts. Am Nachmittag fahre ich vorneweg auf Suche nach Wasser und finde einen wasserführenden Kanal aus sozialistischen Zeiten. Und dort lasse ich mich nieder. Später erscheint die Limousine mit drei Deutschen, und wir zelten schon und tragen sogar Brennbares zusammen. Allein die Karawane kommt und kommt nicht. Dafür kommt Cheme gefahren, den ich mit seinem Auto auf einem Hügel gelassen habe, als Orientierungszeichen wie tagtäglich. Nun erfahre ich, dass sich die Karawane auf einen anderen Weg, weiter nach links, begeben hat. Vielleicht hat man das Auto

nicht gesehen? Nein, ausgeschlossen, meint Cheme. Er hätte gehupt und sei hin und her gefahren.

Der Jähzorn bricht aus mir heraus. »Verfluchtes Pack!«, brülle ich. »Man kann sich noch so sehr abschinden seinetwegen, aber nichts, nichts vermag es von der angeborenen Blödheit abzubringen! Das ist wohl die Strafe für die Fress- und Saufsucht ihres Schweinemagens und die Leere und Schwere ihres Eselskopfes! Der Blitz kann mich erschlagen, ich aber werde mich heute hier nicht rühren!«

Sitze eine, zwei Stunden und rühre mich nicht. Die Sonne geht unter. Der Rest des Teams taucht auf. Luck ist wütend, stellt sich über mich und zischt feindselig: »Was soll das bedeuten, ist das beabsichtigt?«

Seltsam, ich bleibe sitzen, bin die Ruhe in Person, schaue auf seine schweren, halb zu Fäusten geballten Hände. Nicht Angst, sondern einfach die Überlegung ist es, die mich zurückhält. So schaue ich auf die geröteten Hände mit den angeschwollenen Adern und denke: Sie könnten mich schnell erschlagen. Der hat die richtigen Totschlägerhände, präzisiere ich den Gedanken. Dabei ertappe ich mich, auf den Kampf längst vorbereitet, die rechte Hand auf dem Griff des Dolches. Keinen Augenblick lang habe ich vorher daran gedacht, mich zu verteidigen oder jenen umzubringen. Der Instinkt ist es wohl. Für den Fall, dass mein Gegenüber die Dummheit begeht, die Hand gegen mich zu erheben, bin ich für diese Dummheit also bereit, die gefährliche Waffe einzusetzen. Den erbosten Mann im Blick denke ich höhnisch: Du denkst wohl, nur du hast viel gerühmte Mörder als Vorfahren? Nein, ich stehe dir in nichts nach, böses Mörderblut kreist auch in mir, und das Gedächtnis, das in meinem für dich vielleicht klein erscheinenden Körper ruht, wird schon wissen, dir jeden Schlag zu vergelten und zwar blutig, mein Bürschlein!

»In all den Tagen darf doch einmal so etwas vorkommen«,

sage ich leise und friedfertig. Meine Hand ist längst weg vom Dolchgriff. Luck schüttelt die Fäuste, lässt von mir ab und geht auf das Zelt zu, das aufgeschlagen auf ihn wartet. Sogleich bauen wir die Zelte ab, laden sie auf, fahren ab und finden die Karawane bei der Ankunft am linken Ufer eines Flusses.

Die Wolken, die sich inzwischen verdichtet und verdunkelt haben, sind näher gerückt, hängen tief. Vielleicht gibt es endlich Regen, ach, das wäre schön! Denn nur die Feuchtigkeit könnte den Sand besänftigen.

5. Juli

Ein jeder muss ein schlechtes Gewissen gehabt haben. Das Lager erwacht früh, und sogleich beginnt die Arbeit. Alles geht wie von selbst. Das Team ist bis Mitternacht auf dem LKW zusammengehockt und hat auf das Süppchen gewartet, erfahre ich. Ich habe geschlafen. Was ich mitbekommen habe, ist, dass ein trockenes Gewitter vorüberzog. Ein paar Tropfen sind doch niedergegangen in der Nacht. Das merken wir nun, denn das Element Sand ist heute nicht ganz so wild und feindlich wie an vorhergehenden Tagen.

Sind 14 Stunden unterwegs und erreichen am Spätnachmittag den Fluss Schiwer. Großer Himmel, es ist ein wildes, grausiges Wasser! Zwei große und vier mittlere LKW stehen am jenseitigen Ufer und ein lackneuer Zehntonner sitzt inmitten des Flusses. Das Wasser klettert weißschäumend bis auf die oberste Ladung in zwei Meter Höhe und stürzt sich dann von der anderen Seite krachend herab. Bei dem Bild wird mir übel, ich gehe in die Knie, möchte sitzen bleiben und am liebsten heulen. Das Flussbett ist voll besät mit großen, rund geschliffenen Geröllsteinen, die Strömung ist mächtig. Was machen wir nun mit unseren abgemagerten, hinkenden Herden und mit der armseligen Limousine?

Die Fahrer rufen herüber: »Sinnlos!« Dabei scheinen sie geringschätzig auf unsere Fahrzeuge zu schielen. Das aber weckt den Trotz in mir.

Ich erhebe mich und sage zu den Söhnen: »Ihr zieht euch aus, geht Hand in Hand ins Wasser und sucht nach einer Furt. Ich werde mich nach einer Ecke umschauen, die man aufreißen und das Wasser wenigstens zu einer Hälfte ableiten kann.« Darauf rücken die Söhne dem Fluss ans Wasser, waten Hand in Hand durch den Fluss, in der anderen Hand stützt jeden ein dicker Stock.

Ich gehe etliche hundert Meter flussaufwärts, finde einige Stellen, wo man einen Graben ziehen und das Wasser abzweigen könnte. Die Karawane hat mich zu manchen Erfindungen gezwungen, und warum soll mir nun dies nicht gelingen, überlege ich. Einen ganzen Tag, meinetwegen drei Tage, ja selbst eine ganze Woche dürfen und müssen wir in Kauf nehmen, sonst werden wir hier übersommern oder den Fluss umgehen, dann aber müssten noch 1.000 km zusätzlich zurückgelegt werden. Die Sonne geht unter. Bin entschlossen, gleich morgen früh mit dem ersten symbolischen Spatenstich selber anzufangen und darauf die gesamte menschliche Kraft in die Aushebung eines Grabens einzusetzen und damit dem Schicksal wieder einmal in den Rachen zu greifen. Bin überzeugt, dass das schnelle Wasser in meinen Graben einspringen wird, sobald ich den Bogen am linken Ufer aufreißen lasse. Zu dieser Zeit aber muss alles, was Beine und Räder hat, dicht am Fluss sein.

Da aber kommen die Söhne, blaugefroren an den Beinen und glücklich auf den Gesichtern. »Wir haben sie gefunden!«

»Was ist sie?«

»Die Furt!«

Dann zeigen sie mir, wie man fahren muss: etwa 150 m immer entlang des Flussbettes.

6. Juli
Verbringe die Nacht dennoch mit offenen Augen. Um vier wecke ich das Lager. Um sechs steht alles am Fluss, wir sind in Eile, da die Gipfel der Schneeberge über uns längst in brodelnden schwarzen Wolken stecken. Der Wasserstand darf auf keinen Fall steigen, wir müssen über den Fluss sein, bevor das Gewitter hereinbricht. Die Kühlungsventilatoren an den Autos werden abgestellt.
Mir fällt die schwere Aufgabe zu, vorneweg zu fahren, da das gefährdete Glied, die Limousine, am besten in der Mitte ist. Bevor ich mich ans Ruder setze, wiederhole ich alles, wie ich mich auf der Fahrt zu verhalten habe: Drei Schritt einfahren, nach links, auf die weiße Klippe geradeaus zugehen, fünf Schritt davor nach rechts, aber nach anderthalb Schritt schon wieder nach links, auf die Insel zu, und ist sie erreicht, dann in einem leisen Bogen nach rechts, bei all dem gleich bleibendes Gas, und für den Fall, dass der Motor ausgeht, alle Türen aufstoßen.
Die Söhne schieben, und diese Geste gibt mir doppelten Halt. Die Überfahrt dauert vielleicht drei Minuten, aber wie ich dann auf dem anderen Ufer stehe und aussteige, spüre ich, der Mund ist mir so trocken, dass die Zunge am Gaumen klebt. Dann sehe ich die Limousine losfahren, und gleich darauf folgt ihr der LKW. Das kleine Auto gleicht einem Boot, es schwimmt, lässt sich stromabwärts treiben. Da aber geschieht, dass es zu sinken beginnt und schließlich stehen bleibt; zuerst gehen die linken, darauf die rechten Türen auf. Weiß schäumende Wasserlawinen strömen durch diese hindurch. Der LKW fährt dicht an ihm vorbei, Altaa schnappt nach der Leine, die ihm oben Sitzende zuwerfen, und macht sie an den Puffern fest. Der LKW fährt langsam weiter und das Auto-Boot bewegt sich, kommt wieder ins Schwimmen, und nun gibt es kein Stocken mehr.

Ich stehe da, zittere und bete zum Himmel, zum Fluss, rufe alle guten Geister herbei und spüre am Ende wieder einen holztrocknen Mund.
Die angeketteten Kamele werden von Reitenden auf unseren Fahrspuren geführt, die losen versuchen querdurch zu gehen, werden aber vom Wasser fortgerissen und schwimmen. Ähnlich ergeht es den Pferden, die Fohlen gleichen Enten, jagen an den ausgewachsenen Tieren vorbei, kommen dabei aber doch Stück für Stück vorwärts.
Ich weine, viele weinen; ich tue es vor Freude. Andere tun es vielleicht aus Mitleid mit den Tieren, vor allem mit den gegen die Strömung kämpfenden Tierkindern und den Tiermüttern, die in panischem Lärm entlang des Flussufers hinter ihren forteilenden Kindern herstolpern. Die Flussüberquerung dauert zwei Stunden. Sprachlos schauen auf uns die Fahrer und Passagiere der mächtigen Autos, die seit vorgestern hier sitzen.
»Wir glauben an ihn«, sagt einer von uns und deutet nach oben, »und er steht uns auch bei!«
»Wir eigentlich auch!«, ruft einer auf der anderen Seite.
»Was heißt hier eigentlich? Dort, wo es um den Himmel geht, ist kein Platz für überflüssige Worte!«
Meine Herde bekommt Zuwachs. Die große dunkelbraune Stute fohlt, ein Hengst. Dies geschieht in dem Augenblick, als die Pferdeherde zusammengedrängt am linken Flussufer steht. Wohl ist die Aufregung für die trächtige Stute zu groß gewesen. Wieder sollen zwei Pferde aus meiner Herde fehlen. Das wird mir mitgeteilt, während ich das gerade über den Fluss herübergetragene Fohlen in Empfang nehme und den zittrigen, nassen Leib mir an die Brust drücke. Die Nachricht trifft mich zwar ins Ohr, geht mir aber am Herzen vorbei. Das Erstlingsfohlen und unsere glückliche Überfahrt entschädigen mich für jeden Verlust!

Erreichen den See Atschit und damit die Grenze des Bezirkes Bajan-Ölgi. Nun können wir im doppelten Sinne des Wortes »unsere Erde« sagen und denken. Und dort erwartet uns die größte Überraschung. Eine zwanzigköpfige tuwinische Delegation wartet dort auf uns, mit einer aufgestellten Jurte, einem lebenden Hammel, Milch, Kumys, *Aragy,* Käse, Gesang und Musik, mit allem, was zu einem würdigen Empfang gehört. Die Delegation steht schnurgerade mit Chadak und Milch, die Gesichter lachen, die Augen tränen, als ich aus dem Auto aussteige und auf sie zuschreite. Mir wird ein wenig schwindlig.

7. Juli
Aldars Auto ist wieder kaputt. Erneut das alte Affenspiel und Ammenmärchen über gutes Weidegras, doch habe ich diesmal Verbündete, am mächtigsten unter diesen Hundertbillionen von Mücken. Wir werden zur Flucht getrieben. Die Delegierten begleiten uns ein Drittel des Weges, fahren dann ab. Vorher werden sie auf Kamelen und Pferden mit dem Karawanenvolk gedreht. Singen das Karawanenlied, das uralt sein muss und aus dreihundert Strophen bestehen soll. Die Heutigen verfügen über ein schwaches Gedächtnis, kennen nur einen Bruchteil davon. Papisan, der zweitälteste Sohn vom Bruder Badar, ist einer der größten Sänger der Nomadenwelt überhaupt. So glänzt er als Star im Mittelpunkt der öffentlichen Aufmerksamkeit. Eine Delegation aus der Republik Tywa erreicht uns. In den Augen der wildfremden Menschen stehen Tränen, während sie auf die vorüberziehende Karawane schauen. Sie überbringen die Grüße des zweihunderttausendköpfigen Volkes der Tuwa, unter anderem auch Grüße und persönliche Geschenke des Präsidenten der Republik, Scherig-ool Disikowitsch Oorshak. Die Flasche russischer Wodka in der schweren, voll bepackten Kiste, die an

einem anderen Ort so schlecht als Geschenk einer offiziellen Persönlichkeit gepasst hätte, erscheint mir seltsamerweise als Zeichen einer tiefen Herzlichkeit.
Weitere Grußbotschaften erreichen uns von der Bezirksleitung, der Kreisleitung und einer Sänger- und Tänzergruppe aus dem mongolischen Theater im Bezirk und des Kreises Nogoonnuur, auf dessen Territorium wir uns gerade befinden. Und ein jeder bringt uns nach der hiesigen Sitte einen lebenden Hammel.
Besonders wichtig finde ich die Gesten der Offiziellen, da wir auf diese Weise nun friedlich und wohlwollend aufgenommen werden.
Dieser Empfang vonseiten hochrangiger Kasachen ist die eindeutigste Antwort auf die gemeinsame Frage bei vielen Interviews, die ich in den letzten Monaten geben musste. Dass ein hoher kasachischer Chef irgendwann mit einem Chadak auf mich zukommen würde, daran hätte ich nie gedacht, nun aber haben mich ein Stellvertreter des Bezirkschefs und zwei Kreischefs persönlich begrüßt und als den höchsten Vertreter eines gleichberechtigten Volkes behandelt – was willst du mehr?
Auch Gäste aus dem in diesem Augenblick wirklich sehr fernen Europa sind gekommen: Klaus und Barbara aus Dresden. Sie sind seit Wochen unterwegs, je näher sie an uns rückten, umso beschwerlicher ist der Weg gewesen.
Am Osthang des Schwierigen Passes wird ein seltsames Konzert gegeben. Die Kamele, Pferde und Hunde sind genauso dankbare und aufgeregte Zuhörer wie die Menschen.

8. Juli
Nun weiß ich, weshalb der Pass der Schwierige heißt. Ganze 8 km fahre ich mit dem ersten Gang. Und nach dem ersten Viertel bleibe ich stehen und jage alle, die mitfahren, weg, da

ich denke, wer weiß, was alles noch passiert! So bleibe ich mit meiner kranken Alten allein und bewege mich auf dem steilsten Fahrweg, den ich kenne, Meter um Meter vorwärts. »Nur« 37 km zurückgelegt, aber wie viel Schweiß musste jeder Schritt durch die Steinwüste der Bergwelt Mensch und Tier heute kosten!
Es regnet. Die Dürre, der langsam verbrennende Brand, wird ausgelöscht. Himmel und Erde atmen vor unseren Augen auf. »Die Karawane hat den Regen mitgebracht!«, sagen die Menschen. Ein Grund mehr, uns nicht nur zu ertragen, sondern gern zu haben – wie gut!

9. Juli
Ruhetag, hoffentlich der letzte! Der Regen, der gestern Nachmittag angesetzt hat, kann nicht mehr aufhören. Lächelnd lebt man. Jeder Gedanke nimmt seinen Anfang damit, dass der lang und schwer erwartete Regen da ist. Fahre in aller Frühe mit den beiden Fohlen zurück, deren Mütter bis jetzt nicht angekommen sind. Erfahre, dass der Nachtwächter Sogtugerel, der Säufer aus der Sippe Badar, die Herde auf dem Pass einfach hat stehen lassen und selber auf Suche nach wer weiß was geritten ist.

10. Juli
Nun dürfen wir uns das leisten: Überwinden drei hohe Bergrücken, schleppen uns 55 km weit, kommen in Bilüü an. Eigene Erde, eigene Winde, nur Wohlvertrautes umgibt einen. Weitere Tuwiner kommen, sie wollen die Karawane auf der letzten Strecke begleiten, wollen uns über die Schwelle unserer Großen Jurte, der Hoch-Altai-Steppe, hinübergeleiten.
Am späten Abend setzen wir uns zur letzten Beratung zusammen. Schlage zweierlei vor: 1. Alle Kamele anketten und in eine Reihe bringen, 2. In der Senke vor dem Chaaktyg-

Pass alle vom Pferd und Kamel absteigen und mit dem Opferstein in der Hand auf den Owoo zugehen. Beide Vorschläge werden einstimmig angenommen und mit viel Emotion begleitet. Grell brennen die Blicke aus den dunkelgebrannten, abgemagerten Gesichtern.

11. Juli

Es geschieht, wie ich gedacht habe: Keiner muss den anderen wecken heute. Auch muss keiner keinen vorantreiben. Der Nieselregen, mit dem sich die Nacht verabschiedet, wird mit Freude aufgenommen: Gute Geister gehen und kommen mit Regen. Später wird die östliche Hälfte des Himmels und der Erde von der Sonne beschienen, und auf der nördlich-westlichen bleibt der Regen, so dass die Karawane wie entlang einer Trennwand zieht. Die Altai-Welt hält uns einen großen, stillen, blau-grünen Tag entgegen. Dass Lerchen und Heuschrecken, selber unsichtbar, zwitschern und zirpen, stört die Stille nicht, sondern wirkt wie der Pulsschlag der Stunde.

Die Eile, die mich seit Monaten gleich Feuer gepeinigt und vorangetrieben, scheint erloschen; körperhaft deutlich empfinde ich in mir Ruhe und schaue gelassen auf die vorüberziehende Karawane. Mit derselben milden Gelassenheit streift mein Blick die kleine Mannschaft innerhalb der großen wie das Gelb im Ei, und ich fühle mich vor eine Bilanz gestellt, die gezogen werden muss.

Der Hang zum Ich-Kult, der Glaube, sich anderen gegenüber ständig behaupten zu müssen, macht den weißen Menschen in unserer Welt schwach, macht ihn für die umgebende Welt schwer erträglich. Eingedenk dessen habe ich zu der fremden Insel von Anfang an einen Abstand zu wahren und mir einen Puffer zwischen ihr und mir zu schaffen versucht. Und diesen habe ich unter dem leidenschaftslosen Wort Hilfsdolmetscher untergebracht.

Mein guter Zogi: Ein Künstler mit allen Schwächen und Stärken, ein Mann mit reichlich sechzig Jahren auf dem Buckel, mit dem Feuer eines Zwanzigjährigen im Herzen; eitel und schlau, aber herzlich und gütig und so im Endergebnis liebenswürdig; geschwätzig und vergesslich, aber fleißig und ordentlich und in der Summe durchaus erträglich, hat er mir als Trennwand, Handschuh und Blitzableiter gedient, ist einer meiner Schutzgeister gewesen.

Deshalb wohl bin ich vonseiten der Deutschen nicht ernstlich verletzt worden. Die kleinen Kurzschlüsse haben mich schlimmstenfalls am Außengewebe meiner Haut getroffen. Andererseits habe ich keine Sekunde lang die Absicht gehabt, einen aus der anderen Kultur zu verletzen, und sollte sich einer dennoch verletzt fühlen, täte es mir sehr Leid.

Gerade sie, die fremden Deutschen, sind mir neben den beiden Söhnen, die ihrem Vater wie zwei Hände und zwei Füße, zwei Augen und zwei Ohren dienten, in meiner gefährdeten Welt zuverlässige Stützen gewesen. Und ich weiß, mit jeder in gemeinsamer Arbeit belichteten Filmkassette haben wir etwas geschaffen, das die Zeit überdauern und von der gehenden Kultur der Nomaden Zeugnis geben wird und damit der Menschheit, welche in ihrer Gesamtheit nicht weniger gefährdet ist als mein anfälliges und zugleich unfertiges kleines Volk, manche Sinnesnerven frisch erhalten wird.

Zur Mittagsstunde erklettert die Karawane den Hang zum Chaaktyg-Owoo. An der Spitze schreite ich, in der Linken den Nasenstrick eines Kamels und in der Rechten drei helle Steine, entnommen verschiedenen Regionen der Erde: den runden, speckweißen einem Brusthügel inmitten der Gobi, den ovalen, mit rötlichen Fäden durchzogenen dem Osthang zum großen milden Chöch-Chötöl und den flachen mit dem bläulichen Flecken auf der Wind-und-Wasserseite dem Westufer des kleinen, wilden Schiwer. Nun drücken sie, Steine

dreier Orte und Zeiten, schwer gegen meine flache Hand. Es kommt mir vor, als läge in ihnen die Weite des Weges und die Schwere der Tage und Nächte, die unendlich schienen, nun aber überwunden und verronnen sind.
Die Pferdehirten verletzen die vorher festgelegte Ordnung: Sie holen die Karawane ein, jagen in wildem Trab links an ihr vorbei, die Erde dröhnt und zittert, auch der Himmel mit den kantigen rötlich-weißen Wolken scheint zu schwanken angesichts der wimmelnden, vibrierenden Herde. Ein Gemisch von Gerüchen, Lauten und Farben erfüllt den Raum und die Zeit.
Erneut kommt mir mein Leben wie ein Märchen vor. Habe unendlich lang gelebt, lang und hell und ständig zum Bersten voll. Habe mir für keinen Zeitbruchteil Ruhe gegönnt. Und alles, was ich mir vorgenommen, ist in Erfüllung gegangen. Daher wohl habe ich nirgends ein abschließendes Ende gefunden, denn die Ankunft an jedem Ziel hat weitere Türen aufgestoßen, durch die ich hindurch musste. So scheint es auch jetzt zu werden. Das Volk, das ich hergeführt habe, muss satt und zufrieden leben, und es wird unter meine Aufgaben fallen, dies zu erreichen.
Ein Betrieb ist auf dem Bergsattel: Ein gutes Dutzend Fahrzeuge, etliche Dutzende gesattelte Pferde, Hunderte von Menschen in einem weiten Bogen um den Owoo erfassen meine Augen. Und der Owoo ruht, rauchend und wartend, gleich einer Jurte, zottig und grau, wie eine Mutter. Eine halbe Stricklänge vor ihm entdecke ich meinen Bruder Galkaan. Das Gesicht der ankommenden Karawane zugewandt, verspritzt er mit einem dichten Wacholderzweig Milch aus dem winzigen Holzkrug, aus dem die Eltern ein Leben lang Milch verspritzt haben. Ich nehme seine hastige Bewegung wahr, vernehme seine weinerliche Stimme: *Göwüngnü bir öörttüng, ej baj Aldaj!*

Gleich Zwillingslämmern taten wir Seite an Seite unsere ersten Schritte durchs Leben, und das kommt mir wie gestern erst vor, sehe aber in diesem Augenblick seine silbergrauen Schläfen vor mir, die unter der Helmmütze herauslugen wie Grasbüschel des Vorjahres. Ich komme am Owoo an, lege meine Steine darauf, behutsam, einen nach dem anderen, wie wertvolle, schwere Lasten.
Ich spüre eine Erleichterung, die in Schwäche umschlägt und darauf einen Krampf in mir auslöst. Ich sinke auf die Knie und schluchze laut bei vollem Bewusstsein, glücklich über die Tränen, die, wie mir vorkommt, brühheiß über die erhitzte, verschwitzte Haut hinabrinnen. Es ist vollbracht, denke ich. Die einhundertfünf Tage und Nächte entlang der Wüste und Steppe und Taiga und Berge sind zu Ende.
Später höre und sehe ich alle im Chor weinen. Ausgelöst hat diese allgemeine Rühr- und Glückseligkeit Rainer Kling, der Kameramann, indem er gesagt hat: »Wahnsinn, die Karawane ist zu Ende, morgen werden wir nicht mehr ziehen!«

Ich wollte Geschichte machen. Nun ist sie gemacht. Aber die Karawane, die lange genug gedauert hat für jeden ihrer Teilnehmer, ist lediglich ein winziger Tropfen im Zeitmeer der Geschichte, eine Seite nur im Geschichtsbuch. Die einen schreiben die Geschichte mit Blut, die anderen mit Tränen. Die unsrige ist mit Schweiß geschrieben, und ich will hoffen, es bleibt dabei. Mein auseinander gescheuchtes Volk habe ich gesammelt und in die angestammte Heimat zurückgeführt. Dies wird mich im Gedächtnis der Nachwelt mit dem biblischen Moses in eine Verwandschaftsnähe rücken.

Die dunkelroten Gobikamele inmitten des gletscherhellen Altai werden gleich einer Herde von Meteoriten der sichtbare Beweis für die Karawane bleiben. Sie sind auch das Denkmal, das ich mir schamlos gesetzt habe und das von anderen für andere gesetzte Denkmäler aus Stein, Beton, Eisen und meinetwegen auch aus Gold, überdauern wird.

Die Karawane hat die Tuwiner über eine große räumliche Entfernung in ihre Ecke zurückgebracht. Aber es ist auch eine große zeitliche Entfernung, über welche sie hinweggesetzt wurden. Das Volk, das, dem Druck nachgebend, den ihm zustehenden Lebensraum räumen musste, ist nun zurückgekehrt zu seinem historischen Rivalen. Der Tuwiner und der Kasache können und dürfen nicht voneinander ablassen, auch dann nicht, wenn eines Tages der eine den anderen tatsächlich um alles bringen sollte, wie jeder es sich heute gerne wünscht. Der Gehende wird dem Bleibenden dieses alles mit der Schande zurücklassen, die jeden Sieg zu einer Niederlage machen wird. Denn sie sind durch den Altai verbunden, und das ist ein starkes Band. Aber das ist dennoch nicht alles. Der Kasache und der Tuwiner sind nicht nur Rivalen, sondern auch natürliche Verbündete gegen die Übermasse, vor welcher der eine wie der andere den Makel nie loswerden wird, Minderheit zu sein. Unsere Geschichte, in gemeinsamer Arbeit geschrieben, allzu oft aber von jedem anders gelesen, hat auch hässliche Seiten. Doch ist dies bei weitem keine hässliche Geschichte, denn ein Karabach ist uns bisher ferngeblieben.

Eine sonnenrote Jungstute wurde mir von der höchsten kasachischen Leitung im Ort als Chadak dargebracht. Eine Urkunde begleitet das edle Geschenk, und darauf steht geschrieben: »Für das Verdienst bei der Festigung freundschaftlicher Beziehungen zwischen dem kasachischen und dem tuwinischen Volk«.

Die neunziger Jahre haben beide hart geschult. Das Leben geht weiter. Also wird mit dem Abschluss einer Sache die Geschichte nicht zu Ende gehen, die zu schreiben ich mich erdreistet habe. Die wertvollste Lehre, die mir die letzten Jahre und Monate gebracht haben, ist: Das Schicksal duldet keinen Zahmen, es will ihn plattwälzen. Ich werde bei allem Frieden, den ich nach außen pflegen muss, nicht aufhören, nach der Wildheit in mir zu schüren, auf das Schicksal zuzugehen und bei Notwendigkeit ihm, wie der große Meister es einmal genannt hat, in den Rachen zu greifen.

Glossar

76 Puppen Das mongolische Parlament hat 76 Senatoren

Aga, Agaj Anrede für Bruder, Onkel

Ail kleinere Jurtensiedlung, Jurtengehöft

Aimak Verwaltungseinheit, Bezirk

Aragy alkoholhaltiges Getränk aus gegorener Milch

Archi aus vergorener Stutenmilch destillierter Branntwein

Ardyn Erch »Volksrecht«, mongolische Regierungszeitung

Ata Vater

Ataman eigentl. Kosaken-Anführer; hier nur Anführer

Aul siehe *Ail*

Awaj Anrede für Schwester, Tante

Bag kleinste Verwaltungseinheit in der Mongolei

Baj Reicher, Herr

Bajbische höfliche Anrede für eine ältere Frau; eigentlich die erste Ehefrau

Beg Fürst

Birid Bezeichnung der in der Hölle lebenden Hungergeister mit riesigem Bauch und winzigem Mund; als Schimpfwort übertragen verwendet für raffgierige Menschen

Buga-Dsharin, Bugtu-Girisch Helden eines tuwinischen Volksepos: Bugtu-Girisch vertraut dem von einem Landstreicher ermordeten Buga-Dsharin mit den zitierten Versen einem Felsen an und zieht dann in den Krieg

Chadak Segensschärpe aus blauem, weißem oder gelbem Tuch

Chalcha zahlenmäßig stärkste aller ethischen Gruppen in der Mongolischen Volksrepublik; der Chalcha-Dialekt gilt als Literatursprache

Charlyg-Chaarkan heiliger Berg der Tuwiner, ca. 4.000 m hoch

Chatgyyr Spitzhütte, *Jurte* ohne Gitterwand, die nur aus Dachstreben besteht

Chöne Strick zum Anbinden von Lämmern und Zicklein

Choitpak gesäuerte, alkoholhaltige Yakkuh- oder Schaf- bzw. Ziegenmilch

Chomdu der größte Fluss der Tuwiner, bedeutet wörtlich »gefährlicher Fluss«

Chomdu-Altai tuwinischer Teil des Altai

Chuda die Eltern von Verheirateten sind einander Chuda

Chudagyj weibliche Form von *Chuda*

Churaj gutgemeinter Zuruf an Himmel, Berge etc.

Daaj Verwandte mütterlicherseits, die älter sind als der Sprecher

Darga Vorsitzender, Vorsteher

Dashyyr *Aragy*sack aus steifem *Yak*leder

Dastarkan ein großes Tuch, auf dem Essbares ausgebreitet wird

Deel traditionelles mongolisches Gewand

Delegej *Jurte* ohne Dachreifen, provisorische Behausung

Dokpak Schlachtinstrument aus Holz; Keule

Dombra zweisaitiges Zupfinstrument

Dör gegenüber der Tür gelegene Ehrenseite in der Jurte; hier sitzen der Hausherr und die älteren männlichen Gäste

Dörbeten einer der westmongolischen Stämme

Dshagy Fellkleidung, bei der die behaarte Seite außen getragen wird

Dshargak Rock aus glattem Leder

Dshitschij beruhigender Zuruf an Ziegen beim Melken

Ej baj Aldajim! O mein reicher Altai!

Enej Großvater

Er char sur wörtlich »Männlich schwarzes Leder«; Gedichtband von Galsan Tschinag in Mongolisch

Eshej Großmutter

Gadyn Fürstin

Gashyk Spielknöchel

Gögeer Sack aus *Yak*fell zum Aufbewahren von Sauermilch

Göwüngnü bir öörttüng, ej baj aldaj! Du hast deinem Volk eine Freude bereitet, reicher Altai!

Gumiljow russischer Historiker und Asienwissenschaftler, der die Mongolen gegen die Großmachtpolitik der Sowjetunion verteidigte

Gürgüi beruhigender Zuruf an Yakkühe beim Melken

Guruj Zuruf an ein Pferd, um es herbeizulocken

Gurut getrocknete, größere Quarkstücke

Igil zweisaitiges Streichinstrument aus Holz, dessen Bogen mit Pferdeschweifhaaren bespannt ist

ins Salz gehen volkstümliche Umschreibung für sterben

Irgid der größte Stamm der Tuwiner

Jurte transportable Behausung Zentralasiens; mit Filz gedecktes hölzernes Gerüst

Kespel Teigwaren, ähnlich unseren Nudeln

Kulake russischer Großbauer im zaristischen Russland

Kumys vergorene Stutenmilch, die berauscht, erfrischt und heilt

Kurdak gebratenes, klein geschnittenes Fleisch

Kys-Kuar-Rennen ein Spiel, das daraus besteht, dass eine Frau einem Mann nachreitet und ihn auspeitscht, falls sie ihn einholt

Lawschak Obergewand für den Sommer

Öreme gestockter Milchrahm

Örtöön Pferdepoststation, von Nachfolgern Tschingis Chans eingerichtete Stationen des Nachrichten- und Postdienstes; der Abstand zwischen zwei Örtöön betrug ca. 30 km

Owoo Opfer für den Ortsgeist aus aufgehäuften Steinen; die Sitte gebietet jedem Vorüberkommenden, einen Stein dazuzulegen

Paavyldaj Held aus einem bekannten tuwinischen Märchenepos

Piska Möse; hier mit Anspielung auf den Namen Pischke

Pürwü die letzte große Schamanin der Tuwiner, eine Tante des Autors

Rijka tuwinischer Name für Erika Taube; Spezialistin auf dem Gebiet der Mongolistik und zentralasiatischen Turkologie; mehrere Feldforschungen zu Sprache, Kultur und Volksdichtung der Tuwiner

Schagaa Mondneujahrsfest; gleichzeitig Steinhaufen, auf dem man bei diesem Fest Feuer anzündet

Scharbing in Fett gebackener Fladen

Schwarzes Unwetter Unwetter ohne Schnee; Landsturm und Kälte

Sogum Viehschlachtung für den Wintervorrat

Süchbaatar (1893 bis 1923), Volksheld, Führer der mongolischen Volksrevolution, mit deren Sieg 1921 die Grundlagen des modernen mongolischen Staates gelegt wurden

Sumun Verwaltungseinheit, kleiner als ein *Aimak;* Landkreis

Tajshy Bezeichnung für Fürstenkinder; Prinz, Prinzessin

Toega beruhigender Zuruf an Schafe beim Melken

Tokal zweite Frau

Ton mantelartiges Obergewand für die kältere Jahreszeit

Toortschak eine Art Mütze

Tugrik mongolische Währung

Tulup Reisesack aus einer ganzen Ziegenhaut

Urianchai nationale Minderheit in der Westmongolei; ethnisch handelt es sich um Tuwiner, die ihre Muttersprache zugunsten des Mongolischen aufgegeben haben

Uwaa Baby

Yak langhaarige Rinderart des zentralasiatischen Hochgebirges

Ydyk einer Gottheit geweihtes Tier

Zedenbal (1916–1991), von 1940 bis 1984 prosowjetischer Führer des mongolischen Staates; er wurde vom Kreml abgesetzt und musste die letzten sieben Jahre seines Lebens in Moskau unter Hausarrest verbringen

Biographie

Galsan Tschinag wurde Anfang der vierziger Jahre im Westen der Mongolei im Altai-Gebirge als jüngster Sohn einer Nomadenfamilie vom turksprachigen Volksstamm der Tuwa geboren.
1961 Studium der mongolischen Sprache und Literatur in Ulaanbaatar. 1962 bis 1968 Studium der Germanistik an der Universität Leipzig.
Nach seiner Rückkehr in die Mongolei Lehrtätigkeit für Deutsch an der mongolischen Universität.
Seit 1991 freier Schriftsteller, der seine Erzählungen, Romane und Gedichte vor allem in deutscher Sprache schreibt.
1992 erhielt er den Adelbert-von-Chamisso-Preis, 1995 den Puchheimer Leserpreis und 2001 den Heimito-von-Doderer-Preis.

Inhalt

Die in diesem Band versammelten Erzählungen sind folgenden im A1 Verlag erschienenen Einzelausgaben entnommen:

Der siebzehnte Tag. Zwei Erzählungen. 1992 (»Verspätetes Jagdglück«)

Das Ende des Liedes. 1993

Eine tuwinische Geschichte und neue Erzählungen. 1995
(»Eine tuwinische Geschichte«, »Bisen«, »Jaskan«, »Shanna«, »Ildeng«)

Die Karawane. 1997

Dojnaa. 2001

»Kantate auf den Altai«, »Stimmen der Verwandelten« und »Abschied« wurden erstmals 1981 im Verlag Volk und Welt, Berlin, veröffentlicht.

Die meisten dieser Titel sind als Taschenbuch im Unionsverlag, Zürich, erhältlich.

2. Auflage 2006

Satz: Fotosatz Kretschmann GmbH, Bad Aibling

Litho: Kochan & Partner, München

Typographie, Umschlagentwurf und Gestaltung: Konturwerk, Herbert Woyke

Titel: Für die Titelgestaltung wurde ein Foto von Monika Jung verwendet

Vignetten: Motive von Felszeichnungen und Hirschsteinen aus der Mongolei;
Vorlagen von Eleonora Nowgorodowa, Zeichnungen von Inge Brüx

Druck und buchbinderische Verarbeitung: Friedrich Pustet KG, Regensburg

Papier Innenteil: 90 g/m^2 Schleipen holzfrei bläulich-weiß, 1,75-fach auf 1,3-fach geglättet

Papier Schutzumschlag: 120 g/m^2 Stucco Tintoretto Gesso von Fedrigoni

Überzug: Charmantgewebe Farb-Nr. 7767 von Schabert

Gesetzt aus der 11,1/14,1 Punkt Minion regular

Printed in Germany

ISBN 3-927743-82-8